Ian Bray, geboren 1954, ist das Pseudonym des deutschen Krimiautors Arnold Küsters. Wenn er sich nicht gerade spannende Mordfälle ausdenkt, ist er als freiberuflicher Journalist im Einsatz. Cornwall wurde vor vielen Jahren zu seinem liebsten Reiseziel, und Cadgwith hat es ihm ganz besonders angetan. Daher verbringt er dort nicht nur regelmäßig seinen Urlaub, sondern verlegt neuerdings auch seine Kriminalfälle in das beschauliche Fischerdorf.

Klippentod in der Presse:

»Viel Lokalkolorit mit Pub-Besuchen und Folkmusik macht den Krimi zu einem spannenden Urlaubsbegleiter.«
Rheinische Post

»Ein spannender Schmöker zum Wegträumen, garniert mit genau dosiertem Herzklopfen.«
WDR 4 Bücher

»Spannend, und mit viel Liebe zu den Figuren erzählt.«
Allgemeine Zeitung

»Spannender Cornwall-Schmöker« *Niers-Magazin*

Außerdem von Ian Bray lieferbar:

Klippentod
Klippengrab
Klippenrache

www.penguin-verlag.de

Ian Bray

Klippen Sturm

Ein Cornwall-Krimi

PENGUIN VERLAG

MIX
Papier | Fördert gute Waldnutzung
FSC® C014496

Penguin Random House Verlagsgruppe FSC® N001967

1. Auflage 2025

vermittelt durch die Literarische Agentur Kossack
Redaktion: Ralf Reiter
Covergestaltung: www.buerosued.de
Coverabbildung: Arcangel Images/Nic Skerten
Satz: GGP Media GmbH, Pößneck
Druck und Bindung: GGP Media GmbH, Pößneck
Printed in Germany
ISBN 978-3-328-11120-7
www.penguin-verlag.de

Amazing grace, how sweet the sound /
That saved a wretch like me!

Amazing Grace

Figuren und Handlung sind frei erfunden. Ähnlichkeiten mit lebenden oder verstorbenen Personen wären damit rein zufällig. Die im Buch beschriebenen Handlungsorte entsprechen weitgehend den tatsächlichen Gegebenheiten. Abweichungen sind allein der Fantasie des Autors geschuldet.

1.

Der Ostwind ließ seine Ohren schmerzen. Eine derart bissige Wetterfront hatte er zuletzt bei den Dreharbeiten in Nepal erlebt. Damals hatte er nur mit Mühe die Kameraoptik eisfrei halten können, und die billigen Ohrenschützer, die er sich vor dem Flug noch schnell im Supermarkt besorgt hatte, waren ihr Geld nicht wert gewesen. Bei dem Gedanken zog er den Kopf noch tiefer zwischen die Schultern.

Was Jan heute Schmerzen bereitete, war aber nicht allein der schneidend kalte Dezemberwind, der ihm den Heimweg erschwerte. Nein, aus einem offenen Fenster der kleinen Kirche drangen zusätzlich die jammervollen Klänge eines Dudelsacks. *Amazing Grace*, soweit er die Melodie deuten konnte. Dadrin versuchte Curtis sich wieder einmal an dem Kirchenlied, das um einiges älter war als die grauen Mauern der Methodistenkirche. Was seine wöchentlichen Mühen anging, war da buchstäblich noch Luft nach oben.

Curtis Stills war ein harmloser Zeitgenosse, der das kompakte Steinhaus am Ortsrand von Ruan Minor seit Wochen als Proberaum für seine musikalischen Ambitionen nutzte.

Die hohen Töne klirrten in der Kälte wie brechende Eiszapfen. Jan hätte jetzt viel für die nutzlosen Ohrenschützer gegeben, die er nach Ende der Dreharbeiten in einer Tonne am Flughafen von Kathmandu versenkt hatte.

Der hochgewachsene Pensionär war versucht, sich die Ohren zuzuhalten, während er sich seinem Zuhause näherte. Sein Cottage grenzte dummerweise – jedenfalls was den Dudelsackquäler betraf – unmittelbar an den Kirchenbau. Mit den Methodisten hatte Jan längst seinen Frieden gemacht, an harte Winter in Cornwall und Curtis' regelmäßige Probenabende hingegen würde er sich wohl nie gewöhnen.

Jan Morgan legte im Vorraum seines Häuschens die wattierte Jacke ab und machte sich daran, das Abendessen zuzubereiten. Beim Zwiebelschneiden hob er den Kopf. Der Dudelsack war mit einem Mal verstummt. Dafür hatte der Wind deutlich an Stärke zugenommen und war emsig dabei, Papier und Laub um die Häuserecken zu jagen.

Während er darauf wartete, dass sein Curry gar wurde, setzte sich Jan in seinen Lieblingssessel nahe der Haustür und blätterte oberflächlich durch die aktuelle Ausgabe der *Ruan Minor Gazette*. In der Mitte der Broschüre fand er, was er suchte.

Ruan Minors Laientheatergruppe *The Cadgwith Company* kündigte für den Februar ihre neue Produktion an. Neben *Szenischen Lesungen aus ausgesuchten Werken Daphne du Mauriers* stand als Höhepunkt *Dinner for One* auf dem Programm der wie üblich kurzen Spielzeit. Die finalen Proben sollten in der kommenden Woche beginnen.

Jan hob amüsiert eine Augenbraue. Du Maurier und dieser Sketch, welch skurrile und zugleich mutige Mischung. Wobei, dachte er, es wohl eher der Mut der Verzweiflung war. Es blieb abzuwarten, wie das Publikum, mithin das Dorf, reagieren würde. Die Zusammenstellung dieses abendfüllenden Programms erschien ihm jedenfalls alles andere als schlüssig.

Angereichert war der Artikel mit einem Foto des aktuellen Teams. Neben Curtis Stills waren Margaret Bishop, Mary Morgan, Brian Kernow und andere abgebildet. Etwas versteckt im Hintergrund entdeckte er Luke, natürlich mit der unvermeidlichen Wollmütze und dem breiten Lächeln – als übe er bereits für seinen Auftritt auf dem roten Teppich des London Film Festival.

Er schüttelte den Kopf. Hatte es Margaret Bishop, vermeintlich lebenslange erste Vorsitzende des Verschönerungsvereins von Ruan Minor und Cadgwith, am Ende also doch geschafft, auch hier dabei zu sein. An ihr führte – mal wieder – kein Weg vorbei, dachte er mit einem Hauch Hochachtung vor so viel Chuzpe. Ihre Dickfelligkeit und Penetranz waren legendär.

Er erinnerte sich noch gut daran, wie Bishop sich ihren Platz auf der Laienbühne gesichert hatte. Im Pub hatten vor einiger Zeit die abenteuerlichsten Geschichten die Runde gemacht, auf welche Art und Weise sie die Konkurrenz ausgestochen hatte. Selbst vor übler Nachrede soll sie nicht haltgemacht haben. Die eine Aspirantin könne sich niemals Text merken, habe das schon in der Schule nicht gekonnt. Die andere hätte sich wegen ihres Sprachfehlers schon längst in Behandlung begeben sollen. Wie gesagt, Gerüchte und Pubtratsch.

Margaret Bishop bekam eben am Ende des Tages immer das, was sie wollte. Jan musste lächeln. Davon wusste auch ihr Ehemann David ein Lied zu singen. Was der Bedauernswerte dann auch ab und an bei einem Bier oder zwei im Pub unten am Hafen tat. Wobei David Bishop aber niemals auch nur den leisesten Zweifel daran aufkommen ließ, dass er seine Frau liebte. Über die Ehejahre habe er schlichtweg gelernt, wann er seinen Ohren eine Auszeit gönnen musste.

Jan schreckte aus seinen Gedanken auf und warf die Broschüre achtlos auf den Beistelltisch. Sein Curry! Er stürzte alarmiert in die Küche, aber dort simmerte das indische Gericht immer noch auf kleiner Flamme leise und verlockend duftend vor sich hin.

II.

»Nächste Woche bitte etwas mehr Textsicherheit, ihr Lieben. Dann wird das sehr gut.«

Susan Brocklebys Bitte klang so matt wie die einer Lehrerin kurz vor der Pensionierung, die allen Unfug und alles Unvermögen schon einmal gesehen und erlitten hatte und die dennoch jedes Mal aufs Neue bemüht war, ihre Klasse das nicht merken zu lassen und stattdessen Optimismus zu vermitteln. Was ihr allerdings von Spielzeit zu Spielzeit schwerer fiel. Gleichwohl wollte die Mittvierzigerin ihr ambitioniertes Ziel nicht aus den Augen verlieren, das Niveau der Laienspielschar auf das nächste Level zu heben.

Die Schauspielerei war schon in der Schule Susan Brocklebys Leidenschaft gewesen, und auch später an der Uni in Nottingham. Die Theatergruppe dort war der passende Ausgleich für ihr Studium der Volkswirtschaft gewesen. An der Universität hatte sie auch ihr Talent für Regiearbeit entdeckt.

»Also, ich kann meine Texte.«

Margaret Bishop hatte wie stets wenig Lust auf Kritik – die der selbst ernannten Regisseurin ohnehin nicht zustand, wie sie ihren Freundinnen gegenüber stets zu betonen wusste.

Susan Brockleby war das hinterbracht worden, und sie hatte es schweigend zur Kenntnis genommen. Ebenso wie den genüsslich kolportierten Zusatz, sie sei vor gerade einmal dreieinhalb Jahren hergezogen: *Stellt euch vor, irgendwo aus Leicestershire oder Derbyshire. Die gute Susan Brockleby hat noch viel zu lernen. Vor allem, was die Verhältnisse im Dorf betrifft.*

»Frühzeitig textsicher sein kann nie schaden, meine Liebe.«

Susan schob ihre Unterlagen zusammen. Sie hatte bereits beim ersten Vorbereitungstreffen gespürt, dass die Neue im Team eine Herausforderung sein würde.

»Schließlich kommt es nicht nur auf jeden Halbsatz im Dialog an, sondern auch auf die Interaktion, die Mimik und das Timing. Und das Leichte muss hart erarbeitet werden, damit es am Ende auch leicht erscheint. Gerade was deine Rolle als Miss Sophie betrifft. Wir müssen uns alle quälen. Wir werden dem Sketch, der dir so am Herzen liegt, anders nicht gerecht. Und unserem Publikum. Und dafür spielen wir ja, für den Applaus. Aber ich muss dir, Margaret, ja nicht erklären, wie man Wirkung erzielt in der Öffentlichkeit.«

Das hatte sie sich dann doch nicht verkneifen können. Die Angesprochene ließ nicht erkennen, ob sie den Seitenhieb verstanden hatte.

»Mein Onkel hat übrigens noch mehr von dem Zeugs.«

Curtis Stills war zu den beiden Frauen an den schmalen Tisch getreten, der als sakraler Bestandteil des Betraums der Methodistenkirche ausgedient hatte und nun als Regiepult seine zweite Karriere erlebte. Er deutete auf das sorgfältig zusammengelegte Tigerfell, das wichtigste Requisit im Stück.

Die Regisseurin schüttelte sanft lächelnd den Kopf. »Ein echter Glücksfall.« Sie fuhr mit der Hand erschrocken zum Mund. »Verzeih bitte, so habe ich das nicht gemeint. Der Tod deines Onkels ist natürlich alles andere als ein Glücksfall. Ich meine nur, es ist ein Glück, dass wir das Fell nutzen können. Im Augenblick glaube ich nicht, dass wir noch weitere seiner Erbstücke aus Afrika benötigen.« Sie wies in den Raum. »Hier ohnehin nicht. Für die restlichen Proben reicht das Fell vollkommen. Für die Aufführungen in der Dorfhalle müssen wir allerdings möglichst bald die Dekoration abstimmen. Da könnten wir durchaus noch ein paar Dinge aus dem Nachlass gebrauchen. Kerzenleuchter, Bilder, Geschirr.«

Margaret Bishop steckte mit einer unwirschen Handbewegung ihren Autoritätsradius ab. »Wir haben den Künstler doch im Dorf. Marys Bekannter kann die Kulissen malen. Curtis, du brauchst dich also nicht zu kümmern. Meine Nichte Mary sorgt außerdem für die Tischdeko.«

»Mary macht doch das Catering. Da hat sie sicher genug zu tun«, versuchte die Regisseurin zu intervenieren. »Und ich weiß nicht, ob wir Simon Jenkins damit behelligen sollten.« Susan holte Luft. Das tat sie immer, wenn sie ihre Autorität vor der Klasse unangefochten wissen wollte. »Eine gemalte Bühnendeko kommt nicht infrage. Schließlich sind wir kein Bauerntheater.«

»Lass das mal meine Sorge sein. Ich habe einen kurzen Draht zu Mr. Jenkins. Meine Bitte wird er nicht abschlagen. Und Mary muss nur in ihren Schrank greifen, und schon ist die Tafel gedeckt.«

Curtis Stills sah zwischen den beiden Frauen hin und her. Zwei streitbare Alphatiere in der Theatertruppe; besser, er geriet da nicht zwischen die Fronten. Auch wenn er in diesem Stück lediglich der Requisiteur war.

»Ich denke, für heute sind wir durch. Ich übe dann noch ein bisschen Dudelsack und schließe später ab«, versuchte er den sich anbahnenden Machtkampf zu entschärfen.

»Du hast recht. Das war's für heute.« Susan Brockleby wandte sich zu Brian Kernow um, der die Unterhaltung stumm von seinem Stuhl aus verfolgt hatte. »Ich finde, dass du die genau richtige Besetzung bist. Der Saal wird toben. Da bin ich sicher.«

Der pensionierte Dozent für französische Geschichte deutete ein Kopfnicken an. Er steckte bereits tief in seiner Rolle als James der Butler. »Zu gütig, Madam.«

Susan lachte und bemerkte, dass Bishop unbeeindruckt tat und nach ihrer Handtasche griff.

»Bis kommenden Donnerstag. Ich schalte schon mal die Heizung aus.« Mit kurzen energischen Schritten verließ die künftige Miss Sophie den Betsaal.

Nachdem sich auch die anderen verabschiedet hatten, holte Stills das Instrument aus dem Nebenraum, der üblicherweise als Sonntagsschule diente, schulterte es und begann den Balg des Dudelsacks mit seiner Atemluft zu füllen.

Die ersten Töne klangen wie gewohnt eher kläglich. Er hatte erst vor ein paar Wochen mit dem Spielen begonnen, kurz nach der Beerdigung von Mortimer Gilbert. Das Instrument erinnerte ihn an die Nachmittage in seiner Kindheit, an denen Platten mit Dudelsackmusik aufgelegt worden waren.

Seine Lust am Üben hielt sich an diesem Abend jedoch in Grenzen, und er setzte das Mundstück mehrmals ab. Ihm fehlte immer noch die Kraft für das kontinuierliche Betätigen des Balgs. Statt sich auf die Musik zu konzentrieren, gingen ihm alle möglichen Gedanken durch den Kopf: Die beiden Frauen, die ihm in ihrem Streit wie dumme Gänse erschienen. Die nicht enden wollende Arbeit, die mit der Nachlassregelung einherging.

Normalerweise konnte Curtis bei den Proben die Welt um sich herum völlig ausblenden. Dann verwandelte sich der kalte Raum in eine sattgrüne Wiese im warmen Sommerlicht. Und er genoss das freie Spiel in der Natur, die leichte Brise, und sein Herz war voll Sehnsucht nach … Ja, wonach sehnte er sich? Er klemmte den Blasebalg fester unter den Arm. Darüber würde er später nachdenken, nun war Üben angesagt. Und es wurde in der Kirche nicht wärmer.

Als er das Mundstück erneut aufnehmen wollte, hielt er inne. Es war ihm, als habe er einen Luftzug gespürt. Er sah sich um. Die Außentür war geschlossen, und die zweite Tür im Nebenraum lag auch im Schloss. Jedenfalls meinte er sich daran zu erinnern.

Er konzentrierte sich wieder auf das Spiel. Ein Viertelstündchen noch, dann würde er in die Wärme seiner Wohnung fliehen.

Amazing Grace, how sweet the sound. That saved a wretch like me. Welch Gnade, wie süß dieser Klang, der einen armen Sünder wie mich errettete!

Mit dem Kirchenlied hatte er seinen inneren Frieden gefunden, damals, als er das Stück das erste Mal in der Gefängniskapelle von Wandsworth gehört hatte. Ein Dudelsack und volle Kirchenbänke, die Akustik hatte ihn umgehauen.

III.

Am nächsten Vormittag schloss Margaret Bishop die Dorfhalle hinter sich ab. Susan hatte sich in den Finger geschnitten, wenn sie dachte, dass der Raum ohne Kulissen auskommen würde. Ganz im Gegenteil. Die Zuschauer sollten das Gefühl haben, nicht nur Teil der Aufführung zu sein, sondern sozusagen mitten im Theaterstück zu sitzen, im Speisesaal eines ehrwürdigen Herrenhauses. Ein paar Ölschinken an der Wand, ein festlich gedeckter Tisch, mehr brauchten sie nicht auf der Bühne.

Was jedoch die Wände des Saals betraf, das war etwas völlig anderes. Sie hatte längst ihre eigenen Vorstellungen. Jenkins würde das schon hinbekommen. Der Ex-Polizist sah sich schließlich als ernst zu nehmenden Künstler. Und so jemandem stand es gut zu Gesicht, sich auch als Kulissenmaler hervorzutun. Da gab es doch berühmte Beispiele.

Entschlossen wandte sie sich ab. Sie würde hinunter in den Dorfladen gehen und Mary in ihr Vorhaben einweihen. Hatte sie erst ihre Nichte überzeugt, war der Rest kein Problem. Jenkins fraß Mary aus der Hand.

In der Kurve der schmalen Dorfstraße Richtung Cadgwith blieb sie stehen und warf einen Blick hinüber zur Kirche. 1888 war als Baujahr über dem gotisch anmutenden

Kirchenfenster eingemeißelt. Das blau gestrichene Tor zum winzigen Vorplatz und dem Eingang stand weit offen. Bishop zog verärgert die Brauen zusammen. Musste man sich denn um alles kümmern? Stills hatte das Gelände gestern Abend wieder einmal nicht ordentlich verlassen. Der Ex-Knacki würde nie lernen, was Disziplin und Ordnung bedeuteten.

Sie ging hinüber, um das doppelflügelige Törchen zu schließen. Außerdem würde sie überprüfen, ob auch die beiden Kirchentüren ordentlich verschlossen waren.

Die Vorsitzende des Verschönerungsvereins rüttelte unter dem kleinen Vorbau am Zugang zum eigentlichen Betraum. Abgeschlossen, stellte sie zufrieden fest. Als sie jedoch die Klinke der zweiten Tür herunterdrückte, die etwas versteckt im hinteren Teil des Baus lag, gab diese nach. Margaret Bishop nickte grimmig. Hatte sie es doch gewusst.

Verärgert stellte sie im Raum hinter dem Saal ihre Handtasche ab, um nun auch alle Fenster und Türen zu kontrollieren. Was sie sah, ließ sie mitten in der Bewegung innehalten.

Curtis Stills hatte die Kirche nicht verlassen, ebenso wenig der Dudelsack. Er lag zusammengesunken auf dem Boden. Daneben lag Stills. Auch aus dem Requisiteur war alles Leben entwichen. Dafür ragte der kurze dünne Schaft einer Lanze aus seinem Brustkorb. Als sei Curtis der unförmige Fuß einer Stehlampe, der der Schirm abhandengekommen war.

Sie war entsetzt und fasziniert zugleich.

»Curtis? Ist alles in Ordnung? Mach keine Witze«, flüsterte sie.

Aber Margaret Bishop wusste, dass sie keine Antwort mehr bekommen würde. Der Requisiteur war tot. Mit einem Speer erlegt wie eine Antilope.

Sie taumelte voller Dramatik einen Schritt zurück. Ihre Hände griffen ins Leere, dennoch ließ sie sich zurückfallen, ohne den Blick von der grotesken Szene zu wenden. Zielsicher landete sie auf einem der Stühle, die wie Büßer aufgereiht hinter ihr an der Wand standen.

Sie hatte sich schnell gefasst und ließ neugierig den Blick über den Toten schweifen. Hatte ein Stich mit einer Lanze nicht deutlich mehr Blut zur Folge? Sie würde Jenkins fragen. Der Ex-Polizist hatte in London bis zu seinem Unfall in einer Spezialeinheit der Metropolitan Police gearbeitet, er musste so etwas doch schon gesehen haben.

Als ihr klar wurde, dass sie gerade mitten in einem Tatort saß, schrak sie auf. Nicht dass man sie am Ende noch für die Mörderin des bedauernswerten Curtis Stills hielt. Vorsichtig stand sie auf und wischte mit einem Papiertaschentuch sorgfältig über die Sitzfläche. Dann bewegte sie sich rückwärts Richtung Ausgang, nahm ihre Handtasche an sich, was ihr sofort das Gefühl von Sicherheit zurückgab. Sie wischte auch über die Abstellfläche der Tasche. Dann zog sie die Tür ins Schloss und bearbeitete mit einem frischen Tuch sorgfältig den Griff. Sie hatte mit der Tat nichts zu tun, sie hatte den Toten lediglich gefunden.

Margaret stürmte über das schmale Asphaltband hinunter nach Cadgwith. Sie hatte keinen Blick für die wenigen, dick vermummten Einwohner, die ihr neugierig hinterhersahen.

Außer Atem schob sie die Tür zum Dorfladen auf, den Mary im Winter nur stundenweise geöffnet hatte.

»Du siehst aus, als sei der Leibhaftige hinter dir her. Hier bist du in Sicherheit, Tantchen. Und es ist warm«, frotzelte ihre Nichte.

Margaret stützte sich mit den Armen auf der Theke ab und rang nach Luft. »Hast du Gin da?«

Mary schüttelte verwundert den Kopf. »Was ist los mit dir? So kenne ich dich gar nicht, Tante Margaret.« Ihr ging allmählich auf, dass etwas Schlimmes passiert sein musste.

»Eine Lanze. Stills. Oben.« Die Worte kamen stoßweise. Margaret war zu sehr mit Atemholen beschäftigt.

»Beruhige dich erst mal. Eins nach dem anderen. Was ist passiert? Tee?« Mary versuchte, sich vom Entsetzen ihrer Tante nicht anstecken zu lassen.

Es dauerte noch mehrere Atemzüge, bis sie sich wieder im Griff hatte. »Curtis. Du weißt, unser Mann für die Requisiten. Er liegt oben in der Kirche, mit einer Lanze in der Brust.«

»Oh, mein Gott.« Mary griff zu ihrem Mobiltelefon. »Wir müssen den Rettungswagen rufen.«

Margaret winkte ab, nun wieder sichtlich gefasst. »Lass das deinen Bekannten machen. Wir gehen rüber ins Pub. Ich brauch jetzt einen Gin Tonic. Stills ist nicht mehr zu helfen, mir dagegen schon.«

IV.

»Das habe ich Ihnen doch schon gesagt, Detective Inspector. Ich habe in dem Stück *Dinner for One* die Hauptrolle der Miss Sophie. Ehrlich gesagt ist sie mir wie auf den Leib geschn…«

»Sie haben gestern Abend also geprobt. Wer war noch anwesend? Und wie lange ging das Treffen?« Detective Inspector Chris Marks unterbrach Bishop unwirsch, die, unbeeindruckt von seinen Einwänden, wie eine Telefonverkäuferin ihren Text abzuspulen versuchte.

»Das habe ich Ihnen doch …« Sie unterbrach sich. »Wir waren nur die kleine Besetzung. Die szenischen Lesungen sollen zu einem späteren Termin geprobt werden. Also die aus den Romanen von Maurier, die sind ja längst nicht so aufwendig. Im Raum waren Brian Kernow, im Stück mein Butler James. Wobei ich anmerken möchte, dass er nicht meine erste Wahl ist.« Als sie bemerkte, dass Marks kurz davorstand, endgültig die Geduld zu verlieren, kam sie auf seine Frage zurück. »Natürlich unsere – wie soll ich sagen? – Regisseurin, und selbstverständlich das Mordopfer.« Bishop rückte ihre Strickjacke zurecht, als verlange die Rolle der Miss Sophie eine tadellose Haltung nicht nur dem Personal, sondern auch der Ordnungsmacht gegenüber.

Marks hakte nach, auch wenn er die Antwort aus der bereits durchgeführten Befragung von Kernow und Brockleby schon kannte. Niemand konnte sich einen Reim darauf machen. »Die Lanze. Haben Sie eine Idee, woher sie stammen könnte? Gehört sie vielleicht zu Ihrem Theaterfundus?«

Margaret Bishop suchte mit dem Blick nach ihrer Handtasche, die sie nach dem Besuch im Pub achtlos auf dem ersten Tisch in Marys B&B-Frühstücksraum abgestellt hatte. Ihre unaufdringliche Gegenwart schien ihr neue Kraft zu geben. »Detective Inspector, bei allem Respekt, Sie können von einer Hauptdarstellerin doch nicht allen Ernstes verlangen, dass sie einen Überblick über den

Fundus hat. Das hat mich auch nicht zu interessieren. Es reicht, wenn die nötigen Accessoires rechtzeitig zur Hand sind. Um Ihre Frage zu beantworten: Nein, ich habe keine Ahnung.«

»Wann haben Sie die Kirche verlassen?«

»Auch das wissen Sie doch schon. Kurz nach zweiundzwanzig Uhr.«

»Und dann? Ist Ihnen etwas Ungewöhnliches aufgefallen?«

Es gab Tage, an denen hasste Marks seinen Job. Warum musste er manchen Zeugen alles aus der Nase ziehen? Marys Tante war eine jener Sorte Zeugen, die eine polizeiliche Befragung als Bühne für ihre Selbstdarstellung nutzten und kaum etwas zur Wahrheitsfindung beizutragen hatten.

»Ich habe die Heizung abgestellt und dann die Probe verlassen. Eine echte Probe war es ja nicht, Detective Inspector, eher eine Abstimmung der Abläufe.« Sie richtete den Blick nach innen, als müsse sie sich erst mühsam erinnern. »Unsere Regisseurin«, sie betonte das Wort auf eine Weise, dass Marks ahnte, was sie von ihr hielt, »wollte das so. Na ja. Anschließend bin ich nach Hause gegangen und habe auf meinen Mann gewartet. David kam kurz nach mir aus dem Pub, vom Treffen seiner Seekartenfreunde.«

»Sie wussten, dass Mr. Stills noch üben wollte?«

Bishop nickte.

»Und dennoch stellen Sie die Heizung ab?«

»Selbstverständlich. Wir leben in wirtschaftlich schwierigen Zeiten. Und das Dudelsackspielen ist Stills' Privatvergnügen.«

»Und warum sind Sie heute Vormittag in die Kirche gegangen?«

»Wissen Sie, ich kam aus der Dorfhalle und habe auf dem Weg nach Cadgwith gesehen, dass das Gatter zum Kirchhof offen stand. Stills ist … war die meiste Zeit eher unzuverlässig. Ich wollte sichergehen, dass alle Türen abgeschlossen sind.«

Marks nickte knapp, um ihr zu bedeuten, fortzufahren.

»Und dann lag er da.«

»Haben Sie etwas verändert?«

»Natürlich nicht.«

»Was haben Sie gedacht, als sie Mr. Stills gefunden haben?«

»Der Stehlampe fehlt der Schirm.«

»Ich verstehe nicht.«

»Na ja, der Körper als Fuß, die Lanze als Stange fürs Kabel und die Birnenfassung.«

Marks wollte nicht glauben, was er da hörte. Bishop war offenbar völlig übergeschnappt, oder der Fund der Leiche hatte sie schwer traumatisiert. »Soso.«

»Sie kennen doch sicher solche Stehlampen. Klobiger Fuß, dünner Schaft aus Holz und oben ein Schirm wie ein Hut. Waren in meiner Jugend sehr modern.«

Marys Tante stand tatsächlich noch unter Schock. »In welchem Verhältnis standen Sie zu Mr. Stills?«

»Verhältnis kann man das weiß Gott nicht nennen. Er ist vor ein paar Jahren im Dorf aufgetaucht. Damals, im Winter, hat man ihn kaum gesehen. Er lebt in einer kleinen Wohnung oberhalb von Poltesco, in Kuggar. Lebte … Curtis Stills hat alle möglichen Jobs gemacht, auch bei den Fischern ausgeholfen. Aber er war eher ein Lebenskünstler und Müßiggänger. Mehr weiß ich nicht. Doch, mir fällt ein, er hat eine größere Erbschaft gemacht. Viel hat er nicht darüber erzählt. Nur dass er sich nun keine Sorgen mehr machen muss.«

Marks hatte sich ein paar Notizen gemacht. »Mehr wissen Sie nicht?«

»Was denken Sie? Ich spioniere niemandem hinterher. Ich weiß nur, dass er meist hilfsbereit und einigermaßen gesellig war. Wenn es aber um Familie oder Herkunft ging, war er eher schweigsam.«

»In der Theatergruppe war er der Requisiteur?«

»Irgendwer muss den Job ja machen. Für unser Stück war er allerdings ein Glücksfall. Er hat das Tigerfell samt Kopf besorgt. Sein Onkel hat ihm diesen Mottenfänger vererbt, hat er erzählt. Dabei fällt mir ein, wir müssen es vor der Premiere reinigen lassen. Ich werde nicht mit diesem verstaubten Stück auf einer Bühne sein.«

Gute Güte, dachte Marks, *die Frau ist ja schlimmer als eine Primadonna.* »Wo der Onkel wohnte und wie er heißt, wissen Sie nicht?«

»Mortimer Gilbert. Er bewohnte ein Herrenhaus in Richtung der Straße nach Porthleven. Ich kann's Ihnen zeigen.«

»Nein, danke. Das erledigen wir schon.« Das fehlte noch, dass Marys Tante das Gefühl bekam, Teil des Ermittlerteams zu sein. Mary Morgan und Simon Jenkins stießen zu ihnen. Sie hatten in der Küche nebenan einen Tee getrunken.

»Möchtet ihr etwas trinken? Tee vielleicht?«, fragte Mary. »Ich kann auch schnell ein paar Sandwiches machen.«

Während Margaret nickte, war sich Marks nicht sicher. »Danke dir. Du hast sicher genug damit zu tun, dass ich meine Befragungen in deinen Frühstücksraum verlegt habe.«

»Keine Ursache. Im Augenblick habe ich ohnehin keine Gäste. Erst über Weihnachten und zum Jahreswechsel wird es wieder etwas voller.«

Sie verschwand in Richtung Küche, und schon war das Hantieren mit diversen Utensilien zu hören.

Marks stand auf. »Ich mache mich besser auf den Weg. Es gibt noch jede Menge Fragen zu klären.«

Simon nickte. »Ich begleite dich hinaus, Chris.« Margaret war anzusehen, dass es ihr nicht recht war, dass sich die beiden draußen ohne sie über den Fall unterhalten würden.

Simon begleitete Marks den schmalen Weg vom B&B hinunter auf die Dorfstraße.

»Marys Tante ist eine echte Zumutung.« Marks sah Simon von der Seite an. »Wie hält sie das nur aus?«

»Sie hat starke Nerven.« Simon lächelte. »Margaret ist nicht immer so schlimm. Nur wenn sie Publikum hat. Dann ist sie nicht zu bremsen. Ich weiß nicht, was dahintersteckt. Vermutlich eine gehörige Portion Minderwertigkeitskomplex.«

»Ist auch egal.« Der DI nickte. »Nach allem, was wir bisher wissen, war Stills vorbestraft. Drogen, Betrug, Urkundenfälschung. Drei Jahre Haft in unserem schönen Wandsworth. Dort ist er aber nicht weiter aufgefallen. Sein Leben ist schon früh aus dem Ruder gelaufen. Unter anderem war er Mitglied von Jugendbanden oben in Brighton. Die Eltern haben sich beide den goldenen Schuss gesetzt, in einem Auto. Curtis war damals gerade erst eingeschult worden. Er kam zu Pflegeeltern, dann ins Heim. Das Übliche. Einzig sein Onkel, der Bruder von Curtis'

Vater, hat sich um ihn gekümmert. Das sind die wenigen Informationen, die wir bisher zusammentragen konnten und die noch überprüft werden müssen.«

»Das ist doch schon mal ein Anfang. Der Onkel muss einen guten Einfluss auf ihn gehabt haben. Hier im Ort ist Stills jedenfalls nicht weiter aufgefallen. Wie Margaret gesagt hat, ein Lebenskünstler und Müßiggänger.«

»Wir werden uns in Kuggar umhören. Mal sehen, was die Nachbarn dort zu berichten haben.«

Simon rief sich in Erinnerung, was Mary ihm bereits über das Theaterprojekt erzählt hatte. »Der Onkel hat ihm das Tigerfell vererbt? Klingt, als sei der ein Exzentriker gewesen. Wer hat denn schon ein echtes Tigerfell zu Hause herumliegen? Mary meint, dass Curtis von ihm auch noch anderes bekommen hat.«

»Ich werde DS Bley darauf ansetzen.«

»Wie geht es ihr?« Simon wusste, dass die Polizistin lange mit sich gerungen hatte, ob sie weiterhin als Detective Sergeant in Helston arbeiten wollte.

Marks nickte. »Sie hat zugesagt, vorläufig wieder Dienst zu tun. Mit der Option, jederzeit aussteigen zu können.« Er schaute in den dunkelgrauen Himmel. »Bisher habe ich den Eindruck, dass sie stabil ist und uns auf Dauer erhalten bleibt. Das hilft uns, denn DS Temple wird auf absehbare Zeit nicht zurückkehren. Sie ist nach Abschluss ihres Profiler-Lehrgangs in den USA zunächst in Liverpool hängen geblieben. Dort war eine Stelle frei, die ihrem Anspruch mehr entgegenkam als das, was wir ihr hier hätten bieten können.« Er hob die Schultern wie ein vom Alltag wundgescheuerter Optimist, der am Ende erkennt, viel zu viel gewollt zu haben.

»Ich habe Temple als überaus ehrgeizig in Erinnerung.« Simon wollte seinem Freund Mut machen. »Sie wird zurückkommen, Chris. Lass sie ein paar Erfahrungen sammeln. Das wird eines Tages auch euch zugutekommen.«

Marks stellte den Mantelkragen auf. »Ich vergesse immer, dass es hier deutlich kälter ist als in Helston.«

Jenkins deutete zur Bucht hinaus. Dort schlugen die Wellen ungeduldig an die Felsen, als machten sie sich bereit für den längst fälligen Angriff auf den Hafen. »Der Wind wird in den kommenden Stunden deutlich zunehmen, und es wird noch ungemütlicher werden. Luke hat erzählt, dass die Fischer ihre Boote auf die Dorfstraße ziehen werden. Mit dem Ostwind ist nicht zu spaßen. Sturm ist angesagt.«

»Was macht deine Wirbelsäule?«

»Ich war vergangene Woche zum Check in der Klinik. Es wird nicht besser. Aber die Pillen machen die Schmerzen erträglich.« Jenkins blieb stehen und sah Marks an. »Das Leben hat damals entschieden, dass ich diesen Weg gehen muss. Und ich gehe ihn. Alles andere liegt nicht in meiner Hand.«

»Deinen Gleichmut möchte ich haben.« Chris Marks wusste, dass die Wirbel in Simons Nacken brisant waren. Eine falsche Bewegung, und sein Freund könnte querschnittsgelähmt bleiben. Der Unfall im Dienst damals in London hatte sein Leben von einem Tag auf den anderen unberechenbar gemacht.

»Das ist kein Gleichmut, das ist meine realistische Sicht auf die Dinge. Jammern bringt mich nicht weiter.«

Marks nahm das hin. »Wer mordet mit einer Lanze? Und woher stammt sie? Ist das ein zufälliges Tatwerkzeug, oder steckt eine Botschaft dahinter?« Er ahnte, was Simon entgegnen wollte. »Ist noch zu früh, ich weiß. Die KTU arbeitet noch daran.«

»Das Spezifische der Lanze zu identifizieren, wird sicher nicht das Problem sein.«

»Der Täter muss die Waffe mitgebracht haben. Bishop ist sie im Proberaum nicht aufgefallen. Und das wäre sie bestimmt, denn der Dame entgeht nichts.«

»Dann könnt ihr von Vorsatz ausgehen.«

Simon war versucht gewesen, von *wir* zu sprechen, hatte aber im letzten Augenblick die Kurve gekriegt. Er war schon lange kein Polizeibeamter mehr und wollte im Grunde auch nichts mehr mit Ermittlungen zu tun haben. Aber es fiel ihm dennoch schwer, sich zurückzuhalten. Zumal Chris ihn seit dem Mord an Victoria Bowdery bei Bedarf gerne als inoffizielles Mitglied des Ermittlerteams sah – weil er Simons Fähigkeiten schätzte, aber auch, weil er als Polizeibeamter und Außenstehender kaum die Chance hatte, all die Dinge zu erfahren, die Simon sozusagen im Vorbeigehen aufsammelte.

Das Denken der Menschen in Ruan Minor und Cadgwith war seit jeher von Misstrauen der Obrigkeit gegenüber geprägt. Sie führten das gerne auf ihre Vorfahren zurück, die nicht selten als Piraten ihr karges Auskommen in dieser ebenso kargen Gegend an der südwestlichsten Spitze Englands gehabt hatten. Ihr Credo: *London ist weit, und unsere Probleme lösen wir selbst. Die Polizei hat hier nichts zu suchen.*

»Was hältst du von der ganzen Sache?«

»Nichts. Ihr seid die Ermittler. Ich lebe hier als Künstler, und das soll sich nicht ändern.« Mit einem Seitenblick bemerkte er die Veränderung in Marks' Gesicht. »Schon gut. Ich halte die Augen offen. Den Rest müsst ihr erledigen.«

V.

DS Bley hatte den Wagen an der schmalen Zufahrt zu Horsley Hall abgestellt. Das hohe schmiedeeiserne Zufahrtstor war geschlossen. Die Polizistin stellte sich auf die Zehen, aber es war nichts zu erkennen. Große Rhododendren verdeckten den Blick auf das repräsentative Haus, in dem Curtis Stills' Onkel Mortimer Gilbert bis zu seinem Tod gelebt hatte – ein nicht nur mit Blick auf Stills' bescheidene Behausung in Kuggar luxuriöses Anwesen etwas abseits der Straße nach Porthleven.

Sie drückte den Klingelknopf, der in dem steinernen Torpfosten eingelassen war.

»Ja, bitte?«, klang es blechern aus dem Lautsprecher der Schließanlage.

»DS Annie Bley. Bei mir ist mein Kollege DC Allan Easterbrook. Wir haben ein paar Fragen.«

Statt einer Antwort summte der Türöffner.

»Schickes Häuschen«, brummte der Detective Constable, als er mit Bley dem mit Kies bestreuten Weg folgte. »Wir hätten aber auch den Wagen nehmen können.«

»Der kleine Fußweg wird uns guttun«, entgegnete sie und musterte den Kollegen kritisch.

Easterbrook wusste, was sie meinte, sagte aber nichts.

Die schwarz lackierte Haustür schwang auf, noch ehe sie das Portal des viktorianischen Baus aus behauenem Sandstein erreicht hatten.

»Kommen Sie herein«, meinte die etwa fünfundvierzig Jahre alte Frau mit einladender Geste. »Wir gehen in die Bibliothek. Folgen Sie mir bitte.«

Die beiden Ermittler kamen der Aufforderung nach und nutzten die Gelegenheit für eine schnelle Einordnung der Umgebung. Die Wände im Eingangsbereich waren in einem hellen Grün gestrichen. Auf der Anrichte in dem großzügigen Flur flankierten zwei silberne Kerzenleuchter mehrere gerahmte Fotografien, die Szenen aus Afrika zeigten. Menschen standen vor ihren Hütten, eine Herde Elefanten, das Ende einer Großwildjagd mit einem stolzen Weißen. Darüber hing das gemalte Porträt eines ernst auf sie blickenden Mannes, das im frühen 19. Jahrhundert entstanden sein mochte.

»Mein Ururgroßvater mütterlicherseits«, erklärte die Frau mit einer Stimme, die zu einer Fremdenführerin gepasst hätte. Sie war es offenbar gewohnt, das Ölbild zu kommentieren.

Die Bibliothek von Horsley Hall war im hinteren Teil des Hauses untergebracht. Als sie die breite dunkle Eichentreppe passierten, deutete sie nach oben. »Die Schlafräume und Bäder. Mein Vater hat sie noch kurz vor seinem Tod sanieren lassen.«

Sie betraten die Bibliothek durch eine zweiflügelige Tür. Deren reiche Schnitzereien ließen keinen Zweifel, dass man nun einen bedeutsamen Raum betreten würde. Detective Constable Easterbrook ließ den Blick schweifen, als sei er als Tourist auf Besichtigungstour. Es roch nach altem Papier und Leder. Eine Bibliothek mit deckenhohen Regalen, die sich über alle vier Wände erstreckten, unterbrochen lediglich von zwei Fenstern und einem mächtigen

Nashornschädel, der über einem offenen Kamin hing. Im Kamin lag kalte Asche; die Wärme kam aus den Heizkörpern unterhalb der Sprossenfenster.

»Nehmen Sie doch bitte Platz.« Die Frau deutete auf die schweren Chesterfield-Sessel. »Kann ich Ihnen etwas anbieten? Einen Tee vielleicht? Das Wetter ist nicht gerade einladend. Es sieht nach Schnee aus. Die Bücher sind übrigens nicht sehr wertvoll, wenn Sie mich fragen. Sie sind von meinen Vorfahren nicht nach Themen oder besonderen Schwerpunkten gesammelt worden. Ihr wohl wichtigstes Kriterium war: Hauptsache Ledereinband. Na ja, mein Fall sind die Schinken nicht. Aber ich habe mich noch gar nicht vorgestellt. Faye Gilbert.« Sie nickte ihnen zu.

Die Frau plapperte, als müsse sie ihre Nervosität übertünchen.

»Ich würde gerne …«

DS Bley unterbrach ihren Kollegen. »Wir haben lediglich ein paar Fragen.«

»Mir war klar, dass Sie kommen würden. Ich habe es vorgestern Abend in den Nachrichten gehört. Wie schrecklich.«

»Wann haben Sie Ihren Cousin das letzte Mal gesehen?«, fragte Bley und nickte dem DC zu, der seinen Notizblock gezückt hatte.

»Wenn ich mich recht entsinne, war das vor gut vier Wochen.«

»Was war der Anlass?«

»Ich habe Curtis angerufen und gefragt, ob er etwas von den Sachen meines Vaters möchte. Die beiden standen sich sehr nahe. Und ich wollte vermeiden, dass er sich übergangen fühlt. Er hat sofort begeistert zugestimmt. Wie gesagt, die beiden hatten ein besonderes Verhältnis. Beinahe wie Vater und Sohn.« Gilbert schickte ihrer Erklärung ein angedeutetes Lächeln hinterher.

»Wie aufmerksam und fürsorglich von Ihnen.«

»Curtis war ein netter Bursche. Er hat es im Leben nicht immer leicht gehabt. Schon als Kind nicht. Wir haben uns zwar nicht oft gesehen, aber wir haben uns gemocht. Wie grausam er gestorben ist. Ich kann es immer noch nicht glauben. Er hat doch niemandem etwas getan.« Sie zog ein Papiertaschentuch hervor und begann es in den Händen zu kneten.

»Gehörte zu den Erbstücken auch ein Tigerfell?«

Gilbert nickte. »Das alte Mottending? Ja, ja. Und noch mehr. Speere zum Beispiel, und eines dieser traditionellen Gewänder. Mein Vater hat die Sachen aus Afrika mitgebracht. Er hat sie sehr geliebt, und deshalb war es nur richtig, dass Curtis sie erbt.«

»Welche Beziehung hatte Ihr Vater zu Afrika, wenn ich fragen darf?« DS Bley registrierte, dass es in Gilberts Augen glitzerte.

»Dad hat lange Jahre in verschiedenen afrikanischen Staaten gearbeitet, als Mitarbeiter der Britischen Botschaft. Durch seinen Unternehmergeist auch abseits des Jobs ist er zu einem gewissen Wohlstand gekommen, wie Sie sehen. Horsley Hall hat er günstig gekauft, da war ich gerade mal zehn.« Sie zuckte nachlässig mit den Schultern. »Er hat einiges an Geld in den Kasten gesteckt. Wenn ich ehrlich bin, habe ich meinen Vater in dieser Zeit nur selten zu Gesicht bekommen. Ich war regelrecht eifersüchtig auf den verdammten Kontinent. Er hat mir den Vater genommen, habe ich gedacht.« Sie lächelte. »Aber das ist lange vorbei. Ich habe längst meinen Frieden mit Afrika gemacht.«

»Sie sagen, dass auch Speere in der Erbmasse sind. Wie viele sind das?«

Faye Gilbert neigte den Kopf zur Seite, wie es Menschen tun, die sich nicht sicher sind. »Das weiß ich nicht genau. Ich hatte alles in der Garage zusammengestellt und nicht wirklich auf die Menge geachtet. Es könnte schon ein halbes Dutzend gewesen sein. Vielleicht waren es auch mehr. Warum fragen Sie?«

»Gibt es davon Fotos?«, wollte Bley wissen. Sie hatten der Presse lediglich mitgeteilt, dass Stills getötet worden war, ohne aber die Tatwaffe zu nennen.

Gilbert stand auf und setzte sich sofort wieder. »Es müssen in einem der Fotoalben Abbildungen sein. Aber auch die hat Curtis an sich genommen.«

»Sie wollten nichts von diesen Erinnerungen behalten?« Allan Easterbrook runzelte die Stirn.

»Afrikanische Kunst oder Kultur war für mich nie sonderlich interessant, wie gesagt. Ich mag den Kontinent vor allem wegen der Natur und der Tierwelt. Ich mag eher moderne Kunst, und das auch nur am Rande. Meine Freizeit widme ich den Naturwissenschaften. In den Tiefen der höheren Mathematik kann ich mich regelrecht verlieren. Naturgesetze und Berechenbarkeit sind meine Leidenschaft. Die Erinnerungsstücke sind … waren bei Curtis besser aufgehoben.«

Sie lehnte sich zurück und schlug die Beine übereinander. Der Ledersessel kommentierte die zur Schau gestellte Lässigkeit mit einem Knarzen. Gilberts Tochter wirkte in diesem Augenblick wie das Mädchen, das sich in dem viel zu großen Lieblingsmöbel seines Vaters umständlich zurechtrückt. Chesterfields waren für ältere Herren mit Zigarre und Whiskyglas gemacht.

Easterbrook nickte, als sei ihm diese Leidenschaft nur allzu bekannt. Der Detective Constable hatte Bley in einem seltenen Moment der Vertrautheit gestanden, dass sein Herz für alte Messingplaketten schlug, die ursprünglich einmal Teil von Zaumzeug gewesen waren. Sie kannte die nur aus Pubs, in denen sie als Deko über dem Tresen oder an offenen Kaminen hingen. Dass es Menschen gab, die ernsthaft solche Plaketten sammelten, war ihr bis dahin nicht bewusst gewesen. Aber dieser Tick passte zu Allan, ebenso wie der kitschige Teebecher auf seinem Schreibtisch, der zu einem der Dienstjubiläen der Queen auf den Markt gekommen war.

»In der Garage zusammengestellt, sagten Sie?«

»So war der Abtransport einfacher für Curtis.« Sie stellte die Beine wieder parallel auf den Boden. »Nun ja. Ich werde das Haus verkaufen. Wir schauen gerade nach einem passenden Notartermin. Es ist für mich allein einfach zu groß. Der Unterhalt für das alte Gemäuer würde mich außerdem ein Vermögen kosten. Und das Geld habe ich nicht. Ein, zwei Nummern kleiner tut es ja auch.«

Easterbrook nickte verständnisvoll.

Bley blieb sachlich. »Es gibt keine finanziellen Rücklagen?«

»Mein Vater hat seinen Besitz aufgeteilt. Curtis hat das Geld geerbt, ich das Haus. Er hat diese Entscheidung lange vor seinem Tod getroffen. Und sie ist richtig.« Ihr Blick schweifte durch den Raum, als nähme sie bereits Abschied von den Büchern. »Ich schätze mal, Dad wollte damit etwas gutmachen. Er hat seinen Bruder und vor allem seine Schwägerin nicht sonderlich gut behandelt. Am Ende haben sie sich regelrecht gehasst. Sein Bruder hat damals Schmuck meiner Mutter geklaut, um sich von dem Geld Heroin zu kaufen.«

»Ihre Mutter lebt schon lange nicht mehr?«

Gilbert nickte. »Brustkrebs. Fast zwanzig Jahre her.«

»Was arbeiten Sie, Mrs. Gilbert?«

»Ich habe als Krankenpflegerin gearbeitet. In Truro. Aber im Augenblick bin ich krankgeschrieben. Meinen Bandscheiben macht die Arbeit auf der Station zu schaffen. Das Lagern der Patienten ist auf die Dauer Schwerstarbeit. Ich soll mir einen neuen Job suchen, sagen die Ärzte. Der Verschleiß ist enorm.«

»Verstehe.« DC Easterbrook war voller Mitgefühl.

»Ich denke, wir haben im Augenblick keine weiteren Fragen. Wobei, eine vielleicht doch noch: Haben Sie eine Idee, wer Ihren Cousin auf dem Gewissen haben könnte?«

In der Frau ging eine überraschende Veränderung vor. Die Krankenpflegerin brach in Tränen aus.

»Nein. Ich habe in meinem Leben schon manche Menschen sterben sehen, und ich habe gedacht, dass mir der Tod nichts ausmacht. Aber seit vorgestern weiß ich, dass der Schutzmechanismus nur für den Umgang mit Fremden gilt. Mein professioneller Umgang mit dem Sterben hilft mir jetzt überhaupt nicht. Ich muss immer wieder an Curtis denken und wie schrecklich der Moment gewesen sein muss, als er seinem Mörder begegnet ist. Ich habe nicht die geringste Ahnung, wer so etwas tut.« Sie schlug die Hände vors Gesicht. »Nun bin ich ganz allein.«

»Sie haben keinen Partner?« DC Easterbrook klang ernsthaft besorgt.

Sie schüttelte den Kopf. »Mein Schichtdienst, wissen Sie. Gift für jede Beziehung. Außer ein paar flüchtigen Begegnungen war da nichts. Und dabei wird es wohl auch bleiben. Mein Traum vom Ritter auf dem Schimmel wird wohl ewig ein Traum bleiben.«

DS Bley wusste nur zu gut, wovon die Frau sprach.

Faye Gilbert wischte sich mit dem Handrücken die Tränen aus dem Gesicht. »Sie wissen sicher, dass Curtis im Gefängnis war. Drei Jahre in Wandsworth. Das alte Muster: Der Apfel fällt nicht weit vom Stamm. Unter anderem hat er mit harten Drogen gehandelt. Gott sei Dank hat er die Kurve gekriegt. Genutzt hat es ihm nichts. Aber, das will ich eigentlich sagen, es kann doch sein, dass damals, also in seiner wilden Zeit, Dinge passiert sind, die nun zur Eskalation geführt haben.«

»Was meinen Sie? Sie klingen, als wüssten Sie mehr.«

Faye Gilbert beugte sich vor. »Genaues weiß ich auch nicht. Nur dass er in jener Zeit oft in London war und dort auf großem Fuß gelebt hat. Er hat mir einmal anvertraut, dass er dort einen Gönner hat, dem er viel verdankt.«

»London?« DS Bley wurde hellhörig.

»Er ist zu der Zeit dicke Schlitten gefahren. Wohl nicht seine eigenen Autos. Er hat Andeutungen gemacht, dass sie einer, wie er sagte, wichtigen, einflussreichen Person gehörten. Jemandem mit sehr viel Geld.«

»Einen Namen hat er nicht genannt?« Bleys Nackenhaare hatten sich aufgerichtet.

»Ich kann mich nicht erinnern, nein.«

London war der Sehnsuchtsort und die Basis vieler Kartelle der Organisierten Kriminalität. Menschen-, Drogen- oder Organhandel, Waffen oder Immobilien. Es gab keine Spielart, die nicht dort Fuß gefasst hatte. Bley wusste, dass deren Tentakel nicht selten bis nach Cornwall reichten. »Bitte denken Sie noch einmal nach.«

Faye Gilbert sah an ihr vorbei zu einem der Bücherregale, als vermutete sie die Antwort dort als Lesezeichen in einem der in Schweinsleder gebundenen Folianten.

Nachdem sie eine Weile geschwiegen hatte, schüttelte sie den Kopf. »So gerne ich Ihnen helfen möchte, ich weiß es wirklich nicht. Ich war damals nur froh, dass er nicht auch noch uns in seine kriminellen Geschäfte hineingezogen hat. Wie gesagt, ein liebenswerter Kerl, damals aber auch unberechenbar.«

»Hat Ihr Cousin damals erwähnt, in welchem Gewerbe«, Easterbrook markierte das Wort mit den Fingern mit Gänsefüßchen, »er unterwegs war? Vielleicht ergeben sich für uns ja daraus Anhaltspunkte.«

Auf Faye Gilberts Gesicht erschien zum ersten Mal so etwas wie ein Lächeln. »Nein, tut mir leid. Ich würde Ihnen ja gerne helfen, Detective Constable.« Sie beschrieb mit der Hand einen Bogen, der das ganze Haus umfassen sollte. »Ich bin froh, dass das alles bald Geschichte ist und damit der Weg frei, endlich neu anzufangen.«

Auf dem Weg ins Präsidium gab DC Easterbrook seine ersten Theorien zum Besten. »Das klingt nach einem Fall Organisierter Kriminalität. Curtis Stills wird jemandem auf die Füße getreten sein, der nun zurückgeschlagen hat. Vielleicht hat Stills Dinge ausgeplaudert, versehentlich oder nicht, die nicht für öffentliche Ohren bestimmt waren.

Oder er ist ein Kollateralschaden, im Sinne des Wortes zwischen die Fronten rivalisierender Gangs geraten. Oder es hatte jemand eine Rechnung mit ihm offen aus Knastzeiten. Es gibt alle möglichen Ansätze.«

Er drückte sich zufrieden in das Polster des Dienstwagens. Seine Überlegungen reichten für wochenlange Ermittlungen, die er in Ruhe von seinem Schreibtisch aus erledigen würde. Zu wissen, was ihn erwartete, beruhigte ihn ungemein. Stabilität war eine nicht zu unterschätzende Größe in seinem Dienstalltag.

»Aber warum erst jetzt?« Bley verfolgte mit den Augen einen großen grauen Helikopter, der in niedriger Höhe auf den Royal-Navy-Stützpunkt Culdrose zuflog.

»Das ist doch ganz einfach.« Easterbrook hatte einige Mühe, nicht überheblich zu klingen. »Seine Verbindungen von damals haben spitzgekriegt, dass ihr Buddy geerbt hat.«

Möglich, dachte Bley. »Bin gespannt, ob DI Marks schon das Ergebnis der KTU zur Lanze vorliegen hat. Außerdem sollte er sich um das Thema Erbschaft kümmern. Ab welcher Summe lohnt sich ein Mord?«

»Also, wenn du mich fragst, ich würde schon bei …« Easterbrooks Stimme brach schlingernd ab, als er sah, dass Bley die Augenbrauen hob.

Die restliche Fahrt verlief schweigend. In die Stille mischte sich nur das Klickgeräusch des Blinkers, wenn Annie Bley abbiegen musste.

VI.

Mary stützte den Kopf in die Hände und sah nachdenklich aus dem großen Fenster des Frühstücksraums hinaus auf die Bucht. Die graue See war aufgewühlt, die hohen Wellen trugen dichte Gischtkämme und rollten unermüdlich auf den Kies. Die Fischer hatten ihre Boote weit hinauf in den Naturhafen gezogen, bis dicht an die Straße. Das Wasser würde diesmal bis an die Giebelfront des alten Maschinenhauses reichen, im schlimmsten Fall bis an die Mauern von *The Old Cellars*. Vereinzelt waren Möwen unterwegs. Sie nutzten die Windböen, um hastig von einer Felswand zur anderen zu wechseln. Der Winter würde hart werden. Die ersten Herbststürme waren bereits heftig gewesen, und die Temperaturen waren unerwartet schnell gefallen.

Sie hatte den Dorfladen nur noch stundenweise geöffnet. Um diese Zeit verirrten sich kaum noch Touristen nach Cadgwith, und für die Kunden aus dem Ort, die nur schnell die Dinge kaufen wollten, die sie beim Großeinkauf in einem der Supermärkte in Helston vergessen hatten, lohnte der Aufwand kaum.

Der späte Herbst und der beginnende Winter waren die Zeit, in der Mary ein wenig Muße hatte. Die Gästezimmer und die übrigen Räume ihres B&B waren hergerichtet, einzig die lästige Buchhaltung wartete. Zeit genug, um sich Gedanken über die Zukunft und das Leben im Dorf zu machen. Die Buchungen für das kommende Jahr waren zahlreich und versprachen ein weiteres erfolgreiches Jahr als Pensionswirtin.

Marys Gedanken wanderten zum Mord an Curtis Stills. Die Tat lag nun schon beinahe eine Woche zurück, und ganz Ruan Minor und Cadgwith standen immer noch unter Schock. Je mehr man über das Opfer sprach, umso klarer wurde, dass ihn niemand wirklich gekannt hatte. Er war zwar Gast im Pub gewesen und auch Kunde in Claires Laden oben in Ruan Minor, er hatte bei den Fischern ausgeholfen, aber er hatte zu der schweigsameren Sorte Mensch gehört. Er war da, aber er fiel nicht weiter auf. Eine Haltung, die er sich wohl in seiner Zeit im Gefängnis angeeignet hatte – das war Simons Erklärung gewesen. Meist hatte Curtis allein auf einer der Bänke auf der schmalen Landzunge gesessen, die den Hafen von der winzigen, steinigen Bucht trennte und die die Dorfbewohner in einem Anflug von angeborenem Understatement gerne als ihren *Strand* bezeichneten.

Sie selbst hatte ein paarmal Stills' Dienste in Anspruch genommen, damals, als sie nach ihrer Rückkehr aus Deutschland ihr Elternhaus zum B&B umgebaut hatte. Curtis hatte schnell und ohne viele Umstände die ihm aufgetragenen Arbeiten erledigt und auch nicht versucht, den vereinbarten Lohn am Ende neu zu verhandeln. Sie war mit seiner Arbeit sehr zufrieden gewesen. Aber auch sie musste sich eingestehen, dem Menschen Curtis Stills damals nicht nahegekommen zu sein.

Mary hatte ihn erst wieder wahrgenommen, als er sich auf den Aufruf der Theatergruppe in der *Ruan Minor Gazette* gemeldet hatte. Bei den Besprechungen hatte er sich nicht sonderlich hervorgetan und auch keine Rolle für sich reklamiert. Er kümmere sich gerne um die Requisiten und würde Luke bei dessen Arbeit als Beleuchter zur Hand gehen. Ein durch und durch praktisch veranlagter Zeitgenosse, der sich allein schon dadurch verdient gemacht hatte, dass er das Tigerfell für den Einakter besorgt hatte.

»Jemand zu Hause?«

Simons warme Stimme holte sie in die Wirklichkeit ihres gemütlich eingerichteten Frühstücksraums zurück.

»Ich habe dich gar nicht kommen hören.« Sie stand auf und begrüßte ihn mit einer kurzen Umarmung. »Du bringst Kälte mit.«

»Kein Wetter für einen langen Spaziergang.« Er legte seine Tasche ab, die er an einem Riemen über die Schulter getragen hatte.

»Etwas Warmes?«

Er nickte und zog die dicke Jacke aus, die wohl einmal einem Fischer gehört hatte und die er schon bald nach seinem Umzug nach Cadgwith in einem der Wohltätigkeitsläden in Helston gekauft hatte. Während Mary in der Küche werkelte, zog Simon aus der Tasche einen Linoldruck hervor, den er erst am Vortag hergestellt hatte. Er würde neben das Foto ihres Vaters passen, das Mary vor einiger Zeit aufgehängt hatte. Vorausgesetzt, ihr gefiel die Arbeit.

Während er auf den Tee wartete, breitete sich in ihm eine wohlige Zufriedenheit aus, genährt von dem Feuer im Kamin, den Mary eher selten benutzte.

»Oha, ein neues Werk?«, meinte sie mit einem Seitenblick, als sie mit einem Tablett mit zwei dampfenden Bechern, Milchkännchen und Zuckerdose zurückkehrte und es auf dem Tisch abstellte.

»Ich dachte, das würde sich gut neben dem Foto deines Vaters machen.«

Mary nahm den in Blau gedruckten Linolschnitt in die Hand und begutachtete ihn mit dem geschulten Blick einer Restauratorin und studierten Kunst- und Kulturhistorikerin.

»Sei nicht allzu streng mit mir.« Simon lächelte.

»Unsinn.« Sie sah vom Blatt zu Simon. »Das ist gut. Und das Thema passt.« Sie legte den Druck auf den Tisch zurück. »Zu meinem Vater und zur Jahreszeit. Die Boote auf der Dorfstraße, weil sie bei östlichem Wind und Sturm nicht auslaufen können. Was ich besonders gelungen finde, ist die Perspektive, die du gewählt hast. Es wirkt so, als blicke der Betrachter von innen durch das Bullauge eines der Fischerboote auf die Szene. Sehr schön.« Sie hob ihren Becher. »Die Arbeit passt perfekt in dieses Zimmer. Mein Vater hätte sicher seine Freude daran gehabt. Und auch die Gäste werden sie lieben.«

»Dein Vater muss ein wunderbarer Mensch gewesen sein.«

»Ein echter Fischer. Ehrlich, und wenn es sein musste, auch unnachgiebig. Er hatte so große Hände. Als Kind habe ich immer gedacht, ich könnte mich in ihnen verstecken.«

Ihm gefiel diese Vorstellung.

»Ich habe eben an Curtis denken müssen. Ein furchtbarer Tod. Erstochen mit einer Lanze. Hat sich Chris bei dir gemeldet?«

Simon verneinte. »Er wird gerade eine Menge zu tun haben. Und ich wüsste nicht, wie ich ihm helfen könnte. Vor allem will ich das auch gar nicht. Na ja.«

Sie hob entschuldigend die Hände. »Ich weiß. Du bist nicht länger Bulle und willst dich auch nicht kümmern. Ich werde das schon noch lernen.« *Und kannst es doch nicht sein lassen*, setzte sie in Gedanken hinzu. Simon konnte nicht aus seiner Haut. Aber das wollte er nicht zugeben. Schon in der Reha, kurz nach dem Unfall, sei ihm klar geworden, dass der Beruf des Detective Sergeant für ihn passé war. Und doch gaben seine Gedanken über das Leben und das Verbrechen zu erkennen, dass er sich daran niemals würde halten können.

»Was sagt denn die dörfliche Gerüchteküche?«

Eine nur oberflächlich beiläufige Frage, bemerkte sie. Also doch. Da war es wieder, das Interesse des Ermittlers. Sie verkniff sich ein Schmunzeln. »Du kennst die Leute. Sie nutzen jedes Thema, um den Alltag ein wenig interessanter zu gestalten. Da kommen Gerüchte und Tratsch gerade recht.«

»Du hast mich ertappt«, gestand er schmunzelnd.

Sie erwiderte sein Lächeln. »Tantchen ist gerade das It-Girl im Dorf. Sie lässt kaum eine Gelegenheit aus, um ihre Beteiligung an dem Fall hervorzuheben.« Sie schüttelte verständnislos den Kopf. »Mit Pietät und Mitgefühl hat das nichts zu tun. Besonders drastisch ist ihre Schilderung der Lanze.«

»Wir mussten in London den Mord an einem Diplomaten aufklären. Der Mitarbeiter eines Unternehmens, das seltene Erden in Simbabwe schürft und dem eine zu enge Verbindung zu lokalen Stammesfürsten nachgesagt wurde, war nach dem Besuch einer Wohltätigkeitsparty im Hyde Park erstochen aufgefunden worden. Ermordet mit einem Speer. Daran habe ich denken müssen, als Chris mir ein Foto der Tatwaffe geschickt hat. Sie gleicht dem Speer aus London.«

»Du vermutest einen Zusammenhang?«

»Nein. Wir haben damals die Tat recht schnell aufgeklärt. Ein Eifersuchtsdrama, bei dem es außerdem um jede Menge Schwarzgeld ging. Der Täter stammte aus der erweiterten Familie des Opfers. Was ich sagen will, ist, dass die Herkunft der Tatwaffe aus der Kirche für mich ziemlich eindeutig geklärt ist. Wenn es dich interessiert?«

»Sicher.«

»Der Speer ist ein sogenannter Assegai. Entworfen hat ihn ein Zulukönig vor gut zweihundert Jahren. Das Besondere ist die lange breite Klinge, wobei der Holzschaft vergleichsweise kurz ist. Das hat den Vorteil, dass der Speer sich besonders gut als Stoßwaffe eignet. Für die damalige Zeit und den Süden Afrikas eine revolutionäre Entwicklung auf dem Waffensektor. Und heute ein sehr begehrtes Sammlerobjekt.«

»Könnte das ein Hinweis auf den Täter sein?«

»Eher nicht, wenn es denn stimmt, dass Stills die Waffe von seinem Onkel geerbt hat. Die große Frage bleibt also vorerst: Wie ist der Mörder in den Besitz des Speeres gelangt?«

»Er ist Curtis aus der Wohnung gestohlen worden. Oder er hat ihn, ohne es zu wissen, an seinen späteren Mörder verkauft.«

»Beides ist möglich.« Simon drehte nachdenklich den Becher auf der Tischplatte. »Aber das darf mich nicht wirklich umtreiben.«

Mary wechselte das Thema. »Ich hatte eigentlich vor, noch ein Stück über den Küstenpfad zu gehen und mir den Wind um die Nase wehen zu lassen. Aber angesichts des Wetters lasse ich das besser. Schau dir die Wolkengebirge an, und wie früh es dunkel wird. Am besten lege ich noch ein paar Scheite auf und verziehe mich mit einem Buch auf die Couch.«

»Ich wollte sowieso gleich gehen. Im Atelier wartet noch ein bisschen Arbeit auf mich.« Er trank den Becher leer.

»So habe ich das nicht gemeint, Simon.«

»Ich weiß.«

»Dann bleib doch noch. Ich mach uns noch einen Tee.«

Jenkins schüttelte den Kopf. »Ein anderes Mal gerne.« Als er aufstand und nach seinem Gehstock griff, zuckte er kaum merklich zusammen.

»Schmerzen?«

»Das Wetter tut mir nicht gut. Geht aber schon wieder.«

»Das ist gut.« Sie hütete sich davor, zu viel Mitgefühl und Sorge zu zeigen. Sie wusste, dass Simon wenig mehr verabscheute als allzu viel – wenn auch gut gemeinte – Rücksicht auf seine Behinderung.

»Hat Susan Brockleby schon entschieden, wann und ob die Proben weitergehen?« Er hängte sich seine Tasche um.

»Die Truppe will unbedingt weitermachen, auch um an Curtis zu erinnern.« Sie stand auf und begleitete Simon zur Tür.

VII.

DI Chris Marks nickte seiner Mitarbeiterin zu, die ihm im Büro gegenübersaß. »Die KTU hat bestätigt, dass es sich bei der Tatwaffe um diesen ganz besonderen Speer handelt. Simon Jenkins hatte also recht mit seiner Vermutung.«

»Das ist ein nettes Detail, das uns aber nicht weiterhilft.« DS Bley blätterte durch eine dünne Mappe vor und zurück. »Nicht ein Fingerabdruck. Weder auf dem Speer noch an der Tür. Sauber abgewischt. Gefunden wurden die Abdrücke der Schauspieler, einer Putzfrau und jede Menge alte Abdrücke, die von allen möglichen Menschen stammen können. Nichts Konkretes. Keine Fremdspuren an der Leiche, nicht nur die Türklinken wurden sorgfältig abgewischt, auch einer der Stühle. Auf dieses Detail kann sich die KTU keinen Reim machen und ich mir auch nicht.«

»Der Täter kann ja nicht durch die Luft gekommen sein.« Marks war ungehalten. Seit dem Vortag hatte er mit den Vorboten einer Erkältung zu tun. Der Hals kratzte, die Nase war verstopft, und er hatte Kopfschmerzen, die von Stunde zu Stunde lästiger wurden. Das hatte ihm gerade noch gefehlt. Einen Mord aufklären mit triefender Nase war nicht das, was er sich für die anstehende Adventszeit wünschte.

»Im gesamten Kirchenraum gibt es keine verdächtigen Spuren.« Bley legte den Schnellhefter auf ihren Knien ab. »Und es gibt im Ort niemanden, der etwas Verdächtiges bemerkt hat. Das ist auch nicht weiter verwunderlich. Bei diesen Temperaturen ist niemand aus freien Stücken spätabends auf der Straße unterwegs. Einzig der Kameramann, der direkt hinter der Kirche wohnt, hat angegeben, er habe sich gewundert, dass das Dudelsackspiel früher als üblich aufhörte. So können wir zumindest in etwa den Todeszeitpunkt festlegen. Seine Zeitangabe deckt sich mit den Ergebnissen der Leichenschau.«

Marks versuchte sich zu konzentrieren. Um sein Denken hatte sich ein dicker Wattebausch gelegt, der offenbar gewillt war, länger dort zu bleiben.

»In Stills' Wohnung gab auch nichts sonderlich Auffälliges«, fasste er den mageren Bericht der KTU aus dem Gedächtnis zusammen. Marks spürte, dass sein Versuch, über die Berichte ins gemeinsame Brainstorming zu kommen, wenig Erfolg haben würde. Im Grunde sollte er sich auf die Couch verziehen, Medikamente schlucken, bei einer Flasche Whisky Musik hören und auf Besserung warten.

Bley blätterte erneut durch den Schnellhefter. »Ein paar afrikanische Masken, offenbar kein Touristenkitsch, Musik-CDs unterschiedlichster Stilrichtungen, drei Taschenbücher, ein paar DVDs, meist Pornos, und das, was ein männlicher Single in seiner Wohnung hat. Sein Vauxhall hat auch schon bessere Zeiten erlebt. Der Wagen ist übrigens auf seinen Onkel zugelassen.«

»Onkel Mortimer hatte wirklich einen Narren an seinem Neffen gefressen. Wo gibt es so etwas heute noch, dass sich die Familie tatsächlich um die Familie kümmert?«

Sie zuckte mit den Schultern, als spräche ihr Vorgesetzter über etwas völlig Unbekanntes. »Die Kollegen von der Kriminaltechnik haben auch keine Einbruchsspuren gefunden.«

»Hm. Entweder hat Stills einen zweiten Schlüssel an Mr. oder Mrs. Unbekannt verliehen, oder der Einbrecher war ein Profi.«

»Gehen wir also davon aus, dass die Tatwaffe aus der Wohnung entwendet wurde?«

»Eine andere Erklärung gibt es wohl nicht, oder? Hat seine Cousine nicht ausgesagt, dass Stills alles mitgenommen hat?«

Sie nickte. »So hat sie das uns gegenüber angegeben, ja, Sir.«

»Sind die Nachbarn und auch der Vermieter befragt worden? Hat vielleicht jemand einen Fremden mit einem sperrigen Gegenstand das Haus verlassen sehen? Hat jemand in der Nähe herumgelungert? Sind Stills und sein Mörder vielleicht gemeinsam und mitsamt dem Speer aus dem Haus gegangen?«

»Kollege Easterbrook hat mit allen infrage Kommenden gesprochen. Niemand hat etwas Verdächtiges bemerkt.«

»Ungewöhnlich in so einer kleinen Siedlung wie Kuggar, oder?«

»Ungewöhnlich, aber nicht ausgeschlossen.«

»Gibt es in der Gegend CCTVs?«

Sie blätterte in ihren Aufzeichnungen. »Gibt es, allein schon wegen der Campingplätze in der Gegend. Die Kollegen warten noch auf das Material. Dauert also noch.«

»Ist Stills' Mobiltelefon schon ausgewertet worden?« Marks warf einen Blick zur Wanduhr.

»Müsste längst vorliegen. Ich warte auch schon ungeduldig«, antwortete Bley.

»Wir werden mit der Gefängnisleitung in Wandsworth sprechen müssen. Vielleicht finden wir Motiv und Hinweise auf den Täter dort.«

»In Cadgwith werden wir jedenfalls nicht weit kommen. Stand jetzt, gibt es dort niemanden, der ihm ans Fell wollte. Vielleicht stoßen wir in der Liste der Häftlinge oder Zellengenossen auf etwas.«

»Dann sollten Sie mit der Arbeit beginnen. Wenn Sie Hilfe brauchen, nehmen Sie Easterbrook dazu.«

DS Annie Bley verließ sein Büro mit einer allzu deutlichen Körpersprache. Sie würde alles tun, um möglichst ohne den Detective Constable voranzukommen. Marks hatte damit gerechnet, denn Allan Easterbrook war nicht unbedingt der beliebteste Kollege. Zwar akribisch, dazu aber bequem und ohne große Karriereambitionen. Er genoss die Arbeit an seinem Schreibtisch, den er nur dann verließ, wenn im Zuge der Ermittlungen ein Pub in Sicht war für ein Mittagessen oder ein frisches Pint.

Der Detective Inspector schwang mit seinem Drehstuhl herum und sah aus dem Fenster. Die Kälte hatte die Welt draußen fest im Griff. Sogar die bleiche Wintersonne wirkte wie erstarrt.

Und wie erstarrt war auch das Verhältnis zwischen ihm und Bley. Nachdem sie sich aufgrund der Ereignisse um die vier Frauen des Cadgwith-Ruderclubs nähergekommen waren und er die Hoffnung gehegt hatte, zu ihr ein weitgehend normales Verhältnis aufbauen zu können, waren sie nun wieder bei null angelangt. Die Auszeit hatte Bley zwar gutgetan, aber ihre Einstellung ihm gegenüber hatte sich nicht geändert. Wobei er kapiert hatte, dass das nicht allein an ihm lag, sondern vor allem an Bleys Sicht auf Männer im Allgemeinen. Und auch das konnte er nachvollziehen. Trotzdem wünschte er sich ein bisschen mehr Wärme im Miteinander. DS Annie Bley war immer auf den jeweiligen Fall fokussiert, Emotionen leistete sie sich keine. Ein Eigenschutz, der ihr nicht nur in ihrem Beruf zugutekam.

Marks sah auf seine Armbanduhr. Louise müsste bald Feierabend haben – wenn ihr nicht noch ein Notfall dazwischenkam. Er hatte die Anästhesistin schon geraume Zeit nicht mehr gesehen. Sie hatte in den vergangenen Wochen ständig Sonderschichten übernommen, ebenso freiwillig wie gezwungenermaßen. Die Personaldecke in ihrer

Klinik in Penzance war so dünn wie überall im Land. Es gab kaum Bewerber um freie Stellen, und auch die Lage auf dem Ausbildungssektor war alles andere als rosig.

Mehr als ein Telefonat ab und an war in dieser Zeit nicht drin gewesen. Und selbst dann waren ihre Gespräche mehr von Müdigkeit geprägt als von fröhlichem Gedankenaustausch. Aber auch sein Zeitplan war immer wieder durcheinandergeraten, darin unterschied sich sein Beruf nur wenig vom Arbeitsethos und der Unplanbarkeit eines Klinikjobs. Sie hatten sich fest vorgenommen, das spätestens um Weihnachten herum zu ändern. Wobei sie beide zugleich wussten, dass das nicht mehr als ein frommer Wunsch war. Bei der Polizei brachte nicht selten der sogenannte Weihnachtsmord alle Advents- und Festtagspläne durcheinander, und auch in der Klinik mussten dann verstärkt Notfälle versorgt werden; nicht selten Opfer von Ehedramen, verursacht durch zu hohe Erwartungen an den vermeintlich schönsten Tagen im Jahr.

DI Marks drehte seinen Stuhl wieder Richtung Schreibtisch. Er würde es später bei Louise versuchen. Zunächst wollte er mit Simon telefonieren. Vielleicht wusste der, wo sie mit ihren Ermittlungen in London ansetzen konnten. Als Ex-Mitglied einer Sondereinheit der Metropolitan Police hatte er sicher noch die eine oder andere Informationsquelle.

Jenkins meldete sich erst nach mehrfachem Klingeln.

»Habe ich dich geweckt?« Marks warf einen Blick zur Wanduhr.

»Ich stecke gerade bis zu den Ellenbogen in blauer Farbe. Ich musste mir erst einen Lappen suchen und aufpassen, dass ich den Linoldruck nicht versaue. Was gibt's?«

»Ich weiß, dass ich das nicht tun sollte. Aber dennoch. Curtis Stills hat drei Jahre in Wandsworth gesessen. Verurteilt unter anderem wegen Drogenhandels, Geldwäsche, als Mitglied einer kriminellen Vereinigung …«

Jenkins unterbrach ihn. »Der typische kleine Fisch, der seine Knochen für die Bosse herhalten musste. Mit der vagen Aussicht, dass es sich am Ende für ihn auszahlen wird.«

»So scheint es zu sein.« Marks zog einen Schreibblock zu sich und begann mit seinem Kugelschreiber zu spielen. »Hast du aus deiner Londoner Zeit noch den einen oder anderen Informanten im Blick, der etwas über Stills und sein Umfeld wissen könnte?«

Es dauerte eine Weile, bis Jenkins antwortete.

»Ich könnte eine Kollegin anrufen. Wenn sie denn noch in der Abteilung zur Bekämpfung der Organisierten Kriminalität arbeitet.« Eine Pause. »Und sofern sie gewillt ist, mir Auskunft zu geben.«

»Das ist gut. Parallel werden wir mit dem Anstaltsleiter reden und uns die Liste der Häftlinge schicken lassen, die zur gleichen Zeit wie Stills eingesessen haben. Wenn ich an den Dienstweg denke, so fürchte ich, dass ich von dir schneller eine Antwort bekomme.«

»Freu dich nur nicht zu früh.«

»Ich weiß doch, wie es ist, einem Schwätzchen mit einem alten Kollegen weicht niemand aus.«

»Wenn es um sensible Inhalte geht, schon.«

»Ich danke dir auf jeden Fall schon mal.« Marks überlegte kurz, ob er noch eine Bemerkung anschließen sollte. Schließlich fuhr er fort, denn er ahnte, dass sein Freund längst in diese Richtung dachte. »Vielleicht führt die Spur ja zu Lehmann.«

»Ich melde mich.« Simons Stimme klang gequält, als er die Verbindung unterbrach.

Lehmann war der Grund für die dramatische Wendung in Simons Leben, seine Behinderung, den Tod seiner geliebten Moira und die Ruhelosigkeit. Er würde Hans Lehmann zur Strecke bringen, solange ihm die Kraft dazu blieb, hatte er Marks einmal in einem der seltenen Einblicke in seine Gefühlswelt gestanden. Er würde nicht eher Frieden finden, bis der als grausam geltende Kopf eines der größten Kartelle auf der Insel für seine Taten büßen musste. Dabei hatte Simon offengelassen, ob er dabei auf die Macht der Justiz setzte oder die Sache selbst in die Hand nehmen wollte.

Lehmann hatte sich dafür gerächt, dass die Ermittler seine Tochter festgesetzt hatten. Selbst Lehmanns Einfluss bis in die Spitzen der englischen Politik hatte sie nicht vor einer Gefängnisstrafe bewahrt. Und im Gefängnis war sie dann umgebracht worden. Simons Ermittlungserfolg war nach Lehmanns Lesart gleichzeitig Simons Todesurteil.

Marks malte abstrakte Muster auf das Papier, ohne dass er sich dessen bewusst war. Er würde seinem Freund natürlich jederzeit zur Seite stehen, aber er wusste zugleich, dass er dem Verbrecher, der sich irgendwo in London aufhielt, nicht so ohne Weiteres gewachsen war. Lehmann war von anderem Kaliber als die Täter, mit denen er es normalerweise zu tun hatte. Ein oft strapaziertes Bild, aber auf Lehmann traf es zu: Der Deutsche war das personifizierte Böse.

Marks griff erneut zum Telefonhörer und wählte die Nummer von Louise Taylor.

Besetzt.

VIII.

»Bist du sicher?«

»Ja. Danke, dass du mich abholen willst, aber heute Abend steht mir nicht der Sinn nach Musik.«

»Eine Folk Night ohne dich ist nur der halbe Spaß«, versuchte Luke ihn zu locken.

»Heute nicht«, gab Simon unnötig schroff zurück.

Luke, längst nur noch Teilzeitfischer, hatte Simon schon bei dessen Ankunft in Cadgwith ins Herz geschlossen und half immer dann, wenn er Unterstützung brauchte. Nun saß er in Simons Küche und schaute einigermaßen irritiert.

»War nicht so gemeint, Luke. Tut mir leid.«

»Dein Rücken?«

»Auch.«

»Was ist es dann?« Luke schob die unvermeidliche Wollmütze zurück und kratzte sich am Kopf.

»Ich weiß es auch nicht. Ich fühle mich insgesamt nicht wohl.«

»Kriegst du Husten? Meine Gill hat sicher ein Rezept, das dich schnell wieder auf die Beine bringt. Sie beschäftigt sich schon seit einiger Zeit mit Naturheilkunde. Ich bin da eher auf einen starken Rum abonniert. Warm trinken und dann ins Bett, alles ausschwitzen. Naturheilender geht es nicht.« Luke grinste schief.

Auch Simon lächelte. »Die alten Hausmittelchen der Fischer, schon klar.«

»Aber nun mal Klartext. So kenn ich dich nicht. Dich beschäftigt etwas, das eine heftige Ursache haben muss.«

»Luke, mein Freund, du hast ein Gespür für Zwischentöne. Aber trotzdem möchte ich nicht darüber sprechen. Nicht heute.«

»Weil dich das alles zu sehr belastet?«, hakte Luke nach, mit einem Ton, der auch zu einem Gesprächstherapeuten gepasst hätte.

Als Simon nichts erwiderte, stand er auf und legte die Hand auf Simons Schulter. »Ist schon gut. Ich lass dich besser allein. Aber wenn du Hilfe brauchst, melde dich. Und vielleicht überkommt dich ja doch noch die Lust auf den einen oder anderen Song. Das Cadgwith Cove Inn wartet auf dich.«

Mit sorgenvollem Blick verließ er Simons Cottage.

Ohne weiter nachzudenken, wählte Simon die Nummer in London, die sich aus unterschiedlichen Gründen in sein Gehirn eingebrannt hatte.

»Baxter.«

Ihre Stimme hatte immer noch den gleichen warmen, freundlich-verbindlichen Klang, der jedoch sofort eine Festigkeit erreichen konnte, die keinen Widerspruch duldete.

»Ich bin es, Simon.«

»Das nenne ich mal Timing. Wie lange ist es her, dass wir festgestellt haben, wir sollten uns mal wieder treffen?«

Er überhörte ihren Sarkasmus. In Wahrheit war sie es gewesen, die ihn nach London hatte einladen wollen.

»Wie geht es dir, Simon?« Die Wärme in ihrer Stimme vertrieb den sarkastischen Ton umgehend. »Was macht die Wirbelsäule?«

»Ich bin zufrieden.« Was sollte er ihr von seinen Schmerzen berichten, mit denen er für den Rest des Lebens würde zurechtkommen müssen? Und was sollte er ihr von den

Flashbacks erzählen, die ihn immer wieder heimsuchten und in denen Moira und Lehmann eine zentrale Rolle spielten?

»Lass uns nicht lange um den heißen Brei herumreden. Du hast Glück, dass du mich noch im Büro erwischst. Ich bin zu einem Vortrag eingeladen und quasi schon auf dem Weg. Ich bin sicher, dass du mich nicht anrufst, um mich zu daten.«

»Du hast recht. Lass uns keine Zeit verlieren. Es geht um Curtis Stills.«

Mit der gebotenen Ausführlichkeit, mit der sie als Partner in der Spezialeinheit früher ihre Informationen ausgetauscht hatten, berichtete Simon von dem Mord und den bisherigen Ergebnissen der Ermittlungen.

»Das ist nicht viel.« Ihre Stimme klang kühl.

»Deshalb mein Anruf. Kannst du mir alles besorgen, was ihr über Stills wisst oder noch in Erfahrung bringen könnt?«

»Natürlich nicht. Aber das weißt du ja.« Ihr Lachen klang unecht.

»Bitte, Helen.«

»Warum meldest du dich immer nur dann, wenn du etwas von mir willst, Simon?«

»Helen …«

»Schon gut, ich weiß. Ich dachte nur, du hast den Kopf wieder für anderes frei.«

Er schüttelte den Kopf, obwohl sie das nicht sehen konnte, und schwieg.

»Ich muss jetzt wirklich los. Ich werd sehen, was ich tun kann. Erwarte nicht zu viel. Du weißt, dass du mich mit deiner Bitte in Schwierigkeiten bringen kannst.«

»Natürlich, Hel…«

Es klickte in der Leitung. Er blickte lange auf das Display seines Mobiltelefons und legte es dann auf den Tisch. Im Grunde konnte er ihr nicht böse sein.

Simon ging hinüber ins Wohnzimmer. Auch wenn noch Zeit genug war, zur Folk Night würde er heute nicht gehen. Stattdessen legte er die zweite Seite der Dave-Mason-LP auf, die mit Masons Cover von Sam Cookes *Bring It On Home to Me* begann. *If you ever change your mind / About leaving, leaving me behind / Baby, bring it to me / Bring your sweet loving / Bring it on home to me.*

Er hatte die Version schon lange nicht mehr gehört. Helen hatte ihm die Schallplatte geschenkt, nachdem er ihr bei einer gemeinsamen Nachtschicht gestanden hatte, sich in Moira verliebt zu haben. Dass er sie, Helen, weiterhin als Kollegin schätzte und als gute Freundin nicht verlieren wollte. Das hatte selbst in seinen Ohren unehrlich geklungen, aber er hatte keine Wahl gehabt und auch nicht haben wollen.

Helen hatte seine Entscheidung mit nicht viel mehr als einer hochgezogenen Augenbraue kommentiert. In jener Nacht hatten sie ihren Auftrag professionell durchgezogen. Danach hatten sie sich wegen unterschiedlicher Einsätze einige Zeit nicht gesehen. Wenig später lehnte die Langspielplatte mit einem handgeschriebenen Gruß an seiner Spindtür. Sie hatten seither vermieden, zu den gleichen Schichten eingeteilt zu werden. Seit seinem Unfall, bei dem Moira auf schreckliche Weise ums Leben kam, hatte er Helen Baxter nicht gesehen und nur äußerst selten gesprochen.

Simon drehte die Schallplatte um. *Show Me Some Affection.* Diese besonderen Zeilen: *But I just came to leave / A little lovin' at your door.* Ich bin einfach nur gekommen, um ein klein wenig Liebe an deiner Tür zurückzulassen.

Er beschloss beim Blick auf den Titel, lieber eine andere LP aufzulegen. Helen war längst Geschichte. Und ihre gemeinsame Zeit war nur sehr kurz gewesen, hatte in Wahrheit nie wirklich existiert. Er war nicht dafür verantwortlich, wenn sie nicht loslassen konnte.

Er legte Elkie Brooks auf. *Where Do We Go From Here.*

IX.

»Die Unterlagen werden wohl noch ein paar Tage auf sich warten lassen.«

Chris Marks hatte keine andere Nachricht erwartet. Der Knast war nicht eben um die Ecke. Zudem war die Verwaltung des Londoner Gefängnisses notorisch überlastet. Sein Detective Chief Inspector hatte gönnerhaft sein Wissen über *das Leben und Arbeiten in der Metropole* mit ihm geteilt, als er mit ihm die Ermittlungsschritte besprochen hatte. DCI Sattler war ein aufgeblasener, selbstgefälliger Chef, der kaum eine Gelegenheit ausließ, sich seiner *besten Kontakte bis ins britische Parlament* zu rühmen.

»Dann mussen wir uns eben gedulden, DS Bley, und noch einmal die bisherigen Ergebnisse überprüfen, ob sich nicht doch noch ein anderer, möglicherweise vielversprechender Ermittlungsansatz ergibt.«

»Ich habe alles bereits ein paarmal auf links gedreht. Mir fällt nichts ein.«

»Und Easterbrook?«

Detective Sergeant Annie Bley sah aus, als wollte sie gleich Feuer spucken. Sie hatte heute ihre Gesichtszüge nur unzureichend unter Kontrolle.

»Ich weiß, Bley, ich weiß.«

»Ich hätte da noch etwas. Wenn Sie erlauben, Sir, nehme ich morgen Vormittag überstundenfrei.« Sie strich sich über ihre unzähmbaren halblangen Haare, die sie mittlerweile blond gefärbt hatte. Wobei sie an den Wurzeln schon wieder ihre ursprüngliche Farbe zeigten. Eine Geste, die ihre Unsicherheit unterstrich.

»Nur zu.« Marks machte eine gönnerhafte Handbewegung. »Es scheint gerade nichts anzubrennen.« Er hätte zu gerne gewusst, was sie vorhatte. Die Frage nach Freizeit war äußerst ungewöhnlich für sie. Aber er hatte nicht den Mut, sie zu fragen. Er hätte ohnehin keine zufriedenstellende Antwort bekommen.

Aber was war an ihr schon gewöhnlich? Marks war ihrer Sicht aufs Leben immer noch nicht auf die Spur gekommen. Er wusste lediglich, dass sie in ihrer Kindheit Dinge erlebt hatte, die Mädchen in ihrem Alter besser nicht erleben müssen. Bei ihren letzten Ermittlungen war sie über ihre Grenzen gegangen, und es hatte lange gedauert, bis sie wieder Dienst machen konnte.

Chris Marks hatte die Detective Sergeant längst in sein Herz geschlossen, im Grunde schon damals bei ihrem Dienstantritt. Sie arbeitete professionell und zügig, sie vermied Überflüssiges und wirkte daher äußerst unnahbar. Allein schon wegen ihrer Frisur, die sich weniger durch einen bestimmten Stil als durch ein ungeordnetes Durcheinander auf dem Kopf auszeichnete, galt sie im Präsidium bildlich als Kratzbürste, mit der niemand in Streit geraten wollte. Bei den Kolleginnen und Kollegen hatte sie sich durch ihre zupackende Art Respekt und Achtung verschafft, zugleich gingen sie ihr jedoch aus dem Weg.

Neben der ungewöhnlichen Haartracht war ihre Kleidung ein weiteres Zeichen dafür, dass es DS Bley nicht um Äußerlichkeiten ging. In ihrer Zeit als Constable hatten Uniform und Dienstmütze dafür gesorgt, dass sie durch ihre eigenwillige Erscheinung nicht weiter aufgefallen war. Sie hatte sich auch nach ihrer Beförderung nur sehr zeitverzögert von der Uniform getrennt.

Marks war ihre besondere Erscheinung durchaus recht, ließ sie ein Gegenüber doch leicht zu dem falschen Schluss kommen, mit ihr leichtes Spiel zu haben. Es gab mittlerweile eine ganze Reihe von Straftätern, die eines Besseren belehrt worden waren.

DS Bley lebte allein in einer kleinen Wohnung in Helston. Bei seinen wenigen Besuchen hatte sie auf ihn gewirkt, als sei die Bewohnerin noch lange nicht vollständig eingezogen oder gerade im Begriff, die Wohnung zu wechseln. Privates hatte er nicht entdecken können. Ein Provisorium auf Zeit hatte er erlebt, kein gemütliches Nest, in das man sich nach Dienstschluss gerne zurückzog. Obwohl die Heizung funktionierte, hatte er beim Betreten der Bleibe eine Art Kälte verspürt, die ihn irritiert hatte. Das hatte vor allem an den kahlen Wänden gelegen, aber nicht nur.

Es gab wenige Mitarbeiter im Präsidium, über die er sich auch nur annähernd so viele Gedanken machte wie über sie. DS Bley war das Gegenteil von dem, was ihn am anderen Geschlecht interessierte, und doch hatte er sich bald derart zu ihr hingezogen gefühlt, dass er schon Sorge hatte, sich in sie verliebt zu haben. Aber diesen Zahn hatte sie ihm bereits früh gezogen. Als er aus rein kollegialem Interesse den einen oder anderen gemeinsamen Pubbesuch oder ein Essen vorgeschlagen hatte, war sie jedes Mal ablehnend gewesen. So, als habe sie gefürchtet, dass hinter dem Interesse des Vorgesetzten der Mann lauerte.

Marks fuhr sich mit der Hand übers Gesicht und massierte dabei seine Wangen. Er sollte Simon einen Besuch abstatten. Vielleicht hatte er seine Fühler schon ausgestreckt und war damit tatsächlich die Abkürzung, die er und sein Ermittlerteam gerade dringend brauchten. Er wusste nur zu gut, dass er Simon nicht in die Ermittlungen einbinden durfte. Aber was sprach gegen den kleinen Dienstweg, wenn er der Sache diente? Schließlich war Jenkins nicht irgendein Zivilist, der bei den Ermittlungen nichts zu suchen hatte. Einen Mann mit seinen Erfahrungen musste man einfach zurate ziehen.

Er stand auf und warf sich den Staubmantel über, in den er das wärmende Futter eingeknöpft hatte. Bevor er die Bürotür schloss, kontrollierte er den Thermostat am Heizkörper. Nur gut, dass die Verwaltung im Spätherbst die Ventile ausgetauscht hatte. So würden sie warm über den Winter kommen. Mit Grauen musste er an die kalten Monate vor zwei Jahren denken, in denen die Heizung immer wieder ausgefallen war und sie sich mit billigen Heizöfchen hatten behelfen müssen.

Er steckte den Kopf in Bleys Büro. »Ich bin mal Richtung Cadgwith unterwegs.« Er sah ihren fragenden Blick, war aber schon auf dem Weg zum Ausgang. Am Tresen im Empfangsbereich wiederholte er seine Absicht und erntete lediglich ein kurzes Nicken des diensthabenden Constable.

Er trat in einen grauen Tag hinaus. Wieder einmal. Er hatte das Gefühl, dass die dunkle Jahreszeit in den vergangenen Wochen noch um einiges dunkler geworden war. Er sah die Straße entlang Richtung Innenstadt. Von weihnachtlichem Flair war noch wenig zu sehen, er hatte eher das Gefühl, dass die Stadt in kollektive Kältestarre verfallen war. Wer nicht rausmusste, blieb lieber zu Hause. Eine Weihnachtsbeleuchtung lohnte da wohl noch nicht.

Die Wolken hingen tief über der Ebene, als er der Straße an der Marinebasis vorbei folgte. Auf dem endlos weit erscheinenden Gelände brannten an den Gebäuden, den Verwaltungseinheiten, den Lagerhallen und Werkstätten Laternen und Scheinwerfer, aber sie konnten den Eindruck von Trostlosigkeit nicht mindern, sondern verstärkten ihn eher. Es herrschte kein Flugbetrieb. Das war gut so, denn Helikopter bei dieser Jahreszeit verhießen meist nichts Gutes. Im Augenblick schien kein Fischkutter oder Frachter in Seenot zu sein. Die Hubschrauber standen mit hängenden Rotorblättern auf dem Asphalt, und ihre graue Außenhaut verschmolz mit dem trüben Wetter. Erstarrte Insekten.

In Cadgwith ließ er den Dienstwagen bis auf die winzige freie Fläche am Eingang zum Todden ausrollen, die ansonsten von großen blauen Wannen dominiert wurde, in denen Netze gelagert waren. Vom Todden aus hatte er einen weiten Blick auf die See hinaus. Bei gutem Wetter. Nun hatte er den Eindruck, vor einer bedrohlichen Nebelwand zu stehen.

Im Dorfladen brannte kein Licht, zudem verwehrte eine Jalousie den Einblick. Auch die drei übrigen Läden waren geschlossen. Die verwaiste Dorfstraße verstärkte den Eindruck der Leere, die auch von Marks Besitz zu ergreifen drohte.

Er traf seinen Freund im Atelier an, wo sich ein Heizofen Respekt zu verschaffen suchte. Sobald man aber außerhalb seines Radius stand, war überfallartig die Kälte da.

»Dass du hier arbeiten kannst.« Chris klopfte an den Türrahmen und trat ein.

Simon ließ nicht erkennen, ob ihn der plötzliche Besuch erschreckt hatte. Er beugte sich gerade über den Druckstock und antwortete: »Solange ich mich auf meine Arbeit konzentriere, merke ich nichts.«

»Ich hoffe, ich störe nicht.« Marks trat näher.

»Ganz im Gegenteil. Ich verspüre gerade das nahezu unbändige Verlangen nach einem kalten Gin Tonic im warmen Wohnzimmer.« Er öffnete die Linoldruckpresse, entnahm das frische Blatt und hielt es gegen das Licht, um nach Fehlern zu suchen. Als er keine fand, reichte er es Marks. »Für dich.«

»Oh, ein kleines Schiff in einer verkorkten Flasche. Als Mast ein Kreuz. Sehr prosaisch.«

»Eine meiner ersten Arbeiten. Ich habe den alten Druckstock noch einmal hervorgekramt. Ein paar Blätter werde ich noch drucken können.«

»Gibt es einen Grund für eine Neuauflage dieser allegorischen Darstellung?«

»Reine Nostalgie.« Simon suchte nach seinem Gehstock. »Und ich wollte mal sehen, ob sich das Motiv vergrößert als Bühnenbild eignet für die szenischen Lesungen.«

»Bishop hat dich also rumgekriegt.« In Chris' Feststellung schwang eine deutliche Portion Spott mit.

»Ach was. Die Arbeit könnte zu Mauriers Texten passen. Und die Theatergruppe besteht zum Glück ja nicht nur aus Mrs. Bishop.«

Auf dem Weg ins Wohnzimmer nahm Simon ein paar Eiswürfel aus dem Gefrierfach und füllte sie in eine kleine Schüssel. »Musik?« Dann besann er sich. »Lass mich raten, du bist nicht zufällig dienstlich hier?«

»Ein wenig Ablenkung kann nicht schaden. Was legst du auf?«

Simon musste nicht lange suchen. »Dave Edmunds. *Tracks on Wax*.«

Marks verzog anerkennend den Mund. »Gewagt. Aber warum nicht?«

Nachdem sie eine LP-Seite bei einem Gin Tonic genossen hatten, kam Marks zur Sache.

»Die Unterlagen aus Wandsworth sind noch nicht da. Ich hatte es geahnt. Der DCI hat zwar getönt, er könne sie in kürzester Zeit besorgen, aber wie immer hat er nur heiße Luft verkauft. Die Wandsworth-Verwaltung macht ihren Job, aber sie macht nicht voran.« Er trank den letzten Schluck. »Und da kommst du ins Spiel. Wir treten auf der Stelle.«

Simon wollte sich nicht lange mit Erklärungen aufhalten. »Du erinnerst dich sicher an Helen? Der Kontakt im Mordfall mit dem Torso?«

Marks nickte.

»Sie wollte zuerst nicht, aber dann hat sie mich gestern Mittag doch noch angerufen. Sie hat sich dazu eigens ein Pub um die Ecke ausgesucht. Alter Ermittlertick – bloß keine Spuren hinterlassen.« Er hob die Augenbrauen, bevor er fortfuhr. »Ich habe nicht wirklich damit gerechnet, dass sie mir helfen kann. Aber dann hat sie doch ein paar interessante Dinge erzählt.«

»Immer mit dem Hinweis, dass du ihren Namen heraushalten musst und die Informationen nicht so ohne Weiteres benutzen darfst. Ich weiß«, warf Marks ein.

»Stills hat drei Jahre eingesessen. Nach allem, was sie weiß, hat er das Urteil akzeptiert und die Strafe angetreten, um jemand anderen zu schützen. Das willfährige Bauernopfer. Fährst du ein, gibt's am Ende eine Belohnung. Stills war damals wohl Teil eines – ja was? – Drogen-, Geldwäsche-, Waffen- und Menschenhändlerrings, der weite Teile Londons beherrschte, aber auch im Rest des Landes bestens vernetzt und aktiv ist, wie auch auf dem Kontinent.«

»Sag nicht, du redest von …«

»Von genau dem.« Simons Gesicht verdunkelte sich zusehends.

»Immer wieder Lehmann.«

»Die Ratte und ihr Nest. Wohin du in London auch trittst, immer triffst du auf einen seiner Vasallen. Und in diesem Fall auf einen alten Bekannten.«

Er musste nicht lange überlegen. »Keith Stone?« Marks wagte kaum den Namen auszusprechen, da er wusste, was er damit in Simon auslöste. Lehmanns Statthalter in Cornwall und Devon war ihnen schon einmal fast ins Netz gegangen. Aber Ratten waren schlau. Die vierbeinigen wie auch die auf zwei Beinen.

Simon nickte kaum merklich.

»Lass gut sein. Die Infos reichen mir.« Marks wollte das Thema wechseln.

»Schon gut, Chris. Lehmann ist mein Schicksal. Es hat keinen Sinn, ihm ausweichen zu wollen. Er will mich vernichten. Aber ich werde schneller sein. Und wenn es das Letzte ist, was ich tue.« Er konnte ein sarkastisches Auflachen nicht unterdrücken. »Zu viel Pathos, ich weiß. Aber ich meine es genau so.«

»Dann wissen wir also, wo wir ansetzen müssen. Vielleicht können mir meine Kontakte sagen, wo wir nach Stone suchen müssen.«

»Noch einmal Pathos: Auch wenn wir Stone mit dem Mord an Stills in Verbindung bringen, ihn sogar ausschalten können, es wird nichts ändern. Wie die Hydra. Du schlägst dem Ungeheuer einen Kopf ab, und schon wachsen zwei neue nach. Es geht am Ende immer um Lehmann.«

»Das mag so sein, und ich kann dich sehr gut verstehen, Simon. Aber zunächst müssen wir Curtis Stills' Mörder finden. Und mit *wir* meine ich die Polizei von Helston. Du hast nur den Anfang gesetzt, von dem aus wir weiterkommen.«

»Du machst es dir zu einfach, Chris. Du hast mich auf die Spur gebracht, und ab jetzt wirst du mich nicht mehr los.«

Marks gefiel die Schärfe in Simons Stimme nicht, aber er schwieg. Er wusste, dass er etwas losgetreten hatte, das er nicht mehr würde stoppen können.

»Lass uns über was Schöneres reden.« Marks lehnte sich im Sofa zurück. »Hast du noch einen Musiktipp für mich?« Er sah sein leeres Glas an. »Und noch einen Kleinen?«

»Sicher.« Simon stand auf und ging hinüber zum Plattenspieler. »Was hältst du von den Streetwalkers?«

»Roger Chapman? Ewig nicht mehr gehört.«

Während *Downtown Flyers* lief, mixte Simon zwei neue Drinks. Sein Lächeln fiel eine Spur zu hinterhältig aus. »Wie geht es mit Louise voran?«

»Du mich auch.«

X.

»Es gibt niemanden in der Szene, der Keith Stone in jüngster Zeit gesehen hat.« DC Easterbrook schüttelte bedauernd den Kopf. Seine Ermittlungen hatten lediglich zu drei Pints in drei verschiedenen Pubs geführt. Das war zwar okay, aber nicht das, was er seinem Chef berichten wollte.

»Weil niemand reden will? Oder weil es so ist?« DI Marks war mehr als skeptisch. Er meinte zudem, beim Detective Constable eine reichlich entspannte Körperhaltung wahrzunehmen.

Easterbrook setzte zu einer ausschweifenden Erklärung an, als DS Bley das Blue Anchor betrat. Das Pub war zu dieser Stunde nur mäßig besucht. Das Wetter lag wie eine eisige Barriere vor den Gebäuden der Stadt, und der Himmel schien keinen Zweifel aufkommen zu lassen, dass er bald Schnee schicken würde.

»Wusste ich es doch.« Ihre Körpersprache ähnelte der einer Gouvernante, die ihre Schutzbefohlenen beim Rauchen erwischt hatte.

»Das hatten wir doch kommuniziert, DS Bley.« Marks war kurz davor, seiner Mitarbeiterin einen Tadel zu erteilen, bremste sich aber noch rechtzeitig. »Mittagspause im Pub. Easterbrook ist auch gerade erst eingetroffen.«

»Mag sein.« Sie zuckte achtlos mit den Schultern. »Wichtiger ist, dass wir eine Spur haben.«

Ihre Ankündigung veränderte in Bruchteilen von Sekunden die Körperspannung der beiden Männer.

»Setzen Sie sich doch erst einmal.« Marks klang väterlicher, als er beabsichtigt hatte.

»Wir sollten los. Stone soll sich in Porthleven aufhalten. Unter falschem Namen eingecheckt im Harbour Inn.« Bleys Stimme zitterte vor Genugtuung.

»Bitte nicht ganz so schnell.« Der DI bot ihr weiterhin den Platz an.

Bley setzte sich widerstrebend.

»Woher haben Sie die Information?«

»Der Zufall kreiert seine eigenen Geschichten. Keith Stone ist bereits mehrfach in dem Hotel abgestiegen. Beim letzten Mal hat es Streit gegeben, mit einem anderen Stammgast. Eine Lappalie, aber doch Grund genug, dass sich der Mitarbeiter an der Rezeption an den Vorfall erinnert und uns kontaktiert hat.«

»Abenteuerlich. Stone wird doch nicht so blöd sein, unnötig Spuren zu hinterlassen?«

Bley lächelte schief. »Wie immer ging es um eine Frau.«

Nun war Marks gespannt. Er bedeutete ihr, fortzufahren.

»Es war beim diesjährigen Hafenfest. Viele Menschen, viel Sonne, viel Testosteron, zu viel Alkohol. Die Begleitung des Hotelgastes hatte Stone offenbar ein wenig zu tief in die Augen geschaut. Eine aufgedonnerte Blonde mit verlockender Oberweite, wie es der Hotelmitarbeiter ausdrückte. Stone hat wohl nicht allzu ablehnend reagiert. Daraufhin wären beinahe die Gläser geflogen. Stone hat wohl noch versucht, die Wogen zu glätten. Aber der Freund der Blondine sah sich schon mit aufgesetzten Hörnern. Ein bulliger Typ aus der Nähe von Glasgow, mit wenig Verständnis für harmlose Flirts. Na ja, jedenfalls wäre es im Biergarten vor dem Hotel beinahe zur Prügelei gekommen. Stone hat sich nicht anders aus der Affäre ziehen können, als dem Stiernackigen einen Blick auf sein überzeugendstes Argument zu gönnen, das er versteckt im Hosenbund stecken hatte.« An dieser Stelle hob Bley die Hände. »So hat es der Portier erzählt, der offenbar ein Faible für blumige Prosa hat. Jedenfalls wurden dann beide Kampfhähne aufgefordert, auszuchecken. Was Stone umgehend getan hat. Sein Sparringspartner hat sich aber geweigert und allen erzählt, ob sie es nun wissen wollten oder nicht, dass Stone ihn mit einer Waffe bedroht hat und er sicher ist, dass er so gerade eben einem brutalen Gangster entkommen ist. Das ist die Geschichte. Und an die hat sich der Mitarbeiter am Hotelempfang erinnert, als Keith Stone vorgestern wieder im Hotel aufgetaucht ist. Er hat uns vorsorglich angerufen, weil er sicher sein will, keinem Kriminellen ein Zimmer vermietet zu haben. Er hat Stone ausführlich beschrieben, und wir haben seine Angaben mit der Zeichnung abgeglichen, die wir von ihm haben. Und bingo.«

Marks stand auf, ohne sein Glas leer zu trinken. »Dann sollten wir keine Zeit verlieren. Bley, Sie fahren.« Er warf ihr die Autoschlüssel zu.

»Verstärkung?« Easterbrook war nicht sicher, ob das eine gute Idee war. Aber Marks winkte ab.

Die Fahrt nach Porthleven verlief streckenweise unruhig. Der östliche Wind war stark und rüttelte immer mal wieder an der Karosserie des Dienstwagens. Geredet wurde kaum. Easterbrook im Fond waren die Augen zugefallen, und Marks versuchte, in Gedanken alle möglichen Varianten ihres Aufeinandertreffens mit Lehmanns Statthalter durchzuspielen.

Keith Stone war gefährlich. Das wussten sie nicht nur aus den einschlägigen Ermittlungsakten, sie hatten es auch am eigenen Leib erfahren. Besonders der bedauernswerte Detective Constable.

In Porthleven parkten sie ihren Wagen am Ende der Wellington Road, bevor die B 3304 auf den Hafenbereich stieß, scharf nach rechts abbog und nahezu geradeaus die Harbour Road begann. Der Wind blies heftig von See her durch den Hafen. Nur wenige Boote lagen auf dem Schlick.

»Es gibt zwei Eingänge. Easterbrook, Sie nehmen den linken, der zu den Zimmern führt. Bley, Sie kommen mit mir.«

Der Detective Constable bezog vor der Tür Position wie der unerbittliche Türsteher eines In-Clubs.

Am Tresen des Gastraums, der zugleich als Pub diente, fragten die beiden nach ihrem Informanten.

»Guten Tag, die Herrschaften. Was kann ich für Sie tun?« Der pakistanischstämmige Mann lächelte die beiden dienstbeflissen an.

DS Bley zückte ihren Ausweis. »Sie haben uns kontaktiert.«

Der dunkelhaarige Mann beäugte aus tiefschwarzen Augen neugierig das Dokument. Dann sah er sich vorsichtig um. »Es ist so, wie ich es Ihnen geschildert habe, ja. Mehr weiß ich aber nicht«, beeilte er sich mit vorauseilendem Gehorsam zu betonen. Ihm war die Anwesenheit der Polizei sichtlich unangenehm.

»Wo finden wir Mr. Stone jetzt?« Marks gefiel die nervöse Art des Mannes nicht. Er hatte Sorge, zu viel Aufmerksamkeit auf sich zu ziehen.

»Ich habe ihn nicht beim Frühstück gesehen. Aber das ist nicht ungewöhnlich. In aller Regel steht er erst spät auf oder hat das Haus bereits vor dem Frühstück verlassen.«

»Dann schauen Sie bitte in Ihre Unterlagen.«

Der Rezeptionist sah auf den Computerbildschirm und bewegte den Cursor. Dann warf er einen kurzen Blick auf das Schlüsselbrett. »Mr. Stone sollte auf seinem Zimmer sein. Es ist gleich das erste rechts im ersten Stock.«

Marks blickte Bley an. »Los.«

Auf dem Weg hinauf befragten sie Easterbrook. »Er ist nicht an Ihnen vorbei?«

»An mir nicht.« Easterbrook hielt die Arme verschränkt.

Wortlos stiegen Marks und Bley hinauf in die erste Etage des historischen Gemäuers. Der dicke Teppichboden schluckte sämtliche Geräusche.

Oben am Treppenabsatz hielt Marks Bley zurück. »Warten Sie.« Der Flur bog nach links und rechts ab. Er deutete mit dem Kopf nach rechts in den kurzen Flur.

Bley nickte und horchte an der Tür. Sie schüttelte stumm den Kopf, als Marks hinzutrat.

»Wir hätten Verstärkung anfordern sollen«, flüsterte sie und machte ein unschlüssiges Gesicht.

»Das Überraschungsmoment ist auf unserer Seite«, gab Marks ebenso leise zurück. »Wir melden uns als Zimmerservice.«

Sie positionierten sich zu beiden Seiten der Tür. Noch bevor sie etwas einwenden konnte, klopfte der DI an der Zimmertür mit der goldenen Nummer drei.

Mit angehaltenem Atem warteten sie auf eine Reaktion. Im Inneren blieb alles ruhig. Marks klopfte erneut. »Zimmerservice, Mr. Stone. Wir würden gerne Ihr Zimmer sauber machen.« Sein Satz blieb als Fragezeichen in der Luft hängen.

Bley verdrehte die Augen.

»Wir warten.«

Marks klopfte ein drittes Mal, wieder ohne Erfolg.

»Der Vogel ist ausgeflogen.« DS Bley wies mit dem Daumen zum Ende des Flurs. Dort stand ein Fenster offen, dem sie bisher keine Aufmerksamkeit geschenkt hatten. Während Marks noch zögerte, war sie schon auf dem Weg und lehnte sich hinaus in die kalte Luft.

»Netter Fluchtweg. Er wird über den Hof und dann durch das Tor dort raus sein.« Bley wies mit dem Kopf nach unten. »Wir haben uns wie Idioten verhalten.«

Sie sagt wenigstens »wir«, dachte Marks, als er ebenfalls den Kopf hinausstreckte und die Gegebenheiten inspizierte. »Ich hatte so sehr auf das Überraschungsmoment gehofft. Mist.«

Bleys Schweigen war schmerzhafter, als wenn sie sich mit Worten beschwert hätte.

Zurück im Restaurantbereich, ließen sie sich von dem verwirrt dreinblickenden Mitarbeiter den Ersatzschlüssel zu Zimmer drei aushändigen. Bevor sie die Tür öffneten, nickten sich Bley und Marks zu, traten zur Seite, und der DI öffnete die Tür mit langem Arm.

Nummer drei war leer. Keith Stone hatte das Zimmer sichtlich überstürzt verlassen. Während Marks ein Team der Spurensicherung anforderte, inspizierte Bley Schrank, Bad und Koffer. Stone hatte lediglich einige wenige Kleidungsstücke mitgebracht. Vermutlich hatte er sich auf einen kurzen Aufenthalt eingerichtet. Mit einem Kugelschreiber hob Marks das eine oder andere Textil an, ohne zwischen der Kleidung etwas zu finden. Auch im Bad deutete nichts darauf hin, dass Lehmanns Vertrauter vorgehabt hatte, länger zu bleiben.

»Sieht aus, als sei Stone mit einer bestimmten Absicht nach Porthleven gekommen. Ein Auftrag?«

»Wenn wir das nur wüssten.« Marks lehnte am Türrahmen zum kleinen Bad.

»Als Killer?«

Er zuckte mit den Schultern. »Wir werden sehen, was uns die Kollegen der KTU erzählen können. Für mich sieht das alles nicht nach Urlaub aus.«

»Warum checkt jemand wie Stone in einem Hotel ein?« Bley trat ans Fenster und warf einen Blick auf den Hafen. Dort lief die Flut auf und ließ die wenigen Boote sanft schaukeln. Ein paar Möwen saßen auf dem Geländer, das das Hafenbecken sicherte, und ließen sich den Wind durchs Gefieder fahren. Es begann zu regnen.

»Eine gute Tarnung. Dort zu sein, wo man ihn am wenigsten erwartet.«

»Vielleicht im Sommer, wenn hier der Bär tobt. Aber jetzt?«

»Wie ich schon sagte, hier vermutet man ihn am wenigsten. So wird er gedacht haben.«

»Hätte ja auch funktioniert, wenn der Mann an der Rezeption sich nicht erinnert hätte«, musste sie eingestehen.

Marks stieß sich vom Türrahmen ab. »Stone ist in der Tat ein beträchtliches Risiko eingegangen. Möglich, dass er sich zu sicher gefühlt hat.«

»Oder er ist einfach überheblich. Allmachtsfantasien.«

»Wir werden sehen.«

»Gut möglich, dass er gewarnt worden ist.« DS Bley kam aus dem Bad zurück.

»Wer soll das gewesen sein? Der Mann vom Empfang? Nein, das glaube ich nicht. Der hatte die Hosen voll, als wir aufgelaufen sind.«

»Jemand von außen?« Bley zog die Einmalhandschuhe aus und stopfte sie in die Hosentasche.

»Wer weiß denn, dass wir hier sind?« Marks verzog skeptisch den Mund. »Unser Präsidium ist sauber.«

»Weiß man's?«

»Sie sehen Gespenster, Bley.«

Nachdem sie DC Easterbrook eingesammelt hatten, der stoisch wie eine Galionsfigur nicht einen Zentimeter von seinem Platz gewichen war, warteten sie auf die Ankunft der Kriminaltechniker. Draußen schüttete es wie aus Eimern. Angemessener konnte die Natur nicht auf die Stimmung der Ermittler reagieren.

»Jemand ein Bier?«, fragte Marks.

Easterbrook sah ihn an, als vermutete er eine Fangfrage. Mit Zeitverzögerung schüttelte er schließlich den Kopf. Als auch Bley verneinte, blieb der DI sitzen.

Jeder hing seinen Gedanken nach.

Das Einsatzteam der KTU kam mit reichlich Verspätung und begann ohne große Erklärungen mit der Arbeit. Marks ging mit ihnen hinauf zu Stones Zimmer und schilderte, wie sie es vorgefunden hatten und wie sie vorgegangen waren. Nachdem die wichtigsten Fragen abgearbeitet waren, machte er sich mit den beiden anderen auf den Weg zurück nach Helston.

»Ich würde gerne kurz in Cadgwith halten, um mit Jenkins noch einige Fragen zu klären.«

Bley und Easterbrook nahmen die Ankündigung schweigend hin.

Sie trafen den Künstler im Atelier an, in dem der Heizofen auf vollen Touren lief. Bley und Easterbrook waren das erste Mal hier und sahen sich mehr oder weniger ungeniert um.

Easterbrook wollte gerade das Tuch anheben, das über einer in der Ecke stehenden Staffelei lag, als er von Simon abgehalten wurde.

»Nicht anrühren.«

Erschrocken ließ der DC den Zipfel des Tuchs fallen, als habe er einen Stromschlag abbekommen.

»Bitte nicht«, setzte Simon etwas freundlicher hinzu. Dann wandte er sich direkt an Marks. »Wie komme ich zu der Ehre, dass ihr hier zu dritt auflauft?«

Der Detective Inspector berichtete ihm von ihrem Einsatz, der *etwas unglücklich verlaufen* war. Simon hatte das Messer, mit dem er an einer Platte aus Linoleum gearbeitet hatte, aus der Hand gelegt und hörte aufmerksam zu.

»Jetzt stehen wir wieder am Anfang«, beendete der DI seinen Bericht.

»Ich habe am Vormittag noch einmal mit Helen Baxter gesprochen. Sie hat mir ein paar interessante Details genannt.«

»Bin gespannt.«

»Sie haben Stone bis vor Kurzem an der kurzen Leine gehalten. In der Hoffnung, er würde sie zu Lehmann führen oder einen Fehler machen, der sie in die Lage versetzt hätte, ihn zu verhaften. Indizien gegen ihn gibt es offenbar genug.«

»Was heißt *kurze Leine*? Hat er für die Polizei gearbeitet?«

»Darüber hat sie nichts gesagt. Kann ich mir aber auch nicht vorstellen. Einer wie Stone lässt sich nicht umdrehen. Dafür steht für ihn zu viel auf dem Spiel. *Kurze Leine* heißt eher, dass sie ganz nahe an ihm dran sind, ohne dass er es weiß.« Simon fuhr mit den Fingern nachdenklich über die Linoleumplatte. »Was mich aber stutzig gemacht hat, ist«, er wählte seine Worte mit Bedacht, »dass sie bei der Met offenbar ausreichend Personal haben, um ihn lückenlos zu überwachen. Stone muss für sie oberste Priorität haben. Möglich, dass sie kurz davorstehen oder -standen, über ihn Hans Lehmann hochzunehmen. Aber etwas muss schiefgelaufen sein, denn sie haben derzeit keinen Kontakt mehr zu Stone, wie Helen mir gesteckt hat. Unter normalen Umständen hätten sie die Verbindung nicht abreißen lassen.«

»Was schließt du daraus?«

Jenkins sah von einem zum anderen. »Es gibt meiner Meinung nach zwei Möglichkeiten. Zum einen haben sie ihn durch Zufall verloren. Zum anderen, und das macht mich extrem nervös, könnte er aus den Kreisen der Met gewarnt worden sein.«

»Unfassbar.« DC Easterbrook sah Jenkins ungläubig an.

»So unfassbar ist das nicht. Lehmann ist in London bestens vernetzt, bis hinauf ins Parlament. Und er hat seine Lohnempfänger auch in den Kreisen von Polizei und Justiz.«

Der uniformierte Beamte machte ein Gesicht, als gäbe es einen plötzlichen Trauerfall in der Familie.

»Das heißt, im Augenblick können wir vonseiten der Londoner Met keine Hilfe erwarten.«

»So ist d…«

Der Detective Inspector hob die Hand, da sein Mobiltelefon in der Manteltasche klingelte. Schweigend hörte Marks zu, was der Anrufer zu berichten hatte, und unterbrach dann die Verbindung. »Das war die KTU. Sie haben unter der Matratze in Nummer drei eine Halbautomatische gefunden. Vom Kaliber her könnte das die Waffe sein, mit der bisher vier Menschen erschossen wurden. Die Pistole ist bereits unterwegs zu den Ballistikern.«

»Wenn Stone sie zurücklassen musste, wird er sich regelrecht nackt fühlen. Und er wird wissen, dass wir ihm auf den Fersen bleiben werden. Er wird sich eine neue Waffe besorgen müssen. Wir sollten allen potenziellen Anbietern auf den Füßen stehen.« DS Bley klang wenig zuversichtlich.

Easterbrook hielt eine noch ganz andere Erklärung für möglich. »Der Typ hat seine Klamotten zurückgelassen, aber er würde niemals seine Waffe im Stich lassen, so wie ich ihn einschätze. Er wird mit Sicherheit noch eine weitere bei sich haben, als Plan B sozusagen. Er ist also auch weiterhin bewaffnet, würde ich mal sagen. Ein Killer bringt eher seine Oma um, als ohne Waffe zu sein.«

»Helen hat mir zugesichert, dass sie uns auf dem Laufenden hält. Mehr könne sie im Augenblick nicht tun. Und: Sie seien derzeit dabei, einen weiteren Informanten zu gewinnen und als V-Mann einzuschleusen, der es bis ins direkte Umfeld von Lehmann schaffen könnte.«

»Dieser Lehmann muss ja eine ganz große Nummer sein.« DC Allan Easterbrook schien großen Respekt vor dem Deutschen zu haben.

»Er ist der Teufel. Wer ihm zu nahe kommt, wird in Lehmanns Hölle enden. Und dort sind schon eine ganze

Menge. Die Mafia ist unerbittlich tödlich, die Triaden sind es auch, aber in Hans Lehmanns Überlebensstrategie und Unternehmensplanung fließt all das zu einer giftigen Melange zusammen, von der wir bisher nur einen Bruchteil gesehen haben.«

Jenkins nahm eines der Messer und fuhr mit kräftigen Schnitten kreuzartig über die Linoleumplatte. »Alles Murks. Ich werde neu beginnen.«

Easterbrook sah ihn entsetzt an.

»Es ist besser, sein Versagen einzugestehen, als es kaschieren zu wollen. Erst dann ist Erfolg möglich«, sagte Bley.

Marks sah sie erstaunt an. Ihre Sprüche waren umwerfend.

XI.

»Kann ich sonst noch etwas für dich tun, Amelie, Schatz?« Die Betreiberin des kleinen Lebensmittelladens sah die Schneiderin erwartungsvoll an.

»Nur die Milch heute, danke.«

»Du hast Glück, ich wollte gerade absperren.«

»Heute ist nicht mein Tag, Claire. Erst ruft meine Mutter an, dass sie sich ausgeschlossen hat. Dann wäre ich in Helston auf dem Parkplatz beinahe einem anderen Wagen beim Zurücksetzen in die Seite gefahren. Und zu allem Übel ist gestern auch noch die Heizung ausgefallen, und der Heizungsfritze kommt vermutlich erst morgen Nachmittag. Oder erst kommende Woche, oder wann auch immer. Na ja, und dann habe ich auch noch meinen Hausschlüssel in der Dorfhalle vergessen. Da darf ich gleich auch noch hin.« Amelie Gibbons holte tief Luft. »Für heute reicht es mir wirklich.«

»Alles auf einmal, du Arme. Sag mal, was ganz anderes: Finden die Theatervorstellungen wie angekündigt statt? Hast du etwas darüber gehört? Margaret Bishop ist davon überzeugt. Aber das rechne ich eher ihrem Willen zu, auf jeden Fall als Miss Sophie glänzen zu wollen. Eine verlässliche Auskunft war das für mich nicht.« Sie kassierte das Geld für den Liter Milch und schob Gibbons die Henkelflasche zu. »Wenn du noch nichts zum Abendbrot hast, ich kann dir Pasties anbieten. Sie sind von heute. Wäre schade, wenn ich sie morgen nicht mehr verkaufen könnte.«

Gibbons zögerte kurz.

»Ich mach dir auch einen Sonderpreis.«

Die Schneiderin nickte. »Wenn du noch zwei kleine hast?«

Die Ladenbetreiberin hatte bereits eine Papiertüte gezückt und schob zwei Pasties hinein.

»Ist das Fleisch oder Käse, Claire?«

»Ohne Fleisch.«

»Passt. Ich werde sie in die Mikrowelle stecken. Damit mir wenigstens ein bisschen warm wird. Und als Betthupferl noch ein Gläschen Roten.«

»Klingt nach einem perfekten Tagesabschluss, Amelie. Wobei …« Sie warf einen Blick durch die Ladentür hinaus in die Dunkelheit. Das kalte Neonlicht im Laden verstärkte den Eindruck, dass hinter der Schwelle die Kälte lauerte. »Ich kann dir eine Decke leihen, wenn du willst.«

»Danke, nicht nötig. Zu Hause habe ich genug davon.«

»Klar, als Schneiderin hat man ja jede Menge Stoff.« Claire schien ehrlich enttäuscht.

»Nur schnell zur Halle und dann ab unter die Decke. Danke, die Idee mit den Pasties rettet mich tatsächlich.« Gibbons hob die Tüte und verabschiedete sich.

Vor dem Geschäft ließ der Wind keinen Zweifel, dass es Winter wurde. Außer ihr war um diese Uhrzeit niemand mehr unterwegs. Die meisten saßen entweder beim Abendessen oder bereits vor dem Fernseher, oder beides. Sie zog den Reißverschluss ihres Anoraks bis unters Kinn und verlor keine Zeit. Vom Geschäft führte nach links ein unbefestigter Weg Richtung Village Hall, von dem aus auch die etwas versteckt liegenden öffentlichen Toiletten leicht zu erreichen waren. Der Pfad kürzte die Dorfstraße um etliches ab. Er lag im Dunkeln, aber an seinem Ende leuchtete das gelbe Licht einer der beiden Laternen, die den Kern Ruan Minors markierten.

Amelie Gibbons hastete die enge Gasse entlang und bog dann nach links. Nach wenigen Dutzend Metern hatte sie den Eingang der Halle erreicht. Der Schlüssel in ihrer Jackentasche war so kalt wie das Schloss der Eingangstür. Beim Betreten des Saals schaltete sie die Deckenbeleuchtung ein. Vor ihr breitete sich das kalte Stillleben eines großen Raums aus, der von verschiedensten Gruppen genutzt wurde. Donnerstags wurde die Halle für eine Art Flohmarkt genutzt, der aber in Wahrheit eher von den alleinstehenden Alten des Dorfes als Treffpunkt genutzt wurde. Ein Schwatz, ein Tee, dazu Pasties oder Kekse. Eine Gymnastik- und Yogagruppe hatte ebenfalls feste Zeiten gebucht, und auch Kindergruppen hatten ihren Platz im

Belegungsplan. Und einmal im Jahr war die Halle der Treffpunkt für alle Theaterliebhaber der Gegend und die Laienschauspieler.

Sie sah sich suchend um. Wo hatte sie den verdammten Schlüssel hingelegt? Dann fiel ihr ein, dass sie in einem der oberen Räume nach dem Rechten gesehen hatte. Ein unbestimmtes Gefühl, das sie schon den ganzen Morgen über nicht losgelassen hatte, hatte sie angetrieben. Und sie hatte ihrer Aufgabe als Hausmeisterin in Teilzeit, die ihr die Gemeinde vor zwei Jahren übertragen hatte, gewissenhaft nachkommen wollen.

Viel Geld gab es dafür nicht. Auf der anderen Seite aber, und das war ihr weit wichtiger, blieb sie damit im Bewusstsein des Dorfes präsent. Das hatte sich schon bald ausgezahlt. Hier eine kleine Änderung, dort der Auftrag für ein Hochzeitskleid, auch mal ein Sommerkleid. Sie hatte sogar schon einen eigenen Entwurf verkauft.

Vielleicht lag der Schlüssel ja oben. Neben der Bühne führte ein schmaler Durchgang zur Treppe. Die Stufen knarzten, als sie hinaufstieg. Ein Geräusch, das im normalen Betrieb nicht weiter auffiel. Jetzt aber verstärkte es ihr Gefühl, mutterseelenallein zu sein. Angst hatte sie nicht, und doch schaute sie sich mehrfach um. Sie wollte die Halle so schnell wie möglich wieder verlassen. Das Deckenlicht tauchte den engen Flur und die angrenzenden Räume in ein unwirkliches, trübes Licht.

Im zweiten Raum fand sie, was sie suchte. Sie hatte den Schlüsselbund auf die Fensterbank gelegt, als sie das Fenster kontrolliert hatte. Sie packte ihn erleichtert und wandte sich wieder dem Flur zu. Von dort kam ein Geräusch, das sie erstarren ließ. Es klang, als sei auf der Bühne unten etwas umgestoßen worden. Sie hielt den Atem an, ohne sich dessen bewusst zu sein.

Unwillig schüttelte sie den Kopf. Sie hörte schon Gespenster. Alle Fenster waren geschlossen, das hatte sie bereits am Morgen kontrolliert. Die Türen ebenfalls. Es konnte sich niemand über Stunden in den kalten Räumen aufgehalten haben. Die Küche war nicht eingerichtet. Keine Lebensmittel, keine Getränke in den Kühlschränken, nichts, was einem ungebetenen Gast hätte gefallen können.

Hatte sie die Eingangstür hinter sich abgeschlossen?

Nein.

Ihre Nackenhaare stellten sich unvermittelt auf.

Hastig verließ sie den Raum und ging die Stiege hinab. Sie zögerte kurz, bevor sie die Bühne erreichte. Flucht wäre hier nicht möglich, nur der Weg zurück hinauf. Eine Sackgasse. Sie zögerte noch immer. Dann tat sie den entscheidenden Schritt.

Die Bühne war leer. Dort hatte nichts umstürzen können. Ihre Fantasie musste ihr einen Streich gespielt haben. Erleichtert durchquerte sie den Raum und erreichte die Tür. Sie war nicht abgeschlossen.

Dumme Kuh, schalt sie sich. Amelie zog den Reißverschluss ihrer Jacke energisch nach oben. Eine Bewegung, bei der sie sich den Finger einklemmte. Die Kälte verstärkte den Schmerz.

Sie löschte das Licht und schloss die Dorfhalle ab. Amelie Gibbons blieb stehen und sah zum Himmel hinauf. Schwarze Wolken, schwarze Nacht. Die beiden Laternen hatten der Dunkelheit nur wenig entgegenzusetzen.

Die Schneiderin und Teilzeithausmeisterin wandte sich nach rechts, um dem geteerten Fahrweg hinunter ins Dorf zu folgen. Sie hätte auch an der Kirche der Methodisten vorbei den schmalen Weg hinuntergehen können, um dann später auf die Straße nach Cadgwith zu gelangen. Aber der Weg war ihr in der Dunkelheit zu unheimlich.

Sie nahm erneut die Abkürzung und bog in den unbefestigten Weg ein. Nun hatte sie das Laternenlicht im Rücken. Auf Höhe der öffentlichen Klos hörte sie das deutliche Scharren eines Schuhs. Sie warf einen Blick nach links.

Das kleine Piktogramm, das ihr den Weg zur Damentoilette wies, war das Letzte, was die 43 Jahre alte Schneiderin Amelie Gibbons noch sah.

XII.

Der Kopf lag in Richtung von Claires Dorfladen, die schlanken Beine zeigten Richtung Schule. Die Frau lag auf dem Rücken und war dem grellen Licht von zwei Scheinwerfern schutzlos ausgeliefert. Ihre Augen waren geschlossen. Oberflächlich betrachtet, war kaum Blut zu sehen. Die dicke wattierte Jacke mochte das meiste aufgesogen haben.

»Ich bin fast sicher, dass es ein Speer der gleichen Art ist.« DI Chris Marks beugte sich über den hölzernen Schaft der tödlichen Waffe. Der Speer war bis über die lang gezogene Spitze tief in den Brustkorb der Frau eingedrungen.

»Der Täter muss mit Wucht zugestoßen haben.« DS Bley kniete neben der Leiche und suchte in der Jacke der Toten nach Papieren, die einen Hinweis auf die Identität der Frau geben könnten.

»Todeszeitpunkt? Was schätzen Sie?«

Bley erhob sich und schürzte die Lippen. »Schwer zu sagen. Es hat in der Nacht gefroren. Wir werden die Leichenschau abwarten müssen.«

Der Fahrer des Linienbusses, der zwischen Helston und Lizard verkehrte, hatte die Tote in den frühen Morgenstunden gefunden, als er nach dem Wenden auf dem Kirchplatz an der Haltestelle neben dem schmalen Zugang zum öffentlichen WC gestoppt hatte, *um noch schnell den Frühtee loszuwerden.* Die Frau kenne er nicht mit Namen, meine aber zu wissen, dass sie aus dem Dorf kam. Er habe sie jedenfalls dann und wann schon mal mit dem Bus mitgenommen. Nach seiner Aussage war er neben Bley regelrecht zusammengebrochen und zur Stabilisierung schon auf dem Weg in die kleine Klinik in Helston.

Marks machte mit seinem Smartphone ein Foto von der Leiche. »Sieht beinahe friedlich aus«, kommentierte er das Ergebnis. Er legte seine Hand über die Augen, um unter den Scheinwerfern etwas erkennen zu können. »Ich denke, dass einer der Schaulustigen sie kennen wird.« Er nickte DS Bley zu und verließ den Lichtkegel.

Seine Augen hatten Mühe, sich an die neuen Lichtbedingungen anzupassen, entsprechend langsam bewegte er sich voran. Zunächst schob er die weiße Stoffwand zur Seite, die die Spurensicherung um den Fundort gespannt hatte. Obwohl es längst Morgen war, wollte es in Ruan Minor nicht richtig hell werden.

Hinter der Absperrung hatten sich in der Tat einige Einwohner eingefunden, unter ihnen auch Margaret Bishop. Sämtliche Gespräche verstummten und machten einer erwartungsvollen Stille Platz, als sie Marks wahrnahmen.

»Detective Inspector, Detective Inspector«, machte Bishop laut rufend auf sich aufmerksam.

Marks schlug ihre Richtung ein. Warum nicht mit ihr anfangen? »Mrs. Bish…«

»Wer ist die Tote?«

»Das wissen wir noch nicht mit Sicherheit. Aber vielleicht können Sie uns helfen.« Er zog sein Smartphone hervor und hielt ihr das Display hin.

Sie trat einen Schritt zur Seite, sodass die Umstehenden nicht mitbekommen konnten, was sie sagte. »Um Gottes willen, Amelie Gibbons.«

»Sind Sie sicher?«

»Die Schneiderin, ja.«

»Schneiderin?«

»Sie ist … sie war sehr talentiert. Selbst aus dem ältesten Fummel machte sie noch etwas Vorzeigbares.« Sie beeilte sich hinzuzusetzen: »Nicht, dass ich das je nötig gehabt hätte.«

»Wann haben Sie sie zuletzt gesehen?«

»Das muss vorgestern gewesen sein. Ja, vorgestern. Ich habe mit ihr eine Vorbesichtigung in der Dorfhalle gemacht.«

»Vorbesichtigung?«

»Wissen Sie, ich gebe in unserem neuen Theaterprogramm ja die Miss Sophie. May Warden ist mein großes Vorbild. Sie kennen sie sicher, oder nicht? Na ja. Und ich wollte mir die Örtlichkeit unserer Premiere schon einmal genauer ansehen. Die ist zwar erst im Februar, aber man kann nicht früh genug vorbereitet sein. Wissen Sie, die Örtlichkeit hat immer auch Einfluss auf das Spiel der Schauspieler.« Bishop schien die Tote schon vergessen zu haben.

»Sollte Mrs. Gibbons mitspielen?«

»Aber nein, Detective Inspector, wo denken Sie hin? Sie ist … war eine gute Schneiderin, aber zur Schauspielerin fehlte ihr nun doch die Begabung. Sie verwaltete den Schlüssel zur Dorfhalle. Das ist alles. Und sie kannte sich ein wenig mit der Technik aus. Und ich hatte sie im Hinterkopf, wenn es um die Kostüme ging.«

»Ich verstehe. Ist Ihnen an Mrs. Gibbons etwas aufgefallen? War sie anders als sonst? Hat sie etwas erzählt? Dass sie sich unwohl fühlt oder dass sie verfolgt oder bedroht wird?«

»Ich kann mich nicht erinnern.«

Marks registrierte Bishops Handtasche. »Sind Sie immer so früh unterwegs?«

»Wissen Sie, in meinem Alter braucht der Mensch nicht mehr so viel Schlaf. Außerdem war ich immer schon eine Frühaufsteherin. Wenn Sie wie ich über viele Jahre die Geschäfte des Dorfladens geführt hätten, wären Sie ebenfalls früh aus den Federn. Bevor die ersten Kunden kamen, hatte ich längst das Wichtigste erledigt.«

»Und Sie haben keinen Zweifel, dass auf dem Foto Mrs. Gibbons zu sehen ist?«

»Das habe ich Ihnen doch schon gesagt.« Es klang, als hätte sie gerne noch *Hören Sie mir nicht zu?* hinzugefügt.

»Hat Mrs. Gibbons Familie? Ist sie verheiratet? Hat sie Kinder?«

Bishop entfernte sich einen weiteren Schritt von den anderen, als würde sie in den nächsten Sekunden ein Geheimnis preisgeben, das nicht für andere Ohren bestimmt war.

»Kinder hat sie keine, aber einen Mann.«

»Aha.«

»Einen Ex-Mann, besser gesagt. Wobei ich nicht weiß, ob sie geschieden sind. Geht mich ja auch nichts an. Ich weiß nur«, sie senkte unnötigerweise die Stimme, »dass er bei ihr ausgezogen ist.«

»Wann war das?«

Bishop verfolgte sichtlich zufrieden, wie Marks ihre Aussage in sein Notizbuch schrieb.

»Warten Sie, das muss vor gut einem Jahr gewesen sein.«

»Kennen Sie den Grund?«

Margaret Bishop reckte sich zu ihrer vollen Größe auf. »Ich weiß auch nur, was man sich im Dorf erzählt.«

»Und das ist?«

»Wie immer im Leben: Eifersucht. Gibbons, also ihr Mann, soll es nicht ertragen haben, dass die Männer im Dorf ihr schöne Augen gemacht haben.«

»Deshalb hat er sich von ihr getrennt?«, zweifelte Marks.

»Ein Choleriker, der gerne trinkt. Er hat sich ein paarmal im Suff mit den Fischern angelegt. Das ist ihm nicht sonderlich gut bekommen. Beim letzten Mal ist er tags darauf verschwunden, hatte nur das Nötigste gepackt.« Sie legte die Hand auf ihr Herz. »Das ist das, was ich gehört habe. Nicht dass Sie jetzt meinen, ich sei neugierig. Nichts liegt mir ferner. Es ist nur so, dass ich als Vorsitzende unseres wichtigsten Vereins naturgemäß den Finger am Puls des Dorfes habe, sozusagen.«

»Das kann ich mir gut vorstellen.«

Bishop bemerkte Marks' Spott nicht. »Haben Sie schon eine Ahnung, wer die bedauernswerte Mrs. Gibbons umgebracht hat? Ist ihr Mann verdächtig?«

»Wie kommen Sie darauf?«

»Es heißt doch immer, Eifersucht ist ein starkes Motiv. Ich bin ein Fan der Serie *Endeavour*. Shaun Evans als der spätere Detective Inspector Endeavour Morse. Ein wunderbarer und so talentierter Schauspielerkollege. Und so überaus attraktiv.«

Marks hatte genug. »Können Sie mir sagen, wo ich Mr. Gibbons finde?«

Bishop schüttelte den Kopf. »Da bin ich echt überfragt. Das weiß ich wirklich nicht. Aber ich vermute mal, dass er nicht weit weggezogen ist. Mein Mann David sieht ihn ab und zu, zum Beispiel im Sommer bei der Vintage Rallye. Da kommt halb Cornwall zu Besuch. David ist einer der …«

Marks unterbrach ihren Redeschwall. »Vielen Dank für Ihre Mithilfe. Ein Detective Constable wird Ihre Aussage aufnehmen. Wenn dann noch Fragen sind, kommen wir gerne auf Sie zurück.«

Mit einem knappen Gruß ließ er Margaret Bishop stehen. Aus den Augenwinkeln nahm er wahr, dass sie sich mit einem triumphierenden Gesichtsausdruck zu den anderen Schaulustigen begab.

Er drehte sich noch einmal zu ihr um. »Die Adresse von Mrs. Gibbons?«

Bishops Antwort kam wie aus der Pistole geschossen. Die Tote hatte demnach ganz in der Nähe gewohnt.

»Wir haben einen ersten Ansatz. Das ging doch schneller, als ich gedacht habe.« Marks hob das Notizbuch seiner DS entgegen.

»So?« Bley stand am Rand des Fundortes und sah zu, wie einer der Kriminaltechniker vorsichtig eine Tüte mit

Pasties in einen durchsichtigen Beutel für Beweismittel packte.

»Eifersucht könnte ein Motiv sein. Der Ehemann der Toten hat sich getrennt, weil er nicht mehr ertragen hat, dass die Männer des Dorfes ihr den Hof gemacht haben.«

»Ist sie denen denn erlegen? Sonst sehe ich keinen Anlass für einen Mord aus Eifersucht.«

»Wir werden das klären.«

»Wenn die beiden Speere von der gleichen Machart sind, wie passt das dann zur Eifersucht?«

Er zuckte mit den Schultern. »Vielleicht gerade dann.«

»Und wie soll der Ex-Mann an den oder die Speere gekommen sein?«

»Auch das ist zu klären.« Er ließ ihre plötzliche Dominanz unwidersprochen.

»Sie meinen, das Motiv passt nicht so recht in Stills' Knastkarriere?«

»Sie stellen die richtigen Fragen, Detective Sergeant.« *Dafür bewundere ich Sie*, hätte er beinahe hinzugefügt. »Nun müssen wir nur noch die richtigen Antworten finden.«

»Danke für die Blumen«, kam die sarkastische Antwort zurück.

»Sie haben ja recht. Es ist kompliziert. Wir werden auf jeden Fall die Wandsworth-Spur weiterverfolgen. Und wer weiß, womöglich hat dieser Ex-Mann ja auch ein Vorstrafenregister.«

Bley beäugte ihren Chef, als zweifele sie an seinem Verstand. Ein Blick, den Marks nicht das erste Mal von ihr auffing.

»Lassen Sie uns zu Gibbons' Wohnung fahren. Den Rest erledigt hier die Spurensicherung.« Er wandte sich zum Gehen.

Die Wohnung der Schneiderin lag oberhalb des Dorfes, fast am Ende eines kleinen Wohngebiets, das nichts von der pittoresken Schönheit der reetgedeckten Cottages hatte.

Bley sah an der Fassade des Hauses empor, das aus Fertigteilen zusammengefügt worden zu sein schien. »Siebzigerjahre oder eher Anfang der Achtziger? Unten eine Wohnung und darüber eine. Ein wenig renovierungsbedürftig.«

Marks hatte bereits auf Gibbons' Klingelknopf gedrückt und musste an Bleys Wohnung denken, die auch nicht gerade von Eleganz geprägt war, sondern eher aussah wie die Dienstwohnungen, die die Royal Navy einst für ihre Beschäftigten hatte errichten lassen.

Natürlich öffnete niemand. Er hatte lediglich sichergehen wollen, dass er keinen ungebetenen Gast aufscheuchte. Auf sein Klingeln für die obere Wohnung summte der Türöffner.

»Polizei Helston. Können wir Sie kurz sprechen?« Marks hielt der Frau, die in ihrem Morgenmantel in der Türöffnung stand, seinen Dienstausweis entgegen.

»Ja?«

Sie waren nicht sicher, wie sie dieses Ja zu werten hatten.

»Wir möchten in die Wohnung von Mrs. Gibbons.«

»Hat Amelie etwas ausgefressen?«, kam die Frage zurück, nicht von Neugier getrieben, sondern eher von einem Gefühl der Schicksalsergebenheit.

Bley und Marks hatten mittlerweile den Treppenabsatz erreicht, der zur Wohnung der Mieterin führte.

»Amelie ist nicht zu Hause.« Die Frau machte ungefragt den Weg frei und ließ die beiden Ermittler in ihr Wohnzimmer, das einfach, aber dennoch gemütlich eingerichtet war.

»Setzen Sie sich doch. Ich mach uns schnell einen Tee.« Sie machte nicht den Eindruck, als sei ihr ihr Aufzug peinlich.

»Danke, nicht nötig. Wir möchten von Ihnen lediglich wissen, ob Sie einen Schlüssel zu Mrs. Gibbons Wohnung haben.«

»Woher wissen Sie das? Hat Amelie Ihnen das erzählt?« Sie lächelte verschmitzt. »Amelie ist wirklich ein bisschen schusselig und vergisst gerne mal ihren Hausschlüssel. Da ist es gut, dass ich ihren Ersatzschlüssel bewache.« Sie wurde unvermittelt ernst, als ihr klar wurde, dass die Polizei sicher nicht ohne Grund gekommen war. »Ist Amelie etwas zugestoßen?«

»Wann haben Sie sie zuletzt gesehen?«

»Gestern Morgen«, sie zögerte, »ja, am Vormittag. Danach habe ich sie nicht mehr gesehen. Wir haben uns ein bisschen über die neue Nähmaschine unterhalten, die sie bestellt hat. Sie wollte irgendwann am Tag noch ein paar Lebensmittel einkaufen. Mehr weiß ich nicht. Was ist denn passiert?«

»Das wissen wir noch nicht genau.« Marks wollte vorerst im Vagen bleiben. »Können Sie uns bitte den Schlüssel geben?«

Gibbons' Nachbarin zog irritiert die Stirn kraus und fischte mit fahrigem Griff aus der Obstschale auf dem Wohnzimmertisch einen Schlüssel. Sie reichte ihn zögernd DS Bley, die ihr die Hand entgegenhielt.

»Bleiben Sie bitte in Ihrer Wohnung. Wir kommen später noch einmal zu Ihnen.« Marks nickte ihr freundlich zu.

»Sagen Sie doch bitte, was ist mit Amelie? Hatte sie einen Unfall? Ist sie tot?«

»Es tut mir leid, ja. Aber die genauen Umstände kennen wir noch nicht.«

Das Gesicht der Frau wechselte die Farbe hin zum Grau ihres Morgenmantels. Sie sank auf die Couch und lehnte den Kopf gegen das Polster, die Arme ließ sie schlaff herabhängen. »Oh, mein Gott«, flüsterte sie. »Oh, mein Gott.«

»Wissen Sie, ob Mrs. Gibbons Feinde hatte? Jemand, der sie gestalkt hat? Oder jemand, mit dem sie ständig Streit hatte?«

Sie schüttelte matt den Kopf.

»Wissen Sie, wo ihr Ehemann wohnt, nachdem sie sich von ihm getrennt hat?«

Ihr Kopf schnellte hoch. »Paul. Hat Paul ihr etwas angetan?«

»Wie kommen Sie darauf?« Marks warf Bley einen schnellen Blick zu.

»Er hat sie nicht in Ruhe gelassen. Hat ständig angerufen, sie bedroht. Besonders wenn er besoffen war. Er werde sie abstechen wie ein Schwein. Dass sie eine Hure sei, die den Männern schöne Augen macht, um sie ins Bett zu kriegen. Solches Zeug.« Sie rieb sich mit den Händen übers Gesicht, als wolle sie damit die Bilder aus ihrem Kopf wischen. »Ich weiß nicht, wo er wohnt.«

»Wann war der letzte Anruf dieser Art? Erinnern Sie sich?« Bley wollte sich Notizen machen.

»Das weiß ich nicht so genau. In letzter Zeit war Amelie irgendwie verändert, sie hat nicht mehr so viel erzählt wie davor. Vermutlich, um mich zu schonen, oder weil sie sich schämte. Keine Ahnung. Ich glaube, dass der letzte Anruf keine Woche her ist, eher noch vor drei Tagen.«

»Was hat sie Ihnen darüber erzählt?«

»Nicht viel. Nur, dass er wieder angerufen hatte. Und sie hat geweint.«

»Ist Paul Gibbons nach der Trennung noch einmal aufgetaucht?«

»Zu Anfang hat er noch ein-, zweimal in der Woche vor dem Haus gestanden und randaliert. Aber die Nachbarn haben ihn zum Glück jedes Mal verjagt.«

Marks nickte. »Einstweilen vielen Dank. Wie gesagt, wir melden uns wieder bei Ihnen.« Dann wandte er sich an Bley. »Lassen Sie uns einen Blick in die Wohnung werfen.«

»Soll ich schon mal einen Tee machen?« Gibbons' Nachbarin war aufgestanden.

»Nicht nötig. Warten Sie nicht auf uns. Wir werden zudem die Spurensicherung informieren. Das Beste wird sein, wenn Sie heute nicht vor die Tür gehen.«

Die Frau versuchte sichtlich, die Fragen zu unterdrücken, die sich in ihrem Kopf formulierten.

Die Wohnung von Amelie Gibbons hatte zwei Schlafzimmer, war einfach eingerichtet, dafür aber sauber und aufgeräumt und mit den zur Verfügung stehenden Mitteln gemütlich eingerichtet. Was ihnen sofort auffiel, waren die vielen Kissen, die das Wohnzimmer dominierten. Und die Kerzen. Sie standen überall, in verschiedenen Größen und Farben. Bei Dunkelheit musste ihr weiches Licht die Wohnung warm und heimelig erscheinen lassen. An den Wänden hingen ein paar billige Drucke, es gab einen Fernseher und eine ältere Stereoanlage, dazu auf einem Regal ein paar Bücher. Auf dem Wohnzimmertisch lagen Modehefte. In einem der angrenzenden Räume hatte Gibbons ihr Nähatelier eingerichtet, mit Kleiderpuppe, Nähmaschine, Zuschneidetisch und Regalen voller Stoffe und Nähgarne. Auf dem Zuschneidetisch lagen verschiedene Stoffmuster, dazu ein Maßband und eine große Schneiderschere. Auf einem kleinen Tisch in der Ecke standen ein PC und zwei Ordner.

»Sieht sehr professionell aus«, resümierte Marks.

DS Bley nickte. »Die Stoffe sind mir zu bunt.«

»Das ist aber nicht Ihre einzige Beobachtung?«

Sie sah ihn stirnrunzelnd an. »Eine Frau, die allein lebt und für ihr Auskommen sorgen kann.«

»Ich kann auch nichts Ungewöhnliches entdecken.« Marks nahm einen der Ordner in die Hand und blätterte darin. »Aufträge, Rechnungen, Bestellungen.« Er stellte ihn wieder ab und nahm den anderen Ordner auf. »Korrespondenz mit der Gemeindeverwaltung. Ein Vertrag über ihre Aufgabe, sich um die Dorfhalle zu kümmern, als eine Art Schlüsselbeauftragte. Ein paar abgeheftete Prospekte. Hm. Und ein Schriftwechsel mit einem Anwalt. Sie wollte die Scheidung.«

»Eine Frau, die mit sich im Reinen ist«, meinte Bley.

»Oder für sich den Anschein einer heilen Welt aufrechterhalten wollte. Sie ist eine Frau, die mit der Bedrohung leben musste, dass ihr Mann gewalttätig wird.«

»Wir müssen Paul Gibbons finden.«

XIII.

Der Weg nach Coverack führte von Ruan Minor über Kuggar und die Goonhilly Downs. Nicht weit davon traf die Straße auf die B 3293, die dann auf die B 3294 stieß, die direkte Verbindung in das Hafendorf.

»Von der Polecoverack Lane geht es gleich dahinten nach links.« Bley deutete voraus.

Marks schaltete einen Gang herunter, da er für die abschüssige Straße ohnehin zu schnell fuhr. In der Nacht hatte es gefroren, und er war nicht sicher, ob die Straße, die weitgehend von Büschen und kleinen Waldflächen gesäumt war, den Tag über überhaupt eisfrei werden würde. Langsam rollte er in die schmale Straße, in der Paul Gibbons wohnen sollte.

Gibbons' Adresse so schnell ausfindig gemacht zu haben, war ein echter Zufall. Die Ermittler hatten im Hafen von Cadgwith Luke getroffen. Bley hatte am Todden angehalten, um im Dorfladen ein Pasty und eine Zeitung zu kaufen. Für Simons Freund war es ein Leichtes gewesen, zu helfen. Er hatte nur kurz mit einem Kumpel in Coverack telefoniert, und schon war das Problem gelöst.

»Und hier soll Gibbons leben?« DS Bley schüttelte ungläubig den Kopf, als sie vor dem Anwesen standen, das sich als Altenheim entpuppte. »Ihr Luke hat sich vertan«, schnaubte sie.

Marks hob die Schultern und ging neugierig auf den Eingang zu. Bley war wohl mit dem falschen Fuß aufgestanden. Den ganzen Tag schon machte sie ein verdrießliches Gesicht. »Wir werden sehen.«

Der Eingangsbereich hatte etwas von einer Hotellobby. Hier verbrachten sicherlich Menschen mit einer angenehm hohen Pension oder einem gut gepolsterten Bankkonto die Zeit bis zu ihrer Beerdigung. Es gab schlimmere Orte, um auf sein Ende zu warten.

»Kann ich etwas für Sie tun?« Die junge Frau am Empfang griff bereits zum Prospektmaterial, das einen Einblick in das Haus und die Dienstleistungen geben sollte. Sie hatte die beiden wohl als mutmaßliche Angehörige einer älteren oder pflegebedürftigen Person identifiziert und damit als potenzielle Kunden. »Ich bin sicher, dass wir für Ihre Lieben der richtige Ort sind für einen erfüllten und sorglosen Lebensabend.«

Als Antwort hielt Marks der Frau, die das brünette Haar zum Pferdeschwanz gebunden trug und deren Kleidung nicht auf eine Pflegekraft hinwies, den Ausweis hin. »DI Chris Marks, Polizei Helston. Und das ist meine Kollegin DS Annie Bley.«

»Äh, ja.« Sie steckte sichtlich irritiert die Prospekte in den Ständer zurück. Unerwartete Entwicklungen schienen sie zu überfordern.

»Wir möchten Mr. Gibbons sprechen.« Bley sah sich um und wies ihren Chef mit einem kurzen Kopfnicken auf den hinteren Bereich des Raums hin. Von dort gingen mehrere Turen ab sowie der Zugang zum Fahrstuhl. An den Wänden hing afrikanische Kunst, Masken in verschiedenen Größen, ein Schild mit einer Lanze, auf einem Sockel stand eine hohe, schlanke Skulptur aus Ebenholz, die eine nackte Afrikanerin darstellte.

»Mr. Gibbons? Moment. Ich schaue sofort nach.« Die junge Frau beugte sich mit angestrengtem Blick über ihren

Computerbildschirm. »Mr. Gibbons, sagten Sie?« Sie strich sich verlegen übers Haar. »Auf unserer Gästeliste steht kein Mr. Gibbons.« Sie sah Marks mit professionellem Lächeln an, hinter dem ihre Unsicherheit aber nicht ganz verschwunden war. »Ich fürchte, Sie müssen sich irren, Detective Inspector. Unser Haus ist zwar das erste Haus am Platz, aber wir sind in Coverack natürlich nicht der einzige Anbieter.«

»Es geht nicht um einen Ihrer Gäste.« DS Bley trat einen Schritt näher. »Mr. Paul Gibbons wohnt hier, ungewöhnlich genug.«

»Paul Gibb...? Paul? Ja, Sie meinen *unseren* Paul? Paul ist hier Mädchen für alles.« Sie errötete leicht.

Wer weiß, was mit *alles* gemeint war, dachte Marks. »Wo finden wir Mr. Gibbons?«, fragte er mit einem gewinnenden Lächeln.

»Paul, also Mr. Gibbons, hat heute seinen freien Tag. Ich bedauere.«

»Können Sie uns sagen, was er für gewöhnlich an seinen freien Tagen so tut?«

Die Empfangsdame zögerte, als sei sie nicht sicher, ob sie befugt war, Auskunft über das Personal zu geben, selbst wenn die Polizei vor ihr stand.

»Bitte, Mrs. ...« Marks warf einen Blick auf das Namensschild, das auf ihrer roten Bluse prangte wie das Versprechen auf eine unbedingte Vorzugsbehandlung. »Spencer.«

»Mr. Gibbons teilt uns nie mit, was er zu tun gedenkt. Ich kann Ihnen daher keine Auskunft geben.«

»Hat er eine Partnerin? Könnte er sich dort aufhalten?«, hakte Bley nach.

Das Erröten war wieder da. »Darüber weiß ich nichts.«

Das wollte Marks nicht glauben. »Hat er mal erwähnt, dass er verheiratet ist?«

Sie legte den Kopf leicht schief, denn sie spürte, dass sie nicht ausweichen konnte. »Ist das wichtig?«

»Hat er darüber gesprochen?«

»Er hat einmal nach einer kleinen Feier unter uns Mitarbeitern davon gesprochen, dass sich seine Frau von ihm getrennt hat. Ohne dass er sich erklären könne, warum. Das war das einzige Mal, dass er es erwähnt hat.«

»Und Sie haben wirklich keine Ahnung, wo er sich aufhalten könnte?«, insistierte DS Bley.

Mrs. Spencer wies mit dem Kopf Richtung Ausgang, wo sich die frühe Dunkelheit für die Winternacht bereit machte. »Wenn das Wetter es zulässt, ist er auf dem Küstenpfad unterwegs. Er liebt die Einsamkeit.«

»Sagt er das?«

Sie nickte. »Ob er bei diesem Wetter auch draußen ist, das weiß ich nicht. Um diese Zeit ist der Southwest-Küstenpfad sehr gefährlich. Auf den schmalen Wegen rutschen Sie leicht aus, und es gibt kein Geländer, das einen Sturz in die Tiefe verhindert.« Sie hob die Hand. »Ich würde mich da jetzt nicht so ohne Weiteres hinauswagen.«

»War Mr. Gibbons gestern Abend unterwegs? Hat er etwas angedeutet? Dass er möglicherweise rüber nach Cadgwith wollte?«

Sie schüttelte stumm den Kopf.

DI Marks legte seine Visitenkarte auf den Tresen. »Danke für Ihre Auskunft. Sie haben uns sehr geholfen, Mrs. Spencer. Bitten Sie Mr. Gibbons, sich bei uns zu melden.«

Als Antwort kamen ein stummes Nicken und ein neugieriger Blick auf das Kärtchen.

Als die beiden Ermittler die gläserne Eingangstür erreichten, die mit einem Schnurren auseinanderglitt, drehte sich DS Bley noch einmal zu Mrs. Spencer um. »Bevor ich es vergesse. Ist die Kunst da echt?« Sie deutete auf die afrikanischen Artefakte.

»Selbstverständlich. Wir sind ein niveauvolles Haus.« In der Stimme der Frau lag kultivierte Entrüstung.

»Wo kauft man so etwas?« Bley ging zurück zum Empfang.

Mrs. Spencer sah aus, als würde sie lieber einen Sprung zurück machen. Stattdessen hielt sie ihre Hände angestrengt hinter dem Rücken verschränkt. »Das sind alles wunderbare Geschenke. Von sehr zufriedenen Angehörigen.«

Marks hatte verstanden, warum Bley fragte. »Ist Ihnen schon mal eines der Kunstwerke abhandengekommen? Womöglich gestohlen?«

»Nein. Absolut niemals. Wir führen ein offenes Haus, sind aber durchaus in der Lage, unsere Bewohner und auch diese Kunst«, sie wies hinter sich, »zu schützen. Wir sind uns bewusst, dass die uns vermachte Kunst sehr wertvoll ist. Neben dem Wert, den sie für die Besitzer ganz persönlich hat und hatte.« Sie klang beinahe wieder wie die souveräne Repräsentantin einer angesagten und auf Stil und Etikette bedachten Seniorenresidenz.

»Wer hat Ihnen die Kunstwerke vermacht?«

Sie drehte sich um und zeigte auf die Figur aus Ebenholz, die im Licht der Deckenlämpchen edel glänzte. »Warum fragen Sie? Die Stele hat im Sockel eine Plakette. Da steht der Name drauf. So genau weiß ich das im Augenblick nicht. Das war weit vor meiner Zeit.«

Bley ging zu der schlanken Skulptur hinüber und warf einen Blick auf das Messingschild. Dort stand lediglich: *Wir hatten die gleiche Freude, die Sie nun haben.* Unzufrieden kam sie zu Marks zurück. Was für ein blöder Spruch. »Gibt es eine Inventarliste?«

Schulterzucken. »Das muss ich abklären.«

»Bitte tun Sie das. Wir werden sicher noch einmal auf Sie zukommen.«

Sie hatte wohl gehofft, sich ausreichend erklärt zu haben, und schien nun erneut irritiert über die Penetranz der Befragung. »Ich habe Ihnen doch schon alles gesagt.«

Marks wollte sie beruhigen. »Im Augenblick reichen uns Ihre Ausführungen. Guten Tag.«

»Meine Güte, was für eine Schnepfe.« DS Bley kniff verärgert die Augen zusammen, als sie auf den Parkplatz traten. »Hier möchte ich wahrlich nicht abgemalt sein. Schnabeltassen mit Goldrand und Schlabberlätzchen aus Brokat.« Sie schüttelte sich.

»Davon sind wir zum Glück noch weit entfernt.«

»Diese Empfangstussi hat etwas zu verbergen.«

»Wie kommen Sie darauf, DS?«

»Haben Sie nicht gesehen, dass sie an bestimmten Stellen der Befragung rot wurde?«

»Habe ich. Und was schließen Sie daraus?«

»Dass sie mit Gibbons vögelt. Was denn sonst? Die beiden haben etwas am Laufen. Mrs. Spencer und Mr. Gibbons. Die Gouvernante und der Hausmeister.«

»Diese Idee hatte ich auch.«

»Dass an Gibbons' Arbeitsplatz afrikanische Kunst hängt, das ist doch kein Zufall.«

»Was vermuten Sie? Dass Gibbons seine Frau und auch

Stills umgebracht hat? Eine immer noch gewagte Theorie.«

»Wir müssen herausfinden, ob es eine Verbindung gibt. Wenn wir nur wüssten, wer der Spender dieser ganzen Artefakte ist. Was jetzt?« Sie sah zum Himmel, der voller Regenwolken hing. »Der Küstenpfad scheidet aus. Ich kann mir nicht vorstellen, dass Gibbons dort ist. Sollen wir im Auto warten?«

»Wer weiß, wann Gibbons auftaucht. Nein. Wir fahren zurück ins Präsidium. Da wartet noch Papierkram auf mich. Und auch ich habe wenig Lust auf einen Sturz über die Klippen.«

Sie hatten den Wagen mit der Schnauze Richtung Meer geparkt. Bevor DI Marks die Zündung einschaltete, warf er einen Blick auf die Bucht von Coverack. Viel war in der Dämmerung nicht zu sehen, außer den Gischtkämmen, die unablässig gegen die Küste rollten, und einigen Lichtern auf der gegenüberliegenden Landspitze, die er dem Paris Hotel zuordnete. Ein kaltes Bild breitete sich vor der Windschutzscheibe aus, das dennoch etwas Verlockendes hatte.

»Vielleicht doch ein spätes Pint an der Hotelbar?«

Bley schüttelte den Kopf. »Ich will möglichst bald allein sein.«

»Kein Problem.« Marks startete den Motor und lenkte den Wagen zurück auf die Straße Richtung Helston. Er würde aus dieser Frau niemals schlau werden. Aber musste er das überhaupt? Er zuckte unwillkürlich mit den Achseln.

»Stimmt was nicht?« Ihre Stimme kratzte verdächtig.

»Alles gut, DS Bley, alles gut.«

Während sie langsam über den knirschenden Kies das Gelände des Altenheims verließen, verfolgte sie interessiert ein Augenpaar. Dann wurde am anderen Ende der Telefonleitung abgenommen.

»Du hattest Besuch, Paul.«

XIV.

»Und der Bericht der KTU ist eindeutig?« Simon saß in Lizard im Top House Inn unweit der Bar und wartete auf die übrigen Musiker, die sich dort für gewöhnlich mittwochabends zur Session trafen. Mary hatte Chris gesagt, wo er ihn finden konnte.

»Die Speere kommen aus der gleichen Werkstatt, ja.«

»Keine Spuren?«

»Njet.«

»Und du meinst, Gibbons könnte mit beiden Fällen zu tun haben? Habt ihr seinen Hintergrund schon gecheckt?«

»Bisher weitgehend unauffällig. Jedenfalls kein Knast. Und eine Verbindung zu Stills gibt es auch nicht.«

»Wie sieht es mit der Organisierten Kriminalität aus?«

»Interessant, dass du fragst. Auch das haben wir auf dem Schirm. Wir arbeiten dran. Aber auch hier gibt es, Stand jetzt, nichts Verdächtiges.«

»So kurz vor der Session ist das jetzt eher ungünstig.« Simon hatte die Blicke aufgefangen, die ihm von den anderen Gästen zugeworfen wurden. »Wenn du magst, bleib noch ein bisschen, und wir unterhalten uns nachher. Oder hast du noch eine Verabredung?«

»Nein. Louise hat Nachtdienst. Ich bleibe. Schon lange keine Livemusik mehr gehört.« Marks musste lächeln.

Nach und nach trudelten die übrigen Musiker ein,

darunter auch Connor Major. Der junge Musiker war dazugestoßen, als sich die Abende in Lizard mehr und mehr zu einer regelmäßigen Session entwickelt hatten. Major spielte kraftvoll die Gitarre, aber noch kraftvoller war seine Stimme, so als käme er auf direktem Weg aus dem tiefsten Mississippi-Delta. Simon mochte vor allem seine Version von *Little Red Rooster*, zu der seine eigene Bluesharp perfekt passte.

Nachdem der Mann hinter der Bar *last order* gerufen hatte und die meisten der Musiker und Gäste bereits auf dem Heimweg waren, hatten Simon und Chris endlich Zeit für ein längeres Gespräch.

»Netter Abend.« Marks hatte sein zweites Pint mitgebracht.

»Nur keine Begeisterungsstürme. Aber danke.« Simon lächelte vergnügt. Der Abend war in der Tat gut gewesen.

»Ich hatte Zeit, um noch einmal über unsere Ermittlungen nachzudenken. Viel haben wir bisher noch nicht.«

»Der Knackpunkt sind die Speere. Sie stammen aus der Erbschaft von Stills' Onkel, richtig?«

»Faye Gilbert war froh, das alte Zeug endlich loszuwerden. Da hat sie nicht so genau hingeschaut, wie wenn sie die Stücke in eine Auktion gegeben hätte.«

»Möglich.«

»Klingt jedenfalls nachvollziehbar, dass sie die Gegenstände nur als lästigen Plunder abgestempelt hat.« Simon trank von seinem Mineralwasser. Dann fügte er hinzu: »Der Täter, den Stills gekannt haben muss, denn es hat ja keine Einbruchsspuren gegeben, hat mindestens zwei Speere mitgenommen. Und dieser Täter, nennen wir ihn

Keith Stone, könnte aus dem gleichen kriminellen Milieu kommen, in dem Stills sich bewegt hat. Dann bleibt nur die Frage, welche Verbindung es zwischen den beiden Opfern gibt. Was die Sache kompliziert macht: Amelie Gibbons hat keine kriminelle Vergangenheit. So habt ihr jedenfalls ermittelt.«

»Die andere Variante ist auch nicht viel besser.« Marks trank einen großen Schluck. »Nämlich, dass Paul Gibbons der Doppelmörder ist. Allerdings fehlen auch hier das Motiv und die Verbindung zwischen den dreien.«

»Gibbons tötet seine Frau aus Eifersucht und Hass. Wie passt Stills da hinein?«, dachte Simon laut.

»Das ist die entscheidende Frage.«

»Gibbons habt ihr noch nicht ausfindig gemacht?«

Marks schüttelte den Kopf.

»Fragt doch Luke noch einmal. Er kennt Gott und die Welt und die meisten Schlupflöcher in dieser Gegend. Mir fällt ein, ich treffe ihn morgen ohnehin. Dann erledige ich das für dich.«

»Tu das. Danke.«

In der Nacht konnte Simon lange nicht einschlafen. Die Session und das Adrenalin wirkten nach. Aber das war es nicht allein. Schließlich stand er auf, ging ins Wohnzimmer und zog aus seiner LP-Sammlung das rote Album der Streetwalkers hervor. Die Stimme von Roger Chapman und die Musik der Band waren das Spiegelbild seines Gemütszustands. Roh, druckvoll und laut kamen sie daher. *Run for cover, run for shade.*

Deckung und Schatten suchen. Verstecken, um zu überleben. Wenn er das nur könnte. Er hatte nichts anderes gelernt als sich stellen und kämpfen. Er legte den Kopf auf die Arme. Die Schmerzen waren im Augenblick zu ertragen. Er atmete ein und ließ die Luft langsam entweichen. Er steckte schon zu tief in den neuerlichen Ermittlungen. Zwei Menschen mit einem Speer getötet, wie Wild erlegt.

In seinem Kopf sammelten sich Szenen, die ihn entsetzten. Er sah Moiras tote Augen, in denen sich die Flammen des brennenden Autos spiegelten. Er sah Tote, denen Gliedmaßen fehlten, er sah sich inmitten eines Feuergefechts. Und er sah mit an, wie eine Kugel im Kopf einer Kollegin explodierte.

Simon presste die Hände gegen die Schläfen, als könne er so die Bilder verdrängen. Aber nichts passierte. Im Gegenteil, die Szenen nahmen an Heftigkeit zu. Schließlich stand er auf und drückte am Plattenspieler die Stopp-Taste.

In der Küche machte er sich einen Tee und wartete in der Stille auf das Morgengrauen, das sich lange nicht zeigte. Der Winter hatte die Lizard-Halbinsel fest im Griff. Erst allmählich konnte sich der Tag seine Daseinsberechtigung erarbeiten. Simon wusste, dass draußen die See mit dem Horizont verschwamm und das Auge keine Trennlinie finden würde. Wenn es so weiterging, würde Cornwall noch den Ruf als mediterran stabile Landschaft verlieren. Diese konsequente Kälte hatte er hier noch nie erlebt.

Irgendwann packte er seine Malutensilien zusammen und zog die Winterjacke über. Er wollte die unruhige See in ihrer bedrohlichen Wildheit in ein paar Skizzen einfangen.

Im Dorf war kein Betrieb. Der Wind kam einmal mehr aus dem Osten, sodass die Fischer nicht hinausgefahren waren. Marys Laden hatte noch geschlossen. Simon entschied sich, hinauf zum alten Ausguck zu gehen. Dort oben würde er die Naturstimmung am besten einfangen können, um sie später im Atelier auszuarbeiten. Als er auf halber Strecke an Marys B&B vorbeikam, war ihm klar, dass er den Weg hinauf zum Ausguck auch deshalb eingeschlagen hatte, um an ihrem Haus vorbeizumüssen.

Er hielt es auf der Felsspitze nicht lange aus. Der Wind hatte kein Einsehen. Außerdem waren die Bucht und die Küste in Richtung Lizard in nebliges Grau getaucht. Das Licht hatte kaum eine Chance, einen Ankerpunkt in die Wolken zu setzen. Missmutig packte er zusammen.

»Willst du nicht hereinkommen? Du machst ja Sachen«, ertönte es hinter ihm halb verärgert, halb belustigt. »Schleichst bei diesem Wetter hier herum, als wolltest du die Geister der Piraten in ihren Höhlen aufscheuchen.«

Er drehte sich verlegen lächelnd um. »Ich habe gedacht, du wärst nicht zu Hause.«

»Papperlapapp. Ich bin gerade dabei, mir Frühstück zu machen. Hast du schon gefrühstückt?« Mary sah ihn prüfend an. »Was frage ich? Wie ich dich kenne, hast du noch nicht. Nun komm schon.«

Er freute sich über die unverhoffte Einladung und folgte ihr.

»Was ist los mit dir?«, fragte Mary, kaum dass sie das Cottage erreicht hatten.

Er zuckte mit den Schultern. »Alles und nichts.«

Mary sah ihn nur abwägend an, sagte aber nichts und ging in die Küche. Dort roch es nach frischem Brot.

Er lehnte sich an den Türrahmen und sog den Duft ein. »Einfach göttlich. Mein Magen knurrt.«

»Deutsches Graubrot. Ich habe damals in Köln alles hinter mir gelassen, nur ein paar Rezepte meiner alten Nachbarin nicht. Ich habe mich mit Ursula prächtig verstanden, trotz des beträchtlichen Altersunterschieds. Sie muss mittlerweile schon neunzig sein. Was wohl aus ihr geworden ist? Vielleicht ist sie zurück nach Breslau«, fragte sie mehr sich selbst und hantierte mit dem Geschirr.

Simon genoss das Unangestrengte in Marys Bewegungen. Sie passten perfekt zu ihrer schlanken Erscheinung, ihrem dunklen, fast schwarzen Haar, das sie an diesem Morgen zu einem Zopf geflochten hatte, und dem grob gestrickten Männerpullover, den sie gerne trug. Mary verströmte eine Gelassenheit und eine Lebensweisheit, die ihm guttaten. Er genoss das gemeinsame Frühstück.

»Ich weiß, dass du das nicht hören willst, aber du siehst mitgenommen aus. Muss ich mir Sorgen machen? Willst du reden?« Sie schenkte ihm nach.

»Mir gehen die Morde nicht aus dem Kopf. Das ist alles. Chris kommt nicht voran, und ich habe gerade auch keine Idee, wie ich helfen kann. Erst Stills und nun die Frau.«

Mary rührte in ihrem Tee. »Verzwickt und mehr als tragisch. Ich kannte Amelie Gibbons als nette, zugewandte Person, die zudem großartig schneidern konnte.« Sie deutete auf die Vorhänge und die Kissen, mit denen sie den Frühstücksraum ihres B&B dekoriert hatte. »Ihr Werk.«

»Wer tötet zwei Menschen mit einem Speer? Als wenn der Täter regelrecht Jagd auf seine Opfer gemacht hätte.«

»Ein Profi? Keith Stone?« Sie war dem Londoner schon einmal begegnet.

»Es sieht alles danach aus. Er ist untergetaucht, und niemand kennt seinen Aufenthaltsort. Auch Helen nicht.«

»Deine ehemalige Kollegin aus London?«

Er nickte.

»Er wird irgendwann einen Fehler machen.«

»Stone macht keine Fehler.«

»Er wird über irgendetwas stolpern, das er dann nicht mehr im Griff hat. Und wenn es am Ende seine Überheblichkeit und Eitelkeit ist. Männer wie er haben Allmachtsfantasien. Sie halten sich für unbesiegbar. Und genau dort sind sie verwundbar.«

»Was meinst du damit?«

»Chris muss ihn aus seinem Versteck locken. Mit Speck fängt man Mäuse«, fügte sie lächelnd hinzu.

»Ihm einen Lockvogel präsentieren? Das ist hochgefährlich.« Er schüttelte den Kopf. »Und überhaupt, wer soll das sein?«

»Dumme Idee, du hast recht. Was ist mit dem Ehemann?«

»Das ist exakt die Frage, die ich heute mit Luke zu klären versuche. Luke hat Chris auf die richtige Spur gesetzt, aber sie haben ihn an seinem Wohnort in Coverack nicht angetroffen. Gibbons hatte seinen freien Tag. Und nun scheint er verschwunden. Sie haben ihn auch bei ihrem zweiten Besuch nicht angetroffen. Die Frau am Empfang war außer sich vor Sorge und konnte sich das alles nicht erklären.«

»Ich hoffe, sie haben ihn zur Fahndung ausgeschrieben?«

»Du redest schon wie eine Ermittlerin. Nein, haben sie nicht. Dazu ist es noch zu früh.« Er lächelte sie an.

»Luke als euer Trüffelschwein?« Sie musste bei dem Gedanken lächeln.

»An dem Vergleich ist etwas dran. Er hat das Ohr überall und sicher eine Idee, wo wir suchen könnten.«

»Luke will nachher mit mir die nächsten Schritte in Sachen Theaterprojekt durchsprechen. Als Mädchen für alles will er auf dem Laufenden sein. Allein schon wegen Tantchen. Er hat keine Lust auf ihre Nörgeleien, weil angeblich nichts vorbereitet und erledigt ist.«

»Aber bis zum Februar ist doch noch jede Menge Zeit.«

»Du kennst doch meine Tante. Noch Tee?« Sie sah auf die Uhr. »Oh, später, als ich dachte. Luke müsste gleich hier sein.«

Es rumorte ein wenig im Flur, dann erschien er in der Tür wie ein Schauspieler auf sein Stichwort.

»Simon, alter Blueser, du hier? Konnte gestern Abend nicht. Gill hat sich eine Erkältung eingefangen, üble Sache. Da wollte ich sie nicht allein lassen. Mary, habe ich das richtig gehört? Du machst frischen Tee? Heute ist mein Glückstag.« Er legte seine Jacke achtlos auf einen Stuhl.

Die nächsten Minuten tauschten sie den neuesten Dorftratsch aus und sprachen auch über das Theater.

»Wenn ich das richtig verstanden habe, soll deine Tante auch einen Part in den szenischen Lesungen übernehmen. Nach dem Motto: Daphne du Maurier ist wieder auferstanden. Wobei ich, um ehrlich zu sein, nicht so ganz weiß, was die Dame so alles geschrieben hat. Irgendwas mit Jamaika, oder?«

»Damit weißt du schon mehr als die meisten anderen Briten«, sagte Mary.

»Lass nur, Bücher sind nicht so mein Ding.« Er wandte

sich an Simon. »Kriminalfälle sind da schon ein ganz anderes Kaliber.«

»Darum kommst du gerade recht.«

Lukes Körperspannung stieg. »Haben wir einen neuen Fall?« Er sah Simon direkt in die Augen. »Wir haben einen neuen Fall.«

»Wir haben gar nichts«, versuchte Simon, ihn zu bremsen. »Ich brauche lediglich einen Tipp von dir.«

»Sag ich doch, wir haben einen Fall.«

XV.

»Sieh zu, dass er nicht anders kann.«

»Wie stellst du dir das vor?«

»Ich stelle mir gar nichts vor. Ich führe nur Befehle aus.«

»Das geht zu weit.«

»Das bestimmst nicht du.«

»Ich habe keine Handhabe.«

»Du lügst. Ihr habt alle Möglichkeiten.«

»Er ist schon lange nicht mehr dabei.«

»Dann triff dich mit ihm. Der alten Zeiten wegen.«

»Arschloch.«

»Sei vorsichtig mit deinen Worten.«

»Du kannst mir nicht drohen.«

»Du unterschätzt mich.«

»Ich kann dich jederzeit auffliegen lassen.«

»Das traust du dich nicht.«

»Ich habe nichts zu verlieren.«

»Du hast alles zu verlieren.«

»Was weißt du schon?«

»Ich kenne dich.«

»Den Teufel tust du.«

»Hört, hört. Verschluck dich nur nicht an deinem Stolz.«

»Auch wenn ich falle, wenn du fällst – auch wenn es die letzte Genugtuung wäre – sie wäre es wert.«

»Hör zu, es ist zu spät für deine Berufsehre. Du hattest ohnehin nie eine.«

»Ich werde nichts tun.«

»Du steckst schon viel zu tief in der Scheiße. Merkst du es nicht? Sie läuft dir schon in den Mund.«

»Geh zum Teufel.«

»Da komme ich gerade her. Er hat dich gekauft, alle deine Träume, alle deine Wünsche, dein ganzes verficktes Leben gehört ihm. Du wirst tun, was er dir sagt.«

»Ich ...«

»Hör auf zu heulen. Auch dazu ist es zu spät. Du arbeitest schon zu lange für ihn. Das hättest du dir eher überlegen müssen. Es gibt keinen Weg zurück.«

»Ich ...«

»Du machst es so, wie ich es sage. Du bestellst ihn zu dir, und ich werde mit meiner Lucille dort auf ihn warten. Und dann brenne ich mit ihr ein bildhübsches Loch in seinen Schädel. Wenn es dich beruhigt, er wird tot sein, noch ehe sein Gehirn den Schmerz spürt. Na, ist das nicht ein absolut faires Angebot? Ich bin doch kein Unmensch. Sag es.«

»Ich ...«

»Ist das alles? Immer nur ich, ich, ich. Habe ich es nicht gesagt? Euer ganzes beschissenes System hilft dir nicht eine einzige Sekunde.«

Stille.

»So ist es gut. Ich habe dich noch nie so sprachlos erlebt.«

»Was muss ich tun?«

»Endlich wirst du vernünftig.«

»Also, was?«

»Du wirst es noch früh genug erfahren.«

»Ich muss mit Lehmann sprechen.«

»Du musst gar nichts.«

»Ich habe eine wichtige Nachricht für ihn.«

»Lass den Quatsch. Du kannst mich nicht verarschen.«

»Ich muss mit ihm sprechen. Sonst gibt es keinen Deal.«

»Du hast es offenbar immer noch nicht begriffen.«

»Ich muss Lehmann treffen.«

»Das Einzige, was trifft, ist meine Lucille.«

»Hör auf damit.«

»Du hast recht. Schluss jetzt.«

»Lehmann oder kein Deal.«

»Ich kann ihn auch ohne deine Hilfe umlegen. Aber mit deiner Unterstützung macht es mehr Spaß.«

»Du Schwein.«

»Sag: Hallo, kleine Lucille.«

Es klickte in der Leitung.

XVI.

»Sobald wir ihn sehen, rufen wir dich an.«

»Kein Alleingang.«

Simon nickte überflüssigerweise in den Hörer. »Versteht sich von selbst.«

Luke hatte mitgehört und verzog das Gesicht. Er fühlte sich mal wieder um die Früchte seiner Arbeit betrogen.

»Die Bull…, also Chris hat keinen Plan und lässt sich gerne helfen. Aber quasi nur bis zur Haustür. Dann sollen wir uns verziehen? Großer Mist ist das.«

Simon legte ihm den Arm um die Schultern. »Wir müssen los. Ärgern kannst du dich auch unterwegs.«

Maulend über alle Ungerechtigkeiten dieser Welt, folgte Luke ihm zum Parkplatz.

»Chris weiß deine Hilfe sehr wohl zu schätzen. Ohne dich wäre er Gibbons nicht so schnell auf die Spur gekommen. Wer rechnet denn damit, dass der bei seinem alten Schulfreund unterkriecht?« Simon kletterte etwas mühsam auf den Beifahrersitz.

»Ich möchte zu gerne wissen, wer ihn vor der Polizei gewarnt hat.« Luke ließ den Motor an.

»Vermutlich hat er sich gedacht, dass er in Verdacht geraten würde, und sich daher vorsorglich aus dem Staub gemacht. Er hat sicher keinen Tippgeber gebraucht.«

»Du hältst Gibbons für den Doppelmörder?« Luke lenkte den Wagen Richtung Gweek.

»Solange wir keine andere Spur haben.«

»Wir?« In Lukes Stimme schwang ein Quäntchen Genugtuung mit.

»Stimmt. Natürlich die Mordkommission.«

Luke gab einen undefinierbaren Laut von sich, der keinen Zweifel daran ließ, dass er als echter kornischer Fischer nichts von der Polizei hielt.

»Was mich immer wieder wundert, ist, dass die Polizei trotz ihres großen Apparats nichts auf die Kette kriegt. Die haben den modernsten elektronischen Firlefanz und kommen doch kein Stück voran. Wie heißen die? Forensiker? Zielfahnder, Profiler? Meine Güte, angeblich alles

Fachleute, und dann passiert nix. Das nenne ich Verschwendung von Steuergeldern.«

Luke war bei seinem Lieblingsthema angekommen. Neben den fatalen Brexit-Folgen für die Fischer Cornwalls, dem Verlust der kornischen Identität und dem fortschreitenden Klimawandel war ihm Polizeiarbeit immer einen Streit wert. Zumal er sich zuschrieb, die einzig nutzbringende Stütze der Ermittler zu sein.

»Wie geht es eigentlich deiner Frau?« Simon hatte keine Lust auf das ewig gleiche Lamento.

»Bestens. Sie ist wieder gesund. Jedenfalls so gut wie. Gill steckt schon mitten in den Weihnachtsvorbereitungen. Der Christmas Pudding ist schon fast so weit.« Er lächelte bei dem Gedanken. »Es braucht nur noch ein paar Einheiten Weinbrand. Wird ein besonders saftiger Kuchen. Und Mary?«

»Du kennst sie ja. Ich glaube, sie hat mindestens zwei von den Puddings in Arbeit.«

»Wir sind gleich da«, unterbrach Luke die Unterhaltung.

Er stellte den Wagen auf den verlassenen Parkplatz des Black Swan und stieg aus. »Der Helford River bringt 'ne Menge Kälte mit.«

Simon sah sich um. »Und du bist sicher, dass er hier im Pub untergekommen ist?«

Luke nickte indigniert. »Kannst mir ruhig vertrauen. Lass uns reingehen. Mir ist kalt. Und ich hab Hunger. Die Shepherd's Pie ist lecker. Gibbons hilft seinem Kumpel in der Küche, das ist Fakt. Wir tun erst mal so, als seien wir zufällig hier.« Er rieb sich unternehmungslustig die Hände.

Im Inneren war es angenehm warm. Die beiden suchten

sich einen Tisch in der Nähe der Bar. Von dort konnten sie nicht nur den Gastraum überblicken, sondern durch den Durchgang hinter den Zapfhähnen auch einen Teil der Küche einsehen.

»Pint?«

Simon nickte.

Luke ging zur Bar, und im gleichen Augenblick erschien der Wirt aus dem hinteren Teil der Küche.

»Zwei Pints von dem.« Luke zeigte lässig auf den Zapfhahn direkt vor ihm. »Und dann zweimal Essen. Ist eure Shepherd's Pie so gut, wie alle Leute sagen?«

»Ihr seid nicht von hier, stimmt's?«, begann der Wirt sein Kneipengespräch und nahm zwei Gläser aus dem Regal.

»Kann man so sagen.«

»Fischer, eh? Von der Nordküste? Hier kenn ich nämlich so ziemlich jeden.«

Luke nickte vage.

Während der Wirt die Gläser füllte, arbeitete er weiter an der Bestätigung seiner Vermutung. »Bei euch auch so eine beschissene Saison?«

Luke nickte erneut. »Die Franzosen fischen uns alles weg. Es gibt kaum noch Hummer oder andere Krustentiere in den Körben.«

»So hab ich es gehört. Dieser ganze Brexit-Mist macht uns alle fertig.« Er stellte die beiden Biergläser vor Luke hin und begann den Tresen mit einem nicht mehr ganz sauberen Lappen trocken zu wischen. »Ihr habt Glück. Am Abend hab ich 'ne große Geburtstagsparty. Fünfundzwanzig Leute. Deshalb hab ich die Küche schon besetzt. Shepherd's Pie, sagtest du?«

Luke nickte.

»Bist wohl nicht der Gesprächigste, was? Na ja, egal. Essen kommt gleich.« Der Wirt nannte den Preis für Getränke und Essen, und Luke bezahlte.

»Er denkt, wir sind von der Nordküste.« Luke setzte sich mit einem zufriedenen Gesichtsausdruck.

Während sie auf das Essen warteten, ließ Luke seinen Gedanken freien Lauf, wobei er mit gedämpfter Stimme sprach. Er fragte nach Simons Plänen für die nächsten Monate, ob etwa neue Kunstprojekte anstanden, ob er wisse, ob Marks noch immer mit Louise Taylor zusammen war. Er machte einen zunehmend nervösen Eindruck. »Wir beobachten nur? Woran erkennen wir Gibbons? Hast du Marks' Mobilnummer schon eingetippt? Verdammt, ich muss aufs Klo.«

Während sein Freund Richtung Toilette verschwand, scrollte Simon durch seine Nachrichten. Marks hatte ein Fragezeichen geschickt. Er war also offenbar ebenso nervös. In einer weiteren Nachricht stand, dass er mit DS Bley etwas außerhalb von Gweek parkte, ganz in der Nähe der Seehundauffangstation. Es hatte ihn nicht im Präsidium gehalten. Was auch Sinn ergab, dachte Simon, denn bis Helston waren es gut zwanzig Minuten, in denen viel passieren konnte.

»So, die Shepherd's Pie.« Ein Mann stellte die Teller ab und stutzte. »Nordcornwall? Kann nicht sein.«

»Ich verstehe nicht.« Simon versuchte, ahnungslos zu wirken. Der Mann musste Gibbons sein.

»Ich kenne dich. Du bist doch der Künstler aus Cadgwith. Du spielst auch im Pub.« Gibbons blieb am Tisch stehen und wirkte mit einem Mal misstrauisch.

»Stimmt. Aber mein Freund kommt aus der Gegend von St. Ives.« Damit hatte Simon nicht gerechnet. Er hatte Gibbons bisher nie bewusst wahrgenommen und daher angenommen, sich in Gweek unerkannt umsehen zu können. Hoffentlich blieb Luke länger weg, denn auch er würde auffliegen.

»Und was macht ihr hier in der Gegend?« Das Misstrauen war stärker geworden.

Simon wies auf seinen Gehstock. »Ich kann kein Auto fahren. Mein Kumpel fährt mich umher. Ich suche neue Motive für meine Arbeit.«

»Bei dem Wetter?«

»Kunst kennt keine Jahreszeit.«

»Hab mit Kunst nichts am Hut. Kochen, das ist Kunst.« Gibbons schien sich zu beruhigen. »Dann haut rein, bevor das Essen kalt wird. Dein Kumpel ist noch pinkeln?« Gibbons grinste. »Die kalte Luft schlägt auf die Blase, was?«

»Oh, das sieht verführerisch aus.« Luke kam aus dem hinteren Bereich des Pubs und setzte sich erwartungsvoll. Er tat, als bemerke er Gibbons nicht.

Simon hielt den Atem an, aber Gibbons hatte sich bereits wieder Richtung Küche aufgemacht und schien Luke nicht bemerkt zu haben.

»Er hat mich erkannt.« Simon nahm das Besteck in die Hand und begann zu essen.

»Es ist also Gibbons?« Luke beäugte genussvoll seinen Teller. Ihren Auftrag hatten sie erfüllt. »Und? Was hast du ihm gesagt?«

»Dass ich auf der Suche nach neuen Motiven und Anregungen bin.«

»Gut. Wir können uns doch überall umsehen. Und das Dörfchen ist ja … Gill würde sagen, überaus lieblich.« Er schob sich das erste Stück Pie in den Mund. »Verdammt gut, allein deshalb hat sich der Weg gelohnt.«

»Wir müssen vorsichtig sein, damit er nicht wirklich Verdacht schöpft.«

»Hast du Marks informiert?«

»Wie sollte ich?«

Luke deutete mit dem Messer hinaus. »Die Gelegenheit ist günstig. Er bringt gerade den Müll raus.«

Sie beobachteten durch das Erkerfenster, wie Gibbons mit einem großen Eimer über den Vorplatz ging. Simon schickte Marks nur ein kurzes *Bingo*.

Luke grinste. »Ich fühle mich wie in einem Agentenfilm.«

»Iss auf, solange es noch geht. Gibbons ist misstrauisch.«

»Wäre ich auch, wenn ich zwei Menschen auf dem Gewissen hätte.«

»Gleich wird es ungemütlich.«

»Nur zu. Bin gerne mal wieder bei einem echten Polizeieinsatz dabei.«

Von den beiden unbemerkt, hatte DI Marks das Pub erreicht und durchquerte den Gastraum Richtung Tresen. Dabei nickte er ihnen zu, wie man die anderen Gäste eines Lokals beim Eintritt oberflächlich begrüßte.

»Ja?« Der Wirt kam aus der Küche.

»Wir möchten zu Mr. Gibbons.«

»Wer will das?«, fragte der Wirt abwartend.

Marks hielt ihm den Ausweis hin. »Detective Inspector Chris Marks«, las er lauter vor als nötig.

»Aha. Was kann ich für Sie tun?«

»Wie gesagt, wir möchten Mr. Gibbons sprechen.«

»Wir?«

In diesem Augenblick drangen tumultartige Geräusche aus der Küche in den Gastraum. Sekunden später erschien DS Annie Bley mit Gibbons. Sie hatte ihn mit einem Polizeigriff unter Kontrolle und legte ihm nun Handschellen an.

»Mr. Gibbons, schön, dass wir Sie endlich antreffen.«

Der Wirt sah Gibbons an und hob entschuldigend die Schultern. Mit drei Schritten entfernte er sich von dem ungleichen Paar, als befürchte er, sich mit einem gefährlichen Virus anzustecken. Aus sicherer Entfernung beobachtete er schweigend, was nun in seinem Pub vor sich ging.

Gibbons stand gebeugt vor Marks und richtete sich nur mühsam auf. »Was wollen Sie von mir? Ich habe nichts getan.«

»Wollen wir uns nicht setzen?« Marks bedeutete Bley mit einer Kopfbewegung, dass sie ihn an einen der freien Tische führen sollte. Dort drückte sie Gibbons auf einen Stuhl.

Marks setzte sich ihm gegenüber. Dann sah er Luke und Simon an. »Kein Grund zur Unruhe. Wir haben lediglich ein paar Fragen an den Herrn hier.« Dabei wandte er sich wieder Gibbons zu. »Kann meine Kollegin Ihnen die Handschellen wieder abnehmen, und Sie verhalten sich ruhig?«

Gibbons sah ihn feindselig an, nickte aber mit finsterem Blick.

Während Bley die Handschellen löste, stand Simon auf und zog Luke hoch, der den Vorgängen fasziniert zusah.

»Wir gehen.« Er nickte dem Wirt und den anderen zu und nahm Luke mit nach draußen.

»Musste das sein?« Luke sah ihn an, als habe sein Freund ohne zu fragen die Fernbedienung seines Fernsehers an sich genommen und eigenmächtig umgeschaltet.

»Unser Job hier ist zu Ende.«

»Was passiert nun?« Luke schloss seinen Pick-up auf und stieg ein. Körperhaltung und Gestik ließen keinen Zweifel, dass er sich um sein Vergnügen betrogen sah.

Simon schnallte sich an. »Sie werden ihn nun in aller Ruhe befragen und dann entscheiden, ob sie ihn festsetzen oder nicht.«

»Wer sich so verhält, hat Dreck am Stecken.« Luke nickte entschieden.

»Oder einfach nur Angst, zu Unrecht verdächtigt zu werden.« Simon klemmte seinen Gehstock zwischen die Knie und schwieg.

XVII.

»Warum wollten Sie flüchten? Gibt es dafür einen Grund?« Marks lächelte aufmunternd.

»Was wollen Sie von mir?«

Der DI musterte Paul Gibbons. Er mochte Anfang vierzig sein, etwa so alt wie seine ermordete Frau. Er hatte ein rundes Gesicht mit schwammiger Haut und neigte zu einem Doppelkinn. *Vermutlich zu viel Fast Food*, dachte Marks. Gibbons hatte die Augenbrauen zusammengezogen, als habe er einige Schwierigkeiten, sich auf sein Gegenüber zu konzentrieren. Die Schulterpartie zeugte von zu wenig Sport, wie auch der deutliche Bauchansatz. Seine halblangen Haare wurden an ihrem Wirbel licht. *Insgesamt aber keine unangenehme Erscheinung*, resümierte Marks.

»Ich hab Sie etwas gefragt.« Gibbons legte seine Hände flach auf den Tisch.

»Sie wollten flüchten. Können Sie mir sagen, warum?«

»Ich lass mir von euch nichts anhängen.«

»Niemand will Ihnen etwas anhängen. Wir möchten lediglich ein paar Fragen beantwortet haben.« Marks sah hinüber zum Gastwirt, der ein Handtuch genommen hatte, um seinen Händen Beschäftigung zu geben. Angestrengt knetete er den Stoff. Der DI wandte sich wieder Gibbons zu. »Möchten Sie, dass der Wirt geht? Können Sie dann freier sprechen?«

»Peter kann bleiben, er ist mein Freund.«

»Gut. Wann haben Sie Ihre Frau das letzte Mal gesehen oder gesprochen?«

»Wir leben getrennt. Wir *haben* getrennt gelebt. Sie hat mich verlassen. Ich weiß nicht, wann ich das letzte Mal Kontakt hatte. Vor einer Woche? Vor zwei? Keine Ahnung. Ist doch auch egal. Sie ist jetzt tot.«

Bley nannte ihm das Todesdatum. »Wo waren Sie an dem Abend?« Sie saß neben ihm und hatte ihr Notizbuch aufgeschlagen.

»Keine Ahnung.« Er zuckte achtlos mit den Schultern. »Hier? Irgendwo. Echt keine Ahnung. In meiner Wohnung?«

»Das heißt, Sie haben kein Alibi.«

»Mir egal. Brauch ich nich.«

»Das klingt nicht überzeugend.«

»Ich hab nix damit zu tun. Basta.«

»Haben Sie sie getroffen? Und wo?« DS Bley ließ nicht locker.

»Sie hat sich mit mir nicht mehr getroffen. Sie hatte die Scheidung eingereicht. Angeblich würde ich sie bedrohen. Dabei ist sie schuld, sie hat sich ständig mit anderen Männern getroffen. Sie hätten mal die verliebten Blicke sehen sollen, die sie im Pub oder bei Feiern ausgetauscht haben. Selbst in meinem Beisein, so als wollte sie mir klarmachen, dass ich ihr nicht genüge.«

»Kann es sein, dass Sie das missverstanden haben?«

Gibbons funkelte Bley böse an. Er hatte sichtlich Mühe, nicht die Beherrschung zu verlieren. »Pah. Die ganzen Hausbesuche und angeblichen Anproben. Dass ich nicht lache. Alles gelogen. Sie hat sich stattdessen mit ihren Lovern getroffen.«

»Haben Sie Beweise für Ihre Behauptungen?«

»Die brauche ich nich. Ich weiß es eben.«

»Worum ging es bei Ihrem letzten Kontakt, den Sie angeblich zeitlich nicht einordnen können?«

»Nix angeblich. Is so. Ich habe mich nach dem Scheidungstermin erkundigt. Mehr nich.«

»Und dabei ist es nicht zum Streit gekommen?«

»Sie hatte nicht die Zeit zu einem Streit. War angeblich schon auf dem Weg zu dieser Scheißbesprechung mit den Theaterleuten. Das musste sie sich auch noch aufhalsen, den Schlüssel für die Dorfhalle verwalten. Angeblich weil das sonst niemand machen wollte.« Gibbons starrte erst auf die Tischplatte und sah dann Marks direkt ins Gesicht. »Ich sag Ihnen was. Schlüsseldienst, pah. Auch nur, damit sie ihren Lover treffen konnte.«

»Lover? Wen meinen Sie?«

Er hob die Schultern und ließ sie wieder fallen. Eine müde Geste. »Ist doch egal. Irgendeiner aus der Theatertruppe.«

Bley und Marks wechselten einen schnellen Blick.

»Mr. Gibbons, Sie arbeiten im Altenstift in Coverack. Ihnen ist daher sicher auch die afrikanische Kunst vertraut, die im Eingang präsentiert wird.«

Gibbons verzog abschätzig den Mund. Er griff zur Menükarte und stellte sie stirnrunzelnd wieder in den Ständer zurück, als sei er wenig angetan vom Angebot. »Plunder. Aber die alten Leutchen lieben das Zeug. Erinnert sie an das Empire. Als die Welt für sie noch in Ordnung war.« Er strich mit der Hand über die Tischplatte, als müsse er eine Tischdecke glätten.

»Gibt es auch in anderen Räumen des Heims afrikanische Kunst oder ausschließlich im Foyer?« Bley wartete interessiert auf die nächste Übersprungshandlung.

»Nur dort. Warum fragen Sie mich das?« Gibbons legte die Hände übereinander.

»Ist dort schon einmal etwas abhandengekommen?«

»Versteh ich nich.« Gibbons sah zum Fenster hinaus.

»Ist die Sammlung komplett? Oder fehlt etwas?«

»Woher soll ich das wissen? Fragen Sie in Coverack nach.« Er blickte weiter nach draußen.

»Wissen Sie, wer die Kunstwerke gestiftet hat?«

»Weiß nicht. Interessiert mich auch nicht.« Gibbons sah die Beamten kurz an und hielt dann den Blick gesenkt.

»Es gab also bisher keine Unregelmäßigkeiten? Also dass zum Beispiel etwas verschwunden ist? Masken, Skulpturen oder Speere etwa?«, insistierte Bley.

»Nee.« Gibbons sah sie erstaunt an, dann schien ihm etwas einzufallen. Er grinste mit einem Mal breit. »Eine Maske war mal verschwunden. Für einen Tag. Wir haben alles abgesucht und sie dann schließlich gefunden. Sie lag im Bett von einem ehemaligen Colonel. Hat wohl mal in Afrika gedient. Sie habe ihn an seine Dienstzeit erinnert. War ein echter Akt, sie wieder an ihre alte Stelle zu hängen. Wir mussten dem alten Trottel versprechen, dass nur er sie bewachen darf. Bisschen plemplem, der Gute.« Er machte mit der Hand eine kreisende Bewegung über der Stirn.

»Wir würden die Unterhaltung gerne im Präsidium fortsetzen, Mr. Gibbons.« Marks lächelte Gibbons an und hoffte zugleich, dass er mit seiner Ankündigung keinen neuerlichen Fluchtimpuls auslöste.

Gibbons lehnte sich zurück und schob dabei den Stuhl ein Stück vom Tisch weg. »Ich bin verhaftet?« Er warf seinem Freund an der Theke einen lauernden Blick zu.

»Unsinn. Es ist nur so, dass wir aus ermittlungstechnischen Gründen eine Fortsetzung unserer Unterhaltung in unseren Räumen vorziehen.«

»Ich kann hier nicht weg. Wir haben heute Abend eine ziemlich große Party zu managen.« In seinen Augen glomm Hoffnung auf, den Ermittlern nicht nach Helston folgen zu müssen.

»Ich fürchte, darauf können wir keine Rücksicht nehmen.« Bley nahm eine entschlossene Haltung ein.

Der Wirt meldete sich zu Wort. »Ich schaffe das nicht allein. Und Personal ist knapp. Gutes sowieso.«

»Bin ich verdächtig?« Gibbons rutschte noch ein Stück weiter zurück.

»Sie sind der Ehemann der Toten, und Sie haben sich in der Vergangenheit nicht sonderlich gut ihr gegenüber verhalten, um es mal vorsichtig auszudrücken. Sie könnten also ein Motiv haben.« Bley wollte ihn nicht im Unklaren lassen.

Gibbons rutschte wieder an den Tisch heran. »Hören Sie, ich gebe zu, dass ich Amelie gegenüber oft grob geworden bin. Aber ich habe sie noch nie geschlagen. Und umgebracht habe ich sie schon gar nicht.« In seinen Augen glitzerten plötzlich Tränen. »Wie ist sie gestorben?«

»Das wissen Sie nicht?«

Er schüttelte den Kopf. »In der Zeitung stand nur, dass sie einem Gewaltverbrechen zum Opfer gefallen ist.«

»Ich möchte Ihnen gerne glauben, aber …«

»Das ist die Wahrheit. Ich habe meiner Frau nichts angetan. Sie müssen mir glauben.« Er rang die Hände und sah eindringlich zwischen Bley und Marks hin und her.

Der Wirt trat an den Tisch. »Paul ist manchmal ein Idiot. Er sieht überall nur Verrat und das Schlechte. Er kann laut und unangenehm werden, aber er bringt keinen Menschen um. Schon gar nicht Amelie. Das weiß ich genau, Detective Inspector. Ich kenne ihn schon lange, und seit er hier ist, haben wir immer wieder über das Drama seiner Ehe gesprochen. Er hat viele Fehler gemacht, und ich kann verstehen, dass Amelie die Scheidung wollte. Aber am Ende des Tages ist Paul ein guter Junge.«

Marks nickte nachdenklich und sah zu Bley, die seinem Blick mit ausdruckslosem Gesicht begegnete. Nach einer kleinen Pause fragte er: »Kennen Sie Curtis Stills?«

Gibbons hob verwundert den Blick. »Wer soll das sein?«

»Sie kennen ihn nicht?«

»Stills?« Gibbons wandte den Blick nach innen, bevor er weitersprach. »Der Name bringt in mir was zum Klingeln, ja.« Sein Blick verdunkelte sich.

»Und was?« Marks registrierte aufmerksam die Veränderung in Gibbons' Haltung.

»Ich weiß, was Sie jetzt denken. Ist das nicht der zweite Tote? Der aus der Methodistenkirche? Ich habe auch damit nichts zu tun.«

»Stills war Mitglied der Theatergruppe.« Bley spannte ihre Muskeln an, um auf einen Angriff von Gibbons vorbereitet zu sein. Aber der blieb aus. Stattdessen sank Gibbons auf seinem Stuhl zusammen wie eine Puppe, aus der alle Luft gewichen war.

»Mr. Gibbons?« Marks sah ihn besorgt an.

»Hatten die beiden etwas miteinander?«

»Sagen Sie es mir.«

»Ich hatte eine Ahnung. Ich wusste, dass Amelie auch außerhalb der Proben Kontakt zu den Theaterleuten hatte. Und das hat mich zu der Gewissheit gebracht, dass dort etwas laufen musste.«

»Gewissheit?«

»Na ja, ich habe es angenommen. So ist es richtiger.« In Gibbons' Arme wollte keine Kraft zurückkommen.

DI Marks sah seine Kollegin an, bevor er sprach. »Wenn ich Ihnen das Versprechen abnehme, sich morgen bei uns im Präsidium zu melden, werden Sie mich enttäuschen?«

Bley sah ihren Vorgesetzten entsetzt an.

Gibbons verneinte stumm.

Annie Bley deutete eine abwehrende Handbewegung an. Ihr Blick sprach Bände.

Marks warf ihr einen Blick zu, der signalisieren sollte: *Ich hab alles im Griff.* Dann sah er Gibbons eindringlich an. »Ich verlasse mich auf Sie.«

Im Gastraum machte sich ein Gefühl großer Erleichterung breit, das fast mit Händen zu greifen war.

Auf dem Weg zum Auto fuhr Annie Bley ihren Chef an. »Sind Sie wahnsinnig? Der Mann hat monatelang seine Frau bedroht. Und er hat kein Alibi. Zwei Gründe, warum wir ihn festnehmen müssen.«

»Beruhigen Sie sich, Annie. Ich glaube nicht, dass er seine Frau umgebracht hat. Ich weiß, was ich tue.« Sie sollte zudem nicht vergessen, dass sie mit ihrem Vorgesetzten sprach.

»Sein Verhalten und seine Angaben sprechen eine andere Sprache.« Sie blieb unnachgiebig.

»Er wird morgen im Präsidium erscheinen. Dann können Sie ihn gerne in die Mangel nehmen.«

Ein aufgebrachtes Schnauben war ihre einzige Entgegnung.

Im Präsidium widmete sich DI Marks zunächst den jüngsten Eingängen, darunter die neue Verordnung der Verwaltung zum sparsamen Umgang mit den Heizkörpern und den Ratschlägen, wie das Arbeiten auf der Dienststelle trotz aller nötigen Einsparungen erträglich gestaltet werden könne. Außerdem fand er die Einladung zur behördeninternen Weihnachtsfeier im Blue Anchor sowie die übliche Aufstellung der Überstunden von Detective Sergeant Allan Easterbrook. Wie der Mann an seine Mehrarbeit kam, war Marks jeden Monat aufs Neue ein Rätsel. Zuunterst im Stapel lag ein Bericht der Spurensicherung.

In Amelie Gibbons' Wohnung hatten sie nichts gefunden, was auf einen möglichen Überfall oder bevorstehenden Anschlag hindeutete. Keine Drohbriefe, Zettel oder Ähnliches. Nichts wies darauf hin, dass Gibbons noch eine Rolle in ihrem Leben spielte. Die Frau hatte es geschafft, aus ihrer Wohnung einen Ort der Geborgenheit und Zuversicht zu machen. Und doch war die Wärme nicht von Dauer gewesen. Ihr Leben war jäh beendet worden, in der Kälte der Nacht, ohne eine Chance auf Rettung, dachte Marks voller Mitgefühl.

Er ließ Easterbrook zu sich kommen.

»Was kann ich tun? Geht es um meine Überstundenaufstellung? Ich habe sie wirklich korrekt gemacht.« DC Easterbrook blieb im Türrahmen stehen, als gäbe ihm der Standort Sicherheit.

»Es geht um Ihre Ermittlungen im Umfeld von Amelie Gibbons. Setzen Sie sich. Ich will auf dem neuesten Stand sein, bevor wir in die Teamsitzung gehen.« Er deutete auf den Stuhl vor seinem Schreibtisch. »Und hören Sie auf, so zu tun, als müssten Sie jeden Augenblick das Präsidium verlassen.«

»Die Nachbarn haben nicht sonderlich viel erzählt.« Der DS nahm umständlich Platz. »Niemand hat Mr. Gibbons in den vergangenen Tagen und schon gar nicht am Tattag gesehen. Eine Frau meint, seinen Wagen im Dorf gesehen zu haben, ist sich aber nicht ganz sicher.«

»Das ist alles?« Marks spielte mit einem Bleistift.

»Ich war danach noch im Pub, aber auch dort hat niemand Paul Gibbons gesehen.«

Marks sparte sich eine ironische Bemerkung über den Pubbesuch. »Weiten Sie Ihre Ermittlungen aus. Angeblich kann sich Gibbons nicht daran erinnern, wo er in der Tatnacht war.«

Easterbrook nickte. »Annie hat mir erzählt, dass die Frau am Empfang des Altenheims so komisch war. So, als würde sie wissen, wo sich Gibbons aufhält.«

»Ja?«

»Vielleicht war er ja bei ihr. Die beiden haben ein Verhältnis, und sie will ihn schützen. Wäre ja nicht das erste Mal, dass so etwas passiert.«

»Sie meinen, die beiden sind ein Liebespaar?« Der Gedanke war ihnen ja auch schon gekommen.

»So ist es.« Easterbrook wuchs ein bisschen in seinem Stuhl. Marks machte selten Komplimente, vielleicht kam jetzt so ein *Gute Arbeit*.

»Warum sollte sie das Verhältnis verschweigen? Sie sind beide erwachsen, Gibbons lebt getrennt von seiner Frau und erwartet die Scheidung. Das ergibt doch keinen Sinn. Sie könnte ihrem Lover doch helfen, wenn er ein Alibi braucht. Ob er nun unschuldig ist oder schuldig. Nein, das hat keinen Sinn.« Er schüttelte den Kopf.

»Ist auch nur so eine Idee.« Easterbrook sank in den Stuhl zurück.

»Ist der Abschlussbericht der KTU noch nicht da? Was die Tatwaffen betrifft?«

Easterbrook fuhr in seinem Stuhl auf. »Ich hole meinen Block. Bin sofort zurück. Die Kollegen haben eben angerufen.«

Marks sah ihm nachdenklich hinterher und zog sein Mobiltelefon hervor. Vielleicht hatte Louise eine Nachricht geschickt. Aber das Display enttäuschte ihn. Seit einigen Tagen schon hatte er nichts von ihr gehört.

Normalerweise machte er sich keine Gedanken. Sie hatte eben einen stressigen Job. Aber diesmal war es anders. Er konnte den Grund dafür nicht benennen – aus seiner Sicht gab es keinen –, aber er machte sich Sorgen um ihre Beziehung. Er würde sie später anrufen. Vielleicht konnten sie zusammen zu Abend essen.

»Da bin ich wieder. Ich meine, hier ist er.« Easterbrook legte Marks ein Blatt hin. »Der offizielle kommt noch.«

»Danke. Wir sehen uns nachher in der Besprechung.« Marks las die wenigen Sätze bereits, ohne weiter auf den DC zu achten.

Die KTU hatte ihre Arbeit beendet, ohne dabei Überraschendes zutage gefördert zu haben. Und die Nachfrage bei Faye Gilbert, wie viele Speere Stills tatsächlich mitgenommen hatte, hatte sie auch diesmal nicht beantworten können. Auch die wenigen Fotos, die sie den Ermittlern zur Verfügung gestellt hatte und auf denen eher beiläufig auch afrikanische Kunst zu sehen war, ließen offenbar keine Rückschlüsse zu.

XVIII.

Margaret Bishop stellte ihre Handtasche auf den Stuhl neben sich und sah ihrer Nichte direkt in die Augen. Mary wusste, das war das untrügliche Zeichen dafür, dass ihre Tante eine wichtige Mitteilung zu machen hatte.

»Wie ich dich kenne, bist du nicht einfach mal so vorbeigekommen?«, versuchte sie ihr die Überleitung zu erleichtern, während sie mit der Küchenmaschine hantierte.

Es hatte sich überraschend ein Paar aus der Nähe von

Great Yarmouth angekündigt, das, wie die Frau schrieb, vor dem Fest *noch unbedingt eine andere Küste kennenlernen* wollte. Mary hatte sich zwar gewundert über so viel Verschrobenheit, aber nach einem Telefonat mit dem Mann, der sich ihr als *Mr. Summer. Summer wie Sommer, auch im Winter* vorgestellt hatte, die Buchung angenommen.

»Ich wollte dir nur mitteilen, dass ich nun auch wesentlicher Bestandteil der szenischen Lesungen bin. Vielleicht kannst du die Theatertermine auf deine Homepage stellen. Das bringt deinem B&B sicher jede Menge Aufmerksamkeit.«

»Wer weiß.« Ihre Tante war unmöglich. Sie hatte sicher den gesamten Verschönerungsverein rebellisch gemacht, dass sie, und das an prominenter Stelle, unbedingt in das neue Theaterprogramm gehöre. »Auf jeden Fall freue ich mich für dich.«

»Daphne du Maurier ist für Cornwall eine wichtige Autorin. Da ist es nur verständlich, dass sie entsprechend würdig präsentiert wird.« Während sie sprach, probierte sie bereits eine besondere Haltung des Oberkörpers.

»Unbedingt.« Mary hatte Mühe, nicht loszulachen.

Ihre Tante fuhr sich mit der Hand über den Pullover, dessen Farbe erstaunlicherweise diesmal nicht zu ihrem Rock passte. »Wusstest du, dass Amelie Gibbons, Gott hab sie selig, und Mr. Stills ein Verhältnis hatten? Stell dir vor, sie waren tatsächlich ein Paar.«

»Bist du dir sicher?«

»Ich verbreite doch keine Gerüchte, also bitte. Ich weiß es von unserer sogenannten Regisseurin. Sie hat die beiden knutschen sehen. Im Nebenraum der Kirche.«

»So etwas kommt vor.« Mary blätterte in ihrem Rezeptbuch. Sie hatte eine Zutat vergessen, nur welche?

»Hörst du mir überhaupt zu?«

»Aber sicher.«

»Sie hatten ein Verhältnis. Und beide wurden mit dieser afrikanischen Waffe erstochen. Das heißt doch, dass der Mörder ihr Ex-Mann sein muss. Eifersucht, wenn du verstehst.«

»Woher weißt du das mit dem Speer?«

»Ich war am Tatort. Also, ich kam gerade noch rechtzeitig vorbei, bevor die Polizei dieses Tuch aufgehängt hat, um das Opfer abzuschirmen. Ich habe es ganz deutlich gesehen, es war ein Speer. Und hast du schon vergessen, dass ich Stills gefunden habe? Nein, meine Liebe, die Sache ist eindeutig. Zwei Speere, ein Täter, und zwar Paul Gibbons.«

»Du solltest vorsichtig sein mit deinen Anschuldigungen.«

»Ja, ja, du redest schon wie dein Bekannter.«

»Du meinst Simon.«

»Meinetwegen. Der Künstler, den du kennst.«

Nun wurde es Mary zu viel. Sie legte das Buch zur Seite und baute sich vor ihrer Tante auf, die Arme in die Hüften gestemmt. »Kannst du mir mal verraten, warum du immer so einen Zirkus machst, wenn es um Simon geht? Er ist kein Bekannter, er ist mein Freund, wenn dir das bisher entgangen sein sollte.«

»Dein Freund? Mit allem Drum und Dran?«, fragte sie ungerührt.

»Das geht dich überhaupt nichts an.« Margaret hatte sie an einer Stelle im Herzen getroffen, die ihr wehtat.

»Das wird man ja wohl fragen dürfen, schließlich bin ich deine Tante.«

»Alles hat seine Grenzen.«

»Kindchen, ich meine es ja nur gut mit dir. Ich habe deiner Mutter auf dem Sterbebett versprochen, dass ich auf dich achtgebe. Und nichts anderes tue ich. Dieser Mann passt nicht zu dir. Er kann dir nichts bieten. Er ist nur ein Künstler. Und er ist …« Sie unterbrach sich.

»Behindert, wolltest du das sagen? Du gehst eindeutig zu weit. Simon ist ein gütiger und liebevoller Mensch, der niemandem Böses will. Und er ist ein fabelhafter Künstler dazu. Und, bitte, nenn mich nicht noch einmal Kindchen.«

»Was regst du dich so auf, Mary? Was gesagt werden muss, muss gesagt werden. Auch wenn es dir nicht passt. Denk an später. An die Pflege, die auf dich zukommt. Aber«, sie stand auf und nahm ihre Tasche an sich, »ich gehe jetzt besser. Vielleicht kommst du dann wieder zur Vernunft. Wir reden später weiter.« Als habe sich in ihrem Kopf ein Schalter umgelegt, fügte sie hinzu: »Wir haben ein neues Mitglied. Ein sehr netter Mann. Er hat großes Interesse an der Theater-AG. Vielleicht ist er der richtige Ersatz für Stills. Er scheint sich mit Requisiten auszukennen. Wenigstens in diesem Bereich geht es voran.«

Mit einem knappen Nicken verließ sie hocherhobenen Hauptes die Küche der kleinen Pension.

Mary sank auf den nächstbesten Küchenstuhl. Sie fühlte sich mit einem Mal müde. Sie konnte sie nicht zurückhalten, aber sie schämte sich ihrer Tränen nicht.

Sie dachte an ihre Mutter, die so ganz anders gewesen war als ihre Schwester Margaret. Eine Frau, die dem harten Leben an der schroffen Küste trotzen musste und dennoch, oder gerade deshalb, ihre liebevolle Art den Mitmenschen gegenüber nicht verloren hatte. Das war etwas, das über den zwingenden Zusammenhalt zum Überleben in einem kleinen Dorf weit hinausging. In ihrer Zeit in Deutschland hatte Mary diese unvoreingenommene Sicht auf das Leben vermisst. Hätte ihre Tante doch nur einen winzigen Teil von dem, was ihre Mutter ausgemacht hatte.

Im Grunde hatte Margaret ja nicht unrecht. Welches Verhältnis hatte sie zu Simon? Er war ein guter Freund, das ja. Aber was bedeutete das wirklich? War es allein das gemeinsame Verständnis von Kunst und Kultur? Er als Künstler, sie als Kunst- und Kulturhistorikerin? Oder war da noch mehr? Der Wunsch, das Leben gemeinsam zu gestalten? Ihr wurde schmerzlich bewusst, dass sie diesen Wunsch schon lange vergeblich hegte. Aber wusste das auch Simon? Es gab Momente, da waren sie sich so nahe, dass es nur noch eines winzigen Schritts bedurft hätte, um ihrer gegenseitigen Zuneigung die richtige Richtung zu geben. Aber es war genau diese entscheidende Winzigkeit, die immer noch zwischen ihnen stand. Und an der Simon nichts zu ändern bereit war.

Sie hatte Simon vom ersten Tag an geliebt, seine offene Art und sein Lächeln, das sie arglos und schwerelos werden ließ – und das sie niemals mehr missen wollte. Aber sie wusste zugleich, dass er Zeit brauchte, um seine seelischen Verletzungen zu überwinden, die noch stärker wogen als seine Gehbehinderung.

Mary hatte den Gehstock bisher nicht ein einziges Mal als Fremdkörper empfunden. Er war Teil von Simon und machte auch ein Stück seines Charakters aus. Simon war eine starke Persönlichkeit, die ihre Behinderung als Ansporn betrachtete und nicht als Belastung.

Von alledem wusste ihre Tante nichts. Mary hätte ihr das so gerne klarmachen wollen. Margaret beharrte auf ihrer betonharten Meinung zu dem Polizisten, den der Dienst zum *Krüppel* gemacht hatte. Diese Härte nährte sich zum Teil aus dem jahrhundertelangen Kampf der Fischer mit der See, das war ihr klar, aber Margarets Schonungslosigkeit Simon und ihrer Liebe gegenüber machte sie sprachlos und wütend.

Sie wischte die Tränen ab. Die Küchenmaschine wartete darauf, endlich ihre Arbeit zu tun. Die gewohnten Handgriffe führten schließlich dazu, dass Mary zur Ruhe kam und über die anstehenden Wochen nachdenken konnte.

Die *Christmas Lights* mussten noch an den Gebäuden im Hafen und auf dem Todden installiert werden. Die Lichter und die Motive lockten immer Anfang Dezember nicht nur die Menschen aus den umliegenden Ortschaften ins Dorf, sondern auch die Touristen, die das Spektakel bei einem Pint oder zwei bewunderten.

Es sah auch sehr besonders aus, dachte Mary, wenn die Männer um Stevyn Collins, die die Lichterketten und Figuren mühevoll installiert hatten, die Beleuchtung endlich einschalteten. Die raue See und die verschiedenen Farben der Glühbirnen erzeugten eine vorweihnachtliche Stimmung, die zum Leben der Fischer passte. Ihr gefiel besonders die zu einem Seepferd gewundene Lichterkette am Dorfeingang, aber auch der stilisierte Tannenbaum und die Sterne, die in die Felswand unterhalb ihrer Pension gehängt wurden.

In gut einer Woche war es wieder so weit. Dann kamen die Menschen zusammen, um dem Gemeinschaftssinn des

Dorfes nachzuspüren und sich in festliche Stimmung versetzen zu lassen. Sie hielt einen Augenblick in ihrer Arbeit inne.

Die Wärme ihres alten AGA-Ofens passte zu ihren Gedanken. Gemischt mit dem Duft frischer Scones, stand sie für die Liebe, die sie für dieses Dorf empfand. Sie lebte in einem Paradies, und sie hoffte, dass es niemals bedroht und sich in eine Hölle verwandeln würde.

Denn Hans Lehmann war der Teufel. Das hatte sie längst verstanden. Mit jedem Gedanken an Simons Widersacher wuchs ihre Angst. Das Teuflische schlief niemals. Das hatte sie besonders hart gespürt, als die See ihr den Vater genommen hatte. Dieses Gefühl drohte sich wieder wie eine Klammer um ihre Brust zu spannen, seit ihr klar war, dass Simon stur seinen Plan verfolgte, Hans Lehmann zur Strecke zu bringen. Sie wollte nicht auch noch ihn verlieren.

Sie fuhr erschrocken herum.

»Ich wollte dich nicht verängstigen.« Simon lächelte.

Sie atmete tief ein und aus. »Nein. Es ist nur …«

»Die Tür war wie immer offen.« Er sah sie an, als wollte er ein Kind beruhigen, das schlecht geträumt hatte.

»Magst du mich einmal in den Arm nehmen? Nur kurz.« Mary sah ihn unsicher an. Sie wusste, was sie ihm zumutete.

Statt zu antworten, zog er sie zu sich. Sie legte ihren Kopf an seine Schulter und schwieg.

Nach ein paar Sekunden löste sie sich wieder von ihm. »Das hat gutgetan.« Sie hatte nicht erwartet, dass Simon den Augenblick für den Austausch von Zärtlichkeiten nutzen würde. So war er, und so liebte sie ihn.

»Ist etwas passiert?« In seinen Augen mischte sich Fürsorge mit Entschiedenheit.

»Tante Margaret.« Mehr brachte sie nicht heraus.

»Diese dumme Person.« Er zog mürrisch die Augenbrauen zusammen. »So schlimm?«

Mary griff nach ihrem Wasserkocher. »Ja, so schlimm. Tee?«

Er musste lächeln. »Hilft immer.«

Während sie mit dem Geschirr hantierte, erzählte sie ihm, was Margaret gehört haben wollte.

»So weit sind Chris und seine Leute auch schon. Ich glaube, da ist tatsächlich etwas dran.« Er streckte vorsichtig den Rücken.

»Schmerzen?«

»Ein bisschen verspannt, das ist alles.«

»Gott sei Dank.«

Er sah sich in der Küche um. »Erwartest du noch Gäste?«

»Nein. Die Scones sind für das Schulkollegium. Tracy hat mich darum gebeten. Sie haben eine kleine Feier.«

Er nickte. »So langsam geht es auf die Zielgerade für dieses Jahr.«

»Hoffentlich kann Chris die Morde noch vor dem Fest aufklären. Es kommt mir so vor, als lägen die Ermittlungen schwer über jedem Gespräch im Laden und im Pub.«

»Sie kommen nicht so recht voran. Zumindest was Paul Gibbons betrifft. Er hätte sicher die Gelegenheit und vielleicht auch den Grund für die Morde gehabt – aber er scheint sauber zu sein.«

»Ist das so?«

»Chris hat ihn ins Präsidium bestellt. Dort ist er mit seiner Freundin aufgetaucht. Sie arbeitet ebenfalls in dem Altenheim, in dem er angestellt ist. Sie wollten das eigentlich noch eine Weile geheim halten. Sie hat ihm für den Tattag ein Alibi gegeben, an dem nicht zu rütteln ist. Chris' Team hat alle Angaben überprüft.«

»Und wenn sie seine Komplizin ist und sie sich gegenseitig ein Alibi geben?«

»Du hättest zur Polizei gehen sollen.« Er hob die Schultern. »Ein Punkt, den sie ebenfalls meinen abgeklärt zu haben.«

»Aber möglich wäre das, oder?«

»Ich glaube, dass Chris sich von den Ermittlungen im Umfeld von Stills mehr verspricht. Stills hatte eine Strafakte und Knastkarriere, die nicht ohne sind.«

»Wobei wir wieder bei Stone wären.« Erneut ließ der Name Kälte in ihr aufsteigen. »Immer wieder Stone.«

»Ich hoffe, dass sich Helen noch einmal aus London meldet. Ich habe das Gefühl, dass auch die Met längst ganz nahe an Keith Stone und damit an Lehmann dran ist. Ich kann also verstehen, dass sie bisher nicht so richtig mit der Sprache herausgerückt ist. Sie will ihre Ermittlungen nicht gefährden.«

»Zumindest ist schon mal klar, dass sich Stone immer noch in der Gegend aufhält.«

»So sieht es aus, ja.«

»Sei vorsichtig.«

»Bin ich.« Er lächelte sie an.

Aber Mary glaubte ihm nicht so recht.

XIX.

Nicolas Summer sah sich suchend um. Im Grunde hatte er noch ein wenig Zeit. Er war wie stets äußerst zeitig aufgebrochen. Als Geschäftsmann sollte man sich durch Unpünktlichkeit nicht die Chance auf einen aussichtsreichen Deal entgehen lassen; das war sein Credo. Zumal er im Augenblick viel zu vielen verpassten Gelegenheiten hinterherlief. Das Business war härter geworden und die Abschlüsse weniger lukrativ als noch vor ein, zwei Jahren. Er brauchte endlich wieder ein Erfolgserlebnis.

Summer beugte sich in das heruntergekurbelte Beifahrerfenster. »Bleib im Wagen, Liebes. Ich bin gleich zurück. Es dauert sicher nicht lange.«

Seine Freundin lächelte, wie sie immer lächelte, wenn er sie ansah. Manchmal drohte ihm ihre Zuneigung auf den Wecker zu gehen. Aber nur für einen Augenblick. Er wusste, dass sie ihn auf ihre Weise abgöttisch liebte. Während der ersten Monate hatte er gedacht, dass sie nur wegen seines Geldes mit ihm ins Bett ging. Aber im Laufe der Zeit hatte er gespürt, dass sie ihm echte Liebe entgegenbrachte.

»Lass doch die Standheizung laufen. Es ist lausig kalt hier draußen.«

Sie nickte mit zärtlichem Blick und fuhr die Fensterscheibe hoch.

Er wandte sich um und steckte die Hände in die Manteltaschen. Er wusste, dass er nicht mehr der Jüngste war und die Zeit ihre Spuren in seinem Gesicht und an seinem Körper hinterlassen hatte. Er achtete aber stets darauf, auf seine Kunden und vor allem Kundinnen smart und sportlich zu wirken. Es ging darum, in kurzer Zeit möglichst viel Vertrauen aufzubauen. Denn Vertrauen war sein größtes Kapital. Wenn die Chemie stimmte, war der Rest der Verhandlungen ein Kinderspiel.

Es war anfangs nicht leicht gewesen, aber mittlerweile hatte er Kunden in ganz England. Das brachte eine Menge Reisetätigkeit mit sich, aber seit Laura ihm den Rücken freihielt und sein Büro managte, war es erheblich besser geworden. Diesmal hatte er sie mitgenommen, um sich nach der Arbeit eine Auszeit mit ihr zu gönnen. Diesen Miniurlaub hatten sie sich verdient.

Er sah auf seine Armbanduhr und nickte zufrieden. Er hatte den Treffpunkt vor der verabredeten Zeit erreicht. Der Mann hatte am Telefon aufgeräumt und freundlich geklungen, und seine anfängliche Skepsis war nach einem Blick auf die Homepage des Geschäftsmannes verschwunden. Vielleicht ergab sich am Ende ja tatsächlich so etwas wie eine Kooperation. Oder wenigstens die Übereinkunft, dass jeder im Gebiet des anderen arbeiten durfte, solange sie sich gegenseitig informierten und nach erfolgreichem Abschluss jeweils einen gewissen Prozentsatz als Ausfall zahlten.

Er hob eine Hand in Richtung seiner Freundin, aber Laura war bereits in eine Illustrierte vertieft. Ihre lässige Art gefiel ihm. Sie war unaufgeregt und dabei sehr effektiv, im Geschäft wie auch nach Feierabend. Er musste bei dem Gedanken schmunzeln. Nur schade, dass sie absolut keine Kinder wollte. Er würde sich sehr darüber freuen, mit einer Tochter oder einem Sohn auf dem Boden im Wohnzimmer mit Legosteinen zu spielen und Traumhäuser zu bauen oder andere Fantasiewelten zu erschaffen. Dinge, die ihm als Kind verwehrt geblieben waren, weil nie genug Geld im Haus gewesen war.

Summer umrundete das Gebäude und überprüfte dabei die Daten auf seinem Mobiltelefon. Er war richtig. Aber außer einer Katze mit einem getigerten Fell, die plötzlich auftauchte und knapp vor seinen Füßen davonstob, bewegte sich nichts.

Seine Verabredung musste zu Fuß gekommen sein oder hatte den Wagen hinter den hohen Büschen geparkt, die sich dicht an dicht an das verwilderte Grundstück anschlossen.

»Hallo? Sind Sie schon da?« Summer trat in die offene Tür und blieb stehen, um die Augen an die Dunkelheit zu gewöhnen. Der Klang seiner Stimme machte die Stille des Hauses deutlich hörbar.

Er tastete unnötigerweise nach dem Lichtschalter. In dem Haus gab es sicher schon lange keinen Strom mehr. Aber da war auch kein Schalter. Nicolas Summer wagte sich ein paar Meter weiter in den Raum hinein, der einmal das Wohnzimmer oder die Küche gewesen sein musste.

»Hallo? Hallo?« Warum hatte der Typ ihn hierher bestellt und auf Pünktlichkeit Wert gelegt, wenn er sich selbst nicht an den vereinbarten Zeitpunkt hielt?

Als Summer ein Geräusch aus dem Nebenraum hörte, atmete er auf. »Da sind Sie ja. Schön, dass wir uns endlich persönlich kennenlernen. Pünktlich wie verabredet.« Er wies in den Raum. »Auch wenn die Örtlichkeit nicht gerade einladend ist. Aber das Wichtige können wir ja ohnehin in aller Ruhe nachher im Restaurant besprechen. Das Norway Inn hat einen exzellenten Ruf …«

Er stutzte und wich einen Schritt zurück.

»Warum sagen Sie nichts? Ist das ein Witz? Ich hoffe doch.« Er versuchte ein Lachen, aber er brachte lediglich ein paar unsichere Töne zustande.

»Kommen Sie, was soll das?«

Summer wich noch weiter zurück, bis er mit dem Rücken an eine Wand stieß. Es gab keine Ausweichmöglichkeit.

»Ich bin immer für einen Scherz zu haben, aber …«

Ein leises Lachen erklang aus der unwirtlichen Dunkelheit.

Laura stieg vorsichtig aus dem SUV. Sie würde sich noch die Pumps ruinieren. Sie rümpfte die Nase. Erst machte Nic einen Aufstand, er wolle auf keinen Fall zu spät an die Küste kommen, auf jeden Fall, bevor es dunkel wurde, und nun trödelte er herum. Er wollte den möglichen neuen Geschäftspartner doch nur kurz treffen, zu einer ersten gemeinsamen Ortsbegehung. Um mal *abzuchecken, ob der Mann Ahnung hat und was er sonst noch draufhat*, um dann bei einem gemütlichen Abendessen, wenn alles gut lief, alles Weitere zu besprechen.

Sie sah zum immer dunkler werdenden Himmel hinauf. Die Wolken hingen schon den ganzen Tag schwer und niedrig am Himmel und machten den Eindruck, als würden sie auf ewig dort bleiben. Das Geäst der kahlen Bäume ringsum sah aus, als stütze es die bleischwere Wolkenlast. Laura sah auf ihre Pumps hinunter, das war wirklich keine gute Idee bei dem Matsch, aber sie ging weiter. Wo er nur steckte?

»Nicolas? Wo bist du? Ist der Typ nicht aufgetaucht? Mir ist kalt.« Sie versuchte vorsichtig, einige Pfützen zu umgehen, sank aber bis zum Rand ihrer High Heels in den Modder ein, der zu allem Übel verdächtig nach Kuhscheiße aussah.

Laura fluchte laut und verriet damit ihre Herkunft aus den Arbeitervierteln Glasgows. »Das ist kein Spaß, Nic. Außerdem habe ich Hunger. Wenn der Typ nicht aufgetaucht ist, sagt das doch genug. Der hat dich nur verarschen wollen. Komm, Schatz, lass uns abhauen.«

Sie erreichte schlingernd die offen stehende Tür und versuchte dort im Halbdunkel ihren Freund zu entdecken. Die Dämmerung und der unwirtliche Ort machten ihr Angst. Sie straffte die Schultern. Unsinn. Sie hatte in der Vergangenheit schon ganz anderes gemeistert.

»Nicolas, Schatz, lass die dummen Scherze, die funktionieren bei mir eh nicht.«

Ihre Augen wollten sich nicht an das Zwielicht gewöhnen. Sie sog die feuchtkalte Luft ein. Das Gemäuer roch muffig und modrig. *Weiß der Teufel, warum er sich ausgerechnet für diese Ruine interessiert*, dachte sie und machte einen Schritt nach vorne. Sie wollte das Ganze jetzt abkürzen.

Aus dem Augenwinkel meinte sie eine Bewegung wahrgenommen zu haben. Außerdem hatte sie ein Scharren gehört, als sei Nicolas auf Schutt getreten und beinahe ausgerutscht.

»Das kostet dich heute Abend mehr als nur eine Flasche Wein, mein Lieber.« Sie musste bei dem Gedanken lächeln. Sie sah sich bereits im warmen Wasser einer Badewanne, mit Kerzen auf dem Beckenrand und der Aussicht auf eine ausgiebige Massage.

Ihr Freund neigte hin und wieder zu solchen Versteckspielen, die sie durchaus genoss, endeten sie doch in aller

Regel in überaus angenehmer Zweisamkeit. Aber heute stand sie entschieden nicht darauf. Ihr wurde zunehmend kälter, und außerdem hatte der nasse Dreck mit Sicherheit ihre teuren Schuhe ruiniert.

Entschlossen trat Laura ganz in den Raum hinein und versuchte, die Richtung nicht zu verlieren, indem sie stur geradeaus sah. Nach zwei Schritten stieß sie mit einer Schuhspitze unvermittelt gegen etwas Weiches. Sie sah hinunter und konnte nicht glauben, was sie da sah.

»Nic, mit so etwas macht man keine Scherze. Steh auf und lass uns gehen. Wie willst du im B&B den Dreck von deinen Klamotten kriegen? Deine Scherze waren auch schon mal unterhalt…«

Der Rest des Satzes wurde von einem Schrei abgelöst, der tief aus ihrem Innersten kam und zusätzlich Panik und Entsetzen auslöste. Dem ersten Schrei folgte der zweite, der sich noch durchdringender aus den Lungen presste und ihr die Atemwege wund scheuerte.

Nicolas lag ausgestreckt zu ihren Füßen. Sein Kopf und die Beine waren verdreht, die Arme so ausgebreitet, als hätte er sich im Todeskampf um die Stange gewunden, die aus seinem Oberkörper ragte.

Laura wich zurück, ohne den Blick von dem Mann wenden zu können, mit dem sie den Rest ihres Lebens hatte verbringen wollen. Sie realisierte in dieser Sekunde, dass all das, was sie sich in ihren glücklichsten Momenten versprochen hatten, keine Bedeutung mehr besaß.

Sie stolperte rückwärts zum Ausgang, verlor einen Schuh, ohne es zu merken. Vor der Tür presste Laura die Faust vor den Mund und rannte zum Wagen. Dabei verlor sie den zweiten Schuh. Sie riss die Beifahrertür auf und im gleichen Augenblick ihr Mobiltelefon aus der Handtasche. Mit fliegenden Fingern tippte sie 999 ein.

Sie presste das Telefon gegen das Ohr und sah sich nach allen Seiten um. Sie war allein. Oder doch nicht? Das nahe Gebüsch spielte ihr Streiche. Die Zweige standen so, als verberge sich ein Wesen aus Fleisch und Blut dahinter. Sie fokussierte ihren Blick und sah dann doch nur Winterastwerk.

Die Verbindung kam nicht zustande. Sie kontrollierte die Stärke des Signals. Mist. Sie fluchte und warf das Telefon auf den Beifahrersitz. Der Ersatzschlüssel! Sie musste weg von hier und Hilfe holen! Sie kramte in ihrer Handtasche. Nichts. Sie riss das Handschuhfach auf und wühlte. Auch dort kein Schlüssel. Ihr fiel ein, dass sie ihn als überflüssig auf dem Schreibtisch im Büro liegen gelassen hatte. Ihr hoffnungsvoller Blick ging zum Zündschloss. Mist. Nicolas hatte den Schlüssel natürlich bei sich. Wer steckte heutzutage noch den Schlüssel ins Zündschloss!

»Scheiße!«, schrie sie laut. »Scheißtechnik!«

Ihre Füße schmerzten vor Kälte. Sie sah sich um. Das Haus stand mitten im Nichts. Sie erinnerte sich daran, dass sie mehr als drei Kilometer über dieses schmale Asphaltband gefahren waren, das von hohen Hecken eingerahmt war. Sie würde ihre Schuhe suchen und dann zu Fuß zurückmüssen. Wann das nächste Haus kam, wusste sie nicht mehr. Nur, dass es weit weg war.

Laura stapfte auf das Haus zu. Ihre Wut überlagerte die Angst. Sie würde ins Haus gehen und den verdammten Schuh suchen. »Das ist ganz einfach«, sprach sie auf sich ein. Mittlerweile war es nahezu völlig dunkel. Zu allem Übel begann es zu regnen. Kurz vor der Tür verließ sie der

Mut. Sie stoppte mitten in der Bewegung, als sei sie gegen eine gläserne Wand gelaufen. Sie würde keinen Zentimeter weiter gehen können. Dort drin lag ihr toter Freund, und das machte sie fast wahnsinnig.

Sie rang nach Luft. *Ich muss ruhiger werden, ich muss ruhiger werden*, wiederholte ihr Gehirn mantrahaft. »Langsam ein- und ausatmen. Geht der Atem ruhiger, ist der Stress nicht mehr so groß. Ich kann das. Ich kann das.« Sie redete unaufhörlich und laut mit sich selbst, wie eine Siebenkämpferin kurz vor dem entscheidenden Weitsprung.

Laura zog den einen Schuh aus dem Dreck und presste ihn an sich, ohne darauf zu achten, dass er mit Wasser vollgelaufen war. Sie trat vor, wie um Anlauf zu nehmen für den letzten Schritt, und blieb dann doch stehen.

Wo genau war der andere Schuh? Wenn sie sich recht erinnerte, lag er irgendwo zwischen Nicolas und der Tür. Hätte sie nur eine Lampe. Aber im Auto war keine, das wusste sie. Er hatte sie bei seinem letzten Ortstermin im feuchten Keller eines alten Herrenhauses vergessen und bisher noch keine neue gekauft. So war Nicolas, immer mit dem Kopf in den Wolken und mit dem nächsten verheißungsvollen Projekt beschäftigt, anstatt wenigstens die alltäglichen Dinge zu Ende zu bringen.

Ach, Nic. Sie weinte, ohne sich dessen bewusst zu sein. »Reiß dich zusammen«, sagte sie laut zu sich selbst. »Du gehst da jetzt rein, holst den Schuh, und dann los.« Gleichzeitig wurde ihr klar, dass sie es auf ihren hohen Hacken niemals die drei Kilometer bis zum Ende der Straße schaffen würde. Wegen der Stilettos, der engen Straße, wegen der Dunkelheit, wegen ihres toten Freundes und wegen des Mörders, der ihr auflauerte.

Laura wimmerte. Sie würde den Schuh finden, aber er würde ihr nichts nutzen. Sie musste ganz hinein ins Haus, zu Nicolas, und den Schlüssel an sich nehmen. Bei dem Gedanken an den toten Körper, den sie ganz anders in Erinnerung hatte, voller Leben und Energie, drehte sie sich zur Seite und erbrach sich würgend.

Sie richtete sich auf und drückte den Rücken durch. *Denk nach, Laura, denk nach, wo hat Nicolas den Schlüssel für gewöhnlich?* Ja, sie würde in seine rechte Hosentasche fassen und ihn dann an sich nehmen. Sie würde das Haus verlassen, die Schuhe in den Fußraum werfen und den Wagen starten. Keine große Sache, oder? Sie nickte voller Zuversicht. Wirklich keine große Sache.

Langsam tastete sie sich von der Tür aus ins Innere hinein. Es war jetzt völlig dunkel, draußen wie drinnen. Sie überschlug ihre nächsten Handlungen. Nicolas lag nicht weit vom Eingang entfernt, nicht mehr als zwei oder drei Schritte, vielleicht vier. Sie würde sich zu ihm hinunterbeugen und mit fester Hand in die rechte Hosentasche fahren, den Schlüssel an sich nehmen und nach einer Drehung um einhundertachtzig Grad wieder ins Freie gelangen. War doch ganz einfach.

Sie hatte sich mit vorgestreckten Armen vorangetastet und stieß nahezu gleichzeitig mit einer Hand gegen die Stange und mit einem Fuß gegen seine Seite. Ohne nachzudenken, ging sie in die Hocke und tastete nach der Hose. Sein Bein fühlte sich unter dem weichen Stoff hart an. Sie spürte, sie hatte auf den rechten Oberschenkel gefasst. *Gut so, Laura, weiter.* Sie fuhr an ihm hinauf, bis sie die Öffnung der Hosentasche fühlte, und griff mit einer fast zärtlichen Bewegung hinein.

Als sie das kalte Metall des Schlüssels zu fassen bekam, hörte sie hinter sich ein schleifendes Geräusch. Sie schrie auf, kam erst nur schwerfällig hoch, drehte sich dann um und rannte los. Dabei stieß sie mit Schulter und Hüfte gegen etwas Hartes. Ihr erneuter Schrei blieb in dem eiskalten Raum bei Nicolas zurück. Nach Atem ringend wie eine Ertrinkende, erreichte sie nach einer gefühlten Ewigkeit den SUV. Als sie die Tür aufzog und einsteigen wollte, hörte sie hinter sich ein lautes Keuchen. Sie drückte den Startknopf und legte den Gang ein. Mit einem Satz kam der Wagen in Bewegung. Zu ihrem Entsetzen flog die Fahrertür weit auf. Sie hatte sie nicht fest zugezogen und in ihrer Panik vergessen, den Knopf für die Verriegelung zu drücken.

XX.

Hans Lehmann rührte sorgfältig in der dünnwandigen Tasse und legte dann den Silberlöffel auf der Untertasse ab. Bevor er einen Schluck trank, heftete er den Blick schweigend auf das Gesicht seines Gegenübers, so als erwartete er bereits seit geraumer Zeit eine Reaktion. Je länger Lehmann schwieg, umso härter drillte sich sein Blick in das Gehirn seines Gastes. Es gab Menschen – und es waren nachweislich nur wenige –, die diesen Blick überlebt hatten. Sie sprachen davon, dass der Raum, in dem sie saßen, unversehens an Wärme verloren habe. Die Aura des Deutschen glich einem Eishaus.

Schließlich hob Lehmann die Porzellantasse an und nahm einen Schluck. »Ich weiß auch nach mehr als siebzig Jahren nicht, warum in diesem Land Milch in den Tee gekippt wird.« Er sprach zu sich selbst, als sei er allein im Zimmer.

»Ich …«

Lehmann hob die Hand. »Du bist ein Engländer und hast keine Ahnung, was ich dabei empfinde. Aber lass uns von dir sprechen. Gute Arbeit.«

»Es war mir ein Vergnügen.«

»Das weiß ich. Und nur deshalb bist du bei mir. Wie lange eigentlich schon?« Diesmal nippte er lediglich an der Tasse.

»Im Frühjahr werden es zwanzig Jahre sein.«

»Eine beachtliche Karriere, wie ich finde.« Er hob eine Hand, an der zwei Brillantringe blitzten. »Jetzt glaub nur nicht, ich werde auf meine alten Tage sentimental. Aber es ist so, dass ich mich manchmal in dir wiederzuerkennen glaube. Hungrig nach Macht, nüchtern im Abwägen der Fakten, konsequent in der Umsetzung. Auch deshalb bist du bei mir.«

Er hob einen Zeigefinger wie ein islamistischer Prediger, der Unabdingbares zu verkünden hatte. »Du weißt, wenn du mich auch nur ein einziges Mal verarschst, dann bist du tot. Ich werde dich beseitigen lassen wie eine Laus.« Er lächelte kalt. »Ich habe nicht vergessen, wie sie damals durch die dünnen Stofffetzen gewandert sind, die wir Kleider nannten. Und wie unbarmherzig die Schwestern im Heim waren. In diesem beschissenen Heim in London.« Er hob erneut die Tasse und ließ den Tee ein wenig kreisen. »Ich weiß mit Läusen umzugehen.«

»Sie haben keinen Anlass.« Die Stimme war fest.

Er kannte Lehmann, seit er als Kind durch die Docks gestreunt war. Lehmann, Sohn eines ehemaligen deutschen

Kriegsgefangenen und älter als er, war schon damals auf der Erfolgsspur gewesen. Lehmann hatte ihm aus der Armut geholfen. Bis dahin hatte er zum Überleben in den Docks um Pence-Stücke betteln müssen, wenn sich einmal ein Tourist in diese dunkle Gegend verlief. Lehmann hatte ihn mit kleinen Aufträgen über Wasser gehalten. Da mal eine Erkundigung, dort ein Diebstahl, später dann auch Botendienste, für die er sich als Heranwachsender besonders eignete, war er damals doch für die Bullen eine unverdächtige Erscheinung.

Über die Jahre und mit zunehmendem Alter war er allmählich, aber konstant und zielstrebig von der untersten Stufe in Lehmanns Imperium bis zu seiner rechten Hand aufgestiegen. Er war in den Jahren sorgsam darauf bedacht gewesen, keine Fehler zu machen, über die sein Boss in Wut hätte geraten können. Denn das wäre sein Todesurteil gewesen. Manches hatte er daher konsequenter zu Ende gebracht, als es nötig gewesen wäre. Das hatte schließlich seinen Hang zum finalen Schuss begründet.

Nur ein einziges Mal wäre er beinahe vom Prinzip der absoluten Loyalität abgewichen. Damals, als Lehmanns Tochter ihm schöne Augen gemacht hatte. Beinahe wäre er ihrem Backfischcharme erlegen. Er war tatsächlich kurz davor gewesen, sich in das Mädchen zu verlieben. In der Nacht nach ihrem ersten Kuss hatte er sich geschworen, dass dies niemals passieren dürfe. Sie hatte ihm das nicht verziehen.

Um seine Treue zu prüfen – wohl, weil er ahnte, was seine Tochter im Schilde führte –, hatte Lehmann ihn damals mit einem besonderen Auftrag auf den Weg geschickt. Und den hatte er zur absoluten Zufriedenheit ausgeführt.

Innerhalb von nur zwei Wochen hatte er in London und in Exeter zwölf Männer mit Kopfschüssen hingerichtet. Es waren Russen, Albaner, aber auch Chinesen, die auf dem besten Weg gewesen waren, Lehmanns Imperium empfindlich zu stören. Die Polizei hatte bis heute keine Beweise für den Urheber dieser Mordserie. Es gab keine Spuren an den Hanffesseln der Opfer, es gab keinen Informanten, der nicht Angst um sein Leben hatte. Außerdem hatte jemand bei den Bullen seine Hand schützend über Lehmann gehalten, und damit auch über ihn. Das nahezu perfekte Verbrechen.

Lehmann und er waren seit der Zeit eng miteinander verbunden, trotzdem verbat er sich, seinen Boss zu duzen. Lehmann war nicht nur Vorbild seiner eigenen Kindheit und Jugend gewesen, sondern das Furcht einflößende Idol aller im Viertel. Wer über Hans Lehmann sprach, tat es leise und mit Bewunderung und mit Furcht, manchmal sogar mit purer Angst in der Stimme. Lehmann bestimmte über das Leben, damals in den Docks und auch heute.

»So. Kein Anlass?« Lehmann ließ die Frage im Raum hängen, so tonlos, als habe die Seidentapete jeden Laut aufgesogen.

»Nein.«

»Nein?« Auch dieses Nein blieb in der Luft hängen, diesmal wie ein Zapfen Eis, der jeden Augenblick von der Dachrinne abbrechen konnte.

Er schüttelte den Kopf.

»Was ist los mit dir? Du schwitzt ja.« Lehmanns Augen wurden zu schmalen Schlitzen. »Wirst du alt?«

»Natürlich nicht.« Er schwitzte tatsächlich. »Es ist nur so …«

Lehmanns erhobener Zeigefinger unterbrach seinen Erklärungsversuch. Das Telefon auf dem Teetisch hatte zu vibrieren begonnen.

Lehmanns »Und?« war so spitz wie ein Stilett. Er hörte zu und beendete das Gespräch mit dem Satz: »Da der Russe sein Gebiet nicht an uns abtreten will, tritt *er* jetzt ab. Wir verstehen uns?«

Er legte das Telefon achtlos zur Seite und sah ihn lächelnd an. »So ist das nun mal im Leben: Mal gewinnt man, mal verliert man. Um den Russen ist es nicht schade. Er geht mir schon länger auf die Nerven. Protzt mit seinem ›kurzen Draht zum Präsidenten‹.« Er sah auf die Pendeluhr neben der Tür. »Schlag siebzehn Uhr, also in zehn Minuten, schwimmt Kaspar dem Ärmelkanal entgegen. Es lebe das britische Abwassersystem. Aber das weißt du ja. Was wolltest du mir gerade beichten?«

»Es läuft alles nach Plan.«

»Soso. Immer wenn ich diesen Satz höre, ahne ich, dass genau das Gegenteil der Fall ist.«

Er spürte, wie die Schweißperlen von seinem Hemdkragen aufgesogen wurden. »Die Bullen habe ich im Griff.«

»Gut, gut. Auch einen Tee?« Lehmann griff erwartungsvoll zu dem Kristallglöckchen neben sich, um den Butler herbeizuzitieren.

»Gerne.«

Sein Boss wartete ab, bis der Butler wieder gegangen war. »Die Briten und ihre vornehme Zurückhaltung. Ich liebe sie dafür.«

Er nickte freundlich. Es war einer von Lehmanns Ticks, dass er sich, obwohl in London geboren, immer noch als Deutscher fühlte. Was im Grunde nicht verwunderlich war, hatte doch ein Deutscher ihn gezeugt und eine Deutsche ihn zur Welt gebracht. Sie war bei der Geburt gestorben. Etwas, das Lehmann als lässlichen Kollateralschaden betrachtete.

»Wie gesagt, es läuft alles nach Plan«, nahm er das Gespräch wieder auf. »Die Polizei ist ein Problem, das wir vernachlässigen können.«

»Woher nimmst du diese Sicherheit?«

»Ich weiß, wie sie ticken.«

Lehmann nickte zufrieden. »Lass uns über die neue Sache in Gweek reden. Hat dieser Fischer endlich zugesagt? Oder braucht er noch ein paar überzeugende Argumente?«

»Briggs? Er hat seine Lektion gelernt. Aus lauter Angst vor seinem Kumpel und vor seiner Alten war er bereits nach den ersten Fotos überzeugt. Er hat in meiner Gegenwart das Verhältnis mit der Frau seines Freundes beendet. Er tut zudem alles, was wir von ihm wollen. Die paar Extrafahrten über den Kanal seien für ihn kein Ding.«

»Er soll nur aufpassen, dass er unterm Radar der Küstenwache bleibt. Schärf ihm das noch mal ein. Wenn er Scheiße baut, ist er der Erste, den ich an die Fische verfüttern lasse. Und dann bist du dran. Denn dann hast du mir einen Loser angedreht. Und du weißt, was das heißt.« Er goss sich und seinem Handlanger frischen Tee ein. »Ich hätte jetzt nichts gegen ein paar Kekse. Aber der Scheißquacksalber hat mir jede Süßigkeit verboten. Auch kein Afternoon Tea. Na ja, Hauptsache, er lässt mir meine Nase Koks dann und wann.« Er grinste. »Ist das nicht großartig? Was doch so ein paar Bildchen nackter Ärsche ausrichten können. Ich sag ja immer, Augen auf, wenn du rollig bist, sonst zahlst du am Ende immer drauf.«

Er schluckte. Lehmann würde nie vergessen, dass er beinahe die Kontrolle verloren hätte. »Aye.«

Sein Boss rieb sich die Hände. »Ich kann es kaum erwarten.«

Er schwieg. Und richtig, Lehmann sprach weiter über sein Lieblingsthema.

»Jenkins' Zeit läuft endgültig ab. So ein Fehler wie in Stithians darf dir nicht noch mal unterlaufen. Aber was sag ich, ein bisschen ...«, er hob ergeben die Hände, »... Mitschuld trage ich auch. Wie du hörst, bin ich immer noch zur Selbstkritik fähig. Wer das nicht mehr kann, hat nicht mehr lange zu leben. Ich hätte ihn schon längst abschalten sollen.« Er trank die Tasse leer, als habe er damit das Todesurteil bekräftigt. »Aber ich hatte meinen Spaß und meine Genugtuung, ihn seit seinem Unfall leiden zu sehen. Ein großes Vergnügen, wie er seiner Freundin hinterhertrauert, dieser nichtsnutzigen Bullenschlampe. Friede ihrer Asche. Aber nun ist es an der Zeit, was?«

Er nickte. Lehmann hatte das Gedächtnis eines Elefanten, was wohl auch ein Grund für sein *Standing* war. Jenkins' Partnerin war es gewesen, die ihm damals bei der misslichen Sache in dem ausgedehnten Fabrikkomplex in Croydon beinahe so nahe gekommen war, dass selbst Lehmann damit gerechnet hatte, den Abend nicht mehr als freier Mann zu erleben. Damals waren in Lehmanns Truppe einige Köpfe gerollt.

»Er wird in die Falle tappen. Darauf verwette ich meine Lucille.« Er klopfte auf seinen Hosenbund.

»Wenn es schiefgeht, wird auch deine Knarre dir nichts mehr nutzen. Die Jungs wissen schon, was sie dann zu tun haben. Noch Tee?«

Er winkte ab. »Danke.«

»Was ist los mit dir? Du bist blass. Geh zum Arzt und lass dich durchchecken. Ich brauche dich hundertprozentig fit. Memmen laufen hier schon zu viele herum.«

»Ich ...«

»Versprich nichts, was du nicht halten kannst. Wäre schade um dich. Echt.«

Er musste Lehmann von dieser Spur abbringen, sonst verrannte sich sein Boss noch in der Idee, er sei nicht mehr zuverlässig. Und er hatte noch ein Ass im Ärmel. »Ich kann eine Schiffsladung AK-47, Minen, Stinger und sogar zwei schlanke Drohnen besorgen.«

»Und wo hast du das Zeug her?« Sein Boss schien wenig interessiert, aber das konnte täuschen.

»Das hat ein alter Bekannter von uns eingesammelt. Du kennst ihn. Leonid. Ich habe ihn vor einiger Zeit zufällig in einem Hotel in Wien getroffen. Ich soll dich schön von ihm grüßen.«

»Leonid?« Nun horchte Lehmann doch auf. »Ich dachte, er sei bei einem seiner Dates in Afghanistan draufgegangen. Er lebt also, schön für ihn.«

»Er ist rechtzeitig gewarnt worden. Wobei«, er mochte es selbst kaum glauben, »er den Anschlag auf seine damaligen Geschäftspartner selbst in Auftrag gegeben haben soll, um den vielversprechenderen Kontakten zu zeigen, wozu er fähig ist. Selbst in so einer Schlangengrube wie Afghanistan.«

»Haben wir Abnehmer? Und warum zieht er den Deal nicht selbst durch?« Lehmann sah sich im Raum um, fand aber das Tablett mit den Cognacgläsern nicht. Dann fixierte er ihn mit seinem starren Blick, die Pupillen groß wie Stecknadelköpfe.

»Leonid muss im Augenblick die Füße still halten. Das FBI ist ihm auf den Fersen, sagt er. Und er würde sich freuen, wenn wir ihm helfen könnten. Wir haben noch einen gut bei ihm. Das Ding in Manchester.«

Lehmann nickte und machte eine ungeduldige Handbewegung. »Haben wir Abnehmer? Und dreht er uns auch keinen Schrott an?«

»Sie sitzen im Jemen. Ich habe bereits Papiere für Tartus besorgen können. Von da aus könnten wir den Rest über Land abwickeln.«

»Bisschen umständlich, oder? Na ja, meinetwegen. Hauptsache, die Kunden zahlen pünktlich.«

»Sie sind zuverlässig, meint Leonid.«

»Was der alte Gauner so meint.« Er lachte kurz auf.

»Er legt seine Hand dafür ins Feuer.«

Lehmann ließ einen Grunzlaut vernehmen, der nach *Wir werden sehen* klang. »Und das Material? Was ist damit?«

»Ich fahre nächste Woche nach Plymouth und überzeuge mich mit eigenen Augen.«

»Plymouth?«

»Fast vor der Haustür, Boss.«

»Dann sollten wir uns das Schnäppchen nicht entgehen lassen, oder?«

Er nickte.

»Gut, du übernimmst die Aktion. Darauf trinken wir.« Er klingelte den Butler herbei und orderte Cognac.

Während sie warteten, musterten sie sich gegenseitig wie zwei Lauernde. Es sah aus, als würde jeder seine Chance ausloten, den anderen bei der nächsten Gelegenheit niederzuringen.

Nachdem sich der Butler erneut zurückgezogen hatte, hob Lehmann seinen Cognacschwenker und ließ die goldgelbe Flüssigkeit im Glas kreisen.

»Du weißt, dass ich große Stücke auf dich halte. Aber du weißt auch, dass es nur einen Lehmann geben kann.«

Er nickte ergeben und trank Lehmann zu. Als der ihm ein zweites Glas anbot, winkte er ab. »Ich würde mich gerne zurückziehen, Boss. Ich habe noch einiges auf dem Zettel.«

»Gewährt.« Lehmann goss sich großzügig nach. »Dann bestell ich mir jetzt so ein hübsches kleines Ding für den Rest des Tages. Was meinst du? Blond, brünett oder lieber eine Schwarze?«

»Jede wird ihre eigenen Vorzüge haben.« Er lächelte zweideutig, stand auf und verabschiedete sich. Er war bereits an der Tür, als Lehmann ihm nachrief.

»Keith?«

Er drehte sich langsam um.

»Wir hatten bis jetzt eine Menge Spaß zusammen, nicht?«

»Jede Menge, Boss.«

»Was wäre aus dir geworden, wenn ich dir nicht aus der Scheiße geholfen hätte.« Eine Feststellung, keine Frage.

»Ich wäre vielleicht schon tot. Ich weiß, was ich Ihnen zu verdanke habe.«

»Das klingt schon besser. Du bist über die Jahre zu meinem besten Pferd im Stall gereift. Ich habe es dir zu Anfang nicht leicht gemacht, straffe Zügel, Gerte, ein bisschen Trab. Aber es war nur zu deinem Besten. Das hast du doch verstanden?«

Er verneigte sich knapp. »Danke.«

»Ich habe mich erst gestern gefragt: Wie viele Probleme hast du mit deiner feinen Lucille schon für mich aus der Welt geschafft?«

»Ich habe sie nicht gezählt.«

»Du hast recht, wer will das auch schon so genau wissen?« Lehmann trank ihm mit einem großen Schluck zu. »Zahlen sind nur dann wichtig, wenn es um Geschäfte geht.«

»Wohl wahr, Boss.«

»Lass uns noch ein wenig die alten Zeiten beschwören. Unsere Beziehung ist ausgehärtet wie Beton, was? Einmal angemischt, hält er für die nächste Ewigkeit.«

Er musste schlucken. Was Lehmann da andeutete, hatte mit dem Wichser zu tun, der ihn und seine Organisation an die Bullen hatte verpfeifen wollen. Und die Erinnerung traf ihn mit voller Wucht. Denn für das Arschloch war es nicht gut ausgegangen. Einen Arm hatten sie Monate später im River Trent gefunden, drei Jahre später tauchte der Torso in einer Schleuse fast im Stadtzentrum von Sheffield auf. Den einbetonierten Kopf fischten Taucher erst sechs Jahre nach seinem Verschwinden dort aus einem Hafenbecken. Das Ding hatte seine Wirkung nicht verfehlt. Niemand traute sich an Lehmann heran, denn sie kannten die Konsequenz. Und wer wollte schon als Fischfutter enden? Und selbst die Bullen hatten Respekt, vor allem die, die auf Lehmanns Lohnliste standen. Und doch, dieser Nachmittag machte es noch einmal deutlich: Lehmann wurde alt und fahrig. Und das machte ihn umso gefährlicher. Er musste auf der Hut sein.

»Woran denkst du gerade? Hast du eine Kleine für die Nacht?«, riss Lehmann ihn aus seiner Erinnerung.

Er schüttelte den Kopf.

»Ich helfe gerne aus. Schließlich will ich meine Angestellten bei Laune halten. Besser noch, komm doch vorbei.«

»Wie gesagt, ich hab noch zu tun.«

»Dann schieb ab.« Lehmann lehnte sich gönnerhaft lächelnd in seinem Sessel zurück.

XXI.

»Wie geht es ihr?«

»Der Arzt sagt, sie hat einen Schock und ist unterkühlt. Er wird sie nach Truro bringen lassen. Im Royal Cornwall Hospital sei sie für die kommenden Tage in den besten Händen.« DS Annie Bley nickte Marks zu und ging zurück zum Rettungswagen.

Der Detective Inspector beobachtete, wie Bley mit einem der Sanitäter sprach, bevor sie zu der Zeugin in den klinisch hell erleuchteten Wagen stieg und das Fahrzeug mit eingeschaltetem Blaulicht den Platz vor dem kleinen Bauerngehöft verließ.

Dann wandte Marks sich an die Bäuerin, die in Gummistiefeln, Arbeitshose und Strickjacke mit gekreuzten Armen dem Treiben der Polizei schweigend zugesehen hatte.

»Können wir hineingehen, Mrs. Blade? Ich habe noch einige Fragen.«

In der geräumigen Wohnküche bot ihm die Frau unbestimmten Alters einen Tee an. Ihre Hände waren rissig und das Gesicht vom Wetter gezeichnet.

»Mein Mann ist vor drei Jahren gestorben. Kaputte Leber von zu viel Alkohol. Und meine beiden Helfer haben frei. Im Winter ist nicht viel zu tun, und ich kann es mir nicht leisten, sie für nichts zu bezahlen«, versuchte sie die Pause bis zum fertigen Aufguss zu überbrücken. Dabei sprach sie derart abgeklärt, als versicherte sie einem Aufkäufer, dass ihr Vieh gesund sei und ein gutes Geschäft auf ihn wartete.

»Ein wirklich hartes Stück Arbeit, so einen Hof zu führen«, signalisierte Marks Mitgefühl und Verständnis.

»Ein Scheißjob, keine Ahnung, wie lange ich noch durchhalte. Wenn es nächstes Jahr nicht besser wird, verkaufe ich. Mein Frank hat alles gegen die Wand gefahren. Gott hab ihn *nicht* selig.« Sie deutete mit dem Teelöffel durch das schmale Fenster. »Die Dunkelheit ist eine Gnade. Bei Tag zeigt der Hof sein wahres Gesicht. Mich wundert, dass er nicht schon längst zusammengefallen ist.«

Marks nahm den Becher und die ehrliche Einschätzung mit einem vagen Lächeln entgegen.

»Ich wünsche Ihnen eine glückliche Hand.« Er blies über den Becherrand, um einen Themenwechsel anzukündigen. »Bitte schildern Sie mir ganz genau, was sich zugetragen hat.«

Die Bäuerin setzte sich zu ihm an den Tisch und trank einen Schluck. Ihr schien das heiße Getränk nichts auszumachen.

»Ich war gerade mit dem Abendessen beschäftigt.« Sie wies auf den Herd. »Ein paar Reste von gestern. Und plötzlich rast dieser Wagen auf den Hof.« Sie schüttelte missbilligend den Kopf, als sei Marks dafür verantwortlich. »Ich habe gedacht, wenn der nicht bremst, steht er gleich in meiner Küche.« Sie sah ihn an, als wartete sie auf eine Entschuldigung.

»Was geschah dann?«

»Nicht viel. Diese Frau kam hereingestürzt, als sei der Leibhaftige hinter ihr her. Kein Name, keine Erklärung, nur ihr Blick. Aber der reichte.« Ein erneutes Kopfschütteln. »Städterin, kein Benehmen, dachte ich. Aber dann öffnete sie den Mund, und heraus kam nur ein Stammeln. Sie deutete auf die Haustür und machte mit der Hand Zeichen, dass ich abschließen soll. Aber ich habe nicht mal mehr den Schlüssel zu der Tür.« Sie schwieg, als sei alles gesagt.

Marks ließ ihr Zeit. Schließlich setzte sie unwillig ihre Schilderung fort.

»Ich habe unseren Dorfsheriff angerufen, und der hat sich dann an die Polizei in Helston gewandt.« In ihren Augen glomm ein Funken Interesse auf. »Stimmt das? Dass der Freund der Frau hin ist? Dass da was in dem gesteckt hat? Wie eine kurze Bohnenstange? Was? Irgendwie schrecklich, oder? So ein Ding muss doch von wem in den reingerammt worden sein.« Sie horchte dem Klang ihrer Worte nach. »Sachen gibt es heutzutage. Ermordet. Wer tut das? Dazu noch mit so 'ner spitzen Stange.«

»Wir stehen noch ganz am Anfang. Wir können natürlich noch nichts sagen. Die Kollegen von der Spurensicherung sind noch vor Ort.« Marks versuchte, sie zu mehr Sachlichkeit zu bewegen.

»Wer hätte das gedacht? Die Bullen hier draußen bei uns.« Sie lächelte ihn schief an. »Nicht, dass ich etwas gegen Bullen habe, vor allem nicht, wenn sie vier Beine haben.« Sie betrachtete seine lehmbedeckten Schuhe.

Marks wusste nichts zu entgegnen. Einen merkwürdigen Humor hatten die Leute hier.

»Was geschieht nun?«

»Wem gehören das Haus und das Grundstück?«

»Da draußen? Steht schon eine ganze Weile leer. Hat Martha und Robert gehört. Feine Leute. Als sie tot waren, ist ihr Sohn gleich ab nach Australien. Ist Geologe, der Junge. Wollte da unten das große Geld machen. Na ja, hier ist mit dem bisschen Vieh und den paar Hektar Weiden und Feldern ja kein Staat mehr zu machen. Wie gesagt, wenn es nächstes Jahr nicht besser wird, dann mache ich den Laden …«

»Die Besitzer sind verstorben, und der Sohn lebt Down Under?« Marks wollte verhindern, dass sie sich in einer Erinnerungs- und Sprachschleife verlor.

»Hab ich doch gerade gesagt, Australien.«

»Haben Sie den Jungen in letzter Zeit mal gesehen?«

»Schon ewig nicht mehr. Er kümmert sich einfach nicht. Na ja, nicht mein Bier, wenn das Haus weiter verfällt.«

»Wer dorthin will, muss an Ihrem Haus vorbei …«

Sie unterbrach ihn mit einer Handbewegung. »Ich achte nicht auf den Verkehr. Geht mich nichts an. Hab was Besseres zu tun, als den ganzen Tag am Fenster zu hängen.«

»Aber wenn es hier so einsam ist, bekommt man doch mit, wenn ein Auto vorbeifährt.«

»Sind Sie taub, oder was?« Die Bäuerin leerte den Becher in einem langen Zug – die überdeutliche Ankündigung, dass ihre Geduld aufgebraucht war und sie den Besuch loswerden wollte.

Marks blieb hartnäckig. »Kein SUV, Lkw, Traktor?«

»Im Winter verirrt sich kaum jemand hierher. Ist mir auch ganz recht. Hab ich meine Ruhe.« Sie stand auf. »So.«

Marks blieb stur sitzen. Die Frau war unhöflich, aber durch ihre derbe Art hatte sie auch Charakter. »Die Spurensicherung braucht noch eine gewisse Zeit.« Er deutete durch das Fenster. »Das Licht der Scheinwerfer ist tatsächlich bis hier zu sehen.«

Ohne seiner Handbewegung zu folgen, zuckte sie mit den Schultern. »Wenn's denen zu kalt wird, werden sie von ganz allein aufhören.«

Gleich fängt sie an zu kichern, dachte DI Marks und stand auf. Den Becher ließ er stehen.

»Sie haben das Richtige getan, als Sie der Dame geholfen haben. Wenn ich noch Fragen habe, werde ich Sie noch einmal aufsuchen. Und danke für den Tee.«

»Ich brauch Ihr Lob nicht. Ich weiß auch so, was sich gehört, Detective Inspector.« Aus ihren Augen sprach ein deutliches *Nun geh endlich*.

Marks stapfte zu seinem Wagen und warf einen Blick über den Hof, der von dem Küchenlicht nur spärlich beleuchtet wurde. Das Leben der Menschen hier zwischen Mist, Milchquote und dem Druck der Banken hatte nichts mit dem Landleben gemein, das die Hochglanzseiten der einschlägigen Magazine in den Regalen der Supermärkte und Zeitungsläden zeigten.

Bevor er den Wagen startete, um zurück nach Helston zu fahren, zückte er sein Smartphone und wählte die Nummer des Teamleiters der Spurensicherung. Als der nicht abnahm und Marks sah, dass er nur wenig Empfang hatte, verschob er seine Fragen auf den nächsten Tag. Er sah auf die Uhr und entschied, auch den Anruf bei Bley auf den nächsten Morgen zu verschieben. Er erwog kurz, Louise anzurufen, wusste aber, dass sie nicht ans Telefon gehen würde. Sie telefonierte nie privat, wenn sie Nachtdienst hatte.

Ihn überkam eine plötzliche Müdigkeit, Ausdruck von zu wenig Schlaf in den vergangenen Tagen. Die schleppenden Ermittlungen und das stundenlange nächtliche Hadern mit seinem Leben forderten ihren Tribut. Um sich abzulenken, schaltete er das Radio ein. Nachdem er einige Programme angewählt hatte, blieb er schließlich bei BBC Radio Cornwall hängen. Dort lief Elkie Brooks' Song *Do Right Woman, Do Right Man*.

Er startete den Motor und rollte vom Hof. Auf der schmalen Straße drehte er die Musik auf und begleitete den Rhythmus mit einer Hand auf dem Lenkrad. Während die Scheinwerfer mit bleichem Licht an den schwarzen Hecken entlangtasteten, die sich über ihm zu einem Tunnel schlossen, ging ihm die Auffindesituation am Tatort nicht aus dem Sinn.

Der Mann hatte im unbarmherzigen Licht der aufgestellten Lampen nicht wie ein menschliches Wesen ausgesehen, eher wie eine Sache. Materie, die an diesem Ort nichts zu suchen hatte. Überall abgeplatzter Putz, ein paar Tapetenreste, feuchter Schutt, die Kälte: Marks hatte nur einen Blick auf den Unbekannten geworfen, um zu wissen, dass er sich bei seinem Vorgesetzten würde erklären müssen. Der Tote war nun schon der Dritte, der auf die gleiche Weise umgebracht worden war wie die anderen. Er würde sich anhören müssen, warum er den Serienkiller nicht schon dingfest gemacht hatte.

Scheiß auf die Nacht, dachte er. Wenn er seine Wohnungstür hinter sich geschlossen hatte, war sein nächster Weg der zur Whiskyflasche und danach der ins Bad. Er würde anschließend im Wohnzimmer Eric Kloss auflegen und sich von dessen Saxofon in den Schlaf schicken lassen.

Am nächsten Morgen war er früher im Präsidium, als er gedacht hatte. Nach dem zweiten Whisky hatte er dem Saxofon nicht mehr zuhören können und war im Schlafzimmer in einen unruhigen Schlaf gefallen. Beim kargen Frühstück konnte er sich nicht mehr daran erinnern, ob und was er geträumt hatte. Sein träger Versuch, sich in den Tag einzufügen, war nur kurz von Louises WhatsApp unterbrochen worden. Sie hatte ihm einen *nicht so sehr arbeitsreichen Tag* gewünscht, mit dem Zusatz, dass sie sich in den nächsten Tagen ja zum Abendessen treffen könnten. Er hatte ihr ein *Daumen hoch* geschickt und war dann ins Präsidium gefahren.

»DS Bley, Kaffee?« Er steckte den Kopf durch ihre Bürotür.

Sie reagierte nur mit einem Nicken und blätterte weiter in irgendwelchen Unterlagen. *Na, wenigstens hat sie mich nicht aus ihrem Büro gescheucht*, dachte er lächelnd und machte sich an der Maschine in der Teeküche zu schaffen. Mit zwei dampfenden Bechern kam er zurück.

»Danke.« Bley wies mit der Hand auf den Stuhl vor ihrem Schreibtisch, so als hätten sich die Dienstgrade zu ihren Gunsten verschoben. Marks nahm es hin.

»Die Kollegen sind sich zu hundert Prozent sicher. Es handelt sich um den gleichen Typ Speer wie bei den anderen.«

»Ich habe es schon befürchtet. Drei Leichen, drei identische Speere.«

»Macht die Sache einfacher. Ein Täter.« Sie schloss die

dünne Mappe der Spurensicherung und schob sie von sich, dabei runzelte sie die Stirn. »Das einzige Problem: Den müssen wir finden.«

»Sie haben einen interessanten Humor, Bley. Was meinen Sie, was der DCI mit mir macht?«

Sie zuckte mit den Schultern. »Ist doch sein Job, auf die Tube zu drücken. Ansonsten soll er sich heraushalten.«

»Wir werden sehen.« Er deutete auf die Mappe. »Dann hatte Stills doch mehr Waffen in seinem Besitz.«

Sie hob unschlüssig die Schultern. »Sieht ganz danach aus.«

»Wir werden Gibbons noch einmal befragen. Aber zuerst müssen wir uns um die Freundin des Toten kümmern.«

»Soll ich das übernehmen?«

»Nein, das mache ich. Fahren Sie mit Easterbrook noch einmal zum Altenheim und befragen Gibbons.« Er sah auf seine Uhr. »Zeit für unseren Jour fixe.«

Nachdem er das Ermittlerteam auf den aktuellen Stand gebracht hatte, rief er das Büro des DCI an. Zu seiner Erleichterung bekam er zu hören, dass sein Vorgesetzter in Dublin an einer Konferenz zur Bekämpfung internationaler Organisierter Kriminalität im Post-Brexit-Zeitalter teilnahm. Mit einem angenehm entspannten Gefühl machte er sich auf den Weg nach Truro.

Der Verkehr um diese Jahreszeit war nicht annähernd so dicht wie im Sommer. Dafür musste er darauf achten, dass die Landstraße an den berüchtigten Stellen nicht gefährlich überfroren war. Die Straßenabschnitte konnten tückisch sein, vor allem, wenn Nebel dazukam. Aber der war an diesem Vormittag nicht in Sicht. Dennoch nahm er sich nicht die Zeit, die Umgebung zu betrachten, die ohnehin wenig fürs Auge bot, sah man von den paar Ruinen der Zinnminen ab, von denen eine in letzter Zeit offenbar zu einer exklusiven Wohnstätte umgebaut worden war. Im Winter sah die Landschaft so trostlos aus, wie er sich das harte Leben der Minenarbeiter längst vergangener Zeit vorstellte.

Dort, wo die A 39 nahe der Innenstadt auf die A 390 traf, bog Marks nach links ab. Bevor die breite Straße das Industriegebiet streifte, fuhr er im Kreisverkehr rechts auf das Klinikgelände.

Den Weg war er ungezählte Male gefahren, meist im Zuge einer Mordermittlung, auf dem Weg zu einer Leichenöffnung. Und wie so oft registrierte er auch dieses Mal mit Unverständnis, dass die verstreut liegenden Gebäude schon bessere Zeiten gesehen hatten und ihrerseits pflegebedürftig und chronisch krank wirkten. Am Zugang zur Notaufnahme suchte er einen Parkplatz und fragte dann nach Laura Stern. Eine übernächtigt aussehende, dafür aber umso freundlichere Schwester wies ihm den Weg, verbunden mit dem fürsorglichen Hinweis, die Patientin brauche Ruhe, und er möge seine Befragung bitte auf ein Minimum beschränken.

Marks klopfte und trat vorsichtig ein. »Mrs. Stern? Mein Name ist Chris Marks. Ich bin der ermittelnde Beamte. Sie erinnern sich vielleicht, wir sind uns gestern Abend schon begegnet. Darf ich eintreten?«

Er wollte den Dienstausweis zücken, aber Stern winkte mit einer erschöpften Handbewegung ab.

»Lassen Sie. Ich erinnere mich.« Sie hob leicht den Kopf und wies auf einen Stuhl, der an ein kleines Tischchen gerückt stand.

Marks zog ihn ans Bett und setzte sich.

Die Klinik hatte Laura Stern vorsorglich in einem Einzelzimmer untergebracht. Offenbar war man hier auf traumatisierte Patienten geschult und hatte auf die Unterbringung in einem Mehrbettzimmer verzichtet. Neben dem Bett stand ein schmales fahrbares Gestell, das mit unterschiedlichen Überwachungsgeräten und einem Monitor bestückt war. Sie war im Augenblick nicht an eines der Geräte angeschlossen.

»Zunächst mein herzliches Beileid. Der Tag gestern war für Sie der reinste Horror.« Marks lächelte sie vorsichtig an.

Stern sank wieder in ihre Kissen zurück und blickte zur Decke, als könne sie dort den Film sehen, bei dem die Ereignisse des Abends Regie geführt hatten. Es dauerte eine Weile, bis sie sprach.

»Wir wollten heiraten.«

Marks schwieg und ließ sie reden.

»Nicolas war so anders als all die Männer, denen ich vorher begegnet bin. Manchmal konnte er ein echter Macho sein, aber das war nur Fassade. Wenn er einen dieser Sprüche rausgehauen hat, war er im nächsten Augenblick der zärtlichste und verständnisvollste Mann, den ich kenne. Was soll nun werden?« Ihre Augen füllten sich mit Tränen.

Er sah, dass sie nach den richtigen Worten suchte, und schwieg daher weiter.

»Ich bin so kraftlos. Als hätte der Mörder auch mich getötet. Er hat in meinem Leben das Licht gelöscht.«

Marks betrachtete das schmale Gesicht der blonden Frau, die in dieser weißen, warmen Umgebung noch schmaler und verletzlicher wirkte. Um ihre braunen Augen lagen Schatten, die von Leid zeugten.

»Ich komme gerne noch einmal wieder, Mrs. Stern. Ich kann verstehen, dass Sie im Augenblick keine Kraft für eine intensive Befragung haben.«

»Es wird schon gehen. Es muss gehen. Einer muss sich um das Geschäft kümmern. Und ich will Zeugnis ablegen und so gut helfen, wie ich kann, den Mörder meines Verlobten zu finden.« Sie hob erneut den Kopf. »Fragen Sie.«

»Beschreiben Sie bitte, was passiert ist, ab dem Moment, in dem Sie mit Mr. Summer vor dem Haus angekommen sind.« Er bemerkte erst jetzt, dass er immer noch seinen Mantel trug. Während er auf ihre Antwort wartete, legte er ihn ab und hängte ihn achtlos über die Lehne seines Stuhls.

»Wir waren für sechzehn Uhr dort verabredet. Wie immer hatte Nicolas früher vor Ort sein und seinen Gesprächspartner nicht unnötig warten lassen wollen. Pünktlichkeit gehörte zu seinem Verständnis von Professionalität.« Sie atmete hörbar ein und aus.

»Kennen Sie den Namen der Verabredung?«

Sie schüttelte den Kopf. »Er hat ihn mir sicher genannt. Aber ich habe nicht wirklich zugehört, als er ihn mir zwischen Tür und Angel gesagt hat. Er war auf dem Weg zum Notar, und ich war zu beschäftigt, und es hat mich auch nicht interessiert. Es ging ja nicht um einen konkreten Abschluss.«

»Gestatten Sie mir die Frage: Sie kümmern sich doch um das Büro? Müssen Sie da nicht über alles Bescheid wissen?«

»Schon. Aber wie gesagt, es ging um nichts Konkretes. Außerdem hatte ich ehrlicherweise da schon unseren Kurzurlaub im Kopf. Ein paar Tage ausspannen, Seeluft schnuppern, an nichts denken, im Pub abhängen und so weiter. Da war der kurze Stopp auf dem Weg nach Cadgwith zu unserem B&B nur ein bisschen lästig, mehr nicht.«

»Das Anwesen und die Adresse in Treverva sind Ihnen vorher noch nicht untergekommen?«

»Nein. Sagte mir alles nichts.«

»Wissen Sie, wie der Kontakt zwischen Mr. Summer und diesem Unbekannten zustande kam? Gibt es vielleicht Hinweise im Kalender von Mr. Summer?«

Sie schüttelte zögernd den Kopf. »Ich denke, Nicolas wurde kontaktiert. Wie gesagt, ich hatte meine Aufmerksamkeit schon ganz unserem Urlaub gewidmet. Ich erinnere mich nur, dass ein Haus zum Verkauf stand.«

»Ein Verkäufer also? Jemand, der das Anwesen verkaufen wollte?« Der DI nickte nachdenklich. Die Bäuerin hatte ihm von einem Sohn der verstorbenen Besitzer erzählt, der jetzt in Australien lebte. Er machte sich in Gedanken eine Notiz. Darum würde Easterbrook sich kümmern müssen. Der richtige Job für jemanden, der sich in die Recherche verbeißen konnte. Vielleicht war der Sohn ja doch zurückgekommen. Dann wäre die nächste Frage: Warum tötete er Nicolas Summer? Kannten sich die beiden? Und was hatte das alles mit den beiden anderen Morden zu tun? Easterbrook würde auch nach einer Verbindung zwischen den Opfern suchen müssen.

»Ich denke doch. Warum sollte Nicolas sonst die Verabredung eingegangen sein?«

»Hatte er Feinde?«

»Nicolas? Hier? Auf keinen Fall.« Sie schüttelte langsam den Kopf, was ihr sichtlich Schwierigkeiten bereitete.

»Und auch bei uns in Bury St. Edmunds nicht. Er ist ...«, sie unterbrach sich, »... Nicolas war beliebt, bei seinen Kunden und bei seinen Kollegen, wegen seiner offenen und ehrlichen Art. Das Geschäft ist hart, aber er hat immer fair um seine Abschlüsse gekämpft.« Sie fuhr sich mit der Hand über die Stirn. »Ich bin mir überhaupt nicht mehr sicher, ob Nicolas nur einen möglichen neuen Kunden treffen wollte oder ob es jemand ist, mit dem er mehrere Geschäfte machen wollte.«

»Gesehen haben Sie also nichts?« Er vermied das Wort *Tatort*.

»Wie sollte ich? Es war ja schon dunkel, und ich habe im Wagen gesessen. Und Nicolas wollte nur kurz wegbleiben.«

»Was geschah dann? Sie sind dann ausgestiegen. Wie lange haben Sie im Fahrzeug gewartet?«

»Das weiß ich nicht mehr. Ein paar Minuten?« Sie sah Marks an, als erwarte sie von ihm eine Bestätigung.

»Manchmal spielt uns die Erinnerung einen Streich. Für den Augenblick lassen wir diese Frage beiseite. Woran können Sie sich erinnern? Es war dunkel, sagen Sie. Ein ungewöhnliches Geräusch? Ein Geruch?«

Marks konnte sehen, wie es in ihr arbeitete. Und wie sehr es sie anstrengte.

»Denken Sie in Ruhe nach. Ich kann noch einmal wiederkommen.« Marks war versucht, seine Hand auf ihren Arm zu legen.

»Da ist nichts.« Sie sah ihn mit einem Blick an, der ebenso leer war wie ihre Erinnerung. »Nur eine Art Scharren und eine flüchtige Bewegung – links von mir. Oder rechts. Ein Schatten. Wenn es ein Schatten war, in dieser

Finsternis. Vielleicht war es auch nur eine Ratte.« Sie schluckte. »Ich will das jetzt zu Ende bringen, Detective Inspector. Ich habe diesen Stab mehr gespürt als gesehen. Diese Lanze, oh Gott. Und dann habe ich in seiner Hosentasche nach dem Schlüssel getastet. In der rechten. Nic war in vielen Dingen ein Gewohnheitsmensch. Den Autoschlüssel trug er stets in der rechten Hosentasche.« Sie schlug mit einem Mal die Hand vor den Mund. »Ich bin dann zum Auto gerannt und losgefahren. Da war etwas hinter mir. Ein Keuchen. Ich bin mir sicher. Ich habe mich nicht umgesehen, und im Lichtkegel der Scheinwerfer war nichts außer den Bäumen, Sträuchern und der schmalen Straße.«

Er hatte es geahnt, sie würde keine große Hilfe sein. Sie würden die endgültigen Ergebnisse der Spurensicherung abwarten müssen. Vielleicht hatten die Kollegen und Kolleginnen einen Hinweis gefunden. Eine Textilfaser, einen Fingerabdruck oder doch wenigstens einen Teil davon, irgendetwas.

»Ich will ihn sehen.« Laura Stern richtete sich mühsam, aber entschlossen in ihrem Bett auf.

»Das geht im Augenblick nicht«, bedauerte Marks.

»Sie schneiden ihn auf, richtig?« Sie sah ihn aus großen Augen an.

»Das ist in solchen Fällen üblich, ja.«

»Wann kann ich ihn nach Hause holen und beerdigen? Nicolas war Mitglied im Bury Town FC. Ich will ihn so nahe wie irgend möglich zu seinem geliebten Club beerdigen. Das ist alles, was ich für ihn tun kann.« Sie sank erschöpft auf die Kissen zurück.

»Eine Frage habe ich noch.« Marks war bereits aufgestanden und hatte den Stuhl zurück an den Tisch geschoben.

»Bitte.« Ihre Stimme klang wieder matt.

»Die Kollegen haben alles abgesucht, Haus, Grundstück, aber wir haben Mr. Summers Mobiltelefon nicht gefunden.«

»Auch nicht im Wagen?«

»Nein.«

»Aber Nic hatte seins dabei. Er hat immer sein Telefon dabei. Ohne sein Smartphone sei er nur ein halber Mensch, scherzte er immer.«

»Wir haben nichts gefunden.«

»Dann muss der Mörder es an sich genommen haben.«

XXII.

Luke sah Simon irritiert an. »Chris hat dich noch nicht angerufen? Und ich dachte, du bist längst auf dem neuesten Stand. Da bin ich ja einmal eher informiert als du, mein Freund.«

Simon ließ ihm die Freude. »Warum sollte er auch?«

»Die alte Hexe ist gleich nach Abzug der Bull…, der Polizei zu ihrem Knecht gefahren und unter seine Bettdecke gekrochen. Seit ihr Alter an Leberzirrhose krepiert ist, treiben es die beiden und meinen, dass das niemand mitbekommt.« Luke grinste. »Dabei kann sie doch machen, was sie will. Und ihr Lover hat es dann Mitch erzählt.« Er sah Simons fragenden Blick. »Mitch. Der Greenkeeper. Du erinnerst dich? Er kauft manchmal in der Saison Fisch bei mir. Ich habe ihn gestern am Hafen getroffen.«

»Drei Tote und drei Speere. In der Tat ungewöhnlich.«

»Komm schon. Ich wette, es juckt dich längst in den

Fingern. Die Sache mit den Speeren ist doch genau deine Kragenweite.«

»Luke«, versuchte er seinen Freund zu beschwichtigen.

»Ich sehe es dir doch an.« Luke grinste.

Er hatte recht. Einen derart ungewöhnlichen Fall hatten sie selbst in seiner aktiven Zeit bei der Metropolitan Police nicht bearbeitet. Banden- und Drogenkriminalität, auch Auftragsmorde, Familiendramen, Eifersuchtsdramen, aus dem Ruder gelaufene Einbrüche, aber so etwas? Nein.

DI Chris Marks war wahrlich nicht zu beneiden. Drei Tote, die zumindest in diesem Augenblick, bei diesem Ermittlungsstand, in keinem Verhältnis zueinander standen. Bis auf die Speere. Faye Gilbert hatte ausgesagt, dass Stills alle an sich genommen hatte – wobei sie die Mengenangabe *alle* dummerweise nicht näher beziffern konnte.

Marks hatte zunächst Paul Gibbons in Verdacht gehabt. Die weiteren Ermittlungen schienen ihn allerdings zu entlasten. Ein Eifersuchtsdrama schied vorerst aus.

Der große Unbekannte also. Wieder einmal.

Die Lösung des Falls musste in der Lebensgeschichte von Curtis Stills zu finden sein. Marks und seinem Team stand noch eine Menge Arbeit bevor.

»Hallo, noch jemand zu Hause?« Luke hatte ihn am Arm berührt. »Darf ich an unseren Ermittlungen bitte teilhaben? Zwei Gehirne haben mehr Chancen als eines.«

»Sorry, Luke. Du hast recht. Mir geht gerade durch den Kopf, dass wir … ich meine Chris … sich noch einmal um Curtis Stills' Biografie kümmern muss. Da liegt der Schlüssel zur Lösung des Falls verborgen, nämlich, was die drei Toten in ihrem Leben verbunden hat.«

»Darauf noch ein Pint?« Luke war schon aufgestanden und wollte bei Garry zwei Doom in Auftrag geben.

Simon nickte unaufmerksam. Er hatte den Tag über im Atelier gearbeitet und trotz des kleinen Heizofens gefroren. Später hatte er dann einen Anruf von Helen bekommen, der ihn auf überraschende Art erwärmt hatte.

Helen hatte ihn von ihrer Wohnung aus angerufen und war in einer derart aufgeräumten Stimmung gewesen, wie er es selbst während ihrer gemeinsamen Zeit bei der Met selten bei ihr erlebt hatte. Sie war immer schon eine ehrgeizige Polizistin gewesen, die in ihrem Alltag wenig Platz ließ für die Dinge, die nichts mit Polizeiarbeit zu tun hatten. Das hatte ihr schon bald den Ruf einer eiskalten Karrieristin eingebracht, was Simon aber nie so gesehen hatte. Helen war stets sach- und zielorientiert, eine gute Polizistin, die aber auch Privates zuließ. Jedenfalls in seiner Gesellschaft.

Sie hatte ihm bei dem Telefonat begeistert erzählt, sie werde aus der kleinen Wohnung nahe ihrer Dienststelle ausziehen und ein Stück außerhalb des inneren Stadtbezirks Londons eine bezahlbare kleine Eigentumswohnung beziehen. Endlich, hatte sie gemeint.

Im Verlauf des Telefongesprächs hatten sie auch den Stand der Ermittlungen gestreift. Helen hatte von sich aus nachgefragt. Sie könne nun mal nicht aus ihrer Haut, er wisse ja, einmal Bulle und so weiter. Besonders der Mord an dem Makler Nicolas Summer hatte sie hellhörig werden lassen.

»Was habe ich gehört? Du bist nun unter die Kulissenmaler gegangen?«, sagte jemand neben ihm.

Er hatte Stevyn Collins nicht kommen hören, so sehr war er in Gedanken mit Helens Anruf beschäftigt gewesen.

Der pensionierte Kapitän hatte sich von Garry einen kleinen Rum eingießen lassen und prostete nun Simon und Luke zu, der mit den vollen Biergläsern zur Bank zurückkam.

Simon lächelte, als er den Schalk im Blick des pensionierten Kapitäns bemerkte.

»Und du bist jetzt das Mädchen für alles?«, spottete Stevyn in Richtung Luke.

»Wer sagt das?« Luke versuchte, unbeeindruckt zu wirken.

»Marys Tante hat es mir geflüstert. Wir hatten gestern Abend unsere finale Sitzung zur Weihnachtsbeleuchtung.«

Simon sah, dass Luke etwas erwidern wollte, und kam ihm daher zuvor. »Die Dame sollte ein wenig vorsichtiger sein, was die Verteilung der Aufgaben betrifft, und sich weniger einmischen. Die Laiengruppe hat nichts mit ihrem Verschönerungsverein zu tun. Luke hat genauso wenig mit dem Projekt zu tun wie ich. Kulissen malen – geht's noch?« Simon lächelte amüsiert.

»Die alte Schachtel ...«

Simon hielt Luke zurück. »Die Dame hat so viel Aufregung nicht verdient. Lass sie nur. Mary wird ihr schon den Marsch blasen, wenn es zu bunt wird.«

»Apropos bunt, Margaret Bishop hat übrigens einen Sponsor für die Weihnachtsbeleuchtung aufgetan. Sie will den Namen noch nicht nennen, aber er will eine beträchtliche Summe spenden. Und auch ein neues Motiv. Was genau, auch daraus macht sie ein ziemliches Geheimnis. Ist aber auch egal. Hauptsache, das Geld reicht für den Strom, und wir können das Dorf um eine weitere Attraktion bereichern. Es soll wohl eher ein pflanzliches Motiv werden, kein Stern oder illuminierter Schlitten.«

»Sie hat auch überall die Finger drin.« Luke schüttelte den Kopf.

»Ihr werdet es nicht glauben, aber unsere Fish Barbecues im Sommer haben eine Menge Kohle in die Kassen gespült. Die sechs Barbecues haben 22 000 Pfund eingebracht. Unser Kassenprüfer ist total begeistert. Reparaturen an den Rahmen für die Lichterketten oder neue Birnen oder Aufhängungen sind kein Problem mehr. Da haben wir schon ganz andere Jahre gehabt.« Collins nahm zufrieden einen Schluck von seinem Shrub. »Wir können sogar noch Geld an andere Projekte geben.«

Luke gab sich zufrieden und wechselte das Thema. »Du kanntest Stills doch auch, oder?«

Collins nickte. »Ich habe ihn mal für ein paar Wochen mit auf mein Schiff genommen. Hat sich nicht dumm angestellt, obwohl er kein echter Seemann war. Arme Seele.« Er warf einen Blick gegen die Decke.

»Warum hast du ihn mitgenommen?«

»Er hat mir leidgetan. Bis auf den Onkel und seine Cousine keine Familie. Aber das war nicht entscheidend. Curtis war noch nicht lange aus dem Knast zurück, und die Fischer hier haben sich für ihn verbürgt.«

Simon wurde hellhörig. »Du wusstest von seiner kriminellen Karriere?«

»Ja, und? Jeder hat im Leben eine zweite Chance verdient.« Der gewichtige Seebär mit dem markanten Backenbart sah Simon tadelnd an.

»So habe ich das nicht gemeint, Stevyn. Ich habe mich bloß gewundert, dass Stills' Vergangenheit offenbar kein

Geheimnis war. Ich habe es jedenfalls nicht gewusst.« Simon überlegte kurz. »Ist ja auch nicht wichtig, bin ja kein Bulle mehr. Und außerdem hast du recht, jeder hat eine zweite Chance verdient.«

»Ich habe auch nur Gerüchte gehört«, sprang Luke ihm bei.

»Habt ihr in den Wochen an Bord auch über Privates gesprochen?«

»Was denkst du, Simon? Natürlich. Auf so einem Pott wie dem meinen kann man sich nur schwer aus dem Weg gehen. Und wenn man so eng aufeinanderhockt, kommen früher oder später private Themen auf den Tisch.«

»Hat er von seiner Zeit in Wandsworth erzählt?«, wollte Simon wissen.

»Nur das, was man so erzählt: die engen Zellen, der Hofgang, der nie lange genug dauert, um die Luft richtig genießen zu können, die anderen Knackis, wer der Boss war, die Geschäfte, dass auch hinter Gittern Drogennachschub kein Problem ist. Also nichts, was man nicht schon mal anderswo gehört hat.«

»Und über seine Zeit draußen, bevor er eingefahren ist?«

»Warum fragst du?« Stevyn ließ den Blick nachdenklich auf Simon ruhen. »Wenn ich nicht wüsste, dass du nicht mehr bei der Polizei bist, könnte ich vermuten, dass ich mitten in einem Verhör stecke.«

»Befragung heißt das, nicht Verhör«, ließ Luke Stevyn an seinem Wissen über Polizeiarbeit teilhaben.

Simon achtete nicht auf die Bemerkung. »Hat er?«, fragte er bei Stevyn nach.

»Nicht viel, wenn ich mich recht entsinne. Nur, dass er in London eine gewisse Zeit einem großen, einem wirklich großen Boss ziemlich nahegestanden ist. Dass er aber nach einem Ding – was es war, hat er nicht erzählt, irgendwas mit AK-47 – in Ungnade gefallen ist. Irgendein Neider hatte ihn reingelegt. Und um wieder die Gunst seines Bosses zu erlangen, habe er bei Ermittlungen der Staatsanwaltschaft gegen seinen Chef wegen Drogen- und Waffendeals mit mehreren afrikanischen Stammesfürsten, oder sollte ich besser sagen Warlords, Zulus, was weiß ich, die Schuld auf sich genommen und danach quasi als Stellvertreter die drei Jahre Knast akzeptiert. Angeblich hatte man ihm versprochen, es werde sein Nachteil nicht sein.« Collins hatte sein Glas geleert und wechselte unvermittelt zur Theke, um Nachschub zu besorgen.

»Afrikanische Warlords.« Luke verzog nachdenklich den Mund.

»Du denkst …«

»Klar, wer sonst benutzt Speere?«

»Kann sein, kann nicht sein. Unser altes Empire war ziemlich groß.«

»Stills' Schicksal ist brutal.« Collins war zurück und ließ die dunkelgelbe Flüssigkeit in seinem Glas kreisen, bevor er einen ersten Schluck nahm. »Weiß man schon Genaues über die Tatwaffe?«

Simon schätzte Stevyn sehr, aber es stand ihm nicht zu, über Chris' Ermittlungen zu sprechen. »Nicht dass ich wüsste. Ich kenne auch nur das, was in den Zeitungen steht.«

Collins sah ihn mit hochgezogenen Augenbrauen an, deutlicher ging es kaum. »Ein afrikanischer Speer. Ich habe das mal im Internet nachgeschaut, weil mich das dann doch interessiert hat. Selbst in unserem alten England eine ungewöhnliche Waffe, trotz unserer kolonialen Vergangenheit.« Er strich über seinen mächtigen Bauch, als wolle er sein angelerntes Wissen bis hoch an die Stimmbänder drücken. »Eine meist blattartige Klinge. Manche der Spitzen waren sogar dreieckig und hatten so etwas wie Widerhaken. Die langen Speere wurden geworfen, mit den kurzen, die mit einer größeren Klinge, wurde gestoßen. Schon ein gruseliges Mordwerkzeug, wenn ich es recht bedenke.«

»Die Kriminaltechnik in Helston kann noch jede Verstärkung gebrauchen«, kommentierte Simon Collins' Ausführungen.

»Echt jetzt?« Luke hatte die scherzhafte Bemerkung nicht durchschaut.

»Im Ernst«, fuhr Collins unbeirrt fort, »das wird doch leicht einzugrenzen sein. Solche Speere kannst du doch nicht in jedem x-beliebigen Trödelladen kaufen.«

Simon nickte. »Die Ermittler sind dran.«

»Du hast gerade so auffällig nach Stills' Knastgeschichte gefragt. Meinst du, dass in dem Milieu der Grund für den Mord zu suchen ist?«

»Nicht auszuschließen.«

»Was ist dann mit dem anderen Mord? Dem an Amelie?«

Collins hatte offenbar noch nichts von der Tat draußen in Treverva gehört.

»Sie soll vor ihrer Ehe auch in zwielichtigen Kreisen verkehrt sein, heißt es. Die beiden könnten unter einer Decke gesteckt haben, oder?«

Simon wollte nicht nachfragen, wo Stevyn diese doch sehr zweifelhafte Version aufgeschnappt hatte.

»Oder?« Stevyn ließ nicht locker.

»Wir ermitteln in alle Richtungen.« Luke trank einen Schluck, was Entschlossenheit demonstrieren sollte.

»Was Luke meint, ist, die Ermittler schließen derzeit nichts aus.«

»Und was ist deine Meinung, Simon?« Collins klang wie ein Inquisitor.

»Ehrlich? Ich weiß es nicht.« Dass der Mord an Stills eine bestimmte Saite in ihm zum Klingen gebracht hatte, behielt er lieber für sich.

Collins setzte sich nun zu den beiden, als wolle er eine sehr vertrauliche Neuigkeit preisgeben. »Ich bin davon überzeugt, dass dieser ominöse Boss oder dieser ebenso ominöse ›Neider‹ Curtis auf dem Gewissen hat. Vielleicht war Amelie so etwas wie ein – wie sagt man? – Kollateralschaden. Unschöner Begriff, aber wie soll ich es sonst ausdrücken? Sie hat den Täter vor, bei oder nach der Tat gesehen, sie war ja oft noch abends unterwegs zu ihren Kundinnen, und deshalb musste sie sterben. Die Arme.«

Kein schlechter Gedanke, musste Simon eingestehen. Aber wie passte der Typ aus Suffolk zu dem Ganzen? Das Ermittlerteam musste auch in dessen Vergangenheit kramen. Vielleicht hatte auch er eine nicht so ganz saubere Weste. Und Bury St. Edmunds war von London auch nicht ewig weit entfernt. Er musste an Lehmann denken und dessen Tentakel. Sie reichten sicher auch bis nach Suffolk. Er würde gleich Marks anrufen und ihm von seiner Hypothese erzählen. Er hatte mit Chris bisher nur kurz über die dritte Tat sprechen können.

»Was machst du für ein Gesicht?« Collins sah ihn über den Rand seines Glases an. »Einen Fünfer für deine Gedanken.«

»Du hast mich auf eine interessante Hypothese gebracht.«

»Komm jetzt bloß nicht wieder mit einem deiner Kalauer.«

Simon hob sein Glas. »Cheers.«

Sie blieben noch eine Weile im Pub, in dessen Kamin ein Feuer knisterte, dann machten sich die drei Freunde auf den Heimweg. Bevor sie auseinandergingen, genossen sie für einen Moment den wolkenlosen Himmel, an dem sich die Milchstraße in einer eiskalten und überwältigenden Klarheit präsentierte, die Simon so in seiner Zeit in London nie gesehen hatte.

Noch voller Respekt vor der Natur legte er nach seiner Rückkehr die Musik von Miles Davis auf.

Er war beinahe auf dem Sofa eingeschlafen, als sein Smartphone klingelte. Er hoffte, auf dem Display Marys Nummer zu sehen, aber die Nummer war unterdrückt.

»Simon Jenkins, guten Abend«, meldete er sich.

Am anderen Ende der Leitung war nur ein Atmen zu hören.

»Hallo?«

Nichts. Nur dieses Atmen.

Er schüttelte den Kopf und trennte die Verbindung. In ihm breitete sich langsam und doch unaufhaltsam wie ätzende Säure eine Ahnung aus, die seine Gedanken zu zerfressen drohte.

Das Smartphone klingelte erneut.

Er hob ab – und hörte nur wieder das harte Atmen.

»Ich weiß, wer du bist«, flüsterte Simon in den Hörer.

Es klickte in der Leitung.

Erschöpft lehnte er sich zurück. Nachdem er wieder klar

denken konnte, rief er Marks an. Es dauerte eine ganze Weile, bis die Verbindung zustande kam. Marks schien getrunken zu haben. Wie Simon nach und nach erfuhr, hatten die Ermittler bereits Summers Vergangenheit auf dem Schirm. Annie Bley sei nicht zu bremsen.

»Du klingst bedrückt«, erkundigte sich der DI, nachdem sie die wichtigsten Neuigkeiten ausgetauscht hatten. Seine Stimme klang besorgt und nun so fest, als säße er in einer Teambesprechung.

»Ich bin müde.«

»Das ist alles?« Marks konnte offenbar zwischen den Zeilen lesen.

»Ich hatte gerade eben einen merkwürdigen Anruf«, meinte Simon zögernd.

»Und?«

»Ich bin nicht sicher, aber mir geht seither Lehmann nicht aus dem Kopf. Ich habe tatsächlich nur ein Atmen gehört.«

»Der *große* Lehmann macht höchstpersönlich Schockanrufe? Kaum zu glauben.«

»Passt aber zu ihm. Er spielt gerne Spielchen.«

»Aber sicher bist du nicht?« Marks schien in die Küche gewechselt zu sein, denn Simon hörte im Hintergrund einen Wasserkocher brodeln.

»Wer soll das sonst gewesen sein? Wenn ich die letzten zwei Jahre bedenke, ist er mir von Monat zu Monat immer ein Stück näher gekommen. Sei es auch nur in Gestalt von Keith Stone. Lehmann hat geschworen, mich zu vernichten. Dieses Ziel wird er niemals aufgeben. Ihm genügt nicht, dass mich Moiras Unfall und Tod körperlich und seelisch zum Krüppel gemacht hat.«

»Du bist in Lebensgefahr …« Marks ließ offen, ob er das als Frage oder aus Überzeugung ausgesprochen hatte. Der Wasserkocher hatte sich abgeschaltet.

»Keine Sorge. Ich habe keine Angst. Diese Macht hat er nicht über mich. Ich mache mir allerdings Gedanken darüber, dass es mich womöglich unvorbereitet treffen könnte.«

Die beiden schwiegen für ein paar Sekunden.

»Was ist mit dieser Helen Baxter aus London?«, fragte Marks schließlich. »Sie sind dort angeblich doch immer noch an Lehmann dran. Kann sie dir nicht helfen? Du bist zwar nicht mehr Teil des Teams, aber auch als Privatperson kannst du doch um Hilfe und Schutz bitten. Und du warst ihr engster Kollege.«

»Das wird die Met nicht machen. Und ich werde sie nicht darum bitten.«

»Was, wenn ich sie anrufe?«

»Lass gut sein, Chris. Ich habe heute mit ihr telefoniert. Sie weiß, dass Lehmann mich auf seiner Liste ganz oben stehen hat. Ihr sind aber die Hände gebunden. Trotz der alten Zeiten.«

»Du sagst das so, als wäre da damals mehr gewesen als nur gemeinsame Nachtschichten.«

»Da war nicht mehr. Es hätte vielleicht zu mehr gereicht, aber in dem Moment trat Moira in mein Leben, und von da an hat sich alles verändert.«

Marks ließ ein kurzes Schnauben hören.

»Helen hat das damals sehr professionell genommen. Sie war immer schon ein kontrollierter Mensch. Sie hat es mir sehr leicht gemacht. Das vergesse ich ihr nicht. Wir sind so etwas wie Freunde geblieben.«

Wenn er ehrlich war, hatte er das Telefongespräch mit ihr sehr genossen. Ihm war dabei etwas von der alten Helen begegnet, das eine Saite in seinem Inneren auf angenehme Weise zum Schwingen gebracht hatte. Damit hatte er nicht gerechnet. Auf einmal waren Szenen aus ihrer gemeinsamen Dienstzeit wieder da, die er längst vergessen hatte. Ihr Lachen heute hatte den gleichen hellen Klang wie damals, unterlegt mit einem dunklen Ton, der verheißungsvoll klingen konnte, in gewissen Situationen aber auch drohend. Er hatte ihr am Ende des Gesprächs das Versprechen geben müssen, sie in London zu besuchen. Vielleicht würde sie ja auch mal für ein Wochenende hinunter nach Cadgwith kommen, dann könnte sie auch Mary kennenlernen.

»Soso.«

»Auch wenn sie gewollt hätte, Helen ist an ihre Vorgaben gebunden. Die kleinste Abweichung könnte ihre Arbeit gefährden und sie am Ende den Job kosten. Du weißt doch selbst, wie unser Verein tickt.« Er hatte tatsächlich »unser« gesagt, als wäre er noch im Dienst.

»Verstehe. Du scheinst wirklich viel von ihr zu halten. Ich würde dir ja gerne jemanden zur Seite stellen, der dich schützt, aber ...«

Simon unterbrach ihn. »Ich weiß. Und ich weiß das zu schätzen, Chris. Mach dir keine Sorgen. Ich werde vorsichtig sein.«

»Weiß Mary davon?«

»Um Gottes willen.«

Nach dem Telefonat stand Simon auf und suchte aus seiner Vinyl-Sammlung *Super Blues* hervor. Bo Diddley, Muddy Waters und Little Walter spielten auf der LP zum ersten Mal zusammen. Die Energie von *Long Distance*

Call hatte ihn schon einige Male aus seinen dunklen Gedanken gerettet.

Mir gefällt das alles nicht, Simon, hatte Marks am Ende des Telefonats gesagt. Auf Simons Stirn traten Falten, als er daran dachte. Aber er wollte nicht länger nachdenken, er wollte jetzt Musik hören, so tun, als sei alles in Ordnung.

Das erneute Klingeln seines Smartphones ging in den lauten Phrasen des Ausnahmetrompeters unter.

XXIII.

»Die Kollegen von der KTU haben an dem Speer, mit dem Nicolas Summer getötet wurde, Reste von DNA sicherstellen können. Bisher gibt es aber noch keinen Treffer. Ein echter Fortschritt.« *Weil es bis jetzt nichts anderes gibt, was ähnlich erfolgversprechend ist*, vollendete Marks für sich den Satz.

»Es geht voran.« DC Allan Easterbrook straffte seinen Rücken, als habe er höchstpersönlich die DNA sichergestellt.

»Das ist ein wenig voreilig«, zügelte Marks seinen Constable.

»Aber vielleicht bringt uns das hier weiter.« DS Bley betrat das Büro und wedelte mit einem Schriftsatz.

»Was ist das?« Marks wandte sich ihr zu.

»Amelie Gibbons war nicht immer die talentierte Schneiderin, für die sie alle gehalten haben.«

DS Bley setzte sich und nickte Easterbrook knapp zu. Der Detective Constable rümpfte die Nase, er fühlte sich irgendwie betrogen. Was wiederum Bley mit einem zufriedenen Lächeln zur Kenntnis nahm, wie Marks bemerkte.

»Sie ist in London aufgewachsen, in einem Arbeiterbezirk. Sie hat die Schule abgebrochen und eine Weile auf der Straße gelebt. Irgendwann hat sie Kontakt zur Drogenszene bekommen und war eine Zeit lang dort aktiv.« Bley blätterte. »Sie ist dann von einem Sozialarbeiter dazu ermutigt worden, auszusteigen und die Schule fertig zu machen. GCSE war für sie kein Problem. Direkt nach der Mittleren Reife hat sie eine Schneiderlehre absolviert. Sie war so gut, dass sie einen Job bei einem Londoner Herrenausstatter bekommen hat. So weit eine nette Karriere.« Sie pausierte und sah Easterbrook an. »Was niemand ahnte zu dem Zeitpunkt, war, dass sie ihre Kontakte in die Szene nicht aufgegeben hat. Im Gegenteil, sie hat ihren Job als Tarnung für eine weitaus lukrativere Tätigkeit als Drogenkurierin benutzt. Sie wurde von einem Kartell bezahlt, das damals enge Kontakte nach Afghanistan und Afrika hatte. Gras und auch synthetisches Zeug. Sie hat sich am Ende dann doch für den legalen Weg entschieden und London den Rücken gekehrt. Die Gründe dafür sind nicht ganz klar. Sie hatte in Cadgwith offenbar ihr Zuhause gefunden. Eine am Ende gutherzige Frau, die nur an den falschen Ehemann geraten war – und an ihren Mörder.«

»Woher hast du die Informationen?« Easterbrooks Frage klang nach *Warum habe ich diese Story nicht ausgraben dürfen?*

»Ich habe ein paar Umwege gehen müssen, aber am Ende haben mich meine Kontakte in London nicht im Stich gelassen.«

»Sind das harte Fakten?«

Sie nickte knapp.

»Gute Arbeit, Annie.« Marks beugte sich vor, als wolle er ihr eine Medaille für herausragende Leistungen umhängen.

Sie lehnte sich in ihrem Stuhl zurück. »Eigentlich war es ganz einfach. Bei einer Fortbildung zum Thema Drogenkartelle habe ich einen Dozenten getroffen, der Gibbons' Karriere als Beispiel dafür zitiert hat, wie Drogenkuriere arbeiten. Er hat ihren Namen nicht genannt, aber ich habe mich daran erinnert, dass er Schneiderin als ihren Beruf angegeben hat. Sie sei bei einer der ersten Adressen in der Londoner City angestellt gewesen. Der Rest war normale Ermittlungsarbeit.«

Easterbrook verzog das Gesicht. Zufrieden war er nicht. »Warum weiß man nicht, weshalb sie den Job als Kurierin aufgegeben hat? Das wäre wichtig zu wissen.« Er wollte wohl unbedingt ein Haar in der Ermittlungssuppe seiner Kollegin finden.

Sie nickte. »Eine Version ist, dass sie in der Werkstatt einen Schneider kennengelernt hat, in den sie sich verliebte. Und von dem sie ein Kind erwartete. Nach einer Fehlgeburt, vermutlich als Spätfolge ihres Drogenmissbrauchs, hat sie sich Hals über Kopf von ihm getrennt und ist abgehauen.«

»Wie kitschig.«

Sie warf Easterbrook einen vernichtenden Blick zu.

»Ihre Ermittlungen lassen die Mordserie in einem ganz neuen Licht erscheinen.« Marks war Easterbrooks Gehabe nicht entgangen, aber er hatte keine Lust, darauf einzugehen. »Wir müssen nun die Verbindung finden, dann wären wir dem Täter schon sehr nahe. Wenn wir dann noch die Verbindung zu Summer ziehen können …«

DC Easterbrook hob den Finger, als säße er in der Schulbank und arbeitete an der Verbesserung seiner Fleißkärtchenbilanz. »Ich vergrabe mich in Summers Geschichte.«

»*Vergraben* ist gut.«

Marks hob eine Augenbraue. Bley erstaunte ihn einmal mehr. Spott gehörte bisher nicht zu der Palette von Gefühlsäußerungen, die er von ihr kannte.

»Unsere Liste ist lang, wie ich sehe. Und wir sollten die Kolleginnen und Kollegen nicht länger warten lassen. Die Besprechung ist längst überfällig.«

Die Sitzung dauerte länger als erwartet. Die Spurensicherung stellte eine neue Kollegin vor, die gerade die Ausbildung abgeschlossen hatte. Eine junge Frau, die etwas schüchtern ihrem Chef zuhörte, der ihren Werdegang und ihr Spezialgebiet, die Aufnahme und Auswertung von Blutspuren am Tatort zur genauen Rekonstruktion des Tathergangs, ausführlich darstellte und auch den Hinweis nicht vergaß, dass er seit zwei Jahren unermüdlich und nun erfolgreich an der Neubesetzung der Planstelle gearbeitet habe. Zum Wohl der gesamten Dienststelle, wie er mehrfach stolz betonte.

Anschließend referierte Bley die Ergebnisse ihrer bisherigen Ermittlungen, einschließlich der Arbeitsergebnisse des Detective Constable. Mit einem Seitenblick zu DI Marks versicherte sie sich, dass sie in ihrem Vortrag nichts ausgelassen hatte.

Nachdem die anstehenden Arbeitsaufträge verteilt waren und Marks auch nicht vergessen hatte, sein Team zu Anregungen, Bedenken und Beschwerden zu ermuntern, löste sich die Besprechungsrunde zügig auf.

Marks hatte kaum seinen Schreibtisch erreicht, als einer der Constables an den Türrahmen klopfte und ihn in dienstlich knappem Ton darüber informierte, dass DCI Sattler ihn umgehend zu sehen wünschte.

Schicksalsergeben warf er seine Unterlagen in eine Schublade und machte sich auf den Weg zu Sattlers Büro. Er passierte die Teeküche, in der Easterbrook mit einer Teekanne beschäftigt war.

»Sie kommen klar?«

Easterbrook sah verblüfft auf die Kanne. »Sicher.«

»Ich meine Ihre Aufgabe. Sie wollen die Vergangenheit von Nicolas Summer beleuchten.«

»Natürlich«, stotterte der Detective Constable.

»Ansonsten können Sie sich auch einen der Neuzugänge zu Hilfe holen.«

»Klar, Chef. Danke.«

Marks musste schmunzeln, als er Easterbrook mit offenem Mund zurückließ.

Das Büro von DCI Boris Sattler lag in einem Seitengang im ersten Stock des Präsidiums. Hier war es deutlich ruhiger. Das lag an dem dicken Teppich, mit dem der kurze Flur ausgelegt war, der vom Hauptflur abging, und an der Holzvertäfelung, die ebenfalls alle störenden Geräusche schluckte. An der Wand hingen zwei Schwarz-Weiß-Porträts früherer DCIs, die mit ernstem Blick die Besucher an die Bedeutung des vor ihnen liegenden Gesprächs erinnerten.

Bereits beim Anklopfen hörte er ein unwirsches »Herein«.

Die Sekretärin seines Vorgesetzten warf einen missbilligenden Blick auf die Wanduhr über Sattlers Tür. Sofort bekam Marks ein schlechtes Gewissen. Die Schreckschraube benahm sich wieder einmal wie die magenkranke Wächterin der Vorhölle. Vermutlich verspritzte Sattler Gift und Galle in einer Konzentration, die früher oder später zu einem Magengeschwür auch im Vorzimmer führen musste.

»Warten Sie hier.«

Sie stand auf und klopfte an die Tür ihres Vorgesetzten. Als sie keine Antwort bekam, öffnete sie und kündigte den DI an. Marks hörte ein »Soll reinkommen« und wurde gleichzeitig von der Wächterin hineingewunken. Es hätte ihn nicht gewundert, wenn er im Vorbeigehen Schwefelduft an ihr wahrgenommen hätte.

»DI Marks.« Sattler dirigierte ihn zum Stuhl vor seinem ausladenden Schreibtisch.

Marks setzte sich und war froh, als er hinter sich die Tür zufallen hörte. Ergeben erwartete er Sattlers Gesprächseröffnung. Aus Erfahrung wusste er, dass man besser schwieg und abwartete. So war es auch diesmal. Sattler war anscheinend mit Papieren höchster Wichtigkeit beschäftigt, die seine volle Konzentration erforderten. Mehrfach blätterte er hin und her, ohne sichtbar Notiz von Marks zu nehmen.

Sollte er doch das Spielchen *Ich bin der Chef und bestimme über deine Zeit und Gefühlslage* spielen, solange er wollte, entschied Marks, beobachtete Sattler und versuchte sich zu entspannen. Der DCI war in einem Alter, in dem die Pensionierung nicht mehr nur ein ferner Punkt im Lebenslauf, sondern Gegenstand ausführlicher Zukunftsplanung war. Marks hatte Sattlers Ehefrau bei der letztjährigen Weihnachtsfeier das erste Mal überhaupt gesprochen.

Der Abend war damals deutlich fortgeschritten gewesen, was unschwer an den von Alkohol und zu viel Essen geröteten Gesichtern und dem gestiegenen Lärmpegel zu erkennen gewesen war.

Mrs. Sattler war urplötzlich neben ihm aufgetaucht und hatte unbedingt mit ihm anstoßen wollen. Worauf, hatte sie offengelassen. Ihr alberner Trinkspruch und ihre Wünsche für das anstehende Weihnachtsfest hatten schon ein wenig verwaschen geklungen. Was ihn überrascht hatte, war die offene und geradezu drastische Art, mit der sie ihren Ehemann beschrieb, der nur wenige Meter weiter einen Kreis von vermeintlichen Günstlingen um sich geschart hatte und sich von ihnen feiern ließ.

Sehen Sie ihn sich an, hatte sie geätzt, *was für ein Gockel. Und zu Hause ist er ein Waschlappen, mit dem ich mich nach Belieben beschäftigen kann.*

»Da ist er ja, mein Afrikaspezialist.« Sattler sah endlich auf. »Die Speerspitze unserer Polizei, sozusagen.«

Sattler ließ einen kurzen Lacher hören, von dem er erwartete, dass Marks einstimmte. Aber den Gefallen tat er ihm nicht.

»Na ja. Was machen die Ermittlungen? Sind Sie erfolgreich, DI? Oder muss ich mir Sorgen machen?«

Marks nickte. »Wir kommen voran.«

»Wir kommen voran«, echote Sattler. »DI, Sie haben die besten Leute in Ihrem Team und haben keine andere Nachricht für mich als dieses *Wir kommen voran*? Ich muss doch sehr bitten.« Er ließ sich mit selbstgefälliger Miene in seinen gepolsterten Chefsessel zurückfallen. »Ich kann doch wohl von Ihnen ein echtes Ergebnis erwarten, oder? Wie lange gehen die Ermittlungen nun schon?«

Sattler verhielt sich tatsächlich wie ein Gockel, der zu allem Übel auch noch Gefallen daran fand. »Nicht ganz zwei Wochen, DCI.«

»Liefern Sie mir den Täter, Marks. Das kann doch nicht angehen. Da läuft einer wie ein Jäger mit afrikanischen Speeren durch unser schönes Cornwall und bringt reihenweise Menschen um.«

Was sollte er darauf antworten? Sattler würde kein Verständnis für seine Erklärungen aufbringen, sondern ihm gegenüber seine Rolle als verantwortungsbewusster Vorgesetzter ausspielen und ihn mit Genuss niedermachen.

»Wir haben einige vielversprechende Ansätze. Zum Beispiel ist nicht auszuschließen, dass zwischen den Opfern eine Verbindung besteht, die wir zu Beginn nicht gesehen ha…«

»Hören Sie mit diesen immer gleichen Nebelkerzen auf, Marks. Ich will Ergebnisse. Die Menschen wollen nachts ruhig schlafen und sich nicht vor Irren fürchten, die mit afrikanischen Speeren um sich werfen.«

Er hatte es gewusst. Sattler wollte ihn für die Auffrischung seines eigenen Egos grillen. DI Marks schaltete innerlich in einen Modus, ähnlich dem in der Tierwelt, bei dem zum Überleben sämtliche Körperfunktionen heruntergefahren werden.

»Hören Sie mir überhaupt zu, DI?«

»Selbstverständlich, DCI Sattler, Sir.«

»Ihren Sarkasmus können Sie sich sparen. Muss ich denn in diesem Laden mal wieder alles allein machen? Wofür haben Sie Ihren Dienstrang? Und wofür haben Sie Ihren Grips? Strengen Sie sich an. Ich will Ergebnisse sehen. In London warten sie auf gute Nachrichten.«

Daher wehte also der Wind. Sattler hatte Druck von oben bekommen. Schlecht für einen Gockel seines Schlags, der sich innerhalb der Behörde damit brüstete, zu den besten DCIs Englands zu gehören, *mit sehr weitreichenden Kontakten.*

»Sie können sich auf mich verlassen, Sir.« Marks hatte seinen Ruhemodus beinahe erreicht.

»Gehen Sie und machen Sie endlich Ihre Arbeit, statt mir hier die Zeit zu stehlen. Guten Tag.« Sattler wedelte mit der Hand und war schon wieder in die Papiere vertieft, auf die er in der Zwischenzeit immer wieder geschielt hatte. Er tat so, als habe er seinen DI bereits vergessen.

Marks hielt sich nicht lange mit einer Verabschiedung auf und verließ grußlos das Büro. Im Vorzimmer traf er auf die Sekretärin, in deren Gesicht er einen spöttischen Zug zu bemerken meinte.

»Arschloch«, murmelte er auf dem Weg zurück in sein Büro. Die Begegnung mit Sattler bestärkte ihn wieder einmal darin, sich über seine Zukunft in dieser Behörde Gedanken zu machen. Er wusste zwar, dass Sattler nicht mehr viel länger als ein Jahr im Dienst sein würde, aber Marks war sich nicht sicher, ob er diese zwölf Monate zu bleiben gewillt war.

»Wie war's?« DS Bley erschien in seinem Büro. Sie sah aus, als hätte sie Verständnis dafür, wenn er sofort den Dienst quittieren würde.

»Kurz.«

»Verstehe ich nicht.«

»Er hat einmal mehr an unseren Einsatzwillen appelliert und die Hoffnung geäußert, dass wir schon bald einen Täter oder eine Täterin präsentieren.«

»Gucken Sie nicht so, Chef. Er macht doch nur seinen Job.« Bley blieb unschlüssig im Türrahmen stehen.

»Das sagten Sie bereits.«

»Dann werde ich mal wieder.«

Sie sagte das so, als wolle sie nicht gehen. »Haben Sie etwas auf dem Herzen, DS?«

»Für den Augenblick finden wir keine Hinweise darauf, dass auch das dritte Opfer in einer Verbindung mit den anderen steht. Summers Lebenslauf ist völlig unauffällig. Fast zu sauber, um wahr zu sein. Entweder ist er sauber, oder er hat es immer verstanden, seinen Namen aus krummen Geschäften herauszuhalten. Es gibt keine Berichte über mögliche Steuerhinterziehungen, er hat noch nicht einmal ein Ticket für falsches Parken verpasst bekommen. Ein durch und durch sozialer Mensch. Er hat als junger Erwachsener für das Rote Kreuz gearbeitet, hat sogar ehrenamtlich in verschiedenen Kliniken gejobbt. Er hatte einen großen Freundeskreis, alles diese Gutmenschen, soweit wir das bisher ermitteln konnten.«

»Gute Arbeit, DS Bley. Trotzdem habe ich den Eindruck, dass Sie etwas stört.«

Sie nickte schweigend.

»Was Sie aber nicht benennen können?«

Sie nickte erneut.

»Das nennt man Bauchgefühl, Annie. Ich hoffe, dass Sie sich das noch lange bewahren. Denn es ist am Ende des Tages das bei Weitem wirkungsvollste Ermittlungsinstrument.«

Nachdem Bley mit gerunzelter Stirn in Richtung ihres Büros entschwunden war, verließ Marks das Revier mit dem Hinweis an den diensthabenden DC am Empfang, er sei zum Essen ins Pub.

XXIV.

»Du kommst gerade recht.« Mary nickte ihm lächelnd zu. »Die Royal Mail war pünktlich. Eben kam dieses Päckchen für dich an.« Sie kam hinter der Theke hervor und umarmte ihn freundlich. »Du bist ja ganz kalt. Wie sind die Studien geworden?« Sie deutete auf den Skizzenblock, den Simon bei sich trug.

»Kalt. Du hast recht.« Er legte seine Malutensilien auf die Theke. »Post? Für mich?« Er hatte nichts bestellt.

Mary ging in den Nebenraum und kam mit einem flachen Päckchen aus festem grauem Karton zurück, nicht viel größer als ein DIN-A4-Umschlag. Simon öffnete es neugierig. Die Sendung enthielt einen Packen Kopien, die er erst bei näherem Hinsehen als Dienstpläne aus seiner Zeit bei der Met identifizierte. Auf allen Seiten waren Schichten eingetragen, die er gemeinsam mit Moira absolviert hatte. Ihren Namen zu sehen, löste einen plötzlichen Schmerz in seiner Brust aus. Er blätterte durch die Kopien, die die Schichten eines ganzen Jahres dokumentierten. Sofort standen ihm die Situationen wieder vor Augen, die hinter den Zahlen und wenigen Worten standen. Die Dienstpläne endeten mit dem Tag, an dem er und Moira diesen schrecklichen Unfall gehabt hatten, bei dem sie im brennenden Dienstwagen ums Leben gekommen war. Mit einem Mal sah er wieder die blutroten Flammen und den dicken schwarzen Qualm vor sich. Und er sah, wie Moiras Augen brachen, in denen bis zur letzten Sekunde Angst und Liebe gegeneinander gekämpft hatten. Er musste schlucken.

»Was ist, Simon? Ist dir nicht gut?«

Marys besorgte Stimme ließ ihn aufschauen. »Alter Papierkram.« Er sah noch einmal in den flachen Karton hinein. Er hatte einen Zettel übersehen. Er erkannte Helens Handschrift. *Vielleicht hast du Freude an den Erinnerungen an deine Zeit in der Met. Ich habe sie beim Aufräumen gefunden. Pass auf dich auf, Helen xx.*

»Nur Papierkram?« Marys zweifelnder Blick wanderte zwischen Simon und den Blättern hin und her.

»Helen hat mir ein paar Erinnerungsstücke geschickt.« Er reichte ihr die Seiten.

Mary überflog sie. »Das sieht nach Dienstplänen aus.«

Simon nickte.

»Warum macht sie das? Dienstpläne. Sind die von Wert? Was sollst du damit?« Sie reichte die Unterlagen zurück.

Er zuckte mit den Schultern. »Sie will mir damit eine Freude machen. Erinnerungen an meine Dienstzeit. Ich kenne Kollegen, die haben jeden Fitzel Papier aufgehoben, mit dem sie es zu tun gehabt haben. Dienstanweisungen, Speisekarten, Konzertkarten, die sie an Ausflüge und Abende mit den Kollegen erinnern sollten.«

»Das verstehe ich. Aber Dienstpläne? Darf ich noch mal sehen?«

Er reichte ihr zögernd die Papiere, so als fürchte er, dass sie darin etwas fand, das ihn belasten könnte.

»Wenn du nicht willst, dass ich da hineinschaue?« Sie hielt ihm die Papiere hin.

»Alles gut. Lies. Ich bin nur etwas irritiert im Augenblick.«

Sie blätterte zwischen den Plänen hin und her. Schließlich deutete sie auf das Ende der erfassten Zeit. »Ist das der Tag?«

Simon nickte.

»Nun verstehe ich noch weniger.« Sie legte die Blätter neben sich auf die Theke.

»Sie wollte mir eine Freude machen.« An seiner Wirbelsäule schossen Flammenlanzen auf und ab.

»So wie du gerade aussiehst, hat sie eher genau das Gegenteil erreicht.«

Die Ladenglocke ging, und noch ehe die Tür zurück ins Schloss fiel, begann Luke zu reden.

»Ist das kalt. Gut, dass ich dich treffe, Simon. Hi, Mary.«

»Tee?«

Er nickte. »Du bist ein Schatz, Mary.«

»Du hast es aber eilig.« Simon lächelte und lehnte sich an die Theke. Ablenkung würde ihm guttun.

»Schmerzen?«

»Geht gleich wieder.«

»Na, hoffentlich. Ich habe vorhin mit Mitch telefoniert. Du weißt, er hat mir das von dem dritten Opfer erzählt. Er hat jetzt noch etwas gehört, das solltest du wissen. Da müssen wir aktiv werden.« Er schob seine Mütze ein Stück zurück und kratzte sich am kurz geschorenen Kopf. »Wenn du fit bist, natürlich.«

»Nun erzähl schon.« Sein Freund hatte den Kopf gereckt wie der Spürhund, der endlich von der Leine wollte.

»Ich habe ihn bei Tesco getroffen. Wir haben ein bisschen gequatscht, über die Preise, den Brexit und die leeren Regale in der Gemüseabteilung, über die Ergebnisse beim Rugby, solches Zeug. Und dann«, er hob die Hand, denn er bemerkte Simons Ungeduld und nahm einen Becher Tee entgegen, »dann wurde es sehr interessant.« Er trank schlürfend einen Schluck. »Guter Stoff«, er nickte Mary zu. »Mitch hat einen Cousin zweiten Grades dahinten in Kent«, er wies mit dem Kopf in die Richtung, »der ist einer, der geht nicht immer den geraden Weg, kennt so manchen Knast von innen. Ein Idiot, wie Mitch meint, immer auf die dicke Kohle aus und die dickste Karre. Und der hat ihn vergangene Woche besucht. Aus heiterem Himmel. Hat angeblich den Wert von Familie wiederentdeckt. Dabei habe er sich das letzte Mal vor zwanzig Jahren blicken lassen. Na ja, ich schweife ab. Der Großcousin habe sich bei dem Treffen komisch verhalten.« Luke sah zwischen Mary und Simon hin und her. »Dieser Billy habe ihn ausgequetscht, wo er ein bisschen Kohle investieren könne. Er sei zu Geld gekommen, das unter die Leute müsse.« Er sah die beiden an.

»Und?«, fragte Simon.

»Zähl doch mal eins und eins zusammen. Der halbseidene Typ ist zu Kohle gekommen, er hat auch in Wandsworth gesessen und kommt ausgerechnet hierher. Ausgerechnet jetzt, wo wir hier drei Leichen haben. Da muss es beim Bullen klingeln.« Luke sah Simon an, als habe der gerade die Aufnahmeprüfung zum Polizeidienst geschmissen.

»Zufall.«

»Unsinn. Solche Zufälle gibt es nicht. Sagst du doch selbst immer.« Luke sah die beiden über den Becherrand erwartungsvoll an.

»Hm. Und der Typ will also ›investieren‹? Hat Mitch dir nicht gesagt, er sei ein Spinner?«

»Wir sollten ihn auf jeden Fall unter die Lupe nehmen. Kann ja nicht schaden. Und dann, wenn da was dran sein sollte, schalten wir DI Marks ein.« Für Luke war die Sache schon klar.

»Hat Luke nicht recht? Chris kommt doch nicht voran mit seinen Ermittlungen«, warf Mary ein.

»Mir ist das viel zu vage.« Simon trank missmutig seinen Becher leer.

»Hast du eine bessere Idee?« Luke schüttelte ob so viel Lethargie den Kopf und wandte sich an Mary. »Da könnten wir entscheidend zur Lösung der Mordserie beitragen, und Simon hat nichts Besseres zu tun, als nach Ausflüchten zu suchen.«

»Du überzeugst mich nicht.« Simon musste lächeln. Luke hatte wieder diesen Spürhundblick.

»Ist dieser ominöse Billy denn überhaupt noch in der Gegend? Und wo ist er dann untergekommen? Wohnt er bei Mitch?«, wandte sich Mary an Luke.

»Der Typ ist mit einem Wohnmobil unterwegs, hat Mitch erzählt. Nach zwei Tagen bei ihm ist er wieder weg. Ob er noch in der Gegend ist? Keine Ahnung. Ich frage Mitch.« Luke machte ein unzufriedenes Gesicht.

»Mich hast du immer noch nicht überzeugt.« Simon schüttelte bedächtig den Kopf. »Das sieht nach einer mehr als dünnen Spur aus.«

»Aber es ist immerhin eine Spur.« Luke schöpfte neue Hoffnung.

Ihre Mutmaßungen wurden jäh von einem Kunden unterbrochen, der in Wanderkleidung schnaufend den Laden betrat und nach *exakten Wanderkarten* fragte. Nach Marys Hinweis, dass um diese Jahreszeit der Southwest Coastpath nicht unbedingt zu den sicheren Wanderrouten gehörte, verließ der Mann ohne ein weiteres Wort den Dorfladen wieder und stapfte die Straße hinauf zum Übergang auf den Küstenpfad Richtung The Devil's Frying Pan.

Die Teufelspfanne weiter oben war immer ein Anziehungspunkt.

Die drei Freunde blickten ihm über so viel Kauzigkeit lachend hinterher, um sich dann mehr oder weniger zufrieden voneinander zu verabschieden. In Sachen Billy waren vorerst alle Argumente ausgetauscht. Außerdem wollte Luke mit seiner Gill noch nach Truro und Mary ihre Inventur abschließen.

Simon kehrte zum Cottage zurück und blätterte am Küchentisch zum wiederholten Mal durch die Seiten, die Helen ihm geschickt hatte.

Hatte sie ihm tatsächlich nur eine Freude machen wollen, wie er Mary gegenüber behauptet hatte? Er war sich längst nicht mehr sicher. Warum schickte sie ihm ausgerechnet die Dienstpläne aus der Zeit vor dem Unfall? Und warum waren sein und Helens Name mit einem Textmarker hervorgehoben? Wenn er es recht besah, wollte sie ihm deutlich machen, wie viel Zeit sie miteinander verbracht hatten.

In jenen Wochen war er längst mit Moira zusammen gewesen, aber er hatte tatsächlich mehr Dienstzeit mit Helen als mit seiner Verlobten verbracht. Was wollte Helen ihm mit ihrer Post sagen? Dass sie ihn immer noch nicht vergessen hatte? Dass Moira nicht mehr zwischen ihnen stand?

Simon wurde mit einem Mal klar, dass ihr jüngstes Telefonat an einigen Stellen von mehr oder weniger offenen Flirtversuchen geprägt gewesen war. Was hatte sie vor? Hatte sie sein Angebot, sie könne ja mal hinunter nach Cornwall kommen, als mehr als nur Freundschaft gewertet? Er wusste es nicht einzuschätzen.

Er war zwar ungebunden, aber er meinte ihr deutlich zu verstehen gegeben zu haben, dass er sich sehr wohl dabei fühlte, wie er im Augenblick lebte. Er hatte Mary nicht explizit erwähnt, aber Helen musste gespürt haben, dass ihn und Mary eine tiefe Freundschaft verband.

War es denn so? Nur Freundschaft? Simon konnte sich die Frage nicht eindeutig beantworten. Er wusste nur, dass er diese Freundschaft niemals aufgeben würde.

Es klopfte am Küchenfenster, und Simon schrak aus seinen Gedanken auf. Es war Mary, die wie aus der Dunkelheit gewachsen vor dem Fenster stand, geradeso, als hätten seine Gedanken ihr den Weg gewiesen.

»Ich hoffe, ich störe dich nicht.« Sie streifte die dicke Winterjacke ab und legte sie achtlos auf einen der Küchenstühle. »Mit der Inventur bin ich fast durch. Und ich will mich nur vergewissern, dass es dir gut geht.« Sie sah die Papiere auf dem Tisch, sagte dazu aber nichts.

»Dank der Pillen habe ich gerade keine Schmerzen. Ich stelle nur mal wieder fest, dass die Winterkälte meinem Rücken und meinem Bein nicht guttut.«

Sie nickte. »In diesem Jahr ist es besonders kalt.« Sie sah sich in der Küche um. »Ich sollte das jetzt nicht fragen, aber hast du schon etwas gegessen heute? Sieht nicht danach aus. Soll ich uns was kochen?«

Mary war sehr vorsichtig, um nicht bemutternd zu wirken. Das rechnete er ihr hoch an. Er konnte gut auf sich selbst achten und mochte es nicht, wenn andere ihn wegen seiner Gehbehinderung unnötig in Watte packen wollten. Und doch hatte Mary mal wieder recht, ihre Bemerkung löste ein plötzliches Hungergefühl aus.

Mary nickte, als sie sein Gesicht sah. »Ich vermute mal, außer Nudeln und Pesto hast du nichts im Haus.«

»Erwischt.« Simon musste lachen.

Nach dem letzten Bissen schob Simon den Teller zufrieden von sich und goss Mary von dem Rotwein nach, den sie aus ihrer Jacke gezaubert hatte. »Du kamst in letzter Minute. Danke.«

Sie winkte ab. »Wie geht es dir wirklich? Ich wollte nicht, aber nun frage ich doch: Hinter den Dienstplänen«, sie deutete auf die Papiere, die nun auf der Küchenanrichte lagen, »steckt doch mehr als nur eine kleine Aufmerksamkeit.«

»Das ist genau die Frage, die mich seit dem Öffnen des Päckchens umtreibt.«

»Wenn du mich fragst, ein eher plumper Versuch, Aufmerksamkeit zu bekommen.«

Sie wusste, dass Helen und Simon vor seiner Beziehung mit Moira ein freundschaftliches Verhältnis gehabt hatten, das deutlich über gemeinsame Dienstschichten hinausgegangen war. Das aber in dem Augenblick beendet gewesen war, als Moira in Simons Leben trat.

»Ich weiß es einfach nicht.«

»Es sieht fast so aus, als würde sie dich bedrängen. Als ich in deinem Gesicht die Schmerzen gesehen habe, war mir nicht wohl, um ehrlich zu sein. Ich hatte ein paar Gedanken, die in eine ganz bestimmte Richtung gingen.«

»Nämlich?« In Simons Blick stand gespannte Neugier.

»Sie lässt dir keine Ruhe. Vielleicht hofft sie auf mehr als nur auf Fragen zu Keith Stone oder Hans Lehmann.« Bevor sie es aussprach, machte sie eine kurze Pause. »Vielleicht war dein Anruf der Trigger. Und nun stalkt sie dich.«

Simon wollte protestieren, schwieg dann aber. Mary mochte recht haben. Helen war im Dienst eine kühl berechnende, planvoll agierende Kollegin, die dem Verbrechen immer einen Schritt voraus sein wollte. Warum sollte sie diesmal keinen Plan haben? Helen hatte ihm damals zwar versichert, dass sie mit seiner Liebe zu Moira leben konnte, aber was hieß das schon? Menschen änderten sich, vor allem, wenn Gefühle im Spiel waren, die sie nicht steuern konnten – oder wollten.

»Was denkst du, Simon?«

»Dass du recht haben könntest.«

»Um ehrlich zu sein, macht mir der Gedanke Sorgen.«

»Was soll schon passieren?«

Mary zuckte mit den Schultern. »Ich hoffe, dass ich unrecht habe.«

»Ich werde mit ihr reden, wenn es nötig sein sollte.«

Sie trank einen kräftigen Schluck, als wollte sie damit das Thema wechseln, was sie auch tat. »Chris und sein Team stochern im Nebel, um es mal deutlich zu sagen. Dann ergibt es doch Sinn, wenn ihr diesem Großcousin mal auf den Zahn fühlt. Ihr kommt Marks und seinem Team doch nicht in die Quere.«

»Darüber habe ich auch nachgedacht. Ja. Es kann nicht schaden. Luke soll sich umhören.« Simon stand auf. »Etwas Musik? Marianne Faithfull?«

»Ein schöner Abschluss des Tages. Die restliche Inventur erledige ich morgen. Meine Tante wird zufrieden sein. Wobei, ich habe sie schon ein paar Tage nicht mehr gesehen. Sie wird doch hoffentlich nicht krank sein. Ich werde sie morgen mal anrufen.« Mary machte ein Gesicht, das die Anstrengung ausdrückte, die sie dieses Telefonat vermutlich kosten würde.

»Sie ist wahrscheinlich mit dem Lernen ihrer Rolle beschäftigt.« Simon schmunzelte und drehte die Lautstärke ein wenig auf für *They Never Will Leave You*.

»Ehrlich? Das ist mir heute Abend dann doch ein wenig zu viel Schmalz. Hast du nicht etwas Härteres?«

Simon nickte und nahm die LP vom Plattenteller. Stattdessen legte er *Street Survivors* von Lynyrd Skynyrd auf.

»Schon besser.« Sie lächelte und prostete Simon zu.

»Gleich morgen werde ich mich mit Luke auf die Suche nach dem Wohnmobil machen.« Simon spürte mit einem Mal eine Energie, die er während der vergangenen Tage nicht verspürt hatte und die ihm half, die Fragen zu vergessen, die sich im Zusammenhang mit Helens Post aufgedrängt hatten. Und er würde sie auf keinen Fall fragen, ob sie bei der Met Informationen über diesen Billy hatten.

»Das ist der Bulle, den ich kenne«, frotzelte Mary nun ihrerseits.

»Ich werde allerdings Chris informieren. Er muss wissen, was wir vorhaben. Und er soll versuchen, alles über Billy in Erfahrung zu bringen. Dann soll er entscheiden, ob wir aktiv werden können.«

XXV.

DC Allan Easterbrook druckte die Informationen aus, die er bisher über Billy William Cooper zusammengestellt hatte. Ein sehr interessanter Lebenslauf, der ihm da begegnet war. Er betrachtete das Foto, das er gefunden hatte. Cooper hatte einen verschlagenen Gesichtsausdruck, kurz geschnittenes Haar. Er war fünfundvierzig Jahre alt, zehn davon hatte er in verschiedenen Haftanstalten abgesessen, zuletzt in Wandsworth. Natürlich Wandsworth. Drogen, Förderung der Prostitution, ein bisschen Geldwäsche,

Glücks- und Falschspiel, Betrug. Schule in Kent, Ausbildung zum Kfz-Schrauber. Single, wechselnde Frauenbeziehungen. Von einem Kind überlieferten die offiziellen Berichte nichts. Der typische Macho mit schlechten Angewohnheiten, besonders nach ausgiebigen Pub-Besuchen. Er trank offenbar gerne mal einen über den Durst, hielt sich ansonsten aber von Drogen fern. Sein aktueller Aufenthaltsort war nicht bekannt. Klar war nur, dass er seit geraumer Zeit in einem Wohnmobil lebte.

Zufrieden räumte er die Kopien zusammen und machte sich auf den Weg zu Marks' Büro. Er hoffte, damit die Schlappe wettzumachen, die er empfunden hatte, als Bley mit ihren Infos über Nicolas Summer um die Ecke gekommen war.

Er musste an seine Frau denken. Alice hatte ihm an jenem Abend Mut gemacht. Es gebe keinen Grund, sich hinter seiner Kollegin zu verstecken. Sie habe zwar den höheren Dienstgrad, was aber nicht gleich bedeuten musste, dass sie immer die besseren Ermittlungen ablieferte. Er sei ein gestandener Mann, zu dem sie, Alice, aufblicke, von ihrem ersten Date an. Damals, als sie sich zufällig auf der Sammlerbörse für die Messingplaketten getroffen hatten, die man in früheren Zeiten Pferden ans Zaumzeug heftete. Er lächelte verliebt bei der Erinnerung. Sie konnten beide zwar nicht reiten, sammelten und putzten aber mit Hingabe diese Messingabzeichen, die es mit schier unerschöpflichen Motiven und in zahllosen Ausführungen gab. In ihrer Wohnung waren sie an allen Wänden präsent, viele lagen auch wohlverpackt in diversen Schubkästen. Im Augenblick arbeiteten sie an einer Ausstellung ihrer besten Stücke, die sie demnächst auf der Tagung des Hauptverbandes der *Horse Brasses*-Sammler zeigen wollten, die im kommenden Frühjahr in Derby stattfinden würde.

»Ist Ihnen nicht gut, Easterbrook? Sie haben doch nicht etwa Drogen genommen? Sie stehen mitten im Flur und grinsen wie ein Honigkuchenpferd.«

Erst jetzt registrierte der Detective Constable, dass sein Chef vor ihm stand.

»Gut, dass Sie hier stehen, ich meine, gut, dass Sie im Haus sind. Ich habe die Unterlagen über Mr. Cooper zusammengestellt.«

»Dann ab in mein Büro. Ich bin gleich zurück.« Marks sah ihm kopfschüttelnd hinterher. Easterbrook war ein echter Gemütsmensch, aber wenn er wollte, auch ein durchaus passabler Polizist. Marks musste an die Begegnung in Stithians denken und an die Verletzung, die der DC damals davongetragen hatte. Sein Detective Constable konnte einiges wegstecken, hatte er sich eingestehen müssen. Aber dennoch bezweifelte er, dass Easterbrook in den kommenden Jahren Karriere machen würde – wegen seiner Gemütlichkeit, aber auch, weil die Stellen für Detective Sergeants dünn gesät waren und das vorerst auch so bleiben würde.

»Dann lassen Sie mal hören.« Marks kam mit einer Tüte Pasties aus der Küche zurück, umrundete Easterbrook und setzte sich an seinen Schreibtisch.

Der Detective Constable gab ihm einen detaillierten Überblick über die Schwierigkeiten, die er bei seinen Recherchen zu überwinden gehabt hatte, dabei betonte er ausdrücklich die nur sehr schleppende Kooperationsbereitschaft der beteiligten Behörden. Und er ließ auch nicht aus, dass er die Kollegen deutlich auf diesen Missstand aufmerksam gemacht habe. Für ihn gebe es keine Entschuldigung für zögerliche Mitarbeit.

Marks winkte ab. Das sagte gerade der Richtige. »Kommen Sie bitte zu den Fakten, Detective Constable.«

Easterbrook räusperte sich umständlich und brachte Marks auf den Stand seiner Erkenntnisse.

»Wann genau war Cooper im Londoner Knast?«

Easterbrook blätterte in seinen Unterlagen und nannte das Datum.

»Hm. Das muss in der Zeit gewesen sein, in der auch Stills dort war. Die Frage ist, ob sie sich gekannt haben.« Marks öffnete die Tüte, warf einen Blick hinein und legte sie wieder zur Seite. »Sie werden sich sicher gekannt haben.«

Easterbrook nickte und schielte auf die Tüte.

»Gute Arbeit, Easterbrook.«

Der DC strahlte.

»Was haben Sie als Nächstes auf Ihrer Liste?« Marks' Bauch meldete sich. Der Duft der Pasties.

»Soll ich Cooper zur Fahndung ausschreiben?« Im Gesicht des DC machte sich die Hoffnung breit, von dieser zusätzlichen Arbeit verschont zu bleiben.

»Mit welcher Begründung? Nein. Im Augenblick wissen wir nur, dass er auch in Wandsworth eingesessen hat.«

Easterbrook sank zufrieden in seinem Stuhl zurück. »Dann widme ich mich mal der Registratur. In den vergangenen Tagen ist so einiges liegen geblieben. Das werde ich nun aufarbeiten. Es sei denn, Sie haben etwas anderes für mich zu tun?«

»Halten Sie mich auf dem Laufenden, wenn es etwas Neues gibt, DC.«

Erleichtert verließ Easterbrook das Büro.

Auch Marks war erleichtert, denn er brauchte jetzt unbedingt Kohlenhydrate. Sein Frühstück hatte aus nicht viel mehr bestanden als einem Becher Tee und zwei trockenen Scheiben Toast.

Während er sich dem ersten Pasty mit Rindfleischfüllung hingab und die saftige Teigtasche genoss, plante er die weiteren Ermittlungen. Er versprach sich im Grunde nicht viel davon, aber sollten sich Simon und Luke doch an die Fersen von Billy Cooper hängen. Dass Stills und der Mann aus Kent ungefähr zur gleichen Zeit in Wandsworth eingesessen hatten und Cooper zudem ein ähnliches Strafregister hatte wie der erste Tote, musste nichts heißen. Vor allem dann nicht, wenn sie nicht zur gleichen Gang gehört hatten.

Er legte bei diesem Gedanken unvermittelt das halb gegessene Pasty auf den Schreibtisch. Er achtete nicht darauf, dass er Flecken auf den jüngsten Bericht der Nachhaltigkeitskommission machte, die der DCI vor einiger Zeit ins Leben gerufen hatte.

Stills und Cooper Angehörige rivalisierender Gangs – wenn das nicht eine Hypothese war. Bandenkrieg in Cornwall, in seinem Zuständigkeitsbereich. Marks zog sein Telefon hervor und wählte Simons Nummer.

»Ich gebe euch grünes Licht.« Er hielt sich nicht lange mit Floskeln auf.

Am anderen Ende der Leitung konnte er Simon förmlich lächeln hören. »Guten Morgen. Was ist los?«

»Sorry, guten Morgen, natürlich. Ich möchte euch tatsächlich bitten, ein Auge auf Cooper zu haben. Wo er sich aufhält, was er macht, wohin er geht, wen er trifft. Das ganze Programm. Du kennst das ja, Simon.« Er gab ihm einen kurzen Überblick über Easterbrooks Recherchen und die Hypothese, die er daraus ableitete.

»Ein Bandenkrieg, der bei uns ausgetragen wird und nicht im Raum London? Ich weiß nicht. Aber möglich ist das natürlich allemal. Weit weg vom Zuständigkeitsbereich der Met lassen sich für Gangs viele Dinge einfacher regeln.«

»Wie gesagt, nur beobachten. Wir übernehmen dann, wenn es nötig sein sollte.« Marks griff zu seinem Pasty und fegte die Krümel von dem Rundschreiben.

»Sobald Luke mit Gill von ihrem Ausflug nach Dartmoor zurück ist, spreche ich mit ihm.«

»Luke unterwegs in Dartmoor? Der alte Seebär erstaunt mich immer wieder.«

»Sie haben in Buckfastleigh eine Art Familientreffen. Mit der Verwandtschaft von Gills Seite. Lukes äußerstes Zugeständnis an Gills Reiselust.«

Mit einer Frotzelei über Lukes Weigerung, sich weiter als einhundert Meilen von der Bucht zu entfernen, legten sie auf.

Marks aß den Rest des Pasties auf und griff vergnügt zum zweiten. Aber bereits nach einem Bissen verstaute er es wieder in der Tüte. Spontan wählte er Louises Nummer.

»Hi, Louise. Schön, deine Stimme zu hören. Wo bist du gerade?« Marks wechselte das Telefon zum anderen Ohr, wischte sich die Hand am Hosenbein sauber und lehnte sich dann entspannt zurück.

»Bin zu Hause in Hillside. Schon vergessen? Ich habe den Dienst tauschen müssen. Heute kommt der Monteur, der meine Heizung neu einstellen soll.«

»Hatte ich tatsächlich nicht auf dem Schirm. Schön, dass ich deine Stimme höre.«

Seit sie sich im Zuge von Ermittlungen das erste Mal begegnet waren, hatten sie Kontakt. Bei dem Fall war es um *Romance Scamming* gegangen. Aus einer anfänglichen dienstlichen Begegnung war etwas entstanden, das er als Beziehung beschreiben würde. Er hatte sich in Wahrheit damals Hals über Kopf in Louise Taylor verliebt, die als Anästhesistin in der Klinik in Penzance arbeitete.

Es war Liebe. Aber beide gebrauchten das Wort nur vorsichtig. Zu viel war in beider Leben passiert, um eine feste Beziehung einzugehen. Sie verbrachten Zeit miteinander, wobei die Intervalle von ihren Dienstplänen gesteuert wurden, die nicht selten für Überraschungen sorgten. Wenn sie dann einen Tag oder einen Abend zusammen verbringen konnten, dann gab es nur sie beide.

»Das ist gut.« Er konnte ihr Lächeln durch den Hörer spüren.

»Die vergangene Nacht war stürmisch. Ich hoffe, dass das Dach von Hillside hält.« Als er in der Nacht aufgewacht war, weil der Wind an den Fenstern und seiner Haustür gerüttelt hatte, waren ihm verschiedene Horrorszenarien durch den Kopf gegangen.

»Ich bin froh, dass im Herbst ein Fachmann meine Versuche, es winterfest zu machen, überarbeitet hat. Er war, um ehrlich zu sein, entsetzt über das, was er vorgefunden hat. Und er hatte prophezeit, dass der nächste Sturm das Ende der Schindeln sein würde. Aber er hat ganze Arbeit geleistet. Alles ist heil geblieben. Aber du hast recht. Mein Haus liegt doch sehr exponiert und bietet den Winden jede Menge Angriffsfläche. Es hat heftig gerüttelt.«

Louise hatte erst vor wenigen Wochen die Renovierung von Hillside abgeschlossen. Über Monate hatte sie nach dem Dienst auf dem Gerüst oder der Leiter gestanden, um mit eigenen Händen ihr neues Zuhause wohnlich zu machen. Er genoss die Stunden in dem Haus, das in jedem Winkel ihre Arbeit und Kreativität zeigte. Das Wohnzimmer war besonders dann gemütlich, wenn Kerzen brannten und sich in dem großen Erkerfenster spiegelten, das auf die Bucht und die offene See hinausging. Louise hatte sich ein Paradies geschaffen, das sie niemals wieder verlassen wollte. Die Frage, ob darin auch Platz für ihn war, hatten sie sich nicht gestellt. Dafür sei noch Zeit genug, hatte er sich gesagt und diese Haltung auch bei Louise gespürt. Sie waren sich in den Momenten genug, in denen sie sich sahen. Eine komfortable Lebensweise, die er zuvor niemals für möglich gehalten hätte. Für einen Augenblick dachte er an Maggie, seine Ex. Dieses vertraute Gefühl, das er bei Louise verspürte, hatte er mit ihr nie empfunden.

»Hey, noch am Telefon?«

»Entschuldige.« Marks fuhr erschrocken aus seinen Gedanken auf. »Mir ist wieder einmal bewusst geworden, wie sehr ich mich in deiner Gegenwart wohlfühle. Und wie sehr Hillside für mich zu einem Sehnsuchtsort geworden ist.«

»Fishing for compliments?«

»Bestimmt nicht. Am liebsten würde ich alles stehen und liegen lassen und mich auf den Weg nach Cadgwith machen. Aber du weißt, der Job.«

»Ich hätte heute eh keine Zeit. Ich treffe mich nachher mit Tracy. Wir haben uns zum Mädelsabend verabredet. War mal wieder fällig. Ich glaube nämlich, dass ihr das

Wetter nicht sonderlich guttut. Die frühe Dunkelheit und die raue See rufen in ihr unschöne Erinnerungen wach. Außerdem hat sie gerade in der Schule eine Menge am Hals. Du siehst, wir haben einiges zu besprechen, bei Wein und Snacks.« Offenbar spürte sie seine Enttäuschung und setzte daher hinzu: »Das kommende Wochenende habe ich frei. Da können wir sicher gemeinsam der See beim stürmischen Auflaufen auf die Bucht zusehen. Die Wettervorhersage verheißt nichts Gutes. Ich habe gestern zufällig einen der Fischer getroffen. Er geht davon aus, dass es bald so weit ist und sie die Boote hinauf auf die Straße ziehen müssen.«

»Na, dann hoffe ich mal auf rollende Wellen, Gischt vor dem Wohnzimmerfenster und ein Abendessen bei Kerzenschein. Ich könnte uns etwas kochen.«

»Ich weiß, Tiefkühlpizza. Nee, lass gut sein, ich werde das schon hinbekommen. Besorg du den Wein.«

»Du meinst, damit kann ich nichts falsch machen?« Er hörte ein unterdrücktes Kichern am anderen Ende der Leitung.

»Du klingst, als hättest du eine Menge Arbeit. Wie ich höre, habt ihr noch keine wirkliche Spur in den drei Mordfällen.«

»Du weißt also bereits davon.«

»Das Dorf spricht von kaum etwas anderem.«

»Das hätte ich mir denken können. Und ja, wir haben keine heiße Spur. Im Augenblick deutet vieles darauf hin, dass sich die drei Toten kannten, und wir können nicht ausschließen, dass sie Opfer eines Bandenkrieges geworden sind.«

»Oh, mein Gott. Das klingt nach bedingungsloser Brutalität.« Ihre Stimme stockte.

»Nur eine Hypothese. Vorläufig. Dafür ist die Indizien- und Beweislage noch zu dünn.«

»Muss ich mir Sorgen machen?«

»Nein. Wir ermitteln in alle Richtungen. Am Ende kann alles ganz anders kommen.« Hätte er ihr nur nichts von seiner Vermutung erzählt.

»Du klingst nicht gerade überzeugend.«

»Es gibt keinen Anlass, sich Sorgen zu machen, Louise.« Er versuchte einen Scherz. »Wobei es mich ehrt, dass ich dir nicht egal bin.«

»Idiot.«

»Wir passen aufeinander auf, meine Kollegen und ich.«

»Das reicht oft nicht.« Er hörte ein Seufzen. »Nun gut. Lass uns über etwas anderes reden.« Er meinte zu spüren, dass sie überlegte, ob sie weitersprechen sollte. »In der Klinik ist der Posten des Ärztlichen Direktors frei geworden – und man hat mich gefragt.«

»Das sind doch großartige Neuigkeiten.«

»Wie man's nimmt. Der Job wird besser bezahlt, allerdings werde ich dann mehr Zeit in Sitzungen und Besprechungen verbringen als im OP.«

»Ich weiß, dass du eine begeisterte Anästhesistin bist.«

»Das ist das Problem. Ich weiß nicht, ob ich das Angebot annehmen soll.«

»Bis wann musst du dich entscheiden?« Marks war froh, dass sie ein anderes Thema gefunden hatten.

»Möglichst schnell.«

»Was sagen deine Kollegen dazu?«

»Die Klinikleitung hat mir vorerst Verschwiegenheit zugesichert. Ich glaube nicht, dass jemand im Haus davon weiß.«

»Das ist doch nur fair.«

»Das Reizvolle an der neuen Aufgabe ist, dass ich die medizinische Arbeit im Haus nach meinen Vorstellungen gestalten könnte. Bei uns liegt ja einiges im Argen, dank unseres National Health Service. Die alte Leier, leider. Alle Fachabteilungen brauchen dringend mehr Planstellen. Und die Ausstattung könnte auch besser sein.«

»Das klingt tatsächlich nach einer Jahrhundertaufgabe.«

»Keine Ahnung, ob ich dem gewachsen wäre. Und ich habe auch keine Lust, mich zwischen allen Stühlen aufzureiben. Dafür ist mir mein Wohlbefinden viel zu wichtig. Auf der anderen Seite ...« Sie ließ den Satz unvollendet.

»Keine einfache Entscheidung. Wir sollten das am Wochenende ausführlich besprechen.«

»Siehst du, das ist es, was ich meine, ich habe keine Lust, dass der Job als Ärztliche Direktorin derart mein Leben bestimmt, dass er am Ende sogar Gesprächsthema eines Abendessens mit dir wird.«

»Was dich bewegt, das bewegt auch mich. Mach dir also darüber nicht zu viele Gedanken.«

»Das ist sehr lieb gesagt. Na ja, ich werde wohl noch einige Nächte darüber schlafen müssen.«

»Das klingt doch gut. Ich ...«

»Sorry, Chris. Da klingelt es. Der Handwerker ist da. Lass uns morgen noch einmal telefonieren.« Sie legte übergangslos auf.

So war sie. In den Augenblicken, in denen es darauf ankam, war sie zugewandt und ganz bei ihrem Gegenüber. Ein profanes Klingeln ließ sie einfach nur reagieren. Er bewunderte diese Haltung und war ihr daher nicht böse, dass sie sich nun ganz auf ihre Heizung konzentrieren wollte.

Marks beschloss, ein paar der Überstunden abzufeiern, die sich von Woche zu Woche immer mehr auftürmten, statt weniger zu werden. Er fuhr seinen Computer herunter. Er würde sich einen Abend vor dem Fernseher gönnen und sich ein Spiel der English Premiership ansehen. Das ganze Rugby-Programm: Erst Fish 'n' Chips im Pub, danach ein paar Dosen Doom Ale, dazu jede Menge fettige Crisps. Der erste Spieltag, die Exeter Chiefs zu Hause gegen die Leicester Tigers. Ganz nach seinem Geschmack. Gut gelaunt machte er sich auf den Weg.

Auf dem Gang traf er auf DS Bley.

»Haben Sie einen Moment, Chef?«

Wenn es denn sein muss. Gedanklich war er längst bei einer ordentlichen Portion Seehecht mit Pommes. »Sicher. Was gibt's, DS Bley?« Er blieb stehen und wippte leicht auf den Zehenspitzen, ganz so, als habe er erst im letzten Augenblick die Bremse gezogen.

»Paul Gibbons ist verschwunden.«

»Er steht nicht oben auf unserer Liste. Vielleicht macht er als Fußballfan Urlaub in seiner Heimat. Liverpool steht im Augenblick nicht so schlecht da, wenn ich es recht weiß.« Er fand seine Bemerkung äußerst humorvoll.

»Sein Arbeitgeber hat ihn als vermisst gemeldet.«

Na, großartig. Es schien ernster zu sein als gedacht. »Kümmern Sie sich?«

Sie sah ihn an, als habe sie gerade eine Erscheinung. »Wie Sie wünschen, Chef.«

Er nickte ihr aufmunternd zu und hätte ihr beinahe auf die Schulter geklopft. Einigermaßen entspannt verließ er das Präsidium. Bley würde das schon regeln.

XXVI.

»Oben auf dem Platz der Gwavas Jersey Farm steht seit ein paar Tagen ein Wohnmobil. Das ist ja nichts Ungewöhnliches. Aber wer kommt ausgerechnet um diese Jahreszeit mit so einem Ding hierher? Der Platz mag ja für Camper ideal sein, endlose Sicht auf die See und so weiter, und die Vermieter sind ja auch echt nett, aber da zieht es ganz gewaltig. Schutz vor Unwetter gibt es keinen. Das muss schon ein ganz harter Bursche sein.«

»Oder was, Luke?« Simon ahnte, worauf er hinauswollte.

»Er könnte unser Mann sein, Billy Cooper.«

»Weil?«

»Weil der Wagen auf die Beschreibung passt, die ich von Mitch habe. Außerdem verhält er sich merkwürdig, meint Mabel. Kommt kaum aus dem Wagen raus. Sehr einsilbig, legt keinen Wert auf eine Unterhaltung. Wenn er sich einmal blicken lässt, läuft er bei jedem Wetter über den Küstenpfad. Er hat für drei Wochen im Voraus bezahlt. Ein typischer Camper sei das nicht.«

»Und wie willst du das anstellen? Hingehen, anklopfen und ihn fragen, ob er in einen Bandenkrieg verwickelt ist?« Simon schraubte die Mundharmonika zusammen, an der er eine defekte Stimmplatte ausgetauscht hatte. »Außerdem ist das Gelände da oben so offen, dass er uns schon sieht, wenn wir kaum das Dorf verlassen haben.«

»Beobachten, was er so macht. Irgendwann wird er auch im Pub auftauchen. Ihn dann in ein Gespräch verwickeln. Ganz unauffällig. Oder er kauft bei Mary im Laden ein. Man könnte ihm auch *zufällig* auf dem Küstenpfad begegnen.«

»Das wird eine harte Nuss. Willst du ihn rund um die Uhr observieren?« Simon packte die Bluesharp zu den anderen Harmonikas.

»Mary könnte uns informieren, sobald er auftaucht. Oder Helen und Garry, wenn er im Pub aufläuft.« Luke kratzte sich am Kopf. »Ich kann mich auch mal für ein paar Stunden auf die Lauer legen und dann den Wanderer mimen.«

»Und das fällt nicht auf, meinst du?«

»Dein Grinsen kannst du dir sparen.« Luke verzog das Gesicht.

»Das ist kein Pfadfinderabenteuer. Wenn die Vermutungen stimmen, dann haben wir es mit einem gefährlichen Typen zu tun.«

»Ich fühle mich stark genug.«

»Wir lassen die Finger davon, Luke. Das ist Sache von Chris und seinem Team. Ich habe kein gutes Gefühl dabei.«

Luke sah Simon an, als habe er ihn wieder einmal um sein Vergnügen gebracht.

»Die Sache droht uns über den Kopf zu wachsen.« Simon stand auf und räumte die Instrumente beiseite.

»So kenne ich dich gar nicht.«

»Manchmal ist es besser, wenn man auf sein Bauchgefühl hört.«

»Vielleicht hast du recht.« Luke nickte bedächtig. »Obwohl, einen Versuch wäre es wert gewesen.« Er trommelte unschlüssig mit den Fingern auf der Platte des Küchentisches. »Was anderes: Die Theatergruppe sucht noch dringend einige Preise für ihre Verlosung im Internet. Der Losverkauf läuft schleppender als erwartet. Und sie brauchen das Geld dringend, um ihre Arbeit machen zu können.«

»Wann ist die Auktion?«

»In zwei Wochen.«

»Das ist nicht mehr lange hin.«

»Meinst du …«

»Natürlich unterstütze ich die Truppe gern. Sie sind so kreativ. Was ich bisher von ihnen gesehen habe, war wirklich wunderbar. Lass uns rüber ins Atelier gehen und sehen, was ich ihnen zur Verfügung stellen kann. Ich hab da auch schon ein paar Ideen. Hast du überhaupt Zeit?«

»Gill besucht eine Tante in Falmouth und wird erst am späten Nachmittag zurück sein.«

Ungefähr zur gleichen Zeit klingelte das Mobiltelefon von Helen Baxter.

»Sie sollen mich nicht im Büro anrufen.«

»Keine Sorge. Nur ganz kurz. Ich will ein Lob loswerden. Wie mir meine Kontakte bestätigen, wurde Ihre Post zugestellt. Braves Mädchen.«

»Ich habe keine Zeit und muss auflegen. Mein Chef wartet.«

»Ich verstehe, dass Sie in Eile sind. Denken Sie aber daran, was Sie zu tun haben.« Es klickte.

Helen Baxter, DS bei der Metropolitan Police, spürte in ihrem Büro eine Kälte, die vorher nicht da gewesen war. Sie ließ den Blick durch den Raum schweifen, aber ihre Augen fanden keinen Halt. Die ganze Sache war ein Albtraum. Warum hatte sie damals nicht mehr Rückgrat bewiesen? Hätte es diese Nacht aus wildem Sex, Drogen und zu viel Alkohol doch bloß nie gegeben. Aber sie hatte ihren Frust über Simons Entscheidung irgendwie loswerden müssen und sich Hals über Kopf in diese Nacht, dieses Viertel, diese Bars und am Ende dieses Haus, in dem sie unter Koks Zeuge zweier Morde wurde, gestürzt.

Sie hatte sich am nächsten Tag an nichts erinnern können, und sie hatte das gut gefunden. Bis sie die Fotos in ihrem Briefkasten gefunden hatte, das ganze Blut, die verdrehten Körper, zusammen mit dem Angebot, die Sache zu vergessen. Mithilfe einer *kleinen Gegenleistung*. Sie hätte zu ihrem Chef gehen und alles beichten sollen, dann wäre sie vielleicht mit einem Disziplinarverfahren davongekommen und der Versetzung in eine andere Dienststelle. Aber sie hatte gedacht, die Kontrolle behalten zu können, cleverer zu sein, und nur für dieses eine Mal zugestimmt. Sie hatte sich für unangreifbar gehalten. Aber es hatte nicht aufgehört. Stattdessen war es jedes Mal schlimmer geworden. Sie steckte im Treibsand aus Verfehlungen, Lügen und einer Hoffnungslosigkeit, die alles nur noch schlimmer machte. Sie hasste sich dafür. Aber selbst das verschaffte ihre keine Erleichterung. Die einzige Erleichterung war das Geld, das sie für ihre Dienste bekam und das sicher auf Konten lag, von denen außer ihr niemand wusste.

Sie spürte die Tränen kommen und versuchte, sie mit Macht zurückzuhalten. Aber es half nichts. Hektisch suchte sie nach Taschentüchern in ihrer Schreibtischschublade. Dabei fiel ihr Blick auf die Pistole, die sie längst zur Waffenkammer hätte bringen sollen. Sie schnäuzte sich und hoffte, dass in diesem Augenblick nicht die Tür geöffnet wurde und jemand etwas von ihr wollte.

Sie musste einen Ausweg finden. Denn was Lehmann nun von ihr wollte, überstieg ihre Kraft. Sie liebte Simon immer noch, und genau da lag das Problem. Ihn mit einem gezielten Schuss aus dem Weg zu räumen, war das eine. Das andere waren ihre Gefühle. Und sie wusste, dass sie keine Wahl hatte. Sich jetzt ihrem Vorgesetzten zu offenbaren, war glatter Selbstmord. Sie würde für Jahre ins Gefängnis wandern. Und was man dort mit ehemaligen Polizistinnen machte, nun, das waren keine Märchen.

Sie würde ihren Weg zu Ende gehen müssen. So oder so.

Es dauerte mehrere Minuten, bis sie wieder klar denken konnte. Sie war immer noch eine gute Polizistin, sie konnte immer noch klare Entscheidungen treffen, mit deren Konsequenzen sie würde leben können. Dafür stand zu viel auf dem Spiel. An ihrem Alltag würde sich auch in Zukunft nichts ändern. Sie war bis hierher gekommen, nichts hatte man ihr nachweisen können. Niemand in der Met hatte sie als Leck im System auf dem Schirm, niemand zog sie für die Toten zur Verantwortung, die gescheiterte Polizeiaktionen nach sich zogen, niemand käme je auf die Idee, dass sie auf der Lohnliste eines der einflussreichsten Gangster der Insel stand.

Und sie würde auch den weiteren Weg gehen. Und eines Tages würde für die anderen Zahltag sein. Das schwor sie sich auch diesmal. Sie öffnete die Schreibtischschublade, und der kühle Stahl der Waffe beruhigte sie. Zuversichtlich schob sie die Lade wieder zu.

»Störe ich?« Ohne nachzudenken, hatte sie Simons Mobilnummer gewählt.

»Nein. Überhaupt nicht. Ganz im Gegenteil, Helen.« Simons Stimme klang erstaunt bis abwartend.

»Ich hoffe, die Kopien haben dich nicht irritiert.«

»Sieh es mir bitte nach, ich hätte mich längst bei dir bedanken sollen«, wich er aus.

»Unsinn. Schön, dass ich dir eine kleine Freude machen konnte. Die Unterlagen habe ich noch schnell kopieren können, bevor sie im Reißwolf gelandet sind.«

»Kein Einsatz heute?« Er klang nach Small Talk.

»Zum Glück nicht. Bürotag. Es ist eine Menge liegen geblieben in den vergangenen Wochen. Ich komme mit der Archivierung kaum hinterher. Und dann die öden Rundschreiben der Verwaltungshengste. Gefühlte Tonnen von Papier.«

»Ich kann's dir nachfühlen.«

»Sei froh, dass du damit nichts mehr zu tun hast.« Sie spielte mit einem Bleistift. Als sie ihn auf ihren Schreibblock aufsetzte, brach die Spitze ab.

»Du sagst es. Wo ich gerade mit dir spreche, darf ich dir eine Frage stellen?«

»Privat oder dienstlich?«

»Wenn ich ehrlich bin, eine dienstliche Frage.« Nach einer winzigen Pause schob er hinterher: »Ich weiß, ich bin Zivilist, und du darfst keine solche Fragen beantworten.«

»Geschenkt. Frag nur.« Sie griff nach dem nächsten Stift, aber auch dessen Spitze brach unter ihrer Hand ab.

»Sagt dir der Name Billy Cooper etwas?«

Natürlich tat er das. »Cooper, sagst du? Wer soll das sein?«

»Er könnte für uns wichtige Informationen haben.«

»Für uns?«

»Na ja, du weißt. Natürlich für Chris.«

»Ich kann dir im Augenblick zu dem Namen nichts

sagen. Gib mir ein paar Stunden. Mal sehen, was ich herausfinde.« Sie sah auf ihre Uhr. Dabei könnte sie ihm schon jetzt die Informationen liefern.

»Mich würde nicht wundern, wenn er sich im Dunstkreis von Hans Lehmann bewegt.«

»Lehmann – dein Lebensthema.« Sie suchte nach einem anderen Bleistift.

»Warum sagst du das?«

»Weil ich glaube, dass er dein ganzes Denken blockiert. Ich weiß«, fügte sie schnell hinzu, »was passiert ist. Und ich weiß, dass er seine Strafe verdient. Aber überlass das uns. Wir werden ihn zur Strecke bringen, wenn die Zeit gekommen ist. Noch fehlen uns die Beweise, die ihn für den Rest seines Lebens hinter Gitter bringen werden. Ohne dass die Anwälte es verhindern könnten.« Sie machte eine kleine Pause. »Also keine Alleingänge, ist das klar?« Sie gab die Suche nach einem Bleistift auf.

»Welche Chance hätte ich denn auch? Er sitzt viel zu tief in seinem Kokon aus Gewalt, Blut und Elend.«

»Wir sind an ihm dran, glaub mir.«

»Wann kann ich dich wegen Cooper sprechen?«

»Wie gesagt, ich brauche Zeit.« Die Gelegenheit war günstig, also fügte sie an: »Was hältst du davon? Ich habe noch ein paar Überstunden abzuarbeiten, und die verbringe ich in Cadgwith. Dann lerne ich endlich deine neue Heimat kennen. Na? Und bei einem Glas Wein lässt sich sicher bestens über unsere Ermittlungen reden.« Sie spielte mit dem Griff des Lochers und bewegte ihn auf und ab. Sie hörte, wie er sich räusperte. »Keine Angst. Ich nehme mir ein Zimmer im Pub. Ich habe schon mal recherchiert, Cadgwith Cove Inn. Und sollte das nicht gehen, du hast mir doch erzählt, dass Mary ein B&B führt. Sie hat vielleicht ein Zimmer für mich, für ein, zwei Nächte.«

»Warum nicht?«

Hatte sie da ein Zögern in seiner Stimme gehört? »Prima. Dann ruf ich dich nachher an, dann weiß ich auch genau, wann ich hier loskomme.«

»Du überraschst mich. Aber ich freue mich.«

»Gut. Dann werde ich jetzt mal brav in die Verwaltungssitzung dackeln. Vorschriften, Digitalisierung, Personalsituation, der ganze Kram.« Die Sitzung gab es nicht, schon gar nicht an diesem Tag. Aber sie wollte das Gespräch nicht einfach so abbrechen und Simon mit dem Eindruck zurücklassen, sie habe ihr Ziel erreicht. Teil eins ihres Plans war eingeleitet.

Sie meldete sich am Computer ab, nahm ihre Tasche und verließ das Büro. Es war kalt, aber der Himmel klar, und der Nachmittag versprach sonnig zu bleiben. Sie ließ sich treiben. Der Verkehr der Londoner Innenstadt war so dicht wie an jedem anderen Tag, die Jahreszeiten hatten darauf keinen Einfluss. Die Menschen gingen in dicken Winterjacken ihren Geschäften nach oder standen vor den weihnachtlich dekorierten Schaufenstern und gingen in Gedanken ihre Einkaufslisten durch.

Sie machte sich nichts aus Weihnachten. Zu viele unnütze Emotionen, die am Ende niemanden weiterbrachten. Helen war froh, dass sie sich nicht um Geschenke kümmern musste. Das hatte der frühe Krebstod ihrer Eltern für sie erledigt. Zu ihren Cousinen und Cousins hatte sie noch nie eine sonderlich tiefe Bindung empfunden, sie kamen in ihren Gedanken also nicht vor. Die Feiertage waren für sie die willkommene Gelegenheit, die freien Stunden auf dem Sofa mit der Fernbedienung und diversen Serien zu verbringen. Die einzige Sentimentalität, die sie sich zugestand, war das Feuerwerk zum Jahreswechsel.

Als sie den Hyde Park erreicht hatte, suchte sie sich eine Bank. Eine Gruppe Kinder in viel zu dünnen Schulkleidern lief lärmend an ihr vorbei, als sie sich auf das kalte Holz niederließ. Hier war sie weit genug von ihrem Büro entfernt, sodass sie sich der Illusion hingeben konnte, alles Weitere habe nun nichts mehr mit ihrer Funktion innerhalb der Met zu tun.

Sie zückte das Mobiltelefon, das sie eigens für solche Anrufe bereithielt.

»Ja?«

»Baxter.« Sie wartete.

»Nun?« Die Stimme hatte einen dunklen Ton, den sie unter anderen Umständen als attraktiv empfunden hätte.

»Ich fahre zu ihm.«

»Gut. Und weiter?«

»Werden wir sehen.« Sie beobachtete eine alte Frau, die von einer Schar gieriger Krähen umringt war und aus einer Tüte Krümel auf den gefrorenen Rasen streute.

»Nein, Schätzchen. Das reicht mir nicht.«

»Wir werden sehen«, wiederholte sie.

»Mach keinen Fehler.«

»Ich bin nicht lebensmüde.« Sie hasste sich dafür, dass sie seine Nummer gewählt hatte.

»Du bist zu wertvoll, als dass ich dich verlieren will.« Sein Lachen klang scheppernd. »Habe ich dir eigentlich schon gesagt, dass du meine beste Stute im Stall bist? Ich habe heute meinen sentimentalen Tag, scheint mir.«

Sie spürte, wie sich ihr Hals zuschnürte. Seine Worte hatten immer die gleiche Wirkung. Obwohl sie es besser wusste, musste sie dieses Gespräch führen. Er hatte sie an seine Stimme gekettet, und das genoss er mit jedem Telefongespräch. Sie waren sich noch nie persönlich begegnet. Zumindest glaubte sie das. Er hätte durchaus einer der Männer in jenem Haus gewesen sein können. Damals, als sie die Kontrolle über sich verloren hatte.

Sie hatte in den vergangenen drei Jahren immer wieder nach diesem Gebäude gesucht, war stundenlang durch die verschiedenen Viertel gelaufen, immer in der Hoffnung auf ein Wiedererkennen. Aber diese Villa lag genauso im Verborgenen, wie das Erlebte nur schlierenhafte Erinnerung blieb.

»Du könntest mir wenigstens ein paar Worte der Dankbarkeit schenken. Habe ich dich nicht immer fürstlich belohnt, seit du mir damals diesen ersten kleinen Gefallen getan hast?«

Sie war versucht, »Leck mich« in den Hörer zu schreien, aber sie schwieg. Emotionen machten sie verletzlich.

»Wird dir auf der Bank nicht kalt?«

Erschrocken sah sie sich um. Er konnte nicht wissen, dass sie im Hyde Park war. Oder doch? Sie drehte sich in alle Richtungen und musste lachen.

»Du bist nicht in deinem Büro, Kleines. Das kannst du mir ruhig sagen. Denn du würdest nicht so nett mit mir plaudern, wenn du Mithörer fürchten müsstest.« Sie meinte, so etwas wie ein Kichern zu hören. »Ich vermute Hyde Park.«

»Ich werde sehen, was ich tun kann.« Wütend trennte sie die Verbindung.

Ihr Telefon klingelte nahezu zeitgleich. Ohne nachzudenken, nahm sie den Anruf entgegen.

»Mach das nicht noch einmal, Mädchen. Noch immer bestimme ich, wann ein Gespräch beendet ist. Wann fährst du?«

Sie war versucht, die Verbindung erneut zu trennen. Stattdessen antwortete sie mit einem »morgen oder übermorgen«.

»Wunderbar. Wenn du deine Sache gut machst, hast du in meiner Organisation alle Möglichkeiten. Ich werde dich so groß machen, dass du endlich auf die ehrenwerte Metropolitan Police scheißen kannst. Wenn nicht …«

Sie musste unwillkürlich schlucken.

»Du weißt, was du zu tun hast.«

Es klickte in der Leitung.

Sie musste würgen und drehte sich zum Papierkorb, der übervoll neben der Bank stand. Aber es kam nichts. Ihr Kopf dröhnte, und der Brechreiz ließ nicht nach. Sie würgte wieder und wieder, aber das Ergebnis war immer dasselbe.

»Ist Ihnen nicht gut? Brauchen Sie einen Arzt?«

Sie hatte nicht registriert, dass die alte Frau neben ihr stand. Ihr Lächeln strahlte warmherzig aus einem von ungezählten Runzeln gealterten Gesicht, aber Helen Baxter konnte es nicht auffangen. Was wollte die Alte von ihr?

»Es geht schon.« Sie wischte sich über den Mund.

»Sie sind schwanger. Als ich in Ihrem Alter war, habe ich mir die Seele aus dem Leib gekotzt.«

Helen stand auf und ließ die Frau wortlos zurück, die noch die leere Tüte Vogelfutter in der Hand hielt.

Sie nahm nicht wahr, wo sie war oder wer ihr begegnete, so als stünde sie unter Drogen. Sie suchte Halt und fand keinen. Nicht an dem Geländer, an das sie sich lehnen wollte, ohne es wahrzunehmen, nicht in ihrem Leben. Das Einzige, das sie noch antrieb und am Leben erhielt, war die Hoffnung, dass der Albtraum bald ein Ende haben würde.

XXVII.

»Mir fehlt das Motiv. Für alle drei Morde.« Chris Marks schob die Unterlippe vor. »Aber das soll heute Abend nicht unser Thema sein.« Er hob sein Pintglas und prostete Louise zu.

»Hat auch keinen Sinn.« Sie nickte dem Koch zu, der ihnen höchstpersönlich das Essen an den Tisch des Cadgwith Cove Inn brachte.

Er wartete, bis der Koch das Essen serviert und sich lächelnd zurückgezogen hatte. »Ich habe einen Bärenhunger.«

»Dann komme ich ja gerade recht«, meinte Garry und fragte, ob er nachschenken solle. Er hatte im Hintergrund gewartet. »Der Chardonnay passt doch perfekt, oder?«

Louise lehnte sich ein wenig zurück, um ihm beim Einschenken nicht im Weg zu sein. »Eine wirklich gute Empfehlung. Passt immer zum Hummer.«

»Der Gute wusste heute Morgen noch nicht, dass er euch heute Abend begegnen würde. Auch das Leben eines Krustentiers steckt voller Überraschungen.« Der Landlord des Pubs lächelte vergnügt, stellte die Weinflasche in den Kühler und überließ dann die beiden ihrem Abendessen.

Louise und Chris waren an diesem Mittwochabend die einzigen Gäste im Restaurantbereich, der vom eigentlichen Pub durch den schmalen Flur getrennt war. Bei ihrer Ankunft hatten sie an der Theke Stevyn Collins mit ein paar Freunden stehen sehen und gegrüßt, unter ihnen auch der emeritierte Professor für neuere französische Geschichte, den Chris seit seinen ersten Ermittlungen in Cadgwith kannte und schätzte.

»Auf einen schönen Abend.« Louise hob ihr Glas und stieß mit Chris an.

»Trinksprüche habe ich nicht auf Lager. Nur so viel: Ich freue mich, dass die Klinik uns heute Abend nicht dazwischenfunkt.« Er trank einen kleinen Schluck.

Genießerisch schweigend widmeten sie sich dem Hummer, der in der Tat nicht frischer schmecken konnte.

Schließlich schob Louise ihren Teller von sich. »Das war genau das, was ich heute Abend wollte. Das Essen in unserer Kantine kann ich nicht mehr sehen.«

Auch Chris hatte seinen Teller geleert. »Großartig. Nein, ich meine, das ist auch so etwas, auf das du Einfluss nehmen könntest.«

»Als Ärztliche Direktorin? Wohl kaum. Ich habe mich tatsächlich immer noch nicht entschieden.«

»Sorry. Ich hätte das nicht erwähnen sollen.« Er langte über den Tisch und legte seine Hand kurz auf ihre. »Wir müssen jetzt nicht darüber sprechen, Louise.«

»Alles gut. Ich kann dem Thema ja nicht ausweichen, und ich will es im Grunde auch nicht. Aber die Entscheidung zu treffen, ist schwieriger, als ich dachte.«

»Folge deinem Bauchgefühl. Das wird das Richtige sein. Du wirst eines Morgens aufwachen und dann genau wissen, was das Beste für dich ist.«

»Ist das nicht ein bisschen viel Küchenpsychologie?« Sie lächelte und griff nach seiner Hand.

»Du wirst sehen, dass ich recht habe.« Die Wärme ihrer Hand elektrisierte ihn.

»Reden wir lieber von dir und deiner Arbeit. Die Ermittlungen machen dir gehörigen Kummer. Ich sehe es an deinen Augen. Sie sehen müde aus.«

Er zog die Hand nicht zurück. »Ich weiß gerade nicht, wie das weitergehen soll. Wir treten auf der Stelle.«

»Hattest du mir nicht erzählt, dass Simon Jenkins und sein Freund Luke einem Hinweis nachgehen?«

»Das schon. Aber der ist derart vage, dass sie sicher nur ihre Zeit verschwenden. Aber wir wollen nichts unversucht lassen. Im Augenblick ist es allerdings so, dass die beiden auch nicht von der Stelle kommen. Sie haben zwar ein verdächtiges Wohnmobil gefunden, kommen an den Typen aber nicht heran. Zumal sie ja auch keine offizielle Befugnis haben, ihn zu befragen. Es ist wie verhext.«

»Nun komme ich mit ein bisschen Küchenpsychologie um die Ecke. Nimm es doch so: Im Augenblick ist alles ruhig, sozusagen die Ruhe vor dem Sturm. Ihr steht vermutlich kurz vor der Lösung der Fälle und wisst es nur nicht. Geduld ist vielleicht nicht die schlechteste Eigenschaft.«

»Uns läuft die Zeit davon. Je länger die Ermittlungen dauern und je weniger wir vorankommen, umso schwerer wird es. Auch eine alte Polizeiweisheit.«

In ihrem Blick lag mit einem Mal ein eindeutiges Verlangen. »Wir sollten uns den Abend nicht mit trüben Gedanken verderben, Chris. Dafür ist das Leben viel zu kurz.«

Er verspürte die Wirkung des Weins, die sich auf angenehme Weise mit der Wärme ihrer Hand verband. »Du hast recht. Es ist nur so, dass etwas in meinem Kopf blockiert. Ich meine, den Schlüssel für die Lösung in der Hand zu haben, aber ich finde das Schloss nicht.«

»Noch nicht.«

»Und ich hatte vor ein paar Wochen noch gedacht, wir könnten über Weihnachten für ein paar Tage wegfahren. Aber das geht jetzt nicht.«

»Du guckst mich an, als stünde der Weltuntergang bevor.« In ihrem Gesicht konkurrierten irritiertes Erstaunen und unerwartete Freude miteinander. »Ich freue mich sehr über deine Idee, auch wenn sie ein wenig unerwartet kommt. Aber ich verstehe natürlich, dass du nicht mitten in einer Mordermittlung wegkannst. Wenn es jetzt nicht klappt, dann sicher später. Ich halte an deiner Idee fest und werte sie mal als verbindliche Zusage.«

Ihr zärtlicher Ton schmerzte ihn. »Ich hatte mich schon gefreut. Wir beide, irgendwo in der Sonne. Nur Sand und Meer. Ich habe das nicht einfach so dahergesagt. Seit Wochen geht mir das durch den Kopf.«

»Dass du mit mir wegfahren willst?«

»Dass ich mich in dich verliebt habe. Und dass ich jeden Tag mit Gedanken an dich beginne und erst danach die Mörderjagd anfängt.«

»So klingt also das Geständnis eines Polizisten.« Sie tat so, als müsse sie darüber ernsthaft nachdenken. Aber dann breitete sich schiere Freude auf ihrem Gesicht aus. »Ich muss dir auch etwas gestehen.« Sie drückte seine Hand. »In deiner Nähe spüre ich eine Wärme, die tief unter die Haut geht, die ich so bisher nie gespürt habe. Vom ersten Tag an warst du für mich etwas Besonderes. Ich würde jetzt gerne …«

»Noch Wein?« Garry hatte sich erneut langsam genähert und die schon fast leere Flasche aus dem Kühler gezogen.

Louise musste lachen. Ein filmreifer Cliffhanger. Sie sah Chris fragend an.

»Ich denke, für heute soll es genug sein. Ich komme an die Bar und begleiche die Rechnung. Oder noch ein Dessert?« Er sah Louise an.

Sie verneinte.

Auf dem Weg hinauf nach Hillside hielten sie sich an den Händen. Beide waren stillschweigend davon ausgegangen, dass Chris mitkommen würde.

Bevor sie die Tür aufschloss, drehten sie sich Richtung Bucht.

»Schau dir diesen Sternenhimmel an.« Sie deutete mit der Hand Richtung Milchstraße. »Der Anblick überwältigt mich jedes Mal aufs Neue. So viel Klarheit, so viel Unendlichkeit.« Sie schmiegte sich an ihn. »Ich möchte hier nie wieder weg. Ich kann gar nicht anders, als das immer wieder zu betonen. Ich bin mit so vielen unerwarteten Geschenken bedacht.« Sie drückte sich an ihn.

»Ich habe nirgendwo sonst so etwas gesehen. Du hast recht, wir sind in einem Paradies gelandet.« Er erwiderte leicht den Druck ihres Körpers.

»Lass uns hineingehen, mir ist kalt.«

Chris folgte ihr in den Flur und legte den Mantel ab.

»Geh schon mal ins Wohnzimmer und zünde ein paar Kerzen an. Ich bin gleich bei dir.«

Er ließ sie gehen, obwohl er sie am liebsten gleich in den Arm genommen hätte. Im Wohnzimmer brannte am Fenster eine kleine Lampe. Er blieb in der Mitte des Raums stehen, schloss die Augen und atmete tief den Duft ein, der darin hing. Es musste etwas mit Sandelholz sein. Etwas, das zu Louise passte und das das Haus erst komplett machte. Dann öffnete er die Augen und griff zu den Streichhölzern. Er hatte kaum die drei Kerzen, die ihm am nächsten standen, angezündet, als Louise ins Zimmer kam, in der einen Hand zwei Gläser und in der anderen eine geöffnete Flasche Rotwein.

»Ich dachte, wir machen es uns noch ein bisschen gemütlich. Such uns gerne Musik aus.« Sie deutete mit dem Kopf Richtung Anlage und begann die beiden Gläser zu füllen.

Er machte es sich einfach und stellte den CD-Player an, in dem bereits eine CD steckte. Aus den Boxen klang leise Musik, bei der er meinte, die Stimme von Mark Knopfler zu hören. Er trat zu Louise und nahm sein Glas entgegen. Sie prosteten sich zu. Chris hätte in diesem Augenblick die ganze Welt umarmen oder mit Louise zur Unendlichkeit der Milchstraße aufbrechen können. Diese Frau hatte ihn verzaubert. Und er hatte nichts dagegen.

Louise stellte ihr Glas ab und legte beide Arme um seinen Hals. Ihr leicht geöffneter Mund näherte sich langsam seinem. In dem Augenblick, in dem sich ihre Lippen trafen, drängte sich der schrille Ton eines Telefons zwischen sie. Louise wandte irritiert den Kopf ab und ließ Chris los.

»Mein Festanschluss in der Küche. Das muss wichtig sein.« Sie ließ ihn stehen, um das Gespräch entgegenzunehmen.

Es war, als erwache er aus einem Traum. Chris hörte, wie sie in der Küche schnell ins Telefon sprach, ohne dass er etwas verstand. Unschlüssig drehte er das Glas in der Hand.

»Ich werde im OP gebraucht. Mehrere Notfälle. Du kannst deinen Wein gerne in Ruhe austrinken. Zieh nachher einfach die Tür hinter dir zu.« Sie hatte bereits ihren Mantel übergezogen und hielt den Autoschlüssel in der Hand.

»Du kannst noch fahren?«

»Ich muss.« Sie drückte ihm einen Kuss auf die Wange und verließ das Haus.

Er sah ihr hinterher, wie sie den kurzen Weg hinunter zur Garage lief und dann wegfuhr.

Er hob die Hand zum Abschied, wusste aber zugleich, dass Louise längst auf ihren Einsatz im OP fokussiert war und seine liebevolle Geste nicht mehr registrieren würde. Chris setzte sich aufs Sofa und blickte in die Kerzen. Er ließ sich Zeit, das Glas zu leeren, als könnte er darin den Augenblick konservieren. Im Überwurf des Sofas roch er den Duft ihres Haares. Schließlich trug er das leere Weinglas in die Küche, löschte die Kerzen und verließ Hillside.

Am nächsten Morgen blieb er länger im Bett als üblich und hing den Ereignissen des vergangenen Abends nach. Die Bilder in seinem Kopf waren bunt, anders als das, was ihm das Fenster in seinem Schlafzimmer als Bild anbot. Louise hatte nicht angerufen, aber er hatte auch nicht damit gerechnet. Sie würde sich sicher im Laufe des Tages bei ihm melden.

Der tiefe Himmel über Helston war in den unterschiedlichsten Grautönen gezeichnet, in denen sich sein Blick verlor. Als dann auch noch ein grau lackierter Hubschrauber der nahen Royal Navy Air Service Base im Tiefflug den Ausschnitt, den das Fenster freigab, durchflog, stand er auf.

Seine romantische Stimmung hielt nach dem Duschen, auch während des Frühstücks an. Es hatte ihn ziemlich erwischt, musste er sich eingestehen. Er fühlte sich so wie damals in der Schule, als die Neue in die Klasse kam und er das erste Mal die unwiderstehliche Kraft des anderen Geschlechts gespürt hatte. Als die Bilder in seinem Kopf ins Kitschige abzugleiten drohten, räumte er schmunzelnd das Frühstücksgeschirr in die Spülmaschine und verließ mit einem breiten Grinsen das Haus. Er bemerkte nicht den irritierten Blick des Nachbarn, der seinen alten Hund an ihm vorbeizog.

Im Präsidium war es an diesem Morgen ungewöhnlich ruhig. Der diensthabende Detective Constable, der die Besucher am Eingang nach ihren Anliegen fragte, nickte ihm gelangweilt zu. Chris Marks erwiderte den Gruß mit einem ebenso knappen Nicken. Offenbar war heute kein Tag für Taschendiebe, Unfälle auf den Parkplätzen, Auffahrunfälle oder für Anzeigen wegen Einbruchsdiebstahls. Der Tag konnte so bleiben.

Auf dem Flur roch es nach frischem Kaffee, Papier und dem Schweiß langer Dienststunden. Die Zutaten seines Alltags schreckten ihn heute mehr als sonst. Im Büro öffnete er das Fenster, um frische Luft hereinzulassen. Allerdings schloss er es bald wieder, denn es wurde ungemütlich kalt. Lustlos arbeitete er sich durch die Akten. Sisyphusarbeit, die ihn einmal mehr anödete. Die Stunden verstrichen provozierend langsam. Und immer noch keine Nachricht von Louise.

Schließlich gab er auf. Er würde im Blue Anchor eine längere Mittagspause einlegen.

Auf dem Weg die Godolphin Road hinunter stieß er an der Ecke Meneage Street auf Chrissie. Die Fünfunddreißigjährige war gerade dabei, das Ladenlokal abzuschließen, in dem sie arbeitete. Wie immer beeindruckte ihn ihre blonde Lockenmähne.

»Na, schon Feierabend?« Mit übertriebenem Blick kontrollierte er die Uhrzeit auf seiner Uhr.

»Schön wäre es.« Sie betrachtete ihn interessiert. »Haben uns länger nicht mehr gesehen. Was machst du? Immer noch dem nächsten Mörder auf der Spur?«

Er hatte vor Urzeiten, wie es ihm jetzt schien, ein äußerst denkwürdiges Date verpatzt. Er hatte Rufbereitschaft gehabt, und ausgerechnet auf dem Weg in ihr Schlafzimmer hatte ihn der Anruf des diensthabenden Constable erreicht. Dieser unglücklich verlaufene erste Abend war zugleich der letzte gewesen.

»Du sagst es. Aber diesmal bin ich auf dem Weg ins Pub. Zum Mittagessen.« Einem spontanen Einfall folgend, setzte er hinzu: »Magst du mitkommen?«

Sie sah ihn zweifelnd an.

»Nur ein gemeinsames Mittagessen.« Er lächelte schief.

Sie zögerte erst, sah die Meneage Street entlang und dann hoch zum Himmel. Schließlich nickte sie. »Heute wird eh niemand mehr ein Haus oder eine Wohnung kaufen.«

»Gehen die Geschäfte eines Immobilienmaklers so schlecht?«, fragte er, als sie sich auf den Weg machten.

»Den Leuten sitzt das Geld längst nicht mehr so locker.« Sie hakte sich bei ihm unter.

Er lächelte über so viel Nähe. »Ich lade dich ein.«

»Umso besser.«

Das Pub war mit seinen Nischen und Nebenräumen gut gefüllt. So schlecht schien es den Menschen in Helston doch nicht zu gehen. Ein Pint oder auch zwei waren wohl immer noch drin. Chris deutete auf die Tafel, auf der die kommenden Musikacts angekündigt wurden. »Graeme Mathieson und seine Beatles-Cover. Könnte ein netter Abend werden.«

Chrissie winkte ab. »An dem Wochenende bin ich mit meinem Freund in Exeter zum Shoppen. Er ist Pilot und fliegt einen dieser großen Helikopter, weißt du? Die gleiche Einheit, in der auch Prinz William gedient hat. Ist ein netter Typ, der Prinz. Mein Schatz kennt ihn persönlich. Nicht dass du jetzt denkst, dass wir mit dem Hubschrauber nach Exeter fliegen, wir fahren mit seinem neuen SUV. Wenn ich es recht bedenke, könnte das Ding sicher auch fliegen, wenn BMW es gewollt hätte.«

Chris wunderte sich, dass ihm ihr Geplapper nicht schon damals anstrengend vorgekommen war. Dass er für sie einmal geschwärmt haben sollte – heute würde er Chrissies Gegenwart nur bis zum Ende der Mittagspause ertragen.

Chris bestellte und bezahlte für beide die üblichen Sandwiches und zwei Pints der Hausmarke. Während sie mit ihrem Bier an einem Tisch am Fenster auf das Essen warteten, entstand eine Stille, als säßen sie sich als völlig Fremde gegenüber. Beide suchten nach einem neutralen Gesprächsstoff, der sie davor bewahren sollte, jenen verunglückten Abend zu erwähnen.

»Ich habe bisher immer gedacht, die Wochen vor dem Fest und dem Jahreswechsel seien für eure Branche die geschäftigsten.« Er sah aus dem Fenster und wandte sich dann ihrem Gesicht zu.

Sie nahm ihre Handtasche vom Boden auf und stellte sie auf einen Hocker neben sich, als trage sie die gesamte Kundenkartei bei sich.

»In diesem Jahr ist es ungewöhnlich ruhig. Mein Chef hat sich daher ein paar Tage Urlaub gegönnt. Ich bin im

Augenblick allein im Büro. Da ich quasi schon ewig bei ihm arbeite, bin ich über alle Vorgänge informiert und daher bestens gewappnet, sollte sich etwas auftun.«

»Sehr verantwortungsvoll, dein Job.«

»Sicher. Aber das meiste ist Handwerk und der Rest Intuition.« Sie sah aus dem Fenster. »Wir werden unser Geschäft verlegen. Raus aus der Innenstadt. Wir haben sowieso keine Laufkundschaft.«

»Dann geht es euch also finanziell gut, und du musst dir keine Sorgen um deinen Arbeitsplatz machen.«

»Sowieso nicht.« Sie strahlte ihn an, als berichte sie von einem Wunder. »Wir werden zusammenziehen, mein Pilot und ich. Sobald er versetzt wird. Zypern ist im Gespräch. Mein Baby Boy wird zur Search-and-Rescue-Helikopterstaffel abgeordnet, zur 84. Squadron, wenn dir das etwas sagt. Na ja, dann kann ich endlich aufhören zu arbeiten und schwanger werden. Ist ja auch höchste Zeit, biologisch gesehen.« Sie sah ihm tief in die Augen.

Da war sie also, die unvermeidliche Andeutung, dass mit ihnen beiden alles schiefgelaufen war, was hatte schieflaufen können.

»Das ist doch fein.«

»Und nebenbei kann ich mir dort meine eigene Immobilienfirma aufbauen.«

»Klingt nach einem guten Plan.« Chris nickte erleichtert, als der Wirt ihnen die Sandwiches brachte. Die Unterbrechung der eher peinlichen Unterhaltung kam zur rechten Zeit. *Chris und Chrissie, meine Güte*, dachte er.

Während sie aßen, plauderte Chrissie munter weiter, als habe sie ein Vorstellungsgespräch. »Aber erst werde ich mit meinem Chef umziehen. Stell dir vor, ein echtes

Herrenhaus. Hart erarbeitet und standesgemäß, wie Philip sagt.«

»Weit von hier?«

»Nee«, antwortete sie kauend, »Richtung Porthleven. Kennst du bestimmt. Horsley Hall. Kannst du dir das vorstellen? Ich in diesem herrschaftlichen Kasten, sozusagen als Schlossherrin?« Sie kicherte. »Im Ernst, ich finde, der Kasten ist viel zu groß für einen Immobilienmakler, aber Philip hatte immer schon so einen Tick. Trotz der stattlichen Summe, die er hinblättern musste, wohl ein Schnäppchen. Wenn er sich da mal nicht überhoben hat, das Haus muss zwar nicht grundsaniert werden, aber allein die Heizkosten werden ihn umbringen. Na ja, muss er ja selber wissen. Er will in den kommenden Jahren kräftig expandieren. Schon jetzt makelt er überall im Land. Er will einer der ganz großen Player werden, wenn nicht der größte.« Sie sah seinen skeptischen Blick und fügte hinzu: »Seine Worte.«

»Klingt eher nach Größenwahn.« Chris hatte schon einen Großteil seiner Sandwiches gegessen. Horsley Hall also. Das war also der Käufer, an den Faye Gilbert ihr ungeliebtes Elternhaus übertragen hatte.

»Wie man's nimmt.« Sie wischte sich ein paar Krümel vom Mund und nahm einen kräftigen Schluck Bier. »Philip ist ein Fuchs. Der weiß genau, was er tut. Sein Spruch: Du musst expandieren, sonst wirst du geschluckt. Fressen oder gefressen werden, das Gesetz der Natur. Nur die Großen haben eine Chance, und die werde ich sicher nutzen.«

»Hm.«

»So arbeitet er immer: Stets das eine Quäntchen schneller und ein bisschen von der Provision abstreichen, um billiger als die Mitbewerber zu sein, er hat alle Tricks drauf. Der Erfolg gibt ihm recht. Hier in der Gegend hat er keinen ernsthaften Konkurrenten mehr. Und was Horsley Hall betrifft: Wenn ein potenter Kunde käme, würde er auch den Kasten wieder verkaufen.«

»Das klingt tatsächlich so, als habe er sich seinen Urlaub verdient. Wo ist er hin? Zypern vielleicht?«, neckte er sie.

»Das ist es ja gerade.« Ihr Blick wurde mit einem Mal dunkler. »Seit ein paar Tagen habe ich kaum von ihm gehört. Sonst meldet er sich zweimal am Tag. Aber jetzt? Ab und an eine knappe WhatsApp ...«

»Er wird wohl die absolute Ruhe wollen.« Er trank sein Glas leer. »Eins würde ich noch nehmen.«

»Du hast vermutlich recht. Er war in den vergangenen Wochen total überarbeitet.« Sie sah auf ihr Glas. »Ich bin dabei. So jung kommen wir nicht mehr zusammen.«

Ihr Augenaufschlag war alles andere als der einer künftigen *Frau Baby-Boy-Pilotin*, stellte er fest. Aber sie kam damit, wenn überhaupt, eindeutig zu spät.

Als er mit den frischen Pints zurück an den Tisch kam, war Chrissie gerade dabei, durch die Nachrichten und E-Mails auf ihrem Mobiltelefon zu scrollen. Mit einem beiläufigen Nicken bedankte sie sich für das Bier.

»Diese Telefone sind die Pest. Immer und überall erreichbar. Und wichtig. Und das will man sich auch noch bestätigen, indem man alle möglichen Nachrichten beantwortet.« Er nippte an seinem Glas und beobachtete, mit welcher Ernsthaftigkeit sie sich dem Telefon widmete.

»Philip ist manchmal etwas sehr von sich überzeugt. Fährt weg und lässt mich mit diesem Kram allein.« Sie sah verärgert auf.

Vorhin hatte das noch anders geklungen. »Ich dachte, die Arbeit macht dir keine Probleme.«

»Das ist auch so. Aber was muss ich mich um seinen privaten Kram kümmern? Damit hätte er auch bis nach seiner Rückkehr warten können.«

»Was meinst du? Will er sich den ersten Rolls-Royce zulegen? Von wegen standesgemäß residieren.«

»Nein. Er hat einen Händler kontaktiert, der den alten Krempel aus Horsley Hall kaufen soll. Und ich kann mich um die Abwicklung kümmern. Der Mann kommt morgen eigens aus den Cotswolds.«

»Hat er den Keller ausgemistet?«, lästerte er weiter. Chrissie zog eine Schnute, wenn sie sich ärgerte. Damals hatte er das sehr sexy gefunden.

Die Erinnerung an seine Begeisterung für Chrissie wurde von etwas anderem überlagert. Er wurde immer nachdenklicher. In seinem Kopf rumorten seit ihrem Aufeinandertreffen vor dem Maklerbüro Gedankenschnipsel, aber er konnte sie weder fassen noch einordnen.

»Er hat auf dem Dachboden und dem Keller von Horsley Hall eine Menge Zeug gefunden, das er loswerden will. Die frühere Besitzerin wollte offenbar damit nichts mehr zu tun haben und war froh, dass sie das Haus samt Krempel losgeworden ist. Sie sei schon ewig nicht mehr auf dem Speicher gewesen.« Sie zuckte mit den Schultern. »Was geht mich das an?«

»Verstaubte Sessel und Bilderrahmen, stockfleckige Bücher, mottenzerfressene Teppiche?«

Sie nickte. »Und der stinkende Krempel aus Afrika.«

Der DI hätte beinahe sein Bier verschüttet, von dem er gerade einen großen Schluck nehmen wollte. Seine Nackenhaare stellten sich abrupt auf. Warum war ihm das nicht schon früher durch den Kopf gegangen? Sie mussten mit Chrissies Chef sprechen.

»Afrika?«

»Ein Fell, ein paar Masken, Amulette, so was. Er sagt, dass es dafür Sammler gibt. Interessierst du dich dafür? Ich glaube, da kommst du zu spät.«

»Auch Speere?«

Sie zuckte mit den Schultern. »Er hatte jedes Mal eine Menge Zeug im Auto, wenn er zurückkam. Kann gut sein, dass auch so etwas darunter war.« Sie sah zum Fenster hinaus. Afrikanische Artefakte waren nicht ihr Thema. »Sieh mal, es sieht aus, als ob es bald schneit.«

War nicht das dritte Mordopfer ebenfalls Immobilienmakler gewesen? Nun wusste der Detective Inspector der Polizei in Helston, was schon die ganze Zeit in seinem Hinterkopf genagt hatte.

XXVIII.

Keine zwei Stunden später war ein kleines Team der Spurensicherung im Haus von Makler Philip Burns eingetroffen und ging von Raum zu Raum, um sich einen groben Überblick zu verschaffen. Mit einer richterlich abgesicherten Durchsuchung hatte das Ganze nichts zu tun. Chrissie verstand dennoch die Welt nicht mehr.

»Willst du mir damit imponieren, Chris? Oder was soll der Aufstand? Hier ist nichts von Wert.« Sie deutete nachlässig auf die Regalwand, in der die Ordner mit den Geschäftsunterlagen fein säuberlich in Reih und Glied standen. »Und hier ist nichts drin, was die Polizei oder die Steuerbehörde nicht sehen darf.«

»Wie gesagt, es geht um die Dinge aus Horsley Hall.« Der DI wandte sich zum Leiter der Spusi und sprach leise mit ihm. Dann drehte er sich wieder zu Chrissie. »Denk bitte genau nach, ob ein Speer unter den Sachen war.«

»Speer. Ich hör immer nur Speer.«

»Bitte. Es ist wichtig.«

»Keine Ahnung. Echt nicht.«

DS Bley kam aus dem Keller hoch ins Ladenlokal und nahm den DI zur Seite. Sie dämpfte ihre Stimme. »Eine Menge Krempel, wahrlich. Aber keine Hinweise auf das, was wir suchen.«

»Danke, DS. Warten Sie einen Augenblick. Ich bin hier gleich fertig. Wir haben noch eine Verabredung.«

Bley sah ihn erstaunt an, sagte aber nichts. Sie ging ein paar Schritte zur Seite und tat so, als würde sie sich für die Angebote des Maklers interessieren.

»Du hast dein Team gut im Griff, alle Achtung.« Chrissie war tatsächlich beeindruckt.

Marks ließ sie in dem Glauben. »Wenn dein Chef zurück ist, sag ihm, er soll sich sofort bei uns melden.«

Sie nickte. »Kannst du mir wenigstens verraten, was das alles soll? Ich verstehe es nicht.«

Er nahm beiläufig einige Schnellhefter entgegen, die ihm ein Constable hinhielt. »Wir haben ein paar Fragen an deinen Chef. Das ist erst einmal alles.«

Sie runzelte die Stirn. »Dafür der ganze Aufwand? Da stimmt doch etwas nicht. Halte mich bitte nicht für dumm.«

»Wo, sagst du, hält sich dein Chef auf?«

»Philip wollte in die Einsamkeit von Wales.«

»Raue Gegend um diese Jahreszeit.«

»Er hat oben in Conwy einen Kumpel aus seiner Sturm-und-Drang-Zeit. Mit dem wollte er in ein Haus irgendwo in der Mitte von Wales.«

»Besser, du gibst mir Philips Mobilnummer.«

Sie nickte, immer noch nicht zufrieden mit den Antworten, die sie bekam. »Ich schick dir den Kontakt. Deine Nummer habe ich ja noch.«

Marks hob erstaunt die Augenbrauen. Nachdem er sich von ihr verabschiedet hatte, ging er mit Bley zu seinem Wagen, der vor dem Präsidium parkte.

»Wir werden noch einmal mit Faye Gilbert sprechen. Vielleicht kann sie uns doch noch etwas zu dem *Krempel* sagen, wie meine Bekannte es ausdrückt.«

»Bekannte? Aha.«

Marks reagierte nicht auf den spöttischen Unterton. »Mrs. Gilbert ist noch nicht vollständig aus dem Haus ausgezogen. Der Kaufvertrag billigt ihr noch ein Wohnrecht bis Jahresende zu. Sie wird wohl zu Hause sein.«

»Wie nobel von dem Makler.« Nachdem sie eingestiegen waren und Bley den Sicherheitsgurt eingeschoben hatte, sah sie ihn von der Seite an. »Die Sache stinkt doch zum Himmel, oder?«

»Wenn wir mit Gilbert gesprochen haben, werden wir uns um das Geschäft des Immobilienmaklers kümmern. Ich will wissen, ob sich unser Opfer und dieser Philip kannten.«

Sie nickte. »Endlich eine heiße Spur.«

Faye Gilbert machte ein erstauntes Gesicht, als sie die Tür öffnete. »Was kann ich für Sie tun?« Sie trug einen dicken grünen Pullover und hatte einen Schal in der Hand.

»Dürfen wir einen Augenblick hereinkommen?« DS Bley machte Anstalten, sich an ihrem Chef vorbeizuschieben.

»Sicher. Aber es ist nicht aufgeräumt. Wie das so ist, wenn man seine Sachen packt.« Sie führte die beiden ins Wohnzimmer.

»Wir haben schon weitaus schlimmere Räume gesehen.« Marks lächelte verständnisvoll. Auf dem Boden standen lediglich zwei Kartons, die jeweils zur Hälfte mit Nippes gefüllt waren, wie er auch in anderen Häusern dieser Größe und dieses Stils zu finden war.

Gilbert bemerkte seinen Blick. »Wenn Sie etwas gebrauchen können? Ich gebe die Sachen später bei einem Charity Shop in Helston ab.«

»Sie sind ziemlich konsequent. An den Dingen hängen doch sicher Erinnerungen.«

Sie nickte. »Für meine Eltern sicher. Aber die sind nicht mehr da. Und ich will endlich freier atmen können.«

»Das verstehe ich. Geschichte, vor allem auch die der eigenen Familie, kann schon mehr Last als Freude sein. Bulldoggen aus Porzellan oder diese alten Eierbecher der Royal Mail eignen sich nur als Staubfänger.« Er deutete in einen der Kartons.

Sie griff hinein und hielt ihm einen Trinkkrug entgegen, der wie Kopf und Hals von John Lennon geformt war. »Wer will so ein Zeug? Sie? Wenn Sie auf die Beatles stehen, ich schenke Ihnen den Toby-Jug.«

Er schüttelte den Kopf und hob abwehrend die Hände. »Sie haben Ihr Haus an den größten Makler in Helston verkauft.«

Annie Bley verzog das Gesicht. Sie konnte mit der höflichen Konversation wenig anfangen.

Gilbert nickte. »Wollen Sie sich nicht setzen? Ja, zuerst habe ich über Philip Burns das Anwesen auf den Markt bringen wollen. Aber dann hat er es selbst haben wollen.« Sie zuckte mit den Schultern. »Wir sind uns schnell über den Preis einig geworden, und dann habe ich den Vertrag unterschrieben.«

»Sie hätten anderswo vielleicht mehr bekommen können.« Marks und Bley blieben stehen.

»Mir war daran gelegen, so schnell wie möglich aus dem Haus und damit der Verantwortung herauszukommen. Das Geld stimmt.« Sie verschränkte die Arme und ließ sie dann wieder sinken. »Kann ich Ihnen einen Tee anbieten? Die Küche ist noch weitgehend vollständig.«

»Wir haben nur ein paar Fragen. Haben Sie dem Käufer geholfen, Dachboden und Keller zu leeren?«

Sie winkte ab. »Um Gottes willen. Ich war froh, dass Philip das allein übernommen hat.«

»Dann wissen Sie also nicht genau, was er alles mitgenommen hat?« DS Bley hatte ihr Notizbuch gezückt.

»Nein. Ich war froh, dass ich mich nicht auch noch darum kümmern musste. Philip hat ein paarmal den Kofferraum voll gehabt. Mir ist es jedes Mal leichter ums Herz geworden.« Sie runzelte die Stirn. »Aber warum fragen Sie mich das alles?«

»Das war es auch schon, Mrs. Gilbert.« Marks deutete in den Raum und meinte damit das gesamte Horsley Hall. »Ich beneide Sie nicht. Sie haben noch eine Menge Arbeit vor sich.« Mit einem leichten Nicken bedeutete er DS Bley, dass sie sich auf den Weg machen sollten.

Faye Gilbert ging voran. An der Haustür blieb sie stehen und wandte sich um. »Wenn ich Ihnen helfen kann, kommen

Sie einfach her. Ich werde sehen, was ich tun kann. Ich vermute, dass Sie die Morde noch nicht aufgeklärt haben.«

DI Marks nickte. »Wir prüfen derzeit die unterschiedlichsten Ermittlungsansätze.«

Faye Gilbert schloss schweigend hinter ihnen die Tür.

»Gehen wir ein Stück?« Marks deutete auf den Weg, der sie in seiner Verlängerung Richtung Küste und Looe Bar führen würde. Er mochte die Strecke.

»Weitergebracht hat uns das nicht.« Bley folgte ihm eher widerwillig.

»Ich hätte zu gerne gewusst, ob der Makler auch Speere in seinen Kofferraum geladen hat. Wir müssen mit ihm reden.«

Sie folgten dem schmalen Asphaltband, bis es in Richtung Wald abbog und zu einem unbefestigten Weg wurde, und kehrten dann um. Die Luft war klar und der Himmel blau. Aber die Kälte trieb sie zu ihrem Wagen zurück.

»Ich kann mir gut vorstellen, warum der Makler das Haus für sich will. Deutlicher kann er seine geschäftliche Potenz nicht zur Schau stellen. Von der anderen ganz zu schweigen.«

»Das Macho-Ding kostet ihn ein Vermögen. Ist es das wert?«

»Diese Frage dürfen Sie nicht stellen, wenn ein Mann sich über solche Äußerlichkeiten definiert. Der Platzhirsch Philip Burns röhrt mit Horsley Hall gefährlich laut.«

Auf dem Weg ins Präsidium rief DI Marks Chrissie an und bat sie, ins Präsidium zu kommen. Er wandte sich danach an Bley. »Bitte seien Sie dabei.« Er wollte vermeiden, dass das Gespräch wie eine Privataudienz aussah. DS Bley schien davon schon jetzt überzeugt zu sein.

Es dauerte noch eine ganze Weile, bis die Mitarbeiterin des Maklers am Empfangstresen des Präsidiums nach Marks fragte.

»Tut mir leid, Chris, ich musste noch ein paar Sachen regeln. Ein Notar hatte noch ein paar Fragen zu einem Vertrag. Außerdem hat sich der Händler aus Bourton-on-the-Water gemeldet. Er komme nun doch später als vereinbart. Er gebe Probleme mit dem Van, den er für den Abtransport mieten müsse. Ich habe ihm gesagt, dass es keine Eile hat, Philip sei ohnehin noch unterwegs. Besser sei, er warte, bis mein Chef wieder zurück ist. Er hat dann nicht weiter nachgefragt. Es würde mich schon arg wundern, wenn er sich noch mal meldet. Ich hatte den Eindruck, die Sache mit dem Van war nur vorgeschoben.« Sie nahm auf dem angebotenen Stuhl Platz und schlug die Beine übereinander.

Bley registrierte den vertraulichen Ton mit einer sichtbar hochgezogenen Augenbraue, sagte aber nichts und blieb weiterhin neben dem Schreibtisch an die Wand gelehnt stehen.

»Hat sich dein Chef mittlerweile bei dir gemeldet?«

Sie schüttelte den Kopf.

»Hast du versucht, ihn anzurufen?«

»Sicher, aber er hat nicht reagiert. Vielleicht hat er keinen Empfang. Oder …« Sie zuckte mit den Schultern.

»Was meinst du?«

»Er hat sein Telefon ausgeschaltet, nehme ich an.« Sie strich sich eine Strähne aus dem Gesicht. »Worum geht es hier? Ich will endlich wissen, was hier gespielt wird. Erst deine Fragen, dann die Hausdurchsuchung, und nun sitze ich in deinem Büro.«

»Kennen Sie einen Nicolas Summer?« DS Bley hatte die Arme verschränkt, es sah aber dennoch so aus, als sei sie wie ein Puma jederzeit zum Sprung bereit.

»Summer, Summer.« Sie kaute regelrecht auf dem Namen. »Der Name sagt mir etwas, ja. Aber was?«

»Denk bitte nach. Es ist wichtig. Möchtest du etwas trinken?«

Sie sah ihn überrascht an, als habe er ihr einen Whisky angeboten. »Ein Kaffee wäre jetzt nicht schlecht.« Sie hustete leicht. »Entweder ist die Luft hier zu trocken, oder es kündigt sich eine Erkältung an.«

Er orderte per Telefon einen Kaffee, der auch prompt von einem Constable gebracht wurde. Der war von den langen Beinen der Blondine in Marks' Büro sichtlich beeindruckt.

»Ist Summer ein Kunde?«, versuchte Marks sie auf das Thema zu fokussieren.

»Nein«, erwiderte sie zögernd, »wir hatten in den vergangenen Jahren keinen Kunden mit diesem Namen.« Sie nippte vorsichtig an dem Pappbecher.

»Ist er ein Freund deines Chefs?«

»Von Philip?« Sie schüttelte nachdenklich den Kopf. »Auch das müsste ich wissen. Jedenfalls ist unter seinen Golfkumpeln keiner mit diesem Namen. Ein Summer, jetzt im Winter?« Sie lächelte über den Kalauer, als habe sie sich damit bei einer Jury für einen Comedy-Wettbewerb beworben. Dann sah sie Marks direkt an. »Jetzt fällt es mir wieder ein. Summer ist ein Maklerkollege aus, warte, irgendwo aus Suffolk.«

»Bury St. Edmunds?«, fragte Bley.

Sie sah sie erstaunt an. »Jetzt, wo Sie es sagen.«

»Hatten die beiden in letzter Zeit Kontakt?« Marks wechselte mit Bley einen kurzen Blick.

»Kontakt ist vielleicht zu viel gesagt.« Chrissie stellte die Beine nebeneinander. Sie spürte offenbar, dass der angenehme Teil des Gesprächs beendet war. »Summer hat in den vergangenen Monaten versucht, in unser, also in Philips, Geschäftsgebiet einzudringen, und zwar massiv. Jetzt fällt es mir wieder ein.«

»Gibt es nicht so etwas wie Gebietsschutz?« Die Dickfelligkeit der Blondine nervte.

»Sicher, das ist aber nicht viel mehr als eine freiwillige Übereinkunft, an die sich in diesen Zeiten kaum noch jemand hält.« Sie beugte sich vertrauensvoll zu Marks. »Das gilt übrigens auch für Philip. Aber das habe ich dir ja schon gesagt.«

Bley sah Marks fragend an, der kaum merklich den Kopf schüttelte.

»Wie muss ich mir dieses Eindringen vorstellen?«

»Das geht zuerst nur über die Zeitungen oder auch über das Internet. Wo wird was angeboten? Und dann fährt der Makler in die besagte Gegend und schaut sich die Objekte an. In den örtlichen Pubs erfährt er dann meistens, wer wirklich hinter den Angeboten steckt, die die Makler auf den Markt werfen. Und dann steht der neue Makler vor der Tür des Verkäufers und bietet seine Dienste an, selbstredend zu deutlich günstigeren Konditionen. Und er hat auch gleich die besten Tricks parat, wie Anbieter aus ihren alten Verträgen herauskommen. Das ist ebenso simpel wie effektiv.« Sie drückte den Rücken durch, als sei sie die stolze Erfinderin dieser Erfolgsformel.

»Das klingt wie Krieg.«

Sie schüttelte den Kopf. »Kein Krieg, aber ein Kampf mit harten Bandagen. Da darf man nicht zimperlich sein. Das Ganze spielt sich in einem Graubereich ab, in dem Moral tödlich fürs Geschäft ist. Das Gesetz der Wildnis. Wie gesagt, friss, oder du wirst gefressen. Der Stärkere überlebt.«

»Für dich ist das kein Problem?« Marks waren diese Praktiken neu. Er war erstaunt über die Kaltblütigkeit, mit der sie aus ihrer Branche erzählte.

Sie zuckte mit den Schultern. »In Afrika reißt der Löwe die schwache Antilope. Was ist falsch daran?«

Warum zog sie ausgerechnet diesen Vergleich? »Und du hast wirklich keinen Speer unter den Sachen bemerkt?«

»Nein.«

So kam er nicht weiter. Sie wussten nun zwar, dass Chrissies Chef afrikanische Gegenstände verkaufen wollte, er Kontakt zu Summer hatte, dass der mit nicht gerade lauteren Mitteln in den Markt im Raum Helston drängte, aber war das zugleich das Mordmotiv? Konkurrenzkampf? Und wenn dem so war, dass Summer durch einen Speer getötet worden war, den sein Konkurrent aus der Verkaufsmasse Horsley Halls herausgezogen und benutzt hatte? Was hatten dann die anderen Morde damit zu tun? Bisher war nur einigermaßen gesichert, dass alle drei Speere aus dem Herrenhaus stammten. Wo war die Verbindung zwischen den Opfern? Nur wenn sie dies klären konnten, war auch der Weg zum Täter frei.

»Kann ich jetzt gehen, Chris?« Sie sah ihn stirnrunzelnd an. »Hast du gehört? Ich würde jetzt wirklich gerne gehen.« Sie warf einen Hilfe suchenden Blick zu DS Bley.

»Entschuldige bitte. Mir sind gerade ein paar Fragen durch den Kopf gegangen, auf die ich immer noch keine Antwort weiß.«

»Ich werde dir nicht helfen können, fürchte ich.« Sie stand auf und verabschiedete sich. »Ich finde allein hinaus.«

»Und jetzt?« Bley setzte sich auf den Platz, auf dem die Blondine gesessen hatte.

»Wir können nur abwarten, bis der Makler zurückkommt und wir ihn befragen können.«

»Und wenn er unser Mann ist? Und seine Chrissie ihn warnt? Dann wird er flüchten, und wir merken es erst, wenn es schon zu spät ist.«

Marks fuhr sich mit der Hand durchs Gesicht. Bley hatte recht. »Haben wir eine Wahl?«

Sie hob die Hände. »Sagen Sie das nicht, wir haben immer eine Wahl.« Sie runzelte die Stirn. »Aber diesmal müssen wir uns in der Tat auf unser Glück verlassen.«

»Rufen Sie das Team zusammen. Besprechung in zwanzig Minuten. Ich will wissen, wo wir stehen.«

Im Besprechungsraum war es empfindlich kühl. Die Verwaltung hatte die Probleme mit der Heizungsanlage noch nicht in den Griff bekommen. Entsprechend war die Stimmung. DC Easterbrook hatte demonstrativ einen bunten Pullover übergezogen, den seine Frau gestrickt hatte, wie er stolz verkündete. Auch die Frauen und Männer von der Spurensicherung, der KTU und aus den anderen Abteilungen, die Marks zum Ermittlungsteam zusammengezogen hatte, klammerten sich an ihre Becher mit den heißen Getränken. Ein schwacher Hauch von Instantbrühe lag in der Luft.

»Lassen Sie es uns angesichts der Umstände kurz machen.« Marks nickte in die Runde. »Irgendetwas, das uns weiterbringt?«

Die Spurensicherung hatte zwei Reifenabdrücke zu bieten, die eindeutig nicht zum SUV des Getöteten passten, aber ebenso frisch waren. Sie würden die Abdrücke mit denen des Wagens von Chrissies Chef Philip Burns abgleichen.

Sie würden also noch einmal den Bauernhof anfahren müssen.

Die Bäuerin Martha Blade oder aber ihre Mitarbeiter mussten etwas mitbekommen haben. In dieser Einsamkeit da draußen blieb niemand unbeobachtet. Da konnte die Frau noch so bestimmt das Gegenteil behaupten. Interessant würde sein, warum die Bäuerin so standhaft behauptete, nichts bemerkt zu haben.

DC Allan Easterbrook hatte sich intensiv mit dem Thema Immobilien befasst und dabei herausgefunden, dass Summer auch zu anderen Maklern in Cornwall Kontakt aufgenommen hatte, um mit ihnen angeblich lukrative Kooperationen einzugehen. Auch er berichtete von einem regelrechten Verdrängungswettbewerb, der auch in die umgekehrte Richtung ging. Seine Kontakte bestätigten, wenn auch widerwillig, dass sie Summer verstehen konnten, da sie sich ihrerseits ebenfalls anderswo, also in fremden Revieren, umtaten. Sie alle hatten ihre Tricks, um die Hand auf besonders lukrative Objekte legen zu können. Eine echte Schlangengrube, wie Marks bemerkte.

Easterbrook hob hervor, dass die Makler insgesamt aber sehr mitteilungsfreudig waren, da sie keinesfalls mit der Polizei in Konflikt geraten wollten. Miese Methoden kenne man lediglich von der Konkurrenz.

Die KTU konnte nichts Neues zu Tatwaffe und Tatort beitragen. Lediglich, dass die Spurenlage bestätige, was die Partnerin des Opfers ausgesagt hatte. Bei dem Gebäude handele es sich um das Haupthaus eines vor mehr als zehn Jahren verlassenen Bauernhofs. Die Leiche sei in der ehemaligen Milchküche des Hofs gefunden worden. Fußspuren seien zwar entdeckt worden, allerdings nur in Fragmenten, sodass daraus keine eindeutige Spur zu lesen sei. Ein Kampf habe nicht stattgefunden.

Ein Kollege aus der Abteilung Betrug fügte an, dass der Besitzer des Anwesens in Australien lebe und es keinerlei Hinweise gebe, dass er in jüngster Zeit das Land verlassen habe oder in irgendwelchen finanziellen Schwierigkeiten stecke. Als Täter sei er also auszuschließen. Auch sonst schien es niemanden zu geben, der mit dem Hof in Verbindung gebracht werden konnte. Die Sichtung der Burns-Unterlagen und die Befragung seiner Mitarbeiterin hätten keine Hinweise erbracht, dass er beauftragt worden war, Grundstück und Haus zu verkaufen. Was aber natürlich nichts heißen müsse, wenn er tatsächlich als Täter infrage kam. In dem Fall würde er sicher nicht derart sichtbare Spuren hinterlassen.

Nach einer halben Stunde beendete DI Marks zur Erleichterung aller die Besprechung, mit dem Hinweis, für wärmere Räume sorgen zu wollen. Was mit zweifelnden Blicken und sarkastisch gemeinten guten Wünschen kommentiert wurde.

»Ich habe eben nichts sagen wollen, weil es dazu noch zu früh ist. Aber nach meinen bisherigen Recherchen hat auch Philip Burns ein paar dunkle Seiten in seinem Lebenslauf.«

»Geht es auch ein wenig genauer, Detective Sergeant Bley?« Marks' Laune war auf einem Tiefpunkt angelangt. Ermittlungen aus einem ungemütlichen und schlecht geheizten Präsidium heraus hatten auf keinen Fall in seiner Stellenbeschreibung gestanden. Und er wollte endlich Feierabend machen, duschen und frische Klamotten anziehen, um dann raus nach Cadgwith zu fahren. Louise hatte sich endlich gemeldet und ihn mit zärtlichen Worten für den Abend nach Hillside eingeladen.

XXIX.

Er war so nervös wie vor seinem allerersten Date mit einer Frau. Eine gefühlte Ewigkeit hatte er vor dem Kleiderschrank gestanden und überlegt, welche Hose, welches Hemd, welche Schuhe zum Anlass passen würden. Krawatte oder keine?, das war eine schier unlösbare Frage gewesen. Und auch die Überlegung Aftershave oder nicht? Schließlich hatte er über sich selbst den Kopf geschüttelt. Eine Krawatte trug er doch nur nach Androhung unmittelbaren Zwangs, und sein Aftershave stand seit Jahren unbenutzt auf dem schmalen Regal im Badezimmer. Er entschied sich für einfache blaue Jeans und einen passenden Pullover aus Cashmere, den er vergangenes Jahr in einem Anflug von Eitelkeit in einem Kaufhaus in Exeter gekauft hatte. Wenn er ehrlich war, hatte er damit DS Bley imponieren wollen. Aber das war eine andere Geschichte aus einer völlig anderen Zeit.

Nun stand er vor Louises Tür und wickelte umständlich das Papier von dem Strauß Rosen, den er noch schnell im

Supermarkt besorgt hatte. Dabei gingen ihm die ersten Zeilen des Clapton-Songs durch den Kopf: *Have you ever loved a woman / So much that you tremble in pain?*

Mit Herzklopfen drückte er den Klingelknopf. Es dauerte einen Moment, bis ihm geöffnet wurde. Die Sekunden erschienen ihm wie eine Ewigkeit, und er trat von einem Fuß auf den anderen.

»Bist du es?« Spitzbübisch lächelnd schob sie die Rosen, die er linkisch vor seinem Gesicht hielt, ein Stück zur Seite. »Komm rein und leg ab.«

Sie nahm ihm die Blumen ab und ging umstandslos voraus ins Wohnzimmer. Im Haus duftete es herrlich nach Curry. Marks sog die Luft hörbar ein.

»Ich hoffe, du magst indisches Essen?«

»Absolut.«

»Auch scharf?«

»Auch das.« Bei dem Gedanken lief ihm das Wasser im Mund zusammen.

»Gin Tonic? Das Essen braucht noch etwas.« Sie legte den Kopf leicht schief.

Er trat einen Schritt auf sie zu. »Unbedingt.«

Sie wich ihm geschickt aus und verschwand in Richtung der Küche.

Marks sah sich um. Louise hatte den Tisch im Wohnzimmer mit feinem Porzellan, Weingläsern und Besteck gedeckt, das im Schein der Kerzen um die Wette funkelte. Der Anblick verstärkte seine Sehnsucht nach ihrer Nähe noch einmal. Das Ensemble spiegelte sich in den Fenstern, hinter denen es längst dunkel war.

»Gefällt es dir?« Sie reichte ihm den Aperitif mit einem auffordernden Lächeln.

»Mir fehlen die Worte. Damit habe ich nicht gerechnet.« Er verbesserte sich schnell, als er ihren fragenden Blick sah. »Ich meine, natürlich habe ich damit gerechnet, nein … ja … also nicht so, wie soll ich das sagen, ohne es noch komplizierter und mich noch lächerlicher zu machen?« Er hielt das Glas in der Hand, als wüsste er nichts damit anzufangen.

»Dummkopf.« Sie stieß ihr Glas gegen seines. »Hast du gedacht, ich empfange dich mit Küchenschürze und Kochlöffel? Oder mit einer Fertigpizza? Prost. Schön, dass du da bist.«

Er trank einen Schluck. Vor lauter Nervosität fiel ihm nichts Besseres ein als: »Wie war dein Tag? Und wie hast du das alles hier hinbekommen? Also, ich weiß natürlich, dass du das kannst. Ich wollte sagen …« Er war fasziniert von ihrem roten Kleid, dem Dekolleté …

Sie schnitt ihm das Wort ab. »Kein Wort über unsere Jobs heute Abend. Versprochen? Heute Abend zählen nur wir.« Sie sah ihn über den Rand ihres Glases aufmerksam an.

»Ja, klar.« In Gedanken resümierte er, was er geregelt hatte, als er das Präsidium verlassen hatte. DS Bley wusste, dass er eine Verabredung hatte, und hatte zugesagt, für den Rest des Tages an seiner statt für die Kolleginnen und Kollegen erreichbar zu sein. Er hatte ihr alle Kompetenz übertragen. Das würde ihm einen Abend und vielleicht eine Nacht ohne störende Anrufe bescheren.

»Sicher?«, neckte sie ihn.

»Absolut.«

»Das wollte ich hören.« Sie stieß mit ihrem Glas erneut gegen seines, trank und stellte es dann ab. »Ich bin sofort wieder da. Das Essen muss jeden Augenblick so weit sein.«

Neugierig trat er an die Kompaktanlage. Ein bisschen Musik zum Essen würde auch Louise sicher mögen. Als sie zurückkam, hatte er aus ihrem CD-Regal Musik von Mary Coughlan gezogen.

»Oh, Mary, sehr schön.«

Sie sah ihn an mit einem Blick, der sich bis auf den Grund seines Innersten hinabsenkte. Er hatte große Mühe, sein Glas festzuhalten. »Ihre Stimme berührt mich sehr. Besonders, wenn sie *I'd Rather Go Blind* singt.«

»Lass uns einen Augenblick auf die Terrasse gehen. Ich liebe den Blick über die Bucht, wenn keine Wolken am Himmel sind und die Milchstraße zum Greifen nahe ist. Ich bin dann versucht, meine Hand nach den Sternen auszustrecken. Ja? Kommst du? Nur einen Augenblick frische Luft, bevor uns das Curry die Tränen in die Augen treiben wird.«

»Zeig mir deine Träume.«

Sie zog ihn mit sich nach draußen. Der Himmel war tatsächlich sternenklar und bildete die perfekte Kulisse für den Abend.

»Na, was sagst du?« Aus ihrer Stimme klang Stolz, als habe sie jeden Stern einzeln an den Himmel geklebt.

»Ich bin jedes Mal aufs Neue fasziniert.« *Vor allem von dir*, dachte er.

»Nur schade, dass ich nicht alle Sternbilder mit Namen kenne. Schau, da: der Große Wagen und der Kleine Wagen.« Sie deutete gegen den Himmel, der am Horizont nahezu übergangslos in die Schwärze der See überging. »Viel mehr kenne ich leider nicht. Vielleicht noch Kassiopeia. So viele Lichtjahre entfernt und doch zum Greifen nah. Findest du nicht?«

Er hob sein Glas. »Ich wusste gar nicht, dass Sternegucken so schön sein kann. Ich meine, mit dir, Louise Taylor.« Er prostete ihr zu. »Ich muss oft an unsere erste Begegnung denken. Ich hätte mir damals nicht träumen lassen, dass wir einmal gemeinsam hier stehen würden, um das Versprechen des Lebens zu genießen. Schön, dass es dich gibt.« Er wies über die Terrasse hinaus. »Wird dir nicht zu kalt? Ich meine, dein Kleid …«

»Nein. Überhaupt nicht. Ganz im Gegenteil.« In ihrem Lächeln lagen Verlegenheit und Erwartung. Er war sicher, er würde sich nie an diesem Gesichtsausdruck sattsehen.

Louise trat einen Schritt zurück und breitete die Arme aus. Mit einer anmutigen Bewegung begann sie, sich wie eine Tänzerin um die eigene Achse zu drehen. Ihr ansonsten eng anliegendes Kleid nahm am Saum den Schwung der Bewegung auf. Chris war glücklich, sie so glücklich zu sehen.

Plötzlich sank sie mit einem erstaunten Blick zu Boden. Ihr Glas zersplitterte auf dem Steinboden.

»Louise?« Er verstand nicht.

Sie lag nahe der Brüstung und hatte die Beine verdreht. Ihr Gesicht war dem Sternenhimmel zugewandt, den sie gerade noch so begeistert beschrieben hatte.

Er ließ achtlos sein Glas fallen und stürzte zu ihr hin.

»Was ist mit …« Dann sah er das Blut, das sich dunkel unter ihr ausbreitete.

Eine geräuschlose Kugel hatte Louise getroffen. Reflexartig ließ er sich fallen. Er konnte die Richtung nicht bestimmen, aus der sie gekommen sein musste. Er streckte seine Hand nach Louise aus und fühlte die Wärme ihrer Haut. Gleichzeitig wusste er, dass es das letzte Mal sein würde. Diese Wärme und Nähe würde es nur noch in seiner Erinnerung geben.

»Louise?«

Sie antwortete nicht.

»Louise …«

Er wusste es, und er wusste es doch nicht. Der Kommissar in ihm hatte die Situation erfasst, der Mensch Chris Marks wollte es nicht wahrhaben. Louise war tot. Erschossen auf der Terrasse von Hillside. Und er lag hier und konnte nichts daran ändern. Absurde Gedanken verstopften sein Denken. Wer sollte nun mit ihm das Curry essen? Wer würde ihn nun mit diesem zärtlichen Blick anlächeln? Louise würde sich nur kurz ausruhen und dann aufstehen. Sie würde lachen über den Scherz, in der Küche das Curry und den Reis vom Herd nehmen und ihn zum Essen bitten. Ja, sicher, so würde es sein. Der Abend würde fantastisch sein. So, wie sie es geplant hatten und wie er es sich sehnlichst gewünscht hatte. Aber ihre Augen hatten längst jeden Glanz verloren.

DI Chris Marks strich vorsichtig über ihr weiches Haar und wimmerte. Er wollte nicht, dass sie ihr gemeinsames Universum verließ, und er wollte nicht, dass er von nun an allein unter diesem Sternenhimmel leben musste.

Er spürte nicht, dass er automatisch nach seinem Mobiltelefon griff. Seine Hände zitterten, und er brauchte mehrere Anläufe, bis endlich eine Verbindung zustande kam.

XXX.

Am Rand der schmalen Felsnase Todden, die den Naturhafen von Cadgwith zweiteilte, flackerte das Blaulicht der Streifenwagen über die Felswände, ebenso auf der schmalen Zufahrt hoch nach Hillside. Die auf der Terrasse aufgestellten Scheinwerfer tauchten die Umgebung in gnadenlos grelles Licht. Ein Rettungswagen stand mit ebenso heller Innenbeleuchtung vor Louises Garage. Ein paar Schaulustige hielten sich im Hintergrund.

DS Bley sah Simon dankbar an. »Gut, dass Sie da sind.«

»Wie geht es ihm?«

Sie zuckte mit den Schultern. »Er sagt, er ist okay.«

Simon wusste, dass das nicht stimmte. Traumatisierte hatten in den seltensten Fällen die richtige Wahrnehmung ihres Zustands. »Wo ist er?«

Sie zeigte hinter sich. »Im Haus.«

»Haben Sie schon eine Vorstellung davon, was passiert ist?« Simon hatte ohne zu überlegen in seinen schon längst vergessen geglaubten Polizeimodus geschaltet.

Sie runzelte die Stirn. »Die beiden standen auf der Terrasse, um vor dem Abendessen den Sternenhimmel anzuschauen. Dann ist der Schuss gefallen.« Sie deutete über die Bucht. »Ich kann es nicht mit Sicherheit sagen, aber alles deutet darauf hin, dass die Kugel von der anderen Seite der Bucht abgefeuert wurde. Die Kollegen werden das später noch genau sagen können.«

Die andere Seite der Bucht. Dort oben lag unter anderem Marys B&B. Simon sah zu den beiden Polizisten hinüber, die mit einem Lasergerät versuchten, die Schussbahn festzulegen. Angesichts der Lage von Hillside, das deutlich oberhalb der Bucht lag, war der Ansatz richtig, den Standort des Schützen jenseits der Bucht zu suchen. Der tödliche Schuss war gewiss nicht von unten nach oben abgefeuert worden. Dazu hätte der Schütze viel zu nahe am Haus stehen müssen.

»Was denken Sie? War Mrs. Taylor das Ziel?«

»Sie meinen ...?« Bley ließ den Satz unvollendet.

»Wir müssen klären, ob sie Feinde hatte.«

»Wenn der Schuss tatsächlich von jenseits der Bucht kam, muss es ein guter Schütze gewesen sein. Ich kann mir nicht vorstellen, dass jemand aus Eifersucht, Hass oder anderen Motiven ein Gewehr in die Hand nimmt, um zu töten. Das war keine Affekthandlung. Da war ein Profi am Werk.«

Er nickte. Das war das schlimmste Szenario, das er sich vorstellen konnte. »Sie haben recht. Ein Profi, davon können wir ausgehen, allein schon wegen der Entfernung. Und ein Profi zielt nicht daneben. Ihr Chef war nicht das Ziel. Es war Louise. Jemand hat sie ganz bewusst getötet.«

Sie nickte. »Wer sollte Chris, ich meine DI Marks, töten wollen? Als Polizist hast du nicht nur Freunde, sicher. Aber zum Gewehr greifen und einen Anschlag verüben, dazu gehört schon eine ganze Menge mehr.«

»Richten Sie Ihr Augenmerk dennoch auf das Umfeld von Mrs. Taylor. Ich muss an den Fall denken, in den sie mit ihren drei Freundinnen verwickelt war. Vielleicht ist am Ende doch Rache das Motiv.« Simon deutete vage voraus. »Ich gehe mal zu ihm.«

Er fand Chris auf dem Sofa im Wohnzimmer. Er hatte eine CD in der Hand, die er rhythmisch auf- und zuklappte.

»Chris.«

Sein Freund sah nicht auf. Stattdessen deutete er auf die CD. »Wir lieben beide Mary Coughlan. Und besonders ihre Version von *I'd Rather Go Blind*. Hättest du das gedacht? Ich nicht.« Er sah Simon immer noch nicht an.

»Chris«, versuchte Simon es erneut.

»Ich habe schon als Jugendlicher Gin Tonic gemocht. Diese Frische und dieser Hauch Limette. Oder war es Zitrone?« Er warf die CD-Hülle achtlos neben sich und sah aus dem Fenster hinaus in die Dunkelheit. »Viel sieht man nicht von hier aus. Nur die Kerzen. Deshalb sind wir hinausgegangen. Kannst du Sternbilder benennen? Kassiopeia zum Beispiel? Louise und ich haben es gemeinsam am Firmament gesucht.«

»Du solltest mit mir kommen, und wir fahren ins Krankenhaus.«

Sein Freund sah auf. »Louise lebt? Das ist gut.«

»Es geht jetzt um dich, Chris.«

Er sank zurück. »Das Curry und der Reis sind angebrannt. Riechst du das? Ich werde trotzdem davon essen. Man kann immer davon essen.« Ein heftiges Schluchzen bahnte sich den Weg an seinen Stimmbändern vorbei. »Louise hat so weiches Haar. Und so unglaublich blaue Augen. Wusstest du das? Und ihr Kleid ist wunderschön.«

Simon setzte sich zu ihm aufs Sofa. »Es ist gut, Chris. Lass uns nach Hause gehen. Du kannst diese Nacht bei mir schlafen.«

Chris sah ihn das erste Mal richtig an. In seinen Augen stand ungläubiges Staunen. »Du willst jetzt doch nicht etwa weg? Wir müssen den Mörder finden. Ich will wissen, wer das getan hat.« Er stand auf. »Wir müssen sofort handeln. Die ersten vierundzwanzig Stunden sind entscheidend. Lass uns keine Zeit verlieren. Los.«

Simon stand auf und drückte ihn sanft wieder auf das Sofa. »Du brauchst jetzt einen kühlen Kopf, Chris. Deine Mannschaft arbeitet mit Hochdruck. Mehr kannst du im Augenblick wirklich nicht tun, Chris.«

»DS Bley. Wo ist sie? Ich muss ...«

»Nichts musst du. Du brauchst jetzt Ruhe.«

Ein Mann in Rettungsdienstkleidung und mit Arztkoffer erschien in diesem Augenblick in der Tür. »Ein Detective Sergeant hat mich gebeten, nach Ihnen zu sehen.« Umstandslos trat er zu Simon ans Sofa, setzte den Koffer ab und nahm Marks' Handgelenk. Nach einer kurzen Prüfung des Pulses nickte er, als wolle er sich selbst das Ergebnis bestätigen. Mit wenigen Handgriffen zog er eine Spritze auf.

»Bitte machen Sie einen Arm frei. Ich gebe Ihnen etwas zur Beruhigung.« Die Stimme des Arztes klang bestimmt und routiniert.

Marks ließ den Kopf gegen die Rückenlehne des Sofas sinken und beobachtete die Prozedur teilnahmslos.

Der Mediziner wandte sich an Simon, als er seinen Koffer wieder schloss. »Das Beste ist, Sie schaffen ihn jetzt hier raus. Er wird am Tatort nicht zur Ruhe kommen.« Im Gehen wandte er sich noch einmal um. »Ich kenne Sie, DI Marks. Und ich bin sicher, dass Sie den Mörder finden werden.«

Auf dem Weg hinunter zur Zufahrt mussten sie an der Leiche vorbei. Louises Körper war abgedeckt, nur im Bereich der Füße lugte ein roter Zipfel unter der Plane hervor. Marks blieb einen Augenblick lang stehen und nahm die Szene schweigend in sich auf. Dann setzte er ebenso wortlos seinen Weg fort.

Auf dem Weg zum Cottage kam ihnen Mary entgegen. Sie war durch die Polizeibeamten aufmerksam geworden, die das Gelände nahe ihres B&B nach Spuren absuchten. An ihrem Blick erkannte Simon, dass sie nicht alles wusste, aber vieles ahnte. Schweigend begleitete sie die beiden bis in Simons Wohnzimmer.

»Du ruhst dich jetzt aus.«

Sie arrangierte ein paar Kissen so, dass er den Kopf auflegen konnte, und schob Chris sanft auf das Sofa. Widerstandslos streckte er sich aus und schloss die Augen. Mit einer knappen Kopfbewegung dirigierte sie Simon in die Küche. Dort hörte sie konzentriert zu, was er ihr über den Verlauf des Abends berichten konnte.

»Ich finde keine Worte.« Sie stand mit verschränkten Armen am Tisch.

»Es gibt keine Erklärung.« Sein Blick suchte Halt an den vertrauten Dingen in der Küche, aber sie verweigerten sich. Dann sah er Mary an. »Ich gehe davon aus, dass Chris vorerst aus dem Verkehr gezogen wird. Das ist zwar richtig, aber auch zum gegenwärtigen Zeitpunkt äußerst unglücklich. Drei unaufgeklärte Morde. Ich bin nicht sicher, ob DS Bley die Verantwortung allein stemmen kann. Die Polizei Helston ist im Augenblick nicht sehr handlungsfähig.«

»Und wenn genau das die Absicht hinter dem Mord an Louise ist?« Sie sah ihn erschrocken an, als könne sie ihren eigenen Gedanken nicht glauben.

»Was sagst du da? Ein Killer erschießt nicht den Ermittler, sondern das Liebste, das er hat? Das ist so perfide, dass ich es nur einem zutraue.« Er schüttelte entschieden den

Kopf. »Das glaube ich einfach nicht.« Er zögerte, es auszusprechen. »Das will ich nicht glauben.« Und doch ahnte er, dass es genauso sein konnte.

Sie trat auf ihn zu und nahm ihn in die Arme. »Es muss ja nicht so sein.«

Er ließ die Berührung zu, die in ihm eine Wärme auslöste, die sich auf sein Denken legte. »Wie es auch sein mag, der Tod von Louise ist einfach nur entsetzlich. Für Chris, aber auch für uns alle.«

Sie legte den Kopf an seinen Hals. »Was kannst du tun? Und was wirst du tun?«

»Ich werde die Ermittlungen unterstützen, so gut ich kann.« Er löste sich aus ihrer Umarmung. »Wir müssen wachsam sein. Das Böse wird keine Ruhe geben.« Er vermied, den einen Namen zu nennen.

Was Simon ahnte, war nur ein paar Kilometer weiter Gewissheit. In einem abgestellten Wohnmobil wurde nahezu zeitgleich der Anruf auf einem Mobiltelefon entgegengenommen.

»Und?«

»Erledigt.«

»Gut. Keine Probleme?«

»Beste Bedingungen. Sternenklarer Himmel, freies Schussfeld. Waffe gereinigt und geölt.«

»Ich wusste, dass ich mich auf dich verlassen kann. Wenn das Ganze da unten erledigt ist, wartet eine neue wunderbare Aufgabe auf dich. Du wirst sehr reich sein, und alle werden dich respektieren müssen. Herzog von Cornwall von meinen Gnaden.« Ein Lächeln in der Leitung.

»Danke.«

»Sei wachsam. Sie werden uns auf die Spur kommen.« Das Lächeln war abrupt verschwunden.

»Niemand wird mich in einem Wohnmobil vermuten. Wintercamping wird seit Jahren immer beliebter. Und das Klima hier ist doch mild.« Er lachte.

»Werd nicht übermütig.«

»Werde ich nicht.«

»Es gibt auch keinen Grund. Noch nicht. Aber es ist schon ein genialer Plan. Findest du nicht? Ich bin sein schlimmster Albtraum und werde ihn ganz langsam vernichten. Ich werde alle Gliedmaßen nach und nach abtrennen. Marks' Liebchen ist der erste Schnitt. Los, sag, dass es ein genialer Plan ist. Ich werde mir heute Abend noch etwas Besonderes gönnen.«

»Ich freue mich, dass ich dazu beitragen konnte, Chef.«

»Zieh dich ein paar Tage zurück. Sie sollen verzweifeln. Und trauern. Dann kommst du zurück. Und – lass die Waffe verschwinden, hörst du?«

XXXI.

DCI Boris Sattler musterte sie, als habe er sie vorher noch nie zu Gesicht bekommen. »Ich habe mir Ihre Akte angesehen, DS Bley. Sehr beachtlich, sehr beachtlich. Ja.« Er fuhr mit der Hand sorgfältig glättend über die schmale Akte, so als sei sie sein Besitz.

Bley nickte schweigend. Was hatte Sattler vor? Besser, sie blieb erst mal wachsam.

»Wie ist Ihr Verhältnis zu den Kolleginnen und Kollegen hier im Präsidium?«

»Wir arbeiten vertrauensvoll zusammen, Sir.«

»Und wie ist Ihr Verhältnis zu DI Marks?«

Warum betonte er das Wort *Verhältnis* so deutlich? Oder bildete sie sich das nur ein? »Wie gesagt, wir arbeiten vertrauensvoll zusammen. DI Marks überträgt mir regelmäßig verantwortungsvolle Aufgaben. Mein Vorgesetzter fördert mein berufliches Fortkommen auf vorbildliche Weise.« Sie hatte endlich den offiziellen Ton gefunden.

»Gut, gut.« Sattler nahm den Füllfederhalter in die Hand, der auf seinem Schreibtisch neben anderen Stiften in einer schmalen Schale lag, und rollte ihn zwischen den Fingern, als wolle er eine Zigarette drehen. »Sie haben das Zeug zur Diplomatin.« Er lächelte zufrieden über seinen Vergleich.

Sie schien mit ihrem Stuhl verwachsen. Antrainierter Respekt. Sollte er endlich das sagen, worauf sie vorbereitet war.

»Drei Morde. Haben Sie etwas für afrikanische Kunst übrig?«

»Nein, Sir.«

Erneut ein zufriedenes Nicken. »Sie wissen, was das bedeutet?«

»Sir?«

»Sie müssen diese drei Morde allein aufklären. DI Chris Marks ist vorläufig dienstuntauglich. Und ich habe keinen Ersatz. Der Stellenplan.« Er räusperte sich umständlich, als wolle er ihr kondolieren. »Ich übertrage Ihnen hiermit bis auf Weiteres die Leitung der Ermittlungen. Außerdem müssen Sie den Mord an Mrs. Taylor aufklären. Das schaffen Sie doch, oder?«

War das so schwer?, dachte sie, angewidert von Sattlers Rumgeeiere. »Danke, Detective Chief Inspector. Sie können sich hundertprozentig auf mich verlassen.« Sie würde Erfolg haben, und es würde sie der nächsten Sprosse auf der Karriereleiter näher bringen.

»Sie haben ein starkes Team im Rücken.« Er legte das teuer aussehende Schreibgerät, das er für seinen Dienstgrad angemessen hielt, in die Schale zurück, mit einer Geste, die bedauernd aussah. »Um ehrlich zu sein, es ist alles, was ich Ihnen derzeit zur Verfügung stellen kann. Auch unsere übrigen Aufgaben verlangen höchste Aufmerksamkeit.« Er wedelte mit der Hand, als wische er alle Gegenargumente vorsorglich vom Tisch. »Nur damit Sie das einmal gehört haben, DS.«

»Mir ist die personelle Lage wohl bewusst. Und ich bin sicher, dass das ... dass *mein* Team stark genug ist, um die Mordserie zu beenden.«

»Sehr schön.« Sattler war sichtlich erleichtert. »Haben Sie etwas von Marks gehört?«

»Nein, Sir. Soweit ich weiß, hält er sich zu Hause auf. Simon Jenkins und Mary Morgan kümmern sich um ihn.«

»Das ist doch dieser Ex-Polizist mit dem Gehstock, oder? Und diese Pensionswirtin?«

Sie nickte.

»Muss ein sehr fähiger Mann gewesen sein, damals, bis zu seinem Unfall. Schade, dass er nicht mehr bei der Truppe ist. Na ja, was treibt er da in Cadgwith? Ist Künstler, was? Dass das ein Lebensinhalt sein kann. Na ja. Und die Pensionswirtin, da gab es mal einen Fall, in den sie verwickelt war, wenn ich mich recht erinnere. War doch so, oder?«

Bley blieb nur ein zustimmendes Nicken.

»Also dann, wann liefern Sie Ergebnisse, DS Bley?«

»So schnell wie möglich, Sir.«

»Sag ich doch, Sie haben das Zeug zur Diplomatin.« Er reichte ihr über den Schreibtisch hinweg die Hand, ohne aufzustehen. »Sie können jetzt gehen. Meine und Ihre Zeit sind kostbar.«

Beim Hinausgehen hörte sie, wie der DCI mit seiner Sekretärin telefonierte und nach seiner Tischreservierung im Offiziersclub der Royal Navy fragte.

Bley ging auf dem Weg in ihr Büro bei Easterbrook vorbei und blieb im Türrahmen stehen. Der Detective Constable telefonierte gerade mit seiner Frau. Sie hörte noch, dass er sich auf den Spieleabend mit ihren Freunden freute, bevor er hastig auflegte, als fühlte er sich von Bley ertappt.

»Allan, wir müssen reden.« Sie ließ sich auf den Besucherstuhl fallen.

»Ja?« Er warf einen schnellen Blick in die Schublade seines Schreibtischs und schob sie dann zu.

»Der DCI hat mir wie erwartet die Leitung aller Ermittlungen übertragen.«

»Das freut mich für dich, Annie. Allerdings …«

»Ja?«

»Der Serienmord und dazu die tödlichen Schüsse in Cadgwith – wie sollen wir das schaffen? Wir sind nicht genug Leute. Das wird nicht gehen, fürchte ich.«

»Du solltest mal deine Einstellung zu deinem Job überprüfen, Allan. So kommen wir nicht weiter, wenn jeder von vornherein nur die Probleme sieht.« Die Bequemlichkeit ihres Kollegen brachte sie ein ums andere Mal auf die Palme.

»Ich glaube, ich sehe das durchaus realistisch.« Er schob angriffslustig das Kinn vor. »Wir sollten uns Hilfe holen.«

»Der DCI sieht dazu keine Chance.«

»Fragen wir doch Simon Jenkins, ehemaliger DS. Dass er am Stock geht, heißt ja nicht, dass er nicht fit im Kopf ist. Er könnte uns wertvolle Dienste leisten.«

Sie sah ihn fassungslos an und stand auf. »Er ist nicht mehr bei der Truppe. Das geht nicht. Aber das solltest du wissen. Nein, Jenkins ist keine Option.« Wie zur Bestätigung schlug sie beim Weggehen mit der flachen Hand auf den Türrahmen. »No way.«

Zurück im Büro, ließ sie sich auf ihren Stuhl fallen. Das Gespräch mit DCI Sattler hatte sie unerwartet angestrengt. Dazu nun auch noch Easterbrook, der von allen guten Geistern verlassen schien. Sie konnte weder bei der Mordserie noch beim Attentat auf Marks' Freundin mit einem Zivilisten zusammenarbeiten. Für jeden Anwalt wäre das ein gefundenes Fressen. Und ihre Karriere könnte sie ebenfalls vergessen. Sattler würde sie grillen, wenn er davon erführe.

Bley starrte auf die Ermittlungsakten, die sie in zwei Stapel aufgeteilt hatte. Dann schrieb sie eine kurze Rundmail an das Team und teilte DCI Sattlers Entscheidung mit. Anschließend ging sie die Kontakte in ihrem Mobiltelefon durch. Vielleicht kam ihr ja beim Scrollen eine Idee, wen sie um Hilfe bitten konnte. Aber die Liste war erschreckend kurz, wie sie feststellen musste, außerdem fand sie niemanden, dem sie eine Mitarbeit im Team anbieten konnte.

Während sie sich zum x-ten Mal das umfangreiche Material zu den drei Mordfällen vornahm, um sicherzugehen, nichts übersehen zu haben, meldete sich ihr Magen.

XXXII.

»Wann haben Sie ihn das letzte Mal gesehen, Mabel?«

Die Betreiberin des provisorisch anmutenden Campingplatzes warf einen Blick auf die Reste des Wohnmobils, aus denen immer noch dünne Rauchfahnen aufstiegen. »Das kann ich so genau nicht sagen, DS, wird schon ein paar Tage her sein. Cooper hatte ja signalisiert, dass er keinen Wert auf Kontakt legt. Daher haben wir ihn in Ruhe gelassen.«

»Ungefähr?«

»Letzten Dienstag, vielleicht.« Die junge Bäuerin zog ihre Strickjacke enger um den Oberkörper. Von der See her, die in greifbarer Nähe schien, blies ein kräftiger Wind über die Wiese.

»Letzten Dienstag, vielleicht«, wiederholte Bley und machte sich eine entsprechende Notiz.

»Er wird keine Chance gehabt haben.« Mabel deutete mit dem Kinn erneut auf die Trümmer. »Der Wind hat die Flammen in Sekundenschnelle zum Feuersturm werden lassen. Als wir das Feuer bemerkt haben, war es schon zu spät. Wir sind sofort hergerannt, aber wir konnten nichts mehr für ihn tun. Das Wohnmobil brannte bereits in voller Ausdehnung. Armer Kerl.«

»Wann war das genau?«

»Mitternacht war schon vorbei. So gegen zwei in der Früh. Die Flammen waren wie ein Leuchtfeuer.« Die Frau schien mit einem Mal zu frieren.

Bley machte sich erneut Notizen. »Ihnen ist nichts an Cooper aufgefallen? Etwas, das Ihnen seltsam vorgekommen ist?«

Mabel verneinte. »Ein komischer Kauz war er. Das schon. Und dass er die Miete für die lange Zeit im Voraus bezahlt hat, war ungewöhnlich. Aber sonst? Nein. Ich …« Sie unterbrach sich. »Doch. Wo Sie mich jetzt darauf ansprechen: Einmal habe ich ihn mit einem Gewehr gesehen, das heißt, mit so einem Futteral, in das man Gewehre steckt. Er ist damit an mir vorbei, als ich in unserer Zufahrt stand und auf meinen Mann gewartet habe, der noch mit dem Traktor unterwegs war. Cooper hat so getan, als habe er mich nicht gesehen. Aber ich glaube, er war darüber erschrocken, jemandem begegnet zu sein. Ich habe mich noch gefragt, was er vorhat, aber dann habe ich das vergessen. Hier in der Gegend gibt es ja einige Waffenbesitzer. Sie gehen auf Niederwild, oder sie ballern zum Vergnügen auch schon mal aufs Meer hinaus.«

Bley wollte gerade nachfragen, ob sie ihn noch zu anderen Gelegenheiten mit dem Futteral gesehen hatte, als der Leiter der KTU zu den beiden stieß.

»Wir sind wieder weg. Das Wrack ist freigegeben. Es sieht tatsächlich ganz danach aus, als sei der Heizofen die Ursache.«

»Ein Unfall also, Frank?«

Der gebürtige Waliser Stoltenberg hob fragend die Schultern. »Warten wir ab, was der Gerichtsmediziner sagt. Die Frage wird sein, was er überhaupt noch sagen kann, so wie die Leiche verbrannt ist.«

Die Bäuerin hob die Hand vor den Mund. »Oh, mein Gott, wie furchtbar.« Sie war erst zu den Beamten gestoßen, nachdem die Überreste des Wohnmobilbesitzers fortgebracht worden waren. »Was passiert denn jetzt?«

Stoltenberg deutete mit dem Daumen vielsagend auf Bley und verabschiedete sich.

Bley hielt ihn zurück. »Bevor du gehst, nur um ganz sicherzugehen: Habt ihr eine Waffe gefunden? Ein Gewehr?«

»Nein. Kein Gewehr, keine Kurzwaffe, nicht mal eine Patrone. Wenn, dann wüsstest du das längst, Annie.« Stoltenberg schüttelte bedauernd den Kopf und ließ die beiden Frauen stehen.

Bley sah, dass seine Kollegen bereits an ihrem Einsatzfahrzeug auf ihn warteten. Sie hatte Mitleid mit der Betreiberin des Campingplatzes. Der Vorfall war sicher keine gute Werbung. »Die Spurensicherung ist so weit abgeschlossen. Aber wir warten das endgültige Ergebnis der Laboruntersuchungen ab. Danach können Sie die Reste fortschaffen lassen.«

»Hatte er Angehörige? Wir würden gerne Kontakt aufnehmen.«

»Nach unseren Erkenntnissen hat er allein gelebt. Aber da ist noch ein Cousin. Aber ich bin nicht sicher, ob es klug ist, sich dort zu melden.« Sie hob grüßend die Hand, als der Wagen der KTU an ihnen vorbei auf den schmalen Asphaltweg bog, der sie an der Zufahrt nach Cadgwith vorbei zur Straße nach Helston bringen würde. Der Transporter nahm die gesamte Breite des Wegs ein.

Die Bäuerin hatte keinen Blick dafür. »Verstehe.« Sie sah DS Bley Hilfe suchend an. »Aber was wird denn jetzt? Wer will denn noch hier campen, wo ein Wohnmobil in Flammen aufgegangen ist? Wir stehen mit unserem Platz doch erst am Anfang. Mein Mann hat gerade erst die Duschhäuschen gebaut. Wir sind auf den Zusatzverdienst angewiesen.« Sie deutete in Richtung der kleinen Holzhütten, die am Rand des Platzes standen.

»Die Menschen vergessen schnell. Sie sollten sich nicht so viele Sorgen machen, Mabel. Außerdem sollten Sie schleunigst ins Warme.« Bley drehte sich zu Easterbrook um, der mit einem Stock umständlich in den verkohlten Wagenresten stocherte. »Wir fahren.«

Im Präsidium herrschte bei ihrer Rückkehr hektischer Betrieb. Ein Lastwagen war auf der A 394 nahe der Helstoner Innenstadt nahezu ungebremst in einen Pkw gefahren. Die Insassen tot, der Lkw-Fahrer sehr schwer verletzt, die Unfallursache noch unbekannt. Übermüdung war nicht ausgeschlossen. Der rumänische Fahrer konnte noch nicht vernommen werden. Er soll fast dreiundzwanzig Stunden auf Achse gewesen sein.

Bley schloss die Bürotür hinter sich und lehnte sich dagegen. »Scheiße, Scheiße.« Sie stieß sich ab, setzte sich an ihren Schreibtisch und stützte müde den Kopf in die Hände. Vor zwei Tagen der Mord an Louise Taylor, und nun lagen die Reste eines Mannes auf dem Tisch der Leichenschau in Truro, von dem sie nicht wussten, ob er der Tatverdächtige eines Anschlags war oder nur das bedauernswerte Opfer einer defekten Standheizung.

Sie schaltete den Computer ein und rief die Berichte und Notizen auf, die Easterbrook in den vergangenen Tagen selbst verfasst oder von den Kollegen übernommen und akribisch ins System eingepflegt hatte. Sie fand, was sie suchte. Sie hatten zwar den Namen des Toten und seine Vita, aber sie fand nicht den kleinsten Hinweis, der darauf schließen ließ, dass Billy Cooper in irgendeiner Form mit den Speermorden in Verbindung gebracht werden konnte. Noch, dass er es und warum er es auf Louise Taylor oder DI Marks abgesehen haben könnte. Aus der Tatsache, dass auch Cooper in Wandsworth eingesessen hatte, ließ sich nicht der geringste Zusammenhang konstruieren. Sie würde Easterbrook noch einmal auf den Großcousin des Toten ansetzen, diesen Mitch.

Bley legte die Hände flach auf die Schreibtischplatte. Was war jetzt zuerst zu tun? Das berufliche und private Umfeld von Louise Taylor musste durchkämmt werden. Wer profitierte von ihrem Tod? Wer könnte sie derart gehasst haben, dass er eine Waffe auf sie richtete – oder dafür einen Profi engagierte? Sie würde mit Marks reden müssen. Aber das konnte sie im Augenblick vergessen. Ihr DI war nicht ansprechbar.

Sie würde im Team festlegen, wer sich um Philip Burns kümmern sollte, der Immobilienmakler war immer noch nicht aufgetaucht. Machte ihn das verdächtig? Sie hob fragend die Schultern, obwohl niemand sonst im Raum war. DS Annie Bley wollte ihr Team nicht überlasten, aber gingen sie nicht bei jedem Tötungsdelikt bis an ihre physischen und manchmal auch seelischen Grenzen, um den Fall aufzuklären und den trauernden Angehörigen Gewissheit zu geben?

Sie spürte, dass sie selbst hart am Rand ihrer Möglichkeiten stand, dabei hatte ihre Arbeit gerade erst begonnen. Sie nahm einen Juckreiz wahr, der sich schnell über ihren ganzen Körper ausdehnte, und sie musste sich beherrschen, um sich nicht ausgiebig zu kratzen. Das würde keine Linderung bringen, sondern das Problem eher verstärken. Diese heftigen Attacken kannte sie erst seit ihrem Zusammenbruch während der *anderen Sache*, wie sie die damaligen Ermittlungen nannte. Seither war in ihrem Leben kaum etwas wie zuvor. Einzig Marks' Aufmerksamkeit war immer noch die gleiche und gab ihr, auch wenn sie sich das nicht eingestehen wollte, ein gehöriges Maß an Stabilität. Chris Marks fehlte ihr aus gleich mehreren Gründen.

DS Bley schreckte aus ihren Gedanken auf, als ihr Mobiltelefon schrillte.

»DS Bley, Polizei Helston, was kann ich für Sie tun?« Am anderen Ende der Leitung war Mabel, die Betreiberin des Campingplatzes. »Ich habe Ihnen doch von dem Futteral erzählt. So eins, in dem man sein Gewehr transportiert.« Schweigen.

»Ja?«

»Vielleicht ist das wichtig. Mein Mann ist gerade vom Feld zurückgekommen. Er sagt, dass es in der Tat ein Futteral für eine Waffe ist. Und zwar für eine sehr teure.«

»Wie kommt er darauf?«

»Als er an einem der Waschhäuschen gearbeitet hat, musste er noch einmal auf den Hof zurück und ist dabei am Wohnmobil vorbei. Und da hat er etwas beobachtet.« Mabel war ganz aufgeregt.

»Was hat er beobachtet?«

»Durch das Fenster hat er ein Zielfernrohr gesehen.«

»Ein Zielfernrohr?«

»Ja. Ein … Augenblick bitte … ein … ich habe es extra auf dem Zettel notiert: M7Xi IFS 4–28x56.« Sie sprach so sachlich, als habe sie gerade Dünger einer bestimmten Sorte bestellt.

Bley hatte mitgeschrieben. »Das ist eine ziemlich exakte Beschreibung. Mir sagt das jetzt nichts. Wie kommt Ihr Mann darauf?«

»Bernhard war bei der Armee. Als Scharfschütze.«

»Aha?« Konnte das sein? Ein Bauer, der darauf spezialisiert war, Menschen auf große Distanzen auszuschalten? Mabel klang jedenfalls so, als wäre dies die normalste Sache der Welt.

»Sie mögen das furchtbar finden, DS. Als ich Bernhard auf einer Party kennengelernt habe, war er kurz davor, die Armee zu verlassen. Er wollte weg von dem, was er gelernt hatte. Und er wollte das einfache Leben. Weg von der Gewalt. Wir haben schnell geheiratet, und er ist mit Leib und Seele Bauer. Die Arbeit auf den Feldern und im Stall habe sein Leben gerettet, sagt er.«

»Ist Ihrem Mann sonst noch etwas aufgefallen, Mabel?«

»Er hat das Zielfernrohr nur für einen Augenblick gesehen, dann hat Cooper es mit einem Tuch abgedeckt. Aber Bernhard hat sofort gewusst, um welches Modell es sich gehandelt hat. Er war auf das gleiche Modell geschult.«

»Warum erfahren wir das erst jetzt?«

»Bernie hat dem keine große Bedeutung beigemessen. Das Zielfernrohr ist zwar teuer, aber auch bei Schützen beliebt, die nicht seine Ausbildung durchlaufen haben. Erst durch das Feuer und Ihre Nachfragen hat er wieder an seine Beobachtung denken müssen.«

»Sie haben alles richtig gemacht, Mabel, wir werden in den kommenden Tagen sicher noch einmal zu Ihnen kommen. Danke.«

Nachdem sie das Gespräch beendet hatte, rief sie in der Kriminaltechnik an und gab die Modellbezeichnung durch. Sie wollte mehr über das Zielfernrohr und die dazu passende Waffe wissen.

»Interessant. Ich kenne das Modell. Deutsches Unternehmen. Das Zielfernrohr erlaubt einen unglaublich präzisen Einsatz der Waffe, auf die es montiert ist. Ich kümmere mich darum. Ein Jammer, dass wir in dem Brandschutt nichts gefunden haben. Übrigens haben wir gerade vom Gerichtsmediziner die Kugel bekommen, die Louise Taylor getroffen hat. Dabei handelt es sich um ein Vollmantelgeschoss. Könnte von einem AR-15 abgefeuert worden sein. Wir lassen die Daten gerade noch durch das System laufen. Vielleicht führen sie uns zu der Waffe.«

»Ich weiß, Frank. Jeder Gewehrlauf hinterlässt auf der Kugel so etwas wie einen Fingerabdruck.«

»So ist es. Ich melde mich, sobald ich mehr weiß.« Stoltenberg trennte die Verbindung.

AR-15. Soweit sie sich erinnerte, handelte es sich um ein Sturmgewehr. Dazu ein Hightech-Zielfernrohr. Es war zwar alles noch Spekulation, aber wo war sie da hineingeraten? Das Ganze sah nicht danach aus, als sei Louise Taylor von jemandem erschossen worden, der aus irgendeinem niederen Beweggrund einen Hass gegen sie entwickelt hatte. Hätte am Ende nicht Taylor, sondern doch Marks sterben sollen?

Annie Bley traf eine Entscheidung und griff zum Telefon.

XXXIII.

»Wie geht es dir?«

»Wer will das wissen?« Chris Marks hatte die Haustür nur ein Stück geöffnet und blinzelte in die Morgensonne.

»Darf ich reinkommen?« Simon hielt eine Papiertüte mit Pasties hoch.

»Ich habe keinen Hunger«, erwiderte Marks unschlüssig und wollte die Tür wieder schließen.

»Wann hast du das letzte Mal etwas gegessen?«, fragte Simon und drängte sich an seinem Freund vorbei, der nur widerwillig den Weg freigab.

Simon ging durch bis zur Küche. Im ganzen Haus roch es nach verbrauchter Luft, ungewaschener Haut und den Resten von Alkohol. Er öffnete das Fenster weit.

»Es stinkt wie in einem Pumakäfig.«

»'tschuldige. Wusste nicht, dass hoher Besuch kommt.« Marks kratzte sich ungeniert im Schritt, trat dann an den Kühlschrank und zog eine offene Flasche Gin hervor, aus der er einen gehörigen Schluck nahm.

»Tee wäre jetzt die bessere Alternative.« Simon stellte seinen Stock neben die Anrichte und suchte im Oberteil des Küchenschranks nach Teebeuteln.

»Bekenne mich schuldig, euer Ehren.« Marks ließ sich kraftlos auf einen Stuhl fallen und starrte auf die Tischplatte. Dabei kratzte er sich ausgiebig am Kopf.

Simon legte die Papiertüte vor ihn hin. »Du musst etwas essen, Chris.«

Marks schob sie von sich. »Wozu?«

Ohne auf Chris einzugehen, goss Simon eine Kanne Tee auf und stellte zwei Becher auf den Tisch. »Der Tee wird dir guttun.«

»Wozu?«

Simon sah ihn schweigend an. Chris machte den Eindruck, als habe er die vergangenen Tage im Bett verbracht. Der Pyjama hatte Flecken, sein Gesicht war grau, voller Falten und hatte schon länger keinen Rasierapparat mehr gesehen.

»Iss.« Er deutete auf die Tüte.

»Hör auf, mich zu bemuttern.« Marks sah ihn aus rot geränderten Augen an. »Verschwinde besser.«

»Ich habe noch ein wenig Zeit. Luke hat in der Stadt zu tun. Er kommt später vorbei, um mich aufzusammeln.«

Marks ließ nicht erkennen, ob er verstanden hatte, was Simon gesagt hatte. »Was willst du hier? Dabei zusehen, wie ich Stück für Stück verrecke?«

»Deine Antennen haben recht. Ich bin aus einem bestimmten Grund hier. Und der hat nichts mit dem zu tun, was du gerade von dir gegeben hast.« Simon verstand, dass Marks litt. Er hatte mitansehen müssen, wie seine Freundin, seine überbordende Liebe und seine Zukunft hinterhältig ausgelöscht wurden. Und doch irritierte ihn das Selbstmitleid, das Chris zeigte. Aber vielleicht brauchte sein Freund genau das in diesen Tagen. »DS Bley hat mich heute angerufen.«

In Marks' Augen glomm zum ersten Mal ein Funken Interesse. Aber er schwieg.

»Sie hat mich um Hilfe gebeten. Und sie hat mich gebeten, nach dir zu sehen. Schöne Grüße soll ich ausrichten.«

Marks brummte etwas, was Simon nicht verstand.

»Sie hat mich außerdem darum gebeten, dir ein paar Fragen zu stellen, sozusagen von Freund zu Freund. Aber wenn du willst, können wir das auf später verschieben.«

DI Marks richtete sich langsam auf und räusperte sich umständlich. Außerdem fuhr er sich mit den Händen über den Pyjama, als wolle er ihn bügeln. »Bringen wir es hinter uns.«

»Nach allem, was die KTU und DS Bley im Augenblick wissen, ist der Schuss mit äußerster Präzision ausgeführt worden. Louise hatte keine Chance. Dazu kommt, dass ihr nicht eng beieinanderstandet, als die Kugel sie traf. Daher geht dein Team davon aus, dass Louise tatsächlich das Opfer sein sollte und nicht versehentlich erschossen wurde. Der Schütze wollte sie und nicht dich treffen.«

»Bullshit.«

»Bei dem Geschoss handelt es sich um ein Vollmantelgeschoss. Es wurde zudem sehr wahrscheinlich ein hochmodernes Zielfernrohr benutzt. Für einen versierten Schützen war die Entfernung also kein Problem.«

»Sehr wahrscheinlich?«

»Sie checken gerade die Kugel. Vielleicht ergibt sich daraus ja die passende Waffe. Dann muss noch das Zielfernrohr eindeutig zugeordnet werden.«

»Wie kommt das Ding überhaupt ins Spiel?«

Simon erzählte in wenigen Sätzen, was Bley von den Betreibern von Cadgwith Camping erfahren hatte.

»Ich erinnere mich, dass Luke den Großcousin des Toten kennt. Ist er schon überprüft worden?«

Simon nickte. »Mitch ist sauber, kann über Cooper aber nichts weiter berichten, als eh schon bekannt ist. Wie gesagt, Bley und Easterbrook arbeiten rund um die Uhr.«

Marks' Gesicht zerfurchte mit jeder Information ein Stückchen mehr. »Wer hat ein Interesse an Louises Tod?« Seine Augen füllten sich mit Tränen. Hastig wischte er sie weg, als schäme er sich ihrer. »Ich muss ins Präsidium, sofort. Wir müssen jetzt alle hart arbeiten. Der Mörder darf nicht davonkommen.«

»Du bist hier besser aufgehoben, glaub mir. Du bist in die Sache involviert und daher nicht unvoreingenommen. Du würdest die Ermittlungen nur behindern, statt ihnen zu nutzen.«

Der DI sprang auf. »Ich habe keine Zeit zu verlieren.«

Simon hielt ihn zurück. »Schau dich doch an, willst du so ins Präsidium? Außerdem wird DCI Sattler dich sofort von dem Fall abziehen.«

Marks setzte sich langsam, als die Bedeutung von Simons Sätzen zu ihm durchdrang. »Du meinst …?«

»Von hier aus kannst du im Hintergrund mehr bewirken. Lass uns gemeinsam und in Ruhe nach dem Motiv für Louises Tod suchen. So unterstützen wir DS Bley am besten.«

»Mag sein«, bestätigte Marks matt. Simon hatte recht. Ihm fehlte die Kraft. Und er wollte Sattler keinen Anlass bieten, ihn am Ende endgültig kaltzustellen. Seit Langem suchte der DCI nach einem passenden Grund.

»So gefällst du mir schon besser.« Simon zögerte, bevor er das aussprach, was sich in ihm immer mehr verfestigt hatte. »Ich glaube, du warst tatsächlich das Ziel.«

Auf Marks' Stirn erschienen Fragezeichen.

»Sehr perfide. Louise musste sterben, um dich in deinem tiefsten Inneren zu treffen. Das ist meine Vermutung. Jemand will dein Leben zerstören. Das ist schlimmste Folter.«

»Bist du wahnsinnig?«

»Es gibt nur ein krankes Hirn, das sich so etwas ausdenken kann – Hans Lehmann.«

Marks schwieg lange und schüttelte immer wieder den Kopf. Dann schrie er es hinaus: »Lehmann. Immer wieder Lehmann. Das ist zu deiner fixen Idee geworden. Wenn einer die Ermittlungen behindert, dann bist du das mit deinen kranken Fantasien.« Er sank in sich zusammen. »Nein, Simon, es muss eine andere Erklärung geben für ihren Tod.

Bley muss in Louises Umfeld ermitteln. Nur da wird der Mörder zu finden sein. Ein Arzt, der Waffennarr ist, den sie hat abblitzen lassen. Ein Pfleger, ein Sportschütze, der Lust am Töten hat und Gewehr statt Spritzen benutzt. Eine Kollegin, die neidisch ist, weil man Louise den Posten als Ärztliche Direktorin angeboten hat und nicht ihr. Vielleicht hat Louise auch ihre Geheimnisse gehabt, die sie jetzt eingeholt haben.« Er schwieg und lehnte sich erschöpft zurück.

»Chris.«

»Lass mich endlich in Ruhe.«

»Du brauchst einen klaren Kopf, wenn du Louises Mörder finden willst.« Simon blieb von Marks' Ausbruch unbeeindruckt. Er wusste, dass er recht hatte. Es konnte keine andere Erklärung geben, warum Louise hatte sterben müssen. Jemand wollte, dass Marks litt. Und dieser Jemand konnte nur Hans Lehmann sein. Mochte Chris noch so laut toben.

Chris sah Simon mit einem unvermutet klaren Blick an. »Wenn du recht hast, wird er mich ebenfalls töten wollen. Und danach dich.«

Das war exakt das, was Simon dachte.

»Haben wir eine Wahl?« Marks sah ihn an. »Wir müssen an Lehmann ran.«

»Wir haben eine kleine Chance, Chris.«

Marks' Blick nach zu urteilen, schien ihn die Ankündigung wenig zu überzeugen.

»Helen Baxter will mich besuchen. Sie muss uns helfen.«

»Wie willst du das bewerkstelligen? Sie wird doch über ihre Arbeit schweigen wie ein Grab.«

»Ich …« In diesem Augenblick klingelte sein Mobiltelefon. Er sah die Nummer der Polizei Helston im Display. Das musste Bley sein.

»Ja?«

»Wo sind Sie? Bei Marks?«

»Yep.«

»Wir haben einen Treffer. Stoltenberg, unser Chef der KTU, hat die gleichen Features in der Datenbank gefunden, die auch die tödliche Kugel in Cadgwith zeigt. Sie gehören zu Geschossen, die vor vier Jahren bei dem Überfall auf einen Geldtransporter in Liverpool abgefeuert wurden. Taylor wurde also mit dem gleichen Sturmgewehr erschossen, das auch damals benutzt wurde. Zwei Wachmänner haben ihr Leben verloren. Ihre Verletzungen zeigen zudem das gleiche Muster wie die von Mrs. Taylor. Billy Cooper gilt als Schütze. Seine Fingerabdrücke wurden am Tatort sichergestellt – das Dach eines Lagerhauses, von dem aus die tödlichen Schüsse abgefeuert wurden. Die Kollegen dort haben ermitteln können, dass Cooper das AR-15 illegal besessen hat, gekauft von einem Typen, der in anderer Sache festgenommen wurde und der gesungen hat, um Aussicht auf eine geringere Haftstrafe zu haben. Cooper ist seither auf der Flucht, wie auch seine beiden Komplizen.«

»Cooper, der Mann, der im Wohnmobil verbrannt ist.« Marks horchte auf, als er Simons Worte hörte, sagte aber nichts.

»Sie haben richtig gehört. Bei dem Gewehr handelt es sich um eine modifizierte Version des AR-15, wie es Scharfschützen des Militärs benutzen. Ich will nicht die Fakten herbeten, nur so viel: Kaliber fünfkommasechsundfünfzig mal fünfundvierzig Millimeter, Vollmantelgeschoss, dazu eine hohe Mündungsgeschwindigkeit. Das Ganze sei simple Physik. Kleine Wunde beim Eintritt, große Wunde beim Austritt der Kugel. Der perfekte Dreiklang, um absolut tödlich zu sein, sagt die KTU.«

»Weiß man etwas über die Komplizen?«

»Nicht viel. Die Kollegen konnten bisher nur einen Namen ermitteln: Keith Stone.«

Simon spürte, wie seine Nackenhaare sich aufstellten. »Wie ist Ihre Einschätzung, DS Bley?«

»Das Ganze riecht verdammt nach einer größeren Organisation. Cooper ist kein Einzeltäter. Dahinter steckt eine Logistik, die ein Einzelner kaum leisten kann.«

»Da bin ich ganz Ihrer Meinung.«

»Dazu passt auch Coopers Tod.«

»Wie meinen Sie das?«

»Eine besonders perfide Art, Spuren zu verwischen. Nicht zu vergessen, dass wir die Waffe nicht gefunden haben.«

»Danke für die Information, DS Bley.«

»Nennen Sie mich Annie. Wie geht es Marks?«

»Er könnte eine Dusche und eine Rasur gebrauchen.«

»Sagen Sie ihm, dass ich ihn verstehe.«

Es klickte übergangslos in der Leitung.

»Was ist mit Cooper?«

Simon brachte ihn auf den aktuellen Stand, aber ohne ihm von Bleys letzter Bemerkung zu erzählen. Marks griff währenddessen zu einem der Pasties und kaute mit zunehmendem Genuss.

Nachdem Simon geendet hatte, hob Marks die Hand. »Ich weiß, was du jetzt denkst. Und ich glaube mittlerweile auch, dass wir in diese Richtung gehen müssen. Die Organisierte Kriminalität ist endgültig in Cadgwith angekommen.«

»Wir haben keine Wahl.«

Marks verfiel in nachdenkliches Schweigen, dann stand er plötzlich auf und schlurfte zur Tür. »Warum sagst du mir nicht, dass ich wie ein Iltis stinke? Ich geh duschen.«

Während Simon in der Küche wartete, ging er in Gedanken die Optionen durch, die sie hatten. Er würde auf Helen vertrauen müssen. Ohne ihr Wissen und ihre Kontakte hatte er keine Chance. Sie würde wissen, wo sich Lehmann aufhielt, wen er wie auf einem Schachbrett um sich gruppiert hatte, damit er in deren Schutz handeln konnte. Sie würden Keith Stone aufstöbern und endlich ausschalten müssen. Und es gab mit Sicherheit noch mehr Keith Stones, die Lehmann aufbieten und opfern konnte. Sie mussten höllisch aufpassen. Simon dachte an Mary. Ihr würde er nur das Nötigste erzählen, um sie nicht zu beunruhigen – und um sie zu schützen. Eine weitere Begegnung mit Stone würde sie nicht überstehen.

Er bedauerte DS Bley. Auf ihren Schultern lastete eine schier unlösbare Aufgabe: auf der einen Seite den Mord an Louise aufklären und auf der anderen Seite die Mordserie beenden. Dabei würde er ihr nicht helfen können, sein Fokus blieb Hans Lehmann. Um Chris zu unterstützen und um seine eigene Seele endlich heilen zu können.

»Was schaust du so trübsinnig? Lass uns endlich unseren Job machen. Wir haben eine Menge zu erledigen.« Marks kam wie verwandelt in die Küche zurück. Sein Hemd war frisch, ebenso die Jeans. Sein Blick war purer Ehrgeiz und Entschlossenheit. »Ich werde Louise rächen.«

Simon verstand, was sein Freund meinte. Nun waren sie schon zwei, die Lehmann zur Strecke bringen wollten. »Wir werden das schaffen.«

Marks verschwand erneut Richtung Schlafzimmer und kam mit dem Smartphone in der Hand zurück. Während er es aktivierte, sprach er zu Simon. »Ich hatte schon fast vergessen, dass ich eins besitze.« Er hielt inne, und sein Blick verdunkelte sich kurz. »Ich habe es nicht ertragen, Louises letzte WhatsApps so nahe bei mir zu haben.« Konzentriert scrollte er durch die aufgelaufenen Texte der vergangenen Tage und setzte sich dabei achtlos.

Er hob das Telefon hoch und lächelte unsicher. »Bley. Sie hat ständig geschrieben. Wollte wissen, wie es mir geht, und mich gleichzeitig auf dem Laufenden halten.« Er sah Simon an, als könne er nicht glauben, dass sie so viel Mitgefühl zeigte. »Hier«, er deutete auf eine WhatsApp und las, »sie schreibt, dass die KTU Coopers Handy gefunden hat, aber ausschließt, es wiederherstellen zu können. Das Smartphone ist vollständig verbrannt.« Er scrollte weiter. »Eine Nachricht von Easterbrook. Cooper war zuletzt in Liverpool gemeldet. Auch diese Wohnung ist ausgebrannt. Das ist kein Zufall, Simon. Da wollte jemand ganz sichergehen, dass wir auf keinen Fall eine Verbindung zwischen Cooper und ihm ziehen können.«

»Das passt ins Bild.«

Marks' Smartphone meldete mit einem *Pling!*, dass er eine neue Nachricht erhalten hatte. Stirnrunzelnd las er den Inhalt. »Meine Bekannte aus dem Maklerbüro. Ihr Chef hat sich gemeldet.«

»DS Bley sollte das wissen.«

XXXIV.

»Musste das sein? Eine Nummer kleiner hätte es auch getan.«

»Ich hatte keine Wahl.«

»Die Sache schlägt unnötig hohe Wellen.«

»Cooper war zwar ein hochbegabter Scharfschütze, aber er war auch ein Spinner. Ein echtes Sicherheitsrisiko.«

Lehmann nickte. »Und nun ist alles safe?«

»Die Waffe ist längst eingeschmolzen, und in seiner Wohnung werden sie nichts mehr finden.«

»Du weißt, dass ich Gewalt gegen Unbeteiligte hasse.«

»Keine Sorge, Boss. Zum Zeitpunkt des Feuers war niemand im Haus. Um die Hütte ist es ohnehin nicht schade. War nicht mehr als eine Absteige. Wenn meine Kontakte richtigliegen, gehen die Bullen davon aus, dass einer der Junkies aus der Gegend das Feuer absichtlich gelegt hat, um seinen Einbruch bei 'nem anderen Junkie zu vertuschen.«

»Halte die Bullen nicht für total bescheuert. Was, wenn sie doch dahinterkommen? Das Ganze lenkt viel zu viel Aufmerksamkeit auf Cooper.«

»Sie werden nichts finden.«

Lehmann nickte bedächtig. »Die Nummer mit den Speeren, von der du mir erzählt hast, was ist damit?«

»Diese DS hat einen Immobilienmakler im Visier. Das komplette Präsidium ist in die Ermittlungen eingebunden. Besser kann es für uns nicht laufen.«

»Manchmal muss man auch mal Glück haben.«

»Sie sind derart beschäftigt, dass sie kaum Zeit haben, sich um die Taylor-Sache zu kümmern.«

»Was ist mit diesem DI? Diesem Marks?« Lehmann sah gelangweilt aus dem Fenster. Der Feierabendverkehr wälzte sich langsam unter ihm Richtung Autobahn. Ein rotes Band aus Rücklichtern spiegelte sich im nassen Asphalt.

»Im Augenblick außer Gefecht, Boss. Ihre Maßnahme zeitigt den gewünschten Erfolg.«

»Woher hast du den sarkastischen Unterton?«

»Sorry, Boss. Das ist nicht meine Absicht. Ich freue mich, dass der Arsch leidet.«

»Dann lass das geschwollene Geschwafel, steht dir nicht.« Er deutete auf die Szene vor seinem Fenster. »Lemminge. Eine Herde Idioten und Loser, was?«

Er beeilte sich zuzustimmen. »Wenn sie wüssten, dass wir sie jederzeit ausschalten könnten.«

»Geht es nicht eine Nummer kleiner?«

»Mir geht der vorweihnachtliche Rummel auf die Eier, das ist alles.«

»Du bist geschmacklos. Weihnachten ist das Fest der Liebe, vergiss das nicht.«

»Ich habe den Scheiß schon als Kind gehasst.«

»Was ist eigentlich mit unserem lieben Leonid?«

»Zahm wie ein Äffchen.« Er lachte auf.

»Red Klartext.«

»Die Lieferungen sind abgewickelt. Null Probleme. Das Geld ist schon verbucht.«

»Brav.« Lehmann pulte ausgiebig einen Essensrest aus seinen Zähnen. »Ich will heute noch zur Zahnreinigung. Valerie soll einen Termin machen.«

»Ich kümmere mich selbst darum, Boss.« Er hatte keine Lust, Lehmanns Tochter zu begegnen.

Lehmann sah auf seine Armbanduhr. »Du kannst verschwinden. Die Maniküre kommt gleich.« Er drehte sich um. »Bevor ich es vergesse, du kommst am ersten Weihnachtstag zum Essen. Kleiner Kreis. Nur du, Valerie und ich.«

»Ich weiß nicht, ob ich …«

»Sei nicht so bescheiden. Hast du dir verdient.«

Es gab nur wenig in seinem Leben, was ihm Angst machte. Diese Einladung gehörte dazu.

»Ich …«

»Die Sache ist also abgemacht.« Er sah Stone von oben bis unten an. »Und kauf dir einen anständigen Anzug. Weihnachten will ich es feierlich haben.«

»Gut, Boss.« Mehr brachte er nicht hervor. Jedes weitere Wort würde an seinen Stimmbändern kratzen und Lehmann seine Angst verraten. Eine Einladung zum Weihnachtsfest im kleinen Kreis: Er ahnte, was das hieß. Valerie würde ihn mit ihren Blicken grillen. Und Lehmann würde genau beobachten, wie er sich verhielt. Ein falsches Wort, eine falsche Geste, und er wäre tot.

XXXV.

»Er hat nur gesagt, dass ich mir keine Sorgen machen muss und dass es ihm gut geht. Er kommt erst am dritten Advent zurück. Er habe gemerkt, dass ihn die vergangenen Monate ausgelaugt haben und er endlich zur Ruhe kommen will.« Sie wickelte eine Locke um den Finger und wickelte sie wieder ab.

DS Bley entging die nervöse Geste nicht, sie wollte aber nicht darauf eingehen. Stattdessen blätterte sie eine neue

Seite in ihrem Notizbuch auf. »Wo genau er ist, hat er nicht gesagt?«

Chrissie schüttelte den Kopf. »Er hat gesagt, dass er sich von seinen Kumpels verabschiedet hat, um in den Bergen von Wales Ruhe zu finden.« Sie nahm erneut eine Locke in die Hand.

»Beunruhigt Sie das? Sie machen so ein Gesicht.« Bley sah erneut von ihrem Notizbuch auf.

»Es muss ihm wirklich schlecht gehen. Philip hat nie ein Problem daraus gemacht, dass er rund um die Uhr unterwegs war. Der Erfolg hat ihm recht gegeben. Er ist darüber sehr wohlhabend geworden.« Sie sah die DS direkt an. »Wenn Sie mich fragen, steckt er mitten in der Midlifecrisis. Typisch Mann.«

»Wie sind Sie mit ihm verblieben?«

Sie zuckte achtlos mit den Schultern. »Dass ich hier natürlich die Stellung halte und er sich auf mich verlassen kann. Und dass er sich wieder melden soll. Genau. Und ich habe ihm viel Spaß gewünscht.« Sie schlug die Beine übereinander.

»Wie gut kennen Sie Ihren Chef?«

»Wie meinen Sie das?« Sie schien ehrlich irritiert.

»Durchaus auch das, was Sie vermuten, was ich meine.« Bley war sich sicher, dass die Blondine ihre Naivität nur spielte.

»Hat Ihnen Ihr Chef nicht gesagt, dass ich verlobt bin?«

»Das eine schließt das andere nicht aus, oder?«

»Ich muss doch sehr …«

»Ihr Privatleben geht mich nichts an. Ich will lediglich von Ihnen wissen, wie gut Sie Philip Burns als Inhaber der Firma kennen, in der Sie arbeiten.«

»Seit vier Jahren kenne ich ihn.«

»Und in dieser Zeit ist alles mit rechten Dingen zugegangen?«

»Ich verstehe Sie nicht.« Chrissie stellte die Beine wieder nebeneinander. Ihr Blick irrte durch das Büro. Ihre Locken hatte sie völlig vergessen.

»Es ist nie zu … ich sage mal … Unregelmäßigkeiten gekommen?«

»Philip führt ein solventes Unternehmen, wenn Sie das meinen. Sie können sich gerne erkundigen. Alle Deals haben wir nach Recht und Ordnung abgewickelt. Es hat nie Anlass zu Klagen gegeben, weder auf der Käufer- noch auf der Verkäuferseite. Andernfalls wären wir nicht so erfolgreich. Außerdem wäre ich dann längst nicht mehr bei der Firma.«

»Ich wollte Ihnen nicht zu nahe treten.« Bley hob die Hand. Die Vehemenz, mit der die Frau ihren Chef verteidigte, erstaunte sie und machte sie zugleich noch misstrauischer.

»Wir haben nichts zu verbergen. Und was die Sachen aus Horsley Hall betrifft: Ich habe Ihnen bereits gesagt, dass Philip Mrs. Gilbert lediglich einen Gefallen getan hat und den ganzen Krempel für sie entsorgen wollte. Sie können sicher nicht unterstellen, dass wir uns an den Sachen bereichern wollten. Philip hat Horsley Hall gekauft, inklusive aller beweglichen Habe. Sollte sich Wertvolles darunter befunden haben, ist das für Mrs. Gilbert am Ende bedauerlich, aber wir haben alles Recht, mit den beweglichen Dingen nach unseren Plänen zu verfahren. Sollten Sie, aus welchen Gründen auch immer, Vorsatz vermuten, ist das völliger Unsinn. Nehmen Sie gerne mit der Kanzlei Kontakt auf, die uns in solchen Dingen vertritt.«

»Wie gesagt, unser Besuch bei Ihnen hatte lediglich den Zweck, etwas zu überprüfen. Wir sind weit davon entfernt, Ihnen etwas unterstellen zu wollen. Wir sind im Gegenteil sehr dankbar, dass Sie unsere Arbeit unterstützen.«

»Ich weiß immer noch nicht, was Sie gesucht haben.«

Bley ließ die Frage unbeantwortet.

»Kann ich jetzt gehen, bitte?« Sie stand auf.

»Bitte informieren Sie uns, wenn Mr. Burns aus Wales zurück ist.«

»Sicher.« Sie ging bis zur Tür und drehte sich dann noch einmal um. »Nur für das Protokoll: Ich war mit Philip nicht im Bett. Er steht zwar auf Frauen, aber nicht nur. Wenn Sie verstehen, was ich meine, DS.«

Bley sah ihr hinterher und ärgerte sich, dass sie Burns wohl endgültig aufgescheucht hatte. Wenn sie es nicht schon längst getan hatte, würde Chrissie Spector spätestens jetzt ihren Chef über die Vorgänge rund um den Kauf von Horsley Hall informieren. Sie hatte unnötig einen Trumpf aus der Hand gegeben.

Es klopfte an der Tür, und DC Easterbrook betrat das Büro.

»Was gibt's, Allan?« Die Frage war in ihrem ungeduldigen Ton schneller draußen, als sie das gewollt hatte.

»Wir haben Burns' Mobiltelefon orten können. Es ist seit zwei Tagen in der Gegend von Conwy eingeloggt, oben an der walisischen Küste.«

»Dann hat seine Mitarbeiterin also nicht gelogen. Burns ist wirklich in Wales.«

»Was tun wir nun? Lassen wir ihn von den Waliser Kollegen festnehmen?«

»Sicher nicht, Allan. Es gibt keine Verdachtsmomente, die auf Burns als Täter hinweisen. Der Umstand, dass er Horsley Hall gekauft hat und nun die Einrichtung und den anderen Kram zu Geld machen will, rechtfertigt keine Festnahme. Wir werden wohl oder übel auf seine Rückkehr warten müssen. Dann sehen wir weiter.«

»Ziemlich dünn, das Ganze.« Easterbrook wirkte unzufrieden. »Was können wir überhaupt tun?«

Bley blätterte durch die Akten, um den Anschein zu wahren, sie sei mitten im Geschehen und Herrin des Verfahrens. Easterbrook sollte keine Gelegenheit haben, ihre Kompetenz anzuzweifeln. »Wir fahren morgen Vormittag raus zum Tatort und sehen uns dort bei Tageslicht um. Und wir werden diese seltsame Bäuerin dort noch einmal befragen. Marks hat schon vermutet, dass sie etwas gesehen und vergessen haben könnte. Wer an diesem einsam gelegenen Hof vorbeifährt, tut dies nicht ungesehen. Es sei denn, die Frau war zu der Zeit nicht da.«

»Soll ich nicht besser hierbleiben und die Handakte auf den aktuellen Stand bringen?« Easterbrooks Gesicht zeigte deutlich, dass er sein stickiges Büro dem matschigen Umfeld des Bauernhofs und der Kälte vorzog.

»Frische Luft wird uns guttun.« Bley musste insgeheim über ihn schmunzeln. »Das ist übrigens eine dienstliche Anordnung.«

»Aber, Kollegin, ich …«

»Scherz, lieber Allan. Aber es bleibt dabei, wir fahren gemeinsam raus.«

Der Detective Constable verließ das Büro mit einem Blick, der sie befürchten ließ, er würde nun als Erstes eine Beschwerde formulieren und an DCI Sattler schicken.

Sie griff zu den Unterlagen, die das Ermittlungsteam bisher in Sachen Louise Taylor zusammengetragen hatte. Ein ziemlicher Stapel mittlerweile, aber mit wenig Substanz. Demnach drehten sie sich im Kreis. Taylors Umfeld war völlig unverdächtig. Wenn bei der Befragung ihrer Kolleginnen und Kollegen Unstimmigkeiten zutage traten, betrafen sie einzig und allein den Arbeitsalltag in der Klinik. Die Gerüchte, Verdächtigungen und Befindlichkeiten der Befragten drehten sich um Dienstpläne, um personelle Lücken in der Verwaltung, um Zuständigkeiten und unterstellte Missgunst. In der Summe ließ sich daraus kein Motiv ableiten. Zumal niemand einen Waffenschein besaß, beantragt hatte oder fit im Umgang mit Waffen war. Niemand schien zudem zwielichtige Kontakte zu haben, die einen illegalen Waffenkauf vermuten ließen.

Der Umstand, dass die Merkmale der Tat in den Bereich der Organisierten Kriminalität verwiesen, beunruhigte zutiefst. Sie wünschte sich Marks' Kompetenz und Ruhe herbei, in deren Schatten und Schutz sie gewohnt war zu arbeiten. Sie befürchtete, dass er möglicherweise noch für Wochen ausfiel. Ihre größte Hoffnung war daher Simon Jenkins. Aber der schien sein eigenes Ziel zu verfolgen. Sie konnte nur hoffen, dass seine Hilfe ihrer Arbeit guttat und sie sich nicht verrannten, weil Jenkins in seinem ganz persönlichen Tunnel steckte. Sie wusste aus Marks' Erzählungen, dass der frühere Detective Sergeant der Londoner Met Hans Lehmann für die Vorgänge verantwortlich machte – und dass er zur Selbstjustiz neigte. Sie würde darauf achten müssen, dass sie Herrin des Verfahrens blieb.

Aber vielleicht war alles ganz anders – und ein gutes Stück einfacher, als sie sich das jetzt vorstellen konnte. Jenkins' Kontakte zur Metropolitan Police konnten sehr dienlich sein. Seine ehemalige Kollegin war vielleicht die Schlüsselfigur in dem Spiel und konnte entscheidend zur Lösung des Falls beitragen. Bei dem Gedanken griff sie zum Telefon.

»Jenkins?«

»Ich muss gerade an Sie denken. Wissen Sie schon, wann Ihre ehemalige Kollegin in Cadgwith eintrifft?«

»Woher wissen Sie davon?«

»DI Marks und ich arbeiten eng zusammen, schon vergessen?«

»Natürlich. Sie haben recht. Allerdings kann ich Ihnen noch nicht sagen, wann Helen Baxter eintrifft. Sie hat ihren Besuch aus einsatztaktischen Gründen verschieben müssen. Der Dienstalltag, Sie verstehen.«

»Sicher. Ich hatte darauf gehofft, dass wir mit der Hilfe von DI Baxter weiterkommen.«

»Sie hat den Besuch lediglich verschoben, nicht abgesagt.«

»Ich … Gedulden wir uns also noch.«

»Ich verstehe Ihre Ungeduld.«

»Ich kann Marks nicht leiden sehen. Ein sehr feinfühliger Mensch. Ich habe ihm viel zu verdanken.«

Dieses Geständnis überraschte sie selbst.

»Wir alle wollen den Fall so schnell wie möglich aufklären. Aber das ist ein schwieriges Unterfangen. Die Kartelle sind streng nach außen abgeschirmt – aber das wissen Sie ja. Wir werden uns auf Baxters Expertise verlassen müssen. Sie wird uns weiterhelfen, da bin ich absolut sicher.«

»Wenn Sie das sagen.«

Jenkins reagierte nicht auf den versteckten Vorwurf. Er wechselte stattdessen das Thema. Ihm war wohl bewusst, dass Bley ihn immer noch als Zivilisten sah. »Wie kommen Sie in Sachen Speermorde weiter, wenn ich fragen darf?«

»Die Arbeit an den jüngsten Fällen nimmt im Augenblick die meiste Zeit in Anspruch«, bedauerte sie. »Wir werden morgen noch einmal den Tatort des Mordes an Summer aufsuchen. Ich habe das Gefühl, dass wir dort ansetzen müssen. Die Partnerin des Opfers ist uns bisher keine große Hilfe.«

»Verstehe. Ich wundere mich nur, dass die Spurensicherung keine Spuren eines zweiten Fahrzeugs gefunden hat. Der oder die Täter werden sicher nicht übers freie Feld gekommen sein. Wenn ich mich recht entsinne, ist es dort sehr ländlich.«

»Es gab Reifenspuren, aber die waren so verwischt, dass wir sie keinem Fahrzeug zuordnen konnten. Wir gehen allerdings davon aus, dass es ein SUV gewesen sein muss, weil die Spuren so tief waren.«

»Immerhin.«

»Wissen Sie, wie viele Hundert SUVs in Cornwall zugelassen sind?«

»Ich wollte nicht an Ihrer Kompetenz zweifeln, Detective Sergeant. Ich weiß, dass Sie vor einer nahezu unlösbaren Aufgabe stehen.«

Bley lenkte ein. »Wie gesagt, wir werden uns morgen dort noch einmal umsehen. Und ich werde noch einmal die Bauersfrau befragen, die uns informiert hat.«

»Wenn ich helfen kann, lassen Sie es mich bitte wissen.«

»Danke, aber ich denke, dass Sie genug mit Marks zu tun haben. Bitte informieren Sie mich, wenn DI Baxter eingetroffen ist. Ich habe auch noch ein paar Fragen an sie.«

»Selbstverständlich. Ich kann sicher ein Treffen arrangieren.«

»Danke.« Bley verabschiedete sich und rief Easterbrook zu sich.

Er erschien nahezu umgehend. »Ja?«

»Wir müssen noch einen Kollegen auf die SUVs ansetzen, die in der Gegend registriert sind.«

»Das kann ich gerne übernehmen.«

»Wir fahren zum Tatort.«

»Darf ich einen Vorschlag machen?«

»Nur zu, Allan.«

»Ganz in der Nähe liegt das Café Fat Apples. Was hältst du davon, wenn wir dort zu Mittag essen?«

»Wenn das deine Laune hebt, warum nicht?«

DC Easterbrook nickte zufrieden. »Ich war eben ohnehin auf dem Weg zu dir. Ich habe ein paar Neuigkeiten.« Sein fragender Blick deutete auf den Besucherstuhl.

»Bin gespannt.«

Er setzte sich. »Wir haben die Funkzellen abgefragt, die im Umkreis des Tatorts aktiv sind. Und dabei haben wir ermittelt, dass rund zwei Dutzend Personen zum Tatzeitpunkt in der Gegend waren, zumindest waren ihre Mobiltelefone dort eingeloggt. Allerdings läuft die Überprüfung noch. Im Augenblick haben wir niemanden besonders im Blick. Bauern, Lieferfahrer, Post, ein Lieferant von Baustoffen, Privatpersonen.«

»Diese Neuigkeit haut mich noch nicht um.« Sie formulierte den Satz mit einem vorsichtigen und weichen Unterton, den ihr der DC nicht würde ankreiden können.

»Und dann ist da noch der Abschlussbericht der Kollegen, die den Ehemann von Amelie Gibbons auf Herz und Nieren überprüft haben. Er scheidet definitiv als Täter aus.«

»Inwiefern?«

»Er hat ja angegeben, dass er im Tatzeitraum mit der Frau vom Empfang zusammen war. Das ist nicht zu widerlegen. Die beiden wurden an dem Tag in der Nähe des Marinestützpunkts kontrolliert. Die Militärpolizei hatte dort mit Zustimmung von DCI Sattler eine Übung durchgeführt, in Kooperation mit unseren Kolleginnen und Kollegen vom Verkehr. Die Kontrolle von verdächtigen Fahrzeugen. Die haben über mehr als zwei Stunden den Straßenabschnitt der A 3083 so abgesperrt, dass sie das problemlos machen konnten, ohne den Verkehr besonders zu behindern. Zu der Zeit waren dort ohnehin meist Militärangehörige unterwegs. Die zuständige Abteilung der Royal Navy hat uns unerwartet schnell die Aufzeichnungen zur Verfügung gestellt. Auf den Filmaufnahmen sind die beiden eindeutig zu erkennen.«

DS Bley schäumte vor Wut. DCI Sattler genehmigte eine Übung der Militärpolizei, und sie war nicht darüber informiert. Sie würde ihn darauf ansprechen. Diese Schlamperei grenzte hart an Behinderung von Ermittlungen. Wenn sie eher davon erfahren hätten, wäre ihnen eine Menge Arbeit erspart geblieben.

»Ich bin genauso wütend wie du, aber mir steht es nicht zu, unseren Chef zu kritisieren.«

»Denk, was du willst.« Sie sah Easterbrooks aufkeimenden Protest. »Aber danke für die Information. Damit können wir einen Verdächtigen von der Liste streichen.«

Easterbrook schien besänftigt.

»Damit erscheint gleich das nächste Problem: Wer dann hat Amelie Gibbons auf dem Gewissen, wenn ihr Mann als eifersüchtiger Täter ausscheidet?«

»Ich nehme mir die Ermittlungsprotokolle noch einmal vor. Wäre doch möglich, dass wir in den einzelnen Aussagen etwas übersehen oder falsch gedeutet haben.«

»Dein Ehrgeiz in allen Ehren, Allan, aber da sollen sich die anderen drum kümmern. Wir ...«

Er hob ergeben die Hände. »Ich weiß, wir fahren zum Tatort.«

»Ich hole dich um neun Uhr ab.«

Den Abend verbrachte Annie Bley auf der Couch und zappte durchs TV-Programm. Aber sie fand keine Ruhe. Schließlich stand sie auf und setzte sich an den improvisierten Schreibtisch, den sie sich aus zwei Malerböcken und einer Platte zurechtgezimmert hatte, gefunden als Teil einer Haushaltsauflösung am Straßenrand in Helston, als sie im Sommer auf dem Weg nach St. Keverne gewesen war, um dort Eis zu essen. Eine der wenigen Vergnügungen, die sie sich zugestand.

Sie klappte ihren Laptop auf und rief die E-Mails ab. Sie hatte gehofft, dass sie schon Antwort auf ihre Fragen bekommen hätte, aber das Fach war leer bis auf ein paar Werbemails, und auch der Spam-Ordner zeigte ausschließlich Mails, die sie auf keinen Fall zu öffnen gedachte.

Es dauerte lange, bis sie in einen unruhigen Schlaf fiel. Die drei Morde, das tödliche Attentat und ihre Sorge um Marks ließen ihr keine Ruhe.

Nach einer Schale Weetabix, die an diesem Morgen als Frühstück herhalten musste, stand sie pünktlich vor Easterbrooks Wohnung. Es war eher ein kleines Stadthäuschen. Für sie beide völlig ausreichend, hatte er ihr einmal stolz erzählt, und dass seine Alice das Haus von ihren Eltern geerbt hatte.

Während sie wartete, sah sie an der Fassade empor. Das Haus verdiente wahrlich kaum seine Bezeichnung. Es war schmal und würde ohne Probleme als eines der kleinsten Häuser Cornwalls durchgehen. Die Fassade hatte einen frischen Anstrich nötig, machte aber ansonsten einen gepflegten Eindruck. Neben dem Eingang stand ein großer Tontopf, in dem im Sommer sicher Blumen gepflanzt waren. Jetzt machte er einen leeren, verlorenen Eindruck.

Als die Haustür geöffnet wurde, erschien DC Easterbrook, wie immer in korrekter Dienstkleidung. Neben ihm tauchte seine Frau Alice auf, die eine Staubfussel von der Schulter ihres Mannes fegte und ihn dann mit einem Kuss auf die Wange verabschiedete. Aber nicht, ohne ihm eine Brotdose in die Hand zu drücken. Die Frau verschwand wieder im Haus, wobei sie Bley freundlich zuwinkte.

»Na, ausgeschlafen?« DC Easterbrook setzte sich sichtlich ausgeruht und dazu noch gut gelaunt auf den Beifahrersitz. Die Brotdose legte er auf die Rückbank, als handele es sich um eine kostbare Fracht.

»Ich kann nicht klagen.«

Easterbrook schnallte sich an und legte die Hände auf die Oberschenkel. Erwartungsvoll blickte er durch die schlierige Windschutzscheibe des Dienstwagens.

Die Fahrt verlief weitgehend schweigend. Bley hatte wenig Lust, etwas daran zu ändern.

»Mist«, durchbrach der DC das Schweigen.

»Was ist?«

»Meine Wellies, ich habe sie vergessen.«

»Wir werden auch ohne Gummistiefel auskommen, Allan.«

Das enge Sträßchen zu dem verlassenen Hof war auch bei Tageslicht nicht attraktiver als in der Dunkelheit. Im Gegenteil, nun wirkte es noch schmaler und unübersichtlicher.

»Wenn du hier einem Traktor begegnest, wird es mehr als eng. Möchte mal wissen, wie die das regeln. Es gibt kaum Buchten, um ausweichen zu können. Außerdem«, er sah Bley von der Seite an, »musst du höllisch aufpassen, sonst schlitzt du dir die Seite auf. Wer weiß, was die Bauern in ihre Hecken so alles verbaut haben. Meine Tante oben in ...«

»Schon gut, Allan, ich weiß, was ich tue.«

Easterbrook schwieg beleidigt und besah ausführlich seine Fingernägel.

In einer engen und scharfen Linkskurve, die keinen Einblick in den weiteren Straßenverlauf erlaubte, bog DS Bley nach rechts in den Zuweg zum Haus ab. Das blau-weiße Flatterband, mit dem der Weg zum Grundstück abgesperrt worden war, lag zerrissen am Boden.

Die beiden Ermittler stiegen aus, und der DC trat prompt in eine Pfütze. Er fluchte leise.

»Schlechtes Karma, Allan?«

»Spar dir bitte deinen Sarkasmus.« DC Easterbrook zog den Reißverschluss seiner Jacke hoch. Der heftige Wind, der über das Land fuhr, verstärkte die Kälte.

Bley hatte für alle Fälle ihre Taschenlampe aus dem Kofferraum genommen und war bereits auf dem Weg zum Eingang des Gebäudes.

»Was willst du finden, was die Kollegen nicht schon längst gefunden hätten?« Missmutig folgte er seiner Kollegin.

»Weiß nicht. Es ist auch nur so ein Gefühl.« Sie hatte den Teil des Hauses erreicht, der einmal die Küche gewesen sein musste. Die Reste einer Einbauküche waren zu erkennen. Die Wände trugen schon keine Tapeten mehr. Ein Teil lag zerfetzt auf dem Boden, dazwischen allerlei Unrat. Es roch modrig und nach faulem Putz.

Bley deutete in eine Ecke, in der offene Konservendosen lagen. »Sieht ganz so aus, als habe hier jemand vorübergehend seine Zelte aufgeschlagen.«

»Es riecht nach Pisse.« Easterbrook wandte sich ab. »Das Zeug liegt hier schon seit Monaten.«

Auch die Inspektion der übrigen Räume brachte sie nicht weiter. Nichts deutete darauf hin, dass sich jemand erst vor Kurzem, vielleicht erst am Tattag, in dem Haus aufgehalten hatte.

»Lass uns wieder fahren.« Bley wandte sich zum Gehen.

»Kaum zu glauben, dass hier einmal Menschen gewohnt haben, glücklich waren, sich geliebt und von der Zukunft geträumt haben. Ich kenne sie nicht, aber diesen Dreck haben sie weiß Gott nicht verdient.« Easterbrook klang sentimental.

»Träume reichen nur für das eigene Leben, Allan. Das ist der einzige Grund, warum wir träumen.«

Easterbrook sah sie erstaunt an. Der Satz hätte auch von Marks stammen können. Kopfschüttelnd folgte er ihr zum Wagen. Er wartete, bis sie das Fahrzeug gewendet hatte, um trockenen Fußes einsteigen zu können.

Als sie auf den Hof der Bäuerin fuhren, deutete er auf das offene Scheunentor. »Sieht so aus, als sei sie zu Hause.«

»Ich hab sie gestern angerufen und gebeten, uns zur Verfügung zu stehen.«

Sie fanden die Bäuerin in der Küche, in der es angenehm warm war und würzig nach verbranntem Holz roch.

»Ich weiß nicht, was Sie noch von mir wollen, Detectives. Es gibt keine Neuigkeiten.«

»Dürfen wir uns setzen, Mrs. Blade?«

Bley nahm ihr Schweigen als Zustimmung und setzte sich an den Küchentisch. Die Wachstuchdecke war an vielen Stellen verblasst und fleckig. Mit einem Kopfnicken bedeutete sie Easterbrook, es ihr gleichzutun. Die Frau blieb an der Anrichte stehen und verschränkte die Arme über ihrer filzig grünen Strickjacke. Sie trug an diesem Vormittag ein Kopftuch, als käme sie gerade vom Melken.

»Wir sind der Überzeugung, dass Sie am Tattag etwas gesehen haben müssen. Die Straße führt unmittelbar an Ihrem Grundstück vorbei. Und vom Küchenfenster aus können Sie den Weg problemlos überblicken.« Bley deutete nach draußen.

Die Frau zuckte mit den Schultern und sah dabei zum Fenster.

»Mrs. Blade, Sie machen auf mich den Eindruck, als wollten Sie nicht mit uns zusammenarbeiten.« Bley schlug ihr Notizbuch auf.

»Es gibt nichts zu sagen. Punkt.« Sie sah sie herausfordernd an.

»Lassen Sie uns noch einmal den Tag, an dem der Mord geschah, Revue passieren.«

Blade wandte den Blick ab und ließ ihn über DC Easterbrook gleiten. In ihren Augen mischte sich Gleichgültigkeit mit Neugier.

»Mrs. Blade.« Der Ton in DS Bleys Stimme wurde eine Spur schärfer.

»Ihr habt mir damals nicht geholfen, warum soll ich mich jetzt kümmern?« Die Bäuerin schickte dem schroff ausgesprochenen Satz ein verächtliches Schnauben hinterher.

»Ich verstehe nicht ganz.« Bley warf einen fragenden Blick zu ihrem Kollegen. Der zuckte unmerklich mit den Schultern.

»Ist auch egal.« Die Bäuerin drückte sich von der Anrichte ab. »War's das? Ich war zu Hause, hab aber nix bemerkt. Ich habe zu tun.«

»Was ist egal, Mrs. Blade?« Bley machte keine Anstalten, das Gespräch vorzeitig zu beenden.

Unwillig antwortete die Frau. »Mein Alter war ein Säufer. Ein guter Bauer, aber er konnte die Finger nicht vom Schnaps und von den Weibern lassen. Wenn er im Pub einen zu viel hatte, ist er auf den Ausstellungen allen Röcken hinterher. Besoffen hielt er sich für unwiderstehlich. Das Wenige, was der Hof abwirft, hat er in die Pubs getragen, dort den dicken Max markiert. Und zu Hause habe ich nicht gewusst, wie ich uns durchbringen soll. Irgendwann hat er dann hingelangt. Er hätte mich im Suff fast umgebracht. Ich habe euch um Hilfe gebeten – aber nie ist jemand gekommen. Ihr habt gesagt, ich solle mich von ihm fernhalten, wenn er getrunken hat.« Sie fuhr sich mit den rissigen Händen über die trockene Haut des Gesichts, dass es hörbar kratzte. »An dem Tag, als wir ihn unter die Erde gebracht haben, hat die letzte Flasche Rum dran glauben müssen. Ich bin nie so glücklich gewesen wie an diesem gottverdammten Tag.«

Bley warf erneut einen Blick zu Easterbrook, der auch diesmal nur mit den Schultern zuckte.

Sie machte sich Notizen. »Wir werden das prüfen, Mrs. Blade.«

»Das können Sie sich sparen, Schätzchen. Der Alte ist bei den Maden, damit ist das Kapitel für mich durch.« Sie wies mit der Hand durch den Raum. »Ich muss zusehen, dass mir nicht das Haus über dem Kopf zusammenbricht. Darum geht's jetzt, um nichts sonst.«

Doch, dachte Bley. »Ich verstehe Ihren Ärger, aber ich führe eine Mordermittlung, und da ist jeder Hinweis wichtig. Bitte, Mrs. Blade, versuchen Sie sich genau zu erinnern. Haben Sie an jenem Nachmittag außer dem Wagen des Opfers noch andere Wagen gesehen?«

»Ich kenne Sie.« Blade änderte unvermittelt ihre Körperhaltung und sah Easterbrook direkt an. »Ich habe lange überlegen müssen, aber jetzt weiß ich es.«

»Woher ...?«

»Sie sind auf den Sammlerbörsen und in den Charity Shops unterwegs.«

»Jaa?« Easterbrook verstand nicht.

»Sie sammeln Toby-Jugs, genauso wie ich.« Blade sah ihn triumphierend an.

Easterbrook war überrascht und gleichzeitig wenig erfreut, dass Bley etwas von seinem Hobby mitbekam. »Ab und an.«

»Letztens war ich in Redruth. Und da habe ich Sie in einem der Shops gesehen, in dem fast zwei Dutzend Jugs im Schaufenster ausgestellt sind.« Sie machte eine wegwerfende Handbewegung. »Das meiste davon habe ich längst im Schrank. Haben Sie tatsächlich welche gekauft?«

»Ja, äh, schon. Zwei«, bekannte der DC kleinlaut.

»Ich wette, Queen Victoria und den Vampir.« Blade war mit einem Mal wie verwandelt. Auf ihrem Gesicht erschien so etwas wie Begeisterung, als sie sich zu DS Bley drehte. »Die sind zwar viel zu teuer, dafür aber äußerst selten.«

»Trinkbecher also, Allan. Du erstaunst mich jedes Mal aufs Neue.« Bley lächelte amüsiert.

»Also ... ich ... ich habe vor drei Jahren zwei Toby-Jugs von meiner Tante mütterlicherseits geschenkt bekommen. Wenn ich zufällig mal welche angeboten sehe, gucke ich schon mal hin.« Er wollte lässig und uninteressiert wirken, was ihm aber nicht gelang. Zu der Bäuerin gewandt, fügte er hinzu: »Die beiden habe ich von ihr geschenkt bekommen.«

»Ich sammle schon seit meiner Hochzeit. Damals standen welche auf dem Geschenketisch. Die modernen Variationen sind aber nicht so mein Fall. Es müssen schon die wirklich alten sein.« Aus Martha Blade sprach nun echter Besitzerstolz. Sie war drauf und dran, den DC in ein Fachgespräch zu verwickeln. »Wenn Sie wollen, zeig ich Ihnen gerne die Sammlung. Kommt heutzutage ja nicht so oft vor, dass man einen Geistesverwandten trifft.«

»Vielleicht ein anderes Mal, Mrs. Blade.« Bley sah, dass ihr Kollege ihr einen dankbaren Blick zuwarf. »Wir müssen jetzt mit Ihnen über besagten Tag sprechen.«

Martha Blade sah die Polizeibeamtin an, als habe sie ihr das Spiel verdorben. »An dem Tag habe ich keinen Wagen gesehen, außer dem SUV der Frau, die mich um Hilfe gebeten hat.« Sie schniefte. »Am Tag vorher habe ich den Makler gesehen, der in Helston sein Büro hat.«

Annie Bley horchte auf. »Philip Burns?«

»Kann so heißen, ja.« Sie hob gleichgültig die Schultern.

»Warum haben Sie das nicht schon bei der ersten Befragung gesagt?«

»Hat mich ja keiner gefragt. Will sie mir jetzt die Schuld für irgendwas geben?« Sie sah Easterbrook an, den sie wegen der Leidenschaft für Toby-Jugs offenbar für einen Verbündeten hielt.

»Auf keinen Fall, Mrs. Blade.«

»Für dich: Martha.«

»Mr. Burns ist also vorbeigefahren. Sie haben ihn erkannt?«

»War ja nich schwer.«

DS Bley war kurz davor, die Geduld zu verlieren. Die schrullige Frau legte es offenbar darauf an, dass sie aus der Haut fuhr. »Das müssen Sie mir erklären.«

»Na, er hat mit seiner dicken Karre direkt in meiner Einfahrt gestanden.« Sie deutete aus dem Fenster. Dann schlurfte sie zum Ofen, öffnete die Klappe und warf ein Holzscheit hinein. Danach kehrte sie zur Anrichte zurück, an der sie sich offenbar sicher fühlte. Sie verschränkte erneut die Arme.

»Einfach so?«

»Einfach so. Zuerst habe ich gedacht, der lässt einen entgegenkommenden Wagen vorbei. Hat er aber nich. Hat die ganze Zeit dagestanden und telefoniert. Dann is er weggefahren. Später habe ich ihn noch einmal gesehen. Da war ich kurz draußen beim Fegen, man kann ja das Ganze hier nicht völlig verkommen lassen. Ich habe mit dem Besen in der Einfahrt gestanden. Er kam aus der Zufahrt zu Ihrem *Mörderhaus* und ist auf die Straße Richtung Helston abgebogen.« Wie sie das Wort *Mörderhaus* betonte, ließ ahnen, was sie von Polizeiarbeit hielt. Diesmal wies sie mit dem Kopf nach draußen.

»Mehr haben Sie nicht gesehen?« Die Beobachtung der Frau legte nahe, dass Burns an dem Tag möglicherweise den späteren Tatort ausgekundschaftet hatte.

»Was will sie denn noch?« Blade sprach erneut Easterbrook an.

»Meine Kollegin will nur wissen, ob Sie sonst noch etwas beobachtet haben, etwas Ungewöhnliches.«

Blade schüttelte den Kopf. »Ich hab nur gedacht, dann kommt das Gemäuer vielleicht doch noch in andere Hände. Wenn Sie mich fragen, ich würde kein Pfund dafür ausgeben. Nich mal fünfzich Pence.«

»Woher kennen Sie Mr. Burns?«

»Hab ich doch schon mal gesagt. Wenn die Lage nächstes Jahr immer noch beschissen ist, verkaufe ich den Hof, samt den Toby-Jugs.« Sie zwinkerte Easterbrook zu. »Für n Sammler wie dich zum Sonderpreis. Willst du sie mal sehen?« Sie machte einen Schritt auf den DC zu.

»Ich …«

»Detective Constable, wir fahren zurück ins Präsidium.«

Der Angesprochene schien erleichtert und war schon auf dem Weg nach draußen.

»Und was haben Sie jetzt davon gehabt, hier rauszukommen? Neue Erkenntnisse?« Aus Martha Blades Worten klang unverhohlener Spott.

»Oh, so einiges. Danke für Ihre Mitarbeit.« Bley gelang es, nicht verletzend zu klingen.

Nachdem die beiden Ermittler das Haus verlassen hatten und in ihr Auto gestiegen waren, stand Martha Blade am Fenster und tippte auf die Wahlwiederholung ihres Smartphones.

»Die Bullen sind weg. Kannst kommen. Ich geh jetzt duschen.«

XXXVI.

»Fahndung?«, fragte DC Easterbrook beim Aussteigen.

DS Bley antwortete nicht sofort. Sie konnte sehen, dass sich Allans Laune während der Rückfahrt von Kilometer zu Kilometer verschlechtert hatte. Und sie wusste auch den Grund. Sie hatte nämlich nicht am Café Fat Apples gehalten, um dort zu Mittag zu essen. Zum einen hatte sie noch keinen Hunger, zum anderen hatte sie keine Lust, Easterbrook dabei zuzusehen, wie er sich mit zufriedenem Schmatzen über einen Burger mit Salat und Chips hermachte.

»Ich bin mir nicht sicher. Burns war am Tatort, aber einen Tag vorher. Das reicht noch nicht für die Fahndung. Wir werden weiter abwarten müssen.«

»Ich kenne einen ehemaligen Kollegen, der jetzt am Flughafen in Newquay arbeitet. Den kann ich bitten, mal inoffiziell ein Auge auf die Listen der Passagiere zu werfen.«

»Gute Idee, Allan, mach das.«

»So können wir sicher sein, dass zumindest Newquay nicht zum Schlupfloch geworden ist oder wird.«

Bley nickte. »Lass uns hineingehen. Mir ist kalt.«

Aber auch in ihrem Büro war es unangenehm kühl. Sie hatte am Vortag die Heizung heruntergedreht, und niemand hatte sich darum gekümmert, dass sie es bei ihrer

Rückkehr warm hatte. In Easterbrooks Büro war es dagegen warm.

»Wenn Burns clever ist, hat er längst das Land verlassen.« Easterbrook zog die Schreibtischschublade auf und bot Bley einen Müsliriegel an. »Ist gesund, sagt meine Alice.« Er schlug sich mit der Hand gegen die Stirn. »Ich habe doch tatsächlich die Brote im Wagen vergessen.«

»Wenn Burns clever ist, wird er die Füße still halten. Was ist denn schon passiert? Wir waren zwar in seinem Laden, aber wir haben uns doch lediglich für die Dinge interessiert, die er aus Horsley House geholt hat. Das lässt ihn doch vermuten, dass es gar nicht um ihn gehen kann, sondern allein um eine Angelegenheit, die Faye Gilbert betrifft. Außerdem ist nicht einmal im Ansatz klar, ob Burns überhaupt etwas mit dem Fall zu tun hat.«

»Deine Argumentation ist nicht von der Hand zu weisen«, musste der DC freimütig eingestehen. »Im Augenblick wollen wir doch lediglich klären, wie viele Speere in Gilberts Besitz waren.«

»Eben.«

»Andererseits geht mir nicht aus dem Sinn, dass Burns am Tag vor der Tat am Haus war. Das kann kein Zufall sein. Das muss einen Grund gehabt haben.«

»Wer sagt denn, dass Burns tatsächlich am späteren Tatort war? Deine Toby-Jug-Sammlerin hat lediglich gesehen, dass Burns aus der Richtung kam. Vielleicht hat er mitbekommen, dass er von Martha Blade beobachtet wurde, und ist ein Stück weitergefahren, um seine Ruhe zu haben. Oder weil er pinkeln musste.«

»Aus diesen Spekulationen lassen sich in der Tat keine Indizien basteln und schon gar nicht irgendwelche Beweise.« Der DC lehnte sich in seinem Stuhl zurück. Er hatte Hunger. »Ich gebe mich geschlagen.« Er war versucht, aufzustehen, blieb dann aber sitzen.

»Deine Brote laufen dir nicht weg.« Sie warf einen Blick auf die Uhr. »Bevor du *endlich* Mittagspause machen kannst, lass uns noch einmal in die andere Richtung denken.«

»Nämlich?« Das Wort *Mittagspause* hatte in ihm unwillkürlich ein Magenknurren größeren Ausmaßes ausgelöst.

»Angenommen, es war doch kein Zufall, und Burns ist der Täter? Ein Immobilienmakler bringt den anderen um. Warum? Aus Futterneid? Weil er einen unliebsamen Konkurrenten wegbeißen will? Und das rechtfertigt einen Mord? Gut, manche haben schon für viel weniger einen Menschen umgebracht. Angenommen, es ist so, wie kommen dann Amelie Gibbons und Curtis Stills ins Bild?«

Easterbrook hob unentschlossen die Schultern. Er musste jetzt unbedingt etwas essen.

»Nein, ich bin eher mit Marks der Meinung, der Schlüssel zu den Morden liegt in der Vergangenheit.« Sie stand auf. »Jetzt geh schon und hol deine Kohlehydrate. Mach Mittag. Anschließend kümmerst du dich um die Vergangenheit unseres dritten Opfers. Würde mich nicht wundern, wenn wir nicht auch in seinem Lebenslauf ein paar krumme Wege finden.«

»Klar, Annie, hatte ich ohnehin vor.« Nicht dass sie dachte, er sei auf ihre Anweisungen angewiesen.

An der Tür verharrte die Detective Sergeant und machte ein betont ungläubiges Gesicht. »Und du sammelst tatsächlich diese Toby-Jugs?«

»Ach, nicht wirklich.« Ihm war klar, dass er nicht sehr überzeugend klang.

»Nichts, wofür du dich schämen musst.« Sie schlug mit der flachen Hand spielerisch auf den Türrahmen, als sie endgültig das Büro verließ. »Und guten Appetit.«

In ihrem Büro drehte sie den Heizkörper auf und verließ das Präsidium. Sie würde im Blue Anchor ein Sandwich oder auch zwei essen. Auf dem Weg zum Pub ging ihr durch den Kopf, dass sie drauf und dran war, Marks' Gewohnheiten zu imitieren. Dabei war sie doch nur kommissarisch Leiterin der Ermittlungen.

Am Charity Shop der Fishermen's Mission blieb sie stehen. Im Schaufenster stand doch tatsächlich ein Toby-Jug: Ein Pirat mit Kopftuch und Augenklappe grinste sie an. Schmunzelnd überquerte sie die Straße. Sie hatte diesen Bechern in der Vergangenheit keine Aufmerksamkeit geschenkt, aber sie wusste, dass die Steingutbecher zum Kulturerbe gehörten wie Fish 'n' Chips. Bevor sie das Pub betrat, war ihr klar, was sie statt der Sandwiches bestellen würde.

Während sie genüsslich die Pommes kaute, versuchte sie, Struktur in ihre Gedanken zu bringen. Wenn Easterbrook und Martha Blade nicht über ihr Sammelgebiet gesprochen hätten, wäre das mit Burns nicht zur Sprache gekommen. Sie musste ihm auf gewisse Art dankbar sein. Und ihr Kollege hatte nicht unrecht. War es wirklich nur Zufall, dass Burns vor Ort gewesen war? Aber warum sollte er Nicolas Summer töten?

Das Pub war so gut besucht wie immer. An der Theke standen zwei Mitarbeiter von South West Water und unterhielten sich mit dem Wirt über das marode Kanalsystem in Cornwall. Zwei Tische weiter saß eine ältere Frau vor einem Pint und blätterte in der *Sun*. Neben ihr lehnten zwei Einkaufstüten am Tischbein. Am Tisch gegenüber schwieg sich ein Ehepaar an. Dem Geschirr nach zu urteilen, hatten sie ihre Sandwiches bereits gegessen. Bley sah zur Tür, als der Fahrer eines Paketdienstes eintrat und die beiden Arbeiter mit Schulterklopfen begrüßte. Das Licht des Wintertages, das durch die Fenster in den Schankraum fiel, erreichte die Theke kaum. Bley spürte die Kälte, die zusammen mit dem Fahrer vom schmalen offenen Flur des Pubs her hereinwehte. Sie war froh, dass ihre Portion Fish 'n' Chips heiß war. Nachdenklich biss sie ein Stück Fisch ab und hätte sich beinahe den Gaumen verbrannt.

»Detective Sergeant, darf ich mich setzen?«

Annie Bley sah hoch und blickte in das stark geschminkte Gesicht der Mitarbeiterin des Immobilienmaklers.

»Die Kälte ist ungewöhnlich in diesem Jahr. Mit Klimawandel hat das nichts zu tun.« Sie schüttelte sich. »Darf ich mich zu Ihnen setzen? Ich habe beschlossen, das Geschäft für heute zu schließen.«

Bley wies kauend auf den freien Platz ihr gegenüber.

»Darf ich Sie zu einem Getränk einladen?« Die Blonde deutete auf Bleys leeres Glas. »Ein Pint? Oder einen Gin Tonic?«

Bley hob die Hand. »Ein Pint reicht. Ich bin noch im Dienst und werde gleich wieder an meinen Schreibtisch zurückkehren.« Sie schickte ein leicht zerknirschtes Lächeln hinterher.

Während sie zusah, wie *Chrissie*, wie Marks sie in verdächtig vertrautem Ton nannte, ihr Getränk orderte, fragte sie sich, welche Rolle die Frau in dem Ganzen spielte. Sie wirkte auf den ersten Blick unbedarft, ein wenig naiv vielleicht, und doch musste sich unter der Schablone der eilfertigen Mitarbeiterin, die in der Lage war, in Abwesenheit ihres Chefs eigenständig die Geschäfte zu führen, noch etwas anderes verbergen. Konnte es so etwas wie Verschlagenheit sein? Oder Berechnung? Die Frau war auf jeden Fall kompromisslos zielstrebig. Was verbarg sie vor ihrer Umgebung? Und: Hatte sie etwas mit Marks gehabt? Und: Warum war das nicht von Dauer gewesen? So, wie der DI sie angesehen und behandelt hatte, war da eindeutig mehr gewesen.

»Dass ich Sie hier treffe, nenne ich mal einen angenehmen Zufall. Er nimmt mir die Pflicht ab, Sie aufzusuchen.« Sie setzte sich und prostete mit ihrem Pint Bley zu. »Es gibt Neuigkeiten.«

Chrissie musste gehörigen Durst haben, so wie sie trank. Oder sie stand unter Stress und versuchte, ihn durch Alkohol Schluck für Schluck zu kompensieren. »Aha?«

»Philip wird morgen zurückkommen.« Sie sah die Ermittlerin offen an.

Bley versuchte, ihre Anspannung zu verbergen. »Wollte er nicht länger bleiben?« Betont lässig schob sie sich ein Stück Fisch in den Mund.

»Ihm fällt offenbar die Decke auf den Kopf.« Chrissie lächelte knapp.

»Hat er eine Uhrzeit genannt?«

»Ich vermute mal, dass er nicht vor dem späten Nachmittag eintrifft.« Chrissie trank erneut einen Schluck. »Angeblich hat er übermorgen einen Besichtigungstermin in Penzance.«

»Angeblich?«

»Im Terminkalender ist jedenfalls nichts eingetragen.«

»Hm.«

Die Sekretärin strich mit der Hand über die Tischplatte, als müsse sie sie säubern. »Ich habe gekündigt.« Sie räusperte sich verlegen. »Zum nächsten Ersten.«

»Warum das? Ich denke, Sie freuen sich auf den Umzug nach Horsley Hall.«

»So habe ich das nie gesagt.« Sie umklammerte mit beiden Händen ihr Glas. »Ich bin davon überzeugt, dass Horsley Hall zwei Nummern zu groß ist für Philip. Aber das ist es nicht allein.« Sie wirkte mit einem Mal entschlossen. »Mein Baby Boy Ken wird nun doch eher versetzt als geplant.« Sie fuhr erneut mit der Hand über die Tischplatte. »Ich habe nicht viel, das ich mitnehmen werde nach Zypern. Ein paar Erinnerungsstücke, den Rest gebe ich an die Mission.« Sie sah an sich herunter. »Und ich brauche dort unten andere Klamotten.« Ihr Gesicht hellte sich für einen Augenblick auf. »Der Charity Shop wird sich freuen.«

»Das klingt nach endgültigem Abschied.« Bley musterte die Frau aufmerksam. Sie las in ihrem Gesicht nicht nur Vorfreude auf den neuen Lebensabschnitt, sondern auch eine Form von Erleichterung.

»So ist es, DS Bley, und es wird höchste Zeit.«

Die Ermittlerin runzelte die Stirn. »Höchste Zeit? Warum?«

»Nun, erstens läuft die biologische Uhr ab. Außerdem hat Philip sich verändert in den vergangenen Jahren. Das ist mir erst durch seine Abwesenheit so richtig bewusst geworden. Früher war er jemand, dem nichts zu stressig war, dazu immer für einen Scherz gut. Aber mit wachsendem Erfolg ist er mehr und mehr ... er kann ein echtes Ekelpaket sein. Nach außen immer noch freundlich und zugewandt, besonders zu den Kunden. Aber im Büro, wenn wir allein sind, ist er mittlerweile kaum mehr zu ertragen.«

Bley stocherte in ihrem Essen und schob den Teller dann zur Seite. Der Fisch und die Pommes waren nun nur noch lauwarm. »Geld verändert den Charakter, sagt man.«

»Auf ihn trifft das zu.« Sie leerte ihr Glas.

»Sie sehen so aus, als wollten Sie mir noch etwas sagen.«

In Chrissies Gesicht arbeitete es. Sie rang sichtlich mit sich. »Er ist mir nie zu nahe getreten. Das ist es nicht. Philip steht nicht so auf Frauen, wenn Sie verstehen. Aber er macht mir zunehmend Angst. In seinem Blick lodert manchmal ein Feuer, das ich vorher nie gesehen habe. Ich bin froh, wenn ich weg bin.« Sie sah nach diesem Satz erleichtert aus.

Bley spielte erst gedankenverloren mit ihrer Gabel, dann sah sie ihr Gegenüber direkt an. »Trauen Sie Mr. Burns einen Mord zu?«

Die Frage schien Chrissie zu erschrecken. »Das klingt hart, DS Bley.«

»Ich ermittele derzeit in einem Mordfall.«

»Wenn ich ehrlich sein soll, ich weiß nicht mehr, was ich von Philip halten soll. Er ist nicht mehr derselbe, den ich damals kennengelernt habe und für den ich unbedingt arbeiten wollte.« Sie machte eine nachdenkliche Pause. »Wenn Sie mich so direkt fragen, dann muss ich sagen, ja, ich schließe das nicht aus.«

»Kennt er einen Curtis Stills? Oder eine Amelie Gibbons?«

Chrissie runzelte die Stirn. »Wer soll das sein? Kunden?« Sie schüttelte langsam den Kopf. »Mir sagen die Namen auf Anhieb nichts.«

Kunden? An diese Möglichkeit hatten sie im Präsidium bisher nicht gedacht. Weder Stills noch Gibbons verfügten nach ihrem Wissen über die finanziellen Mittel, um Eigentum zu erwerben. Aber das musste nichts heißen. Vielleicht gab es verdeckte Konten, von denen sie bisher noch nichts wussten. »Können Sie bitte in Ihrer Kartei nachsehen?«

Sie nickte. »Was wird denn jetzt?«

»Wir werden sehen.« Bley machte Anstalten, aufzustehen. »Ich begleite Sie ins Büro. Liegt ja auf dem Weg zum Präsidium. Und dann wissen wir direkt, ob Curtis und Gibbons Kunden von Mr. Burns waren.«

Auf halbem Weg die Straße hinauf blieb die Sekretärin stehen und sah Bley mit angstvollem Blick an. »Je länger ich nachdenke, desto unheimlicher wird mir Philip. Er hat mir am Tag vor seiner Fahrt nach Wales gesagt, dass er kurz davorsteht, sein bisheriges Geschäftsgebiet deutlich zu erweitern. Er würde einen weiteren Konkurrenten ausstechen. Dabei hat er gelacht, als habe er einen Scherz gemacht.«

XXXVII.

»Cooper können wir also vergessen.« Luke machte ein bekümmertes Gesicht. »Wie kommen wir jetzt weiter?«

Simon hatte ihn noch nie derart ratlos erlebt. »Wir können im Augenblick nichts tun. Helen ist die Einzige, die uns weiterhelfen kann.«

»Und wann kommt sie?«

»Sie hat heute Morgen noch einmal angerufen. Ihre Ermittlungen in London dauern länger als gedacht. Sie meldet sich wieder, wenn sie einen Überblick hat.« Er sah seinen Freund aufmunternd an. »So geht wahre Polizeiarbeit, mein Guter. Du bist an keinem Tag vor Überraschungen sicher. Und die meiste Zeit verbringst du mit deinen Akten im Büro und mit Warten.«

»Nichts für mich. Ich muss etwas tun.« Luke sah zum Himmel. »Das Wetter bremst mich ebenfalls. Sonst würde ich eine Runde mit dem Boot drehen.«

»Fahr nach Hause und genieße die Ruhe.«

»Wie kommt DS Bley mit ihren Ermittlungen voran? Ist sie dem Speermörder endlich auf der Spur?«

»Sieht nicht so aus.«

»Vielleicht können wir ihr ja unter die Arme greifen.« Luke wollte noch nicht aufgeben.

»Das ist nicht unsere Baustelle. Wir kümmern uns um Chris und um das Attentat. Dazu habe ich …«, er sah, wie Luke das Gesicht verzog, »… nun, haben *wir* die offizielle Erlaubnis von Bley. Wir unterstützen lediglich in diesem einen Fall.«

»Na, ist wohl echt besser, wenn ich mich doch auf den Weg mache. Wenn ich schon nicht helfen kann«, er hatte bereits die Hand im Türgriff seines Pick-up, »dann will ich hier auch nicht länger in der Kälte stehen. Dienstagabend im Pub?«

Simon nickte.

Luke stieg ein und hob beim Wegfahren grüßend die Hand. Simon sah ihm unschlüssig hinterher. Zurück ins Atelier wollte er nicht. Diese Unlust verspürte er schon seit einigen Tagen. Er fand im Augenblick einfach keinen kreativen Zugang zu den Arbeiten, die unfertig auf dem großen Arbeitstisch lagen. Er konnte sich nicht recht erklären, woher der Widerwille kam. Es hing wohl mit dem Mord an Louise zusammen. Vielleicht lag es auch am Besuch von Helen Baxter, den sie nun schon zum zweiten Mal verschoben hatte.

Aber eigentlich kannte er den wahren Grund für seine innere Blockade. Lehmann war wieder ein Stück näher gerückt. Er und Keith Stone. Er wusste, dass er mit jedem Tag der finalen Begegnung ein Stück näher kam. Er verließ den Hafen und wandte sich dem Todden zu. Dort oben konnte er immer am besten nachdenken. Der weite, schier endlose Blick über die See weitete gleichsam sein Inneres und öffnete immer wieder und unvermutet neue Ebenen des Denkens. Oben angekommen, trat er bis nahe an die Kante des Felsens, der an dieser Stelle nahezu senkrecht abfiel. Er stützte sich schwer auf seinen Gehstock.

Wer ihn in diesem Augenblick unten vom Hafen aus beobachtet hätte, dem mochte er wie der einsame Wanderer über dem Nebelmeer erscheinen, so wie Caspar David Friedrich ihn um 1818 gemalt hatte. Mary hatte ihm einmal einen Ausstellungskatalog mit Gemälden gezeigt.

Ihn überfielen düstere Gedanken. Der Tod von Louise Taylor und das Leiden seines Freundes Chris hatten ihn tief getroffen. Er sah unter sich die Wellen gegen die Felsen rollen und drohend aufschäumen. Sie hätten die Kraft, ihn zu vernichten. Er fühlte sich seit Tagen schwach. Sein Leben war im Augenblick hohe Wogen und stürmische See – und er kaum mehr als eine Nussschale, die unermüdlich und doch vergeblich den Naturgewalten zu trotzen versuchte.

Er wusste nicht, wie lange er so dagestanden hatte. Ihm war mit einem Mal kalt, und er nahm den Wind wahr, der in den vergangenen Minuten an Stärke zugenommen hatte. Er warf einen letzten Blick übers Meer, das so dunkel und grau wie seine Gedanken war. In kaum mehr als einer halben Stunde wäre es dunkel.

Entschlossen wandte er sich ab und ging langsam über die leere Dorfstraße zurück zu seinem Cottage.

Er hatte kaum die Jacke an den Garderobenhaken gehängt, als er eine Textnachricht bekam. Darin kündigte sich Helen für Freitag an. Gleichzeitig bat sie ihn, bei Mary ein Zimmer für sie zu buchen. Er schickte ein *Daumen hoch*, zu mehr war er im Augenblick nicht imstande.

Simon setzte sich an den Küchentisch. Freitag. Noch drei Tage, dann also begann es. Um Helens Zimmer würde er sich morgen kümmern. Er mochte Mary heute nicht begegnen. Erst musste er die nächsten Schritte planen.

Helen würde ihm die Gelegenheiten und Chancen aufzeigen, wie er an Stone und Lehmann herankam. Sie musste ihr Wissen mit ihm teilen. Anschließend musste er dafür sorgen, dass Mary nicht in die Auseinandersetzung hineingezogen würde.

Bei dem Gedanken an Mary zog sich sein Herz zusammen. Er hätte sich schon längst darüber klar werden müssen, wie es zwischen ihnen weitergehen sollte. Sie hatte verdient, dass er endlich Stellung bezog. Auch das musste er klären, bevor er den Kampf mit Lehmann aufnahm. Wenn er nicht überlebte, sollte sie zumindest wissen, dass ihre Liebe zu ihm nicht vergeblich gewesen war. Er liebte Mary. Das wurde ihm in dem Augenblick deutlich schmerzvoll bewusst, als er diesen Gedanken fasste.

Es gab einen entscheidenden Grund, warum er Lehmann besiegen musste. Er würde endlich mit seiner

Vergangenheit abschließen und unbelastet in die Zukunft blicken können. Eine Zukunft mit Mary.

Entschlossen griff er zu seinem Smartphone und rief Chris Marks an.

»Ja?« Marks' Stimme klang verwaschen.

»Du bist betrunken.«

»Wen stört's?«

»Helen Baxter kommt Freitag nach Cadgwith.«

»Und?«

»Wir müssen reden, Chris. Sie ist die Verbindung zu Lehmann. Sie hat die Informationen, die wir brauchen. Sie wird wissen, wo er sich aufhält.«

»Und das sagt sie dir? Warum? Aus alter Freundschaft, oder was?« Marks klang sarkastisch.

»Sie wird mir helfen.«

»Und dann?«

»Werden wir Lehmann stellen, und er wird sich für den Mord an Louise verantworten müssen.«

»Cooper ist der Mörder. Und der ist tot.«

Simon hörte, wie Marks sich nachgoss und trank. »Aber Lehmann hat ihn beauftragt. Das wird ihm das Genick brechen.«

»Du wirst ihm das nachweisen müssen, das mit dem Auftrag.«

Simon spürte, dass er mit seinem Freund an diesem Abend kein vernünftiges Wort mehr wechseln konnte. »Ist der Whisky wenigstens gut?«

»Ein Talis…, ein Talis…, Talisker Port Ruighe Single Malt.«

Er verstand kaum, was Chris sagte. »Lass uns morgen reden, Chris.«

»Wir ... wir machen Lehmann fertig. Hast du gehört, Simon? Wir machen das Arschloch fertig. Das bin ich meiner Louise schuldig. Deine Helen muss ...«, Marks atmete mehrfach ein und aus, bevor er weitersprach, »... deine Helen muss uns sagen, wie wir ihm nachweisen können, dass er Cooper gedungen hat. Gedungen. Hast du gehört?«

»Schlaf deinen Rausch aus.«

XXXVIII.

»Ich habe Angst.«

»Es kann nichts passieren, wenn Sie sich verhalten wie immer«, versuchte Annie Bley Burns' Sekretärin zu beruhigen.

»Sie warten also bestimmt auf meine WhatsApp? Und nehmen ihn dann direkt fest? Und mir geschieht nichts?«

»*Festnehmen* ist der falsche Ausdruck. Wir werden ihm lediglich ein paar Fragen stellen.«

»Und dann?« Chrissie machte nicht den Eindruck, als sei sie von der Planung der Ermittler sonderlich überzeugt.

»Das werden wir dann sehen.« DS Bley versuchte weiterhin, einen zuversichtlichen Eindruck zu machen. »Unter Umständen werden wir Mr. Burns bitten, uns ins Präsidium zu begleiten.«

»Ich weiß nicht.«

»Wir werden Sie nun allein lassen. Das Präsidium ist ja in der Nähe. Wenn Mr. Burns eintrifft und Sie uns informieren, sind wir umgehend bei Ihnen.«

»Mir ist nicht wohl bei dem Gedanken.«

»Seien Sie ganz beruhigt. Wir werden Mr. Burns so ansprechen, dass er nicht auf die Idee kommt, dass Sie in irgendeiner Form in die Sache verwickelt sind, Chrissie.«

Chrissie spürte, dass sie keine andere Wahl hatte. »Ich kann nur hoffen, dass Sie recht behalten, DS Bley.«

Sie ließ die Frau mit einem unguten Gefühl zurück. Aber sie hatten keine Wahl. Sie mussten so schnell wie möglich Burns als Tatverdächtigen ausschließen – oder festnehmen.

Im Präsidium wurde sie bereits von DC Easterbrook erwartet. »Der DCI wollte dich sprechen, aber ich habe ihm gesagt, dass du im Augenblick keine Zeit hast.«

Annie wollte ihn erst fragen, was er sich dabei gedacht hatte, einfach für sie zu entscheiden. Dann aber nickte sie ihm zu. »Gut gemacht. Sein Geschwafel kann ich im Augenblick gebrauchen wie ein Furunkel am Hintern.«

Der Detective Constable hob erstaunt eine Augenbraue, aber das blieb seine einzige Reaktion auf Bleys unkonventionelle Antwort. Stattdessen schob er ihr ein DIN-A4-Blatt hin.

»Was ist das?«

»Da du gerade Marks vertrittst, bist du für die Aufstellung meiner Überstunden zuständig. Ich brauche deine Unterschrift.«

Da sie so kurz vor ihrer Begegnung mit Burns keine Diskussion über Easterbrooks schlechtes Timing bezüglich seiner Prioritäten führen wollte, zog sie das Blatt zu sich und setzte unbesehen ihre Unterschrift unter die Aufstellung.

»So, das wäre erledigt. Jetzt zu Burns.« Der DC sah Bley unternehmungslustig an. »Er wird den Abend nicht auf seiner Couch verbringen, sondern bei uns. Ich bin sehr auf sein dummes Gesicht gespannt.«

Sie schüttelte den Kopf. »Wir werden ihn zunächst befragen. Und dann entscheiden.«

»Was?«

»Zähl doch mal eins und eins zusammen. Was wissen wir denn schon? Nur, dass Nicolas Summer mit einem Speer ermordet wurde. Dass er Immobilienmakler war wie Burns. Und dass Burns Horsley Hall gekauft und den Dachboden dort ausgemistet hat und seine Funde vermarkten wollte.«

»Und wir haben die Aussage von Martha Blade, dass Burns einen Tag vor der Tat in der Gegend war.« Sein Blick verhärtete sich. »Und hör bitte auf, mich zu schulmeistern, Annie.«

»Manchmal weiß ich nicht, wo du deinen Kopf hast.«

»Du magst mich nicht, ich weiß. Du magst mich nicht vom ersten Tag an.« Easterbrook wandte sich zum Gehen. »Trotzdem brauchst du mich nicht wie einen dummen Jungen zu behandeln. Ich bin länger bei der Truppe, als du ahnst. Und ich mache meinen Job gut.« Er verließ ihr Büro.

Was war das jetzt?, dachte sie verdattert. Was war in Allan gefahren? Sie stand auf und folgte ihm. Sie trat in sein Büro und schloss die Tür. Easterbrook war gerade dabei, seinen Computer hochzufahren.

»Du schätzt das völlig falsch ein«, begann sie übergangslos und setzte sich. »Was ist los, Allan? Es stimmt nicht, dass ich dich nicht mag. Es ist nur so«, sie zögerte, um die richtigen Worte zu finden, »dass wir völlig verschieden sind, was unsere Einstellung zur Arbeit und zum Leben betrifft.« Sie räusperte sich. »Ich schätze dich, Allan. Du machst gute Arbeit – nur anders, als ich das tun würde.«

Easterbrook starrte unverwandt auf den Bildschirm. »Dann ist es ja gut. Es wäre aber noch besser, wenn du mich einfach nur machen lassen würdest. Ich weiß sehr gut, was effektive Polizeiarbeit ist. Und ich leiste sie nach meinem Vermögen und meinen Vorstellungen – und das stets im Rahmen der jeweiligen Notwendigkeit und Anforderung.«

Bley nickte. »Dann gehen unsere Vorstellungen doch nicht so weit auseinander.« Sie wollte, dass er von seinem Bildschirm auf- und sie ansah. Aber sie wusste nicht, wie sie das anstellen sollte. »Ich brauche deine Unterstützung, Allan. Ohne dich werde ich diese Fälle nicht lösen können.« Sie spürte, dass sie sich bei diesem Geständnis nicht verbiegen musste. Ohne das Team war sie aufgeschmissen.

DC Allan Easterbrook wandte den Blick langsam vom Bildschirm ab. »Angekommen.«

Erleichtert brachte sie ein Lächeln zustande. Die Führung von Mitarbeitern war ein schwieriges Geschäft. Sie hatte noch eine Menge zu lernen.

»Das hat auch Alice gesagt – dass ich nicht vergessen soll, dass ich gute Arbeit mache. Alice ist meine größte Stütze.« Er lächelte versonnen.

»Dann können wir uns ja jetzt wieder auf unsere …« Ihr Smartphone vibrierte und zeigte eine Nachricht an. Sie las den knappen Satz und stand auf. »Allan, komm.«

Die beiden Ermittler ließen den Wagen vor dem Präsidium stehen und gingen das kurze Stück zum Maklerbüro zu Fuß. Das Gespräch schien Easterbrook gutgetan zu haben. Er schritt beschwingt aus. Aber das konnte auch an der Aussicht liegen, in Kürze einem Verdächtigen gegenüberzustehen. Auch Bley verspürte eine ungewohnte Anspannung.

Um diese Tageszeit staute sich der Feierabendverkehr in beide Richtungen. Zahlreiche Passanten flanierten an den erleuchteten Geschäften vorbei, entweder auf der Suche nach Schnäppchen, die gerade passend zur Vorweihnachtszeit angeboten wurden, oder auf dem Weg zurück zu ihren Fahrzeugen.

»Wir würden gerne mit Mr. Burns sprechen. Ist er da?« DS Bley lächelte Chrissie vertraulich an und zückte, ganz ihrer Rolle entsprechend, den Dienstausweis.

Chrissies Blick flackerte nervös, aber die Angestellte ließ sich wie verabredet auf das Schauspiel ein. Mit einer Bewegung ihrer Augen gab sie zu verstehen, dass Burns sich im Büro nebenan aufhielt, dessen Tür nur angelehnt war. »In welcher Angelegenheit, wenn ich fragen darf?«

»Wir haben lediglich ein paar Fragen an Ihren Chef.« Bley legte besonders viel Freundlichkeit in ihre Stimme.

»Da haben Sie aber Glück, Mr. Burns ist eben erst von einer Geschäftsreise zurückgekehrt. Ich frage ihn di…«

Bevor sie weitersprechen konnte, erschien Philip Burns im Türrahmen seines Büros. »Wir haben eigentlich geschlossen heute. Aber Chrissie hat offenbar die Tür nicht abgeschlossen. Nun, da Sie einmal da sind – was kann ich für Sie tun?« Er musterte die beiden Polizeibeamten und hielt sie offenbar für ein Paar. »Ich sage Ihnen gleich, Immobilien sind derzeit echte Raritäten und nicht gerade preiswert. Aber ich bin sicher, dass Sie hier bei uns goldrichtig sind.«

»Davon bin ich überzeugt.« Bley zückte noch einmal ihren Dienstausweis. »DS Bley, Polizei Helston. Das ist mein Kollege DC Easterbrook.«

»Oh.« Burns trat unwillkürlich einen Schritt zurück. »Was verschafft mir die Ehre? Ich habe doch hoffentlich kein – wie sagt man? – Verkehrsdelikt begangen?« Er kehrte zu seinem jovialen Ton zurück.

»Es geht um Horsley Hall, Mr. Burns. Wo können wir ungestört sprechen?«

Burns deutete auf die Sitzecke auf der anderen Seite des Raums. »Wenn es Ihnen nichts ausmacht? Bitte. Was kann ich Ihnen anbieten? Chrissie bringt Ihnen gerne etwas zu trinken.«

Bley winkte ab und steuerte mit ihrem Kollegen die Sitzecke an. Sie wartete, bis auch Burns Platz genommen hatte. »Sie waren auf Geschäftsreise, Mr. Burns?«

Der Angesprochene deutete auf seine Mitarbeiterin, die sich im vorderen Teil des Geschäfts mit der Durchsicht von Schriftstücken beschäftigte. »Sie haben Chrissie bei einer Unwahrheit ertappt, DS Bley.« Er entblößte sein makelloses Gebiss zu einem breiten Grinsen. »Sie werden sie deshalb aber nicht gleich festnehmen, oder? Sie war von mir beauftragt, bei Fragen die Geschäftsreise zu nennen. Das ist aber nicht strafbar, oder?«

Bley verneinte.

»Siehst du, Chrissie-Darling, du musst nicht ins Gefängnis. Da haben wir aber noch mal Glück gehabt.«

Bley ging das selbstgefällige Gehabe des Immobilienmaklers gehörig gegen den Strich, und sie musste achtgeben, ihn das nicht spüren zu lassen. »Sie haben also Horsley Hall erworben?«

Burns warf einen Blick auf seine protzige Armbanduhr, als sei er gleich noch verabredet. »Das war längst überfällig. Nicht so ganz preiswert, um der Wahrheit die Ehre zu geben. Dennoch war es unschlagbar günstig. Die gute Faye wollte den Kasten unbedingt loswerden. Und als ich ihr angeboten habe, den überflüssigen Kram, wie sie sich ausdrückte, gleich mit zu übernehmen, ist sie mir noch ein paar Pfund entgegengekommen. Wie Sie sehen, Detective Sergeant Bley, eine echte Win-win-Situation. Hat man ja auch nicht alle Tage, dass sich der Käufer um den Müll des Vorbesitzers kümmert.«

»Von Müll kann ja keine Rede sein.« DC Easterbrook schaltete sich ein. Bley konnte sehen, dass er sich von Burns übergangen fühlte.

»Für die einen ist es eben Müll, für die anderen mögen es Antiquitäten sein.« Er lächelte weiterhin Bley an, ohne auf DC Easterbrook einzugehen.

Bley warf ihrem Kollegen einen Blick zu und sah, dass er sich eine Notiz machte. Sie meinte, *Breitling* entziffern zu können. »Um welche Dinge handelte es sich genau?«

»Alles Mögliche. Ein paar Teppiche mit Mottenbefall. Stühle.« Er zuckte grinsend mit den Schultern. »Was man halt so alles auf den Speicher packt, statt es sofort zur Müllkippe zu bringen.«

»Das ist alles?«

»Nein. Es war auch afrikanische Kunst dabei. Hab ich aber keine Ahnung von. Deshalb hab ich im Netz recherchiert. Es hat sich ein Händler aus den Cotswolds gemeldet.« Er drehte sich zu seiner Mitarbeiterin hin. »War der Typ mittlerweile hier?«

»Nein. Und ich glaube auch nicht, dass er sich noch einmal meldet.«

Burns wandte sich wieder Bley zu. »Der kam mir gleich nicht koscher vor. Na ja. Ich werde das Zeug schon noch los.«

»Afrikanische Kunst also. Was genau?« Easterbrook ließ nicht locker und hielt seinen Stift bereit.

Und auch diesmal ignorierte Burns ihn. »Ein paar Masken, ich denke, dass das nicht viel mehr als Touristenkram ist, ganz nett anzusehen, aber mehr auch nicht. Also ein paar Masken, zwei oder drei Skulpturen, nackte Weiber. Und so 'n Kriegszeug: Schilde und Keulen, was man im schicken Kral halt zur Selbstverteidigung braucht. Wie gesagt, ich kenne mich nicht damit aus. Aber warum interessieren Sie sich dafür?«

Bley ignorierte die Frage. »Auch Speere?«

»Speere?« Er zuckte erneut mit den Schultern, aber Bley meinte, ein kurzes Flackern in seinen Augen gesehen zu haben. »Weiß nicht. Ich bin ein paarmal zwischen Horsley Hall und meinem Laden hin- und hergefahren. Kann sein, dass auch Speere dabei waren. Oder auch nicht. Ich hab das Zeug eingeladen und war froh, als der Wagen wieder leer war.« Er runzelte die Stirn. »Nein, jetzt, wo ich intensiv darüber nachdenke, Speere waren nicht dabei. Das hätte ich mit Sicherheit bemerkt.« Er veränderte seine Sitzhaltung. »Ich verstehe immer noch nicht ganz, Detective Sergeant, warum Sie mich das alles fragen.« Er sah erneut auf seine Uhr. »Es ist schon reichlich spät. Und die Fahrt von Wales hierher war auch nicht gerade angenehm. Das Wetter, der Zustand der Straßen, Sie verstehen sicher, dass ich mich so langsam zurückziehen möchte. Chrissie steht Ihnen sicher gerne weiterhin zur Verfügung. Nicht wahr, Chrissie-Engel?«

»Sie waren vor Ihrer Reise in der Nähe des Cafés Fat Apples, stimmt's?« Bley beobachtete aufmerksam, welche Reaktion die Frage bei Philip Burns auslöste. Der Immobilienmakler fasste sich an die Krawatte. Als er das bemerkte, nahm er die Hand herunter und versuchte sofort, eine möglichst lässige Sitzhaltung einzunehmen.

»Ich war schon ewig nicht mehr dort zum Essen.«

»Sie sind gesehen worden.« Bley schlug ihr Notizbuch auf und blätterte durch ein paar Seiten. »Das war am dreiundzwanzigsten November, mittags.«

»Aha.« Burns tat gelassen. »Und wo soll ich da genau gewesen sein?« Er warf seiner Mitarbeiterin einen Blick zu. »Was steht für den Tag im Kalender, Chrissie-Schatz?« Er drehte sich Bley zu. »Die Kleine ist mein blondes Gedächtnis, besser als jeder digitale Kalender. Sie verstehen …«

Die Angesprochene warf einen Blick auf den Tischkalender, der vor ihr lag. »Hier ist nichts eingetragen.«

»Dann bin ich auch nicht dort unterwegs gewesen. Sie kennen das ja: Was nicht im Kalender steht, hat niemals stattgefunden.« Er bedachte Bley erneut mit einem selbstsicheren Lächeln.

»Das würde ich so nicht unterschreiben, Mr. Burns. Es gibt eine Zeugin.«

Seine Augen verengten sich zu schmalen Schlitzen. »Welcher Tag, sagten Sie?«

»Mittwoch, dreiundzwanzigster November.« Easterbrook feuerte das Datum ab wie ein Geschoss.

»Detective Constable, Sie klingen etwas überspannt, wenn ich mir die Bemerkung erlauben darf.« Er legte theatralisch die Hand an die Schläfe. »Der Dreiundzwanzigste, sagen Sie? Genau. Da war ich tatsächlich unterwegs. Ich erinnere mich jetzt. Ich hatte in Coverack zu tun und hatte mein Mobiltelefon vergessen. Ich konnte daher meiner Verabredung nicht mitteilen, dass ich mich verspäten würde. Ich habe in Coverack also niemanden angetroffen und bin dann ein bisschen herumgefahren. Kann sein, dass ich auch am Fat Apples vorbeigekommen bin. Ist das wichtig? Chrissie-Schatz, komm, setz dich zu mir.«

Burns' Mitarbeiterin warf Bley stirnrunzelnd einen Blick zu und kam der Aufforderung zögernd nach.

»Das Telefon vergessen?« Oder absichtlich ausgeschaltet. Das würde erklären, warum die Auswertung der Funkzellendaten im Umfeld des Tatorts keinen Hinweis auf Burns erbracht hatte. Bley nickte. »Dumme Sache.«

»Ist unser wichtigstes Arbeitsgerät, was, Chrissie?« Er langte zu ihr hinüber und streichelte ihren Arm.

Er muss sich absolut sicher und überlegen fühlen, dachte Bley und sah, wie sich die Frau versteifte.

»Reicht Ihnen die Information? Alles Weitere erfahren Sie von meiner besten Mitarbeiterin.« Er machte Anstalten, aufzustehen.

»Sie hatten einen Tag später eine Verabredung, ebenfalls dort.«

»Sie haben eine blühende Fantasie, Detective Constable.« Burns sah Easterbrook das erste Mal direkt an. »Aber Sie irren sich.« Er stand auf. »Ich bin müde.«

»Setzen Sie sich.« Bleys Stimme hatte unversehens an Schärfe gewonnen. »Bitte.«

Philip Burns setzte sich mechanisch. Ihm war die Verblüffung anzusehen. »Was …«

»Nicht weit von dem Café steht ein Restbauernhof zum Verkauf. Dort wurde ein Mann tot aufgefunden.«

»Was habe ich damit zu tun?« Er sah Zustimmung heischend zu Chrissie. Aber die blickte ausdruckslos vor sich hin.

»Dem Opfer wurde ein Speer mit Wucht in die Brust gerammt.« Easterbrook hob die Hände und ahmte den Stoß nach. »Etwa so.«

Burns tat unbeeindruckt. »Das ist tragisch. Aber ich verstehe immer noch nicht, warum Sie mir das alles erzählen.« Er langte erneut hinüber zu seiner Mitarbeiterin und legte seine Hand auf ihren Arm, besitzergreifend oder warnend, aber sie zog ihren Arm zurück. Burns kommentierte das mit einem Stirnrunzeln.

»Es handelt sich dabei um einen Speer, der aus dem Besitz der Familie Gilbert stammt. Daran besteht kein Zweifel, sagen unsere Kriminaltechniker.«

»Dann sollten Sie sich nach Horsley Hall wenden, oder wo auch immer sich Mrs. Gilbert aufhält.« Er lehnte sich zurück und sah die Ermittler auffordernd an.

»Es gibt die These, dass Sie den Speer an sich genommen und damit Nicolas Summer getötet haben.«

»Wie lächerlich.« Burns veränderte seine Körperhaltung nicht, aber er schien deutlich angespannter zu sein. »Hast du das gehört, Chrissie? Die Polizei stellt die These auf, ich sei in der Lage, einen Menschen zu töten. Was sagst du dazu?«

Sie reagierte mit einem unschlüssigen Schulterzucken.

»Besitzen Sie zwei Mobiltelefone, Mr. Burns?«

»Kommt jetzt die nächste These?«

»Und? Haben Sie zwei Telefone, Mr. Burns?« DC Easterbrook war an die Stuhlkante gerutscht und sah aus, als könne er jeden Moment aufspringen.

»Was soll die Frage?«

»Sie sind einen Tag vor der Tat am späteren Tatort gewesen und beim Telefonieren beobachtet worden. Haben Sie von dort aus ihr späteres Opfer angerufen?«

Burns sah aus, als wollte er fragen, woher die Polizei das wusste. Stattdessen verschränkte er die Arme. »Ja, ich war in der Nähe des alten Hofes, ich hatte vor Jahren kurzzeitig Interesse an der Vermarktung. Aber der Besitzer lebt in Australien, und ich habe an dem Geschäft die Lust verloren, weil das Drumherum mir zu anstrengend war, der Mann einfach nicht von Down Under herkommen wollte. Daher kenne ich die Gegend. Und ja, ich habe telefoniert, mit meinem Prepaid-Telefon. Aber ich habe nicht mit meinem *Opfer* telefoniert.« Burns betonte das Wort und deutete mit den Fingern Ausrufezeichen an.

»Sie geben also zu, dass Sie in der Nähe des Tatorts waren.«

»Richtig, DS Bley. In der Nähe.« Der Makler machte ein triumphierendes Gesicht.

»Mit wem haben Sie telefoniert, Mr. Burns?« Easterbrook sah immer noch so aus, als sei er auf dem Sprung.

»Das geht Sie nichts an.«

»Sie würden uns und vor allem sich selbst einen Gefallen tun, wenn Sie uns sagen, wen Sie angerufen haben. Das könnte Sie im Zweifelsfall entlasten.«

»Nein.«

»Dann möchten wir Sie bitten, mit aufs Präsidium zu kommen. Es gibt noch eine Reihe Fragen zu klären, Mr. Burns.«

»Hören Sie, Detective Sergeant, ich werde nicht mit Ihnen kommen. Ihre Thesen sind in Wahrheit unerhörte Anschuldigungen. Sie verdächtigen mich allen Ernstes, einen Mord begangen zu haben. Wie lächerlich ist das? Und das vor meiner Mitarbeiterin.« Er warf Chrissie einen wenig freundlichen Blick zu.

»Sagen Sie uns, mit wem Sie telefoniert haben, und Sie können bleiben. Andernfalls sehe ich keine andere Möglichkeit.«

Philip Burns beugte sich vor. »Ich muss die Person schützen, mit der ich gesprochen habe. Außerdem: Ich kann am Tattag gar nicht vor Ort gewesen sein, denn ich habe mich mit dieser Person für diesen Tag verabredet.«

»Sie sprechen in Rätseln, Mr. Burns.« DC Easterbrook wechselte einen schnellen Blick mit Bley.

»Mehr habe ich nicht zu sagen.«

»Vielleicht solltest du deinen Anwalt anrufen, Philip«, warf Chrissie zaghaft ein und kassierte damit postwendend einen zornigen Blick ihres Chefs.

»Bist du bescheuert? Ich habe nichts zu verbergen.«

»Sie sollten den Vorschlag Ihrer Mitarbeiterin beherzigen. Im Augenblick sieht es nicht gut für Sie aus.«

»Haben Sie irgendwelche Beweise für Ihre Anschuldigungen?« Burns schwitzte sichtlich. »Nein, haben Sie nicht. Sie verlassen auf der Stelle mein Geschäft.«

Annie Bley stand auf und nickte Easterbrook zu. »Für den Augenblick lassen wir Sie allein. Aber wir werden Sie weiter befragen. Wir müssen wissen, mit wem Sie gesprochen haben, und Ihr Alibi überprüfen. Und das steht im Augenblick auf sehr wackligen Beinen. Ich sage es Ihnen noch einmal: Sie belasten sich mehr, als dass Sie sich entlasten.«

»Nein!« Chrissie war aufgesprungen. »Sie können jetzt nicht einfach gehen und mich mit ihm allein lassen.«

Burns sah erstaunt zwischen den Beamten und seiner Mitarbeiterin hin und her. »Jetzt kapiere ich langsam. Du hast die Bullen auf mich angesetzt.« Er machte einen Schritt auf Chrissie zu. »Das wirst du bereuen.«

DC Allan Easterbrook war aufgesprungen und stellte sich zwischen die beiden. »Das ist keine gute Idee,

Mr. Burns.« Er legte die Hand auf Burns' Schulter. »Wir nehmen Sie nun mit aufs Präsidium. Dort können wir uns in Ruhe weiter unterhalten.«

Burns versuchte, die Hand abzuschütteln, gab aber unter Easterbrooks eisernem Griff seinen Widerstand auf.

Während die Ermittler ihn in die Mitte nahmen, drehte er sich noch einmal zu Chrissie um. »Wir sprechen uns noch.«

Auf dem Weg ins Präsidium begegneten sie einigen Passanten, die den Makler offensichtlich kannten, da sie ihn freundlich ansprachen, und die sich erstaunt und kopfschüttelnd umdrehten, als er sie wortlos passierte. Annie Bley war froh, dass sie das Präsidium erreichten, ohne dass Burns versucht hatte, ihnen zu entkommen. Sie hoffte, dass es auch bei der anstehenden Befragung friedlich bleiben würde.

»Möchten Sie etwas trinken oder essen, Mr. Burns?« DS Bley setzte sich an den Tisch im Vernehmungsraum und deutete auf den am Boden verschraubten Stuhl ihr gegenüber.

»Nein.«

»Möchten Sie Ihren Anwalt informieren?«

»Wozu? Es gibt keinen Grund.«

»Wie Sie wollen.« Bley rückte ein Stück zur Seite, als Easterbrook sich zu ihr setzte. »Sie geben an, dass Sie keinen Kontakt zu Nicolas Summer hatten. Und dass Sie am Tattag nicht an dem alten Gehöft waren.«

»Korrekt.«

»Dann nennen Sie uns doch bitte den Namen der Person, mit der Sie telefoniert haben, damit wir Ihre Angaben überprüfen und Sie entlasten können.«

»Nein.« Er ließ seinen Blick durch den spartanisch möblierten Raum schweifen. »Ist das jetzt eine Vernehmung? Sie können mich nicht gegen meinen Willen hier festhalten.«

»Das ist richtig, Mr. Burns.« DS Bley blätterte durch einen schmalen Schnellhefter, den sie auf dem Weg zur Befragung aus ihrem Büro mitgenommen hatte. Darin stand nichts über Burns. Er gehörte zu einem anderen Fall, aber das musste der Makler nicht wissen. »Sie kennen sich aus.«

»Zufall.«

»Wir werden Ihr Fahrzeug untersuchen müssen. Vielleicht finden wir Spuren, die auf Ihre Tatbeteiligung hindeuten.«

»Was konstruieren Sie sich hier zusammen, Bley? Ich will Ihren Vorgesetzten sprechen. Sie scheinen mir nicht in der Lage zu sein, Ihre Arbeit zu machen.« Burns legte seine Hände flach auf den Tisch. »Ich will Ihren Chef sprechen. Von mir hören Sie kein Wort mehr. Und Ihren Schoßhund«, er deutete verächtlich mit dem Kopf auf Easterbrook, »schicken Sie am besten in sein Körbchen zurück, DS Bley.«

Je mehr Burns sie zu provozieren versuchte, umso ruhiger wurde sie. »Warum so aggressiv, Mr. Burns? Ich denke, Sie haben nichts zu verbergen. Wollen Sie nicht doch einen Tee oder Kaffee? Dann redet es sich leichter.«

»Ich hole Ihnen gerne ein Getränk«, fügte DC Easterbrook mit zuckersüßer Stimme hinzu. »Im Apportieren bin ich ganz groß.«

Burns schnaubte verächtlich und schwieg.

»Lassen Sie uns noch einmal auf die Dinge zurückkommen, die sie aus Horsley Hall abtransportiert haben.

Darunter waren Masken, Skulpturen, Amulette, Schilde.« Burns behielt sie bei ihrer Aufzählung im Blick. »Darunter waren auch drei Speere?«

»Was soll das? Drei Speere. Eben war es noch einer, den ich besessen haben soll. Nun drei? Was haben Sie sonst noch auf Lager? Werden es noch mehr? Ich habe Ihnen schon einmal gesagt, fragen Sie Faye.«

»Mrs. Gilbert hat gesagt, dass sie keinen Überblick hat, was Sie alles abtransportiert haben. Schlecht für Sie, Mr. Burns. Denn es besteht somit die Möglichkeit, dass Sie auch diese Waffen an sich genommen haben.«

»Oder auch nicht.« Burns verschränkte die Arme. Er spürte, dass seine Karten so schlecht nicht sein konnten. »Wie kommen Sie ausgerechnet auf die Zahl drei?«

Bley schien es zu früh, ihn auf die Morde an Curtis Stills und Amelie Gibbons anzusprechen. Noch hatten sie keinen Hinweis, dass es zwischen Burns und den anderen Opfern eine Verbindung gab. »Und Ihre Geschäfte laufen gut?«

Der plötzliche Themenwechsel erstaunte den Makler. »Kann man so sagen. Sonst hätte ich Horsley Hall sicher nicht kaufen können.«

»Warum Horsley Hall?«

»Weil ich etwas Repräsentatives gesucht habe und weil ich Faye aus einer Notlage heraushelfen wollte.« Er verbesserte sich. »Das ist nicht das richtige Wort. Ich wollte ihr helfen, eine neue Lebensperspektive zu entwickeln. Ich kenne sie schon lange. Wir sind mittlerweile schon so etwas wie Freunde.« Er lächelte kurz. »Und es ist auch gut, eine Krankenschwester in der Nähe zu wissen, wenn man mal Hilfe braucht.«

»Ihr Kundenstamm ist also erheblich?«

Burns rückte sich auf seinem Stuhl zurecht, als wollte er zu einem längeren Vortrag ansetzen. »Wir sind mittlerweile auch weit über Cornwall hinaus aktiv und bekannt, ja.« Er sah auf seine Hände. »Wer nicht mit der Zeit geht, geht mit der Zeit, heißt es doch. Wer nicht bereit ist zu expandieren, hat auf Dauer in dem Geschäft keine Chance.«

»Und das stemmen Sie allein?«

»Sie müssen schon gut organisiert sein und ein Büro haben, auf das Sie sich verlassen können. Chrissie ist in ihrem Job top.« Als er ihren Namen aussprach, verfinsterte sich sein Blick. Er sah, dass Bley dies bemerkt hatte. »Keine falschen Schlüsse. Sie hat gekündigt. Ihr Lover wird nach Zypern versetzt.«

»Wie groß ist Ihre Kundendatei? Kennen Sie alle mit Namen?«

Er runzelte die Stirn. »Die Datei wird stetig größer. Wie gesagt, wir sind ... ich bin nun in nahezu ganz England unterwegs. Nur erste Lagen. Der Rest interessiert mich nicht. Ich gebe es zu, ich werde sicher nicht alle Namen sofort zuordnen können, aber ja, ich habe das meiste im Kopf.«

»Sagen Ihnen die Namen Curtis Stills und Amelie Gibbons etwas?«

»Stills und Gibbons?« Er schloss die Augen. »Stills und Gibbons, Stills und Gibbons – nein, tut mir leid, die Namen sagen mir nichts. Da müsste ich erst in der Kartei nachsehen.« Er hob bedauernd die Hände.

»Wir haben ein wenig in Ihren Lebenslauf geschaut, Mr. Burns. Sie sind erst spät zum Makeln gekommen. Was haben Sie vorher gemacht?« DC Easterbrook sah Burns freundlich an.

»Dies und das. Ich bin in meinem Leben nicht immer den geraden Weg gegangen.«

»Uns interessieren besonders die Abzweigungen, wie Sie sich vielleicht denken können.«

»In meiner Jugend habe ich nichts ausgelassen, um ehrlich zu sein.« Burns versuchte ein kumpelhaftes Grinsen.

»Das klingt ganz danach, als hätten Sie nicht immer auf der Seite des Rechts gestanden.«

»Ich bin in Brighton aufgewachsen, unser Viertel war eine raue Gegend, gerade für Halbwüchsige. Da war eine Menge Testosteron im Spiel. In der Nachbarschaft lebten viele Arbeiter, und auch viele Männer, die auf Schiffen ihr Glück versucht haben.«

»Auch Drogen?«

Burns ließ die Frage unbeantwortet. »Ich habe gerade noch rechtzeitig die Kurve gekriegt, wenn Sie das meinen, Constable. Eine Vorstrafe wegen Sachbeschädigung.«

»Wegen Sachbeschädigung?«

»Schlägerei in einem Pub. Lange verjährt.«

»Sie verstehen es also, sich durchzusetzen.«

»Du hast nur eine Chance im Leben, das habe ich damals schnell gelernt.«

Bley war bei dem Namen Brighton hellhörig geworden. »Curtis Stills stammte auch aus Brighton. Ungefähr Ihr Alter.«

»Nie gehört, der Name sagt mir nichts.«

Sie würden versuchen, das zu verifizieren. »Und danach? Was war nach dieser Vorstrafe?«

»Über das Engagement eines Sozialarbeiters habe ich die Schule zu Ende und dann eine Ausbildung gemacht. Aber der Job im Schlachthof war für mich keine Stellung fürs Leben. Ich bin dann für einige Zeit nach London. Ist für viele der Sehnsuchtsort, die rauswollen aus ihrer Sackgasse. Hab dann dort ein paar ziemlich interessante Leute kennengelernt. Einflussreiche. Und weil ich gut mit dem Mundwerk umgehen konnte, habe ich irgendwann angefangen, zuerst Wohnungen zu vermieten, dann zu kaufen und mit gutem Gewinn weiterzuverkaufen. Das war damals in London noch ein Geschäft. Später bin ich dann nach Helston geraten. War purer Zufall. Hab jemanden kennengelernt und bin hier hängen geblieben. Den Rest kennen Sie.«

»Dieser Jemand ist Faye Gilbert?«

Burns schüttelte lediglich den Kopf.

»Nun gut.« Bley wechselte das Thema. »Wie sind Sie in der Branche gelitten?«

»Wie in jedem Job gibt es Anerkennung und noch mehr Neider. Aber da muss man eben mit Leistung und Kreativität überzeugen. Und das habe ich immer gekonnt. Der Rest interessiert mich nicht. Wenn ich ein Geschäft sehe, mache ich es. So einfach ist das.« Er sah DC Easterbrook an. »Dann kann man sich auch so eine Breitling leisten. Ich habe gesehen, wie Sie sie angestarrt haben. Beim Gehalt eines Detective Constable ist so eine Uhr natürlich nicht drin.«

Easterbrook reagierte nicht auf die Provokation. »Und Sie sind sicher, dass Sie die Namen Stills und Gilbert nicht kennen?«

»Hab ich doch schon gesagt.« Burns sah zum x-ten Mal auf seine teure Armbanduhr. »Wenn Sie weiter keine Fragen haben oder ich Ihnen sonst nicht helfen kann, möchte ich unsere nette Unterhaltung an dieser Stelle gerne beenden.«

Bley dachte angestrengt nach. Sie hatten in der Tat keine Handhabe. Sie würden ihn gehen lassen müssen. Sie wollte Burns schon ihre Entscheidung mitteilen, als es klopfte und eine junge Polizistin in Uniform den Kopf zur Tür hereinsteckte. »Kann ich Sie kurz sprechen, Detective Sergeant?«

Bley stand auf und folgte der Beamtin auf den Flur hinaus.

»Und außer dieser einen Vorstrafe war nichts?« DC Easterbrook wollte Bleys Abwesenheit nicht ungenutzt lassen.

»Nur diese kleine Jugendsünde, ja.«

»Sie haben eben von einflussreichen Leuten gesprochen. Können Sie das bitte ein wenig präzisieren? Was waren das für Leute, die Sie kennengelernt haben?«

»Wollen Sie hier die Zeit totschlagen, oder warum fragen Sie mich das?«

»Ein paar Namen würden schon reichen.«

»Ich weiß nicht, was Sie das angeht. Es waren Bekanntschaften aus den Pubs und aus dem Stadion. Ich war damals Anhänger der Blues. Vor und nach dem Spiel das eine oder andere Pint, da kommt man schnell ins Gespräch.«

»FC Chelsea? Aha.« Easterbrook interessierte sich mehr für Rugby, aber den Namen des Londoner Fußballclubs kannte er natürlich. »Und Sie sind weg, weil Sie in London keine Geschäfte mehr machen konnten?«

»Der Markt ist absolut riesig, aber auch wiederum nicht. Die Konkurrenz war für mich damals zu groß. Heute sehe ich das etwas anders.«

London. Der Name der Metropole löste in Easterbrook eine Welle von Gedanken aus. Er räusperte sich. Warum also nicht? »Amelie Gibbons hat eine Weile in London gelebt.«

»Schön für sie.«

»Sie kennen sie?«

»Unsinn. Wissen Sie, wie viele Menschen in London leben und versuchen, dort ihr Glück zu machen? Lassen Sie mich überlegen. Es müssen im Augenblick mehr als neuneinhalb Millionen sein. Und da fragen Sie mich nach einer Frau?«

»Sagt Ihnen dann der Name Stone etwas? Keith Stone? Oder Lehmann? Hans Lehmann.«

»Wird das jetzt ein Quiz, oder was? Nennen Sie möglichst viele Londoner beim Namen. Machen Sie sich nicht …«

In diesem Augenblick betrat DS Bley wieder den Raum. »Wollen Sie uns nicht endlich den Namen der Person nennen, mit der Sie telefoniert haben? Sie können damit sich und uns Zeit sparen.«

»Sie haben recht, ich habe Ihnen schon viel zu viel Zeit zugestanden. Ich verabschiede mich jetzt.«

»Sie bleiben hier.« DS Bleys entschlossener Blick ließ keinen Zweifel.

Burns stand auf. »Das glaube ich nicht.«

»Sie bleiben sitzen. Es gibt Neuigkeiten.« Sie zwang ihn mit ihrem Blick nieder.

»Da bin ich aber neugierig«, spottete Burns. Gleichzeitig verschränkte er die Arme – ein deutliches Zeichen der Abwehr. »Aber die Neuigkeit lässt hoffentlich nicht lange auf sich warten? Ich habe heute Abend nämlich noch etwas vor.«

»Wir werden sehen.« Sie warf Easterbrook einen Blick zu, den er aber nicht zu deuten wusste.

»Der vierundzwanzigste November war ein sehr ereignisreicher Tag.«

Burns sah sie irritiert an. In diesem Augenblick klopfte es, und die junge Beamtin erschien erneut und drückte DS Bley mit einem neutralen Lächeln ein Blatt in die Hand.

»Was ist das?« Philip Burns deutete sichtlich nervös auf die Unterlagen.

»Nur Geduld.« Sie las lautlos die hereingereichten Zeilen und lächelte dann.

XXXIX.

»Helen.« Simon schloss sie fester in den Arm, als er gewollt hatte.

»Lange nicht gesehen.« Sie löste sich von ihm und sah sich neugierig um.

Simon ließ sie vorausgehen und musterte sie. Seine frühere Kollegin hatte sich verändert. Helen war zu seiner aktiven Zeit bei der Metropolitan Polizei schlank und durchtrainiert gewesen, hatte ihre braunen Haare kurz getragen, *weil es so praktischer ist und es morgens schneller geht*. Helens Sinn fürs Praktische setzte sich auch in der Wahl ihrer Kleidung fort. Sie bestand in aller Regel aus schwarzen Jeans und einem gleichfarbigen Sweatshirt, das sie bei wärmeren Temperaturen meist gegen ein unauffälliges T-Shirt tauschte. Seine Kollegin hatte stets einen fokussierten Eindruck auf ihn gemacht. Eine Frau, die wenig Raum ließ für die Dinge links und rechts ihres Jobs.

Seit er sie das letzte Mal gesehen hatte – das musste wenige Tage vor seinem Unfall gewcsen sein –, hatte sie an Gewicht zugelegt. Sie war nicht dick, aber ihrer Figur fehlte das Durchtrainierte. Vielleicht verbrachte sie mittlerweile zu viel Zeit im Büro. Außerdem trug sie ihr Haar nun deutlich länger und auch gefärbt. Einzig ihre Stimme war gleich geblieben.

»Meine Sachen habe ich im Auto gelassen. Ich hoffe, ich mache Mary keine Umstände.« Sie setzte sich unaufgefordert aufs Sofa und lächelte ihn an.

»Nein. Sie freut sich, dich endlich kennenzulernen.« Er hatte das Gefühl, reichlich linkisch zu wirken. »Tee?«

Sie sah auf die Uhr. »Lieber etwas Stärkeres.« Helen zwinkerte ihm zu.

»Ich habe irgendwo noch eine Flasche Whisky.« Simon verließ das Wohnzimmer und machte sich in der Küche zu schaffen.

»Du sammelst ja immer noch Vinyl. Wie nostalgisch«, hörte er sie aus dem Wohnzimmer rufen. Gleich darauf schallten die ersten Töne der LP, die auf dem Plattenteller gelegen hatte, aus den Lautsprechern: *I'm not tryin' to impress you with my lines.* Ich versuche nicht, dich mit meinen Zeilen zu beeindrucken.

Helen lehnte sich an den Türrahmen zur Küche. »Men at Work habe ich ewig nicht mehr gehört. Weißt du noch, was damals in unserem Stammpub gelaufen ist? Immer wenn wir einen Erfolg gefeiert haben mit dem ganzen Team und einmal sogar mit den Jungs von den Seals?« Als er nicht sofort reagierte, fügte sie hinzu: »Queen, *We Are the Champions*. Den ganzen Abend über lief das Lied.« Sie fuhr sich übers Haar. »Wie lange ist das schon her? Wir hatten viel Spaß damals. Und heute?« Sie machte den Eindruck, als wollte sie die Hand nach Simon ausstrecken, beließ es aber bei der Absicht. »Heute machen wir nur noch Dienst. Ein Fahndungserfolg ist nicht mehr als ein

Pluspunkt in der Personalakte – wenn es denn ein spektakulärer ist.« Sie sah ihn direkt an. »Was langweile ich dich hier mit meinem Gequatsche? Erzähl mir lieber von dir, Simon.«

Er hatte mittlerweile die Flasche aus dem Küchenschrank genommen und ein Glas gefüllt. »Cheers.« Er hielt es ihr hin.

»Du trinkst keinen?« Sie hob das Glas an den Mund. »Klar, die Medikamente. Hätte ich fast vergessen. Cheers.«

Simon goss sich ein Glas Mineralwasser ein und griff nach einer der Medikamentenschachteln. »Dreimal täglich eine. Viel mehr gibt es nicht zu erzählen.«

»Ich erinnere mich gut daran, dass du damals nicht mehr leben wolltest, nach Moiras Tod. Und nun sehe ich einen Mann vor mir, der sich nicht verändert hat, mit Ausnahme der längeren Haare und dem Bart. Gut schaust du aus. Wie ein echter Künstler. Zeigst du mir nachher dein Atelier? Du hast doch eins? Jedenfalls kann ich hier keine Pinsel und keine Leinwand entdecken.«

»Sicher. Später. Jetzt komm doch erst mal an. Lass uns ins Wohnzimmer gehen.«

Sie schüttelte den Kopf und ließ ihren Blick schweifen. »Die Küche ist gemütlich. Du musst hier in Cadgwith sehr glücklich sein.«

»Ich habe mein Zuhause gefunden, ja.« Er setzte sich zu ihr an den Tisch.

»Erfolg als Künstler, Freunde, ein hübsches Cottage, eine Freundin für die Nestwärme. Du bist zu beneiden, Simon.« Sie nippte an ihrem Glas.

Als Helen in ihrer Aufzählung das Wort *Nestwärme* erwähnte, wurde er stutzig. Gefühlsäußerungen, gar Neid, hatten früher nicht zu ihrem Repertoire gehört. »Ja, ich kann mich wahrlich nicht beschweren.« Sie saßen so nahe beieinander, dass ihm einige feine Äderchen und Fältchen um ihre Augen herum auffielen, die sie damals nicht gehabt hatte. Sie ließen darauf schließen, dass sie schwierige Zeiten durchlebt hatte.

»Was schaust du so?« Helen lehnte sich zurück, als wolle sie sich vor seinem Blick schützen.

»Ich habe hier meinen Frieden gefunden.« Sein Glas war bereits leer.

»Aber aus deiner Haut kannst du auch nicht. Wenn ich deine Hilfeersuche richtig deute. Einmal Bulle, immer Bulle. Richtig?« Sie hielt ihm das Glas hin, begleitet von einem kindlich unschuldigen Augenaufschlag. »Schenkst du mir nach?«

Er kam der Aufforderung nach und goss das Glas diesmal nicht ganz so voll.

»Ich habe mit meiner Vergangenheit abgeschlossen. Mein Leben ist heute ein völlig anderes. In jeder Hinsicht. Ich habe Chris Marks – darauf zielt deine Bemerkung ab, denke ich – unter nicht gerade idealen Bedingungen kennengelernt. Daraus hat sich eine Freundschaft entwickelt, mit der ich so nicht rechnen konnte. Und ich helfe ihm gern.« Er lächelte. »Nach meinen Möglichkeiten.«

»Und jetzt brauchst du meine Hilfe – aus alter Freundschaft.«

»Wenn du so willst, ja.«

»Wenn das nicht einen Toast wert ist. Cheers.« Sie trank, als sei in dem Glas Apfelsaft.

»Der Tag muss sehr lang für dich gewesen sein.«

»Trinke ich zu viel?«

»Das habe ich nicht gesagt.«

»Aber das hast du gedacht.«

»Ich habe kein Recht für so eine Annahme.«

Sie hob erneut ihr Glas, setzte es aber wieder ab, ohne zu trinken. »Ein guter Whisky ist wie ein gutes Gespräch. Danach geht es dir besser.«

Er wollte das Gespräch in eine andere Richtung lenken. »Für wann bist du mit Mary verabredet?«

»Oh, sie ist sehr großzügig. Ich kann kommen, wann ich möchte. Sie ist zu Hause. Die perfekte Gastgeberin.« Nun trank sie doch.

»Das ist doch schön.«

»Eine Frau mit Nestwärme.«

»Helen.«

»'tschuldigung. Ich wollte nicht so scharfzüngig sein.«

»Du musst dich nicht entschuldigen.«

»Was willst du wissen? Über Cooper, Stone und Lehmann.«

»Wir sollten das nicht heute Abend besprechen. Ich möchte lieber mit dir über das Leben an sich reden.« Er biss sich auf die Zunge, falscher Ansatz.

Sie ging über seine Bemerkung einfach hinweg. »Wie geht es deinem Detective Inspector, und wie heißt sie doch gleich? Diese Detective Sergeant?«

»Du meinst sicher DS Annie Bley.«

»Genau die.«

»DS Bley vertritt im Augenblick Chris. Er ist nicht in der Lage, Dienst zu machen, wie du dir sicher vorstellen kannst.«

»Wie ist der Stand der Ermittlungen?«

»Du musst hungrig sein.«

»Bring mich auf den neuesten Stand, Simon.« Um ihre Augen erschien ein harter Zug, und sie stellte das Glas ab. »Für das Essen ist später noch Zeit.«

»Alles deutet darauf hin, dass Louise Taylor nicht zufällig Opfer wurde.«

»Wie kommt ihr darauf?«

»Das Kaliber, das Gewehr. Das war ein gezielter Anschlag.« Er schilderte ihr kurz die Ergebnisse der KTU-Analysen. »Die Waffe eines Profis.«

»Welche Feinde hatte diese Frau, dass sie so sterben musste?«

Simon schüttelte den Kopf. »Die Waffe wurde bereits einmal benutzt. Beim Überfall auf einen Geldtransporter.«

»Ein bezahlter Killer also?«

»So ist es.«

»Und warum sollte er ausgerechnet diese Anästhesistin töten?«

»Er wollte Chris treffen. Nicht körperlich, sondern seelisch. Er will ihn vernichten, um ihn aus dem Weg zu haben für das, was er eigentlich will.«

»Und was soll das sein?«

»Nun sind wir doch schon bei dem Thema, das ich heute Abend vermeiden wollte. Ich will doch lieber etwas von dir erfahren.« Er lächelte. »Also von dir, nicht von deiner Arbeit.«

»Wer steckt deiner Meinung nach hinter dem Anschlag?«

»Lehmann.«

Sie lachte auf. »Du kommst von ihm nicht los, oder? Warum Hans Lehmann?«

Er stand auf, zog aus der Schublade des Küchenschranks eine Postkarte hervor und reichte sie Helen. »Deshalb.«

Sie drehte die Karte in der Hand. »Die Tower Bridge. Und ein Satz: Wir sehen uns.« Sie reichte ihm die Postkarte zurück. »Und? Du glaubst, dass er dir diesen Gruß geschickt hat?«

»Wer sonst?«

»Deine Fantasie möchte ich haben.«

»Wenn er es nicht war, dann Stone. Oder ein anderer seiner Handlanger. Dem Poststempel nach könnte sie in Exeter abgeschickt worden sein und nicht in London.«

»Simon, nun verlässt dich dein scharfer Verstand. Du reimst dir da etwas zusammen, von dem ich nicht überzeugt bin.«

Simon wollte antworten, als sein Smartphone den Eingang einer WhatsApp meldete. Er zog das Telefon zu sich, das auf der Anrichte gelegen hatte. Er las den Text und sah dann Helen an. »Lass uns zu Marys B&B fahren. Sie lädt uns zum Abendessen ein.«

Helen sah aus, als wollte sie das Gespräch über Simons These weiterführen, hob dann aber ergeben die Schultern. »Ja, du hast vermutlich recht. Ich habe Hunger.«

Mary war gerade dabei, die Weingläser auf den Tisch zu stellen, als die beiden das B&B betraten. Die beiden Frauen begrüßten sich freundlich, aber dennoch lag eine gewisse Spannung in der Luft, wie Simon fand.

»Ich hätte nicht gedacht, dass deine Pension so groß ist. Von außen wirkt das Haus eher ein bisschen klein für ein B&B, wenn ich das sagen darf.« Helen trat neugierig an das große Fenster im Frühstücksraum. »Wow. Der Ausblick ist atemberaubend. Nun verstehe ich, dass du hier leben willst.«

»Mein Elternhaus.«

Helen nickte. »Der Ausblick muss bei Tag noch schöner sein.« Sie deutete hinaus. »Die unbändige Kraft des Meeres, die Bucht, die Boote der Fischer auf dem Kies – wie ein Gemälde des Naturalismus.«

»Ja, wirklich beeindruckend.« Simon war neben sie getreten. »Als ich das erste Mal hier stand«, er lächelte Mary zu, »ging mir Henry Herbert La Thangue durch den Kopf. Das Motiv hätte ihm sicher gefallen.«

»In dem Genre kenne ich mich nicht aus, um ehrlich zu sein.« Helen wandte sich Mary zu. »Nur angelesenes Wissen. Wir haben vor ein paar Jahren einer Bande von Kunstdieben das Handwerk gelegt. Sie hatten sich vor allem auf englische Impressionisten spezialisiert.«

»Simon hat mir schon viel von dir erzählt. Wollen wir uns nicht setzen?«

Der Abend wurde lang. Mary übernahm über weite Strecken die Gesprächsführung und wollte viel über Helens Arbeit wissen. Sie reagierte besonders aufmerksam auf die Passagen, in denen Simon und seine Rolle als führendes Mitglied der Spezialeinheit Thema war. Helen genoss es sichtlich, aus ihrer gemeinsamen, *wenn auch viel zu kurzen Zeit* zu erzählen, wobei sie einige Begebenheiten publikumswirksam ausschmückte. Simon wollte sich mit fortschreitendem Abend immer weniger an den Gesprächen beteiligen und beobachtete stattdessen, wie die Frauen aufeinander reagierten. Während Mary unbefangen mit Helen umging, spürte er bei Helen eine immer größer werdende Distanz. Etwas an ihrem Verhalten störte ihn. Sie war freundlich zu Mary, aber unter dieser Oberfläche bemerkte er eine Wachsamkeit und latente Aggressivität, die er nicht in Worte fassen konnte, die ihn aber zunehmend beunruhigte. Es sah aus, als warte Helen nur auf den Moment, um Mary zu zeigen, wer in Wirklichkeit ein Recht auf ihn hatte. Das hatte er so nicht erwartet. Aber vielleicht missdeutete er auch nur Helens Verhalten. Sie war sicher von der Anreise müde und hatte mittlerweile ein wenig zu viel Alkohol getrunken.

»Du sagst ja nichts.« Helen hob ihr Glas. »Und getrunken hast du auch nichts mehr.«

»Ich bin müde, um ehrlich zu sein. Eine Folge der Medikamente, weißt du?«

Helen wandte sich zu Mary. »Simon war früher von unbändiger Lust.« Sie trank einen Schluck. »Im Dienst, natürlich. Wir hatten insgesamt eine großartige Zeit, nicht, Simon-Baby?«

Mary ließ nicht erkennen, ob sie Helens Verhalten als provozierend empfand. »Ich öffne gerne noch eine Flasche Wein.«

Helen nickte. »Warum nicht? Du bist eine bemerkenswerte Frau, Mary. Ich habe gehört, dass dein B&B mittlerweile die meiste Zeit ausgebucht ist und du dennoch, sozusagen nebenbei, noch den Dorfladen führst. Deine Tante kann stolz auf dich sein.« Sie legte ihre Hand auf Simons Arm. »Und Simon natürlich auch.« Sie lächelte Mary an. »Ihr würdet ein wunderbares Paar abgeben. Nicht dass ich eifersüchtig bin, keine Sorge, aber ein bisschen schade finde ich es doch, dass mein Simon nicht mehr in meiner Nähe ist.«

Mary stand abrupt auf. »Ich hole den Wein.«

»Habe ich etwas Falsches gesagt, Simon?« Sie sah ihn an, als wollte sie ihren Kopf an seine Schulter legen.

Er schwieg.

Sie zuckte mit den Schultern. »Mary macht das Catering für die Theateraufführung, nicht?«

»Das weißt du?«

»Man hört so einiges.« Sie seufzte und fuhr sich durchs Haar. »Ach, Simon.«

Mary kam mit der geöffneten Flasche zurück und wollte Helen eingießen.

»Nur ein Halbes, bitte.« Helen deutete mit den Fingern die Menge an. »Wie kommt ihr mit dem Theaterstück voran?«

»Woher weißt du, dass ich eingebunden bin?« Mary warf einen fragenden Blick zu Simon.

»Als Polizeibeamtin ist man über vieles informiert.« Sie lächelte, aber das Lächeln blieb in der Mundpartie hängen.

»Und ich habe gedacht, dass sich die Metropolitan Police um die ganz schweren Jungs kümmert, Organisierte Kriminalität nennt ihr das wohl.«

»Wie man's nimmt.« Sie drehte sich zu Simon. »Wie geht es DI Marks?«

»Er hat immer noch schwer zu kämpfen.« Simon gefiel die Wendung des Gesprächs nicht. Sie hatte sich doch bereits nach ihm erkundigt.

Helen sah Mary an. »Es ist schon grausam, wenn man einen geliebten Menschen verliert. Simon weiß ein Lied davon zu singen.«

Zum ersten Mal an diesem Abend reagierte Mary schroff. »Ich habe davon gehört.«

»Mein Gott, was habe ich gesagt? Ich bin dir hoffentlich nicht auf die Füße getreten, liebe Mary.« Sie trank ihr Glas in einem Zug leer und stand auf. »Es ist wohl besser, wenn ich jetzt zu Bett gehe, bevor ich noch mehr Unsinn von mir gebe.« Sie trat zu Mary, die ebenfalls aufgestanden war, und umarmte sie. »Danke für den schönen Abend, das sehr leckere Essen und dass ich bei dir übernachten darf.«

Mary war eine gewisse Erleichterung anzumerken, als sie Helen den Weg zu ihrem Zimmer zeigte.

Aus dem Flur klang noch ein »Gute Nacht, Simon« in den Frühstücksraum herüber, dann war es still.

»Sie kann ziemlich viel vertragen.«

»Früher hat sie keinen Schluck Alkohol getrunken.« Simon spielte mit seinem Wasserglas. »Sie hat sich verändert, und nicht eben zum Positiven.«

»Menschen ändern sich.« Mary hatte sich wieder an den Tisch gesetzt.

»Das ist wohl so.«

»Was war das gerade?«

»Ich weiß es nicht.«

»Hast du ihr von dem Theaterstück erzählt?«

»Nein.« Er schüttelte den Kopf. »Keine Ahnung, warum sie das erwähnt hat und woher sie Bescheid weiß.«

»Sie weiß über die Vorgänge hier genau Bescheid, so als würde sie sich permanent mit Cadgwith beschäftigen.«

»Du meinst, dass ihre Ermittlungen in Sachen Keith Stone oder Lehmann sie bis in unsere Gegend geführt haben?«

»Zumindest wird sie mitbekommen haben, dass die Waffe, aus der der tödliche Schuss auf Louise abgegeben wurde, schon einmal in den Akten aufgetaucht ist.« Mary machte ein Gesicht, als traue sie ihren eigenen Gedanken nicht. »So funktioniert Polizeiarbeit doch, wenn sie funktioniert.«

Er nickte nachdenklich. Helen könnte in der Tat näher an Stone und Lehmann dran sein, als sie ihm gegenüber eingestanden hatte. Bisher hatte er ihre Zurückhaltung als das normale Verhalten einer Ermittlerin gesehen. Steckte vielleicht doch mehr dahinter? Simon verwarf den Gedanken. Er sah schon Gespenster.

»Was geht in dir vor?«

»Helens Besuch gibt mir Rätsel auf.«

»Ich jedenfalls wäre froh, wenn der angebliche Besuch bei einem alten Freund nicht lange dauert. Die Art, wie sie sich gibt, und ihre versteckten Anspielungen gefallen mir nicht.«

»Du magst recht haben. Sie ist sicher nicht hier, nur weil sie einmal nach mir schauen will.«

»Hast du eine Erklärung?«

Er sah sie schweigend an.

»Simon, das ist nicht dein Ernst.« Sie ahnte, was er dachte.

Er lenkte ein. »Im Augenblick gehe ich einfach davon aus, dass sie mir helfen will und das nicht von ihrer Dienststelle aus tun wird. Damit man ihr nicht nachsagen kann, sie habe Interna aus der Arbeit der Spezialeinheit ausgeplaudert. Da ist ein Besuch in Cornwall die unverfängliche Variante.«

»So sollten wir das sehen, ja.« Mary verschränkte die Arme. »Und dennoch, Helen hat ein Problem. Ich glaube, sie hat nicht verwunden, dass du mit Moira zusammengekommen bist. Nenn es meinetwegen weibliche Intuition. Sie würde mir gerne klarmachen, dass ich meine Finger von ihrer großen Liebe lassen soll.«

Simon sah sie lange an, bevor er antwortete. »Helen hat keine Chance.«

XL.

»Wir haben Ihr zweites Smartphone, Mr. Burns. Das Prepaid.«

»Das ist unmöglich. Woher haben Sie …? Sie haben kein Recht, meine Sachen zu durchsuchen.« Bley hatte ihn kalt erwischt.

»Das war auch nicht nötig.«

Er verstand erst nicht, dann dämmerte es ihm. »Chrissie. Diese Drecksschlampe.«

Bley sah ihn ungerührt an. Burns würde keine Gelegenheit haben, seiner ehemaligen Mitarbeiterin Gewalt anzutun. »Sie haben an den beiden fraglichen Tagen, also am dreiundzwanzigsten und vierundzwanzigsten, von Ihrem Prepaid-Handy aus mehrfach die gleiche Nummer gewählt.«

Burns starrte sie an. In seinem Blick lagen Wut, Ablehnung und Verachtung.

»Wir haben diese Nummer überprüft. Sie gehört Nicolas Summer. Seine Lebensgefährtin hat uns das soeben bestätigt.«

In Burns' Augen funkelte blanker Hass, aber sein Körper wirkte wie paralysiert.

»Sie kennen also das Opfer und haben mit ihm noch am Tattag telefoniert.« Sie warf unnötigerweise erneut einen Blick auf das Blatt. Nur um ein wenig Dramatik zu erzeugen, bevor sie in gelassenem Tonfall fortfuhr. »Nein, ein Anruf und ein Versuch. Aus der Auswertung der Funkzellen wissen wir, dass dieser Anrufversuch aus dem Umfeld des Tatorts kam, kurz vor dem Todeszeitpunkt.«

»Chrissie, diese kleine Ratte. Sie hat mich beklaut.«

»Sie hat genau das getan, was sie tun musste. Sie hat das Mobiltelefon in Ihrer Reisetasche gefunden und uns gebracht. Wir sind ihr dafür sehr dankbar. Für Chrissie war das sicher ein großer Schritt. Damit hat sie sich aus Ihrem Einfluss befreit und kann nun wieder frei atmen.«

»Bitch. Sie sollte Angst haben.« Burns machte eine abfällige Handbewegung. »Und bitte verschonen Sie mich mit Ihrem albernen Psychologengefasel.«

»Drohungen bringen Sie nicht weiter, Mr. Burns. Ich verhafte Sie wegen des dringenden Verdachts, Nicolas Summer aus Habgier ermordet zu haben.« Die Katze war aus dem Sack.

Er hielt ihrem Blick nicht stand. Er wollte überlegen und cool wirken, aber sie sah, dass Burns kurz davorstand, die Nerven zu verlieren. Gut, dass er keine Chance auf Gewalt hatte.

»Ich bin sicher, dass wir in Ihrem Wagen Spuren finden, die zum Tatort passen, und seien es auch nur winzige Partikel. Im Fußraum, in den Polstern – die zuverlässigsten Zeugen sind oft die winzigen. Wir nehmen Sie in Gewahrsam, Mr. Burns. Und wir haben noch jede Menge Fragen an Sie.«

Er schüttelte stumm den Kopf. Alle seine Muskeln schienen zum Zerreißen angespannt.

»Zum Beispiel, warum auch Curtis Stills und Amelie Gibbons sterben mussten.«

Burns lachte bitter auf, ohne dass seine Anspannung nachließ. »Das ist lächerlich. Was wollen Sie mir noch alles anhängen? Ich kenne die beiden nicht. Warum soll ich sie dann töten?«

»Es gibt verschiedene Gründe. Zum Beispiel Heimtücke, Mordlust, Habgier, Eifersucht, Verdeckung einer Straftat, ein Mordauftrag. Sagen Sie es mir.« Bley hatte ihn im Sack, daran ließ ihre Körperhaltung keinen Zweifel.

»Das ist ein absurdes und perfides Spiel, das Sie hier mit mir treiben. Ich kann es nicht fassen. Ich habe damit nichts zu tun.« Er sah verstohlen um sich, als suche er eine Fluchtmöglichkeit.

»Wir werden Ihr Leben auf links drehen. Jede Einzelheit aus Ihrer Vergangenheit wird ans Licht kommen, darauf können Sie sich verlassen. Wir werden Ihr Geschäft auf den Kopf stellen, um nach Beweisen zu suchen – und wir werden sie finden. Wollen Sie jetzt nicht doch einen Anwalt?« DC Easterbrook lehnte sich erwartungsvoll zurück. Seine Erfahrung sagte ihm, dass Burns' Widerstand nicht anhalten würde.

»Ich verweigere die Aussage.«

»Amelie Gibbons und Curtis Stills wurden ebenfalls mit einem Speer ermordet.«

Burns zeigte keine Regung.

DS Bley nickte und ging zur Tür, um dem wartenden Beamten mitzuteilen: »Mr. Burns bleibt vorerst bei uns. Ich denke, Sie haben eine passende Unterkunft für ihn.«

Der Uniformierte lächelte. »Selbstverständlich.«

Nachdem Philip Burns abgeführt worden war, wechselten die beiden Ermittler in Bleys Büro.

»Wir haben ihn.« Easterbrook machte ein Gesicht, als habe er gerade sein Geburtstagsgeschenk ausgepackt.

»Abwarten. Wir stehen erst am Anfang, Allan. Warten wir die Untersuchung des SUV ab. Außerdem müssen wir Burns' Zeit in London stärker ins Visier nehmen. Er hat zwar keine ganz weiße Weste, aber das reicht nicht, um ihn mit Gibbons' und Curtis' Zeit in London in Verbindung zu bringen.«

»Es wäre auch zu schön, wenn wir belegen könnten, dass Gibbons und Burns sich kannten. Dass er sie vielleicht sogar flachgelegt hat.«

»Allan, ich werte das jetzt mal als schmutzige Fantasie.« Das Adrenalin in ihrem Körper war stärker als ihre professionelle Gelassenheit. Ihre erste Festnahme ohne DI Marks. Sie zwinkerte Allan zu und hoffte sehr, dass ihr Kollege den Scherz verstehen würde. Aber sie sah, dass er sich zu Unrecht angegriffen fühlte. »War nicht ganz so ernst gemeint.«

»Schon gut. Wenn Burns als Makler viel unterwegs war, dann kann es doch sein, dass er auch in Ruan Minor oder Cadgwith aktiv war und es daher eine Verbindung gibt. Wir sollten uns unter dieser Prämisse dort umhören.«

»Gut. Willst du das übernehmen?« Sie wollte ihm zeigen, dass sie ihn ernst nahm. »Und ich werde derweil unseren DCI auf den neuesten Stand bringen. Er braucht ein bisschen Futter, um uns weiter in Ruhe arbeiten zu lassen. Und Staatsanwalt Ben Barnes werde ich informieren, noch bevor Burns' Anwalt mit ihm gesprochen hat.«

»Bin quasi schon unterwegs.« Beschwingt erhob sich der Detective Constable.

Sie warf einen Blick zur Uhr. »Weißt du, wie spät es ist? Das hat Zeit bis morgen, Allan.«

»Die Sache geht vor.« Easterbrook verabschiedete sich mit einem knappen Nicken.

DCI Sattler ging nicht an sein Mobiltelefon, daher hinterließ sie eine kurze Nachricht auf seiner Mailbox. Das

Gespräch mit dem diensthabenden Vertreter der Anklage verlief dagegen positiv. Barnes gab ihr völlig freie Hand.

Den restlichen Abend verbrachte sie auf der Couch mit ihrem Laptop. Sie surfte durch die große, unübersichtliche Szene der Immobilienmakler, aber ohne auf Dinge zu stoßen, die sie weitergebracht hätten. Müde klappte sie schließlich den Laptop zu. In der Nacht schlief sie tief und fest.

Am Morgen konnte sie sich nicht daran erinnern, ob sie geträumt hatte. Ohne zu frühstücken, fuhr sie ins Präsidium. Auf dem Weg hielt sie kurz an einer Tankstelle und versorgte sich mit ein paar Sandwiches. Sie hatte es eilig, denn sie wollte möglichst früh ihre Vernehmungsstrategie festlegen, aber zuvor das Team über die jüngste Festnahme informieren. Auch galt es, die KTU mit der Untersuchung von Burns' Auto und Kleidung zu beauftragen.

Auf dem Parkplatz lief sie Sattler in die Arme, der sie hatte kommen sehen und in der Spätherbstsonne an seinen Wagen gelehnt wartete.

»Guter Job, DS Bley. Guter Job.« Der DCI nickte zufrieden. »Hat er schon gestanden?«

»Noch nicht, Sir, aber das ist nur eine Frage der Zeit.«

»Gut, gut.« Er deutete auf die Tüte mit den Sandwiches. »Sie sollten mehr auf Ihre Ernährung achten. Fast Food ist ungesund.« Er nickte gönnerhaft. »Wenn Sie wollen, meine Frau hat ein paar ausgezeichnete Rezepte für gesundes Brot.«

»Danke, Sir, ich komme darauf zurück.« Sie hatte wenig Lust, mit dem DCI über Rezepte zu plaudern. Rezepte! Sie mochte seine manchmal schmierig höfliche Art nicht, die er im Umgang mit Untergebenen an den Tag legte, außerdem brannte sie darauf, Burns weiterzugrillen.

»Kommen Sie doch bei Gelegenheit einmal mit Ihrem Gatten zum Abendessen zu uns. Meine Frau würde sich sicher sehr freuen.«

Ihr blieb die Spucke weg: *Mit Ihrem Gatten.* Sattler hatte nicht nur keine Führungsqualitäten, er war verletzend, ohne es zu bemerken. Ein kurzer Blick in ihre Personalakte hätte genügt, um ihren Familienstand zu klären. Sie fühlte sich mit einem Mal beschmutzt. »Sir, ich ...«

»Ah, da kommt mein lieber General. Was macht die Admiralität, Justus? War ein netter Abend neulich. Tee? Oder lieber Sherry?« DCI Sattler hatte Bley bereits vergessen und ließ sie stehen wie ein dummes Schulmädchen.

Sie schaute an der Fassade des Präsidiums empor. Sattler war einer der Gründe, warum sie schon länger nicht mehr sicher war, dass sie den richtigen Job hatte. DI Marks mochte ja sein, wie er wollte, aber er war weit von dem Verhalten entfernt, das Sattler an den Tag legte. Mit einem tiefen Atemzug verdrängte sie ihre Gedanken. Sie hatte jetzt Wichtigeres zu tun, als sich über ihren aufgeblasenen Vorgesetzten aufzuregen.

Im Büro wählte sie als Erstes die Nummer des Leiters der KTU. »Frank, habt ihr schon ...«

»Guten Morgen, Annie. Nein, haben wir nicht. Nur so viel: Burns' Prepaid-Handy wurde ausschließlich dazu benutzt, mit Summer zu telefonieren, und mit einem Mann in Brighton.«

»Wer ist es?«

»Der Anschluss gehört einem Banker der HSBC. Wir werden das noch genauer prüfen. Als ich vorhin das Smartphone angewählt habe, wurde sofort aufgelegt, als ich mich gemeldet habe.«

»Was hat Burns mit diesem Banker zu tun?«

»Das ist dein Job, Annie. Die Liste mit den Verbindungsdaten ist gleich auf deinem Rechner.«

»Habt ihr Burns' SUV schon einschleppen können?«

»Wir sind dabei.« Stoltenberg klang ungehalten, als habe sie ihn gefragt, was er unter Arbeitsmoral verstehe.

»Wann können wir mit einem Ergebn…«

»Wenn wir so weit sind.«

»Sorry, du hast ja recht. Hab einen guten Tag.« Warum war Stoltenberg nur so dünnhäutig?

Als Nächstes ging sie hinüber zu Allans Büro. Der Detective Constable war gerade dabei, die Tatortfotos auf seiner Pinnwand neu zu ordnen.

»Die KTU hat eine zweite Nummer auf Burns' Mobiltelefon identifiziert, ein Banker aus Brighton.« Bley blieb im Türrahmen stehen.

»Brighton? Bin gespannt auf Burns' Erklärung. Vielleicht ein alter Kumpel aus Jugendtagen?« Easterbrook sortierte ungerührt weiter.

Sie nickte. »Aber warum nutzt er ein Prepaid? Er könnte doch sein offizielles Telefon benutzen. Nein, da steckt sicher etwas völlig anderes dahinter.«

»Eine Verabredung zum nächsten Mord?«

Sie betrachtete die Fotos. »Diese verdammten Speere.«

»Wo ist die Verbindung?« Er trat einen Schritt zurück, als brächte ihn die Distanz der Aufklärung einen Schritt näher.

»Fragen wir ihn.«

Philip Burns hatte eine schwere Nacht hinter sich. Er sah müde und unausgeschlafen aus. Auf sein Frühstück hatte er verzichtet. Sein Anwalt war noch spät am Abend bei ihm gewesen.

»Können wir etwas für Sie tun?«, eröffnete Bley das Gespräch, das im gleichen Raum wie am Vortag stattfand.

»Lassen Sie mich gehen.«

»Das können wir nicht, und das wissen Sie.« Easterbrook trank ungerührt einen Schluck Kaffee aus seinem Pappbecher.

»Es gibt im Augenblick nicht viel Neues, Mr. Burns. Wir haben die Untersuchung Ihres Wagens noch nicht abgeschlossen. Allerdings sind wir auf etwas gestoßen, das wir mit Ihnen besprechen möchten.«

In Burns' Augen flackerte so etwas wie Interesse auf, es konnte aber auch genauso gut Panik sein. Er rieb sich über das unrasierte Kinn. »Spuck's aus.«

»Auf Ihrem Prepaid-Smartphone haben wir die Nummer eines Anschlusses in Brighton gefunden. Können Sie uns bitte sagen, um wen es sich bei dem Besitzer handelt?«

»Das geht Sie nichts an.« Er verschränkte die Arme vor der Brust.

»Der Anschluss gehört zu einem Banker in Brighton. Sie haben ihn unter anderem am Tag vor dem Tod von Nicolas Summer angerufen und auch am Tag danach. Wer ist der Mann?«

Easterbrook fügte hinzu: »Ein lästiger Konkurrent? Jemand, der wie Sie in solche Geschäfte verwickelt ist, die in aller Regel am normalen Banking vorbeigehen?« Bevor er weitersprach, warf er einen Seitenblick auf Bley. »Werden wir in einem Versteck einen weiteren Speer finden, der darauf wartet, benutzt zu werden?«

Burns deutete auf Easterbrook. »Detective Sergeant, pfeifen Sie Ihren lächerlichen Kettenhund zurück.«

»Mein Kollege hat lediglich ein paar Fragen gestellt.«

»Ich will meinen Anwalt wieder sprechen.«

»Das können Sie gerne, wenn Sie uns diese einfache Frage beantwortet haben: Wer ist der Banker in Brighton?« Sie lächelte. »Die Antwort kann auch Ihnen nutzen, wenn sich herausstellt, dass Sie doch ein Alibi haben.«

»Ich glaube Ihnen nicht.« Burns sah zur Decke.

»Wer ist Ihr Kontakt in Brighton? Wenn Sie es nicht sagen wollen, werden wir selbst aktiv. Ihre Weigerung kann unter Umständen vor Gericht gegen Sie ausgelegt werden.«

Burns schwieg.

»Machen Sie es uns und sich nicht so schwer. Wer ist der Mann? Welche Verbindung gibt es? Hat er etwas mit Ihrer, ich sage mal, nicht ganz gerade verlaufenden Lebensgeschichte zu tun?« Bley hatte einen ungewöhnlich weichen Ton angeschlagen.

Burns reagierte aber auch darauf nicht.

»Sie wollen es nicht anders, also werden wir von uns aus Kontakt aufnehmen.«

Mit einer blitzartigen Bewegung beugte Burns sich vor, sodass Easterbrook erschrocken zusammenfuhr.

»Er ist mein Lover. Zufrieden? Und hüten Sie sich davor, ihn zu kontaktieren. Steve hat Familie, eine Frau und zwei Kinder.«

XLI.

»Kann ich helfen?« Helen hatte ihr Frühstück beendet und war in die Küche gekommen.

»Danke, aber das meiste ist schon erledigt.« Mary warf einen Blick zur Uhr. »Ich werde gleich hinuntergehen und den Laden öffnen. Vielleicht nutzt du die Zeit für einen Spaziergang?«

Helen schüttelte den Kopf. »Vielleicht später. Ich werde Simon aufsuchen und seine Fragen beantworten.«

»Der Mord an Louise hat hier einiges durcheinandergebracht.«

»Soweit ich informiert bin, ist die Polizei Helston gut aufgestellt. Sie werden den Fall lösen.«

»Du weißt sicher, dass es zusätzlich eine Mordserie gibt. Drei Menschen sind ihr bereits zum Opfer gefallen. DI Marks war der Kopf der MK Afrika. Nun wird es schwierig. DS Bley ist sicher eine fähige Polizistin, aber sie hat noch zu wenig Erfahrung.«

Helen zuckte mit den Schultern. »Irgendwann mussten wir uns alle beweisen. In unserem Job kann die Schonfrist sehr kurz sein.«

»Bist du gerne Polizistin?«

»Ich wollte nie etwas anderes sein.«

»Was war der Auslöser für deine Berufswahl?«

»Du meinst sicher so etwas wie: Mein Bruder wurde erschossen, oder meine beste Freundin wurde vergewaltigt, deshalb bin ich bei der Polizei. Meinst du das? Dann muss ich dich enttäuschen. Ich wollte zur Met, weil ich das Abenteuer wollte. Gerechtigkeit ist ein hehres Ziel, aber nur für Romantiker. Ich war schon zufrieden, wenn ich jemanden festnehmen und aufs Präsidium bringen konnte. Egal ob Fahrraddieb oder Waffenhändler. Der Kitzel ist die Motivation.«

»Für dich gibt es also nur positiv besetzten Stress?«

»Ich habe die Nächte lieber bei einer Razzia im Drogenmilieu verbracht als zu Hause vor dem Tannenbaum, ja.«

Mary wagte einen Vorstoß. »Simon ist der Überzeugung, dass Lehmann ihn töten will.«

»Simon hat aus dem Unfall ein Trauma mitgenommen, das er offensichtlich nicht bewältigt hat.« Sie sah Mary ungerührt an.

»Du glaubst, dass an seiner Überzeugung nichts dran ist?«

»Genau das meine ich.« Helen verschränkte die Arme.

Mary sah sie bittend an. »Dann nimm ihm die Angst.«

»Wie kann ich das? Ich bin keine Psychologin.«

»Aber ihr ermittelt in Lehmanns Umfeld. Ihr seid nahe an ihm dran und wartet nur auf die Gelegenheit, ihn endlich zu stellen und auf ewig wegzuschließen. Schon lange seid ihr ihm auf den Fersen. Das weiß ich aus vielen Gesprächen mit Simon.«

»Genau. Wir sind ihm seit Jahren dicht auf den Fersen. Schon weit vor Simons Unfall. Aber Lehmann hat es immer wieder geschafft, rechtzeitig den Kopf aus der Schlinge zu ziehen. Es ist, als kämpften wir einen endlosen Kampf, einen Stellungskrieg ohne sichtbaren Geländegewinn. Lehmann ist ein mächtiger Mann. Er bestimmt die Spielregeln. Noch. So unfair das auch ist. Das Beste ist, Simon schließt Frieden mit seiner Vergangenheit.«

»Du klingst resigniert. Das passt nicht zu einer Polizistin.«

»Ich bin nicht resigniert. Ich sehe nur die Realität, so wie sie im Augenblick ist. Wir wissen viel über Lehmann, kennen viele seiner Bewegungen und Aktivitäten. Aber er ist wie das berüchtigte Phantom. Die einzige Chance, die wir haben, ist, dass einer seiner Vasallen gegen ihn aufsteht und ihn ans Messer liefert. Im Augenblick sehe ich aber niemanden, der dazu fähig und willens ist. Lehmann herrscht mit gnadenloser Härte.«

Mary schüttelte den Kopf. »Ich verstehe nicht, was der Grund für Lehmanns Hass auf Simon ist. Hast du eine Erklärung?«

»Es gibt tatsächlich eine Erklärung. Wir haben damals Lehmanns ältere Tochter bei einer Razzia in einer alten Fabrik und einem Club im Londoner East End festgenommen. Ein Zufall. Sie war damals gar nicht Ziel der Aktion. Lehmanns Tochter war gerade dabei, auf eigene Rechnung ein Kilo Kokain zu verscherbeln. Bei der Festnahme kam es zu einem Schusswechsel, bei dem sie durch zwei Schüsse in die Brust schwer verletzt wurde. In ihrer Handtasche wurden in einer Tabakpackung Rohdiamanten entdeckt. Dass es sich dabei um Blutdiamanten gehandelt hat, konnten wir allerdings nicht beweisen. Dafür haben wir auf einem Bündel Banknoten, das nachweislich aus einer Geldübergabe stammte, Fingerabdrücke ihres Vaters gefunden. Lehmann hat uns danach blutige Rache geschworen. Auch weil sein Arm zwar weit reicht, er aber seine Tochter nicht vor den Repressalien hat schützen können, denen sie im Knast ausgesetzt war. Schlimmer noch, sie wurde eines Morgens von den Schließern tot in ihrer Zelle gefunden, erstochen mit einem angeschliffenen Löffel. Die Umstände sind bis heute ungeklärt.«

Mary nickte entsetzt.

»Ich kann Simon nur den guten Rat geben, sich von allem fernzuhalten, was auf Lehmann deutet. Andernfalls wird er die Konsequenzen zu spüren bekommen.«

»Es kann doch nicht sein, dass das Verbrechen die Macht vor dem Recht behält.«

»Das ist die Erfahrung, die ich in meinem Beruf gemacht habe.«

»Muss dich das nicht frustrieren? Dem Unrecht auf der Spur zu sein und doch immer zu unterliegen?«

»Irgendwann musst du der Wahrheit ins Auge sehen, sonst kannst du nur verzweifeln.« Helen nahm die Arme herunter. »Nun, ganz so schwarz ist die Welt doch nicht. Aber das sind die Bedingungen, unter denen wir arbeiten. Simon soll froh sein, dass er aus London weg ist.«

»Wenn Lehmann Simon tatsächlich für das Schicksal seiner Tochter verantwortlich macht, wird er ihn nicht zur Ruhe kommen lassen. Das macht mir Angst, Helen. Ich möchte ihn nicht verlieren.«

»Simon hat nur eine Chance – sich so weit wie möglich von Lehmann fernzuhalten.«

»Wie kann das gehen?«

»Er muss noch wachsamer sein.« Sie machte unversehens ein gequältes Gesicht, so als würde ihr eine innere Last Schmerzen bereiten. »Ich weiß, dass es seine einzige Chance ist. Und dass ihm nicht mehr viel Zeit dazu bleibt.«

»Du musst uns helfen.«

»Was kann ich schon tun?«

Mary hatte sich während ihrer Unterhaltung auf einen Stuhl sinken lassen, von dem sie sich nun schwerfällig erhob. »Es ist so grausam. Was kann ich tun?«

»Schütze dich selbst.«

»Was sagst du da?«

Helen wandte das Gesicht ab und schwieg.

»Helen?«

»Ich werde sehen, was ich tun kann.«

Mary hatte gesagt, was sie zu sagen hatte. »Es ist so absurd, aber ich muss mich jetzt um den Laden kümmern.«

Simon beugte sich gerade über den Entwurf für eine der künftigen Bühnendekorationen, als Helen eintrat.

»Hier verbringst du also einen Teil deines Lebens.« Sie sah sich neugierig um. »Bisschen kalt, oder?«

Er richtete sich auf und zeigte auf den Radiator, der neben ihm stand. »Er reicht völlig. Wenn ich hier arbeite, vergesse ich sowieso, dass das Atelier nicht geheizt ist.«

Helen ging an dem großen Arbeitstisch vorbei und strich dabei wie zufällig über dessen Kante. »Ist das wirklich das, was du willst?«

»Welch Frage.« Er begutachtete kritisch die Zeichnungen auf der große Pappe, auf die er seine Ideen fixiert hatte.

»Das bist doch nicht du, Simon. Ein verschrobener Künstler, der sich in seinem Atelier verkriecht und auf den großen Durchbruch wartet.« Sie trat nahe an ihn heran. »Erinnere dich lieber an das, wofür du gebrannt hast: an jedem neuen Tag der Gerechtigkeit ein Stück näher zu kommen.« Sie legte die Hand auf seinen Arm. »Du gehörst nach London. Mitten ins Leben. Das hier ist nicht mehr als ein Parkplatz für deine Träume. Komm mit mir und spüre, wie das Leben pulsiert. Ich kann dir zu einem neuen Job verhelfen, glaub mir. Ich habe einen gewissen Einfluss.« Sie stand nun ganz dicht vor ihm. »Ich weiß, was du empfindest. Ich weiß es vom ersten Tag an. Wir gehören zusammen.«

Simon trat einen Schritt zurück. »Helen, bitte.«

»Sei ehrlich zu dir und steh zu deinen Gefühlen. Mach es dir doch nicht so schwer.« Sie war ihm gefolgt, legte ihm beide Hände um den Hals und versuchte, ihn an sich zu ziehen. Als sie ihren Kopf neigte, um seine Lippen zu berühren, machte er sich los.

»Das ist keine gute Idee. Lass das bitte.«

Sie lachte gallig. »Hängst du immer noch an Moira? Sie ist tot, verbrannt. Akzeptiere das endlich. Oder hat *sie* dir den Kopf verdreht? Mary ist eine attraktive Frau.« Sie verschränkte die Arme.

»Lass uns über Lehmann reden.«

Ihr Gesichtsausdruck veränderte sich schlagartig bei dem Namen. »Unsere Quellen sind der Überzeugung, dass der Hass auf dich mit jedem Tag, an dem seine Tochter nicht mehr lebt, größer wird.«

»Eure Quellen – wer ist das?«

Sie lachte auf. »Du weißt, dass ich dazu nichts sagen kann. Ich würde unsere ganze Arbeit gefährden.«

»Komm schon, Helen, ich muss wissen, was Lehmann plant. Ich will verhindern, dass noch jemand aus meiner Umgebung stirbt.«

»Ich versuche ja, dir zu helfen. Aber dazu musst du mit nach London kommen. Dort können wir gemeinsam etwas gegen das Organisierte Verbrechen unternehmen. Aber hier? Niemals. Hier ist gefährliches Terrain. Lehmann oder einer seiner Leute können irgendwo auf dem Küstenpfad auf dich lauern, im Pub, selbst im Supermarkt. Hier stehst du in seiner Schusslinie. In London könnte ich dich beschützen. Du weißt, dass wir das können. Komm mit mir.«

»Das kann ich nicht, und das will ich nicht. Ich will nicht mehr weglaufen. Ich will mich ihm stellen. Das bin ich mir schuldig – und das bin ich Moira schuldig.«

»Meinst du, dein Heldenmut ändert irgendetwas? Du bist so naiv. Ich glaube, du hast immer noch nicht begriffen, wozu dieser Mann fähig ist.«

»Doch, Helen, das weiß ich.«

Sie machte erneut einen Schritt auf ihn zu. »Dann schütze Mary.«

»Wie meinst du das?«

»Ich wollte es dir nicht sagen, aber Lehmann hat Keith Stone erneut nach Cornwall geschickt. Er will dich Stück für Stück demontieren, indem er dir nach und nach jeden nimmt, der dir etwas bedeutet.«

Simon erstarrte. Er bemerkte nicht, dass er die Hand, in der er den Zeichenstift hielt, zur Faust ballte und ihn dabei zerbrach. »Welche Informationen hast du genau? Wo hält Stone sich jetzt auf? Er ist vor einigen Tagen in Porthleven nur knapp entwischt. Helen, sag endlich, was du wirklich weißt.«

Sie nahm ihre Wanderung durch das Atelier wieder auf und strich im Vorbeigehen erneut mit der Hand leicht über den Tisch. Vor der Staffelei, die mit einem großen Tuch verhängt war, blieb sie stehen. Es sah einen Augenblick so aus, als wollte sie es hochheben, aber sie ließ es zu Simons Erleichterung dann doch. »Ich kann dir keine Garantien geben. Stone ist auch uns entwischt. Ich weiß nur, dass er in der Nähe sein muss.« Sie sah ihn flehend an. »Deine Entscheidung, Simon. Du hast das Schicksal vieler in der Hand.«

»Ich werde hier nicht weggehen, Helen. Das weißt du.«

»Dann ist mein Besuch hier beendet. Ich habe gesagt, was ich sagen musste. Und behaupte später nicht, ich hätte dich nicht gewarnt.«

»Das klingt wie eine Drohung, Helen. Und das aus deinem Mund.«

»Das Leben verläuft nie so, wie wir uns das wünschen.«

»Was heißt das?«

»Das weißt du, Simon.«

»Wo ist Stone?«

»Du wirst es erfahren.« Sie lächelte kalt.

»Du klingst, als wüsstest du es genau. Wenn du es mir nicht sagst, dann ist das wie eine Drohung.«

»Wenn du das so siehst. Es gibt keinen anderen Weg.«

»Helen, ich …«

XLII.

»Wollen Sie nicht endlich reinen Tisch machen?«

»Sie haben doch den Namen des Menschen, den ich mehr liebe als alles andere auf der Welt.«

»Das meine ich nicht.« DS Bley war mit einem Becher Kaffee ins Vernehmungszimmer gekommen. DC Easterbrook hatte noch in der KTU zu tun. »Auch einen? Heiß und frisch.« Sie hielt den Becher hoch.

Burns schüttelte den Kopf.

»Wir haben in Ihrem Wagen Spuren gefunden, die eindeutig belegen, dass Sie am Tatort waren.«

»Gut, das habe ich Ihnen doch bereits gesagt. Ich war am Tag, den Sie als den Tag des Mordes benennen, dort in der Gegend. Mehr können Sie mir nicht nachweisen.«

»Da sollten Sie sich nicht zu sicher sein, Mr. Burns. Wir haben das Gelände noch einmal durchkämmt. Und wir haben in einem Gebüsch einen Fußabdruck gefunden, der zu

Ihren Gummistiefeln passt. Und auch an den Wellies werden wir Spuren finden. Die Schlinge zieht sich zu.«

»Ich habe Summer nicht getötet.«

»Unsere Analysen gehen tiefer und sind präziser, als Sie vielleicht annehmen. Wir haben Apparaturen im Einsatz, die selbst kleinste Partikel auswerten können. Und wir setzen Spürhunde ein. Ich bin sicher, sie werden in dem Raum, in dem Mr. Summer ums Leben kam, anschlagen.«

»Sie wollen mir wohl unbedingt die Sache anhängen, weil Sie sonst keinen Verdächtigen auf der Liste haben. Das ist mir zu billig.«

»Als wir Mr. Summer gefunden haben, wussten wir noch nicht, wonach genau wir suchen mussten. Hinzu kam ein Ereignis, das uns in unserer Arbeit zurückgeworfen hat. Aber nun gehen die Ermittlungen unerbittlich voran. Sie sollten ein Geständnis ablegen, das wird günstigen Einfluss auf das Strafmaß haben, Mr. Burns.«

»Von welchem Ereignis faseln Sie?«

Sie beantwortete die Frage nicht. Burns musste nicht wissen, dass der Mord an Louise Taylor für DI Marks und das gesamte Team alles verändert hatte.

»Wusste ich's doch. Ihr Schweigen entlarvt Sie. Sie versuchen, Spielchen mit mir zu spielen. Dreckige kleine Bullenspielchen. Aber nicht mit mir, Gnädigste.« Er ließ sich im Stuhl zurückfallen.

»Machen Sie es sich nicht so schwer.«

»Ich habe mir nichts vorzuwerfen.«

»Das ist ein gutes Stichwort.« DC Allan Easterbrook betrat in diesem Augenblick den Vernehmungsraum. Er beugte sich zu Bley herunter und flüsterte ihr etwas zu.

»Bullenspielchen.« Burns sah ihnen angewidert zu.

Bley nickte Easterbrook zu, der daraufhin wieder den Raum verließ. Sie wartete, bis er die Tür geschlossen hatte, und beobachtete Philip Burns schweigend, bevor sie sprach.

»Sie konnten sich Ihrer Sache lange sicher sein, Mr. Burns. Wir haben Ihnen bisher lediglich nachweisen können, dass Sie am Tatort waren und dass Ihr Prepaid-Telefon in der entsprechenden Funkzelle eingeloggt war, die allerdings einen weiten Bereich abdeckt. Das hat tatsächlich nicht ausgereicht, um Sie mit dem Mord an Nicolas Summer unmittelbar in Verbindung zu bringen. Sie hätten also die Chance gehabt, ungeschoren zu bleiben. Ein pfiffiger Anwalt hätte das für Sie erledigt: in dubio pro reo.« Sie beobachtete die Wirkung ihrer Worte. Sie sah in seinen Augen Angst vor einer unbekannten Gefahr aufflackern. »Unsere Kriminaltechniker sind wahre Künstler. Und sie arbeiten, wie gesagt, mit den modernsten Methoden. Sie haben also recht mit Ihrer Angst, Mr. Burns, wir können Ihnen den Mord nachweisen. Und das ist erst der Anfang.«

Schweißperlen traten auf die Stirn des Maklers. Er schnaufte. Sein erneutes »Drecksbullenspiel« klang kläglich und alles andere als überzeugend.

»Im Polster des Fahrersitzes Ihres Wagens haben meine Kollegen und Kolleginnen feinste Blutpartikel gefunden, als Abrieb. Und DC Easterbrook hat mir gerade mitgeteilt, dass sie unzweifelhaft Nicolas Summer zugeordnet werden können. Möchten Sie wissen, wie sie da hingekommen sind?«

Schweigend starrte er sie an.

»Die Experten der KTU gehen davon aus, dass es sich so abgespielt hat: Beim Eintritt der Lanze haben Sie eine Arterie verletzt. Dabei ist Blut unbemerkt auf Ihre Kleidung gespritzt. Nur sehr wenig, sodass Sie das nicht bemerkt haben. Während Sie sich vom Tatort entfernt haben, sind die Partikel auf das Polster gelangt.« Sie machte eine kurze Pause. Aus Burns' Gesicht war jegliche Farbe gewichen. Dann fügte sie hinzu: »Ich nehme Sie endgültig fest wegen des Mordes an Nicolas Summer. Sie können gleich mit Ihrem Anwalt sprechen.«

Mit jedem Wort war der Mann ein Stück mehr in sich zusammengesunken. »Er hat mich erpresst.«

Bley zog ihren Schreibblock zu sich. »Erpresst?«

»Wir sind uns auf der Landestagung der Immobilienmakler in Liverpool begegnet. Besser gesagt, im Tagungshotel, an der Bar. Mein Freund hat mich dort getroffen. Summer hat uns gesehen. Aber das ist nicht alles.«

»Lassen Sie sich ruhig Zeit.« *Das sind ja sehr interessante Varianten*, dachte Bley.

Sein Blick irrte unruhig im Raum umher, als wüsste er nicht mehr, wo er sich befand. Sein Schwitzen wurde stärker.

»Warum musste Nicolas Summer sterben?«

»Ich wollte seine Firma aufkaufen. Summer war dabei, mir mein Einzugsgebiet streitig zu machen. Er wollte expandieren, so wie ich. Das konnte ich nicht zulassen. Nur die Großen der Branche überleben. Fressen oder gefressen werden. Wir haben ausgemacht, uns zu treffen, um in aller Ruhe die Möglichkeiten auszuloten.«

»Ist das ein Mordmotiv? Weil Sie nicht wollten, dass er Ihnen Kunden wegnimmt?« Bley konnte sich vieles vorstellen, aber die Jagd nach potenziellen Kunden als Grund für einen Mord?

»Es war erst keine große Sache. Konkurrenz gibt es überall, und sie belebt das Geschäft. Ich wäre mit ihm schon klargekommen, wie ich auch mit allen anderen klargekommen bin, die mir geschäftlich im Weg waren.« Seine Stimme wurde zunehmend leiser. »Aber am Vorabend des letzten Tagungstages ist es dann passiert.«

Bley wartete interessiert darauf, dass er weitersprach. Was würde Burns nun aus dem Hut zaubern?

Der Makler schien große Mühe zu haben, seine Gedanken in die richtigen Worte zu fassen. »In der Nacht.«

»In der Nacht?« Sie machte sich Notizen.

»Im Ausgehviertel der Stadt.«

»Aha?«

»Kennen Sie sich dort aus?«

Sie schüttelte den Kopf.

»Wir waren erst auf der Stanley Street. Dort, in einer der Seitenstraßen, haben wir dann schnellen Sex gehabt. Summer hat uns beobachtet.«

»Homosexualität ist nichts Verwerfliches. Er hat Sie erkannt?«

»Das weiß ich nicht. Ich habe *ihn* erkannt. Das reichte. Alles ging so schnell.«

»Hat er Sie später darauf angesprochen?«

Burns schüttelte den Kopf. »Kein Wort. Aber ich hatte seitdem das Gefühl, dass er mich beobachtet.«

Ihr Schweigen sollte ihn zum Weitersprechen ermutigen.

»Zum Ende der Tagung hat er mir noch einmal gesagt, dass wir in Kontakt bleiben sollten, und mir seine Visitenkarte gegeben.«

»Was haben Sie daraus geschlossen?«

Er zuckte mit den Schultern. »Mit jeder Stunde wurde meine Angst größer, dass er mich doch erkannt hat und mich unter Druck setzen wollte, weil ich schwul bin und es in der Öffentlichkeit getrieben habe. Außerdem hat mein Liebhaber Panik bekommen und gefleht, dass ich etwas unternehmen soll. Wie gesagt, er ist verheiratet. Seine Frau darf von alldem nichts erfahren.«

Sie war nicht sicher, ob sie ihm die Geschichte abkaufen sollte. Andererseits klang sie nicht abwegig. Homosexualität war auch in England trotz des schon seit gut zwanzig Jahren geltenden Antidiskriminierungsgesetzes in gewissen Kreisen immer noch ein Problem. Das galt auch für Teile der Londoner Met, wie sie gerüchteweise gehört hatte. »Und dann haben Sie entschieden, dass etwas passieren muss.«

Er nickte zögernd.

»Sie haben die Tat also geplant?«

»Ich wusste lange nicht, was ich tun sollte. Und dann kam die Sache mit dem Speer.«

»Das müssen Sie mir erklären.«

»Faye hatte mich ja gebeten, Krempel zu entsorgen. Das habe ich dann auch gemacht, wie Sie wissen. Und da war auch dieser Speer dabei. Als ich im Radio von den beiden anderen Morden gehört habe, war ich wie euphorisiert. Ich hatte endlich die Lösung. Ein weiterer Speermord würde die Polizei von mir ablenken. Es hätte ja auch beinahe funktioniert.« Der letzte Satz klang wie Bedauern über das Scheitern eines genialen Plans aufgrund dummer Kleinigkeiten.

Bley schlug eine neue Seite des Blocks auf. »Ihre Aussage klingt nicht ganz schlüssig, Mr. Burns. Mit anderen Worten, ich glaube Ihnen nicht. Ich bin vielmehr davon überzeugt, dass Sie aus Mordlust gehandelt haben.« Sie machte eine Kunstpause. »Ich bin sicher, dass Sie drei

Menschen getötet haben. Und jedes Mal auf die gleiche Weise. Sie haben nicht nur einen Speer aus Horsley Hall mitgenommen, sondern drei. Sie haben drei Menschen auf dem Gewissen, und das aus niederen Beweggründen.« Sie behielt Burns im Blick, aber der Makler machte nicht den Eindruck, aufspringen und sie angreifen zu wollen.

»Nein.« Seine Stimme war nicht mehr als ein Wimmern. »Nein.«

»Unsere KTUler und Forensiker haben Ihnen den Mord an Nicolas Summer nachgewiesen, und sie werden Ihnen auch die Morde an Curtis Stills und Amelie Gibbons nachweisen. Sie werden Spuren finden, seien Sie dessen sicher. Ob im Auto, in Ihrer Kleidung, DNA an den Tatorten, den Wohnungen – wo auch immer. Wir wissen nun, wonach wir suchen müssen.«

In den Augen des vormals smarten und selbstsicheren Maklers standen Tränen. »Ja, ich habe Nicolas Summer getötet. Und ich kann mir heute absolut nicht mehr erklären, wie ich mich derart in meine Fantasien verrannt habe, die schließlich so schrecklich geendet sind. Ich kann seither an nichts anderes mehr denken. Ich wollte in Wales in Ruhe nachdenken, aber es ging nicht. Sie müssen mir glauben, Detective Sergeant, ich habe mit den beiden anderen Morden nicht das Geringste zu tun.« Sein Bekenntnis klang aufrichtig.

Aber Bley blieb hart. »Sie mögen nach der ersten Tat über sich selbst erschrocken gewesen sein. Das glaube ich Ihnen, aber dann ist in Ihnen der Wunsch gewachsen, den Kitzel des Undenkbaren und die Erregung noch einmal zu spüren, wenn der schwere Speer in den Körper eines Menschen eindringt. Das Geräusch muss in Ihnen unsagbare

Lust hervorgerufen haben. Es ist wie beim ersten Tattoo. Zuerst soll es das einzige bleiben, und dann kommen immer mehr hinzu. Es ist wie eine Sucht. Der erste Mord ist der schlimmste. *The first cut is the deepest.*«

»Nein!« Sein Schrei gellte durch den Raum.

Die Tür wurde aufgerissen, aber der dort postierte Constable brauchte nicht einzugreifen. Philip Burns verschränkte die Arme auf der Tischplatte und legte den Kopf darauf.

Nachdem der Makler fortgebracht worden war, saßen Bley und Easterbrook im Besprechungsraum und brachten ihren Kollegen auf den neuesten Stand.

»Ein hartes Stück Arbeit, aber du hast es geschafft.«

»Wir haben es geschafft.«

Er nickte zufrieden. »Alice wird sich freuen.«

»Nicht so voreilig, Allan. Das ist nur der Anfang. Wir müssen Burns die beiden anderen Morde nachweisen.«

»Alle drei Speere sind von der gleichen Machart und aus der gleichen Epoche und aus der gleichen Quelle.«

»Das reicht nicht.«

XLIII.

Er war irritiert. »Ist sie weg?«

»Als ich aus dem Laden zurückkam, war ihr Zimmer leer. Ich verstehe das nicht. Wir haben uns nach dem Frühstück unterhalten, dann bin ich hinunter in den Laden. Das war ein kurzer Besuch von Helen. Der dann auch noch abrupt endete.«

»Sie war im Atelier, aber nicht lange. Sie wolle noch ein Stück an der Küste entlangwandern, hat sie gesagt.«

»Was ist passiert, Simon?«

»Wir haben uns gestritten.«

»Worum ging es denn?« Mary blieb an der Anrichte stehen und musterte ihn aufmerksam. »Was ist passiert?«

Er saß am Küchentisch wie ein erschöpfter Wanderer. »Sie hat mich gebeten, zurück nach London zu kommen. Hier sei ich nicht sicher. Cadgwith sei wie der sprichwörtliche Präsentierteller. Es sei viel zu gefährlich hier.«

»Ich hatte gleich so ein komisches Gefühl. Dazu passt, was du sagst. Aber ich glaube nicht, dass es ihr um deine Sicherheit geht. Sie will dich als Mann und Partner zurück.«

»Ich habe ihr klargemacht, dass es keinen Weg zurück gibt. Weder nach London noch zu ihr. Wobei wir nie ein Paar waren. Ich bin hier zu Hause und gehe nicht weg. Und schon gar nicht, weil sie mich will.«

Sie sah an seinem Blick, dass er noch mehr hatte ausdrücken wollen. »Das hat sie dir also gesagt.«

»Nicht direkt, aber zwischen den Zeilen war das schon sehr deutlich, ja.«

»Eine falsche Schlange. Behauptet, wichtige Informationen zu haben, dabei will sie etwas ganz anderes. Von wegen.«

Simon hatte Mary noch nie so wütend gesehen. »Es ist nichts passiert, und es wird nichts passieren.«

»Du bist mir keine Rechenschaft schuldig, es geht um etwas völlig anderes. Ihr habt so sehr auf ihre Hilfe gehofft, und sie hat euch hintergangen. Sie hat keine Informationen über Lehmann oder über wen auch immer. Sie hat die Gelegenheit gesehen, aus dem Ganzen einen Vorteil für sich zu ziehen.«

Simon stand auf und nahm Mary in den Arm. Die Berührung fühlte sich wunderbar an. Er neigte ihr den Kopf entgegen. Ihre Blicke trafen sich. Er schloss die Augen und genoss ihre Wärme.

»Ich lasse nicht zu, dass Helen Baxter dein Leben vergiftet.«

»Das wird nicht passieren.«

»Wer weiß.«

»Wie meinst du das?«

»Ich traue ihr nicht, Simon. Polizistin hin oder her.«

»Die Zeit in London ist lange her und abgeschlossen.«

»Auch für sie?«

»Ich kann mir auf ihr Verhalten immer noch keinen Reim machen. Ich bin bis zu ihrem Besuch davon ausgegangen, dass sie mir helfen will. Das war wohl naiv von mir.«

»Wer weiß, wozu diese Frau noch fähig ist.«

XLIV.

»Mr. Burns.« DS Bley nickte dem Makler zu und begrüßte dann dessen Anwalt. »Unsere Kriminaltechniker haben ihren Abschlussbericht vorgelegt. Danach sind Sie zweifelsfrei für den Tod von Mr. Summer verantwortlich.« Sie sah den Anwalt an. »Damit ist das Geständnis, ohnehin freiwillig abgelegt, verifiziert.«

»Was passiert nun?«

Der Rechtsbeistand beugte sich zu Burns und flüsterte etwas. Burns' Gesicht wechselte die Farbe.

»Lebenslänglich? Das lasse ich mir nicht anhängen.« Der Makler schüttelte den Kopf. »Okay, ich habe Summer getötet. Aber ich war nicht Herr meiner Sinne. Ich hatte in den Tagen zuvor ziemlich viel getrunken, außerdem habe ich Gras geraucht und gekokst.«

DC Easterbrook hob die Augenbrauen. Die Spielchen begannen. »Woher hatten Sie das Marihuana und das Koks? Und was heißt *ziemlich viel*?«

»Es gibt da so ein paar Typen in Newlyn.«

»Namen, Adressen.«

Burns zuckte mit den Schultern. »Newlyn, Hafen. Wir haben uns immer nur auf dem Kai getroffen, an einem der rostigen Kähne.«

»Sie kennen die Verkäufer also nicht?«

Der Anwalt beugte sich erneut zu Burns.

Der Makler schüttelte den Kopf. »Ich kenn die Typen nicht. Ich kaufe und bin dann wieder weg.«

»Wann waren Sie das letzte Mal dort?«

»Bevor ich abgehauen bin.«

»Haben Sie alles konsumiert?«

»Ich habe oben in Wales einen Kumpel getroffen, in Conwy. Dem habe ich was geschenkt, quasi als Mitbringsel. Außerdem kommt am Ende Whisky besser, hilft beim Vergessen.«

»Vergessen?«

»Haben Sie schon mal einen Menschen getötet?«

Easterbrook schüttelte den Kopf.

Burns nickte. »Dann wüssten Sie, wie das ist.«

Annie Bley schaltete sich ein. »Sie wollen damit also sagen, dass Nicolas Summer das einzige Opfer ist?«

Burns nickte.

»Ich glaube Ihnen immer noch kein Wort. Die Indizien sprechen gegen Sie. Ich …«

Der Anwalt hob die Hand, um sie zu unterbrechen. »Mein Mandant gesteht die Tat zum Nachteil von Mr. Summer, begangen im Zustand verminderter Schuldfähigkeit. Mehr gibt es nicht zu sagen. Alles, was jetzt noch kommt, DS Bley, hat für mich den Anschein von Stochern im Nebel. Das legen auch die Ermittlungsakten nahe. Jedenfalls die, die ich bisher einsehen konnte.«

Easterbrook musste lächeln. Stufe eins des Schauspiels: Setze als Anwalt kleine Nadelstiche, sorge für Verunsicherung bei den Ermittlern. »Wir werden Mr. Burns auch die beiden anderen Morde nachweisen, da sind wir sicher.«

»Sie haben nichts in der Hand.« Der ältlich wirkende Anwalt lehnte sich selbstgefällig zurück.

»Mr. Burns, Sie haben angegeben, Curtis Stills und Amelie Gibbons nicht zu kennen.« DS Bley beugte sich vor. »Stills ist der Cousin von Faye Gilbert.«

Burns warf einen schnellen Blick zu seinem Anwalt. »Jetzt erinnere ich mich, DS. Faye hat den Namen erwähnt, ja. Sie hat gemeint, Curtis habe nicht alles mitgenommen.«

»Sie wussten also, dass er nicht alle Speere mitgenommen hat? Wie viele waren insgesamt noch im Haus?«

Burns sah erneut seinen Anwalt an. »Nur dieser eine.«

Bley blätterte in ihren Unterlagen. »Sie wussten also, wer Stills war. Und es muss für Sie doch ein Leichtes gewesen sein, herauszubekommen, wo er wohnt, arbeitet und seinem Hobby nachgeht.«

»Wo ist das Motiv?« Der Anwalt rückte einen Stift zurecht, der quer über seinem Schreibblock lag. Er bildete nun eine Linie mit der Längsseite des Papiers.

»Mordlust.«

»Mit Verlaub, Sie machen sich lächerlich, DS.«

»Weil er ebenfalls Ihren Neigungen auf die Spur gekommen ist, Mr. Burns?«

»Das ist doch lächerlich.«

»Wir haben in Stills' Wohnung Aufzeichnungen gefunden, die darauf hindeuten, dass er nebenbei auch für Reparaturen an Häusern oder in Wohnungen im Einsatz war. Rechnungen, Quittungen aus dem Baumarkt, solche Dinge. Hat Stills auch für Sie gearbeitet?«

»Sie sollten mit Ihren Spekulationen aufhören. Legen Sie endlich Beweise vor, Detective Sergeant Bley. Das ist eine billige Komödie, die Sie hier auf Kosten meines Mandanten aufführen. Sie haben doch Ihren Mörder. Was wollen Sie denn noch?«

Annie Bley blieb ungerührt und blätterte weiter in ihren Aufzeichnungen.

Stufe zwei: Ziehe die Kompetenz der Ermittler in Zweifel. DC Easterbrook war sich sicher, dass der Anwalt noch mehr auf Lager hatte. Er hatte sich über ihn erkundigt. Der Jurist galt als gewieft, um nicht zu sagen gerissen. Sie hatten einen Anwalt vor sich sitzen, der sein juristisches Handwerk beherrschte und nichts auslassen würde. »Hat er das, Mr. Burns?«

Der Angesprochene beugte sich mit vorgehaltener Hand zu seinem Anwalt und erntete ein Kopfschütteln.

»Mein Anwalt meint, ich soll die Klappe halten. Aber es ist so: Ja, Stills hat ein paarmal für mich gearbeitet.«

»Was stimmt denn nun? Eben haben Sie ausgesagt, dass Ihnen Stills nur über die Bemerkung von Faye Gilbert ein Begriff ist. Und nun sieht das anders aus. Warum haben Sie uns das nicht gleich gesagt? So tragen Sie nicht gerade zu Ihrer Glaubwürdigkeit bei, Mr. Burns.«

Der Anwalt verfolgte die Szene mit unbewegtem Gesicht.

»Weil ich wusste, dass Sie mir den Mord anhängen wollen.« Burns schnaubte.

»Was hat Mr. Stills für Sie gemacht?«

Burns wiegte den Oberkörper hin und her, als müsse er seinen Körper und seine Äußerung ins rechte Licht setzen. »Wie gesagt, er hat ein paarmal für mich gearbeitet. Schönheitsreparaturen. Das eine oder andere aufhübschen, damit es sich am Ende positiv auf den Verkauf auswirkt. Nichts Weltbewegendes. Auch mal die Heizung sauber gemacht oder ein paar Armaturen ausgetauscht. Er hat stets das Geld bar auf die Hand bekommen.«

»Wo haben Sie ihn das erste Mal getroffen?«

»Das war bei einem der Barbecues im Hafen von Cadgwith. Diese Gelegenheiten, bei denen die Fischer Geld sammeln. Stills hat dort an einem Abend am Grill gestanden.«

»Zufall also?«, fragte Bley.

Er nickte. »Ich war mit einem Kumpel dort. Er kannte die Barbecues und hat mir davon vorgeschwärmt. Wir sind erst für eine Portion Fisch angestanden und haben uns dann aufs Bier verlegt. Mit Stills sind wir nachher ins Gespräch gekommen. Wie das so ist, wenn man ein paar Bier intus hat.«

»Aha.«

»Mein Kumpel kannte ihn vom Sehen und wusste, dass Stills auf Gelegenheitsjobs aus war. Und ich hatte damals gerade zwei Häuser und vier, fünf Wohnungen am Start und brauchte dringend Hilfe, die gut und billig war.«

»Was ist zwischen Ihnen und Mr. Stills vorgefallen? Hat er vielleicht nicht ordentlich gearbeitet? Hat er Sie erpresst, weil er mitbekommen hat, dass Sie Ihre Kunden übers Ohr hauen?«

»Ich hatte nichts zu meckern. Warum sollte ich ihn dann umbringen?«

»Mein Mandant hat recht, das Motiv fehlt immer noch.«

»Danke für den Hinweis. Wir wissen jetzt zumindest, dass sich die beiden kannten. Das ist schon mal ein vielversprechender Ansatz. Wir lassen Sie dann gerne wissen, was unsere Ermittlungen ergeben.«

»Da ist nichts«, warf Burns schwach ein.

»Wir werden sehen. Ihre Mitarbeiterin wird uns sicher die Sachlage erläutern können.«

»Chrissie hat keine Ahnung.« Burns verschränkte die Arme. »Und sie kann froh sein, dass sie mit ihrem Lover nach Zypern abhaut.«

»Soll das eine Drohung sein?«

Der Anwalt winkte ab. »Mein Mandant will damit lediglich zum Ausdruck bringen, dass er froh ist, sich angesichts der Umstände keine finanziellen oder anderen Sorgen um ihre Zukunft machen zu müssen.«

Burns schnaubte verächtlich.

»Es ist an der Zeit, dass Sie uns sagen, ob Sie nicht doch auch Kontakt zu Mrs. Gibbons hatten.« Bley schlug ihr Notizbuch auf und suchte eine bestimmte Seite, dann nannte sie das Datum. »Was haben Sie an dem Tag gemacht? Wo waren Sie?«

»Das wissen Sie doch. Ich war nicht in Cornwall.«

»Wir sind gerade dabei, die Nummer Ihres Prepaid-Telefons mit denen auf den Listen aus den Funkzellen abzugleichen, die die beiden Tatorte abdecken.«

Burns öffnete einladend eine Hand. »Nur zu.«

Easterbrook beugte sich zu Bley und flüsterte ihr etwas zu.

Sie nickte. »Besitzen Sie weitere Prepaid-Telefone?«

»Sie haben das schon gecheckt und haben nichts finden können, stimmt's?« Er klang triumphierend.

»Haben Sie weitere Telefone in Ihrem Besitz?«

Burns schüttelte stumm den Kopf.

»Sind Sie nicht doch Mrs. Gibbons begegnet?«

»Wann sollte das gewesen sein?«

»Als Sie bei Mrs. Gilbert waren, um den Speicher und den Keller auszuräumen.«

»Nein.«

»Sie hat also auch nicht für Sie geschneidert? Eine Hose gekürzt, eine Anzugjacke ausgebessert?«

»Nein.«

»War sie vielleicht mal in Ihrer Maklerfirma, weil sie für Ihre Mitarbeiterin Chrissie gearbeitet hat?«

Burns sah aus, als säße er auf einem heißen Stuhl. Stumm schüttelte er den Kopf.

Bley sah Easterbrook an. »Gute Idee, Allan. Übernimmst du das?«

Der Detective Constable nickte.

»Sind wir hier für heute fertig? Mr. Burns braucht jetzt Ruhe. Wie Sie unschwer erkennen können, hat ihn die Befragung erneut sehr angestrengt.«

»Vernehmung.«

»Natürlich, Vernehmung.« Der Anwalt erhob sich und nickte kurz in die Runde. »Sie wissen, wie Sie mich erreichen. Ich finde allein hinaus.«

Bley schaltete das Aufnahmegerät aus und wartete, bis der Anwalt gegangen war. »Wollen Sie nicht reinen Tisch machen? Sie haben eben gesagt, dass der Mord an Summer Sie belastet. Und ich glaube Ihnen das.«

Auch Easterbrook nickte auffordernd. »Sie werden sich besser fühlen.«

Bley wartete auf eine Reaktion des Verhafteten. Sie hatte Zeit und Geduld. Burns wirkte tatsächlich erschöpft, und das war genau der Moment, den sie nutzen wollte.

Schließlich sprach der Festgenommene. »Amelie Gibbons war im Geschäft, ja. Sie hatte für Chrissie ein Kleid genäht. Eines mit besonders dünnen Trägern, stand ihr gut.« Bei dem Gedanken legte sich ein Schatten auf seine Augen. »Sie hat mich hintergangen und verraten. Das vergesse ich ihr nicht.«

»Sie hat nur getan, was jeder andere ehrliche Mensch auch getan hätte.«

»Ich habe der Schneiderin nichts getan. Warum sollte ich das?«

»Wir werden Ihnen auf die Schliche kommen.«

Er nickte in Richtung Easterbrook. »Schick ihn raus, dann rede ich.«

»Sie sind nicht in der Position, Bedingungen zu stellen.«

»Schick ihn raus.«

DC Easterbrook sah Bley an. »Wenn es der Wahrheit dient.« Er deutete auf den Recorder. »Vergiss nicht, ihn einzuschalten.«

»Du bleibst.«

»Schick ihn raus, oder du hörst nichts von mir.«

Bley überdachte die Möglichkeiten. Sie hatte keine Lust, auf seine Spielchen einzugehen. Anderseits könnte es der Durchbruch sein. Im Grunde hatte sie nichts zu verlieren. Allan hatte recht. Der Recorder würde alles aufzeichnen, außerdem war der Notknopf nur eine Handbewegung entfernt unter der Tischplatte angebracht. Einen Versuch war es wert. Sie versuchte sich vorzustellen, wie DI Marks in dieser Situation handeln würde. Er würde sicher nicht lange zögern. Immerhin könnte hier ein Geständnis drin sein.

»Was ist?« Burns runzelte die Stirn. »Ich habe nicht den ganzen Tag Zeit.«

Auch Easterbrook sah sie fragend an.

DS Annie Bley hob die Augenbrauen und nickte ihrem Kollegen knapp zu.

Der Detective Constable erhob sich langsam und verließ den Raum, nicht ohne Burns einen langen, warnenden Blick zuzuwerfen.

»Nun?« Bley legte die Hände flach auf die Tischplatte. »Was haben Sie mir zu sagen, Mr. Burns?« Sie hob eine Hand, um den Recorder einzuschalten.

»Keine Aufnahme, vorerst.«

Bley zog die Hand zurück. »Zufrieden?«

»Fotze.« Philip Burns grinste breit und verschränkte dann die Arme vor der Brust. »Kleine Fotze.«

DS Bley sprang auf, dabei fiel ihr Stuhl um.

XLV.

»Das ist alles?«

Simon saß Chris Marks in dessen Wohnzimmer gegenüber. Der DI und seine Wohnung machten einen aufgeräumteren Eindruck als noch vor Tagen. Marks' Äußeres entsprach wieder dem Klischee eines konzentrierten und motivierten Polizeibeamten. Die Wohnung roch wie frisch gelüftet.

Er hatte Lukes Angebot angenommen, ihn mit in die Stadt zu nehmen. Sein Freund hatte ihn am späten Vormittag vor Marks' Haus abgesetzt, um dann mit seiner Frau *irgendwo in der City einen Kaffee zu trinken*. Anschließend standen noch *Besorgungen in den verschiedenen Läden* an. Nichts, was Luke sonderlich zu schmecken schien.

»Ja, das ist alles. Mehr hat Helen nicht gesagt. Wir sind so klug wie am Anfang.«

»Warum ist sie dann den weiten Weg hergekommen?« Marks fühlte sich bestätigt, dass sie aus London keine Hilfe zu erwarten hatten.

»Sie hat sich am Ende wohl doch nicht getraut, ihr Wissen mit uns zu teilen. Ich kann das verstehen, denn wenn das öffentlich würde, ist sie ihren Job los.«

»Du meinst, sie hat kalte Füße bekommen? Sie wusste schon vorher, was passieren könnte, wenn sie plaudert. Sie ist Profi genug, um die Risiken abzuschätzen.« Marks kratzte mit einem Löffel die Müslischale aus, die er mit ins Wohnzimmer genommen hatte.

Simon wollte ihm nicht erzählen, was Mary über diesen merkwürdigen Besuch dachte. Er wollte vermeiden, dass auch Chris das Ganze in der Schublade *Beziehungskiste* ablegte.

»Das Einzige, was sie gesagt hat, ist, dass Stone noch in der Nähe ist und dass Lehmann nicht eher von mir ablässt, bis er den Tod seiner Tochter gerächt hat.«

»Für den du nicht verantwortlich bist.« Marks war wieder ganz Ermittler. Das hatte vor drei Tagen noch ganz anders ausgesehen. »Wir müssen strategisch denken.«

»Ich habe seine Tochter auf dem Gewissen, denn ich habe dafür gesorgt, dass sie vor Gericht kommt. So denkt er.«

»Ich werde einen unserer V-Leute oder Informanten auf Keith Stone ansetzen. Wenn der Kerl noch in der Gegend ist, werden wir ihn aufstöbern.«

»Das hätte DS Bley längst tun sollen.«

Marks schüttelte vehement den Kopf. »Ich muss sie in Schutz nehmen. Sie hat keine Ahnung, wer in der Szene für uns arbeitet.«

Simon dachte nach. »Deine Idee ist gut. Diese Typen sind doch scharf darauf, sich ihr Wissen bezahlen zu lassen. Wenn die Summe stimmt, werden sie gerne aus ihren Löchern kommen und dir ihr gesammeltes Wissen anbieten.«

»Das wird nicht so ablaufen, Simon. Das Ganze braucht Zeit. Du vergisst, wer hinter Stone steht. Niemand will Lehmann unnötig reizen, denn das kostet sie den Kopf. Ich werde die V-Leute so vorbereiten müssen, dass sie aktiv werden können. Das Versprechen, sie beim Untertauchen zu unterstützen, wird vielleicht nicht ausreichen.«

»Sind diese Typen vertrauenswürdig?«

»Du weißt selbst, wie V-Leute und Informanten ticken.«

»Eben.«

»Haben wir eine Alternative? Nein, haben wir nicht.«

Marks machte den Eindruck, als wollte er sich bereits in den nächsten Minuten auf den Weg machen. »Bist du sicher, dass du dir das zumuten kannst?«

Der DI lachte bitter auf. »Vom Herumsitzen wird Louise auch nicht mehr lebendig.« Er sah Simon eindringlich an. »Ich bin es ihr schuldig. Ich muss und ich will an die Hintermänner ran. Sie müssen für ihren Mordauftrag bezahlen.«

Simon wusste, was in ihm vorging. »Von mir aus könntest du dich noch länger schonen, das weißt du. Aber ich bin froh, dass du wieder an Bord bist.«

Marks' Grinsen geriet etwas schief, aber in seinem Blick blitzte Tatendrang auf, gepaart mit Überlebenswillen. »Ich muss ein paar Telefonate führen und mich mit dem einen oder anderen treffen. Aber vorher trinken wir noch einen Schluck, oder?« Er sah auf die Uhr. »Auch wenn es dafür noch ein wenig früh ist.«

Chris hatte nichts mehr von dem gebrochenen Mann, den Simon noch vor wenigen Tagen vorgefunden hatte. Die Aussicht, endlich einen Plan zu haben, hatte offenbar neue Kräfte in ihm freigesetzt. »Aber nur einen kleinen.« Er würde Chris allein lassen, denn er wusste, dass er seine Informanten auch ihm gegenüber nicht preisgeben würde.

»Cheers.« Marks hatte zwei Gläser mit goldgelbem Whisky gefüllt. »Du weißt, dass ich dir keine Namen nennen werde. Nur so viel: Meine Informanten sitzen sogar bei der Navy.«

»Hier in Helston?«

Marks gab keine Antwort. »Cheers.«

Als es an der Haustür klingelte, stellte Marks überrascht das Glas ab. »Ich erwarte keinen Besuch.«

»Das werden Gill und Luke sein, um mich abzuholen.«

Der DI öffnete die Haustür, Simon lag richtig. »Luke. Ich dachte, Gill ist bei dir. Rein mir dir«, begrüßte er den Fischer.

»Sie hat eine Freundin getroffen und sich mit ihr zu einer ausgedehnten Shoppingtour aufgemacht, da wollte ich nicht im Weg sein.« Er lächelte verschwörerisch.

Im Wohnzimmer bemerkte er die beiden Gläser. »Da komme ich wohl gerade richtig. Ein Schluck zur rechten Zeit öffnet Herz und Seele weit.«

Marks goss auch ihm einen Whisky ein und deutete auf den freien Sessel. »Nur zu.«

»Ich wollte gerade aufbrechen.«

»Wieder im Dienst?« Luke ignorierte Simon und hob stattdessen anerkennend das Glas.

»So kann man es sagen.«

»Dann will ich schnell die Stimulanz genießen und nehme Simon dann gleich mit.« Er nippte. »Guter Stoff.«

»Wie geht es im Dorf zu?«, wollte Marks wissen.

Luke musste grinsen. »Margaret Bishop treibt die Leute gerade zum Wahnsinn.«

»Das ist doch nichts Neues.«

»Ihr Engagement in der Theatergruppe ist ihr vollends zu Kopf gestiegen.«

»Ich habe davon gehört.«

»Wie das?«

»Sie hat mich heute Morgen angerufen und gefragt, ob ich an den Abenden nicht als Souffleur arbeiten möchte.«

»Sie hat deine Nummer?«, fragte Simon verblüfft.

»Bishop hat zuerst im Präsidium angerufen, und einer der Constables war so blöd und hat sich verplappert. Das hat noch ein Nachspiel.«

»Und? Machst du?« Simon kannte die Antwort.

»Du mich auch.«

»Das ist ja wie in alten Zeiten. Wir drei zusammen, und ganz Cadgwith ist gegen uns. Wir sind im Namen des Herrn unterwegs«, bemühte Luke das geflügelte Wort aus *Blues Brothers*, hob sein Glas und trank es leer. »Nein, im Ernst, gut, dass du wieder einigermaßen okay bist. Du wirst noch deine Zeit brauchen, das ist klar, aber der Nebel lichtet sich, und der Horizont ist in Sicht.«

Simon schüttelte amüsiert den Kopf. »Du und deine Fischerphilosophie.«

»Was denn?« Er sah von Simon zu Chris. »Darf ich raten? Wir jagen jetzt die Hintermänner, oder?«

Marks nickte. »Du hast ein feines Gespür. Aber die Polizei jagt die Hintermänner, nicht du, lieber Luke.«

»Wenn ihr Hilfe braucht, wisst ihr, wo ich zu finden bin.« Er stellte das Glas ab. »Ich habe mir so meine Gedanken gemacht, wer hinter dem Mord an Louise steckt. Wer hat Cooper beauftragt?«

Marks sah Luke erstaunt an.

»Er weiß es von mir, Chris.«

Der DI hob lediglich eine Augenbraue.

»Meine Freunde auf der Farm haben mir ebenfalls etwas erzählt, also Mabel, um genau zu sein.«

»Schon gut, Luke.«

»Sie hat mir auch erzählt, dass in den vergangenen Tagen die merkwürdigsten Typen um den Campingplatz herumgeschlichen sind.«

Marks hob interessiert den Kopf. »Wie sahen sie aus?«

»Sie waren nicht zusammen da. Erst ein Mann, dann eine Frau, als würden sie etwas suchen oder überprüfen wollen. Wie die beiden aussahen? Da musst du Mabel fragen. Ich weiß nur, dass die Frau ausgesehen hat wie eine Städterin.«

Marks stand auf. »Ich werde Annie informieren, dass ich nach Cadgwith fahre.«

»Wir kommen mit.« Auch Luke stand auf.

Marks winkte ab. »Das ist mein Job.«

Eine Stunde später stand DI Chris Marks auf dem Hof der Farm. »Sind Sie Mabel?«

Die schlanke Frau richtete sich auf und stützte sich auf die Mistgabel, mit der sie Heuballen von einem Anhänger zog. »Ja?«

Er stellte sich vor. »Sie haben eine interessante Beobachtung gemacht, die für uns wichtig sein könnte.«

»Wie meinen Sie das?« Sie runzelte die Stirn, dann lächelte sie amüsiert. »Luke. Ich habe ihn im Dorf getroffen.« Sie dachte kurz nach, bevor sie weitersprach. »Schon seltsam. Erst streunt dieser Typ hier herum, als wäre er an dem Hof interessiert. Dann die Frau. Habe erst gedacht, könnten Makler sein. Aber dann dachte ich, die sehen nicht so aus.«

»Können Sie den Mann näher beschreiben?« Marks zückte sein Telefon.

»Groß, schlank, unauffälliges Gesicht, kurzes Haar. Nur die Augen, die Augen hatten etwas Lauerndes. Er sah nicht gerade ungepflegt aus, Jeans, Pullover – aber eben nicht wie ein Makler auf Kundenbesuch.«

Er zeigte ihr das Foto, das Bley ihm geschickt hatte.

»Genau. Das ist der Mann.«

Keith Stone! Er war also noch in der Nähe. »Sind Sie sicher?«

»Absolut. Als ich ihn angesprochen habe, hat er mich stumm angesehen und ist dann verschwunden.«

»Und die Frau? War das am gleichen Tag?«

»Nein. Das war drei Tage später. Sie sah schon eher aus wie eine Maklerin. Gepflegt, aber nicht schlank, verschlossener Blick, kurzes Haar. Blond. Ihre Bewegungen sind mir aufgefallen.« Sie dachte nach. »Ich kann das nicht anders beschreiben: irgendwie katzenhaft, fließend, als sei sie durchtrainiert – trotz ihrer paar Kilos zu viel. Sie hat mich irritiert. Sie hat zwar freundlich gegrüßt, ist aber herumgegangen, als begutachte sie einen Tatort.«

»Wo war das genau?«

Sie beschrieb mit der Hand einen Bogen. »Und auch drüben am Campingplatz. Ich fand das merkwürdig, zwei Fremde in so kurzer Zeit und mit diesem seltsamen Verhalten.«

Marks steckte das Telefon in seine Jacke zurück. Schade, dass er kein Foto von Helen Baxter hatte. »Wie eine Polizistin, sagen Sie?«

»Na ja. Jedenfalls wie jemand, der es gewohnt ist, Gelände und Gebäude zu begutachten. Die Frau stammt nicht von hier.«

»Und sonst hat sie weiter nichts gesagt? Nichts gefragt? Nur gegrüßt?«

Die Bäuerin schüttelte den Kopf. »Ja.«

»Danke für Ihre Mithilfe. Sollte Ihnen noch etwas einfallen, hier steht, wie Sie mich erreichen können.« Marks übergab seine Visitenkarte.

»Sagen Sie, Detective Inspector, gibt es neue Erkenntnisse über das Feuer auf unserem Campinggelände? Haben die beiden Fremden etwas damit zu tun? Muss ich mir Sorgen machen?« Mabel steckte die Karte achtlos in die Gesäßtasche ihrer Jeans.

»Sie müssen sich keine Gedanken machen. Ihnen kann nichts passieren.«

Was wollten Stone und diese Frau, die Baxter sein könnte? Und die noch wichtigere Frage: Wenn es sie war, war Helen Baxter Stone auf der Spur? Oder – das wagte er kaum zu denken, konnte sich dem aber nicht entziehen – gab es sogar eine Verbindung zwischen den beiden? Er verwarf den Gedanken als völlig absurd.

Sie räusperte sich. »Sind Sie sicher?«

»Was? Nein … ja. Ich bin sicher. Wie gesagt, melden Sie sich, wenn Ihnen noch etwas einfällt.«

Er setzte sich ins Auto, ohne den Motor anzulassen. So absurd er auch war, der Gedanke hatte sich in seine Gedanken gebohrt. Ihm war schon früh aufgefallen, dass zumindest Stone ihnen immer einen Schritt voraus war. Und das war nur möglich, weil es eine undichte Stelle bei der Polizei gab. Aber wer sollte das sein? Ihm fiel niemand im Präsidium ein, der anfällig für Bestechung war. Sicher, es gab immer wieder Kolleginnen und Kollegen, die sich über die schlechte Bezahlung beschwerten. Auch wenn er es nicht völlig ausschließen mochte, unter ihnen war sicher niemand, der sich deswegen für Informationen bezahlen ließ. Aber was, wenn der Druck einfach zu groß war? Oder das Angebot zu verlockend? Er verstieg sich immer tiefer in den Gedanken. Konnte Helen Baxter so jemand sein? Sie verfügte über Informationen, die für Stone und Lehmann Gold wert waren.

Hatte sie sich kaufen lassen? Simon hatte sie stets als integer geschildert, loyal, über jeden Verdacht erhaben. Konnte ein Mensch eine solche Fassade konsequent aufrechterhalten?

Schließlich startete er den Motor und machte sich auf den Weg zurück nach Helston. Der Wind hatte aufgefrischt und trieb den einsetzenden Regen quer über die Straße. Die Scheibenwischer kamen kaum nach. Er hatte gerade die Hauptstraße erreicht, als der Regen zu Eisregen wurde. Er fluchte, denn auch auf dieser schmalen Landstraße gab es ein paar Stellen, die schnell zu gefährlichen Rutschbahnen werden konnten. Zu allem Übel setzte bereits die Dämmerung ein. Er drosselte das Tempo und hoffte, unbeschadet das Präsidium zu erreichen. Er musste unbedingt mit Bley sprechen. Sie hatte doch gute Kontakte nach London, wie sie angedeutet hatte. Vielleicht kannten die jemanden, der jemanden kannte, der Kontakte in die Szene hatte und Angaben über den Verbleib von Stone machen konnte.

»Das ist aber eine Überraschung.« DS Bley sah von den Papieren auf, als Marks an den Türrahmen klopfte.

»Darf ich?«

»Sicher. Sie sind immer noch der Chef.« Bley musterte ihn aufmerksam. »Wieder im Dienst?« Sie versuchte, ihrer Stimme einen warmen Klang zu geben.

Er sah, wie es in ihrem Kopf ratterte. Er hätte sich vorher ankündigen sollen. »Danke, dass Sie mir so schnell das Foto von Stone geschickt haben.«

Sie nickte zögernd. »Ich hoffe, ich konnte helfen.«

Er nickte und setzte sich ihr gegenüber. »Stone muss noch in der Nähe sein.« Mit wenigen Worten schilderte er ihr den Besuch auf der Farm.

»Dann sollten wir unsere Kontakte spielen lassen.« Sie öffnete die Schreibtischschublade und nahm eine Kladde heraus.

»Ich hatte gehofft, dass Sie das sagen.« Er lächelte. »Und bevor Sie den falschen Schluss ziehen: Ich bin allein wegen der Sache mit Louise hier. Sie leiten weiterhin die Mordermittlungen, DS Bley.«

Sie nahm die Ankündigung ohne sichtliche Reaktion entgegen. »Ich bin vor einiger Zeit mal meine Telefonlisten durchgegangen und habe auch meine alte Liste mit den Informanten durchgesehen. Ich bin dabei auf einen ehemaligen Junkie gestoßen, den ich schon nicht mehr auf der Agenda hatte. Er lebt heute als unbescholtener Bürger nahe London. Nach außen hin jedenfalls. Frau und zwei süße Kinder. Er arbeitet Vollzeit in einer Autowaschstraße. Ich habe ihn angerufen und gefragt, ob er noch für uns arbeiten will.« Sie sah Marks' erstaunten Blick. »Kein echter V-Mann. Jemand, der mit Stone noch eine Rechnung offen hat.«

»Und? Ist das nicht viel zu gefährlich?«

»Bei dem Gespräch war er jedenfalls willens, *behilflich zu sein*, wie er gemeint hat. Er hat ein kleines Häuschen in einer unauffälligen Wohnsiedlung in Maidstone. Ich werde ihn fragen.«

»Ist er zuverlässig?«

»Ich denke schon.«

»Danke.«

»Dieser Luke könnte auch die Augen offen halten. Er kennt doch nahezu jeden in der Region. Könnte hilfreich sein.«

»Ich möchte ihn eigentlich nicht mit hineinziehen. Aber Sie haben recht, den Versuch ist es wert.«

»Ihr Simon kennt doch auch noch jede Menge Leute in London. Er hat Ihnen doch von einer ehemaligen Kollegin erzählt, soweit ich mich erinnere?«

»Und da fängt das Problem auch schon an.«

»Das verstehe ich nicht.« Bley beugte sich interessiert vor.

Marks erzählte ihr von dem fragwürdigen Besuch Helen Baxters. Dass sie die angekündigten Informationen doch nicht geliefert hatte und was Mary von ihr dachte.

»Fürwahr, eine höchst merkwürdige Geschichte. Ich versuche, ein Foto von ihr zu bekommen.«

»Ich weiß nicht, ob Simon eins hat. Aber ich möchte ihn auf jeden Fall aus der Sache heraushalten. Vorerst zumindest. Er ist zu nahe dran.«

»Weil er ein Verhältnis mit ihr hatte?«

»Das war sicher nicht das, was man unter einem Verhältnis versteht. So hat er es jedenfalls mir gegenüber geschildert. Eher so eine Art kameradschaftliche Freundschaft, entstanden aus langen gemeinsamen Dienstzeiten. Im Bett waren sie wohl nicht, wenn Sie das meinen.« Den letzten Satz hatte er besonders vorsichtig ausgesprochen, da er damit Bleys eigene Geschichte berührte.

»Gut.«

»Was machen Ihre Ermittlungen?«

»Es geht voran.« Sie schloss die Unterlagen.

»Das ist doch gut. Aber Sie klingen nicht wirklich zufrieden.«

»Philip Burns hat den Mord an Nicolas Summer gestanden. Er hat ihn getötet, aus Angst, dass Summer ihn mit seiner sexuellen Neigung erpressen könnte. Er hat sich, so jedenfalls seine Aussage, regelrecht in diese Angst hineingesteigert, sodass er keinen anderen Ausweg gesehen hat.«

»Glückwunsch, DS Bley.«

»Wir sind gerade dabei, ihm auch die Morde an Curtis und Gibbons nachzuweisen.«

»Das Team macht großartige Arbeit.«

»DC Easterbrook hat seinen Anteil daran.«

»Sieh an, der Mann entwickelt sich.«

»Er hat ein paar gute Ideen eingebracht.«

»Und trotzdem: Sie wirken nicht zuversichtlich.«

»Tatsächlich haben wir Probleme. Burns hat zwar mittlerweile eingestanden, dass er auch Stills und Gibbons kennt, leugnet aber jede Tatbeteiligung.«

»Wo hakt es? Kann ich helfen?«

»Wir werden morgen noch einmal diese Chrissie befragen. Amelie Gibbons hat für sie gearbeitet. Vielleicht bringt uns das weiter. Und wir werden Mr. Gibbons aufsuchen. Er war wie Curtis Stills ab und an als Handwerker für Burns tätig. Also, es hakt nicht wirklich. Es ist nur ein wenig problematisch, vor allem, weil Burns' Anwalt versucht, uns Schwierigkeiten zu machen.«

»Ist das nicht sein Job?« Marks versuchte, seine Bemerkung mit einem lustigen Unterton zu versehen, merkte aber, dass er danebengegriffen hatte. »Das war keine Kritik an Ihrer Arbeit.«

Sie nickte und sah auf die Uhr. »Ich mache jetzt Feierabend, heute passiert eh nichts mehr.« Sie sah Marks an. »Haben Sie heute schon etwas gegessen? Also, ich brauche jetzt etwas Herzhaftes.« DI Marks war verblüfft. Hatte sie ihn gerade gefragt, ob er mit ihr ins Pub ging? »Gute Idee. Ich habe einen Bärenhunger.«

Das Pub war gut besucht. Einige Frauen trugen Elchgeweihe aus Filz, und andere hatten blinkende Lichterreifen im Haar. Einige Männer hatten bereits rote Gesichter vom Alkohol. Die Stimmung war ausgelassen. Sie waren offenbar in eine vorweihnachtliche, feuchtfröhliche Firmenfeier geraten.

»Was tun?« DS Bley machte ein angewidertes Gesicht.

Marks nickte Richtung Flur. »Vielleicht ist in einem der Nebenräumchen noch ein ruhiges Plätzchen frei.«

Am Ende des Flurs, kurz bevor er in den schmalen Hof überging, fanden sie tatsächlich noch zwei Plätze. Ein Rentnerehepaar hatte sich dorthin *geflüchtet*, wie die Frau leutselig erzählte. Diese Art Stimmung habe nichts mit vorweihnachtlicher Besinnlichkeit zu tun.

»Bier?« Marks blieb stehen, während Bley sich bereits setzte. »Und eine Shepherd's Pie? Hilft sicher gegen die Kälte.«

»Perfekt.«

Er machte sich auf den Weg an die Bar. »Ich zahle.«

Sie nickte bloß.

Was war mit Annie nur los? Von ihrer gewohnt kratzbürstigen Art war nichts zu spüren. Ihre Körperhaltung hatte sich verändert, sie hielt sich aufrechter als ohnehin schon, wirkte so deutlich entschlossener. Allein das kurze Haar, das wie immer widerspenstig vom Kopf abstand, erinnerte ihn an die frühere DS Bley. Die Verantwortung für die Ermittlungen tat ihr gut, befand Marks. Annie strahlte Mut und Einsatzwillen aus, was ihm gefiel.

An der Theke traf er auf einen pensionierten Kollegen, der ins Gespräch mit einer der fröhlich grinsenden Elchgeweihträgerinnen vertieft war.

»DI Marks, alte Sardine.« Der Mann wandte sich an die Frau neben ihm. »Wenn du mal die Hilfe der Polizei brauchst, wende dich vertrauensvoll an ihn. Er hilft in allen Lebenslagen.«

»In allen?« Die Frau sah ihn kichernd an, wobei das Filzding auf ihrem Kopf beachtlich ins Wackeln geriet. »Hast du deine Handschellen dabei?«

Marks schüttelte den Kopf. »Tut mir leid, Feierabend.« Wo war er nur wieder hineingeraten?

»Meine Quellen flüstern mir, dass ihr im Augenblick auf der Stelle tretet.« Der Ex-Kollege wandte sich erneut der Frau zu. »Du hast sicher schon von der Mordserie gehört.«

»Du bist einem Serienkiller auf der Spur? Du musst ja ein ganz scharfer Hund sein, du Superbulle.«

Marks legte dem ehemaligen Kollegen die Hand auf die Schulter. »Feiert noch schön. Ich hab Hunger und Durst.« Er gab beim Wirt die Bestellung auf und war froh, dass er nicht lange auf seine beiden Pints warten musste.

»Habt ihr auch Einzelzellen?« Die Frau schenkte ihm ein Lächeln, in dem Verruchtheit und der Alkoholpegel um die Vormacht rangen.

Marks' Kollege bemerkte, dass er dankbar war, die Gesellschaft der Dunkelhaarigen nicht länger ertragen zu müssen, und legte ihm nun seinerseits die Hand auf den Arm. »Nichts für ungut. Und: Passt auf euch auf.«

Marks nickte knapp und sah, dass die Frau ihr Elchgeweih geraderückte und sich nach dem nächsten Opfer umsah.

»Prost.« Er schob Bley das Bier hin und trank selbst einen großen Schluck.

»Sie sehen aus, als seien Sie so gerade eben noch den Fängen eines Ungeheuers entkommen.«

»Elch.«

»Wie?«

Marks winkte lächelnd ab und beließ es bei dieser Erklärung. »Die Küche hat gerade viel zu tun. Wird dauern mit der Pie.«

DS Bley sah zu dem Rentnerehepaar hinüber, das sich leise unterhielt, und senkte dann die Stimme. »Ich frage mich schon die ganze Zeit, wie es Ihnen wirklich geht, DI.«

Marks war von der Wärme in ihrer Stimme überrascht. »Es tut weh, jeden Tag.«

»In den Wochen vor dem Anschlag habe ich Sie glücklich wie nie erlebt.«

Er runzelte die Stirn.

»Die Zuneigung zu Louise Taylor war Ihnen förmlich ins Gesicht gemeißelt.«

Sein Herz zog sich zusammen, aber er antwortete nicht.

»Ich habe schon damals gedacht, als wir das erste Mal mit ihr zu tun hatten, dass sich daraus mehr entwickeln könnte, so wie Sie auf sie reagiert haben. Der Verlust muss Sie wahnsinnig machen.«

Als er immer noch nicht antwortete, setzte sie das Pintglas an und trank, um dann ihrerseits zu schweigen. Aber das hielt sie nicht lange durch.

»Mit Schmerz kenne ich mich aus. Und nun genug davon. Wir werden den Mörder finden – wie wir auch die anderen Fälle lösen werden. Und bevor ich gänzlich sentimental werde: Sie kümmern sich in der Hauptsache um die Sache Taylor und ich mich um die Speere. Die von Ihnen vorgeschlagene Aufteilung ist perfekt.«

Bei *die Sache Taylor* zuckte er leicht zusammen. Louise war keine Sache. Aber er erkannte an, dass Bley sich professionell verhielt. »Gut.«

Sie strich sich übers Haar, als wollte sie es bändigen. Stattdessen wurde es nur noch strubbeliger. »Ich bin sicher, dass wir die Fälle bis Weihnachten gelöst haben.«

»Ihre Zuversicht in allen Ehren.«

Ihr Grinsen geriet ein wenig schief. »Ich will nämlich meine Tante besuchen. Sie hat mich über die Feiertage eingeladen.«

»Sie haben eine Tante?«

»Oben in Northumberland. Ich hatte sie fast schon vergessen.« Über ihre Augen legte sich für einen Augenblick ein Schatten. »Sie wissen, wegen der komplizierten Familienkonstellation habe ich in den vergangenen Jahren niemanden mehr sehen wollen.« Sie vermied die präzisere Erklärung: *wegen des Cousins meiner Mutter.* Sie hätte sie aus der Fassung gebracht. »Nicht, dass da noch viele waren, aber jetzt … jetzt hat sie sich gemeldet. Die Gute ist schon dreiundneunzig, lebt aber noch in ihren eigenen vier Wänden und ist wohl fit genug dafür. Jedenfalls will sie mich noch einmal sehen, bevor sie abtritt.« Sie unternahm einen erneuten und ebenso erfolglosen Versuch mit ihren widerspenstigen Haaren. »Ich glaube, es ist an der Zeit, mit der Vergangenheit abzuschließen. Ich will endlich meinen Frieden, und den bekomme ich wohl nur auf diesem Weg.«

»Sie sind mutig, DS Bley.«

»Nein, DI, jeder Mensch ist untrennbar mit seinen Wurzeln verbunden, wie ein Baum, ein Strauch. Sie können ihn stutzen, sooft Sie wollen, am Ende schlägt er immer wieder aus. Er will einfach nur überleben.«

Da war ihre Lebensklugheit wieder. Wo nahm sie nur all diese Gedanken her? Er nickte zustimmend.

»Meine Tante hat auf Alnwick Castle gelebt.«

»Sie haben eine Adelige in der Familie?« Sie steckte voller Überraschungen.

Sie winkte lachend ab. »Als Hausmädchen. Häubchen und Schürze, das ganze Programm. Sie ist eigentlich ganz nett. Eigentlich«, fügte sie nachdenklich hinzu.

In der Tür erschien der Wirt mit ihrem Essen, und sie widmeten sich der Shepherd's Pie, die vorzüglich schmeckte, wie sie übereinstimmend feststellten.

Nach dem Essen trennten sie sich. Bley wollte noch einmal ins Präsidium, und Marks freute sich auf ein paar Stunden mit einem Glas und einigen Schallplatten, die er schon lange nicht mehr aufgelegt hatte. Die Zeit mit Annie hatte wie ein ganz legaler Stimmungsaufheller gewirkt. Er fühlte sich gesund und voller Energie. Zu Hause legte er als Erstes einen alten Sampler von Diana Ross and the Supremes auf. Schon beim ersten Stück musste er lächeln: *Stop! In the Name of Love.* Diese Disconummer hatte er früher verschmäht, die LP aber vor einiger Zeit aus einer Laune heraus aus einem Charity Shop mit nach Hause genommen. Dann fiel ihm blitzartig ein, warum er sie damals beschwingt gekauft hatte, und er stoppte den Plattenspieler. Er hatte mit einem Mal den Duft von Louises Haar in der Nase und sah ihre verliebt blickenden Augen. Er zog sich aus und ging unter die Dusche, aber seine Gedanken konnte er nicht wegwaschen.

XLVI.

»Du hast meinen Wunsch nicht erfüllt.« Lehmanns Stimme klang aus dem Telefon. »Warum nicht?«

»Er sträubt sich.«

»Hattest du keine Waffe dabei?«

Ihr Blick suchte eine Fluchtmöglichkeit, aber es gab keine. Nicht aus diesem Leben.

»Du hättest ihn erledigen können.«

Sie versuchte, an etwas anderes zu denken, um ihrer Angst zu entkommen. Vergeblich.

»Also?« Er bemerkte ihre Furcht. »Keith wird das erledigen. Du bist dazu nicht fähig. Ich habe dich überschätzt.«

»Ich werde den Auftrag ausführen.«

»Du hast deine Chance gehabt. Nun wirst du die Konsequenzen tragen müssen.«

»Ich werde ihn töten. Bitte.«

»Du hängst an diesem bisschen Leben? Tatsächlich? Ich wusste, dass du hinter deiner Fassade ein kriechender Wurm bist.« Er stand offenbar auf und ging herum. »Nun gut. Ich gebe dir noch eine letzte Chance. Und Keith wird dich begleiten, damit dir nichts passiert.« Er ließ offen, was er genau damit meinte. »Wäre doch schade.«

»Ich bin zuverlässig.«

»Das hast du schon einmal behauptet. Nein, du hängst an deinem Leben, nur deshalb wirst du erneut nach Cadgwith fahren.«

»Er hat viel gefragt. Er kennt sich immer noch zu gut in der Met aus.«

»Ein Grund mehr, endlich klare Verhältnisse zu schaffen. Lass ihn ran. Meinetwegen fickst du mit ihm, und dann …«, er machte eine Kunstpause, »… dann nimmst du ein Kissen – und peng.«

Sie erstarrte.

»Du hast doch gelernt, lautlos zu töten, also nutze dein Bullenwissen.« Er lachte scheppernd. »Meinetwegen nimmst du auch einen Eispickel. Und jetzt Schluss, ich muss noch mehr Anrufe tätigen.«

Als er aufgelegt hatte, wählte er eine neue Nummer.

»Wie besprochen. Du folgst ihr und bleibst in ihrer Nähe. Wenn sie wieder versagt, erledigst du sie. Was? Nein, Jenkins heben wir uns für später auf.«

Nach dem kurzen Telefonat legte er den Kopf zurück und schloss die Augen. Das Leben war viel zu kurz, um dem Zufall die Regie zu überlassen. Sollte sie ihren Job nicht machen, wäre es zwar schade um sie, denn sie verfügte über spezielles Wissen und spezielle Fähigkeiten, die er noch lange nutzen wollte. Aber er würde auch diesen Verlust verschmerzen. In seinem großen Reich waren die Talente nur einen Anruf weit entfernt.

Er öffnete die Augen und griff nach der Glocke auf dem kleinen Tisch, der ihm als Büro ebenso genügte wie als Ablage für seinen Nachmittagstee.

Er hatte kaum nach dem Butler geläutet, als auch schon die Tür geöffnet wurde.

»Sir?«

»Schau auf die Uhr. Wie spät ist es? Bring mir meinen Tee, wie jeden Tag um diese Zeit.« Missbilligend winkte er den Bediensteten hinaus. Heute nervte ihn das affektierte

Verhalten des Butlers, das er an anderen Tagen amüsant fand, besonders wenn er Gäste hatte und ihn wie einen dressierten Hund vorführen konnte.

Während er wartete, nahm er das gerahmte Foto seiner älteren Tochter in die Hand, das er stets auf dem Tischchen stehen hatte. Als Erinnerung an sie und als stete Motivation, ihren qualvollen Tod in der Dusche des Knasts zu rächen. Eine Zeit lang hatte er auch ein Porträt von Simon Jenkins in seiner Brieftasche gehabt, aber das hatte er irgendwann einmal in einem Anflug von Okkultismus in einem Aschenbecher aus Bleiglas verbrannt und die Asche zusammen mit einer Schachtel Pralinen von Harrods langsam und genüsslich gegessen.

Lehmann fuhr mit dem Finger über das Bild und hauchte dann einen Kuss auf das Glas. »Bald. Schon bald, meine Kleine. Dann wirst du endlich friedlich schlafen können.«

Es klopfte, und der Butler erschien mit einem Tablett.

»Sir.« Er stellte das Teegeschirr auf den Tisch und machte sich daran, einzugießen.

»Weißt du, wie Asche schmeckt?« Lehmann stellte das Porträt zurück.

Der Butler verzog keine Miene. »Ich hatte noch nicht das Vergnügen, Sir.« Mit einer angedeuteten Verbeugung zog er sich zurück.

Zufrieden führte Hans Lehmann die dünnwandige Tasse an den Mund. Unterwürfigkeit war auch heutzutage billig zu haben.

XLVII.

»Wir haben noch ein paar Fragen an Sie.« DC Allan Easterbrook war froh, dass er die Mitarbeiterin des Maklers im Laden antraf.

»Sie haben Glück, ich bin nahezu durch mit der Abwicklung des Büros. Unsere Kunden werden sich einen anderen Geschäftspartner suchen müssen – hoffe ich jedenfalls.« Sie sah ihn fragend an.

»Keine Sorge, Mrs. …«

»Nennen Sie mich doch bitte weiterhin Chrissie. Alle nennen mich so.« Sie deutete auf die Sitzgruppe. »Tee?«

Er nickte und nahm genau dort Platz, wo er schon am Tag der Verhaftung von Philip Burns gesessen hatte. »Ich hoffe, ich mache Ihnen keine Umstände.«

»Nein.«

Easterbrook hörte sie im Nebenraum mit einem Wasserkocher hantieren und rief ihr aufmunternd zu: »Mr. Burns wird für lange Zeit hinter Gittern verschwinden. Sie brauchen wirklich keine Angst mehr vor ihm zu haben.«

Sie kam mit zwei dampfenden Bechern zurück, auf denen das Firmenlogo des Maklers prangte und in denen je ein Teebeutel schwamm. »Milch habe ich leider keine mehr.«

Er hob die Hand. »Ich komme zurecht. Also, wir haben Grund zu der Annahme, dass Mr. Burns für weitere Morde verantwortlich ist.« Er fischte den Teebeutel umständlich aus dem Becher und legte ihn in den Aschenbecher, der auf dem niedrigen Tischchen stand.

»Das ist ja furchtbar.« Sie vergaß ihren Tee.

»Wir gehen davon aus, dass er noch zweimal mit einem Speer getötet hat.«

Sie hörte ihm zu und hielt dabei die Hand vor den Mund.

»Und nun kommen Sie ins Spiel.«

»Das ist ja furchtbar.« Sie suchte in seinem Blick nach einer Erklärung. »Sollte auch ich …?« Sie sprach den Satz nicht zu Ende.

»Oh nein, Sie verstehen mich falsch, Chrissie. Wir hoffen, dass Sie uns mehr über Mr. Burns' Verhältnis zu Curtis Stills und Amelie Gibbons sagen können.«

Sie runzelte die Stirn. »Curtis war nicht bei uns angestellt, wenn Sie das meinen, er hat für Handlangerarbeiten jedes Mal ein paar Pfund bar auf die Hand bekommen.«

»Hat es zwischen ihm und Mr. Burns Streit gegeben?«

Sie zuckte mit den Schultern. »Das weiß ich nicht. Er war ja mehr auf den Baustellen als hier im Geschäft. Was da vor Ort los gewesen sein könnte, keine Ahnung.«

»Mr. Burns hat nichts dergleichen erzählt?«

»Nein. Eher das Gegenteil. Er war wohl sehr zufrieden mit Curtis. Aber wie gesagt, Genaues weiß ich nicht. Vielleicht gab es mal Unstimmigkeiten, was den Umfang der Arbeiten betraf, aber wenn, dann war das nichts Weltbewegendes.«

»Könnte es sein, dass Mr. Stills Mr. Burns erpresst hat?«

Sie zog fragend die Stirn kraus.

»Nun ja, vielleicht hat Mr. Stills etwas erfahren, das er für sich hat nutzen wollen.«

»Ich verstehe nicht ganz. Einblicke in Philips Geschäfte hatte er sicher nicht. Und von mir hat er auch nichts erfahren, das er in irgendeiner Form für sich hätte nutzen können.«

Easterbrook räusperte sich. »Mr. Burns fühlte sich zu Männern hingezogen. Vielleicht hat er Stills Avancen gemacht, die nicht erwidert, sondern abgelehnt wurden. Und das ist am Ende dann eskaliert.«

Chrissie dachte nach und hielt dabei den Kopf leicht schräg. Sie musste nicht lange ihre Gedanken sortieren. »Philip strotzte die meiste Zeit vor Testosteron. Und dann war ihm egal, ob es sich um einen Mann handelte oder um eine Frau.«

»Hat er auch Sie …?«

Sie schüttelte den Kopf. »Am Anfang hat er es einmal versucht, ja. Aber ich habe ihm klargemacht, dass das mit mir nicht geht. Ich fange nichts mit meinem Chef an. Altes Prinzip von mir und äußerst wirksam.«

»Verstehe.« DC Easterbrook kratzte sich am Kopf. Verteufelt kompliziert, das Ganze. Ein bisexueller Makler mit großem Ego und großem Kundenstamm. Wie sollte er da durch den Dschungel der Möglichkeiten hindurchfinden? »Kommen wir nun zu Mrs. Gibbons, der Schneiderin. Sie hat auch für Sie gearbeitet, richtig?«

»Sie hatte es echt drauf. Die Arme.« In ihren Augen glitzerte es plötzlich. »Eine nette Person. Sie hat ein, zwei Sachen für mich gemacht, unter anderem ein fast sündiges Sommerkleid.« Sie kicherte tatsächlich mädchenhaft und sah Easterbrook aus großen Augen an. »Sehr schmeichelhaft, perfekt und preiswert. Ein Jammer, dass Amelie nicht mehr lebt. Ich hätte gerne meine Garderobe für Zypern bei ihr in Auftrag gegeben.« Sie wischte sich über die Augen. Ein paar Tränen hatten sich auf den Weg gemacht. »Sorry, ich habe heute wohl ein wenig nahe am Wasser gebaut.«

»Haben Sie eine Gelegenheit wahrgenommen, in der er Mrs. Gibbons zu nahe getreten ist oder getreten sein könnte?« Der DC suchte in seiner Jackentasche vergeblich nach einem sauberen Papiertaschentuch.

Sie schürzte nachdenklich die Lippen. »Mir ist nichts aufgefallen. Amelie, also Mrs. Gibbons, war nur zweimal im Geschäft. Philip war zwar auch da, aber er war wie immer.« Sie lächelte ein wenig gequält. »Na ja, er konnte sehr charmant sein, wenn Frauen im Raum waren. Und manchmal hatte er Sprüche drauf, die schon an eine Anmache grenzten. Aber die Frauen waren ihm nie böse. Er kam bei ihnen an. Entschuldigung.« Sie stand auf und verschwand in Richtung Küche. Mit einem Stück Küchenkrepp kam sie zurück und schnäuzte sich beim Setzen.

»Er ist Mrs. Gibbons also nicht zu nahe gekommen?«

»Jedenfalls nicht hier im Geschäft.« Sie stopfte das Papier in ihre Jeanstasche.

Easterbrook hatte Mitleid mit der Frau. »Sie sagen das so, als hätte es durchaus auch andere Gelegenheiten zur Kontaktaufnahme durch Mr. Burns geben können, Chrissie.«

»Amelie hat damals das Kleid bei mir gelassen, damit ich es in Ruhe ansehen und anprobieren konnte. Philip hat mir angeboten, das Kleid zu ihr zurückzubringen. Er war ganz wild darauf, mir den Weg abzunehmen. Ich habe dem zugestimmt, weil ich an dem Tag hier viel zu tun hatte.«

»Und?«

»Er kam reichlich spät ins Büro zurück. Angeblich hatte er unterwegs noch einen möglichen Kunden aufgetan, mit dem er bereits ein paar Dinge besprochen hatte.«

»Sie erinnern sich daran, weil Ihnen das komisch vorgekommen ist?«

Sie nickte. »Jetzt, wo ich wieder daran denken muss. Er war so aufgekratzt. Damals habe ich mir keine Gedanken gemacht.« Sie zögerte. »Und ja, Amelie hat mich dann später gebeten, doch lieber in ihr Atelier zu kommen. Da seien nähtechnisch ihre Möglichkeiten besser.«

»Ich will Ihnen nichts in den Mund legen, aber könnte es sein, dass sie dadurch vermeiden wollte, ihm wieder zu begegnen?«

Sie zögerte, bevor sie antwortete. »Möglich.«

»Hat sie etwas angedeutet?«

»Nein.«

»Ich muss Ihnen die Frage stellen. Halten Sie es für möglich, dass Mr. Burns auch die beiden anderen Opfer getötet hat?«

»Sie verlangen viel von mir, Detective Constable, aber ich kann es nicht ausschließen.« Mit einer müden Geste wischte sie sich übers Gesicht. »Aber ich weiß es nicht wirklich. Ich bin völlig durcheinander. Philip hat Mr. Summer getötet und wird nun verdächtigt, auch Curtis und Amelie umgebracht zu haben. Mit welchem Monster habe ich jeden Tag hier zusammengesessen? Ich verstehe das alles nicht mehr.« Sie ließ den Blick durch das Ladenlokal schweifen, in dem es mit einem Mal spürbar kälter geworden war. Sie zog die Schultern hoch, als müsse sie sich schützen. »Ich will das hier endlich hinter mir lassen und neu anfangen.«

»Ihr Tee ist schon ganz kalt.« Easterbrook war auf diesen Gefühlsausbruch nicht vorbereitet. Eine verwirrte Zeugin war das Letzte, was er jetzt gebrauchen konnte. Er würde Alice viel zu erzählen haben.

»Was meinen Sie?« Er schien sie mit seiner Bemerkung aus einer anderen Welt zurückgeholt zu haben.

Wortlos deutete er auf den Teebecher.

»Ich habe hinten eine Flasche Whisky stehen. Wir begießen damit schon mal Abschlüsse. Wollen Sie auch einen?« Sie stand bereits auf.

Er schüttelte den Kopf.

»Die KTU soll die DNA, die sie in Gibbons' Wohnung sichergestellt hat, mit der von Burns abgleichen.« DS Bley nickte Easterbrook freundlich zu. »Gut gemacht.«

Der Detective Constable lächelte zufrieden. »Wir werden ihn knacken.«

»Die Schlinge zieht sich wahrlich zu.« Sie konnte es kaum erwarten, DCI Sattler den Fall als abgeschlossen zu melden. Vor allem, um dem selbstgefälligen Arschloch zu zeigen, was sie in Wahrheit draufhatte. Aber in erster Linie wollte sie sich beweisen, dass die Polizeiarbeit für sie immer noch der richtige Job war.

»DI Marks wird sich freuen.«

»Auch der, ja.« Marks war der Einzige, dem sie nichts beweisen musste.

»Wir sollten uns auch noch einmal in Stills' Wohnung umsehen, was meinst du?«

»Das kann und sollte die KTU in einem Aufwasch erledigen, ja.«

»Wir servieren Burns schön verpackt DCI Sattler als Weihnachtsgeschenk.«

»Es reicht, Allan. Deine Fantasie brauchst du für deinen Job.« Sie musste dennoch lachen.

»Da fällt mir ein, ich muss mich um die Weihnachtsgeschenke kümmern.«

»Was soll's denn geben? Toby-Jugs?«

Easterbrook verzog beleidigt das Gesicht. Kaum war die Stimmung einmal unbeschwert zwischen ihnen, schon grätschte sie mit einer dummen Bemerkung dazwischen. Sie würden wohl nie auf einen Nenner kommen.

XLVIII.

»Ich möchte dich treffen, Simon. Ich glaube, ich habe großen Mist gebaut.«

Simon nahm das Smartphone vom Ohr und sah nachdenklich auf die Telefonnummer, deren Ziffernfolge ihm nur allzu vertraut war. Das Bekenntnis klang so gar nicht nach der toughen Helen Baxter, die er kannte. Der bittende, hintergründig kleinmädchenhafte Unterton passte nicht zu der Frau, die klare, schnelle Entscheidungen traf und Fehler nicht thematisierte, sondern ungefragt korrigierte. Aber was wusste er noch von und über Helen? Das war ihm erst vor wenigen Tagen klar geworden.

»Simon, bist du noch dran?«, hörte er es leise aus dem kleinen Lautsprecher.

Er hob das Telefon wieder ans Ohr. »Sicher.«

»Ich würde gerne noch einmal zu euch kommen, um ein paar Missverständnisse auszuräumen. Das bin ich allein schon Mary schuldig. Sie hat sich so herzlich um mich gekümmert.«

»Du musst nicht extra herkommen, ich kann doch hören, dass es dir leidtut. Ich habe das Ganze schon vergessen, ehrlich. Und Mary denkt sicher ähnlich.«

»Ich möchte das aber nicht am Telefon klären. Das gehört sich nicht.«

Wenn es denn sein sollte. »Du bist jederzeit willkommen, das weißt du.«

»Dann bin ich sozusagen schon unterwegs.« Ihre Stimme klang wieder zuversichtlich.

»Ich sage Mary Bescheid, damit du ein Zimmer hast.« Simon wollte auf keinen Fall, dass sie nach einem Platz auf seinem Sofa fragte.

»Das wird nicht nötig sein.« Sie zögerte kurz, bevor sie weitersprach. »Ich muss zu einer Tagung nach St. Ives. Auf dem Weg dorthin komme ich kurz vorbei. Bei einer Tasse Tee lässt sich besser plaudern als am Smartphone. Und ich habe mich noch nicht bei Mary für ihre Gastfreundschaft bedankt.«

Helens schlechtes Gewissen wegen ihrer überstürzten Abreise schien echt zu sein. »Dann komm doch direkt zu Marys Cottage. Und ruf kurz an, damit wir auch da sind.«

»Das klingt fantastisch, Simon. Danke, dass du mir die Chance gibst, meinen dummen Fauxpas zu korrigieren.«

»Um welche Tagung handelt es sich?«

Baxter zögerte einen Augenblick. »Ein internes Treffen, ohne Referenten. Es geht um neue Strukturen bei der Bekämpfung der Organisierten Kriminalität und andere interne Vorgänge in der Met. Nichts gerade Appetitliches. Sexismus, Rassismusvorwürfe und auch Homophobie, das ganze Tablett. Die aufgedeckten und auch dokumentierten Fälle verlangen unbedingt nach Aufklärung. Wir werden sehen. Als wenn eine Sitzung alles ändert. Na ja. Was die Strategien zur Bekämpfung des Organisierten Verbrechens betrifft: Ich finde es ein wenig übertrieben, aber aus Geheimhaltungsgründen treffen wir uns an einem völlig unverfänglichen Ort. Die Tate St. Ives stellt uns ihre Räume zur Verfügung.«

»Wann wirst du hier sein?« Er hatte von den Vorgängen in der Metropolitan Police gehört. Solche dramatischen Fälle gab es seit vielen Jahren. Gut, dass endlich von ganz oben dagegen angegangen wurde. Und doch musste er beinahe lächeln. Die Met und die Tate, die beiden Ur-Londoner Institutionen, hatten immer schon ein besonderes Verhältnis gehabt. Nun also kam die Schwestergalerie in der ehemaligen Künstlerkolonie ins Geschäft.

»Übermorgen.«

»Wir können uns auch dort treffen. Mary und ich sind gerne in der Tate. Und um diese Jahreszeit ist in deren Café nicht viel los. Und du würdest keine Zeit verlieren.«

»Ach, lieber nicht. Ich möchte das Berufliche vom Privaten trennen. Ich komme nach Cadgwith, in dein kleines Paradies.«

»Wie du möchtest.«

»Danke.«

Simon hörte ein tiefes Einatmen. »Ja?«

»Vergiss, was ich über uns gesagt habe. Ich habe kein Recht, dich zurück nach London zu holen. Mir ist in den vergangenen Tagen klar geworden, dass man die Vergangenheit ruhen lassen sollte. Das bringt sonst nur Unglück. Und man kann die Uhr sowieso nicht zurückdrehen.«

»Helen, ich …«

»Nein, sag jetzt nichts. Wir sehen uns übermorgen. Ich freue mich.«

Bevor sie die Verbindung trennte, meinte er ein Schluchzen gehört zu haben, aber das konnte genauso gut eine Störung in der Leitung gewesen sein.

»Helen?« Mary war aus der Küche gekommen und trug zwei Becher Glühwein in den Frühstücksraum.

Simon schilderte ihr kurz Helens Absicht.

»Meinetwegen, soll sie kommen.« Sie schob Simon den dampfenden Becher hin. »Das schmeckt nur heiß.«

Er atmete den Duft der Gewürze und des Weins tief ein. Mary hatte wenig von ihrem Aufenthalt in Köln mit zurück nach Cadgwith gebracht. Neben ihrer Liebe zu den deutschen Expressionisten war es dieses Getränk, das sie aus Weißwein, Zimt und den anderen Zutaten selbst herstellte. »Riecht gut.«

Sie nippte und stellte den Becher ab. »Ihr ist sicher wichtig, nichts Unausgesprochenes mit über den Jahreswechsel zu nehmen. Auch so eine deutsche Eigenschaft.« Sie lächelte. »Nicht die schlechteste.«

»Möglich.«

»Sie kommt. Und danach ist Ruhe.« Sie trank. »Bisschen viel Zimt, findest du nicht?«

Helen Baxter kündigte sich wie verabredet telefonisch kurz vor ihrer Ankunft an. Sie ließ den Wagen am Todden stehen und sah sich um. Sie war allein. Der winzige Hafen und die Dorfstraße lagen verlassen da. Das erleichterte die Sache erheblich. Sie zog den wattierten Wintermantel über, der ihr fast bis zu den Knöcheln reichte. Er schützte sie diesmal nicht nur vor der Kälte. Ein zufällig vorbeikommender Passant würde sie für eine jener unverbesserlichen Städterinnen halten, die sich, statt zu Hause vor dem Kamin zu sitzen, unnötigerweise dem rauen Wind und der Kälte aussetzten. Sie sah an sich herunter, die festen Schuhe passten zu ihrer Absicht.

Sie zögerte und inhalierte tief die frische kalte Luft. Sie erinnerte sie an ihre Kindheit, als sie nachmittags mit ihren

Freundinnen auf einer Londoner Eisbahn unterwegs gewesen war. Eine unbeschwerte Zeit, mit einer Zukunft aus Versprechungen, und in der das Glück an jeder Ecke zu warten schien.

Nichts davon war wahr geworden. Zu ihren Freundinnen hatte sie längst keinen Kontakt mehr. Und statt des Glücks wartete das Böse an jeder Ecke. Sie hatte gedacht, sie könnte die Welt ein bisschen besser machen, wenn sie zur Polizei ginge. Das Gegenteil davon war passiert. Sie *war* das Böse, das von einer weitaus böseren Macht gesteuert wurde. Sie war der lebende Beweis, dass Geld und Gier den Menschen veränderten und die Tür zur bösen Seite des Ichs nur angelehnt war.

Sie sog verächtlich die salzig schmeckende Luft durch die Nase ein. Moral und Ethik waren längst nicht mehr die Eckpfeiler, zwischen denen sie ihr Leben eingerichtet hatte. Für sie gab es längst kein Zurück mehr, und ihre einzige Chance auf Heilung war der nächste Schritt voran. Dass sie dabei dem Abgrund immer näher kam, beunruhigte sie nicht. Im Gegenteil: Sie spürte eine Erregung, die vor langer Zeit schon zur treibenden Kraft geworden war. Sie war süchtig nach dieser Art Erregung.

»Mary.« Helen trat durch den Flur in die Küche. Die Haustür war wie stets nicht verschlossen gewesen.

Sie traf die Besitzerin des B&B dabei an, wie sie am Küchentisch in ihrem Buchungsbuch blätterte. Simon saß neben ihr und blätterte seinerseits in einem Kunstband mit Abbildungen von Werken von diesem Belgier oder Holländer, der diese farbigen Kästen malte, die von schwarzen Linien begrenzt waren. Ein Bild aus Schultagen blitzte in ihr auf, aber sie hatte vergessen, wie der Maler hieß.

Mary warf einen kurzen Blick zur Uhr. »Auf die Minute.« Sie stand auf und gab Helen die Hand. Auch Simon erhob sich und nahm sie kurz in den Arm.

Helen sah an ihrem Mantel hinunter. »Wenn es euch nichts ausmacht, würde ich gerne erst ein Stück gehen. Die lange Fahrt von London her hat meine Knochen ein wenig steif werden lassen.« Sie zwinkerte Simon zu. »Das Alter macht auch vor mir nicht halt.«

Mary und Simon tauschten einen kurzen Blick, dann lächelte Mary sie an. »Wenn es dir nichts ausmacht, dann geh doch mit Simon ein Stück. Ich mach uns in der Zwischenzeit eine Kleinigkeit zu essen. Du musst Hunger haben. Außerdem habt ihr beide sicher das meiste zu besprechen. Da störe ich ohnehin nur. Wir beide reden später.«

Simon nickte Helen aufmunternd zu. »Dann los.«

Sie folgten dem Küstenpfad hinauf Richtung Poltesco und liefen eine Weile schweigend hintereinanderher. Als sich der schmale Pfad weitete und ein Stück von der nach rechts steil abfallenden Küste wegführte, blieb Helen stehen und wartete auf Simon, der etwas zurückgeblieben war.

»Der Weg so direkt am Abgrund vorbei und ohne schützende Hecke ist bei Regen und Sturm sicher lebensgefährlich.« Helen sah auf die See hinaus, die grau und rauschend gegen die Küste wogte.

»Freiwillig geht bei dem Wetter hier niemand den Weg hinunter in die Bucht.« Er atmete hörbar die würzige Luft ein. »Gut, dass der Wind nicht gar so stark bläst.«

»Bei Sonnenschein muss es hier wunderschön sein. Ich könnte mich glatt in die Gegend verlieben.«

Er nickte. »Wenn man den Ginster liebt und der See bei ihrer unendlichen Arbeit zuschauen will. Immer wieder brechen bei den Stürmen Teile der Küste weg, und der betroffene Abschnitt des Küstenpfades muss aufwendig neu angelegt werden.« Er wandte sich um und deutete mit dem Arm Richtung Lizard. »Hinten an der Teufelspfanne zum Beispiel. Damals, als ich herkam, sah es dort noch anders aus.«

Als er sich wieder zu ihr umdrehte, blickte er in die Mündung einer Pistole. »Was …?«

»Deine Cornwall-Romantik geht mir auf die Nerven. Dein Weg ist hier zu Ende, Simon.«

»Du willst mich erschießen?«

Sie trat einen Schritt vor und hob die Waffe ein Stück höher.

»Warum? Was habe ich dir getan?« Er wirkte seltsam ruhig, so, als habe er damit gerechnet, dass Helen auf ihn zielte.

»Ich muss dir das doch nicht wirklich erklären, oder?«

»Ist es wegen Moira? Dass ich mich in sie verliebt habe? Dass ich damals deine Avancen nicht erwidert habe?« Simon trat einen Schritt zurück, um ein wenig Raum zwischen sich und die tödliche Bedrohung zu bringen. Er hob langsam die Hände.

»Sei nicht albern, nimm die Hände runter. Und stirb wie ein Mann.« Sie lachte auf. »Du hast damals nichts begriffen. Wir hatten eine gemeinsame Zukunft. Wir haben beide unseren Beruf geliebt. Wir hätten eine Familie werden können, Kinder haben können. Du hättest nur für einen Augenblick nicht an *deine* Moira denken müssen, dann wäre dein Verstand wieder klar geworden und du hättest erkannt, dass es mit ihr nie die Zukunft geben konnte, die ich dir hätte bieten können.«

Simon behielt die Hände oben. »Ist es wirklich das? Willst du Rache für verschmähte Liebe?« Er versuchte ein verständnisvolles Lächeln. »Du willst dafür töten? Ist es das wert? Du wirst keine Ruhe finden. Die Kolleginnen und Kollegen werden dich jagen. Denn Mary wird sie auf deine Spur führen. Oder willst du auch sie umbringen?«

»Ich habe nichts zu verlieren, aber so viel mehr zu gewinnen.« Sie lud die Waffe durch.

»Ich begreife das nicht, Helen.« Ein Anflug von Erkennen flog über sein Gesicht. »Es sei denn, jemand schützt dich. Jemand, der dir den Auftrag gegeben hat, mich zu töten. Habe ich recht, Helen? Habe ich recht?«

»Du solltest dir keine Gedanken mehr machen, Simon. Sieh dir noch einmal diese Landschaft an und werde eins mit ihr. Der Schuss wird dich in eine andere Dimension hinüberleiten, in der es keine Schmerzen mehr gibt. Du wirst wieder gehen können – und du wirst Moira wiedersehen. Ich tue dir einen Gefallen, Simon.«

»Du handelst nicht aus Eifersucht oder aus Rache, ich spüre das. Wer hat dich beauftragt? Was ist der Lohn, den man dir zahlt?«

»Mein Leben wird frei sein. Endlich frei. Frei von meinen Gefühlen für dich, frei von endlosen, fruchtlosen Ermittlungen, Nachtschichten und ernüchternden Gerichtsverfahren. Farewell, mein Freund.« Sie zielte auf seinen Kopf.

»Warum hast du dich korrumpieren lassen? Wer hat dich und dein Leben gekauft, deine Träume, Ängste und Albträume?«

Sie hob erstaunt die Augenbrauen. »Albträume? Du bist nur ein armer Spinner.«

»Du wirst mich niemals los. Wenn ich hier sterbe, wird dich mein Blick verfolgen, solange du lebst. Kein Geld der Welt wird ihn dir wegwischen können, was immer man dir auch verspricht. Du hast deine Seele verkauft – und sie wird dich dafür bestrafen.«

»Hör auf mit dem esoterischen Scheiß. Mach endlich deinen Frieden mit dem Schicksal. Es ist nur ein unbedeutendes Loch in deinem Schädel.«

Er deutete mit dem Kinn auf den Lauf der Pistole. »Was hast du geladen? Vollmantelgeschoss? Hast du vergessen, was du gelernt hast? Sie entfalten in meinem Körper die Energie einer explodierenden Handgranate. Willst du das wirklich? Mein Kopf wird nicht mehr da sein.« Er bemerkte ein Flackern in ihren Augen, zu kurz, um zu wissen, ob das Entschlossenheit bedeutete oder Zweifel. Er musste nachsetzen. »Weißt du noch? Der Abend, bevor wir in Soho den Messermörder festgenommen haben? Wir haben uns geschworen, dass wir immer auf der Seite der Gerechtigkeit stehen werden, egal was uns passiert. Wir hätten ihn töten können, aber wir waren die Guten. Du bist eine von den Guten, Helen, und das weißt du.«

Die Waffe in ihrer Hand senkte sich kaum merklich.

»Komm zurück ins Leben, Helen, es gibt für alles eine Lösung. Noch ist nichts passiert.«

Das Flackern in ihren Augen wurde stärker. Er wusste nun, dass sie nicht schießen würde.

»Lass uns gehen, Helen. Das hier ist eine Sache zwischen uns beiden. Niemand wird davon erfahren. Wenn wir nun zurück zu Mary gehen, gehst du ins Licht zurück. Sonst erwartet dich nur Dunkelheit.«

Sie ließ die Waffe sinken, um sie sofort wieder hochzureißen.

»Helen.« Seine Stimme war voller Zärtlichkeit.

Sie ließ die Pistole endgültig sinken und stand schwer atmend vor ihm. Die Welt um sie herum schien sie zu umarmen. Der Wind hatte sich plötzlich gelegt, und die unruhige See hatte sich in ein glatt gespanntes Tuch verwandelt. Es war, als hielte die Natur den Atem an.

»Helen.« Simon streckte vorsichtig den Arm aus.

»Ich habe keine Zukunft mehr. Mein Leben gehört ihm.« Sie rührte sich nicht, und Simon behielt die Distanz bei.

»Es gab einen Abend und diese eine Nacht, in der sich alles verändert hat.« Ihre Stimme wurde leise. »Du warst für mich nicht mehr erreichbar. Moira. Und da war diese Bar und dann diese Villa und all diese …«

»Nun knall ihn endlich ab!«

Helen fuhr herum. Hinter einem der kahlen Ginsterbüsche tauchte eine Gestalt auf, die sie nur zu gut kannte.

»Stone. Was machst du hi…?«

»Quatsch nicht, schieß.«

»Hat Lehmann dich …? Hat er?« Sie ließ den Rest des Satzes in der Schwebe.

»Er hatte den richtigen Riecher«, kam es triumphierend zurück. »Der alte Mann hat immer noch eine feine Nase für Versager.« Er lachte meckernd. »Nun mach schon. Es ist kalt, und ich habe nicht ewig Zeit. Sonst erledige ich das. Hallo, Mr. Künstler.«

»Verschwinde, das ist meine Sache.« Die Unsicherheit in ihrer Stimme war deutlich zu hören.

»Nein. Wenn du es verkackst, ist es auch meine Sache.«

»Bist du mein Aufpasser?« Ihre Empörung klang echt, gemischt mit großer Panik.

Simon hatte sich nicht bewegt. Er wollte keine unüberlegte Aktion provozieren. In Gedanken kalkulierte er blitzartig die möglichen Risiken. Aus dem Augenwinkel sah er, dass sie beide näher am Abgrund standen, als er vorhin bemerkt hatte. Seine Chancen standen schlecht, er würde sich nicht mit einem Sprung in Sicherheit bringen können. Helens Körper verdeckte ihn zur Hälfte. Es würde nichts nutzen, sie zu umklammern und ihr die Waffe zu entreißen. Sie war auf solche Situationen trainiert und hätte geschossen, bevor er seine Absicht hätte ausführen können.

»Mach endlich, du Bullenschlampe. Denk daran, was Lehmann dir versprochen hat.«

Sie stand da wie leblos, mit hängenden Armen, und schüttelte stumm den Kopf.

»Dann geh endlich zur Seite, du Bullenkuh. Wenn du es nicht fertigbringst, lass mich es machen.« Stone riss eine Waffe aus dem Hosenbund und zielte. In dem Augenblick, in dem er dreimal den Abzug durchzog, hatte sich Helen Baxter wie ein Schutzschild vor Simon gerückt. Von der Wucht der Kugeln getroffen, taumelte sie zurück und sank in seine Arme. Sie war tot, noch ehe er sie auffing. Er suchte ihren Blick, aber ihre Augen waren bereits starr.

»Scheiße.« Stones Fluch wurde von einem Schuss begleitet, der in die Luft ging. »Du wirst der Nächste sein. Taylor und Baxter waren nur der Anfang.«

Stone bückte sich und sammelte blitzschnell die Patronenhülsen ein. Noch ehe Simon reagieren konnte, war er verschwunden.

Warum schoss er nicht noch mal? Warum brachte er Helens Auftrag nicht zu Ende? War das etwa Teil von Lehmanns Spiel?

Behutsam legte er Helen ab. Sein Smartphone hatte hier oben keinen Empfang. Er würde sie hier zurücklassen müssen, um Mary und Chris zu informieren.

Er kniete neben ihrem leblosen Körper nieder und fuhr mit der Hand leicht über ihr Gesicht. Sie sah nun aus, als schliefe sie. Ihr Wintermantel wies in Höhe der Brust drei Einschusslöcher auf. Sie sahen aus, als sei in ein Kissen geschossen worden.

Er wusste, dass er den Mantel nicht öffnen durfte. Sie war tot. Aber er hatte das absurde Bedürfnis, ihr seine Jacke über das Gesicht zu breiten, denn er wollte nicht, dass sie fror. Nur sehr langsam kehrte sein Verstand zurück. Er legte sanft seine Hand auf ihren Kopf, der merkwürdig kühl war. Das Haar war feucht vom moosigen Untergrund.

Er hoffte, dass Helen ihren Frieden gefunden hatte. Er war nicht sonderlich religiös, aber er hoffte auf einen milden Richter.

Die See wurde rauer, und der Wind nahm wieder zu. Er zog seine Jacke aus und breitete sie über ihren Kopf. Dabei wand er die Ärmel so, dass sie wie ein Kopfkissen Helens Kopf vor der Nässe schützten. Und er hoffte, damit auch neugierige Möwen oder Dohlen abhalten zu können. So schnell es seine Behinderung zuließ, folgte er dem Küstenpfad zurück nach Cadgwith. Auch an den besonders gefährlichen und ungeschützten Stellen verringerte er die Geschwindigkeit nicht. Er geriet prompt ins Straucheln und konnte sich nur mühsam halten, um nicht von den Klippen zu stürzen.

Warum musste Helen sterben? Hatte sie für ihn ihr Leben geopfert? Diese Fragen stürzten auf ihn ein und ließen ihn nicht mehr los.

»Du brauchst dich nicht zu entschuldigen, Keith. Auf dich ist Verlass. Anders als auf diese Schlampe. Am Ende hätte sie uns nur Scherereien gemacht. Und so ist es tatsächlich perfekt. Nach Moira haben wir nun auch Helen aus seinem Leben geschnitten. Simon Jenkins wird langsam ausbluten, bis wir ihn endgültig vernichten. Kümmere dich um diese Mary. Aber lass ihn sich erst die Wunden lecken. Wenn er dann das Gefühl hat, das Schlimmste überstanden zu haben, ist sie an der Reihe.« Hans Lehmann beendete das Telefongespräch mit der Aussicht auf eine *kleine Zuwendung*.

Keith Stone steckte grinsend das Telefon weg. Er war Jenkins' Albtraum, und er würde alles daransetzen, seinem Chef ein gehorsamer Soldat zu sein.

Zufrieden begann er die Waffe auseinanderzunehmen. Seine Lucille hatte wieder einmal gute Arbeit geleistet und verdiente eine ausgiebige Reinigung. Sie würde erwartungsvoll glänzend in ihrem Versteck auf den nächsten Einsatz warten.

Als er den Schlitten einsetzte, musste er an Leonid denken. Er legte die Waffe auf den ölgetränkten Lappen und zückte sein Telefon.

»Leonid. Was macht die nächste Lieferung? Du bist zwei Wochen in Verzug. Unsere Kunden warten auf die versprochenen AK-47 und das Koks. Was?« Er horchte ins Telefon. »Ist mir egal, wer da Mist gebaut hat von deinen Leuten. Ihr habt ihn doch hoffentlich schon ausgeschaltet?

Wenn nicht, komme ich vorbei. Du weißt, was das bedeutet: Dann schalte ich *dich* ab. Weißt du, ich bin gerade in der richtigen Stimmung.« Grinsend legte er auf. Er war auf dem besten Weg, für den nächsten Kandidaten zum Albtraum zu werden. Nicht mehr lange, und alle würden Angst vor ihm haben. Mehr Angst als vor Hans Lehmann. Keine schlechte Aussicht.

»Und du hattest keine Chance?« DI Marks sah Simon sorgenvoll an. »Verzeih die dumme Frage.«

»Sie hat mir das Leben gerettet, Chris. Verstehst du das? Ich stehe in ihrer Schuld und kann sie nicht begleichen. Das macht mich fertig.«

»Sie war gekommen, dich zu töten.«

»Aber sie hat es nicht getan.«

»Du kannst nichts dazu, Simon.«

Mary saß neben den beiden in der Küche, während ein Team der Spurensicherung weit oben auf dem Küstenweg seine Arbeit tat. Nach einer ersten Einschätzung würden sie kaum verwertbare Spuren finden. Aber das war im Grunde auch nicht nötig, es gab mit Simon einen Augenzeugen dieses kaltblütigen Mordes.

»Ein echter Profi. Stone hat die Hülsen aufgesammelt. Die Fahndung läuft auf Hochtouren. Aber er kann sich verkriechen, wo er will, wir werden ihn finden.«

Simon wusste, dass das im Augenblick nicht viel mehr als Zweckoptimismus war. Stone war ein Chamäleon im widerwärtigsten Sinn. Der Killer konnte sich jeder Umgebung anpassen, in die es ihn verschlug, und wurde einfach unsichtbar.

»Wir müssen handeln.«

Marks hob seine Hand, weil ihn ein Anruf erreichte. Er meldete sich, hörte aufmerksam zu und trennte dann die Verbindung. »Sieh mal einer an. DCI Sattler hat den Fall an sich gezogen. Er hat die Fahndung über Cornwall hinaus ausgeweitet. Ich bin damit raus.« Er schnaubte verächtlich. »Sattler nutzt jede Chance, sich in Szene zu setzen. Ich wette, dass er schon erste Interviews gibt: DCI Sattler jagt den Profikiller.«

»Ihr könnt also nichts machen?«, fragte Mary.

»Offiziell bin ich raus.« Er warf einen Blick zu Simon. »Aber ich lasse dich doch nicht im Stich.«

Mary sah von einem zum anderen. »Was könnt ihr tun?«

Marks stand auf. »Hier nichts mehr. Im Präsidium habe ich mehr Möglichkeiten.«

Der Detective Inspector hinterließ eine bedrückende Atmosphäre am Tisch. Weder Mary noch Simon waren in der Lage, zu reden. Jeder starrte in sein Weinglas, das doch keine Antwort auf die alles entscheidende Frage hatte. Was war mit Helen geschehen, dass sie in die Fänge von Hans Lehmann geraten war?

»Ich mache mir Vorwürfe«, unterbrach Simon schließlich die Stille. »Bei mir hätten alle Alarmglocken läuten müssen, als ich die Veränderungen an ihr bemerkt habe. Ein Mensch wie Helen verändert sich nicht ohne triftigen Grund.«

»Ihr habt euch Jahre nicht gesehen. Wer weiß, was in der Zwischenzeit alles passiert ist.«

»Das ist es nicht allein, was mir Sorgen und was mir auch Angst macht.« Simon hielt immer noch das Glas mit seinem Blick fest.

»Was meinst du?«

»Ich bin mir längst nicht mehr sicher, dass ich Helen wirklich kannte. Wer weiß, ob sie nicht bereits zu meiner aktiven Zeit Hans Lehmann zu nahe gekommen ist. Wir haben damals vermutet, dass es bei der Met eine undichte Stelle geben muss. Wir hatten nur keine Beweise. Vor allem gegen niemanden in unserer Abteilung. Und auf Helen wäre ich damals am allerwenigsten gekommen. Sie war absolut integer.« Er sah Mary an. »Hat sie sich so gut verstellen können? Und: Was hat Lehmann ihr geboten? Ich komme immer wieder auf die gleichen Fragen.«

»Vielleicht hat dich damals deine Menschenkenntnis nicht im Stich gelassen, und jemand anderes ist das Leck.« Sie bemerkte, dass ihr Versuch, ihn zu stützen, nicht griff. »Komm jetzt erst mal zur Ruhe.«

»Ruhe?« Er schüttelte den Kopf. »Die Met ist verseucht mit Lehmanns Spitzeln.«

»Es ist nicht deine Aufgabe, das zu ändern.« Sie war ratlos.

»Sie werden die beiden Smartphones auslesen, die sie bei Helen gefunden haben, eins im Handschuhfach ihres Wagens und eins in ihrem Mantel. Vielleicht finden sie dort Hinweise, die uns auf die Spur von Stone und Lehmann führen.«

»Kennst du noch jemanden bei der Met, dem du vertraust?«

Simon schüttelte den Kopf. Er musste zurück in sein Cottage. Der Rücken und der Nacken schmerzten höllisch. Er brauchte dringend seine Medikamente.

XLIX.

DS Bley stand auf dem schmalen Flur des Präsidiums, dessen fleckiger Bodenbelag ebenso in die Jahre gekommen war wie der immer gleiche Dienstplan, und hatte gerade ein paar Worte mit einer uniformierten Kollegin gewechselt, als DI Marks um die Ecke bog und beinahe in sie gelaufen wäre.

»Auf welches Desaster steuern wir nun schon wieder zu?« Sie grüßte ihn mit verschränkten Armen und einem knappen Lächeln wie die unterbezahlte Mitarbeiterin einer Security-Firma, die ihm den Durchgang verwehren wollte. »Welche Möglichkeiten haben wir?« Sie hatte den Einsatz der Ermittler oben auf dem Küstenpfad an ihrem Computerbildschirm verfolgt, sobald dort die ersten Berichte eingelaufen waren.

»Wenn es stimmt, stand Jenkins' ehemalige Kollegin Helen Baxter auf der Lohnliste von Hans Lehmann.« DI Marks machte nicht den Eindruck, als fühlte er sich ausgebremst. »Ich fürchte, dass uns Scotland Yard den Fall abnehmen wird. Aber ich will, dass wir das Heft in der Hand behalten. DCI Sattler muss das regeln.« Er wirkte wie zu allem entschlossen.

»An Lehmann werden wir nicht herankommen.« Dank ihrer Kontakte zur Londoner Polizei hatte sie mittlerweile eine Menge Wissen über dessen Imperium zusammengetragen, aber auch die Einsicht gewonnen, dass sie wenig ausrichten konnten.

»Aber auf jeden Fall an Stone.« Er klang, als wollte er sich selbst Mut zusprechen. »Ich werde von hier aus ein paar Versuche starten. Gibt es Neues von den Speermorden?« Offenbar wollte er das Thema wechseln.

»Nach unseren Recherchen hat Burns auch bei Amelie Gibbons die Finger nicht bei sich halten können.«

»Das ist doch ein Ansatz. Machen Sie dort weiter, Bley.« Er sah sie erwartungsvoll an.

Sie nickte und runzelte gleichzeitig die Stirn. »Ich bin mir nicht sicher. Ich werde den Gedanken nicht los, dass Burns die Schneiderin und Stills nicht getötet hat. Warum sollte er Amelie töten? Nur weil er nicht bei ihr im Bett landen konnte? Aus purer Mordlust? Das glaube ich nicht. Und einen Beweis, dass er Stills getötet hat, haben wir auch nicht. Alles ist nur vage, es gibt nichts Handfestes. Burns wird für den Mord an Summer ins Gefängnis wandern, aber nicht für einen dreifachen Mord.«

»Was glauben Sie dann, Annie? Dass es zwei Täter gibt?«

»Haben Sie eine andere Idee, DI?«

»Lassen Sie uns in Ihr Büro gehen. Da redet es sich leichter als hier auf unserer Beamtenlaufbahn.«

Marks' sarkastische Bemerkung ließ sie unbeantwortet, folgte ihm aber.

»Ich kann es mir nicht anders erklären.« Bley setzte sich an ihren Schreibtisch.

Marks nahm ihr gegenüber Platz. »Das hieße, dass noch jemand Zugriff auf die Speere hatte. Aber in der Wohnung von Stills haben wir keine Hinweise gefunden, dass ein Unbekannter eingebrochen ist und dort eine Waffe gestohlen hat.«

»Wir müssen bei unseren Ermittlungen etwas übersehen haben.«

»Die Spurensicherung und die KTU waren gründlich.«

»Dann müssen sie eben noch mal ran.« Bley hob einen Stift an und warf ihn gleich wieder auf den Tisch zurück. »Der große Unbekannte kann natürlich auch auf anderem Weg an einen Speer gekommen sein.«

»Was sind die Fakten?« Marks wollte weg von der Spekulation. Er begann, an den Fingern abzuzählen. »Die in Rede stehenden Speere landen bei Stills. Anzahl nicht genau festzustellen. Mit zwei dieser Waffen werden er und Amelie Gibbons getötet. Die Frage ist: Wo kommen die Speere her? Wer hatte ein Interesse am Tod der beiden? Der Mörder kommt nicht aus dem Umfeld der Theatergruppe, so viel scheint festzustehen. Der Mann von Amelie Gibbons scheidet auch aus. Ich komme immer wieder auf den Punkt zurück: Wie viele Speere gibt es wirklich?«

»Wir müssen Faye Gilbert noch einmal befragen.«

»Tun Sie das.« Marks stand auf. »Ich werde jetzt DCI Sattler einnorden, dass er das Yard aus der Sache heraushält. Die Morde an Louise und an Helen Baxter sind mein Fall. Das wird Sattler kapieren müssen.«

DS Bley sah ihm hinterher und hatte das Gefühl, gerade einem angeschossenen Wild in die Augen gesehen zu haben. Dabei hatte DI Marks keine andere Wahl, als entschlossen zu sein.

Sie rief Easterbrook zu sich. »Wir müssen noch einmal in Stills' Wohnung, Allan. Vielleicht hat die KTU etwas übersehen.«

»Wozu der Umstand? Die KTU ist gründlich. Das wird denen nicht gefallen, wenn wir Zweifel an ihrer Arbeit haben. Das geht nicht gut aus. Außerdem haben wir doch Burns.«

»Ich glaube, dass wir uns zu sehr auf ihn fokussieren. Ich bin nicht sicher, ob das klug ist.«

»Morgen.« Er seufzte ergeben.

»Nein. Jetzt.«

Er verdrehte die Augen. Die plötzliche Hektik passte ihm überhaupt nicht. »Aber dann müssen wir raus nach Kuggar.« Er warf demonstrativ einen Blick zur Uhr. Sie verstand den Hinweis; der Feierabend war nicht mehr weit.

»Richtig. Dann sollten wir keine Zeit verlieren.« Bley nahm ihre Jacke vom Haken und war schon fast aus dem Raum. Easterbrook benahm sich wie ein beleidigtes Kind.

»Ich denke, wir vergeuden nur unsere Zeit.« Der Detective Constable machte nicht den Eindruck, dass er ihr folgen wollte. »Es ist doch nur eine Frage der Zeit, bis wir Burns auch die anderen Morde nachweisen.«

Sie hatte keine Lust, mit dem DC zu diskutieren, und gab nach. »Gut. Ich bin sicher, dass wir der Spur der Speere folgen müssen. Und ich bin sehr sicher, dass du auf dein Feierabendbier nicht verzichten willst. Ich mache dir einen Vorschlag: Wir fahren raus nach Horsley Hall und befragen noch einmal Faye Gilbert. Gut möglich, dass sie beim Ausräumen nicht so genau hingeschaut hat und sich nun doch noch daran erinnert, wie viele Waffen bei der Räumungsaktion im Spiel waren.«

Der Kompromissvorschlag zauberte ein Lächeln auf Easterbrooks Gesicht. »Und morgen dann Kuggar, abgemacht.«

Der kalte, aber sonnige Dezembertag hatte bereits das Blau des Tages gegen das graue Einerlei der Dämmerung eingetauscht. Und die hatte sich ihrerseits bereits aufgemacht, in die Dunkelheit des Abends überzugehen.

Als sie von der schmalen Straße Richtung Porthleven nach links auf das Parkgelände bogen, sahen sie, dass in Horsley Hall Licht brannte.

»Vor einigen Jahren war ich mal mit Alice bei Schnee hier. Sehr romantisch, der knirschende Schnee unter den Schuhen. Fehlten nur noch Lichterketten an einem Tannenbaum.«

Annie hatte grundsätzlich wenig Sinn für Romantik. Vor allem dann, wenn sie mit Ermittlungen beschäftigt war. »Burns wird diesen Blick nicht mehr genießen können. Jedenfalls nicht auf absehbare Zeit.«

Sie mussten einige Male klingeln, bis ihnen geöffnet wurde.

»Ja?« Faye Gilbert sah die beiden Ermittler abweisend an. Aber dann erkannte sie Bley und rang sich ein schmales Lächeln ab. »Sie haben Glück. Ich bin fast fertig mit dem Auszug. Kommen Sie doch kurz rein.« Sie warf einen prüfenden Blick hinaus in die stärker werdende Dunkelheit. »Es wird ein ungewöhnlich kaltes Weihnachten, sagt die BBC. Für mich wird es ein fröhlicher Jahreswechsel. Endlich kann ich diesem Kasten den Rücken kehren.« Sie zog die Strickjacke enger um den Körper und machte dann eine einladende Handbewegung. »Nun kommen Sie schon rein.«

Bley und Easterbrook wechselten einen kurzen Blick. Gilbert wusste offenbar noch nichts von der Festnahme. Der kurze Hinweis an die Presse war auch nicht sonderlich aussagekräftig gewesen, wie immer in solchen Situationen. Kein Name, keine näheren Umstände.

»Sie kennen sich ja aus.« Gilbert ließ sie vorausgehen. Bley hatte nicht den Eindruck, dass die Krankenschwester das Haus tatsächlich bereits leer geräumt hatte. Aber vielleicht hatte sie sich mit Burns auf die Übernahme bestimmter Dinge geeinigt, die zum Charme des Hauses gehörten.

Sie versammelten sich in der Bibliothek, die immer noch weitgehend unberührt aussah. Burns hatte sicher auf dem Erhalt bestanden, denn die Bibliothek ließ den Besitzer vornehm, belesen, wenn nicht sogar adelig wirken. Ein Effekt, den Burns sicher zu nutzen gewusst hätte. Der Raum war ungeheizt und kalt.

Gilbert bot ihnen keinen Platz an. Sie ging wohl davon aus, dass der Besuch nicht lange dauern würde.

»Auch wenn Ihnen das ungewöhnlich erscheinen mag, wir möchten Sie noch einmal zu der Anzahl der Speere befragen, die sich im Besitz Ihres Vaters befunden haben.«

Sie nickte. »Es gibt einen dritten Toten. Das habe ich in den Nachrichten gehört. Haben Sie schon eine Ahnung, wer hinter den schrecklichen Taten steckt?«

»Wir ermitteln im Augenblick in alle Richtungen.« Easterbrook machte Anstalten, sich zu setzen.

»Ist Ihnen in der Zwischenzeit vielleicht eingefallen, um wie viele Waffen es sich gehandelt hat, die im Besitz Ihres Vaters waren?«

Sie schüttelte zögernd den Kopf. »Ich sagte Ihnen ja bereits, keine Ahnung. Beim besten Willen nicht.«

»Hat Philip Burns nur eine oder eher mehrere Waffen ausgeräumt und mitgenommen?«

»Ich weiß es nicht.« Sie zuckte mit den Schultern. »Aber habe ich Ihnen das nicht schon alles gesagt? Sie können mich so oft fragen, wie Sie wollen, aber ich weiß es einfach nicht.«

Nun setzte sich auch Bley. »Haben Sie bei der Durchsicht der Papiere Ihres Vaters vielleicht Unterlagen gefunden, die uns weiterhelfen könnten? Rechnungen, Ausfuhrgenehmigungen, Listen, Lieferscheine, so etwas?«

Gilbert blieb stehen. »Ich habe solche Schriftstücke nicht gefunden, nein.«

»Und wenn Sie noch einmal nachschauen? Wir sind Ihnen bei der Suche gerne behilflich.« Easterbrook legte die Arme erwartungsvoll auf die breiten Armlehnen des Ledersessels. Er benahm sich, als sei er zum Fünfuhrtee geladen.

»Das wird nicht gehen.«

»Das wäre aber sehr hilfreich«, unterstützte Bley die Bitte ihres Kollegen.

»Ich habe alle Papiere verbrannt, mit wenigen Ausnahmen. Sein Leben hat mich nicht mehr interessiert.« Sie deutete auf den offenen Kamin. »So war das Zeug meines Vaters am Ende wenigstens für etwas nütze. Da waren sicher auch Unterlagen dabei, die mit dem Kram zu tun hatten, den er aus Afrika angeschleppt hat. Totes Zeug von toten Menschen, Sie können sich sicher vorstellen, dass mir als Krankenschwester die Lebenden wichtiger sind.«

Bley konnte das nachvollziehen, war aber dennoch enttäuscht. »Hatte Ihr Vater vielleicht einen Freund, der etwas wissen könnte und den wir fragen könnten?«

»Das weiß ich nicht. Seine Verbindungen nach Afrika kenne ich nicht. Wer hier mit ihm in Kontakt stand? Mein Vater hat wenig von sich und seinen Freunden erzählt. Die meisten von ihnen sind ohnehin sicher schon tot.« Sie zuckte ratlos mit den Schultern.

»Aber bei seiner Beerdigung müssen doch Freunde, Bekannte und alte Weggefährten zugegen gewesen sein.«

DC Easterbrook mochte nicht glauben, dass ein Mann wie Gilbert einsam gestorben und beerdigt worden war. Wenigstens die offiziellen Regierungsstellen müssten doch sein Leben gewürdigt haben. Jedenfalls stellte er sich das so vor. Wenn er einmal abtreten würde, käme zumindest eine Ehrenabordnung seines Präsidiums zum Friedhof. Rede am Grab, Musik, das ganze Programm. Er hatte den Ablauf schon einmal grob mit Alice vorbesprochen.

»Mein Vater wollte in aller Stille beigesetzt werden. Und daran haben sich alle gehalten. Ich war allein am Grab.«

Welch gruselige Vorstellung, dachte der Detective Constable.

Und auch Bley hatte den Eindruck, dass die mögliche Spur, kaum dass die Idee geboren war, auch schon wieder im Sande verlief. »Wir haben wohl kein Glück.« Sie erhob sich. »Sie haben den Auszug fast abgeschlossen, sagen Sie? Darf ich fragen, wo Sie nun wohnen werden?«

»Ich habe nahe der Klinik eine kleine Wohnung gefunden. Sie wird fürs Erste reichen. Ich will erst Abstand gewinnen von all dem hier.« Sie wies in den Raum. »Ein neues Leben beginnen. Wenn ich bereit bin, will Philip Burns mich bei der Suche nach einem kleinen Cottage unterstützen. Vielleicht ziehe ich später nach Devon. Oder Richtung Schottland.«

Die beiden Ermittler wechselten einen schnellen Blick. »Ich fürchte, das wird nicht gehen.« Easterbrook erhob sich ebenfalls und schloss sich den beiden an, die bereits auf dem Weg in den Flur waren.

»Verstehe ich nicht.« Gilbert blieb stehen.

»Wir haben Philip Burns festgenommen. Er wird beschuldigt, einen Makler aus Suffolk umgebracht zu haben.«

Sie schlug die Hand vor den Mund. »Ist er der Speermörder?«

Bley nickte. »Es sieht ganz danach aus.«

»Das ist ja furchtbar.« Ihr Gesicht wechselte die Farbe. »Ich habe immer schon zu meinem Vater gesagt, die widerlichen Speere bringen Unglück. An ihnen klebt Blut. Halten Sie mich jetzt bitte nicht für verrückt, aber ich habe das gespürt.« Sie legte die Hand auf die Brust.

»Komische Frau.« Easterbrook warf auf dem Weg zum Wagen einen Blick zurück. »Sicher Esoterikerin.«

»Wir sind nicht einen Meter weitergekommen.« Bley zog den Reißverschluss ihrer Jacke bis unter den Hals. »Wir müssen doch ermitteln können, wie viele von den verdammten Speeren hier im Umlauf waren. Das gibt es doch nicht.«

»Ich nehme Kontakt mit Mortimer Gilberts ehemaligen Dienststellen auf. Vielleicht komme ich dort weiter.« Ein Job, den er sich zutraute und der ihn auf angenehme Weise über Tage beschäftigen würde. Vielleicht sogar bis über die Feiertage hinaus. Schön strukturiert vorgehen: erst alle Dienststellen und Posten von Gilbert in aller Ruhe auflisten und anschließend fein säuberlich abarbeiten. Polizeiarbeit war bekanntermaßen in großen Teilen Aktenfresserei. Er liebte diese Akribie.

»Mach das.« Bley wusste, dass Easterbrook über Tage abtauchen würde, aber das nahm sie in Kauf.

Nachdem Allan Easterbrook sich endgültig in den Feierabend verabschiedet hatte, der bei ihm, wie sie annahm, mit einem Abendessen mit Alice, ein, zwei Pints und einer aktuellen Soap verbunden war, kehrte auch im

Rest des Präsidiums allmählich Ruhe ein. Annie mochte diese Stimmung, die aus fleckigen Teebechern, eselsohrigen Aushängen, fahlem Flurlicht und gedämpften Stimmen bestand.

Nicht dass sie diese Atmosphäre genoss, sie hatte immer auch etwas Fragiles, jeden Augenblick konnte sich das Bild ändern. Aber sie würde noch eine Weile bleiben, ein paar Eingänge abarbeiten, die sich am Tag angesammelt hatten, und irgendwann später in ihre Wohnung fahren. Niemand wartete dort auf sie, außer einer Reihe von Kartons, die seit ihrem Einzug immer noch anklagend im Weg standen.

Sie hatte sie längst ausräumen wollen, aber sie hatte sie jedes Mal, frustriert über die eigene Unlust, ein Stück tiefer in die Ecken geschoben. Marks hatte recht. Sie lebte wie auf Abruf. Dabei hatte sie sich auf die neue Stelle in Helston gefreut, Pläne geschmiedet, sich vorgenommen, mit den Kolleginnen und Kollegen beim Feierabendbier im Pub abzuhängen, endlich das Leben zu leben, das sie in ihrem Inneren spürte und das darauf wartete, endlich an die Oberfläche katapultiert zu werden. Aber niemand kam aus seiner Haut heraus.

Sie musste an Faye Gilbert denken. Der Frau ging es ähnlich wie ihr. Nur arbeitete sie konsequent an ihrem Neuanfang. Ihr Leben in Horsley Hall musste für sie am Ende unerträglich gewesen sein, anders konnte sich Bley die Quelle für diesen unbedingten Willen nicht erklären.

In gewisser Weise bewunderte sie Gilbert für diese Konsequenz – die allerdings für ihre Ermittlungen fatale Folgen hatte.

Annie Bley stützte den Kopf in die Hände und versuchte, sich auf sich selbst zu konzentrieren. Sie hatten einen ersten Erfolg verbuchen können, Burns würde für seine Tat lange büßen. Sie müsste zufrieden sein, aber das Gegenteil war der Fall. Sie war nicht in der Lage, das Rätsel um die beiden Morde in Ruan Minor zu lösen. Dabei war das doch der Antrieb: DI Marks beweisen, dass sie mehr war als nur die Summe ihrer Vergangenheit. Dass sie in der Lage war, mehr zu sein als das junge Mädchen, das mit Männern nicht klarkam, weil die sie stets nur auf ihre Brüste reduzierten. Sie wollte Marks zeigen, dass sie eine starke Frau war. Sie würde diese Mordfälle lösen.

Ihr Telefon klingelte, und sie schreckte aus den Gedanken hoch. Sie fuhr sich müde übers Gesicht und hob ab.

»DS Bley. Ich hatte eigentlich nicht damit gerechnet, Sie noch im Büro zu erreichen. Noch nicht Feierabend?«

DI Marks. Sie hatte gar nicht mitbekommen, dass er das Haus verlassen hatte. Sie hörte, dass im Hintergrund Musik lief.

»Die Arbeit wird nicht weniger. Und nach Feierabend kann ich hier in Ruhe arbeiten.« Dass sie keine Lust auf ihre ungemütliche Wohnung hatte, verschwieg sie.

»Bei dem ganzen Stress sollten Sie sich nicht vergessen. Sie brauchen Ihre freie Zeit.«

Das sagte gerade der Richtige. »Sie rufen doch nicht einfach so hier an? Oder wollen Sie mich kontrollieren?« Der letzte Satz fiel schärfer aus, als sie gewollt hatte.

»Mache ich den Eindruck? Keine Sorge, Bley, mir gehen die Speere einfach nicht aus dem Kopf. In meinem Schädel kratzt im hintersten Winkel etwas und will unbedingt raus. Aber ich weiß verdammt noch mal nicht, was das ist.«

Willkommen im Club. »Es ist wie verhext.«

»Sie sollten einen Experten konsultieren. Vielleicht jemanden aus dem British Museum. Irgendwer muss doch mehr zu den Dingern sagen können. Ob sie in Afrika gestohlen und dann verkauft wurden. Ob sie auf legalem Weg in den Kunsthandel kamen. Es gibt doch für alles und jeden Experten, sicher auch dafür.«

»Und es gibt Grauzonen. Gilbert war in einer Zeit in Afrika, in der niemand so genau hingesehen hat, wer was wie kauft und außer Landes schafft. Die Umbrüche rund um das Ende unseres ach so geliebten Empire.«

»Ist das so?«

»Ich habe abends Zeit genug, um mich am Laptop ein wenig schlauzumachen.«

»Ist Ihnen dort niemand begegnet, den es zu kontaktieren lohnt?«

Ihre Antwort klang vage. »Nicht wirklich.«

»Das Außenministerium muss doch Listen führen, wann Gilbert wo war.«

»Easterbrook ist dran.«

»Gut.«

»Haben Sie DCI Sattler erreicht? Er hat doch angeblich die besten Kontakte nach London. Soll er doch einen Experten für afrikanische Speere auftun. Was ich aber eigentlich wissen will: Kümmert er sich um das Yard?«

»Es war nicht einfach, aber ich habe ein wenig an seiner Eitelkeit kratzen können, und es hat funktioniert. Er wird Scotland Yard davon überzeugen, dass wir hier ohne Profiler und das ganze Gedöns auskommen. Ich habe ihm erklärt, dass wir am Ende das Yard ausstechen werden. Und dass dies unser aller Karrieren befördern wird.« Bley hörte ihn lachen. »Er ist und bleibt ein Großkotz. Aber in diesem Fall wird er uns nützen.«

»Gute Nachricht.« Sie unterdrückte ein Gähnen. Sattler musste man mit den eigenen Waffen schlagen.

»Sie sollten Feierabend machen. Ein Bad nehmen, einen Film ansehen. Oder Musik hören.« Die Musik im Hintergrund wurde lauter. »Wie wäre es mit Led Zeppelin, *Good Times Bad Times.*« Er unterbrach sich. »Ich hoffe, Sie halten mich jetzt nicht für übergriffig, DS Bley.«

Sie lachte auf. »Das ist Musik für alte weiße Männer. Nein, danke.«

»Oder *Stairway to Heaven.*«

»Wollen Sie mir eine Diskussion über Musik ans Bein binden? Lassen Sie es gut sein. Dann lese ich doch lieber ein Buch.«

»Sie lesen Bücher?«

»Sicher. Fachbücher.« Sie wollte an dem Kalauer nicht vorbeigehen. Diese letzten Sätze hatten ihr unerwartet gutgetan. »Fachbücher über das psychosoziale Verhalten alter weißer Männer, unter besonderer Berücksichtigung der hierarchischen Strukturen innerhalb männerdominierter Behörden.« Sie musste kichern.

»Jetzt bitte keine Genderdebatte.« Auch er schien amüsiert zu sein.

Sie wurde unvermittelt ernst. »Wie geht es Simon Jenkins? Und wie geht es Ihnen?«

Aus Marks' Stimme war jede Lockerheit verschwunden. »Es schmerzt, Louise noch nicht beerdigen zu können. Ich habe versucht, einen ihrer Verwandten aufzutreiben, aber es gibt nur noch eine Tante, die mit Demenz in einem Pflegeheim lebt. Helen Baxter liegt ebenfalls noch in einer Kühlkammer in Truro. Ihre Dienststelle läuft Amok. Sie haben immer schon vermutet, dass es einen Maulwurf gab, aber dass sie es ist, kann niemand begreifen. Die üblichen Abläufe also: Wer hat versagt, wer wird in der Hierarchie das Bauernopfer sein, um die Sauberkeit der Metropolitan nach außen wiederherzustellen? Das ganze beschissene Prozedere. Ich muss Ihnen das nicht erklären. Hinter den Kulissen gehen Gerüchte um, dass Baxter in der Met Verbündete haben muss. Es wird weiter nach Maulwürfen gesucht. Das Misstrauen verseucht das Arbeitsklima. Aber nach außen gilt der Fall als nahezu geklärt. Wie immer. Simon wird noch befragt werden. Aber das ist es dann auch. Die hässliche Seite unseres Jobs wird dick verspachtelt, glatt gestrichen und mit Beförderungen, Urkunden und Lobreden über die Effektivität interner Kontrollmechanismen tapeziert. Man möchte kotzen.«

»Und innen drin?« Sie spürte, dass die intime Frage Marks irritierte.

»Ich denke ständig an sie, und an das, was hätte werden können. Aber ich werde damit zurechtkommen – irgendwann. Die Arbeit hilft über den schlimmsten Schmerz hinweg. Ich hatte sogar daran gedacht, mit ihr eine Familie zu gründen. Ich weiß«, er zögerte, als er die Stille im Hörer wahrnahm, »eigentlich war ihre biologische Uhr schon weit, aber die Medizin hat heute doch so viele Möglichkeiten.« Seine Stimme wurde eine Spur dunkler. »Aber ich will das nicht mehr denken.«

»Die Arbeit hilft in der Tat.«

»Ich habe lange mit Simon gesprochen. Er ist einverstanden, dass wir ihn als Lockvogel einsetzen, um Stone zu stellen. Wir werden ihn nicht lückenlos schützen können, aber das will er auch nicht. Er ist Profi genug, um die möglichen Risiken einzuschätzen und zu handeln.« Marks machte eine Pause. »Mary weiß nichts davon und soll es auf keinen Fall erfahren.«

»Wie soll das gehen?«

»Wir müssen Lehmann und Stone so provozieren, dass sie unvorsichtig werden. Vielleicht versucht Lehmann ja höchstselbst, Simon auszuschalten. Das wäre das ultimative Glück für uns.«

»Provozieren?«

»Wir werden das Gerücht streuen, dass Simon von Helen einige Unterlagen bekommen hat, die die Machenschaften der Organisation offenlegen und ausreichen, um Lehmann für den Rest seines Lebens hinter Gitter zu bringen.«

»Das könnte Jenkins' Todesurteil sein.«

»Das Risiko will er eingehen. Das Ganze läuft unter strengster Geheimhaltung. Außer Ihnen wird davon nur noch DCI Sattler wissen. Den brauche ich, damit Scotland Yard nicht im letzten Augenblick dazwischenfunkt.«

»Ich weiß nicht recht.«

»Dass Simon im Besitz von Unterlagen ist, die beweisen, worin Lehmann verstrickt ist, wird die Ratten aus den Löchern locken. Lehmann wird handeln müssen, allein schon, um seine Organisation vor der Übernahme durch unliebsame Konkurrenten zu schützen. Wenn die spitzkriegen, dass er angezählt ist, werden sie ihn zu stürzen versuchen.«

»Der Plan klingt gut, aber er birgt zu viele Risiken. Das können wir Jenkins nicht zumuten.«

»Wir haben keine Wahl.«

»Ihre Entscheidung.«

»Könnte ich Ihnen doch nur bei der Lösung Ihrer Fälle helfen.«

»Sie haben Ihre Baustelle, ich habe meine. Allan entwickelt sich. Er hat vernünftige Ideen, hätte ich nicht gedacht. Ich baue sehr darauf, dass er bei den zuständigen Regierungsstellen fündig wird. Für diese Arbeit ist ein echter Wühler nötig. Und das kann er.«

»Dann hoffe ich, dass er nicht allzu lange braucht, um mit brauchbaren Ergebnissen um die Ecke zu kommen. Afrika ist zwar ein riesiger Kontinent, aber der Handel, legal oder illegal, ist doch erstaunlich gut dokumentiert. Aber vielleicht liegt der Schlüssel näher, als wir annehmen. Mir geht die ganze Zeit ein Gedanke durch den Kopf, den ich aber nicht zu fassen bekomme. Noch nicht.«

L.

»So, meine Lieben. Zurück auf Position.« Susan Brockleby klatschte in die Hände, als müsse sie eine Schar Kinder dirigieren.

»Luke, rückst du bitte das Tigerfell ein Stückchen Richtung Büfett? Der Butler stolpert sonst nicht effektvoll genug. Und, Brian, du kannst gerne überdeutlich stolpern. Die Komik lebt von der Übertreibung.«

Brian Kernow rückte seine Weste zurecht, die bei den Proben als Frackersatz herhalten musste. Er nahm das Tablett in die rechte Hand, hob den Arm hoch, spreizte die linke Hand übertrieben vom Körper ab und machte mit zusammengestellten Beinen einen Satz über den Tigerkopf. Dabei wäre er beinahe mit der rechten Fußspitze an dem ausgestopften Schädel hängen geblieben.

»Jaaaa. So ungefähr. Luke, das Fell bitte.«

Luke hatte sich bereit erklärt, für die Dauer der Aufführungen Stills' Funktion als Requisiteur zu übernehmen. Seine Frau Gill hatte ihm gut zugeredet und gemeint, dass ihm ein bisschen Kultur nicht schaden würde. Seither kam er regelmäßig zu den Proben in das alte Kirchlein der Methodisten, um sich nützlich zu machen.

»Danke, Luke. Noch ein Durchgang, und wir dürften für heute Abend mit der Probe durch sein. Ich bin sehr zufrieden mit euch. Margaret, was ist?« Sie sah, dass Margaret Bishop die Hand gehoben hatte.

»Ich meine, dass James an dieser Stelle des Stücks nicht blöd genug grinst. Er hat doch laut Drehbuch schon einiges an Alkohol intus. Was meinst du, Brian, kannst du vielleicht noch blöder ins Publikum grinsen? Dürfte doch nicht so schwer sein.«

Die Regisseurin überhörte die Spitze in Bishops Bemerkung. »Am Feinschliff arbeiten wir dann noch, Margaret. Sieh du nur zu, dass du Haltung bewahrst. Schließlich bist du, viktorianisch steif und aufrecht, die alte Adelige an ihrem neunzigsten Geburtstag und mit ganz speziellen Wünschen. Das darfst du nicht vergessen, diese doch auch erotische Komponente in dem Sketch.« Dass ihr das *alte* ein wenig zu betont über die Lippen kam, war ihr gerade recht.

Nun musste Luke, der sich in eine Ecke abseits des Bühnengeschehens gesetzt hatte, grinsen. Susan hatte die

Alte im Griff. Das würde Bishop sich nicht lange gefallen lassen.

Aufmerksam verfolgte er die Proben, die mehr und mehr an Komik gewannen. Besonders wenn Butler James zusehends betrunkener wurde. Als Brian am Sitzplatz von Admiral von Schneider die Hacken zusammenschlug, »Skål!« rief und sich dabei angeblich höllisch die Knöchel wehtat, prustete Luke ungewollt los. Margaret Bishop, die gerade ihren Trinkbecher in Richtung des imaginären Schneider gehoben hatte, warf ihm einen missbilligenden Blick zu. Der Requisiteur hatte die Klappe zu halten, Luke störte ihre künstlerische Konzentration.

Nachdem Bishop nach dem Einakter noch eine kleine szenische Lesung aus *Die Bucht des Franzosen* durchgesetzt hatte, saß Luke mit Chris Marks und Simon im Pub und stieß mit seinen Freunden an, die er schon ein paar Tage nicht mehr gesehen hatte.

»Skål.« Luke hob das Glas und schlug die Hacken zusammen.

»An dir ist ein Schauspieler verloren gegangen.« Simon und Chris mussten lachen. Nach den Aufregungen der vergangenen Tage tat ihnen Lukes Unbeschwertheit gut. Außerdem hatten die Musiker gerade die letzte Runde der Folk Night absolviert und tranken ebenfalls ihren *last order*-Schluck.

»Du solltest mal sehen, wie unser alter Professor Brian den Butler James gibt. Köstlich.«

»Und du bist jetzt Wächter der Requisiten?«

Luke sah Marks an. »Der Job ist verantwortungsvoller, als ich gedacht habe. Brauchst gar nicht so zu grinsen.«

»Aha.«

»Allein das Tigerfell will ordentlich behandelt werden. Das gute Stück ist ziemlich alt und an manchen Stellen etwas fadenscheinig. Es hat sozusagen Haarausfall. Ich kann nur hoffen, dass Brian dem Tiger bei seinem Spiel nicht noch den Kopf abreißt. Das Fell muss wenigstens bis nach den Vorstellungen halten. Wir werden es dann vermutlich einem Museum oder so stiften.«

»Wer hängt sich so etwas heutzutage noch an die Wand?« Simon konnte sich das nicht vorstellen.

»Ich habe vor einiger Zeit beim Zappen durch die Fernsehkanäle gesehen, dass afrikanische Kunst wieder schwer im Kommen ist.« Luke gab den Experten.

»Soso.«

»Masken, Tontöpfe, nackte Weiber aus Ebenholz, so was. Die Auktionshäuser sind voll davon.«

»Benin-Bronzen.« Simon nickte. »Beutekunst.«

Simon bemerkte, dass Marks unruhig wurde. »Was ist?«

»Mir geht seit Tagen ein Gedanke durch den Kopf, wie wir dem Geheimnis der Speere auf die Spur kommen können. Ich glaube, dass ich es nun weiß, zumindest ist es ein vielversprechender Ansatz.« Marks sah Luke an. »Vielleicht sind wir der Lösung ein gutes Stück näher, weil du den entscheidenden Hinweis gegeben hast.«

Luke hatte zwar keine Ahnung, was Chris meinte, fühlte sich aber gleich ein Stück größer. Er lächelte unsicher. »Wie komme ich zu der Ehre?«

»Weil du der Herr über die Requisiten von *Dinner for One* bist. Bei Admiral von Schneider ist bei mir der Groschen gefallen.«

Simon und Luke sahen sich fragend an.

»Ich komme vom militärischen Rang Admiral auf Colonel und von dort auf Altenheim.«

»Du sprichst in Rätseln.«

»Ich muss dringend telefonieren.«

Am nächsten Morgen machten sich DS Annie Bley und DC Allan Easterbrook in aller Frühe auf den Weg nach Coverack. Die Luft war klar, und es war klirrend kalt. Auf dem Weg passierten sie die Goonhilly Downs. In der flachen und kargen Landschaft stachen die riesigen Parabolantennen der Goonhilly Satellite Earth Station messerscharf vom Blau des Himmels ab. Weiße Schüsseln zur Aufklärung und Verteidigung.

Am Empfangstresen des Altenheims fanden sie Paul Gibbons ins Gespräch mit seiner Freundin vertieft. Beide hatten einen Becher Kaffee vor sich. Auf der schmalen Theke stand ein Gesteck mit einer brennenden Kerze. Aus der Tiefe des Hauses erklang leise Weihnachtsmusik. Am Aufzug war ein Weihnachtsbaum aufgebaut, der mit Kugeln in allerlei Farben und Größen sowie bunten Lichterketten geschmückt war.

Als Gibbons die Beamten sah, richtete er sich auf, als müsse er sich verteidigen. Die weihnachtlich heimelige Stimmung war mit einem Mal verflogen. Er warf der jungen Frau einen Blick zu, den Bley nicht zu deuten wusste.

»Mr. Gibbons, gut, dass wir Sie und Ihre Lebensgefährtin antreffen.« Bley machte ein freundliches Gesicht. Und auch der DC lächelte.

»Was wollen Sie von mir? Ich habe doch schon alles gesagt. Können Sie uns nicht in Ruhe lassen?«

»Es geht nicht um Sie.« Bley deutete auf die afrikanische

Kunst im Hintergrund des Foyers. »Wir haben dazu eine Frage.«

Bevor Bley weitersprechen konnte, schaltete sich Gibbons' Freundin in das Gespräch ein. »Alles legal. Aber das habe ich doch auch schon ausgesagt.« Sie klang ehrlich empört.

»Es besteht kein Grund, nervös zu werden.« Bley trat ganz an den Tresen heran. »Bei Ihnen wohnt doch ein ehemaliger Colonel der britischen Streitkräfte. Den Herrn möchten wir gerne sprechen. Geht auch ganz schnell.«

»Mr. Hudson. Was wollen Sie von ihm?«

Easterbrook sah auf seine Armbanduhr. »Ist er da? Oder macht er bereits einen Ausflug?«

Paul Gibbons sah zu seiner Freundin. »Das Frühstück ist ja vorbei. Für gewöhnlich spielt er jetzt mit seinen Zinnfiguren und arbeitet an der Schlacht von Tobruk.«

»Tobruk?« Bley horchte auf.

»Colonel Hudson war lange Jahre in Afrika stationiert. Und Militärgeschichte ist seine liebste Beschäftigung.« Er griente. »Außer seiner Vorliebe für unsere jungen Pflegerinnen und Reinigungskräfte. Seine Sprüche sollten Sie mal hören.«

Seine Freundin nickte. »Der Colonel müsste auf seinem Zimmer sein. Zimmer dreiundzwanzig.« Sie deutete zum Aufzug. »Dritter Stock. Ich komme besser mit. Er kann in der Tat manchmal sehr anstrengend sein.«

Bley winkte ab. »Wir kommen schon klar. Danke für Ihre Unterstützung.« Als sie sich am Aufzug zum Tresen umdrehte, sah sie die beiden aufgeregt miteinander tuscheln.

Als sie im dritten Stock aus dem Aufzug traten, schlug ihnen der Geruch von Desinfektionsmitteln, menschlichen

Ausdünstungen und Essen entgegen. Zwischen zwei großen Plastiksäcken stand ein Rollwagen, bestückt mit mehreren Großpackungen Windeln, Feuchttüchern, einem kleineren offenen blauen Plastiksack, einem Eimer und einem Besen.

»Meine Güte«, entfuhr es Easterbrook erschrocken.

»Hier bekommt der Eindruck vom Luxusresort, den der teuer eingerichtete Eingang vermitteln soll, eine ganz andere Anmutung.«

»Ein Grund mehr, nach der Pension nur ja nicht in ein Altenheim zu geraten.«

Bley lachte auf. »Mach dir keine Hoffnung. Irgendwann landen wir alle in solch einem Vorhof zum Sterben. Genießen wir also die Zeit zwischen den Windeln.«

Easterbrook räusperte sich. Er wollte das nicht hören. »Da vorne ist es. Dreiundzwanzig.«

Als die beiden sich der Tür näherten, hörten sie aus dem Zimmer leise Marschmusik. Auf ihr Klopfen kam keine Reaktion. Sie versuchten es erneut, diesmal lauter. Aber auch das blieb ohne Erfolg. Sie warteten noch einen Augenblick, dann drückte Bley die Klinke herunter.

»Mr. Hudson, dürfen wir eintreten?«

Der Pensionär winkte sie herbei, ohne sie anzusehen.

»Schön, dass Sie Zeit für …«

»Neunzehnhundertdreiundvierzig. Die Krauts haben keine Chance. Sie ergeben sich in ihr Schicksal. Viele von ihnen werden erst wieder neunzehnhundertsiebenundvierzig die Heimat wiedersehen, ein Teil kam via Hull nach Heiligenhafen. Lustiger Name, nicht? Haben Sie gewusst, dass unser Monty von der Ritterlichkeit des Wüstenfuchses Rommel begeistert war? Das waren noch echte Soldaten.« Hudson saß über eine große Platte gebeugt, auf der Panzer der Deutschen und der Briten sich gegenüberstanden, dazwischen viele Soldaten beider Nationen in ihren sandfarbenen Wüstenuniformen, samt Tropenhelmen und bewaffnet mit Gewehren, Maschinenpistolen und anderem Kriegsgerät. Der ehemalige Colonel würdigte seine Besucher immer noch keines Blicks und schien sich auch nicht zu genieren, ihnen in Unterhemd und Unterhose zu begegnen. Es roch in dem Zimmer deutlich nach Urin.

»Das haben wir nicht gewusst.« DC Easterbrook legte einen erstaunten Unterton in seine Stimme.

»Wir haben ein paar Fragen an Sie, Mr. Hudson.«

»Über Einsatzpläne und Schlachtpläne gebe ich keine Auskunft. Das ist Geheimsache. Die Krauts lauern nur darauf, dass ich einen Fehler mache.«

Bley lächelte. »Wir sind nicht an Ihren Militärgeheimnissen interessiert. Wir möchten mit Ihnen über Ihre Zeit in Afrika sprechen, Colonel.«

Als er seinen Dienstrang hörte, sah Hudson endlich auf. Seine wasserblauen Augen waren hellwach, obwohl er sicher die neunzig bereits überschritten hatte.

»Im Speziellen geht es um afrikanische Kunst.«

Hudson runzelte die Stirn und stand ungeniert auf. »Warten Sie.« Er ging zum Kleiderschrank und zog einen dunkelrot gemusterten Morgenmantel über seine Unterwäsche. Bley meinte den Verschluss einer Windel gesehen zu haben.

Dann drehte Hudson sich zu ihnen um. »Wer sind Sie, verdammt noch mal? Hat Sie meine Ordonanz hier hereingelassen?«

Bley zeigte ihren Ausweis. »DS Bley, und das ist der Kollege DC Easterbrook, Polizei Helston.«

»Keine Militärpolizei? Gut, das macht die Sache einfacher.« Hudson schnürte seine Morgengarderobe so fest wie einen Militärmantel. »Afrikanische Kunst? Sie wollen kaufen? Was soll es denn sein? Momentan habe ich nicht so viel im Angebot. Aber das wird sich ändern. Ich erwarte eine neue Lieferung. Prächtiges Zeug. Sie werden begeistert sein. Die Neger sind ganz scharf auf meinen Whisky.« Er grinste vielsagend.

Die beiden Ermittler wechselten einen Blick.

»Wir sagen hier bei uns mittlerweile lieber People of Colour, Colonel. Nein, wir wollen nichts kaufen.«

Bley wollte sich nicht aufregen. Der Mann schien den Bezug zur Realität verloren zu haben. Aber vielleicht war das auch schon Demenz. Sie würden es auf jeden Fall nicht leicht mit ihm haben. Einen Versuch war es dennoch wert. Und der Ex-Colonel hatte ungewollt den Rahmen ihres Gesprächs bereits abgesteckt.

»War es üblich, dass Angehörige der Streitkräfte zu Ihrer aktiven Zeit, Colonel Hudson, mit afrikanischer Kunst gehandelt haben?«

Hudson trat nahe an Bley heran. Sie konnte seinen verbrauchten Atem riechen.

»Wir haben alles verscherbelt, an jeden, der zahlen konnte. Hübsches Zubrot.« Er sah direkt in ihre Augen. »Sollen es Masken sein? Hübsche Phallussymbole? Speere? Schilde? Ich kann auch Kanus besorgen, Einbäume. Wenn du willst, samt Bootspersonal. Stramme Jungs.«

Hudson schien urplötzlich sein Interesse an ihr verloren zu haben und wechselte abrupt zu seinem Tisch. Bevor er sich setzte, rückte er einige der Figuren zurecht.

»Haben auch Angehörige der Militärverwaltung gekauft? Oder Botschaftspersonal? Tolle Aufstellung unserer Jungs.« Easterbrook war zu Hudson getreten und begutachtete die Einheiten.

»Mein Junge, die aus dem diplomatischen Korps waren besonders scharf – auf schwarze Haut und schwarze Kunst. Mit denen habe ich die besten Geschäfte gemacht. Ich habe regelrecht ihre Listen abarbeiten müssen. Sie konnten den Hals nicht vollkriegen.« Hudson kickte mit dem Finger einen deutschen Soldaten um.

Bley versuchte es nun frontal. »Sagt Ihnen der Name Mortimer Gilbert etwas, Colonel?«

»Gilbert, Gilbert? Dienstgrad, Einheit?«

»Mr. Gilbert hat lange im Auftrag der britischen Regierung in Afrika gearbeitet.«

»Zivilist also?« Sein Tonfall verriet, dass er nicht viel von Zivilisten hielt.

»Sie kennen ihn? Mortimer Gilbert?« In Bley keimte so etwas wie Hoffnung.

»Keine Ahnung. Wer will das wissen?« Hudson sah Easterbrook misstrauisch an und versuchte, ihn mit einer wedelnden Handbewegung wie eine lästige Fliege aus seiner Nähe zu verscheuchen.

»Der Name sagt Ihnen also nichts? Er könnte Ihnen während Ihrer aktiven Zeit durchaus begegnet sein. In einem der Clubs für Weiße, bei einer Dinnerparty für den diplomatischen Dienst oder den anderen Verbindungsstellen.« DS Bley wollte nicht so schnell aufgeben.

»Die Besuchszeit ist um. Gehen Sie. Mein Stab tritt gleich zusammen. Lagebesprechung um zwölfhundertdreißig.« Der Senior ließ die Arme auf die Stuhllehnen sinken und lehnte sich nachdenklich zurück. »Mai dreiundvierzig. Ihr habt verloren. Nach Stalingrad war es das Ende der Krauts.«

Bley und Easterbrook zogen sich zurück, ohne dass Hudson davon Notiz nahm.

»Der hat doch eine Schraube locker.« DC Easterbrook ließ den Finger vielsagend an seiner Schläfe kreisen. »Das hat jetzt null gebracht.«

»Den Versuch war es wert.«

Im Eingang trafen sie erneut auf die Rezeptionistin, die ihnen distanziert zunickte. »Hat er Sie empfangen?«

»Wissen Sie, wann Mr. Hudson pensioniert wurde?«

»Da müsste ich in die Unterlagen schauen.« Sie räusperte sich. »Aber wir geben prinzipiell keine Auskunft über unsere Bewohner. Tut mir leid.«

»Ende der Achtziger, Anfang der Neunziger?« Easterbrook ließ sich nicht beirren.

»Wenn Sie das schon wissen, warum fragen Sie dann?« Die Frau widmete sich kopfschüttelnd ihrem Computerbildschirm.

Am Auto drehte Bley sich zu Easterbrook um. »Nun wissen wir, dass Hudson etwa zur gleichen Zeit in Afrika war wie Gilbert. Sie können sich also begegnet sein.«

»Und was machen wir jetzt mit der toten Spur?« Er wirkte genervt.

»Wie gesagt, es war ein Versuch.« Bley stieg ein. Easterbrook hatte ja recht.

»Mir wird das Ganze immer suspekter. Fehlt nur noch, dass wir eine weitere Leiche finden, in der ein Speer steckt.«

Der DC ließ sich in seinen Sitz fallen und schnallte sich an.

»Das solltest du nicht einmal im Ansatz denken, Allan.« Sie ließ den Motor an und fuhr vom Parkplatz Richtung Hauptstraße.

Im Präsidium trennten sie sich, und Easterbrook machte auf dem Weg in sein Büro einen Zwischenstopp in der Küche. Ein heißer Tee war jetzt genau das Richtige. Als er den Hängeschrank öffnete, musste er verärgert feststellen, dass die Teebeutel wieder einmal alle waren und es auch keine sauberen Becher gab. Missmutig beschloss er, doch einen seiner Toby-Jugs fürs Büro zu opfern.

Zu allem Überfluss türmte sich auch noch die Post ungeordnet auf seinem Schreibtisch. Er hatte gerade damit begonnen, die ersten Umschläge zu öffnen, als ein junger Constable mit einem Päckchen in der Hand anklopfte.

»Lag vorhin im Briefkasten. Kann nicht der Bote gewesen sein, DS. Kein Absender«, erklärte er knapp, legte den dicken Umschlag auf den Schreibtisch zu der anderen Post und verließ wortlos das Büro des DS.

Easterbrook wog den grauen Umschlag in der Hand. Ein dünnes Buch vielleicht oder eine Broschüre. Tatsächlich gab es keinen Hinweis auf den Absender. Er stand auf. Annie war die Chefin, sollte sie das Päckchen öffnen.

»Was ist das?« DS Bley nahm das Päckchen stirnrunzelnd entgegen.

»Kam anonym. Vielleicht ein frühes Weihnachtspräsent von einem zufriedenen Bürger«, versuchte Easterbrook einen Scherz.

»Ich seh's mir später an. Danke, Allan.« Gedankenverloren legte sie es beiseite.

LI.

Mary runzelte die Stirn, als sie vor ihr Cottage trat und den braunen Umschlag bemerkte, der unter einem Stein auf der Bank neben dem Eingang lag.

Sie hob ihn auf und wog ihn in der Hand. In ihm konnte nicht viel stecken. Adresse und Absender fehlten. Wer kam den schmalen Weg aus dem Dorf hinauf zu ihr, um einen Umschlag abzulegen, statt ihn persönlich abzugeben? Dieser Jemand hätte doch nur zu klopfen brauchen. Und wann war das gewesen? Sie hatte niemanden bemerkt, weder den Briefträger noch Wanderer. Sie wusste nur, dass der Umschlag gestern Abend noch nicht dort gelegen hatte. Sie war noch spät vors Haus getreten und hatte sich wieder einmal von der sternenklaren Nacht und der so berauschenden wie geheimnisvollen Milchstraße faszinieren lassen.

Schließlich riss sie den Umschlag auf und zog einen schlichten Zettel hervor, der angesichts der Größe des Umschlags klein und verloren wirkte. Auf dem Papier waren eine Mobilnummer und drei Worte notiert: *Jenkins soll anrufen.*

Verwundert sah sie sich nach allen Seiten um, als erwarte sie, dass sich ein Witzbold zeigte und über seinen Scherz lachte. Aber natürlich war sie allein. Der Wind zerrte an ihren Haaren, die sie einmal nicht zum Zopf gewunden trug, und sie spürte die beißende Kälte auf den Wangen. Sie versuchte, die Zahlen und die wenigen Buchstaben wie einen Geheimcode zu lesen, aber die Handschrift sagte ihr nichts.

Sie steckte den Zettel zurück in den Umschlag und diesen unter ihre Winterjacke. Sie würde Simon vom Laden aus anrufen. Vor dem Geschäft warteten zwei Frauen aus dem Dorf.

»Tut mir leid, bin ein bisschen spät dran.« Eilig schloss sie auf und ließ ihre Jacke an. »Wie kann ich helfen?«

Die beiden Kundinnen waren auf der Suche nach einem kleinen Last-minute-Geschenk für eine Weihnachtsfeier in Helston und wurden schnell fündig.

Beim Bezahlen beugte sich eine wie verschwörerisch vor und fragte mit leisem Ton: »Stimmt das wirklich? Die Nachfahren von Daphne du Maurier kommen eigens zur Aufführung in unser Dorf? Das wäre doch großartig, nicht?«

Mary schüttelte verwundert den Kopf. »Nicht dass ich wüsste, Sarah. Aber eine nette Geste wäre das allemal. Sollen sie doch kommen.«

Die andere Kundin beugte sich ebenfalls vor. »Ich habe gehört, dass dieser Detective Inspector aus Helston nach Cadgwith zieht und Hillside gekauft hat.«

»Da weißt du mehr als ich, Jenny.« Mary wusste, dass die Ehefrau eines Zivilangestellten der Royal Navy keine Gelegenheit verstreichen ließ, Dorftratsch weiterzutragen.

Nachdem die beiden den Laden verlassen hatten, zog Mary endlich die Winterjacke aus und griff zu ihrem Smartphone. »Ich habe eben einen Brief vor meinem Haus gefunden.« Sie schilderte Simon den mysteriösen Inhalt und wollte wissen, was der Brief zu bedeuten hatte.

»Keine Ahnung.«

»Ich glaube nicht, dass sich jemand einen Scherz erlaubt hat.« Sie spürte, wie sich ein ungutes Gefühl in ihrem Kopf festsetzte und ihr ein Kribbeln im Nacken bescherte.

Simon schien die Sorge in ihrer Stimme gehört zu haben. »Ich bin gleich bei dir.«

Mary war gerade dabei, die Umsätze der vergangenen Woche zu addieren, und stellte dabei resigniert fest, dass es sich immer weniger lohnte, außerhalb der Saison das Geschäft täglich zu öffnen, da schlug die Ladenklingel an.

»Schön, dass du da bist.« Sie trat aus dem Nebenraum, nahm Simon kurz in den Arm und drückte ihm dann erwartungsvoll den Zettel in die Hand.

Er las stirnrunzelnd und sah sie dann an. »Diese Nummer sagt mir nichts.« Er zog sein Telefon hervor und wählte die Nummer des Anschlusses.

Übergangslos wurde am anderen Ende der Leitung abgehoben. »Ich habe Ihren Anruf schon erwartet.«

Simon schaltete den Lautsprecher ein, damit Mary mithören konnte.

»Aha, und warum?«, fragte Simon.

»Ich will Ihnen helfen.« Die Stimme war so klar, als stünde der Mann direkt neben ihnen.

»Wobei? Und wer sind Sie?« Simon zog die Stirn in Falten und warf Mary einen kurzen Blick zu.

»Tut nichts zur Sache.«

»Warum die Heimlichtuerei?«

»Tut nichts zur Sache.«

»Wo erreiche ich Sie gerade?«

»Tut nichts zur Sache.«

»Hören Sie, wir sollten das Gespräch beenden. Ich bin heute nicht zu Scherzen aufgelegt.«

»Wie Sie wollen. Ich wollte Ihnen helfen.« Es entstand eine erwartungsvolle Stille.

»Warum?«

»Sagen wir, wir haben das gleiche Interesse.« Der Unbekannte schien amüsiert.

»Geht das auch etwas konkreter?« Simon schüttelte den Kopf und bedeutete Mary, dass er den Mann nicht sonderlich ernst nahm.

»Sagen wir so: Sie wollen jemanden in die Finger bekommen, an dem ich mir die Finger nicht schmutzig machen will.« Der amüsierte Unterton war in eine scharf formulierte Feststellung umgeschlagen.

»Wenn Sie nicht endlich sagen, was Sie von mir wollen, ist unser Gespräch tatsächlich jetzt beendet.«

»Nennen wir es eine Win-win-Situation, Mr. Jenkins. Indem ich Ihnen helfe, helfe ich auch mir.«

»Soso.« Simons Geduld war hörbar aufgebraucht.

»Ich weiß, wo Sie Keith Stone finden. Den suchen Sie doch?« Am anderen Ende erklang ein Lachen. Mary meinte zudem im Hintergrund Laute in einer anderen Sprache zu hören.

Simon war wie elektrisiert. »Woher wissen Sie das?«

»Nun, sagen wir, wir haben es beide mit den gleichen Leuten zu tun.«

»Lehmann?«

Ein Lachen am anderen Ende.

»Wer sind Sie?«

»Keith Stone ist in St. Agnes untergekrochen. Unauffälliges Cottage, nicht weit vom Strand. Seine Standardmethode: anonym bleiben, kein Aufsehen. Und dann schlägt die Ratte aus ihrem Versteck zu. Man hat aus Stones Rattenloch einen wunderbaren Blick auf den Sandstrand.«

»Sicher, dass er dort ist?«

»Ich hatte gerade eben erst eine, sagen wir, geschäftliche Besprechung mit ihm.«

»In St. Agnes?«

Als Antwort kam ein scheppperndes Lachen. »Sie sollten sich beeilen. Stone ist mal hier und mal da.«

»Ich muss erst mehr wissen.«

»Sie dürfen nicht warten.«

»Warum liefern Sie ihn ans Messer?«

Mary war erstaunt, wie gelassen Simon das Gespräch führte, zugleich konzentriert und kalt.

»Ich will es mal so ausdrücken, mein verehrter Freund: Seine Geschäftspraktiken gefallen mir nicht mehr.«

»Welche Art Geschäfte?«

»Ich habe gesagt, was ich sagen wollte. Das muss reichen. Den Rest überlasse ich Ihnen und Ihren Freunden.«

»Woher wissen Sie von Stone, Lehmann und mir?«

»Nicht nur Hans Lehmann hat seine Quellen.«

»Um welche Geschäfte geht es genau?«, wiederholte Simon eindringlich. Er ging in Gedanken die Möglichkeiten durch, dass er dem Unbekannten schon einmal begegnet war in seiner Zeit in London. Aber die Stimme am anderen Ende der Leitung sagte ihm nichts. Außer dass sie einem Mann gehörte, der nicht im Vereinigten Königreich geboren war.

Ein Laut, der wie Unmut klang. Mehr hörte Simon nicht.

»Ich muss das wissen. Bitte.«

»Man sagt Leonid zu mir.« Es klickte in der Leitung.

»Was war das gerade?« In Marys fragendem Blick hatten sich Angst, Neugier und Verwunderung gemischt.

»Da will jemand, dass ich ihm die Arbeit abnehme.«

»Die Stimme klang, als sei der Mann nicht von hier. Er klang irgendwie russisch.«

»Leonid. Dem Namen nach könnte er ein Russe sein, oder ein Moldawier, Tschetschene, Weißrusse, keine Ahnung.« Sein Kopf war wie leer gefegt.

»Der Name sagt dir nichts? Er kennt dich sicher aus deiner Zeit in London.«

Simon hob die Schultern. »Ich hatte damals mit keinem Leonid zu tun. Aber das muss nichts heißen. Die Szene ist immer mal wieder in Bewegung. Vermutlich stimmt der Name nicht einmal.« Er setzte sich.

»Was meinst du damit, du sollst ihm die Arbeit abnehmen?«

»Wer weiß. *Geschäftspraktiken* kann alles Mögliche bedeuten. Vielleicht hat dieser Leonid wegen irgendeinem Deal kalte Füße bekommen und hat nun Angst. Stone ist unberechenbar, vor allem dann, wenn er im Auftrag von Lehmann handelt.«

»Was willst du nun tun?«

»Ich werde Stone in St. Agnes suchen, was sonst? Das ist eine Gelegenheit, die ich nicht auslassen werde. Insofern hat Leonid genau meinen wunden Punkt getroffen.«

»Das ist viel zu gefährlich.«

Er sah sie selbstsicher an.

»Ich passe auf. Außerdem werde ich Chris und sein Team informieren. Ich gehe kein Risiko ein, Mary. Ich verspreche es dir.«

Mary war wenig beruhigt. »Das kann eine Falle sein. Lehmann lockt dich nach St. Agnes, um dich dort töten zu lassen. Wer weiß, ob dieser Leonid nicht ein Komplize von Stone ist.«

Simon hob die Augenbrauen und drückte die Wahlwiederholung an seinem Telefon. Aber diesmal nahm niemand den Anruf entgegen.

»Du musst mit Chris sprechen.«

Die Ladenglocke unterbrach ihre Gedanken. Es war der Paketbote der Royal Mail, der mit einem freundlichen Nicken ein Paket auf den Ladentisch stellte.

»Frohe und friedliche Weihnachten, sollten wir uns bis dahin nicht mehr sehen.« Fröhlich scannte der Uniformierte den Code auf dem Paket und verließ den Laden mit einer großzügigen Geste, als habe er gerade als Weihnachtsmann fungiert.

»Ich rufe ihn an. Mach dir keine Sorgen.« Simon zückte erneut sein Telefon und wählte Marks' Nummer. Aber der Detective Inspector antwortete nicht.

»Dann fahre ich eben allein.«

Mary war entsetzt. »Tu das nicht, Simon. Das ist keine gute Idee. Bitte. Ich …«

»Ja?«

»Ich will nicht, dass dir etwas passiert. Es sind schon genug Menschen gestorben.«

»Du weißt, dass ich keine Wahl habe.« Er stand auf und ergriff seinen Stock.

»Bitte.« Sie flehte ihn an.

»Luke wird mich fahren.«

»Du darfst das nicht.«

Aber Simon war bereits zur Tür hinaus.

LII.

»Ein Mr. Gibbons möchte Sie sprechen, Sarge.« Der junge Constable stand abwartend in der offenen Bürotür.

»Gibbons? Schicken Sie ihn herein.«

Annie Bley war noch nicht lange im Büro. Sie war erst spät am Vormittag ins Präsidium gefahren, da sie verschlafen hatte, was selten genug vorkam. Aber die vergangenen Wochen und dazu die schwierigen Ermittlungen zehrten an ihren Kräften. Sie sah erwartungsvoll zur Tür. Was hatte Gibbons' Besuch zu bedeuten? Sie hatte gerade noch Zeit, die Akte zu schließen, in der sie gelesen hatte, als es auch schon am Türrahmen klopfte.

»Kann ich kurz?« Paul Gibbons blieb unschlüssig stehen, als bereiteten ihm die Räume in einem Polizeipräsidium Angst.

»Bitte.« Bley deutete mit einem neutralen, sachlichen Blick auf den Stuhl vor ihrem Schreibtisch.

Der Hausmeister des Altenheims nahm umständlich Platz. Sein Unbehagen war offensichtlich.

»Was kann ich für Sie tun?«

Hätte er einen Hut in der Hand gehabt, er hätte mit Sicherheit die Krempe geknetet. »Ich hatte mir geschworen, nie mehr einen Fuß in ein Polizeigebäude zu setzen.« Er machte eine Pause. »Ich will mit der Polizei nichts mehr zu tun haben.« Erneut eine Pause. »Aber ich komme meiner Bürgerpflicht nach. Das möchte ich ausdrücklich betonen.«

»Keine Sorge, Mr. Gibbons, niemand, der diesen Raum betritt, muss hierbleiben – solange er sich nichts hat zuschulden kommen lassen.«

Gibbons schien die Zusicherung nicht zu beruhigen. »Wie gesagt, eigentlich hätte ich auch in Coverack bleiben können. Aber ich …«

Bley unterbrach ihn mit einer Handbewegung. »Das kann man so nicht sagen. Wenn Sie Informationen zurückhalten, könnte das als Behinderung der Ermittlungen ausgelegt werden.« Als sie sah, dass er auffahren wollte, lächelte sie. »Aber ich weiß es zu schätzen, dass Sie hergekommen sind, um uns bei unserer Arbeit zu unterstützen. Also, was gibt's?«

»Sie waren doch bei Colonel Hudson.«

Bley nickte freundlich. Sie wollte auf keinen Fall schroff und unnahbar erscheinen, wobei sie sich schon fragte, ob Gibbons ihr nicht gerade wertvolle Zeit stahl.

»Sie haben den Guten wohl ziemlich verwirrt mit Ihren Fragen. Er ist seitdem völlig aus dem Häuschen. Er ist kaum zu beruhigen. Er faselt andauernd davon, dass er ins Lager muss.«

»Ins Lager?«

»Ja, seine Bestände prüfen. Wegen einer wichtigen Bestellung. Er müsse handeln.«

»Aha.«

»Zuerst haben wir gedacht, es gehe um seine Spielzeugpanzer und Minisoldaten. Dass vielleicht etwas fehlt, um die Schlacht um El Alamein nachstellen zu können. Aber wir haben recht schnell erkannt, das ist es nicht.«

»Mr. Gibbons, bitte.«

»Oh, Entschuldigung. Ja, also, er meint nicht den Militärkram. Er sprach von der afrikanischen Kunst, die er für einen Kunden zusammengestellt hat. Und dass dieser Kunde ein schwieriger Mensch und sehr anspruchsvoll sei und dass er sich absolut keinen Fehler erlauben dürfe.«

»Afrikanische Kunst?« Sie wurde hellhörig.

»Ja, so Sachen, wie wir sie im Foyer haben. Schilde, Masken, Skulpturen, Speere, Geschirr, so etwas.«

»Speere?« Nun war sie wie elektrisiert.

»Er müsse dringend mit dem Kunden sprechen. Irgendwas sei mit der Lieferung nicht in Ordnung.« Er zuckte mit den Schultern. »Er hat auch Speere gemeint, ja.«

»Hat Mr. Hudson einen Namen genannt?«

»Nein. Nur eine Adresse. Das ist hier wohl ganz in der Nähe. Horsley Hall.«

Ihre Nackenhaare stellten sich auf. »Was hat er sonst noch gesagt?«

»Dass er sich immer bemüht hat, die Aufträge seiner Kunden ordnungsgemäß abzuwickeln. Bis auf eine Maske habe er für Horsley Hall alles besorgen können. Sogar die sechs Speere. An sie habe er nur schwer herankommen können.« Gibbons kramte einen Zettel aus seiner Hosentasche. »Habe es mir eigens notiert.« Er las langsam vor. »*Assegai*. Und *Zulukönig*. Das waren die Worte, die er immer wieder genannt hat.«

»Sicher, dass er von Horsley Hall gesprochen hat?«

Paul Gibbons nickte und steckte den Zettel zurück in die Hosentasche. »Das ist alles. Mehr weiß ich nicht. Ich dachte, Sie müssen das wissen, weil Sie ja auch immer von Speeren gesprochen haben.«

»Das haben Sie gut gemacht, Mr. Gibbons.« Ihr Lächeln war ehrlich gemeint.

»Ich möchte wieder gehen.« Er erhob sich und fixierte sie dabei, als erwarte er ein Nein.

»Natürlich. Nur noch einen Augenblick.« Sie bedeutete ihm, wieder Platz zu nehmen.

»Ja?« Er sah sie an, als wollte er sagen: *Habe ich es doch gewusst.*

»Wir müssen mit Mr. Hudson sprechen.«

»Ich glaube, das hat keinen Zweck. Der alte Mann ist völlig verwirrt. Die Heimleitung hat uns ausdrücklich darauf aufmerksam gemacht, dass er sich nicht aufregen darf. Meine Freundin meint auch, dass wir ihm besser seine Ruhe lassen. Mr. Hudson wird diese aufregende Phase bald durchgestanden haben und sich wieder mit seinen Schlachten beschäftigen. Das beruhigt ihn.«

»Gut. Dann werde ich das überdenken. Gut, dass Sie uns informiert haben. Sollten wir noch Fragen haben, werden wir uns wieder an Sie wenden.«

Sichtlich erleichtert verabschiedete sich Gibbons und verließ das Büro mit einer Körperhaltung, als sei er gerade überraschend aus der Arrestzelle entlassen worden.

DS Bley griff zum Telefon. »Allan? Gibbons war gerade bei mir. Es sind sechs Speere.« Sie schilderte ihm mit wenigen Worten den Besuch.

»Und nun?« Easterbrook schien gerade mit völlig anderen Dingen beschäftigt zu sein und wenig Lust zu haben, sich auf Bley zu konzentrieren.

»Nun wissen wir zumindest, von wie vielen Speeren wir ausgehen müssen.«

»Die Dinger müssen dann ja irgendwo sein. Sie können sich ja nicht in Luft aufgelöst haben.« Langsam erwachte das Interesse des DC.

»Richtig.« Bley seufzte. »Bei Stills haben wir keine entdeckt, bei Burns auch nicht. Verkauft wurden offenbar auch keine. Faye Gilbert geht davon aus, dass ihr Cousin alle mitgenommen hat. Auf der Müllkippe werden sie nicht gelandet sein. Die entscheidende Frage ist also: Wo sind sie wirklich abgeblieben?«

»Und wenn Stills die Waffen nicht bei sich deponiert hatte, weil ihm das zu gefährlich erschien?«

»Ob er sie bei der Theatergruppe deponiert hat, weil er sie als Requisite nutzen wollte?« Bley machte sich eine Notiz. Sie würde das überprüfen.

»Ich kann gerne rausfahren, Annie. Die Ermittlungen bei den staatlichen Stellen und der Armee sind ja nun hinfällig.«

»Danke, das mache ich schon.« Mit einem »Halte du hier die Stellung« legte sie auf. In ihren Unterlagen suchte sie nach der Adresse und Mobilnummer der Regisseurin und kündigte ihren Besuch an. Sie verabredeten sich für ein Treffen in der Kirche, da Susan Brockleby dort mit den Probenvorbereitungen beschäftigt war.

Die Fahrt nach Ruan Minor erwies sich als schwieriger als gedacht, da die Straße zum Lizard streckenweise vereist war. Ab dem Abzweig von der A 3083 Richtung Ruan Minor und Cadgwith musste sie besonders langsam fahren. Schließlich hielt sie vor der Kirche, deren Mauern stumpf im trüben Winterlicht vor ihr aufragten.

»Kommen Sie herein.« Susan Brockleby hielt ihr die Hand hin, die in einem fingerlosen Handschuh steckte. »Verdammt kalt hier. Ich denke, wir verzichten heute doch besser auf die Probe. Die Heizung lässt sich nicht anstellen.«

DS Bley ergriff die kalte Hand und folgte der Frau in den improvisierten Bühnenraum.

»Wie ich Ihnen bereits am Telefon gesagt habe, hier werden Sie nichts finden. Curtis hat hier nichts gelagert.« Sie deutete auf eine Tür im hinteren Bereich. »Wenn, dann könnte dort etwas sein, aber dazu habe ich keinen Schlüssel.«

»Aber Mr. Stills hatte einen?«

Susan Brockleby sah sie ratlos an. »Er hat vom Kirchenvorstand einen Schlüsselbund bekommen, ob da auch ein Schlüssel zu diesem Raum dabei ist, keine Ahnung.«

Bley ging in Gedanken die Asservatenliste durch, an einen Schlüsselbund konnte sie sich nicht erinnern. Und im Bericht der Spurensicherung hatte auch nichts über den verschlossenen Raum gestanden. Für die Kolleginnen und Kollegen waren die Tat und der Tatort vermutlich eindeutig gewesen. Eine Nachlässigkeit? Sie hoffte auch im Sinne der Spurensicherung, dass es sich nicht bewahrheitete.

»War in Ihrem Stück eine Dekoration mit afrikanischer Kunst geplant?«

»Bisher haben wir nur das Tigerfell im Einsatz. Ein schönes Stück und unverzichtbar, natürlich. Auf die anderen Dinge, die Curtis uns angeboten hat, wollten wir zunächst verzichten.« Sie lächelte. »Aber bei einer Theaterproduktion ändert sich ja ständig etwas. Gut möglich, dass wir Curtis um die Stücke gebeten hätten.« Sie nickte. »Er hat sie vorsorglich herangeschafft, wie er mir stolz berichtet hat. Aber wo er die Sachen gelagert hat, das weiß ich nicht. Haben Sie in seiner Wohnung nichts gefunden, Detective Sergeant?«

Bley verneinte.

»Dann weiß ich wirklich nicht, wie ich Ihnen helfen könnte.« Sie sah Bley entschuldigend an.

»Wissen Sie, wie und wo ich den Kirchenvorstand erreichen kann?« Sie wollte unbedingt in dem verschlossenen Raum nachsehen.

Brockleby zückte ihr Smartphone und scrollte bis zu einer Mobilnummer. »Der Herr müsste aber sowieso gleich hier sein. Er wollte nach der Heizung schauen.«

»Dann warte ich.« DS Bley sah sich um. Die karge Einrichtung des improvisierten Proberaums verstärkte die Kälte nur noch.

»Brauchen Sie mich noch, Detective Sergeant?« Brockleby fror sichtlich.

»Nein. Gehen Sie ruhig. Ich warte im Auto.«

Die Regisseurin verabschiedete sich erleichtert und ließ Bley allein zurück.

Die Ermittlerin setzte sich auf einen der Stühle, spürte die Kälte der Sitzfläche und sah sich um. Mit Kirche und Religion hatte sie sich bisher wenig beschäftigt. Außer den Dingen, die ihr in der Schule beigebracht worden waren, wusste sie nichts über die Bibel und über die verschiedenen Religionen. Der Glaube als Lebensform war ihr, wenn sie ihn denn je gespürt hatte, spätestens dann abhandengekommen, als sie mit den Lügen und dem Bösen in ihrer Familie konfrontiert worden war. Für sie galt seither nur der Gedanke des Rechts und der weltlichen Ordnung.

»Gottes Gnade gilt allen Menschen.«

Bley fuhr herum und blickte in das ernste und faltige Gesicht eines Mannes, der sich ihr als Kopf der Gemeinde vorstellte.

»Wir möchten gerne wissen, ob Mr. Stills Requisiten hier in Ihrer Kirche gelagert hat.« Bley deutete auf die verschlossene Tür gegenüber von ihnen.

»Wir sind ein Gotteshaus und kein Abstellraum. Weder für falsche Gefühle noch für weltlichen Nippes.« Der Mann lächelte und deutete auf die Unordnung im Raum. »Auch wenn es auf die Polizei so wirken mag.«

»Aber Sie geben der Theatergruppe den nötigen Raum für ihre Produktion.«

»Wir lieben die Menschen, dazu gehört auch das Schauspiel. Gott bietet allen Menschen die Erlösung an. Wer wären wir, wenn wir uns dem versagten? Warten Sie.« Der Mann ging hinüber zur Tür und schloss sie auf. »Bitte.«

Annie Bley folgte ihm und wurde beim Blick in die kleine Kammer enttäuscht. Der Raum war kaum größer als vier oder fünf Quadratmeter und außer einem Stapel Stühle leer.

»Danke, Sie können wieder zusperren.« Wieder eine Spur ins Nichts.

Der Gemeindevorsteher blieb vor ihr stehen. »Es gibt also noch keinen Hinweis auf den Mörder?«

Bley verneinte.

»Glauben Sie an Gott?«

Die Frage überraschte sie. Fragend sah sie den Methodisten an. »Ich bin nicht sicher.«

»Die Gnade des Herrn ist eine vorauslaufende Gnade, wie wir sagen. Es liegt an jedem Einzelnen selbst, ob er die Entscheidung trifft, zu glauben.«

»Ich glaube eher an die Kraft des Gesetzes. Dass jeder am Ende das bekommt, was er verdient.«

»Ihre Arbeit ist ein hartes Geschäft«, entgegnete der Mann und verabschiedete sich mit einer Verbeugung. »Ich möchte nun die Kirche zusperren, mit Ihrer Erlaubnis.«

Sie wusste nicht, was sie entgegnen sollte, und beließ es daher ebenfalls bei einer knappen Verbeugung.

Als DS Bley zum kleinen unbefestigten Parkplatz gegenüber der Kirche ging, kam ihr ein hochgewachsener älterer Mann entgegen, der eine Fotokamera in der Hand hielt und sich suchend umsah.

»Kein Tag für Fotos.« Er grüßte freundlich.

»Und außerdem viel zu kalt.« Bley hatte keine Lust auf Small Talk.

Der Senior blieb stehen und blickte sie forschend an. »Sie sind die Polizistin aus Helston, nicht wahr?«

Sie nickte knapp und wollte schon die Fahrertür öffnen.

»Ich habe Sie schon mal hier gesehen.« Er deutete hinter sich. »Ich wohne am Ende der kleinen Gasse. Die Kirche ist, wenn Sie den Scherz erlauben, sozusagen mein Vorgarten.«

»Aha.« Sie zögerte.

»Ist manchmal ein bisschen unpraktisch. Wenn Messe ist, kann ich in meiner Werkstatt nicht laut mit Maschinen werkeln. Aber sonst ist alles prima. Schön, dass es in der Kirche Theater gibt.« Er lächelte verschmitzt. »Ich meine natürlich die Truppe, die da regelmäßig probt.«

Sie nickte lediglich.

»Alles nette Leute. Sie bringen uns ein bisschen Kultur nahe. Die Fischer sind ja sonst mehr mit ihren Netzen beschäftigt. Der Kampf ums wirtschaftliche Überleben war hier immer schon hart, aber gerade jetzt sind sie wirklich nicht zu beneiden. Die Folgen des Brexit, Sie verstehen?«

»Kannten Sie den Requisiteur?«

»Curtis? Na sicher. Armer Kerl.« Der Mann schulterte seine Kamera. »So einen schrecklichen Tod hat der Junge wahrlich nicht verdient.«

»Wissen Sie, ob er hier irgendwo in der Nähe ein Lager für seine Requisiten hat?«

»Nein. Tut mir leid.« Der Mann streckte ihr die Hand hin. »Jan Morgan. Ich bin hier geboren und aufgewachsen.« Er deutete auf seine Kamera. »Ich will vor Weihnachten einen Fotokalender verschicken. Mir fehlt noch ein Bild, aber das Wetter gibt einfach nichts her. Dann werde ich wohl doch in meinem Archiv kramen müssen.« Er sprach jetzt mehr zu sich selbst.

»Archiv?«

»Ich war Fotograf bei der Navy. Später habe ich als Kameramann für verschiedene internationale Sender gearbeitet. Auf meinem Dachboden stapeln sich Kisten mit meinen Arbeiten. Wo soll ich mit dem ganzen Zeug nur hin?«

»Ich muss zurück ins Präsidium.« Sie hatte genug von dem Alten.

»Entschuldigung, ich wollte Sie nicht belästigen mit meinen alten Geschichten.« Er hob bedauernd die Hand.

»Keine Ursache.« Sie legte die Hand auf den Türgriff.

»Ich hoffe, Sie finden Curtis' Mörder bald. Der Junge hatte es nicht leicht in seinem Leben. Keine Familie, nur der Onkel und seine Cousine.«

Sie hielt inne. »Sie kennen die Gilberts?«

»Na klar, der Alte war ein hohes Tier bei der Regierung, hat lange in Afrika gelebt.« Er zwinkerte ihr zu. »Seine Frau war froh, wenn er wieder ins Ausland musste.«

»Wie meinen Sie das?«

»Na ja.« Er räusperte sich verlegen. »Ich habe schon zu viel gesagt. Über Tote soll man nicht schlecht reden.« Er schüttelte den Kopf, als schiene er sich über die eigene Indiskretion zu ärgern.

»Ich verstehe nicht?« Bley spürte, wie die Kälte unerbittlich an ihren Beinen emporkroch.

»Alte Geschichten.« Er machte eine wegwerfende Handbewegung. »Mortimer Gilbert hatte einen Bruder, und der ist der Vater von Curtis. Na ja.«

»Curtis' Vater war Mortimer Gilberts Bruder? Verstehe ich nicht. Dann müsste Stills doch auch Gilbert heißen.«

»Komplizierte Geschichte. Die Brüder konnten irgendwann wohl nicht besonders gut miteinander. Daher hat der eine den Namen seiner Frau angenommen, um auch nach außen zu zeigen, dass er nichts mehr mit den Gilberts auf Horsley Hall zu tun haben will.«

»Kennen Sie den Grund?« Bley hatte die Kälte an ihren Beinen vergessen.

Statt auf die Frage einzugehen, wich er aus. »Wenn ich es recht bedenke, müsste ich irgendwo noch ein paar Fotos von der Familie haben. Ich habe mal eine Zeit lang beim jährlichen Flora Day fotografiert. Das müssen Hunderte Aufnahmen sein. Die Gilberts waren fast immer dabei. Wenn ich sie Ihnen heraussuchen soll?«

»Danke, das wird nicht nötig sein. Aber schön, dass wir gesprochen haben. Ich muss jetzt wirklich los. Sollten wir Ihr Fotoarchiv dennoch brauchen, melden wir uns.« Sie nickte ihm freundlich zu und schloss die Fahrertür. Während sie anfuhr, hob sie grüßend eine Hand. Vielleicht sollte sie sich doch die Fotos heraussuchen lassen, dachte sie, als sie in Höhe des Abzweigs nach Kuggar war. Vielleicht würden sie in Sachen Curtis Stills Neues zutage fördern.

Kurz darauf wäre sie in Höhe des Möbelladens beinahe von der Straße abgekommen. Nur mit Mühe konnte sie den Wagen abfangen, der auf einer Eisplatte ins Rutschen gekommen war. Sie hatte die Gefahr zu spät erkannt, so sehr war sie in Gedanken versunken gewesen.

Der ehemalige Kameramann könnte so etwas wie das fotografische und dokumentarische Gedächtnis der Gegend sein, wenn es denn stimmte, dass er seit vielen Jahren mit der Kamera unterwegs war. Sie nickte sich selbst zu. Sie sollte das auf jeden Fall im Hinterkopf behalten.

Am Kreisverkehr, der die Wahl zwischen Goonhilly und Helston ließ, fuhr sie in eine schmale Parkbucht. Sie musste unbedingt den Pensionär aufsuchen. Vielleicht hatte er, ohne es zu ahnen, Fotos gemacht, die ihnen nun von Nutzen sein konnten. Mit einem Blick auf ihre Uhr entschied sie, dass sie es direkt tun wollte. Auf sie wartete niemand und auf den alten Kameramann sicher auch nicht. Mit einer vorsichtigen Kehrtwendung fuhr sie zurück nach Ruan Minor.

Vom Parkplatz des Kirchleins aus waren es nur wenige Schritte bis zur kleinen Gasse, von der er gesprochen hatte. Sie passierte den kleinen, hell erleuchteten Laden, der, ebenso wie der Dorfladen unten in Cadgwith, alles für den täglichen Bedarf anbot. Nachdem sie an dem Haus mit zwei überdachten Eingängen vorbeigegangen war, die sehr nach Ferienunterkunft aussahen, weitete sich die Gasse zu einem kleinen Platz. Daran grenzte ein Flachbau, in dem Licht brannte. Das Haus war in der Tat nur durch eine mannshohe Mauer von der Kirche getrennt. Bley trat auf die kleine Holzveranda und klopfte.

»Ah, da sind Sie ja.« Jan Morgan schien keineswegs überrascht.

»Haben Sie mich etwa erwartet?«

»Sicher. Ich habe in meinem Beruf oft mit der Polizei zu tun gehabt. An Ihrem Blick habe ich gesehen, dass Sie noch Fragen haben und dass es eilt.« Er bat sie ins Haus. »Sie sehen aus, als könnten Sie einen Tee gebrauchen. Oder lieber etwas Stärkeres? Setzen Sie sich doch.«

»Tee wäre gut.« Sie rieb sich die Hände und setzte sich auf einen der Stühle im kleinen Foyer. Der Durchgang zur Küche stand offen.

»Ich war gerade dabei, mir einen frischen Tee zu machen.« Sie hörte ihn hantieren. »Sie haben offensichtlich den Täter noch nicht gefasst.«

»Das ist leider wahr. Sie kannten also die Gilberts?«

»Na ja, ein wenig zumindest. Eigentlich nur das, was man sich über sie so erzählt.«

»Und was ist das?«

Jan Morgan erschien mit zwei dampfenden Bechern im Türrahmen. »Viel Geschwätz und Gerüchte. Gilbert war hier in der Gegend bekannt wie der sprichwörtliche bunte Hund.«

Bley nahm den Becher dankbar entgegen und wärmte daran ihre Hände. »Wir sind an allem interessiert, was Mortimer Gilbert betrifft.«

Der pensionierte Kameramann setzte sich ihr gegenüber und schwieg erst mal, als müsse er seine Gedanken ordnen. »Ein einflussreicher Mann im diplomatischen Dienst. Kein Diplomat im eigentlichen Sinn. Jemand, der unterstützend gearbeitet hat. Er war wohl ein profunder Kenner Afrikas und seiner Menschen. Und ein gewiefter Geschäftemacher dazu. Manche behaupten sogar, er habe Afrika als Selbstbedienungsladen gesehen. Aber das haben ja schon zu den alten Kolonialzeiten viele unserer Landsleute so gehandhabt. Na ja. Anderes Thema.«

»Er hat sich bereichert, wollen Sie damit sagen?«

»Jedenfalls hat er eine Menge Geld angehäuft, wobei mich tatsächlich die Quellen interessieren würden. Aber der Mann ist ja nun schon länger nicht mehr unter den Lebenden.«

»Sie scheinen keine gute Meinung von ihm zu haben.«

»Ich bin ihm einmal begegnet, auf einer Recherchereise für die BBC. Ein unangenehmer, eingebildeter Fatzke und dazu auch ein ausgewiesener Frauenheld. Vor allem bei den afrikanischen Frauen.« Er blies bedächtig über den Rand seines Bechers.

»Haben Sie auch das gemeint mit Ihrer Einschätzung, Gilbert habe sich in Afrika wie in einem Selbstbedienungsladen benommen?«

Er schmunzelte. »Sie wissen gut zwischen den Zeilen zu lesen, Detective Sergeant.«

Sie dankte ihm mit einer knappen Kopfbewegung. »Der Stil der Kolonialherren hat in diesen Kreisen offenbar überlebt.«

Morgan hob die Augenbrauen und blickte gedankenverloren durch das breite Fenster hinaus in die Dunkelheit. »Gilbert hat sich wohl nicht nur in Afrika selbstherrlich aufgeführt. Aber das, wie gesagt, sind auch nur Gerüchte.«

»Etwas scheint Sie zu beschäftigen.«

»Curtis hat es nicht leicht gehabt. Ich vermute, dass ihn das alles belastet hat.«

»Was meinen Sie?«

»Sein Vater ist nicht sein leiblicher Vater.«

Sie horchte auf.

»Das Leben schreibt die seltsamsten Geschichten.«

»Ich bin ganz Ohr.«

»Bitte verzeihen Sie mir, aber ich möchte wirklich keine Gerüchte kolportieren. Das ist nicht mein Stil.«

Warum macht er dann solche Andeutungen?, dachte sie. Da steckte sicher mehr dahinter. »Das klingt mysteriös, Mr. Morgan. Sie würden mir einen großen Gefallen tun, wenn Sie mir berichten, was sich die Leute im Dorf so erzählen. Andeutungen bringen uns nicht weiter.« Sie bemerkte seine Ablehnung. »Ich werde mit diesen Informationen sorgsam umgehen, das versichere ich Ihnen.« Sie konnte sehen, wie es immer noch in seinem Gesicht arbeitete. »Bitte«, fügte sie hinzu.

Aber er blieb bei seiner Entscheidung. »Fragen Sie jemand anderen im Dorf. Da gibt es einschlägig bekannte Personen, die in aller Regel bestens Bescheid wissen.« Er lächelte verschmitzt. »Wenn Sie wissen, wen ich meine.«

»Nein, Sie sprechen in Rätseln.«

»Nun, eine Person aus der Theatergruppe hat noch kurz vor seinem Tod mit Stills zu tun gehabt. Sie soll sogar mit ihm gestritten haben. Und es ist nicht die Regisseurin.« Er hatte sichtlich Spaß an seiner Herumdruckserei.

»Margaret Bishop?«

Morgan schwieg lächelnd.

LIII.

Über die Klippen von St. Agnes fegte von See her ein eisiger Wind. Er fand keinen Widerstand, dort gab es nur flaches Grasland.

»Es kann nur hier sein.« Luke deutete das schmale Asphaltband entlang, das in seinem weiteren Verlauf in den ausgetretenen Wanderweg überging, der dann seinerseits dem Verlauf der Klippen folgte.

Simon nickte. »Wir müssen vorsichtig sein. Stone hat sicher den besten Blick auf die Bucht und den Zuweg.«

»Was schlägst du vor?« Luke waren Ungeduld und Anspannung deutlich anzumerken.

»Uns wird nichts anderes übrig bleiben, als im Auto zu warten und die Gegend im Auge zu behalten. Vielleicht haben wir Glück, und er zeigt sich.«

Sein Freund war mit der Antwort wenig zufrieden. »Das ist dann reines Glück. Willst du hier etwa ewig warten?« Er hob das Kinn verdrossen Richtung Windschutzscheibe. »Draußen zu warten, werden wir sowieso nicht lange aushalten. Außerdem hätte ich schon längst einmal die Standheizung reparieren lassen sollen. Was, wenn Stone meinen Wagen erkennt? Wir sitzen hier doch wie auf dem Präsentierteller. Wenn wir aus der Deckung der Kurve heraus sind, hat er uns.«

»Du hast recht.« Simon ärgerte sich längst über seine Idee, ohne Marks' Unterstützung nach St. Agnes zu fahren. Unprofessionell und viel zu gefährlich.

Auf Lukes Gesicht erschien ein verschmitztes Lächeln. »Gill hat eine Freundin, deren Tochter im Tourismusbüro arbeitet. Lass uns dort einen Blick in die Belegungs- und Buchungspläne werfen. Dann wissen wir wenigstens genau, in welchem der Häuschen Stone untergekrochen ist.«

»Wenn er nicht unter seinem Klarnamen eingecheckt hat, werden wir nichts finden.«

Lukes Lächeln wich Missmut. »Muss das immer so kompliziert sein? Wäre doch einen Versuch wert.«

»Du kennst die junge Frau?«

»Kennen ist zu viel gesagt. Ich habe sie zuletzt gesehen, da war sie noch ein Schulkind. Aber vielleicht erinnert sie sich an Gill.«

Simon dachte nach. Die Chance, dass sie im Tourismusbüro weiterkamen, war so gut wie null. Nicht nur, dass Luke ein Fremder für die Angestellte war, es war auch nicht gesagt, dass sie tatsächlich Zugriff auf die Daten hatte, die sie brauchten. Schließlich sah er Luke an. »Gut, dass du um die Ecke denkst, Luke. Aber in dem Fall bringt uns das nicht weiter.«

»Ehrlicherweise geht mir das gerade ebenfalls durch den Kopf. Wir müssen eine andere Lösung finden.« Er nickte entschlossen. »Lass uns mit Marks und seiner Kavallerie zurückkommen.« Er griff zum Zündschlüssel, der im Schloss steckte.

Simon legte seine Hand auf das Lenkrad. »Warte.«

Luke sah ihn erstaunt an und zog die Hand zurück.

»Angenommen, Stone steckt tatsächlich in einem der Häuser, dann wird er auch das Sträßchen beobachten. Denn von hier aus droht die größte Gefahr für ihn.«

»Meinst du?« Luke schien etwas zu ahnen.

»Richtig. Wenn wir von der anderen Seite kommen, haben wir vielleicht eine Chance. Er wird sich auf die Zufahrt konzentrieren und dafür den Küstenpfad vernachlässigen.«

»Du willst wirklich da hoch?« Sein Freund deutete mit dem Kopf zu den Klippen. Alles, was höher war als eine durchschnittliche Welle bei Sturm, bereitete ihm Kopfschmerzen.

Simon nickte entschlossen.

»Weißt du, wie steil es da ist? Ich bin da vor ein paar Jahren mit Gill hinaufgetapert. Das ist kein Spaziergang, jedenfalls nicht für einen Fischer. Der Weg ist eng und derart steinig, dass du kaum einen sicheren Tritt hast.«

»Umso besser. Lass uns gehen. Stone wird nicht mit uns von dort rechnen.«

Luke räusperte sich umständlich. »Bist du dir sicher? Dein Rücken …«

»Wird schon gehen.« Sie hatten nur diese Chance – und die würde er nutzen. Er öffnete die Autotür und ließ sich vorsichtig auf den Asphalt gleiten, dann griff er seinen Gehstock fester. Auf Marks wollte und konnte er nicht warten. »Los. Keith Stone kennt mich nur als Krüppel. Das ist unser Überraschungsmoment.«

»Simon, das ist glatter Selbstmord. Wenn du ausrutschst, war es das. Außerdem sind wir nicht bewaffnet.« Er deutete auf Simons Stock. »Damit beeindruckst du ihn nicht.«

»Nun komm schon.« Simon war bereits auf dem Weg zurück ins Dorf. Dort hatte er bei der Anfahrt den Hinweis auf den Küstenpfad gesehen. Es musste also noch einen anderen Weg geben, um auf die Klippen zu kommen.

Kopfschüttelnd folgte Luke ihm.

Der Pfad führte in einen schmalen Taleinschnitt, der rechts und links bebaut war. Nach einem kurzen Stück bog der Zugang zum Küstenpfad direkt nach rechts ab. Der Weg ging sofort steil hoch. Schon nach wenigen Metern musste Simon stehen bleiben. Der Schmerz an seiner Wirbelsäule nahm ihm beinahe den Atem.

»Lass uns besser umkehren, Simon.« Luke betrachtete ihn mit sorgenvollem Blick.

»Der Weg ist unsere einzige Chance.« Simon setzte langsam einen Fuß vor den anderen.

Luke folgte ihm kopfschüttelnd.

Sie erreichten den Kamm der Klippen nach einer gefühlten Ewigkeit. Zwischendurch musste Simon immer wieder pausieren. Sein Atem ging stoßweise, und der Schweiß ließ sein Hemd auf der Haut kleben. Der Wind kam in Böen und trieb die Kälte unbarmherzig unter seine Jacke.

»Wir dürfen nicht stehen bleiben.« Auch Luke schnaufte.

Simon stapfte voran. »Dann komm.« Obwohl der Wind heftig blies, ging es hier oben zügiger vorwärts als gedacht. Der Blick ging weit über die Bucht hinaus. Es herrschte Flut, und die Wellen rollten mit Gischtkämmen unablässig auf den Strand, von dem fast nichts mehr zu sehen war. Das Wasser reichte beinahe bis an die hohe Brüstung heran, hinter der ein kleines Häuschen stand, das im Sommer einen Kiosk beherbergte. Der angrenzende Parkplatz war leer. Nicht einmal die Hundebesitzer trauten sich bei dem Wetter nach draußen.

Luke deutete voraus. »Dahinten geht's wieder runter.«

Der Weg endete an einer Treppenanlage, die steil, aber komfortabel zu genau dem Weg hinabführte, der an den Häusern vorbeilief, in denen sie Stone vermuteten.

»Und jetzt?«

Simon musterte die Umgebung und setzte sich auf die unterste Treppenstufe. »Wenn ich Stone wäre, würde ich das kleinste und unauffälligste Cottage mieten.«

Luke sah sich suchend um. »Und welches soll das bitte schön sein?«

»Von oben habe ich ein Haus entdeckt, das passen könnte.« Simon deutete den Weg entlang. »Das fünfte von hier aus. Große Fenster nach allen Seiten. Da hast du vom Sessel aus sicher den besten Blick.«

»Und wie willst du das anstellen?« Luke schüttelte über so viel Naivität den Kopf. So kannte er Simon nicht. Oder war es bloß die Unvorsichtigkeit eines Mannes, der sich seinem Ziel unmittelbar gegenüber wähnte?

»Wie gesagt, das Überraschungsmoment.« Simon deutete zum Himmel. »Es wird bald dunkel. Das ist die beste Tarnung.«

»Wir werden uns den Tod holen.« Luke schob die Hände unter die Achseln, um sie zu wärmen. Auf See würde zumindest sein Ölzeug das meiste abhalten.

»Sie sollten sich nicht so lange draußen aufhalten.«

Die beiden drehten sich um und sahen einen Mann, der langsam die Treppen herabstieg. Er mochte jenseits der siebzig sein und machte dennoch einen fitten Eindruck.

»Der Wind wird gleich zunehmen und Sie von den Klippen fegen. Was machen Sie überhaupt bei dem Wetter hier draußen?« Er beäugte sie neugierig. »Wie Wanderer seht ihr beiden nicht aus. Ihr hättet euch wärmer anziehen sollen.« Der Senior deutete auf Simons Stock. »Damit kommst du nicht weit.« Er blieb neben ihnen stehen. »Einmal am Tag muss ich raus. Ich brauche den Wind um meine Nase, damit ich spüre, dass ich noch lebe.« Er machte nicht den Eindruck, als sei er an vornehmer britischer Zurückhaltung interessiert.

Er schien sich eher auf ein Schwätzchen einzurichten, jedenfalls sah er die beiden aus hellen Augen neugierig an. Er trug einen schmalen Oberlippenbart, der wohl in den frühen Sechzigern des vergangenen Jahrhunderts als modern gegolten hatte.

»Sie sind aus dem Dorf?« Simon musterte den Spaziergänger, der in einer dicken Winterjacke steckte und eine

Art Schlägerkappe auf dem Kopf trug. Der Erscheinung nach passte er auf eine Farm oder zu einem der kleineren Herrenhäuser in der Gegend, die schon bessere Zeiten erlebt hatten. Es hätte ihn nicht gewundert, wenn der Mann eine Schrotflinte unter dem Arm getragen hätte.

»Ich war für Ihre Majestät lange im Ausland, Asien, Afrika.« Er zuckte mit den Schultern. »Nach meiner Pensionierung bin ich hier hängen geblieben. Nicht gerade das Horn von Afrika, oder? Aber dennoch lebenswert. Und die Leute lassen mir meinen Frieden.« Er deutete den Weg entlang. »Dahinten das Haus ist meins. Klein, aber bezahlt. Wollte ich es verkaufen, bekäme ich sicher ein hübsches Sümmchen dafür. Mehr, als es mich gekostet hat. Sind beliebt, diese Häuschen, besonders bei den jungen Leuten. Die meinen, sich mit ihrem Geld alles kaufen zu können. Na ja. Ich bleibe, bis sie mich mit den Füßen zuerst heraustragen.« Er lachte meckernd. »Sehr zum Ärger meines Neffen und seiner schrecklichen Frau Wanda.«

»Sie kennen sicher Ihre Nachbarn.« Simon schöpfte mit einem Mal Hoffnung.

Der Mann wandte sich den Häusern zu. »Nicht wirklich. Sind ja meistens Ferienhäuser, da wechseln ständig die Bewohner.« Er sah sie verschmitzt an. »Auch wenn die Gesichter andere sind, die Probleme sind die gleichen: abends Streit nach zu viel Rotwein und tagsüber schweigendes Erdulden der verhassten Eigenheiten des anderen.«

»Sind alle Häuser bewohnt?« Luke hatte keinen Sinn für derart Tiefgründiges. Dazu fror er zu sehr.

Der Mann schüttelte den Kopf. »Um diese Jahreszeit ist selten jemand hier. Zu windig, zu wenig los im Dorf.« Er sann seinen Gedanken nach. »Bis auf meins und das daneben sind alle leer. Geht erst zum Jahreswechsel wieder los, dann werden wieder ein paar Gäste kommen.«

»Ihre Nachbarn sind sicher Leute, die die Ruhe suchen.« Simon sah den Mann fragend an.

»Kein Pärchen, nur ein einzelner Mann. Komischer Kauz. Kaum zu sehen, und wenn, grüßt er nicht. Hab schon gedacht, dass er vor seiner Frau abgehauen ist. Oder sie hat ihn verlassen. Na ja. Geht mich auch nichts an. Aber sein Gesicht gefällt mir nicht.« Er wandte sich zum Gehen. »Denken Sie daran, der Wind wird gleich stärker. Sie beide sollten schnellstens einen gemütlicheren Ort aufsuchen.«

»Keine schlechte Idee.« Luke hielt ihm die Hand hin. »Hat mich gefreut, Ihre Bekanntschaft gemacht zu haben. Einen Weltenbummler wie Sie trifft man nicht alle Tage. Im Auftrag Ihrer Majestät unterwegs, Respekt. Sie müssen eine Menge zu erzählen haben.«

Simon sah seinen Freund bewundernd an. Dieses spontane Erkennen und Ausnutzen der Situation hätte er ihm gar nicht zugetraut. Luke tat genau das Richtige.

»Ach, wer will das schon wissen? Die Erinnerungen eines alten Mannes.«

»In den Menschen stecken die tollsten Geschichten.« Luke deutete auf Simon. »Hier, mein Freund zum Beispiel. Man sieht es ihm nicht an, aber vor seinem Unfall war er ein Spezialagent der Londoner Polizei.«

Simon wollte Lukes Übertreibung schon geraderücken, als er den plötzlichen Glanz in den Augen des Mannes sah.

»Ach, tatsächlich? Und ich dachte schon …«

»Sie meinen, wegen des Stocks? Berufsrisiko«, fiel er ihm ins Wort.

Der Mann sah sie beide prüfend an, bevor er sprach. »Wenn ich Ihnen nicht zu nahe trete, möchte ich Ihnen eine Tasse Tee oder etwas Stärkeres zum Aufwärmen anbieten. Bei der Gelegenheit können Sie mir von Ihrer Arbeit erzählen.« Er streckte ihnen die Hand hin. Er hatte eindeutig die Chance auf ein bisschen Unterhaltung und Ablenkung gewittert. »Ich habe mich noch nicht vorgestellt. Mein Name ist Nettles. Nennen Sie mich John.«

»John Nettles? Wie der Schauspieler?«, wollte Luke wissen.

Der Mann kicherte. »Genau.«

Die Aussicht vom Haus auf das Meer war überwältigend. Nahezu die gesamte Breite des Wohnzimmers war verglast. Das Panorama gab ihnen das Gefühl, ohne Barriere oberhalb der Klippen zu stehen. Der Blick ging weit über die Küstenlinie hinaus, der Horizont war allerdings nicht auszumachen. Das Grau des Himmels verschmolz mit dem Grau der See.

Luke nickte Simon zu. Die Aussicht gefiel ihm.

»Bei gutem Wetter können Sie fast bis zur Ostküste unserer amerikanischen Freunde schauen.«

Simon hob die Augenbrauen. Das war dann wohl doch ein wenig übertrieben.

»Scherz.« Nettles hantierte bereits mit drei Gläsern aus schwerem Kristallglas und einer Karaffe, in der eine goldene Flüssigkeit glänzte. »Erst mal eine kleine Stärkung, bevor ich den Kessel aufsetze.« Er lächelte vergnügt. »Wann habe ich schon mal das Vergnügen, Gäste in meiner bescheidenen Hütte begrüßen zu können? Meine Frau ist schon lange bei ihren Ahnen, Kinder waren uns nicht vergönnt.« Er wies auf eine Galerie aufgestellter

Fotorahmen, aus denen vom Kaminsims her fröhliche Kindergesichter strahlten. »Wir haben stattdessen über die Jahre ein paar Patenschaften übernommen, um die Not der Menschen dort unten in Afrika ein wenig zu lindern.«

Simon ließ den Blick durch den Raum gleiten. Neben den Fotos erinnerten einige afrikanische Artefakte an der Wand, Masken, ein reich besticktes Gewand und ein Speer samt Schild, an Nettles' Zeit in Afrika.

»Wir haben Afrika geliebt, wissen Sie, die Menschen, die Natur.« Er seufzte vernehmlich. »Wenn nur nicht die gierigen Diktatoren wären, die mit den Milliarden aus der Entwicklungshilfe nichts Besseres anzufangen wissen, als sie in ihre Paläste und ihren Machterhalt zu investieren.« Nettles hob die Schultern. »Zum Teil liegt die Schuld sicher bei uns und unserer Kolonialpolitik. Aber es wird besser. Langsam zwar, aber es ändert sich manches zum Besseren.« Er hielt den beiden die gut gefüllten Gläser hin. »Ich will Sie nicht mit meinen alten Geschichten langweilen. Cheers. Der Whisky ist so alt wie ich.« Er trank den beiden zu.

»Wirklich beeindruckend.« Simon setzte das Glas ab. Luke trank schweigend.

»Nun setzen Sie sich doch endlich.« Nettles wies auf die Sitzgruppe aus wuchtigen, mit hellem Stoff bezogenen Sesseln und nahm ebenfalls Platz. »Ich will alles über Ihre aufregende Arbeit erfahren.« Er wandte sich an Luke. »Sie waren ebenfalls bei der Spezialeinheit, nehme ich an?«

Luke wollte geschmeichelt antworten, aber Simon kam ihm zuvor. »Luke ist ein guter Freund. Wir haben uns erst bei meinem Umzug nach Cadgwith kennengelernt.«

Nettles nickte. »Um der Wahrheit die Ehre zu geben, Sie sehen für mich auch nicht aus wie ein Spezialagent, eher wie ein Fischer aus der Gegend.«

Luke ließ nicht erkennen, ob ihm die Bemerkung des Rentners gefiel.

»Sie waren also für die Regierung unterwegs?«, nutzte Simon die Gelegenheit.

»Yep. Wirtschaftliche Zusammenarbeit, so 'n Zeug.«

»In dieser Zeit haben Sie sicher auch mit der Armee zu tun gehabt. Ist Ihnen damals vielleicht ein Colonel Hudson begegnet?«

Der Angesprochene sah Simon irritiert an. »Warum wollen Sie das wissen?« Nettles überlegte und schüttelte dann den Kopf. »Nein, ich kann mich jedenfalls nicht erinnern. In welcher Einheit hat er gedient?«

»Ich weiß lediglich, dass er Verbindungsoffizier war.« Simon sah die Hoffnung schwinden, Marks und DS Bley bei der Aufklärung der Morde unterstützen zu können. Es wäre zu schön gewesen, wenn es eine Verbindung zwischen den beiden Männern gegeben hätte.

»Die Dinge aus Afrika müssen sehr wertvoll sein.« Luke nickte Richtung Speer.

»Das kann man wohl sagen. Allerdings bedeuten sie mir nicht mehr so viel, seit meine Frau nicht mehr lebt. Sie sind Anlass für schmerzhafte Erinnerungen. Ich werde sie wohl im kommenden Jahr verkaufen. Ich brauche das Geld für dringende Reparaturen.« Nettles wies zum Fenster. »Im ganzen Haus zieht es durch alle Ritzen. Das ist meiner Gesundheit nicht eben förderlich. Das Dach muss neu gemacht werden, und ein Anstrich täte dem Haus auch gut. Wenn ich nicht investiere, verkommt das gesamte Anwesen, und meine unmittelbaren Erben werden nichts davon haben. Nicht dass mich das wirklich grämen würde«, setzte er hinzu.

»Erben?«

Nettles wies auf die gerahmten Fotos. »Unseren Patenkindern möchte ich dagegen schon etwas hinterlassen. Na ja, noch lebe ich aber.« Er richtete sich in seinem Sessel auf. »Aber lassen wir das Thema. Erzählen Sie lieber von sich und Ihrem Leben. Ich liebe spannende Geschichten.« Er hob die Hand und stand auf. »Bevor Sie loslegen, hole ich uns den Whisky an den Tisch.«

Simon hatte wenig Lust, aus seinem Arbeitsleben zu erzählen. Aber er wusste, der Weg zu Keith Stone führte allein über die Geschichten aus seiner Zeit bei der Metropolitan Police. Daher gab er einige Anekdoten zum Besten, die er sich in der Vergangenheit Stück für Stück zusammengestellt hatte, für den Fall, dass er anderen aus seinem früheren Leben erzählen sollte.

John Nettles hatte ihm zugehört, ohne ihn ein einziges Mal zu unterbrechen. »Beeindruckend, sehr beeindruckend«, meinte er, nachdem Simon geendet hatte, und goss sich und seinen Gästen nach.

»Und nun ist er nur noch Künstler.« Luke hatte die Geschichten schon zu oft gehört, um noch beeindruckt zu sein.

»Ach, tatsächlich? Künstler?« Der Senior schien nicht wirklich interessiert. »Malen Sie, oder was?«

Simon nickte, als sei das keine Erwähnung wert. Er würde nun versuchen, das Gespräch auf Nettles' Nachbarn zu lenken.

Er hatte beim Blick durch das Fenster erkennen können, dass es zum Nachbargrundstück lediglich eine niedrige Mauer gab, die zudem nicht mit Stacheldraht oder Ähnlichem gesichert war. Ein Einbrecher würde es leicht haben, dieses Hindernis zu überwinden. Der Umstand spielte ihnen in die Hände. Da es zu Nettles' Haus kein Fenster gab, könnten sie ungesehen hinüberklettern.

»Haben eigentlich alle Häuser hier eine solch grandiose Aussicht?« Simon deutete hinaus.

Nettles nickte. »Was denken Sie denn? Deshalb wurden sie an dieser Stelle gebaut. Nichts sollte den Blick auf Cornwalls Küste verstellen.«

»Das heißt, die Bewohner sind eher damit beschäftigt, die Natur zu genießen, und geben weniger acht auf die Nachbarn?«

»Ist mir ganz recht so. In der Saison ist es ein ständiges Kommen und Gehen. Da hat es wenig Sinn, sich Gesichter zu merken. Dass das Haus nebenan derzeit bewohnt ist, ist eher die Ausnahme.«

»Von einem komischen Kauz, sagen Sie?« Luke hatte sich vorgebeugt wie jemand, der keinem Tratsch aus dem Weg ging.

»Wie ein Urlauber wirkt er jedenfalls nicht.« Nettles lachte krächzend. »Vielleicht ist er ja auf der Flucht vor irgendwas.« Er wurde wieder ernst. »Nichts für ungut, mit mir geht die Fantasie durch. Wenn man den ganzen Tag nur mit sich und seinen Erinnerungen beschäftigt ist, kann das schon mal passieren. Aber nicht, dass Sie jetzt denken, ich werde wunderlich.«

»Gesprochen haben Sie mit dem Mann nicht?«

Nettles hob einen Zeigefinger. »Kommt da etwa Ihr Gespür für das Kriminelle zum Vorschein? Nein, gesprochen haben wir noch nicht. Sagte ich ja bereits, der Mann taucht kaum draußen auf.«

»Was macht ihn so seltsam? Außer dass er kaum in der Öffentlichkeit zu sehen ist?«, setzte Simon nach.

»Wissen Sie, in meiner Zeit in Afrika bin ich auch mit Kreisen in Berührung gekommen, die wenig Wert auf das Leben anderer legen, wenn Sie wissen, was ich meine. Diese Warlords, aber auch solche Menschen, die in kriminelle Banden gepresst wurden, haben etwas in ihren Augen und ihrer Körperhaltung, das Angst verbreitet, in dem Moment, in dem man es wahrnimmt. Ich bin meinem Nachbarn kurz bei seinem Einzug begegnet, als ich etwas aus dem Wagen holen wollte. Der Augenblick hat mir gereicht.« Er stockte. »Und ich habe mehr als einmal mitansehen müssen, was diese Menschen anzurichten imstande sind.«

Simon stellte ihm ein paar Fragen zum Aussehen seines Nachbarn, danach war er sich sicher, dass es sich um Stone handelte.

Er dachte nach und sprach es vorsichtig aus. »Haben Sie Angst, Mr. Nettles?«

Der Mann schüttelte den Kopf. »In meinem Alter habe ich vor nichts und niemandem mehr Angst. Es ist nur so, dass ich die Körperhaltung und den Blick des Mannes zu deuten weiß. Würde mich nicht wundern, wenn er eine Waffe bei sich hat.«

»Gesehen haben Sie sie aber nicht?«

»Wie gesagt, Simon, es war nur ein kurzer Moment. Und meine Fantasie.«

Er würde Nettles einweihen müssen, um ungesehen an das Haus nebenan zu kommen. Und sie würden das Überraschungsmoment nutzen müssen. Simon hatte bereits eine Idee.

»Mr. Nettles, haben Sie Werkzeug im Haus?«

»Wozu? Nein. Doch, ein paar Schraubendreher, einen Hammer und ein paar Nägel.«

»Eine Rohrpumpenzange?«

Nettles seufzte. »Die Gästetoilette ist etwas undicht, aber eine solche Zange habe ich nicht.« Er runzelte die Stirn. »Aber warum fragen Sie mich das?«

Simon sah Luke an, und der nickte. Er verstand den Plan seines Freundes.

LIV.

»Mrs. Bishop?«

Die Frau drehte sich um und sah DS Bley verwundert an. »Sie kennen mich?« Dann straffte sie sich. »Natürlich kennen Sie mich. Als Vorsitzende des wichtigsten Vereins hier bin ich sehr präsent in Ruan Minor.«

»Ihre Nichte hat mir gesagt, wo ich Sie finde. Haben Sie einen Augenblick Zeit für ein paar Fragen?«

»Für die Polizei bin ich immer zu sprechen.« Bishop sah Bley aus zusammengekniffenen Augen neugierig an. »Sie sind doch die Untergebene von DI Marks, richtig?«

Bley überhörte die unverschämte Bemerkung – die beste Methode, Frauen dieses Schlages den Wind aus den Segeln zu nehmen. Freundlich sagte sie: »Es dauert auch nicht lange.«

Bishop schob die Blätter zusammen, die auf dem kleinen Tisch vor ihr lagen. »Ich bereite mich gerade auf die heutige Probe vor. Da möchte ich so wenig Ablenkung wie möglich haben. Ich habe den Part von Miss Sophie übernommen, die wichtigste Rolle in dem Stück. Ich brauche absolute Konzentration.«

»Miss Sophie?« Bley hatte keine Ahnung, wovon die Frau sprach. Mit einem Blick durch den Raum, der den Methodisten üblicherweise auch als Sonntagsschule diente, versuchte sie, einen Anhaltspunkt für Bishops Rolle zu finden. Außer einem langen Tisch mit Kerzenständer und einigen Gedecken war nichts zu sehen.

»*Dinner for One*. Der neunzigste Geburtstag. Kennen Sie nicht? Na ja, von Kultur muss die Polizei ja auch keine Ahnung haben. Sie müssen die Gangster fangen.« Sie deutete vor sich auf den Boden. »Hier kommt noch das Tigerfell hin. Und die Stuhlreihe da ist die improvisierte Anrichte für meinen Butler.« Sie sprach das Wort aus, als wüsste sie genau, wie man mit Bediensteten umzugehen hatte.

Auch diese Bemerkung überhörte Bley. Die Frau hatte keinen Anstand. »Beim Stichwort *Tigerfell* bin ich auch gleich beim Thema. Es geht noch einmal um Curtis Stills.«

»Dachte ich mir schon, dass Sie nicht gekommen sind, um Karten für die Vorstellungen zu kaufen. Sie haben demnach den Fall immer noch nicht gelöst. Wenn Sie wollen, kann ich Ihre Kartenwünsche gerne entgegennehmen und weiterleiten.«

»Zum Stand der Ermittlungen darf ich Ihnen nichts sagen, Mrs. Bishop. Aber mit Ihrer Hilfe«, sie betonte das Wort, weil sie dem Affen Zucker geben wollte, »kommen wir der Lösung sicher ein gutes Stück näher.«

Das verfehlte seine Wirkung nicht. Bishop hob den Kopf, als habe sie gerade erfahren, dass sie von der Königlichen Gartenbaugesellschaft die höchste Auszeichnung verliehen bekam. »Nun?« Sie tat einen pathetischen Schritt nach vorne und hatte offenbar die anstehende Theaterprobe vergessen.

Bley griff noch tiefer in den Honigtopf. »Sie gelten als profunde Kennerin der Dorfgemeinschaft Cadgwiths und Ruan Minors sowie der gehobenen Gesellschaft in diesem Teil Cornwalls.«

Bishops Körperhaltung wuchs mit jedem Satz. Sie hob würdevoll die Hand, um lässig abzuwinken.

»Daher kennen Sie auch die Familie Gilbert.«

»Das will ich wohl meinen. Der arme Curtis Stills war ja sozusagen ein engeres Mitglied der Familie.«

»Ihre Äußerung klingt äußerst interessant. Was meinen Sie damit?« Bley setzte sich auf den nächstbesten Stuhl und öffnete ihr Notizbuch.

Bishop sah sie von oben herab an. »Ich weiß wirklich nicht, ob ich das mit Ihnen besprechen sollte. Das ist eher etwas für Ihren Chef, Teuerste. Mr. Marks scheint mir in dieser Angelegenheit der geeignetere Gesprächspartner zu sein.«

»DI Marks führt die Ermittlungen derzeit nicht. DCI Sattler hat mir die Verantwortung übertragen.« Sie ärgerte sich, dass das aus ihrem Mund wie eine Entschuldigung klang.

Bishop quittierte die Antwort mit einem blasierten Lächeln.

»Also, Mrs. Bishop, was meinen Sie mit *engeres Mitglied der Familie*?«

»So, wie ich es sagte.«

»Andeutungen bringen uns nicht weiter.« Sie musste kurz an Jan Morgan, den Kameramann, denken.

»Nun, der gute Mortimer war zeit seines Lebens ein überaus charmanter und lebenslustiger Mensch. Gott hab ihn selig. Sie hätten seine Auftritte beim alljährlichen Flora Day erleben sollen. Die Menschen, ganz besonders die Frauen, haben ihm zu Füßen gelegen.«

DS Bley meinte eine zarte Röte in Bishops Gesicht zu bemerken, aber das konnte ebenso an der Beleuchtung liegen.

»Aha.«

»Ich weiß, wovon ich spreche.« Margaret Bishop kicherte wie ein überdrehter Backfisch.

»Wollen Sie damit andeuten …«

»Wo denken Sie hin? Ich bin meinem David immer treu gewesen.« Sie legte eine Kunstpause ein. »Aber ich hatte auch ein Leben vor meinem Mann. Eine sehr amüsante Zeit.« Sie unterbrach sich erneut. »Alle waren wir hinter ihm her. Also, soweit wir uns das erlauben wollten und soweit der gute Mortimer das zuließ. Ich glaube, er hatte großen Spaß daran, uns die Köpfe zu verdrehen.«

Bley wollte endlich auf den Punkt kommen. »Uns ist zu Ohren gekommen, dass es ein Familiengeheimnis der Gilberts gibt.«

»Gibt es das nicht in jeder Familie?« Bishop durchbohrte sie mit ihrem Blick.

»Also stimmt, was uns zugetragen wurde?«

»Wer hat Ihnen das geflüstert?«

»Das spielt keine Rolle. Nun, was wissen Sie genau, Mrs. Bishop?«

Sie drehte sich, als suche sie das richtige Licht für ihren anstehenden Auftritt. »Nun, Mortimer hat sich all die Jahre sehr um Curtis gekümmert.« Sie steigerte die Dramatik.

»Er hat den Jungen behandelt wie seinen eigenen Sohn.« Dann ließ sie die Schultern fallen. »Aber am Ende hat es nichts genutzt. Sie kennen ja den weiteren Lebenslauf von Curtis.«

»Meinen Sie das mit Ihrer Bemerkung über die enge Verbindung zwischen den beiden? Das ist doch nur lobenswert, dass sich der Onkel nach dem tragischen Tod seines Bruders und seiner Schwägerin um das Kind kümmert.«

»Sie verstehen anscheinend nicht ganz.« Bishop wartete auf ihren ganz großen Auftritt.

Bley sah sie fragend an.

»Curtis war Mortimers Sohn.« Jetzt hatte sie den Höhepunkt ihrer Theaterrolle erreicht.

»Sind Sie sicher?«

»Mortimers Frau Johanna hat sehr darunter gelitten. Für alle Beteiligten war es ein Segen, dass Mortimer immer wieder lange im Ausland gelebt hat. So hielt sich das Getratsche der Leute in Grenzen. Wobei es in diesen Kreisen ja nicht unüblich war – und vielleicht heute auch noch ist –, dass sich die Männer aufspielen wie echte Gutsherren.«

Bishop klang nicht so, als verabscheue sie diese Haltung, sondern als nehme sie sie als standesgemäß hin.

»Das möchte ich nicht bewerten.« Bley machte sich eine kurze Notiz. Sie hatte nun das ermittelt, was Jan Morgan nur angedeutet hatte. Was das Ganze mit ihrem Fall zu tun hatte, wollte ihr auf den ersten Blick nicht einleuchten. Dass ein Mann mit der Frau seines Bruders einen *Bastard* zeugt, kam vor, war in der Tat nichts sonderlich Bedeutsames. Sie hätte sich das selbstverliebte Gefasel ersparen können.

»Danke für Ihre Aussage, Mrs. Bishop. Zumindest haben Sie mir eine offene Frage beantworten können.«

»Ist das alles?« Bishop schien enttäuscht. »Wenn ich mich recht erinnere, war das Ganze ein großes Drama. Viele Frauen haben sich von Gilbert abgewandt, vermutlich weil die Schranzen selbst auf eine Affäre gehofft hatten. Um Mortimer machte man eine Zeit lang einen Bogen. Allerdings einen nicht zu großen. Der Mann hatte Einfluss in der großen Politik und in der Wirtschaft. Da wollte es sich niemand auf Dauer mit Morty verscherzen. Die Menschen hier denken praktisch. Man weiß nie, was das Wetter bringt, wenn es umschlägt. Das, Detective Sergeant, sollten auch Sie beherzigen.«

»Ich denke, ich habe für heute tief genug in den Sumpf geblickt, in dem hier so viele immer noch zu stecken scheinen.« Bley ließ mit der Art, wie sie Bishop ansah, keinen Zweifel, wen sie damit meinte.

Aber auch in diesem Fall schien die Frau teflonbeschichtet. »Wollen Sie nicht zu meiner Premiere kommen? Ich kann Ihnen gerne eine Freikarte organisieren. Sie haben hier in der Gegend nicht alle Tage die Chance, einer hochwertigen Inszenierung beizuwohnen.« Sie machte ein Gesicht, als könne sie es selbst nicht recht glauben. »Selbst das Minack Theatre hat schon angefragt. Sie würden uns groß rausbringen.«

Bley stand auf und verbeugte sich leicht. »Vielen Dank für das Angebot, aber ich muss mich jeden Tag mit mal fantasievollen, mal grottenschlechten Inszenierungen beschäftigen.«

Vor der Tür der Methodistenkirche blieb sie stehen und atmete die kalte Luft tief ein. Manche Menschen lebten fernab jeder Realität. Das hatte wenig mit Geografie zu tun.

Sie überlegte kurz, ob sie die paar Schritte hinüber zum Haus von Morgan gehen sollte, entschied sich aber anders. Zum ersten Mal seit Monaten freute sie sich auf ihre Wohnung. Sie würde sich unterwegs etwas zum Abendessen besorgen, dann ein heißes Bad nehmen und sich mit ihrem Laptop und einer Flasche Wein aufs Sofa verziehen.

Als sie sich auf den Rückweg machte, setzte in Höhe des Abzweigs zur Kirche St. John dichtes Schneetreiben ein. Sie musste die Scheibenwischer im schnellsten Takt laufen lassen und hatte trotzdem das Gefühl, die Hand nicht vor Augen zu sehen. Wenn das so blieb, würde sie lange brauchen bis nach Helston.

Sie kam tatsächlich nur langsam voran und musste achtgeben, nicht auf die Gegenfahrbahn zu geraten. Trotz des Wetters waren viele Fahrzeuge auf der Straße, darunter Lkw, die viel zu schnell unterwegs waren und ihr dabei gefährlich nahe kamen.

Die mäßige Geschwindigkeit, mit der sie vorankam, gab ihr die Gelegenheit, über das Gespräch mit der alten Schreckschraube nachzudenken.

Mortimer Gilbert war also der Vater von Curtis Stills. Fehltritte kamen vor, aber was bedeutete das für ihren Fall? Sie zuckte unwillkürlich mit den Schultern. Sie konnte keinen Zusammenhang erkennen. Stills hatte die Speere aus Horsley Hall abtransportiert und war mit einem ermordet worden. Amelie Gibbons war ebenfalls durch einen Speer ums Leben gekommen. Aber warum? Ihr Mann schied als Täter aus. Den toten Immobilienmakler konnten sie Burns zuordnen, aber der hatte keine tieferen Verbindungen zu Stills und Gibbons. Eine Tat, geplant aus Gier, Heimtücke oder Eifersucht? Die Motive waren nicht zu erkennen. Blieb also immer noch die Frage: Wer hatte Interesse am Tod der beiden? Die einzig sichtbare Verbindung war die Theatergruppe. Mussten sie den Mörder unter den Akteuren suchen? Aber was war dann das Motiv? Und: Wie war der Täter an die Speere gekommen?

Ein lautes Hupen und blendendes Licht rissen sie aus ihren Gedanken. Instinktiv zog sie das Steuer nach links. Im letzten Augenblick konnte sie einem Umzugstransporter mit hohem Aufbau ausweichen, der ihr oder dem sie gefährlich nahe gekommen war.

Schwer atmend konnte sie sich nur langsam wieder beruhigen. Sie hatte mittlerweile die Kehre passiert, die sie weiter voraus zum Gelände der Marinebasis brachte. Das schier endlose und penibel eingezäunte Gelände war in gleißendes Licht getaucht. Der Schnee tat ein Übriges, um die Umgebung taghell erscheinen zu lassen.

Wer in der Theatergruppe hatte ein Interesse am Tod des Requisiteurs und der Schneiderin? Was hatte den Hass des Täters oder der Täterin so sehr angefacht, dass die beiden sterben mussten? Sie würde dem nachgehen müssen. Gleich morgen würde sie mit Easterbrook die nächsten Schritte festlegen.

Ihr Mobiltelefon klingelte. Sie nahm das Gespräch über die Freisprechanlage entgegen, ohne auf die Nummer zu achten. »DS Annie Bley?«

»Gott sei Dank, ich dachte schon, Sie seien irgendwo im Schneesturm abhandengekommen. Im Präsidium wusste niemand so genau, wo Sie stecken. Selbst Easterbrook schien nicht informiert zu sein.«

Sie hatte tatsächlich nicht daran gedacht, Bescheid zu geben. Dummer Anfängerfehler. »DI Marks. Danke der Nachfrage. Mir geht es ausgezeichnet – soweit dies möglich ist, wenn einem dauernd Lkw begegnen, die einen rammen wollen.«

»Ich habe mir gedacht, ich lade Sie zum Essen ein. An so einem kalten Dezemberabend sollte niemand allein zu Hause hocken. Wo stecken Sie?«

Seine zuversichtliche, aufgeräumte Stimme rührte sie. Marks schien sein Trauma um den Tod von Louise Taylor immer besser im Griff zu haben. Oder er konnte die Trauer besser hinter seiner professionellen Art, mit Verbrechen umzugehen, verstecken. Entgegen ihrer normalen Abneigung gegen Verabredungen nach Feierabend sagte sie spontan zu. Das Treffen würde Marks guttun und ihr auch.

»Das klingt besser als eine Fertigpizza in der Mikrowelle. Ich komme gerade von Margaret Bishop. Sie hat mir ein interessantes Detail erzählt.« Sie sah auf die Uhr. »Wenn der Schnee nicht noch zunimmt und die Strecke befahrbar bleibt, bin ich in zwanzig Minuten bei Ihnen.«

»Perfekt. Es gibt ein Curry.«

»Aus der Mikrowelle?«, spottete sie.

»Ich koche selbstverständlich frisch.«

Die restliche Fahrt verlief problemloser als befürchtet. Ein Räumfahrzeug der Streitkräfte hatte sich an einem Abzweig vor sie eingereiht und hielt die Straße weitgehend offen. Bley wusste, dass die Stadtverwaltung auf Wetterereignisse dieser Art nicht eingerichtet war. Wann schneite es in diesem Teil Cornwalls schon mal so heftig wie jetzt? Da kam die Nachbarschaftshilfe der Royal Navy genau zum richtigen Zeitpunkt.

»Das ging ja fix.«

Bley verzog amüsiert den Mund. Marks hatte eine bunte Schürze umgebunden, deren Aufschrift ihn als *besten Koch der Welt* pries.

»Die ist noch aus dem Bestand meiner Fast-Ehe.« Er hatte ihren Blick bemerkt und strich verlegen über das steife Tuch. »Nun aber herein mit Ihnen.«

»Riecht gut.« Sie hängte ihre Jacke im Flur an einen freien Haken und schnupperte in Richtung offene Küchentür.

»Das Curry braucht noch eine Weile. Zeit für einen Aperitif. Gin Tonic?«

Curry? Warum er wohl ausgerechnet dieses Gericht ausgewählt hatte? Wenn sie sich recht erinnerte, war es das, was er mit Louise Taylor am Abend ihres Todes hatte essen wollen. Sie nickte stattdessen und bemerkte die Musik, die aus dem Wohnzimmer drang. »Larkin Poe?«

Nun war es an Marks, erstaunt zu sein. »Sie kennen das Duo? Respekt.«

Sie lächelte. »Die Platte lief bereits bei unserem letzten Aufeinandertreffen.«

Er räusperte sich verlegen. »Die Musik hilft mir gerade sehr. Es hat keinen Zweck, sich vollends in seiner Trauer zu verkriechen. Kochen und Musik lenken mich ab. Nicht nur von meiner Sehnsucht nach Louise, auch von der Arbeit. Das tut gerade bei diesem Wetter besonders gut.« Um seine Augen zeigte sich ein dunkler Zug. Marks schlug in die Hände, eine Spur zu unternehmungslustig, wie Bley fand. »Dann wollen wir mal. Gehen Sie schon mal vor, ich kümmere mich um die Drinks.«

Im Wohnzimmer war von Marks' aufgeräumter Stimmung nicht mehr viel zu spüren. Der Raum mutete chaotisch an. Er war unordentlich und verbreitete das Gefühl von Unruhe. Zerlesene Zeitschriften und aufgeschlagene Bücher hatten nahezu jeden freien Platz besetzt. Auf dem Boden stapelten sich offene CD-Hüllen, die mit diversen Schallplattencovers konkurrierten. Die warme Heizungsluft roch abgestanden. Das Zimmer war nicht nur der Beleg für das sorglose Singledasein seines Bewohners, es spiegelte die innere Zerrissenheit ihres Vorgesetzten wider.

»Bin noch nicht zum Aufräumen gekommen.« Marks kam aus der Küche und reichte ihr schwungvoll ein Glas. »Ich lüfte gleich. Man sollte immer Zitronen im Haus haben. Cheers, Detective Sergeant. Auf einen gemütlichen Abend.«

Wie unnötig. *Die schwungvolle Geste unterstreicht seine Unsicherheit umso mehr*, dachte Bley. »Danke.«

»Wie gesagt, das Curry muss noch ein wenig köcheln. Setzen wir uns doch solange, und Sie erzählen mir derweil vom Stand der Ermittlungen.« Achtlos fegte er eine aufgeschlagene Zeitung von einer Sofaseite und setzte sich. Erwartungsvoll sah er sie an und drehte das Glas in der Hand.

Wehte der Wind daher? Wollte er mit dem Abendessen seine traumatischen Erlebnisse vergessen machen? Dort anknüpfen, wo der Schuss seine Zukunftsträume vernichtet hatte?

Sie nahm zwei aufgeschlagene Bücher aus einem der Sessel und deponierte sie auf den Zeitschriften, die auf dem Beistelltisch lagen. »Wir haben ein paar interessante Details ermitteln können. Allerdings weiß ich nicht, ob sie von Bedeutung sind.« Sie nahm einen Schluck. »Kurz gesagt, wir sind nicht grundsätzlich weitergekommen.«

»Ich bin ganz Ohr, Ann…-, DS Bley. Und danach lassen wir für heute Abend den Job Job sein.«

Sie schilderte chronologisch die Abläufe der vergangenen Tage und ließ erneut nicht unerwähnt, dass DC Easterbrook sich *recht ordentlich* anstellte. Marks quittierte das mit einem zufriedenen Nicken. Er unterbrach sie kaum, zwischendurch sah er allerdings zweimal nach dem Essen.

»Ich bin also nicht wirklich vorangekommen, Chef«, beendete sie ihren Rapport, der in dieser Umgebung nicht wie ein Austausch zwischen Mitarbeiterin und Vorgesetztem klang, sondern eher wie ein Gespräch zwischen Freunden. Seltsam, dachte sie, wie sehr sich doch ihr Verhältnis in den vergangenen Wochen verändert hatte. Sie wusste nicht, wie sie das bewerten sollte.

»Lassen Sie uns morgen darüber nachdenken, was getan werden könnte. Wein?«

»Ich bin mit dem Wagen.«

»Ich werde später einen Streifenwagen ordern, der Sie zu Ihrer Wohnung bringt.« Marks lächelte spitzbübisch.

Der vertrauliche Blick ließ ihn unwillkürlich jünger und unbelasteter wirken. *Wie er wohl als junger Mann war?*, ging ihr durch den Kopf. »Ich weiß nicht, ob das eine gute Idee ist.«

»Keine Sorge, Detective Sergeant. Wäre nicht das erste Mal. Die Kollegen spielen manchmal gerne Taxi.«

Während des Essens, das Bley tatsächlich sehr gut schmeckte, sprachen sie kaum über die Arbeit als vielmehr über ihr gemeinsames Interesse an Musik. Die Schnittmenge war gar nicht mal so klein, musste sie sich eingestehen. Marks hatte trotz seines Alters einen durchaus passablen Geschmack.

»Ich platze gleich. Es war wunderbar. Genau die richtige Schärfe.« Sie schob den Teller von sich und trank einen Schluck von dem gekühlten Weißwein.

»Freut mich.«

Sie sah das Glas an. »Ich sollte nicht mehr trinken. Ich habe morgen einen anstrengenden Tag vor mir.«

»In Ihrem Alter steckt man so etwas noch leicht weg.«

Er klang in ihren Ohren wie ein besorgter Vater. Das stand ihm nicht.

»Machen Sie mir Komplimente, Chef? Das sollten Sie lassen.«

Er hob theatralisch die Hände. »Sorry.«

»Ich sollte jetzt gehen, ich bin müde.«

Er sah sie an, als habe ihn ihre Ankündigung erschreckt. »Mir geht schon die ganze Zeit ein Gedanke durch den Kopf, der mich umtreibt.«

Sie sah ihn fragend an.

»Sorry, ich kann eben doch nicht aus meiner Haut. Curtis Stills ist also der Halbbruder von Faye Gilbert.«

Sie nickte.

»Zwei Fragen habe ich dazu: Weiß sie davon? Und: Was bedeutet das für unsere Ermittlungen?«

»Wie meinen Sie das?«

»Nun, angenommen, sie weiß davon und will nicht akzeptieren, dass ihr Halbbruder einen Großteil des Vermögens erbt und sie weitgehend leer ausgeht.«

»Eifersucht und Habgier als Mordmotiv?«

»Wer weiß.«

»Bis morgen, Chef.«

LV.

John Nettles sah sich unsicher nach allen Seiten um.

»Haben Sie keine Angst, wir greifen sofort zu«, flüsterte Simon.

Er war sich nicht sicher, ob sein Beruhigungsversuch bei Nettles auch ankam. Der Mann war als Köder denkbar ungeeignet, aber sie hatten keine Wahl. Die Stirn des Mannes glänzte leicht. Sie würden beim Öffnen der Tür sofort handeln müssen, eine andere Möglichkeit hatten sie nicht. Stone würde instinktiv wissen, dass etwas nicht stimmte.

Nettles hatte sich zunächst geweigert, mitzuspielen. Erst nach einigem Zureden und der mehrfachen Versicherung, dass es sich bei Keith Stone tatsächlich um einen gefährlichen Gangster handelte, dem längst das Handwerk gelegt gehörte, stimmte er zögernd zu. Je länger sie mit ihm diskutierten, umso bereitwilliger wurde er schließlich. Die Aussicht darauf, dass in seinem Leben endlich wieder etwas Aufregendes passierte, überwog die Angst vor einer möglichen Eskalation der Gewalt. Erst als er mit durchgedrücktem Rücken und mit fester Stimme meinte, seine Frau wäre stolz auf ihn, zerstreuten sich auch Simons letzte Zweifel, dass sie das Richtige taten und das Unterfangen für Nettles nicht zum Himmelfahrtskommando würde.

Sie warteten, bis die hereinbrechende Dunkelheit den idealen Schutz bot, um von Nettles' Grundstück aus ungesehen an die verbretterte Seitenwand des Hauses nebenan zu gelangen und von dort bis an die Haustür vorzudringen. Mittlerweile hatte leichtes Schneetreiben eingesetzt.

Simon wertete das als gutes Zeichen. Der Schnee würde ihre Tarnung verbessern. Vor allem war seither niemand mehr auf der Straße zu sehen.

Der Senior machte ein V-Zeichen, lächelte dabei konzentriert bis verkrampft und hob dann den schweren Türklopfer in Form eines Fisches an. Dumpf traf die Bronze auf das Holz. Angespannt lauschten alle drei.

Nichts rührte sich im Inneren.

Luke sah Simon fragend an, der stumm den Kopf schüttelte. Mit einer kurzen Kopfbewegung bedeutete er Nettles, den Klopfer erneut zu betätigen.

Erst nach einer ganzen Weile hörten sie von jenseits der Tür ein verhaltenes »Ja?«.

»Ich bin es, Ihr Nachbar. Ich brauche bitte einmal Ihre Hilfe. Dauert auch nicht lange.«

»Was wollen Sie?« Das klang nicht eben freundlich.

Nettles warf Simon einen unsicheren Blick zu, den der mit einer aufmunternden Handbewegung erwiderte.

»Ich brauche Werkzeug. Eine Rohrzange. Meine Toilette, wissen Sie.«

Schweigen.

»Es ist mir unangenehm, aber es ist wirklich dringend. Ich bin Ihr Nachbar, wie gesagt. Wir haben uns ganz kurz gesehen, als Sie eingezogen sind. Sie erinnern sich sicher, oder? Ich bin der Rentner, der Sie freundlich gegrüßt hat.«

Schweigen. Dann ein »Warten Sie«.

Die drei konnten hören, wie sich Stone ins Innere des Hauses zurückzog.

Lange Minuten passierte nichts. Simon bedeutete Nettles, sich erneut bemerkbar zu machen.

»Hallo?«

»Immer mit der Ruhe, Mann«, kam es dumpf zurück.

Simon meinte zu hören, wie ein Schlüssel im Schloss gedreht wurde. Er hob die Hand zum Zeichen, dass sie jeden Moment handeln mussten.

Nichts geschah. Als aber Nettles klopfen wollte, wurde die Tür einen kleinen Spalt aufgezogen.

»Sie haben Glück. Im Werkzeugkasten lag tatsächlich eine Rohrpumpenzange.«

Nettles hielt die Hand hin. »Sie wissen ja gar nicht, wie sehr Sie mir helfen, junger Mann.«

Stone schob die Zange durch den Spalt.

Als seine Hand zum Vorschein kam, war für Simon der Augenblick des Handelns gekommen. Mit einem heftigen Ruck zog er die Tür zu und quetschte Stones Hand ein. Gleichzeitig schob er Nettles zur Seite und stieß mit der gleichen fließenden Bewegung die Tür weit auf. Sie stieß gegen Stone, der mit schmerzverzerrtem Gesicht zurücktaumelte und trotzdem seine Waffe hob, die er in der linken Hand hielt. Bevor er sie abfeuern konnte, war Simon aber auch schon über ihm und versuchte, ihm die halbautomatische Pistole zu entreißen.

Stone war trotz des Schmerzes stärker, als Simon vermutet hatte. Sein Gegner versuchte, ihm die Beine wegzutreten. Stone wusste, dass das Jenkins' Schwachstelle war. Gerade als er Simon von den Füßen holte, sprang Luke Stone an und riss ihn damit von den Beinen.

»Wo zum Teufel …«

Stone kam nicht weiter, denn Luke schlug ihm die Faust mit aller Kraft ins Gesicht. Verblüfft sah er Luke an, bevor er zur Gegenwehr überging. Mit der Kraft und der Wut des Fischers hatte er nicht gerechnet.

»Ich schlag dich tot.« Aus Luke brach die ganze Aggression hervor, die sich seit dem Anschlag auf ihn aufgestaut haben musste.

Stone lachte wild auf und versuchte, die Hand mit der Waffe vor Lukes Körper zu bekommen. Simon lag keuchend am Boden und konnte sich nicht rühren. Stones Angriff hatte einen Nerv getroffen, der ihm das Aufstehen nahezu unmöglich machte.

Luke kämpfte um sein Leben, und die Waffe kam bedrohlich nahe an seinen Bauch. Simon versuchte, mit seinem Stock auf die Waffe zu schlagen, aber es war vergeblich. Hilflos musste er mitansehen, wie Stone versuchte, seinen Freund zu erschießen.

Obwohl erst Sekunden vergangen waren, schien der Kampf schon lange anzudauern. Immer wieder schrie Luke »Ich schlag dich tot, ich schlag dich tot«, obwohl er einen schier aussichtslosen Kampf kämpfte.

Mit einem Mal blitzte etwas über Stones Kopf, und im nächsten Augenblick sank Lehmanns Todesengel zurück. In Simons Blickfeld erschien ein grinsender John Nettles.

»Mein altes Eisen. Hat mir schon treu gedient. Man sollte alte Eisen nicht wirklich zum alten Eisen werfen. Ich sollte mal wieder auf den Golfplatz gehen.« Er nickte zufrieden und deutete auf den Schläger, dessen blauer Eisenkopf reichlich ramponiert aussah. Dann sah er auf Stone hinunter, der gekrümmt und mit verdrehten Beinen am Boden lag. »Der wird wohl eine Weile schlafen und mit einem ziemlichen Brummschädel aufwachen.«

Luke hatte keinen Blick für das Eisen. Er stürzte sich in blinder Wut sofort wieder auf Stone und griff mit beiden Händen an dessen Hals.

»Lass gut sein, Luke.« Simon versuchte aufzustehen, aber seine Beine versagten ihm den Dienst. »Luke, Luke!«, schrie er. Er verstand dessen Hass, aber er musste ihn vor sich selbst schützen.

Erst jetzt ließ Luke von Stone ab. Es war, als erwache er aus einer Art Trance. »Es ist gut, es ist gut.« Simon gelang nur ein Flüstern.

Nettles schien ein praktisch denkender Mensch zu sein, denn er hielt urplötzlich ein dünnes Seil in Händen, mit dem er Stone an Händen und Füßen zu fesseln begann.

»Lag auf der Terrasse.« Nettles machte einen völlig ruhigen und überlegten Eindruck, als habe er in seinem Leben nie etwas anderes getan, als Verbrecher zu überwältigen und zu einem handlichen Paket zu verschnüren.

»Danke.« Simon war erleichtert und erschöpft zugleich. »Hilf mir hoch, Luke, und sichere die Waffe.« Er warf einen Blick auf Stone. Er war immer noch ohne Bewusstsein. Simon sah sich um. »Wir müssen ihn anbinden. Die Säule da drüben scheint mir geeignet.« Er deutete auf den Pfosten, der mitten im Wohn- und Essbereich die Decke des Obergeschosses des Ferienhauses abstützte.

Gemeinsam schafften sie Stone zu dem massiven Pfeiler und banden ihn dort an.

»Danke, Simon.« Luke legte die Hand auf den Arm seines Freundes. »Ich war wie weggetreten. Wärst du nicht gewesen, ich hätte ihn umgebracht.« Er zog seine Stirn kraus, als könne er selbst nicht glauben, was da hätte passieren können.

Simon nickte stumm. Die Schmerzen wurden stärker.

»Sollten Sie jetzt nicht die Polizei verständigen?« Nettles hatte einen der Stühle an den Pfosten gerückt und saß seinem Paket gegenüber. »Ich passe derweil auf das Früchtchen hier auf.«

Simon trank erst ein Glas Wasser, bevor er zum Mobiltelefon griff und in Helston anrief. Dort teilte man ihm mit, DS Bley sei schon im Feierabend. Daraufhin wählte er Marks' Nummer. Aber es meldete sich nur die Mobilbox. Dann versuchte er es bei Marks' Kollegin. Nach dem dritten Klingeln ging DS Bley an ihr Telefon. »Was gibt's?«

»Wir haben Stone.«

»Wir kommen. Schicken Sie mir die Daten auf mein Telefon.« Bley legte auf.

Während sie auf die Beamten aus Helston warteten, kam Stone zu sich. Um Nettles nicht länger als nötig zu gefährden, hatte Simon ihn weggeschickt und gebeten, in seinem Haus auf alles Weitere zu warten.

»Dafür werdet ihr bezahlen, alle beide«, höhnte Stone und schickte ein tiefes Stöhnen hinterher.

»Das werden wir ja …«

Simon hielt Luke zurück. »Keith Stone, Sie werden sich für all die Taten verantworten, die wir Ihnen nachweisen werden.«

»Du bist kein Bulle mehr, und du bist so gut wie tot.« Stone spuckte vor ihm aus.

Simon ließ sich nicht provozieren, aber diesen Satz konnte er sich nicht verkneifen. »Sie werden das Gefängnis vermutlich nicht mehr als Lebender verlassen.«

»Netter Versuch. Du hast ja keine Ahnung, du miese kleine Kröte.« Stone spuckte erneut aus.

Luke sah Simon an. »Soll ich?«

»Lass ihn. Er ist wütend, dass es vorbei ist. Der allmächtige Keith Stone hat versagt. Das Hündchen wird seinem

Herrchen Lehmann nicht mehr zu Diensten sein können. Lehmann ist nun ohne Schutz. Das wird ihm nicht schmecken.« Er sah Stone an. »Du weißt, dass Lehmanns Krakenarme bis in jeden Knast hineinreichen. Und du weißt, wie er mit Losern und Verrätern umgeht.«

»Du glaubst doch nicht, dass dir deine Drohungen nutzen. Wir werden dich töten. So wie wir Moira getötet haben.«

Simon konnte nur mühsam den Impuls unterdrücken, sich auf Stone zu stürzen.

»Siehst du, Jenkins, mit dem Tod der Schlampe haben wir auch dich im Sack. Du wirst uns nicht entkommen. Lehmann freut sich schon, dir eigenhändig das Herz aus der Brust zu schneiden. Ganz langsam.« Stones Gesicht verzerrte sich zu einem teuflischen Grinsen.

Simon wandte sich angewidert ab und griff zu seinem Stock, der ihm Sicherheit gab. »Ich habe genug von dir.«

»Und deine kleine Mary werden wir uns auch noch vornehmen. Sie sparen wir uns für den Schluss auf. Erst werden wir ihr das Herz herausschneiden und dann dir. Und weißt du was, Jenkins? Lehmann wird beide Herzen in ein Glas mit Formalin einlegen, auf seinen Tisch stellen und sich jeden Tag daran erfreuen, dass er es ist, der euch am Ende auf ewig verbunden hat.« Stone lachte wild auf und zerrte an seinen Fesseln.

Simon ging hinaus auf die Terrasse. Stone hatte keine Macht über seine Gedanken, versuchte er sich einzureden. Und doch fraß sich das Bild von den vereinten Herzen wie Säure in sein Gehirn. Er musste den Kopf frei bekommen, sonst würde er am Ende zum willfährigen Spielball Lehmanns werden.

Mary. Er musste sie schützen. Kälte kroch in seine Gedanken, und er war gefangen zwischen seiner unerfüllten Liebe zu Moira und dem warmen Blick dieser unbeschreiblichen Frau, die ihn jeden Tag aufs Neue rührte. Für Mary lohnte es sich zu leben – und wenn es sein musste, auch zu sterben. Er würde alles tun, um dem Horror in seinem Leben endlich ein Ende zu setzen. Das hatte er sich in den vergangenen Monaten immer wieder geschworen, aber nie war der Wille dazu größer gewesen als jetzt.

»Was hast du getan, Simon?«

Er drehte sich um und sah in das besorgte Gesicht von DI Chris Marks.

»Ich habe Stone zur Strecke gebracht.«

»Du hast eigenmächtig gehandelt. Damit hast du dich in Gefahr gebracht. Mehr noch, du hast einen Unbeteiligten in Lebensgefahr gebracht. Das kann ich nicht akzeptieren.«

Marks deutete hinter sich, und Simon folgte seiner Bewegung. Er sah Nettles im Gespräch mit Bley und zwei uniformierten Beamten, die Stone gerade Handfesseln anlegten, bevor sie ihn losbanden. Erst jetzt nahm er wahr, dass die Dunkelheit vom Rhythmus blauer Lichter zerteilt wurde.

»Ich hatte keine Wahl.« Simon war mit einem Mal so müde, als habe er den ganzen Tag über schwer körperlich gearbeitet. Er sah hinüber zu Luke. »Fährst du mich heim?«

Sein Freund blickte Marks fragend an.

»Fahrt. Für euch gibt es hier nichts mehr zu tun.« Und zu Simon gewandt meinte er: »Wir reden morgen.«

Luke hatte kaum den Motor gestartet, als er mit der Hand auf das Lenkrad schlug. »Unfassbar. Wir haben

Stone. Dein Plan war genial. Jetzt weiß ich endlich, was wahre Polizeiarbeit ist. Das war eine unglaubliche Aktion. Wir können stolz sein.« Er warf Simon einen Blick zu, der vor Stolz, Freude und Adrenalin nur so strotzte. »Wir haben den Killer überwältigt. Ich kann es immer noch nicht glauben. Und es war am Ende so simpel. Ich hatte den großen Showdown erwartet. Kugeln pfeifen, jede Menge Blut fließt. Wenn ich das Gill erzähle, Mann, Mann, Mann. Sag doch auch mal was, Simon. Du bist ein Held.«

Aber der hatte kaum noch die Kraft für eine Antwort. Die Schmerzen an seinem Halswirbel und im Rücken waren schier unerträglich. Aber noch unerträglicher war der Schmerz, den er bei dem Gedanken an die Gefahr empfand, in die er Luke, Nettles und am Ende auch sich selbst gebracht hatte. Er spürte eine lähmende Erschöpfung. »Chris hat recht. Ich hätte diesen Alleingang nicht machen dürfen. Ich habe zwei Menschen in Lebensgefahr gebracht. Der Preis war einfach zu hoch.«

»Ist doch nichts passiert. Und ich hätte mein Fell so teuer wie möglich verkauft. Außerdem«, Luke lächelte, aber es verrutschte, »waren wir schon so lange hinter ihm her.«

»Das war unverantwortlich, unprofessionell dazu. Ich kann verstehen, wenn Chris wütend ist.«

»Uns kann doch nichts passieren. Wir haben schließlich der Polizei geholfen.«

»Es wird Ermittlungen geben.«

»Macht mir keine Angst. Unser Erfolg spricht für sich.«

»Du hast ja keine Ahnung.«

»Magst ja recht haben«, brummte Luke, »aber jetzt sollten wir uns einfach nur freuen.« Er schlug erneut aufs

Lenkrad. »Ich will verdammt sein, wenn mir Polizeiarbeit nicht gefallen würde. Von mir aus können wir uns dem nächsten Fall widmen.«

»Den wird es nicht geben.«

Luke runzelte die Stirn, sagte aber nichts und sah stur geradeaus.

LVI.

»Stone wird von einem Londoner Anwalt vertreten.« Natürlich war er davon ausgegangen, aber die Gewissheit machte ihn wütend. Marks warf den Schriftsatz der Kanzlei verärgert auf den Schreibtisch.

»Und wenn schon, die Indizien- und Beweislage ist eindeutig. Er wird nicht davonkommen.« DS Bley sog gelassen an dem Strohhalm in der halb leeren Colaflasche.

»DCI Sattler hat für vierzehn Uhr die Presse eingeladen. Der Idiot. Wir haben noch kein Geständnis und können nicht mehr als eine Festnahme verkünden. Sattler macht mit seinem Gehabe nur die Pressemeute rebellisch und uns Arbeit ohne Ende. Ich sehe schon die Phalanx der Boulevardblätter auf uns zurollen. Die Pressemeute wird uns grillen, das schwöre ich euch. Wie kann man nur so dämlich sein?«

»Sattler ist ein Pfau. Für den zählt nur das Blitzlicht. Es gibt das schöne Zitat von einer ehemaligen Kollegin: Solche Menschen gehen bei Blitz und Donner ans Fenster, weil sie denken, sie werden fotografiert.«

Marks war immer noch wütend. »Der Witz zieht nicht. Wir können uns im Augenblick keinen Nebenkriegsschauplatz erlauben. Wir müssen uns auf Stone konzentrieren, außerdem haben Sie noch die Speermorde an der Backe. Wie wollen Sie da noch Zeit aufbringen für Presseanfragen?«

»Das kriegen wir hin, Chef.«

Marks sah Bley lange an. Der Curry-Abend war sehr harmonisch verlaufen. Das Essen war ihm gelungen, und auch seine Versuche der unbelasteten Konversation waren geglückt. Eine beinahe freundschaftliche Atmosphäre, die er sehr genossen hatte. In ihm hatte sich das erste Mal seit Wochen eine Art Wärme ausgebreitet, die ihm wohltat. Sie waren kurz davor gewesen, sich das Du anzubieten, als Simon angerufen hatte.

»Wir werden sehen.« Er lächelte zaghaft. »Schön, dass Ihnen mein Curry geschmeckt hat, DS Bley. Und dass wir in Sachen Musik zumindest teilweise den gleichen Geschmack haben.«

Bley stand auf. »Ich muss mich jetzt um Faye Gilbert kümmern. Es gibt noch eine Menge zu tun.«

»Sie machen gute Arbeit.« Sie hätte ihn auch einmal loben können, wenigstens ein bisschen.

»Das hoffe ich doch.« Sie war bereits an der Tür. »Wir haben in Sachen Stone noch einiges offen, aber ich bin sicher, dass wir die Verantwortlichen für den Tod von Louise zur Strecke bringen.«

»Ihre Zuversicht macht mir Mut.«

»Wie gesagt, wenn Sie Hilfe brauchen bei den Ermittlungen …«

»Danke, aber Sie haben wirklich genug zu tun. Ich bin froh, dass unsere Teams so motiviert sind.«

»Wir brauchen endlich den entscheidenden Durchbruch, es wird immer schwieriger, die Kolleginnen und Kollegen zu motivieren.«

»Ich weiß.« Marks nahm den Schriftsatz der Anwälte wieder zur Hand. »Aber wir kommen dem Erfolg Stück für Stück näher. Ich werde sehen, was ich tun kann, um diesen Winkeladvokaten den Wind aus den Segeln zu nehmen.«

»Ich fahre raus nach Horsley Hall. Ich will Faye Gilbert mit dem Päckchen konfrontieren, das ohne Absender bei uns eingeworfen wurde und das Easterbrook an mich weitergereicht hat.«

»Nehmen Sie Easterbrook mit.«

Sie schüttelte den Kopf. »Ich habe ihm zwei Tage freigegeben. Hat er sich verdient. Er will mit seiner Frau rauf nach Exeter, Weihnachtsgeschenke kaufen.« Sie lächelte still und wandte sich endgültig zum Gehen. »Keine Ahnung, warum es ausgerechnet Exeter sein muss.«

»Vielleicht gibt es dort besonders schöne Toby-Jugs«, murmelte Marks, der sich bereits in die Schriftstücke vertieft hatte.

Horsley Hall lag erhaben in der winterlichen Mittagssonne. Es war still, und der blaue Himmel unterstrich die klaren Konturen des Anwesens.

Ein Stück vom Haus entfernt bemerkte sie eine Feuerschale, die bis zum Rand mit Asche gefüllt war.

DS Bley klingelte und wartete darauf, dass ihr geöffnet wurde. Ungeduldig drückte sie ein zweites Mal den Klingelknopf. Erst dann schwang die schwere Haustür auf.

»Kommen Sie herein.« Faye Gilbert öffnete nur so weit, dass Bley sich hineinzwängen konnte. Dabei spähte Gilbert an ihr vorbei, so als wollte sie sicher sein, dass sie allein gekommen war.

»Erwarten Sie noch jemanden?« Bley hatte kaum Platz, um ins Haus zu kommen.

»Nein. Aber ich weiß gerne, was um mich herum geschieht.« Sie trat einen Schritt vor und suchte mit Blicken die Umgebung ab.

»Ich bin allein, wenn Sie das meinen.«

»Es ist kalt.« Gilbert schloss hinter ihnen die Tür.

DS Bley blieb stehen. Im Halbdunkel konnte sie erkennen, dass der Flur bereits leer geräumt war. »Wir hätten uns auch in Ihrer Wohnung treffen können.«

Gilbert schüttelte den Kopf. »Dort herrscht noch das blanke Chaos. Das möchte ich niemandem zumuten. Das Durcheinander hier ist schon schlimm genug.«

Annic Bley versuchte, eine gute Stimmung zu verbreiten. »Sie glauben ja gar nicht, hinter welche Gardinen ich als Polizistin schon habe gucken müssen. Unordnung ist das Geringste, was mich stört.«

»Nein, so ist es besser.« Gilbert zog den Mantel enger um ihren Körper. »Außerdem wird unser Gespräch sicher nicht allzu lange dauern. Oder? Ich habe Ihnen ja bereits alles gesagt, was ich weiß.« Sie führte Bley in die Bibliothek, die nicht viel anders aussah als bei ihrem letzten Besuch.

Bley sah sich um. »Ein Haus leer zu räumen, ist bestimmt kein Spaß. Sie haben sicher noch eine Menge zu tun.«

»Es geht nur mühsam voran, das stimmt. Ich muss aber nicht mehr allzu viel räumen. Die Möbel und die Bücher sind das Problem. Aber ich habe einen Abnehmer gefunden: Shaun Bythell. Der Antiquar kommt eigens aus Wigtown, oben in Schottland, das müssen Sie sich mal vorstellen. Offenbar hat mein alter Herr ein paar echte

Schätzchen zusammengetragen. Na ja, egal, Hauptsache, das Zeug kommt weg.«

»Ich erinnere mich, dass Sie wenig aufbewahren wollen.« Bley steckte die Hände in die Jackentaschen. Es war in der Tat kalt und ungemütlich in dem Raum. Und es roch muffig nach alten Büchern. »Daher auch draußen die Feuerschale, nehme ich an.«

Gilbert nickte. »Für den ganzen Papierkram. Ist einfacher, es hier zu verbrennen, als alles zur Müllkippe zu bringen. Ist ja doch ein schönes Stück zu fahren.« Auf ihren schmalen Lippen erschien ein dünnes Lächeln.

Bley nickte. »Sie haben recht, ich habe in der Tat nur eine Frage, Mrs. Gilbert, und die wollte ich Ihnen nicht am Telefon stellen.«

»Nun bin ich gespannt.« Das Lächeln bekam eine spöttische Färbung.

»Wussten Sie, dass Curtis Ihr Halbbruder war?«

In Gilberts Augen mischte sich Erstaunen mit Entsetzen und Neugier. Außerdem meinte Bley eine winzige Spur Verachtung zu entdecken. Aber das konnte im Dämmerlicht der Bibliothek auch täuschen.

»Woher wissen Sie das?«

»Also stimmt das Gerücht?«

»Wer hat Ihnen davon erzählt?« Gilbert klang, als würde sie jeden Augenblick aus dem Haus stürmen wollen, um den Informanten zur Rechenschaft zu ziehen.

Bley überhörte die Nachfrage. »Wann haben Sie davon erfahren, und wie sind Sie damit fertiggeworden, dass Ihr Vater die Frau seines Bruders geschwängert hat?«

»Ich habe als Mädchen einen Streit zwischen meinem Vater und meiner Mutter mitangehört. Das war in einem Sommer. Wir haben den Tag am Strand von Praa Sands verbracht. Ich war so glücklich wie lange nicht mehr – die Sonne, das blaue Meer, das Picknick am Strand, die glücklichen Gesichter meiner Eltern. Und dann der Abend hier in Horsley Hall. Für mich war es, als habe sich der Schlund zur Hölle geöffnet. Verzeihen Sie das kitschige Vokabular. Ich habe erst nicht verstanden, worum es ging. Aber nach und nach wurde mir klar, dass mein Vater wieder einmal nicht die Finger von anderen Frauen hatte lassen können. Diesmal aber mit gravierenden Folgen. Ich weiß dann nur noch, dass ich Angst hatte, etwas Schlimmes könnte passieren. Nach diesem Abend war nichts mehr, wie es vorher war. Mein Vater ist kurz darauf erneut nach Afrika gefahren, und wir haben ihn lange nicht gesehen. Er war mehr als eineinhalb Jahre fort.« Gilbert zog bei der Erinnerung die Jacke noch enger um ihren Körper. »Über den Vorfall ist nie mehr gesprochen worden. Und ich habe das Ganze verdrängt. Curtis war der Sohn meines Onkels und meiner Tante. Das war's, Punkt. Ich glaube, dass diese Version für alle das Beste war.«

»Sie haben Curtis also nie als Ihren Bruder gesehen? Haben Sie auch später nie mit ihm darüber gesprochen?«

»Wie ich sagte, er war mein Cousin. Und warum sollte ich alte Wunden aufreißen? Curtis und ich haben uns dann mehr oder weniger aus den Augen verloren. Er hatte sein Leben, ich hatte meins. Seine Lebensgeschichte kennen Sie ja.«

»Sein Tod muss Sie tief getroffen haben.«

Faye Gilbert nickte.

»Soweit ich informiert bin, sind die Untersuchungen an seiner Leiche beendet. Einem Begräbnis wird dann wohl nichts mehr im Wege stehen.«

»Sie informieren mich, wenn ich ihn bestatten lassen kann?«

»Aber sicher.«

»Dann werde ich auch endlich damit abschließen können.«

Annie Bley schürzte die Lippen. Den eigentlichen Grund für den Besuch hatte sie sich bis zum Schluss aufbewahrt. »Wir sind mittlerweile im Besitz eines Tagebuchs von Ihnen, das etwa aus der Zeit stammt, in der Sie die Wahrheit über Curtis erfahren haben.«

Gilberts Gesichtsausdruck änderte sich von Trauer in ungläubiges Staunen, gepaart mit Irritation und Ärger. »Mein Tagebuch? Wieso? Woher haben Sie das?«

»Gefunden in einem Papiercontainer auf der Müllkippe und an uns weitergeleitet. Mehr kann ich dazu im Augenblick nicht sagen. Darin lassen Sie, um es vorsichtig zu formulieren, wenig Gutes an Ihrem Vater und an Ihrem Halbbruder.«

Ihre Überraschung wurde unversehens von einem überlegenen Lächeln abgelöst. »Ach, das meinen Sie. Nun weiß ich es wieder. Das war Teenagergeschreibsel, was man sich so in der Pubertät zusammenreimt. Das sollten Sie nicht so ernst nehmen. Neben meinen naiven Gedanken ist Ihnen sicher auch meine damalige krakelige Mädchenschrift aufgefallen. Nichts, worauf ich heute stolz bin.«

»Die Tagebucheinträge reißen kurz nach den Notizen über Ihre Gemütsverfassung unvermittelt ab. Warum?«

Gilbert verschränkte die Arme und versuchte sich zu erinnern. »Das hatte ich fast vergessen, wie auch das Tagebuch selbst. Mein Vater hat damals das Büchlein konfisziert und mir nicht zurückgegeben.« Sie zuckte mit den Schultern. »Noch so ein Mädchendrama. Ich glaube, dass ich ihm eine große Szene gemacht habe deswegen. Aber das war dann schon bald vergessen. Ich habe es nicht mehr vermisst. Ich bin davon ausgegangen, dass er es mit nach Afrika genommen hat. Damals hat er eine Menge mitgenommen. Wir haben schon gedacht, dass er niemals mehr zurückkehren würde. Es ist dann ja anders gekommen.«

Bley überdachte die Schilderung. »Das muss für Sie damals eine wirklich schwere Zeit gewesen sein.«

»Umso schneller möchte ich das alles endlich hinter mir lassen.« Sie sah zur Decke. »Nur gut, dass die Sachen nicht in andere Hände gelangt sind, sondern bei Ihnen in Verwahrung sind. Es wird wohl ein ehrlicher Finder gewesen sein, schätze ich mal, oder?«

»Wie meinen Sie das?«

»Wissen Sie, der Name Gilbert hat in der Gegend einen, ich sage mal, bestimmten Klang. Da ist es nur gut, dass unsere Familienangelegenheiten nicht allzu öffentlich werden. Was, wenn ein Journalist oder Neider die Briefe und die Dinge öffentlich gemacht hätte?«

»Das verstehe ich gut.« Bley wandte sich zum Gehen. »Ich habe keine Fragen mehr.«

Gilbert folgte ihr in den Eingangsbereich. »Aber nun habe ich noch eine Frage.«

»Ja?«

»Der Verkauf von Horsley Hall an Philip sollte ja in diesen Tagen notariell beurkundet werden.« Sie zögerte. »Nun steht er in Verdacht, einen Menschen getötet zu haben. Was wird denn nun aus Horsley Hall?« Sie deutete mit der Hand unbestimmt in den Raum hinein.

»Diese Frage kann ich Ihnen nicht beantworten, Mrs. Gilbert.«

»Muss Philip ins Gefängnis?«

Wie konnte diese Frau nur so naiv fragen? »Ich bin keine Richterin, aber der Fall Philip Burns ist aus meiner Sicht klar. Und auf Mord steht lebenslänglich.«

»In dem Fall ist der Verkaufsvertrag nichtig, oder? Ich muss das wissen, denn ich bin auf das Geld angewiesen. Ich weiß sonst nicht, wie es weitergeht. Meine Pläne …« Sie ließ offen, wie die genau aussahen.

»Wie gesagt, das kann ich nicht beantworten.«

»Ich fühle mich hintergangen. Wie konnte Philip mir das bloß antun?«

»Wie meinen Sie das?«

»Warum begeht er einen Mord? So kurz vor Abschluss des Vertrags? Ich war so zuversichtlich, dass er der richtige Käufer ist.«

»Auch diese Frage kann ich nicht beantworten. Vielleicht gibt das Gerichtsverfahren Aufschluss.«

»Vielleicht.«

Als DS Bley sich auf dem Weg zu ihrem Wagen noch einmal umsah, sah sie Faye Gilbert immer noch in der Tür stehen. Sie sah aus wie eine Frau, die die Einsamkeit zu ihrem Paradies gemacht hatte, umrahmt von der steinernen Fassade ihres Gefängnisses.

Zurück im Präsidium, traf sie im Eingangsbereich auf Marks, der gerade das Gebäude verlassen wollte.

»Schon zurück?« Er sah sie erstaunt an. »Und?«

Bley gab ihm einen kurzen Überblick über ihren Besuch auf Horsley Hall.

»Eine bedauernswerte Frau. Ihre Eltern sind tot, und

dann wird auch noch ihr Halbbruder ermordet. Ich kann mir gut vorstellen, dass sie Ihnen einsam erscheint. So wird es sein.«

»Ihr macht zu schaffen, dass sie nun immer noch Horsley Hall an der Backe hat. Das Anwesen scheint ihr wie ein Mühlrad um den Hals zu hängen.«

»Sie wird schon noch einen neuen Käufer finden.«

»Vermutlich.«

»Ich hatte eben interessanten Besuch von Stones Anwälten. Sie verlangen allen Ernstes seine Freilassung. Angeblich gibt es aus ihrer Sicht keine stichhaltigen Beweise für die Beteiligung ihres Mandanten an den ihm zur Last gelegten Taten. Dass er in dem Haus in St. Agnes seine Waffe einsetzen wollte, sei nichts anderes als ein Akt der Selbstverteidigung gewesen.«

Sie zuckte mit den Schultern. »Nicht mehr unser Bier, oder?«

»Der Staatsanwalt ist jedenfalls von unserem Bericht sehr überzeugt.«

LVII.

»Ich fasse es nicht.«

»Was ist?«

Easterbrooks Frau war in den schmalen Wintergarten gekommen, in dem der Detective Constable in einem dicken Pullover vor seinem Laptop saß und ungläubig auf den Bildschirm starrte.

»Ein Toby-Jug, den wir noch nicht in der Sammlung haben?« Alice strich ihm zärtlich über den Rücken. »Hatten wir nicht beschlossen, dass wir vorerst nicht mehr auf einen Becher bieten wollen, Allan?«

Er deutete auf die offene Seite einer Verkaufsplattform. »Ach, Unsinn. Hier, schau, ein Konvolut Briefe. Das ist tatsächlich der Hammer.«

Sie blickte interessiert auf den Bildschirm und schürzte amüsiert die Lippen. »Was hast du entdeckt? Die Liebesbriefe von Queen Mum?«

»Mortimer Gilbert. Sagt dir der Name nichts?«

»Der, der in Horsley Hall gewohnt hat? Und aus dessen Nachlass die Speere sind, die in euren Mordfällen eine Rolle spielen?«

Er nickte aufgeregt. »Seine Tochter hat ausgesagt, dass sie alles auf den Müll geworfen hat, und jetzt tauchen diese Sachen auf. Erst liegt dieses Tagebuch einfach so im Briefkasten des Präsidiums, und jetzt tauchen die Briefe im Internet auf.«

»Dann wird sie wohl doch noch etwas zu Geld machen wollen. Hast du mir nicht erzählt, dass sie Horsley Hall doch nicht verkaufen kann, weil ihr Käufer hinter Gittern sitzt? Also, ich denke, sie ist nun erst mal auf jeden Pence angewiesen.«

»Sie ist nicht der Anbieter. Schau, ein *Mr. Finder*, als Artikelstandort ist Helston angegeben.«

»Ja und?« Sie küsste zärtlich seinen Nacken.

»Ich werde mitbieten.«

»Unsinn. Was willst du mit dem Papierkram?«

»Wir ermitteln in einer Mordserie. Da kann so etwas wichtig sein.« Er gab sein Gebot ab und schickte es ab.

»Kann es sein, dass du dich bei deinem Vorgesetzten lächerlich machst, Allan? Als würde die Lösung für den Fall im Internet zum Kauf angeboten. Du übertreibst, Schatz, wenn ich das so offen sagen darf.«

Easterbrooks Augen glänzten vor Eifer. »Wenn der Kram etwas hergeben sollte, käme ich meiner Beförderung zum Detective Sergeant ein gehöriges Stück näher. Das ist es doch, was du willst, Liebling. Da können fünf Pfund eine perfekte Investition sein.«

»Es ist schon spät. Willst du nicht endlich ins Bett kommen, Detective Constable? Im Wintergarten ist es doch viel zu kalt.«

Drei Tage später klopfte es an Marks' Bürotür. DC Easterbrook hielt ihm mit strahlendem Blick einen braunen Umschlag entgegen, als habe er soeben den Weihnachtsmann persönlich getroffen.

»Was ist das?« Er sah von den Ermittlungsakten zum Tod von Louise auf, die er in den vergangenen Tagen immer wieder um Details ergänzt hatte.

»Ich habe ein paar Briefe im Internet ersteigert. Alles für fünf Pfund. Ich habe die Papiere selbst abgeholt und konnte das Porto spa…«

»Detective Constable, ich habe gleich einen Termin mit dem Staatsanwalt. Den kann ich nicht warten lassen. Wir werden wohl Stone nicht mehr in Freiheit erleben, meint er. Machen Sie's also kurz, bitte.«

»Ich weiß nicht, ob sie von Bedeutung sind, aber bei den Briefen handelt es sich um Schreiben, die Mortimer Gilbert von seiner Schwägerin bekommen hat.« Er sah seinen Vorgesetzten erwartungsvoll an. »Erst das Tagebuch und jetzt diese Briefe. Das muss etwas bedeuten und wird uns sicher weiterbringen.«

»Lieber Allan, halten Sie sich doch bitte an den Dienstweg. DS Bley ist zuständig. Das wissen Sie doch. Klären Sie das mit Ihrer Kollegin.«

»Ich dachte nur, weil Sie wieder im Dienst sind, sollten Sie es zuerst erfahren.« Easterbrook machte ein enttäuschtes Gesicht.

»Ihr Eifer ehrt Sie, aber Bley ist nun mal zuständig. Und ich möchte der Kollegin nicht ins Handwerk pfuschen.«

»Sie ist aber nicht da.« In Easterbrooks Stimme schwang gehörige Enttäuschung mit.

»Also gut.« Marks schob die Unterlagen zusammen und sah auf die Uhr. »Fünf Minuten, Detective Constable. Sie können sich auch setzen.«

Easterbrook blieb stehen. »In den drei Briefen an Gilbert macht ihm seine Schwägerin Vorwürfe, dass er sich nicht von seiner Frau trennt. Er habe ihr gegenüber doch von der ganz großen Liebe gesprochen. Und nun lasse er sie schwanger zurück. Die Situation mit ihrem Mann sei unerträglich. Sie bittet inständig, dass er seine Entscheidung überdenkt und zu ihr steht. In einem Brief schreibt sie außerdem, dass sie ihr gemeinsames Kind nun als Kind ihres Ehemanns ausgeben wird. Und dass sie nie mehr etwas mit ihm zu tun haben will. Und doch unterschreibt sie den Brief mit *Ich liebe dich auf ewig, Mortimer.*« Er nickte zuversichtlich. »Das Tagebuch allein ist wenig aufregend. Was junge Frauen halt so notieren, wenn sie erwachsen werden. Die Briefe werfen ein ganz anderes Licht auf das Ganze. Nun klingt Faye Gilberts drastische Eintragung noch drastischer. Sie klagt ihren Vater an, sie betrogen zu haben. Er habe seiner Familie einen Bastard untergeschoben und damit alles Glück zerstört. Sie werde niemals mehr froh werden. Und weiter steht doch da«, er zitierte aus dem Gedächtnis, »dem Bastard wolle sie auf gar keinen Fall begegnen. Und sie wirft ihrer Mutter vor, *das widerliche und ekelhafte Schmierentheater mitzuspielen*, wie sie schreibt. Faye Gilbert muss damals sehr wütend auf ihre Familie gewesen sein.« Easterbrook sah Marks fragend an.

»Tagebücher und Briefe sind die Bühne für Familiendramen, Detective Constable, so ist das nun mal. Nicht mehr und nicht weniger.«

»Wir sollten überlegen, was das für unsere Ermittlungen bedeutet.«

»Absolut richtig.« Marks stand auf und wirkte wie abwesend. »Besprechen Sie das mit DS Bley und informieren Sie die anderen.« Im Hinausgehen schlug er dem Constable auf die Schulter. »Gute Arbeit, gute Arbeit.«

Easterbrook blieb im Raum zurück und fühlte sich von seinem Vorgesetzten ausgebremst. Er hatte von Marks deutlich mehr erwartet als nur ein müdes Schulterklopfen. Schließlich verließ er das Büro und ging zur Kantine. Die Enttäuschung verlangte nach einem zweiten Frühstück.

Die Kantine war bis auf zwei Streifenpolizisten leer, und das Büfett sah aus, als habe die Bedienung die Warmhaltefunktion der Blechwannen bis zum Äußersten ausgereizt. Trotzdem genehmigte er sich ein komplettes englisches Frühstück. Der Frust wollte in Fett und Kalorien versenkt werden.

Er hatte sich gerade auf einen Platz am Fenster gesetzt, als DS Bley in der Kantinentür erschien und gezielt auf die Kühlung mit den Joghurts zusteuerte. Nachdem sie die beiden Becher bezahlt hatte, kam sie an seinen Tisch.

»So allein, Allan?«

»Ich hatte keine Lust auf Gesellschaft.«

»Darf ich mich trotzdem setzen?«

Er deutete mit der Gabel auf den Stuhl gegenüber. »Sicher.«

Bley öffnete einen der Becher und begann ihn auszulöffeln. »Gibt's Probleme?«

»Nein.«

»Aha.«

»Also, ich habe im Internet ein paar Dinge ersteigert. Briefe aus dem Hause Gilbert.«

»Interessant.«

»So ist es. Gilberts Seitensprung hat die Familie gesprengt. Die Briefe untermauern, zusammen mit dem Tagebuch, den Hass seiner Tochter. Und sie hat auch kein gutes Haar an ihrer Mutter gelassen.« Der DC legte die Gabel beiseite.

»Was sagt uns das jetzt?« Bley zog den Aludeckel vom zweiten Becher.

»Hat Gilbert uns nicht gesagt, dass sie ein gutes Verhältnis zu ihrem *Cousin* hatte?«

»Na, vielleicht haben sie sich in den vergangenen Jahren angenähert? Irgendwann verheilen die meisten Wunden. Die Zeit ist ein bewährter Schlichter.«

Easterbrook wollte sich nicht damit zufriedengeben. »Mein Schatz ist mit einer Frau befreundet, die seit vielen Jahren unter dem Streit in ihrer Familie leidet. Sie ist damit sogar seit Langem in Behandlung.«

»Was willst du mir damit sagen?« DS Bley sah ihn aufmerksam an.

»Was, wenn Faye Gilbert diese Hassgefühle immer noch hat?«

»Ich kann mir das gut vorstellen, nicht umsonst tut sie alles, um Horsley Hall zu verkaufen. Das Haus als steinernes Zeugnis für das Versagen ihres Vaters.«

»Das ist es nicht allein. Was ist, wenn sie ihren Halbbruder hasst, den sie nur Cousin nennt?«

»Warum sollte sie das tun? Er kann am allerwenigsten für dieses Drama. Er ist das Ergebnis, nicht der Auslöser.«

»Und wenn doch? Wenn ihr Hass auch auf ihren Halbbruder übergegangen ist?«

»Ich verstehe immer noch nicht, was du meinst.«

»Immerhin muss sie ihr Erbe mit ihm teilen.«

»Ein Mordmotiv?«

»Warum nicht?«

»Das ist mir zu einfach, Allan.« Sie ließ den Löffel in den leeren Becher fallen. »Wer hat die Sachen ins Internet gestellt?«

»Ein Mr. Finder. Das ist sein Name im Netz. In Wahrheit heißt er anders. Ein Rentner, der sich regelmäßig auf der Müllkippe herumtreibt und nach Verwertbarem stöbert, Bilder, Bücher, Kleinmöbel und so. Die verscherbelt er im Internet oder auf einem Flohmarkt. Damit verdient er sich ein paar Pfund zu seiner mickrigen Pension dazu. Er ist auf die Papiere und das Tagebuch gestoßen, hat sie erst ignoriert, aber dann ist ihm der Name aufgefallen. Die Familie Gilbert ist in Helston nicht unbekannt. Sie ist entfernt mit der Familie der Grylls verbandelt. Er hat auch zugegeben, dass er das Tagebuch in unseren Briefkasten gesteckt hat.«

»Grylls?«

»Du fährst jeden Tag dran vorbei. Das Monument.«

»Das hässliche Granitdings?«

»An dem Tag auf der Müllkippe hat dann unser Finder nicht nur ein paar Spielsachen und einen Bilderrahmen eingepackt, er hat auch die Briefe und das Tagebuch mitgenommen. Er hat gedacht, dass sich zumindest für die Briefe ein Sammler für Heimatgeschichte finden ließe. Oder ein Sammler für Autografen.«

»Dann hat er uns also das Tagebuch in den Briefkasten gesteckt? Hm. Hast du herausgefunden, wie das Zeug auf der Deponie gelandet ist?«

Easterbrook schüttelte den Kopf. »Die Arbeiter dort haben keine Ahnung. Ich tippe mal auf Stills. Der hat doch geholfen, Horsley Hall auszuräumen, also wenigstens einen Teil zu entsorgen. Vielleicht hat er nicht nur das Tigerfell und die Waffen, sondern auch anderes Zeug aufgeladen und das Papiergedöns unbesehen entsorgt.«

Ihr Blick wurde nachdenklich. »Vielleicht hast du ja recht. Mir geht deine These nicht aus dem Kopf, dass das Mordmotiv Hass und Habgier sein könnte.«

Er lächelte zufrieden. »Wie gehen wir vor?«

»Bevor wir Faye Gilbert mit unserer Hypothese konfrontieren, sollten wir mehr über ihre wahre Haltung zu Stills herausbekommen. Wir müssen uns in ihrem Umfeld umhören.«

»Die Klinik kann ich übernehmen.«

»Ich werde den Notar aufsuchen.« Sie stand auf. »Wir sollten keine Zeit verschwenden.«

Easterbrook nahm sein Tablett in die Hand und stand ebenfalls auf. »Wem sagst du das?«

DS Bley war schon auf dem Bürgersteig, als sie von hinten angerufen wurde. Sie drehte sich zu DI Marks um.

»Einen Augenblick, Annie. Ich habe gerade mit DCI Sattler gesprochen. Er war bei dem informellen Termin mit dem Staatsanwalt und Stones Anwälten dabei. Er hat doch tatsächlich nachgefragt, ob wir absolut sicher sind, dass Keith Stone der Täter ist. Ich hatte den Eindruck, als habe er die Akten nicht gelesen.«

»Er ist für uns eine echte Belastung, stimmt. Aber was können wir tun? Wir werden ihn wohl bis zu seiner Pensionierung ertragen müssen, fürchte ich.«

Marks brummte etwas Unverständliches und sah sie dann an. »Kommen Sie denn voran, ohne dass er sich einmischt?«

»Ja. Easterbrook hat die Vermutung, dass es zwischen Gilbert und ihrem Cousin alles andere als harmonisch zuging.«

»Ich hörte davon.«

Sie sah ihn fragend an.

»Nicht so wichtig, DS Bley. Was haben Sie vor?«

»Der Notar, der den Verkauf von Horsley Hall an Burns besiegeln sollte, erwartet mich. Vielleicht kann er etwas zu dem Fall beitragen.«

»Interessanter Ansatz.« Er dachte sichtlich noch an etwas anderes. »Gute Idee. Philip Burns hat übrigens über seine Anwälte mitteilen lassen, dass Faye Gilbert *mit Zitronen gehandelt hat, wenn sie auf die Erfüllung des Vertrags besteht*«, zitierte Marks aus dem Gedächtnis. Er sah ihre Irritation. »Die Information ist offenbar nur an Sattler gegangen. Er hat das Schreiben vorhin eher am Rande erwähnt.«

»Meine Güte«, war ihr einziger Kommentar dazu. »Faye Gilbert wird sicher nicht darauf bestehen, wenn sie klug ist. Burns wird auf lange Zeit hinter Gittern verschwinden.«

»Was versprechen Sie sich konkret von Ihrer Befragung?«

»Ehrlich? Nicht viel. Aber ich will nichts außer Acht lassen.«

»Gut, gut.« Marks wandte sich zum Gehen. »Viel Erfolg.«

Die Kanzlei des Notars hatte ihren Sitz nicht weit vom markanten Rathaus in Helston, in dem früher die Getreidebörse untergebracht gewesen war. Obwohl es ungewöhnlich kalt war, ging sie zu Fuß. Die frische Luft tat ihr gut.

»Mr. Pitcher erwartet Sie schon.« Die Sekretärin des Notars entsprach so gar nicht Bleys Erwartungen. Statt Rüschenbluse, Dutt und Hornbrille mit Goldkette trug die junge Frau zu einer engen schwarzen Hose ein modisches mittelgraues Twinset, das dazu teuer aussah. Mit ihrer Erscheinung passte sie eher an den Empfang eines börsennotierten Konzerns als hinter den klobigen Schreibtisch eines aktenfressenden Notars.

Als Bley das holzgetäfelte Büro betrat, erhob sich hinter dem Schreibtisch ein Mann unbestimmten Alters, der schon eher dem Klischee von einer Notarkanzlei entsprach. Nicht sonderlich groß und eher dicklich. Hinter einer Hornbrille mit dicken Bügeln musterten sie zwei graue Augen, die sich erst auf den Besuch scharf stellen mussten.

»Schatz, Liebes, bringst uns zwei Tee, bitte?« Der Notar nickte der Frau zu, die daraufhin lächelnd das Büro verließ, und bot Bley den Platz vor seinem Schreibtisch an.

Als er ihre erhobenen Augenbrauen bemerkte, fügte er lächelnd hinzu: »Meine Frau Melanie. Sie hilft mir. Melanie ist unersetzlich.«

»Danke, dass ich so schnell einen Termin bekommen konnte.«

Der Notar setzte sich wieder. »Die Polizei hat immer Vorrang. Was kann ich für Sie tun, Detective Sergeant?«

»Wie ich Ihnen bereits am Telefon sagte, geht es um den Verkauf von Horsley Hall.«

»Eine vertrackte Sache. Die gute Faye wird einen neuen Käufer suchen müssen, wenn ich das recht verstehe.«

»Nicht auszuschließen. So, wie Sie sprechen, ist Ihnen Mrs. Gilbert nicht nur als Mandantin bekannt?«

»Die Kanzlei pflegt bereits seit vielen Jahren ein überaus vertrauensvolles Verhältnis zur Familie Gilbert. Das war schon bei meinem Vater so, Gott hab ihn selig.«

»Dann kennen Sie die Geschichte der Familie sicher gut.«

Der Notar hob seine geöffneten Hände. »Soweit man mich in die Familienangelegenheiten involviert hat.«

»Wie nahe standen Sie sich? Wurde bei Ihren Begegnungen auch über interne Angelegenheiten gesprochen?«

Ein feines Lächeln umspielte die Lippen des Notars. »Ich glaube zu wissen, was Sie meinen.«

»Nun?«

»Eine delikate Angelegenheit, die der Familie nicht eben zum Ruhm gereichte, vor allem nicht Mortimer.«

»Sie wissen also, dass Curtis Stills und Faye Gilbert Halbgeschwister sind?«

Er hob die Hände und lächelte hintergründig, sagte aber nichts.

»Der Streit zwischen den Eheleuten muss damals gravierend gewesen sein.«

»Das stimmt. Ah, da kommt der Tee.« Der Notar lächelte seine Frau an, als sei er frisch verliebt. Sie quittierte seine Zuneigung mit einem stillen Lächeln und zog sich zurück. »Milch, Zucker?« Er deutete auf die kleinen Gefäße, die seine Frau auf einem ebenso kleinen Tablett auf den Schreibtisch gestellt hatte.

Bley bediente sich.

»Warum interessiert Sie das? Ich dachte, es ginge um den Vertrag zwischen Faye und Philip Burns.« Pitcher rührte abwartend in seiner Tasse.

»Wir gehen einem bestimmten Ermittlungsansatz nach, der uns allerdings sehr vielversprechend erscheint. Dabei geht es unter anderem auch um den Vertrag.« Bley wollte ihm keinen reinen Wein einschenken. »Was ist damals passiert?«

»Nun.« Er trank einen kleinen Schluck und nickte genießerisch. »Sie können sich vorstellen, dass niemand einen öffentlichen Skandal wollte. Und eine Konflikt- oder Eheberatung gab es damals noch nicht und wäre wohl auch nicht infrage gekommen. Es geschah das, was in solchen Fällen und in solchen Familien schon immer eine bewährte Strategie war. Mortimer Gilbert ging für lange Zeit nach Afrika. Abwesenheit ist in solchen Fällen oft die bessere Therapie. Wenn sich die Gemüter beruhigt haben und das Gras lang genug ist, lassen sich viele Dinge einfacher regeln.« Er trank erneut und beobachtete sie über den Rand seiner Tasse hinweg. Ein Notar, dem in seinem Berufsleben nichts fremd war und der ein untrügliches Gespür dafür besaß, wann er was sagen konnte.

Bley wollte diese sehr spezielle Einstellung zum Miteinander von Eheleuten nicht kommentieren. »Es ist so: Gilberts Vertragspartner hat ihr signalisiert, dass er den Vertrag nicht erfüllen wird.«

»Sie können offen mit mir sprechen, Detective Sergeant. Mir ist wohlbekannt, dass Mr. Burns einem Gerichtsverfahren wegen Mordes entgegensieht. Er wird den Vertrag also nicht erfüllen können. Das ist sehr schade. Die beiden wirkten auf mich und meine Frau wie zwei Frischverliebte.«

»Sie meinen, Fay Gilbert hatte ein Verhältnis mit Mr. Burns?« Sie wollte nicht glauben, was sie gerade gehört hatte.

»Das hätte man meinen können, so, wie sie Händchen haltend hier erschienen sind. Ich denke, dass Mr. Burns ihr mit dem Kauf von Horsley Hall auf jeden Fall einen Gefallen tun wollte. Jedenfalls ließ er das in einem Einzelgespräch durchblicken, das ich mit ihm wegen einiger Vertragsdinge führen musste. Ich bin aber eher der Auffassung, dass er ihre Notlage, beziehungsweise unbedingte Verkaufsabsicht, für seine ganz eigenen Pläne nutzen wollte.«

»Wie meinen Sie das?«

»Ich sage es frei und offen: Ich bin sicher, er wollte das Haus, um es anschließend gewinnbringend zu einem weitaus höheren Preis weiterzuverkaufen. Er wollte Horsley Hall als reines Spekulationsobjekt haben.« Er machte eine kurze Pause. »Überdies finanziert mit windigen Krediten.«

»Burns wollte Gilbert betrügen?«

»Nennen Sie es, wie Sie wollen, DS Bley. Das Gesetz des Marktes oder: Liebe macht blind.«

Burns und Gilbert ein Paar? Warum war ihnen das bisher verborgen geblieben? »Das wäre im Augenblick alles.

Sie haben mir sehr geholfen, Mr. Pitcher.« Sie warf einen Blick auf den kaum angerührten Tee. »Ihnen und Ihrer Frau weiterhin ein erfolgreiches Arbeiten.«

LVIII.

»Faye Gilbert. Was ist das nur für eine Frau?« DI Marks sprach über die Krankenschwester, als habe er nicht über sie nachgedacht, sondern über einen sonderbaren Fund am Strand von Praa Sands. »Hat einen Vater, der seine Frau betrügt, und fällt auf einen Mann herein, der seinerseits nichts Gutes im Schilde führt. Sie kann einem schon leidtun.«

»Ich wollte sie mit dem Hinweis konfrontieren, dass sie mit Philip Burns mehr verbindet als nur der Verkauf, aber ich kann sie nicht erreichen.«

»Vielleicht hat sie Schichtdienst in der Klinik?«

Bley verneinte. »Nein. Sie hat sich dort bereits vor einiger Zeit freistellen lassen, angeblich wegen körperlicher und seelischer Überlastung.«

»Es kann dann also durchaus sein, dass sie ein paar Tage verreist ist, um etwas Abstand zu den Ereignissen der vergangenen Wochen zu gewinnen. Das wäre ihr nicht zu verdenken.«

»Es gäbe noch eine andere Erklärung, DI.«

Marks sah sie aufmerksam an. »Na, dann mal los.« Bleys unbedingter Ermittlungswille machte ihm Freude.

»Was, wenn ihre Einlassungen zum Tagebuch gelogen sind? Wenn sich ihr Hass über die Jahre aufgestaut hat und der Tod ihres Vaters und der Verkauf von Horsley

Hall ihr die Chance auf die endgültige Abrechnung mit ihrem Halbbruder gegeben haben? Dazu kommt, dass Curtis Stills einen Großteil des Vermögens geerbt hat und sie damit einen Grund mehr hatte, ihn aus dem Weg zu räumen.«

»Eine steile These. Aber sie hat etwas.« Er wog den Gedanken hin und her. »Wie passt dann der Tod von Amelie Gibbons zu Ihrer Hypothese?«

»Wer weiß? Warum nicht so: Gilbert ist nach dem Mord an ihrem Halbbruder von Gibbons überrascht worden und musste sie beseitigen.«

Marks verzog die Lippen. »Dafür haben wir keine Beweise.«

»Ich gehe sogar noch einen Schritt weiter …« Sie suchte nach der richtigen Wortwahl. »Ich schließe mittlerweile nicht mehr aus, dass sie von Burns' Tat gewusst hat.«

Marks runzelte die Stirn. »Das verstehe ich nicht.«

»Mag doch sein, dass sie ihm die Waffe geliefert hat.« Sie sah ihn Beifall heischend an. »Wir haben doch lediglich ihre Aussage, dass die Speere diejenigen aus ihrem Besitz sind.«

»Ich verstehe Ihren Eifer und Ihre Sicht auf die Ermittlungen. Aber was sollen wir nun tun, Ihrer Meinung nach? Es sind alles lediglich Indizien und Vermutungen, wo sollen wir ansetzen?«

»Zunächst werden wir Burns mit der Einschätzung des Notars konfrontieren. Es soll uns sagen, ob er wirklich ein Verhältnis mit Gilbert hatte und wie das ausgesehen hat.«

Marks machte sich eine Notiz. »Okay.«

»Dann müssen wir Faye Gilbert vernehmen.«

»Wir haben nichts in der Hand gegen sie. Eine Vernehmung wird das sicher nicht.«

»Aber ihr Verschwinden macht sie verdächtig. Vermutlich sind wir ihr und der Wahrheit schon sehr nahe. Und sie hat sich ihrer Verantwortung durch Flucht entzogen.«

»Dann soll unser Allan alle Flugverbindungen kontrollieren und die Fährgesellschaften abklappern.«

»Wir können doch zumindest ihre Telefondaten und ihr Konto checken.«

»Ich werde DCI Sattler bitten, sich beim Staatsanwalt dafür zu verwenden.«

Sie schnaubte verächtlich. »Wenn er nicht gerade mit seinen Buddies von der Marine abhängt.«

»Sie sollten nicht immer gleich das Schlechteste denken.« *Aber so kann es sein*, dachte er bei sich.

»Wir müssen Horsley Hall durchsuchen. Vielleicht finden wir weitere Speere.« Sie sah ihn triumphierend an, als habe sie nun endgültig die Gewissheit, dass dies so sein würde.

»Ob Sattler das bei der Lage der Dinge genehmigt – ich bin mir nicht sicher.«

»Können wir nicht *Gefahr in Verzug* konstruieren? Wäre doch möglich.« Bley blinzelte spitzbübisch.

Er verzog abwägend den Mund. »Als Nächstes verlangen Sie von mir, dass wir Horsley Hall einen ungebetenen Besuch abstatten.«

»Das Schloss wäre leicht zu knacken.« Sie beeilte sich hinzuzufügen: »Habe ich rein zufällig bemerkt, Chef.«

»Keine gute Idee. Sie wissen, dass wir mögliche Beweise nicht bei Gericht einbringen können.«

»Aber wir wüssten dann, ob wir recht haben.«

»*Wir?*«

»Sie sind der Chef.«

»Sie können sehr hartnäckig sein, DS Bley.«

»Das ist mein Beruf.«

»Wir werden noch abwarten, Bley. Mal sehen, was Easterbrook zutage fördert.«

DS Bley wollte gerade ihren Protest gegen die zögerliche Haltung ihres Vorgesetzten formulieren, als die Tür geöffnet wurde und wie aufs Stichwort DC Easterbrook eintrat.

»Wenn man vom Teufel spricht.« Bley wollte gerade eine weitere sarkastische Bemerkung hinzufügen, als sie das kreidebleiche Gesicht des Detective Constable wahrnahm.

»Was ist los? Können Sie nicht anklopfen?« Marks war über das Verhalten des DC ungehalten.

»Keith Stone.« Mehr brachte Easterbrook nicht hervor.

»Was?«

»Er ist …« Easterbrook rang nach Atem.

»Nun mal langsam.«

»Der Polizeitransporter, der Stone in die Untersuchungshaft nach Exeter bringen sollte, ist auf einem Parkplatz nicht weit von Newquay überfallen worden.« DC Allan Easterbrook brachte die Nachricht nur mit Mühe über die Lippen.

»Und?«

»Viel mehr weiß ich noch nicht. Es waren offenbar vier Männer, bewaffnet mit Schnellfeuergewehren.«

»Sie haben Stone befreit?« Chris Marks sah ihn an, als habe er nichts anderes erwartet.

»Nein. Es ist so …« Easterbrook schien das Unbegreifliche nicht aussprechen zu wollen.

»Dann ist es ja gut.« Der DI entspannte sich ein wenig.

»Sie haben die beiden Fahrer aus dem Wagen gedrängt und mit der Waffe bedroht. Dann haben sie Keith Stone aus dem Transporter gezerrt und hingerichtet, mit zwei Schüssen aus nächster Nähe in den Hinterkopf. Abgegeben aus einer Automatischen mit aufgeschraubtem Schalldämpfer.«

»Ist die Fahndung schon raus?« Marks fühlte sich wie an seinen Sitz geklebt.

»Sie läuft.« Der Detective Constable biss sich auf die Lippe. »Aber wir werden kein Glück haben. Nach allem, was wir bisher wissen, ist kurz nach dem Überfall ein Sportflugzeug von Newquay aus gestartet.«

»Lehmann.« Zu mehr war Detective Inspector Chris Marks nicht in der Lage.

»Man wird das Killerkommando bei der Landung festnehmen.« Bley schien die Nachricht nicht zu schockieren. »Wir müssen unsere Spezialkräfte informieren.«

Easterbrook schüttelte den Kopf. »Die Maschine ist kurz nach dem Start vom Radar verschwunden. Keine Ahnung, wie sie das geschafft haben.«

Am Abend war die Lage klar. Stone war tatsächlich aus dem Transporter befreit worden, um ihn hinzurichten. Den beiden Uniformierten war von den maskierten Tätern kein Haar gekrümmt worden. Das Funkgerät im Transporter war zerstört worden, ebenso die Smartphones der Polizisten. Den GPS-Tracker ließen sie unbeachtet. Dennoch hatten die Attentäter wertvolle Zeit gewonnen. Das deutete eindeutig darauf hin, dass Lehmann einen möglichen Belastungszeugen vorsorglich aus dem Weg hatte räumen lassen.

»Stone wird morgen obduziert.« DS Bley saß wieder in Marks' Büro.

»Nun gibt es für Louise keine Gerechtigkeit.«

»Keith Stone ist tot.«

»Aber das Gerichtsverfahren und die lebenslange Haft wären besser gewesen.« Marks war grau im Gesicht.

»Woher wussten die Täter, dass Stone ausgerechnet heute und zu dieser Tageszeit nach Exeter überstellt werden sollte? Dass wir eine Verlängerung der achtundvierzig Stunden Polizeigewahrsam beantragt hatten und genehmigt bekamen?« Bley hatte mehr zu sich selbst gesprochen.

»Es wird eine undichte Stelle im Präsidium geben. Wäre nicht das erste Mal.« Marks klang resigniert.

Bley wagte den Verdacht kaum auszusprechen. »Oder jemand in der Haftanstalt hat die Schergen informiert.«

Marks hob hilflos die Schultern. »Ich werde mit dem Leiter der Anstalt reden.«

»Wir müssen Lehmann und seine Organisation endlich knacken.« Bley klang entschieden, dabei wusste sie genau, dass das kaum mehr als Wunschdenken war.

LIX.

Simon wusste nicht weiter. Mary hatte ihn noch nie so verzweifelt erlebt. Sie versuchte mit ihrer Hand eine beruhigende Geste, die aber hilflos wirkte. Chris saß stumm am Tisch. Die drei wirkten, als habe die Nachricht ihre sämtliche Energie aufgesogen.

»Stone hätte niemals geredet. Warum ihn also umbringen? Ich verstehe es nicht.« Simon brachte die Worte nur mühsam hervor.

»Lehmann vermeidet das kleinste Risiko. Zu jedem Preis. Selbst wenn er dafür einen seiner Vertrauten opfern muss«, meinte Chris fast abwesend.

»Meine Angst wird immer größer.« Mary sprach aus, was ihr seit Langem keine Ruhe ließ.

»Der Anschlag war generalstabsmäßig geplant.« Chris wusste nichts Besseres, als die Ereignisse wieder und wieder zu rekapitulieren. »Die beiden Beamten trifft keine Schuld. Stone hatte pinkeln müssen. Da sie keine Raststätte anfahren wollten, haben sie kurz auf einem breiteren Seitenstreifen der A 30 gehalten, ungefähr in der Höhe der Abfahrt zur A 39 und A 392 Richtung Newquay.« Seine Worte klangen wie ein Rapport an seinen Dienstherrn. »Plötzlich ist hinter ihnen wie aus dem Nichts ein schwarzer SUV aufgetaucht. Der Wagen muss sie verfolgt haben, ohne dass er aufgefallen ist. Dann ist alles schnell gegangen. Stone hatte wohl darauf gehofft, befreit zu werden. Er habe noch *Endlich* gesagt, berichten die beiden Wachen, dann fielen die Schüsse. Es muss so schnell gegangen sein, dass er nicht einmal mitbekommen hat, dass er hingerichtet wurde. Die tödlichen Kugeln stammen natürlich aus einer nicht registrierten Waffe.«

»Hans Lehmann hat ein blutiges Exempel statuiert: Lasst euch nicht verhaften, sonst seid ihr tot.«

Marks nickte Simon zu. »Sein Netz ist so fein gesponnen wie das einer Spinne.«

»Und ihr habt keine Ahnung, wo die undichte Stelle ist?« Mary sah Marks an.

»Unser Präsidium ist sauber.«

»Bestimmt?«

»Wer sollte es denn sein?«

»Wer wusste in Helston von dem Transport?« Simon fand nur langsam in seinen Ermittlungsmodus zurück.

Marks sah ihn fragend an. »Nicht dein Ernst, oder? Ich kann mir niemanden vorstellen. Bley und ich wussten von dem Datum, die beiden Beamten – und DCI Sattler natürlich.«

»Sattler hat die Möglichkeit, Informationen so weiterzugeben, dass der Verdacht nicht auf ihn fällt, Chris.«

»Sattler mag ein eitler Pfau sein, der die Polizei als seinen ganz persönlichen Spielplatz betrachtet – aber er würde uns nie an das Organisierte Verbrechen verraten. Niemals, Simon. Ich sehe die undichte Stelle entweder im Gefängnis Seiner Majestät in Exeter, oder … oder bei Scotland Yard.« Marks stand auf. »Ich muss wieder zurück. Bley braucht mich jetzt. Mit der tödlichen Attacke haben die Ermittlungen eine andere Qualität bekommen. Sattler hat sie an sich gezogen, das gibt mir Raum. Ich werde Annie bei der Aufklärung der Speermorde helfen. Faye Gilbert ist abgetaucht.« Er sah Marys erstaunten Blick. »Keine Sorge, Mary, ich bin stabil genug, um wieder voll einzusteigen. Außerdem überlasse ich DS Bley die Leitung der Ermittlungen.« Er lächelte die beiden an. »Mit Blick auf den Kalender würde ich sagen, dass es vielleicht ja noch vor dem ersten Weihnachtstag Bescherung gibt.«

Sein Optimismus klang stumpf. Simons Bemerkungen über DCI Sattler nagten an seinen Gedanken.

Im Präsidium ging es zu wie in einem Bienenstock im Sommer. In jeder Abteilung waren die Vorkommnisse auf der A 30 das alles beherrschende Thema. Der abgenutzte Flur wurde zur Nachrichtenbörse. Die unterschiedlichsten Gerüchte und Theorien machten die Runde. Der Fahrer des Gefangenentransporters und sein Kollege waren vorerst vom Dienst freigestellt. Entsprechend aufwendig war die Umstellung der Dienstpläne. Vor den Fenstern wirbelten Schneeflocken. Vorweihnachtsstimmung fühlte sich anders an.

»Kommen Sie herein und bleiben Sie nicht immer an der Tür stehen, DC Easterbrook. Setzen Sie sich.« Das Verhalten des Detective Constable hatte eine Unterwürfigkeit, die Marks nervte.

»Es gibt derzeit keinen Hinweis darauf, dass Faye Gilbert das Land verlassen hat.« Easterbrook hatte noch seine Winterjacke an und setzte sich auf den Rand des Bürostuhls. »Ich komme gerade von Horsley Hall. Nichts. Alles nach wie vor verlassen. In der klaren Winterluft wirkt das Haus, als erwarte es jeden Moment seinen neuen Besitzer.« Er räusperte sich verlegen. »Das klingt jetzt wenig sachlich, ich weiß, aber es ist wirklich schön dort draußen. Auch in der Nachbarschaft von Faye Gilberts Wohnung hat niemand die neue Mieterin gesehen.«

»Danke für das Update. Was tun Sie als Nächstes?«

»Wenn Sie mich schon so direkt ansprechen, DI Marks, dann würde ich Sie bitten, mir für den Nachmittag freizugeben. Meine Tante hat sich angekündigt, und ich würde gerne dafür ein paar Überstunden opfern.«

Easterbrooks Dickfelligkeit war nicht zu überbieten. Sie steckten in der wohl entscheidenden Phase der Ermittlungen, und der Herr wollte freihaben. »Sie wissen schon, dass wir hier jeden brauchen. Da kommt Ihr Wunsch – ich versuche es einmal höflich auszudrücken – etwas ungelegen.«

»Im Augenblick kann ich nicht mehr tun, Chef. Und Annie hat auch nichts dagegen. Außerdem bin ich per Smartphone jederzeit zu erreichen ... Wissen Sie, das hat in unserer Familie Tradition. Vor Weihnachten treffen wir meine Tante zum Tee. Sie lebt im Altenheim in Coverack und hat sonst niemanden mehr. Da kümmern wir uns gerne. Ich hole sie dort ab.« Er sah Marks' fragenden Blick. »Nicht das Heim, in dem Gibbons arbeitet. Am anderen Ende des Dorfes gibt es noch eine Seniorenresidenz.«

»Kümmern? Einmal im Jahr? Sie ist nicht zufällig Ihre Erbtante?«

»Ich verstehe nicht?« Easterbrook war aufgestanden.

»Schon gut, Allan. Nicht so wichtig. Tun Sie, was Sie tun müssen. Aber halten Sie sich bereit.« Easterbrook würde sich nie ändern.

Nachdem der Detective Constable sein Zimmer verlassen hatte, ging Marks hinüber in Bleys Büro.

»Gut, dass Sie kommen, Chef. Haben Sie es schon mitbekommen? Philip Burns will eine Aussage machen. Es geht um Faye Gilbert.«

»Nein. Ist mir neu. Wann kam die Nachricht?«

»Vor gut einer Stunde. Das Büro seines Anwalts hat einen entsprechenden Schriftsatz abgegeben.«

»Steht Genaueres drin?«

»Nein. Es ist derart allgemein gehalten, dass alles Mögliche dahinterstecken könnte.«

»Burns sitzt in Exeter.«

»Genau. Und er hat sicher seinen Spaß, uns dorthin zu locken.«

»Vielleicht tut es auch ein Videocall.« Marks hatte wenig Lust, die mehr als hundert Meilen hin und wieder zurück zu fahren, mit der dürren Aussicht auf Verwertbares.

»Ist schon angefragt. Bin gespannt, ob es klappt.« Sie lächelte dünn.

Das Okay der Gefängnisleitung kam überraschend schnell. Zwei Stunden später saßen Bley und Marks vor dem PC in Bleys Büro und warteten darauf, dass sie zugeschaltet wurden.

»Ich verlange, dass Sie mir deutlich anrechnen, dass ich hier freiwillig aussage.«

Auf dem PC-Bildschirm war übergangslos Burns' Brustbild aufgeploppt, wenn auch etwas verwaschen. Er saß offenbar in einem Raum, der als Büro genutzt wurde. Der Untersuchungshäftling sah müde aus. Sein Haar war ungekämmt, und das Grau in seinem Gesicht war nicht allein der schlechten Übertragungsqualität geschuldet. Neben ihm hatte einer seiner Anwälte Platz genommen. Der Advokat im viel zu eng sitzenden stahlblauen Businessanzug und mit gegelter Kurzhaarfrisur machte einen gelangweilten Eindruck, der ihn überdies blasiert wirken ließ. Im Hintergrund war ein uniformierter Beamter zu erkennen.

»Wie geht es Ihnen, Mr. Burns?« Bley ignorierte die harschen Worte zur Gesprächseröffnung.

»Ich sitze im Knast.« Philip Burns war nahe an den Bildschirm herangerückt. »Strand ist was anderes.«

»Wir zeichnen unser Gespräch auf.«

»Dann wäre ich besser noch zum Friseur gegangen.« Burns grinste in die Kamera. »Schöne Frau, wer weiß, was aus diesem Date noch alles wird.«

Sein Anwalt schob eine Hand auf seinen Arm, die Burns wie eine lästige Fliege abschüttelte.

Bley wollte sich unter keinen Umständen provozieren lassen. »Sie haben eine Aussage vorbereitet?«

»Zuerst will ich die Zusage, dass ich Hafterleichterung bekomme und dass Sie vor dem Richter und den Geschworenen klarstellen, dass ich Sie aus freien Stücken und weil ich der Polizei helfen will, kontaktiert habe.«

»Sie sind nicht in der Position, Forderungen zu stellen. Aber wir werden Ihre Aussage bewerten.« Sie warf Marks einen schnellen Blick zu, aber der hielt sich mit einer Äußerung zurück.

»Hör zu, du …«

Sein Anwalt legte erneut seine Hand auf Burns' Arm, ohne seinen blasierten Gesichtsausdruck auch nur minimal zu verändern.

»Schon gut«, knurrte Burns und zog den Arm weg, verharrte aber mit vorgebeugtem Oberkörper. »Ich habe folgende Aussage zu machen: Ja, ich habe Horsley Hall kaufen wollen. Als alter Freund habe ich mir Rabatt ausgerechnet, und weil sie dringend verkaufen wollte. Und ich habe ihr deshalb schöne Augen gemacht, als Verkaufshilfe. Und ich war mit Faye Gilbert sogar im Bett. Nichts, was sich zu erinnern lohnt, DS Bley. Hat aber funktioniert. Sie hat mir den Zuschlag gegeben. Wäre die Sache mit Nicolas Summer nicht aufgeflogen, hätte ich einen schönen Profit beim Wiederverkauf gemacht.« Bei dem Gedanken musste er lächeln. »Ich habe ihr in die Hand versprochen, dass ich selbst dort einziehen werde und so den Rabatt würdige. Aber so ist das im Geschäftsleben, was scheren mich schon mündliche Verabredungen?« Er lehnte sich zurück. »Aber das hat ja nun nicht sollen sein. Wie gewonnen und so weiter.«

»Das ist alles, was Sie uns mitzuteilen haben, Mr. Burns?«

Sein Anwalt schaltete sich ein, ohne seine Körperhaltung zu verändern. »Das war lediglich die Einleitung.«

»Also?« Bley sah an Marks' Gesicht, dass auch er sich wenig vom Fortgang des Videocalls erwartete.

»Faye ist echt wild im Bett, wenn du verstehst. Kurz bevor sie kommt, redet sie wirres Zeug. Die Gute dachte wohl, ich steh auf so was.« Sein Grinsen geriet zu einem schmierigen Gesichtsausdruck. »Sie hat davon gefaselt, dass sie die Macht und die Mittel hat, jeden ins Jenseits zu befördern. Komische Art von Höhepunkt, wenn Sie mich fragen. Da habe ich schon ganz andere Sachen erlebt.« Sein Grinsen blieb.

»Ich denke, wir brechen an dieser Stelle ab. Wir sind nicht die Bühne für Ihre Fantasien, Mr. Burns.« DS Bley war wütend.

»Ich mag es, wenn eine Frau wütend ist. Dann sind die Mädels immer besonders sexy.« Er warf einen Seitenblick auf seinen Rechtsbeistand. »Schon gut, ich weiß.« Er drehte sich wieder Bley zu. »Bei einem unserer überschaubaren Dates hat sie mich gefragt, ob ich schon mal daran gedacht habe, wie es wohl ist, wenn man einem anderen das Licht ausbläst.« Er sah wieder zu seinem Anwalt, der diesmal kurz nickte. »Ich habe gefragt, was sie damit meint. Sie hat dann immer weitergeplappert und mir Angst gemacht.« Seine Miene war längst ernst geworden. »Diese Frau ist krank, sehr krank. Sie hat mir kichernd erzählt, wie die Schneide eines Speers mit einem Schmatzen ins Fleisch fährt.«

Bley und Marks wechselten einen schnellen Blick. Marks zuckte kaum merklich mit den Schultern.

»Da biste platt, was? Was ich euch gerade erzähle, hat sich genauso zugetragen. Ich schwöre, die Frau ist krank. Seitdem ging mir das Geräusch nicht aus dem Kopf.«

»Wollen Sie damit andeuten, dass Faye Gilbert Sie auf den Gedanken gebracht hat, Nicolas Summer zu töten? Auf diese Weise?« Marks hatte sich vorgebeugt.

»Könnte man so sagen.« Burns nickte knapp.

»Haben Sie Faye Gilbert gefragt, wie sie zu dieser Erfahrung gekommen ist? Wen sie ermordet haben will?« DS Bley sah von ihren Notizen auf.

»Ich habe das Ganze für die Fantasie ihrer verdrehten Erregung gehalten, so heißt es doch?« Er sah seinen Anwalt nach Zustimmung heischend an. »Nein, ich habe darüber nicht weiter nachgedacht.«

»Warum kommen Sie erst jetzt mit der Geschichte?«

Burns deutete mit dem Daumen auf seinen Anwalt.

»Reichlich spät, oder?«

Burns zuckte bloß mit den Schultern. »Erst später ist mir der Verdacht gekommen, dass sie etwas mit dem Tod ihres Cousins zu tun haben könnte.«

»Er war ihr Halbbruder«, warf Bley ein.

Burns nahm die Neuigkeit unbeeindruckt auf. »Ich denke, ich habe jetzt eine wichtige Aussage gemacht. Die wird sicher reichen für Ihre *Bewertung.*« Er lächelte zufrieden in Richtung seines Anwalts und lehnte sich dann erneut zurück. So zufrieden, als habe er der Welt seine unumstößliche Sicht der Dinge erklärt.

»Wie oft waren Sie auf diese Weise mit Faye Gilbert zusammen?« Bley hielt den Stift erwartungsvoll über ihren Schreibblock.

»Drei-, viermal vielleicht. Genau weiß ich das nicht mehr. Immer ein ziemlich kurzes Vergnügen, bisschen Stressabbau, wenn Sie verstehen.«

»Und mehr als diese Andeutung hat Mrs. Gilbert Ihnen gegenüber nicht gemacht?«

Er schüttelte den Kopf.

»Und Sie haben das tatsächlich so hingenommen?«

»Wie ich schon sagte, die Frau ist krank im Kopf. Ich habe ihre Spinnereien nicht wirklich ernst genommen und mich lieber von ihr zurückgezogen. Ich hatte ja auch, was ich wollte. Horsley Hall wäre ein Schnäppchen, und der Termin beim Notar war nur noch eine Formsache.«

»Haben Sie eine Ahnung, wo sich Faye Gilbert derzeit aufhalten könnte?«

»Sie ist weg? Echt jetzt?« Burns grinste hämisch. »Nee, ich habe keine Ahnung. Ich komm hier ja nicht so unter Leute.«

»Hat Sie mal von einem Lieblingsort gesprochen? Wo sie gerne sein möchte?«

Amüsiertes Kopfschütteln.

»Eine Gegend? Eine Stadt, ein Dorf? Ein besonderes Hotel? Was auch immer.«

»Woher soll ich das wissen? Wir haben ein bisschen Spaß im Bett gehabt, das ist alles. Faye Gilbert hat mich nicht wirklich interessiert.«

Bley nahm es nickend zur Kenntnis. »Aber Sie können mir sicher diese Frage beantworten: Wie kamen Sie an den Speer, mit dem Sie Nicolas Summer getötet haben?«

»Sie hat ihn mir in den Wagen gepackt, zu dem anderen Zeug, das ich entsorgen beziehungsweise verticken wollte.«

»Und dann haben Sie die Gelegenheit genutzt, um Ihren Konkurrenten umzubringen. Als Trittbrettfahrer und in der Hoffnung, dass Sie ungeschoren davonkommen, weil wir keine Indizien und Beweise gegen Sie haben?«

»Guter Plan, nicht? Im Zweifelsfall hätte ich mein Betthupferl als Täterin ins Gespräch gebracht.«

Nun beugte sich der Anwalt vor. »Das geht jetzt zu weit. Mein Mandant hat eine, wie ich finde, grundlegend wichtige Aussage gemacht. Was Sie nun damit machen, überlasse ich ganz Ihrer Ermittlungskompetenz.«

Arrogantes Arschloch, dachte Bley. »So grundlegend, wie Sie denken, ist die Aussage von Mr. Burns nicht. Aber gut, dass wir sie gehört haben.«

»Was ist jetzt mit der Bewertung?« Burns war ganz nahe an den Bildschirm herangerückt. Sein grobporiges Gesicht sah teigig blass aus.

»Das werden wir dann sehen.« Bley schlug ihren Notizblock zu. »Ich habe keine weiteren Fragen mehr.«

Der Beamte trat aus dem Hintergrund an den Tisch, an dem Burns und sein Anwalt gesessen hatten, und beendete mit einem Kopfnicken und einem Mausklick das Treffen.

Bley drehte sich zu Marks. »Was war das denn gerade?«

»Was denken Sie?« Er schlug ein Bein über das andere.

»Er steht mit dem Rücken an der Wand und tischt uns eine Räuberpistole auf, in der Hoffnung, dass er davon profitiert.«

»Mag sein. Aber was, wenn die Geschichte stimmt?«

»Gilbert gesteht beim Sex einen Mord?«

»Wenn man die *schmatzende Schneide* als Geständnis werten will, dann ja.«

»Wir werden sie fragen.«

»Wie wollen Sie nun weiter vorgehen?«

»Im Grunde hilft nur Warten – darauf, dass ihre Scheckkartennummer irgendwo auftaucht, ihr Smartphone sich irgendwo einloggt.«

»Ich fürchte, wir werden tatsächlich Geduld haben müssen.«

DS Bley sah Marks an, als wartete sie darauf, dass er ihr Büro verließ.

Er hatte verstanden. »Ich werde dann mal.«

Sie folgte ihm bis in den Flur. »Eines noch: Machen wir die Fahndung offiziell?«

»Warum fragen Sie? Sie haben sich doch längst entschieden.« Er lächelte ihr zu.

»Warum habe ich bei Ihnen oft das Gefühl, Sie können in meinen Kopf hineinsehen?«

Marks hob kaum merklich eine Augenbraue und ließ sie mit ihrem fragenden Blick zurück.

LX.

»Was du mir erzählst, klingt sehr nach einer möglichen Täterschaft Gilberts.« Simon stand auf und hob den Tonarm von der LP. »Was hältst du von *4 Way Street*? Crosby und Co. live? Hab ich schon länger nicht gehört.« Er griff bereits nach dem Doppelalbum. Es schien, als messe er der Musik eine größere Bedeutung bei als dem Fortgang der Ermittlungen.

»Warum nicht? *Love the One You're With* hab ich gerne mit Louise gehört.« Chris' Stimme wurde leise, und um seine Augen legte sich ein dunkler Schatten.

»Oh, wie unsensibel von mir.« Simon war wirklich peinlich berührt.

»Schon gut. Sag mir lieber, was du an meiner Stelle tun würdest. Das hilft mir.«

»Bley hat doch schon das Richtige getan. Du musst abwarten, was die Fahndung bringt. Ich würde die Speed Cameras checken und auch die Überwachungskameras rund um Helston auswerten. Das ist sehr kleinteilig, bringt aber nicht selten Überraschendes zutage.«

»Hm. So kurz vor den Feiertagen ist eine Menge los auf den Straßen.« Er nippte an seinem Glas. »Aber das ist sicher mal wieder der richtige Job für Easterbrook.«

»Die Allzweckwatte für solche Ermittlungen.« Auch Simon musste lächeln.

»Was ganz anderes. Mir geht nicht aus dem Kopf, was du über Sattler denkst. Dass er eine oder *die* undichte Stelle bei uns ist, beziehungsweise sein könnte.«

»Ist nur so ein Gedanke. Wenn ich an Helen Baxter denke, halte ich mittlerweile alles für möglich.« Die plötzliche Erinnerung an den gewaltsamen Tod seiner Ex-Kollegin schmerzte ihn. Sie hatte all das verraten, wofür er gelebt und gearbeitet hatte. Mehr noch, Helen hatte am Ende das Ideal der Polizei verraten, für Wahrheit und Gerechtigkeit zu stehen.

»Sattler ist ein Idiot. Aber ich kann nicht glauben, dass er seine Pension aufs Spiel setzt. Er ist viel zu selbstverliebt, als dass er sich in Lehmanns Abhängigkeit begibt.«

»Geld ist eine schmierige Hure.«

Marks nickte nachdenklich. »Ich behalte ihn im Auge.«

Plötzlich hörten sie ein Kratzen wie über Glas. Simon fuhr herum und starrte in das Gesicht von Margaret Bishop, die mit einem Fingerknöchel nachdrücklich an die Scheibe klopfte. In ihrem Gesicht mischten sich Ungeduld und Ärger über Missachtung ihrer Person. Er hob die Hand zum Zeichen, dass er ihr öffnen würde.

»Warum reagieren Sie nicht auf mein Klopfen?« Bishop rauschte hinter Simon ins Wohnzimmer wie ein fleischgewordener Tsunami. Missbilligend sah sie Marks an, der ratlos die Schultern hob.

»Was kann ich für Sie tun?« Simon drehte den Verstärker ein wenig leiser. »Wir haben Sie nicht gehört.«

»Ich brauche Ihre Unterschrift.«

Simon hob eine Augenbraue.

Bishop zog ein paar Blätter aus ihrer Handtasche, die sich bei näherer Betrachtung als Unterschriftenliste entpuppten.

»Die von der Gemeindeverwaltung wollen die Theateraufführung stoppen.« Sie warf Marks einen vernichtenden Blick zu. »Und das geht auf Ihr Konto. Die Verwaltung ist der Meinung, solange die Morde nicht aufgeklärt sind, sollten keine Kulturveranstaltungen stattfinden. Wegen der Pietät. Dass ich nicht lache. Als wenn der Requisiteur und die Schneiderin dadurch wieder lebendig würden.« Sie hielt ihm barsch die Liste hin. »Die Vorführungen müssen stattfinden. Allein aus Respekt uns Künstlern gegenüber. Ich habe doch nicht meine freie Zeit geopfert, um mich auf meine Rolle als Miss Sophie vorzubereiten.«

Als Marks keine Anstalten machte, das Papier anzunehmen, hielt sie die Liste erneut hin, mit noch mehr Nachdruck. »Sie sind doch auch für die Freiheit der Kunst. Unterschreiben Sie. Ich habe für meine Petition schon eine ganze Reihe Menschen gewinnen können.«

»Liebe Mrs. Bishop.« Simon wusste nicht, ob er lachen oder böse sein sollte über den diesmal besonders penetranten Auftritt von Marys Tante. »Ich verstehe nicht ganz, um ehrlich zu sein.«

»Ich will, dass die Aufführungen stattfinden wie geplant.« Sie zeigte mit dem Finger auf Marks. »Ich verstehe wirklich nicht, warum die beiden Morde nicht längst aufgeklärt sind. Ich müsste mich nicht so ins Zeug legen, wenn Sie Ihre Arbeit ernst nehmen würden.«

»Ich denke, es ist besser, wenn Sie jetzt gehen.« Simon hatte genug. »Ich werde nicht unterschreiben.«

Bishop sah ihn an, als habe er sie zutiefst beleidigt. »Und ich habe gedacht, wir Künstler halten zusammen.« Sie drehte sich abrupt zu Marks und fuchtelte erneut mit der Liste. »Gut, dann unterschreiben Sie, Detective Inspector Marks. Das ist das Mindeste, was Sie tun können.«

»Geben Sie her.« Er zückte seinen Kugelschreiber und setzte seine Unterschrift unter die Petition.

Mit triumphierendem Blick zu Simon nahm sie die Liste zurück. »Spätestens in zwei Tagen wird sich die Gemeindeverwaltung über den großartigen Protest ihrer Bürger wundern.« Mit einem knappen »Guten Tag« verließ sie Simons Cottage.

»Was war das? Ein Gewitter?« Marks grinste.

»Du bist gerade Zeuge geworden, wie sie reagiert, wenn sie nicht genug Aufmerksamkeit bekommt.« Simon drehte die Lautstärke der Anlage wieder höher.

»Ist mir nicht völlig neu. Im Grunde hat sie ja nicht ganz unrecht.« Chris sah schweigend in sein Whiskyglas und trank einen kleinen Schluck. »Wir stehen in der Öffentlichkeit wie die Deppen da. Um uns herum bricht das nackte Chaos aus, und wir haben dem nichts entgegenzusetzen. Erst die Morde mit den Speeren, dann werden Louise und Helen getötet. Dazu die Hinrichtung. Das Verbrechen hat endgültig das Heft in die Hand genommen.«

»Nein, das hat es nicht, Chris.« Er schüttelte vehement den Kopf. »Wir werden die Morde an Curtis Stills und Amelie Gibbons aufklären. Und wir werden Lehmann zur Verantwortung ziehen.«

Marks lehnte sich zurück und schloss die Augen. »Ich weiß nicht, ob ich all dem noch gewachsen bin, Simon. Es gibt Tage, an denen will ich nur noch weg. Raus aus Cornwall, raus aus meiner Haut. Ich habe das Gefühl, dass Versagen meine Hauptbeschäftigung ist.«

»Ich kann dich gut verstehen, aber du darfst jetzt nicht verzweifeln. Weder an dir selbst noch am Erfolg deines Teams. Denk an DS Bley. Sie ist eine starke Frau, und sie wird dir bei der Aufklärung zur Seite stehen.«

»Manchmal habe ich das Gefühl, sie zu überfordern. Sie ist in vielen Dingen zu unerfahren.« Marks hielt die Augen geschlossen. Er schien Simons Versuch, ihm aus seinem Tief herauszuhelfen, nicht verstanden zu haben.

»Sie wird ihren Weg machen. Sie lernt im Augenblick eine Menge für ihre berufliche Zukunft.«

»Was ist das für eine Zukunft, in der das Verbrechen immer mehr an Einfluss gewinnt? Was haben wir dem entgegenzusetzen, wenn schmutziges Geld selbst diejenigen Menschen korrumpiert, die angetreten sind, das Gute in uns und der Gesellschaft zu wahren und zu fördern? Ist es nicht eher so, dass die Banden, Kartelle, dass Menschen wie Lehmann die Kontrolle über uns gewinnen und uns zu ihren Komplizen machen?«

»Wenn das Ganze hier vorbei ist, solltest du dir eine Auszeit nehmen.«

Er sah ihn mit einem Blick an, der Simon an ein in die Enge getriebenes, waidwundes Tier denken ließ. »Ich vermisse Louise so sehr.«

»Ich weiß.«

LXI.

DC Easterbrook hielt Annie stolz eine ausgedruckte Seite entgegen. »Spingo Bingo.«

Sie warf einen kurzen Blick auf das unscharfe Foto. Die Nacht war kurz gewesen. Sie hatte über Stunden die unterschiedlichen Internetportale durchsucht, auf der Suche nach einer Alternative zu ihrem derzeitigen Job. Im Grunde reine Zeitverschwendung, hatte sie gegen Morgen gedacht, als sie nach einem kurzen, unruhigen Schlaf aufgewacht war. Sie war Polizistin und wollte es bleiben. Die wenigen Angebote im Internet, die ihr als ehemaliger Polizistin offenstanden, hatten es ihr bestätigt. Sie hatte keine Lust, als Security an einem Flughafen wie Heathrow oder Gatwick zu enden oder als Sicherheitschefin einer Supermarktkette.

»Was ist das?« Sie hatte Mühe, ein Gähnen zu unterdrücken.

»Ich habe mir die halbe Nacht um die Ohren gehauen, aber es hat sich gelohnt.«

Aha, ein Leidensgenosse. Sie betrachtete das Foto nun mit einigem Interesse. »Faye Gilbert?«

Easterbrook nickte sichtlich zufrieden.

»Man sieht ja kaum etwas. Wo ist das Foto entstanden?« Sie gähnte erneut.

Er deutete mit dem Finger auf die Signatur. »Polperro Park Service Station. Vergangenen Freitag, neunzehn Uhr einunddreißig. Die Überwachungskamera ist bei der Dunkelheit zwar kaum von Nutzen, aber schau, sie ist es.«

»Und was bringt uns das? Außer der Erkenntnis, dass sie auf dem Weg war, die Grafschaft zu verlassen?«

Nun mischte sich eine Spur Überheblichkeit in seinen Blick. »Das einzelne Foto sicher wenig. Aber«, er machte eine Kunstpause, »ich lasse gerade die Aufnahmen der benachbarten Kameras checken, um ihren Weg verfolgen zu können.«

»Du bist ja doch ganz schön ausgeschlafen«, musste sie gestehen.

Er ließ das Lob wie Balsam auf seine Gedanken einwirken. »Um keine wertvolle Zeit zu verlieren, habe ich mir im Netz die Gegend angesehen. In der Nähe ist zum Beispiel ein Holiday Park. Die Häuschen sind das ganze Jahr über zu mieten. Und in Polperro und Looe selbst gibt es ausreichend Möglichkeiten, für eine Zeit unterzukommen, ohne groß Aufsehen zu erregen. Eine Dame auf der Suche nach Einsamkeit in dieser stressigen Zeit«, deklamierte er sonor, »gerade über die Feiertage nicht selten.«

»Ein bisschen viel Glaskugel, findest du nicht?«

Er machte ein beleidigtes Gesicht. »Ich wollte lediglich die Zeit nutzen. Natürlich kann alles auch ganz anders sein.«

»Wenn wir uns nur auf die Überwachungskameras verlassen, sind die Schlupflöcher nicht gerade klein. Es gibt dort sicher jede Menge Wege, die nicht überwacht werden.«

»Aber es ist eine Möglichkeit«, beharrte Easterbrook.

»In einer Woche ist Weihnachten«, versuchte sie ihn zu besänftigen. »Hast ja recht. Es wäre schön, wenn wir unsere Fälle mit deiner Kreativität und deinem Spürsinn bis dahin gelöst hätten.«

Sie hatte endlich einen Nerv getroffen. Er lächelte. »Meine Alice hofft so sehr darauf. Zu wissen, dass auch noch über die Weihnachtstage ein Mörder sein Unwesen treiben könnte, macht sie förmlich krank. Sie ist so ein sensibler, feinfühliger Mensch.« Er suchte in ihren Augen nach Zustimmung. »Alice meint, da du doch mehr oder weniger allein bist, könntest du zum Essen zu uns kommen. Alice macht außerdem einen fantastischen Christmas Cake. Einfach göttlich.«

Genau das würde sie nicht. Die Weihnachtstage würde sie bei reichlich Wein und DVDs auf der Couch und im

Bett verbringen. Ihre Kindheit und Jugend hatten ihr gezeigt, wie verlogen das Leben unter der brüchigen Kruste eines angeblich so glücklichen Familienlebens war.

»Danke für die Einladung, Allan. Ich weiß das zu schätzen. Aber zum einen haben wir den Täter oder die Täterin noch nicht, und zum anderen bin ich kein Freund von Familienfesten. Ich denke, deine Frau wird das verstehen.«

Allan nickte, ohne enttäuscht zu wirken. »Ich hatte mir so etwas schon gedacht. Trotzdem schade.«

»Ein Stück von dem Kuchen nehme ich trotzdem gerne.«

»Kriegst du, kriegst du.« Er wandte sich ab. »Mal sehen, was der Tag noch so bringt.« Er klopfte voller Tatendrang mit der flachen Hand auf den Türrahmen und machte sich auf den Weg zurück in sein Büro.

Er war kaum weg, als DI Marks eintrat. »Wie kommen Sie voran?«

»Es gibt eine Spur.« Sie reichte ihm den Ausdruck. »Allan ist darauf gestoßen.«

»Das wird nicht viel bringen. Das Foto zeigt lediglich, dass sie dort war zum Tanken.« Er gab die Kopie zurück.

»Die Kollegen werten gerade die Kameras in der Umgebung aus. Damit lässt sich vielleicht der weitere Weg von Faye Gilbert rekonstruieren. Ich würde sie gerne endlich zur Fahndung ausschreiben.«

»Dazu reichen die Verdachtsmomente nicht aus.«

»Ich weiß. Aber es würde uns weiterhelfen.«

»Nennen Sie mir einen Grund für die Fahndung, dann bin ich der Erste, der sich kümmert.«

»Dann bleibt uns nur die Hoffnung.«

»Wie so oft.« Er warf einen Blick auf das unscharfe Foto der Überwachungskamera. »Polperro und Looe.

Nette Ecke. Ich war ein paarmal dort. Dort gibt es den Tencreek Holiday Park, und es geht schon seit Jahren das Looe Blues Rhythm and Rock Festival über die Bühne. Ich sollte mich mal wieder dort blicken lassen.« Er seufzte. »Hab da Elles Bailey gesehen. Na ja.«

»Bailey?«

»Sicher nicht Ihre Musik. Und schon gar kein Likör.«

DS Bley schwieg, denn sie sah, dass er selbst bemerkt hatte, dass sein Scherz verunglückt war.

»Was haben Sie eigentlich über die Feiertage vor?« Marks wechselte das Thema.

»Sie sind heute schon der Zweite, der das anspricht, DI.« Sie lehnte sich zurück und sah ihn mit einem leicht spöttischen Zug um die Mundwinkel an. »Warum fragen Sie? Sind Sie einsam?« Sie biss sich auf die Zunge. Sie sollte besser die Klappe halten. Sie hatte für einen Moment vergessen, womit Marks zu kämpfen hatte.

»Das habe ich mit meiner Frage nicht andeuten wollen, DS Bley. Aber wir könnten tatsächlich an einem der Tage zu Abend essen. Was halten Sie vom Cadgwith Cove Inn? Frischer geht Fisch nicht.« Er ließ sich nicht anmerken, ob ihn die Frage nach der Einsamkeit unangenehm berührt hatte.

»Ich glaube fest daran, dass ich über die Feiertage mein Bett nicht verlassen werde. Es sei denn, wir haben einen Fall.«

»Überlegen Sie es sich. Sie sind herzlich eingeladen.«

»Mal sehen. Wer weiß, was passiert.« Sie wollte nach ihrem Fauxpas nicht zu unhöflich wirken. Unbewusst fuhr sie sich übers Haar, das ihr wie immer wie ungebändigtes Unkraut vom Kopf stand. »Was macht Ihr Fall?«

»DCI Sattler hat mir seine *volle Unterstützung* zugesagt. Er will seine Kontakte beim Yard und in der Politik *rebellisch* machen«, antwortete er mit einem Blick, der deutlich machte, was er von dieser Ankündigung hielt.

»Verstehe. Viel heiße Luft, wie immer.«

»Man darf die Hoffnung nicht aufgeben.« Sein Blick wurde mit einem Mal dunkel. »Auch wenn es zunehmend schwerfällt.«

»Wie meinen Sie das?« Marks' Haltung, die im Augenblick alles andere als Zuversicht ausdrückte, alarmierte sie.

»Es ist alles ein Auf und Ab. Man könnte meinen, dass wir den Kampf gegen die Windmühlen doch verlieren werden.«

Bley traf eine Entscheidung. »Sie brauchen dringend eine Auszeit.« Sie warf einen Blick zur Uhr. »Die Auswertung der Kameras wird dauern. Und der Bürokram kann warten. Lassen Sie uns einen Happen essen gehen.«

Marks hob erstaunt die Augenbrauen. »Warum nicht.«

»Ich fahre.«

Im May Tree hielt sie sich nach der Bestellung nicht lange mit Floskeln auf.

»Was ist los, Detective Inspector?« Sie nahm einen Schluck von ihrem Bier und sah ihn erwartungsvoll an.

Marks antwortete nicht gleich. Sein Blick streifte wie ein Spürhund durch das gut besuchte Pub, so als sei dort in einer Ecke oder unter einem Tisch die Antwort zu finden. Schließlich blieb er an seinem Mantel hängen, den er auf den Stuhl neben sich geworfen hatte. »Die Antwort ist nicht einfach, Annie.«

»Nichts im Leben ist einfach.«

»In den vergangenen Monaten ist eine Menge zusammengekommen, mit dem ich nicht so einfach umgehen kann.«

»Ich weiß.«

Er sah erstaunt auf. »Es geht nicht nur um unsere Fälle, nicht nur.«

Sie sah ihn immer noch unverwandt an. »Nur zu.«

Marks scannte erneut seine Umgebung, bevor er antwortete. »Die Begegnung mit Louise hat meinem Leben eine neue Richtung gegeben, und ihr plötzlicher Tod hat mich leer zurückgelassen. Ich stehe an einer Kreuzung, von der ich nicht weiß, in welche Richtung die Wege abgehen.« Er versuchte ein Lächeln. »Das klingt verdammt nach billiger Prosa. *I'm standing at the crossroads.* Elmore James. Lange vor Ihrer Zeit. Aber genauso fühle ich mich.« Er trank einen viel zu großen Schluck.

»Sie brauchen tatsächlich eine Auszeit.«

»Meinte Simon auch schon. Ich habe das Gefühl, dass ich meinem Job nicht gerecht werde. Mir gleitet so viel durch die Finger. Am Abend weiß ich nicht, was am Tag wichtig war und was nicht.«

»Gestehen Sie sich das Tief zu. Sie sind ein hervorragender Polizist.« Sie hätte ihn beinahe mit der Hand berührt. Stattdessen fuhr sie sich durchs Haar. Eine fast verzweifelt wirkende Geste. »Und dazu ein wunderbarer Mensch.«

Er runzelte die Stirn.

»Sie haben mir mit Ihrer Art durch eine schwere Zeit geholfen. Das werde ich Ihnen nicht vergessen.« An seinem Blick sah sie, dass er sich genau an den Abend erinnerte, an dem ihr Leben auf Messers Schneide gestanden hatte. »Danke dafür.«

Er sog hörbar die Luft ein. »Vielleicht haben Sie ja recht, und ich brauche so etwas wie eine Luftveränderung.« Er sah sich im Lokal um. »Oder eine neue Umgebung.«

Irritiert fragte sie nach. »Gefällt Ihnen das Pub nicht? Ah, da kommt unser Essen.«

Marks wartete, bis sich die Kellnerin wieder entfernt hatte. »Ich meine eine neue Aufgabe, irgendwo anders.«

»Sie wollen weg?« Ihre Stimme wäre beinahe gekippt. Sie war ehrlich betroffen.

Er zuckte mit den Schultern. »Ich weiß es nicht, um ehrlich zu sein.« Er straffte sich. »Zuerst muss ich das hier zu einem Ende bringen. Damit meine ich nicht meine Cottage Pie. Guten Appetit.«

Bleys Smartphone vibrierte. Sie warf einen kurzen Blick auf das Display. »Später.«

Er zeigte mit der Gabel auf das Telefon. »Sie sollten rangehen.«

Sie schüttelte den Kopf. »Easterbrook wird sich gedulden müssen.«

»Und wenn es wichtig ist?«

»Jetzt will ich erst meine Pie genießen.« Sie lächelte ihn an.

»Danke.«

Sie aßen eine Weile schweigend und ließen das geschäftige Hin und Her im Pub an sich vorbeiziehen. Die meisten Gäste waren wegen des anstehenden Festes unterwegs. An einigen Tischbeinen und Stühlen lehnten in Weihnachtspapier eingewickelte Pakete oder hingen Einkaufstüten.

Schließlich brach Bley das Schweigen. »Wohin soll es denn gehen? Überhaupt keine Ahnung? Ein Sabbatical vielleicht? Bali oder Neuseeland? Europa?«

»Es ist eher etwas Grundsätzliches.« Er hatte Mühe, seinen Bissen auf die Gabel zu bekommen. »Fürchte ich.«

»Eine neue Dienststelle?«

Er wich aus. »Die Pie ist großartig, oder? Ich liebe dieses Rinderhack.« Er kaute mit Genuss und deutete dann auf ihren Teller. »Ihre wäre nichts für mich.«

»Schon gut, ich hab's kapiert.«

»Sehen Sie mich nicht so an. Es geht nicht gegen Sie.«

Erneut ein Brummen ihres Telefons. Sie ignorierte es.

»Los, gehen Sie schon ran. Über meine Gemütsverfassung können wir auch später noch reden.« Er spießte ein großes Stück Hackfleisch auf.

Das Vibrieren hielt an. Missmutig griff Bley schließlich doch zum Telefon. »Ja?«

Sie hörte Easterbrook schweigend zu. Mit einem »Danke« trennte sie die Verbindung. Ohne zunächst auf Marks' fragenden Blick zu achten, nahm sie eine Gabel voll Kartoffelbrei auf.

»Nun?«

»Ich muss das erst einmal sortieren.«

»Lammhack und Kartoffelbrei?«

»Die erste Auswertung der Überwachungskameras hat nichts ergeben.«

»Das lässt zwei Schlussfolgerungen zu. Entweder ist Gilbert über winzige Seitenstraßen weitergefahren …«

»… oder sie ist noch in der Gegend.« Sie schob ihren Teller beiseite. »Allan könnte recht haben, und sie ist irgendwo dort untergetaucht. Wo findet das Bluesfestival statt?«

»Tencreek Holiday Park. Anfang Dezember.«

»Ja. Den Namen hat Allan gerade erwähnt. Dort oder

in einem anderen Feriencottage, meint er, könnte sie sich verkrochen haben.«

»Aber warum sollte sie das getan haben? Angenommen, sie ist tatsächlich unsere Täterin, wäre das unklug. An ihrer Stelle würde ich einen möglichst großen Abstand zwischen mich und Ruan Minor bringen.« Er schaute zur Decke, als würde er kopfrechnen. »Von hier aus bis Polperro sind es kaum sechzig Meilen, wenn ich mich nicht irre.«

Sie stimmte ihm zu. »Bleiben ja auch noch die Schleichwege. Wieder mal Stillstand.« Sie zog den Teller zu sich.

Er hielt den Kopf gesenkt und war mit den Resten der Pie beschäftigt. Dann sah er sie unvermittelt an. »Verstehen Sie jetzt, warum ich müde bin? Was mich im Augenblick am meisten beschäftigt, ist die Musik. Im Blues finde ich für ein paar Stunden meine innere Ruhe.« Er lachte auf, kratziger Sarkasmus und ein schiefes Grinsen. »Der typische harte Soul und Lebensblues. Kurz bevor sich das Leben endgültig verabschiedet. Das Gesuhle tut gut, hilft aber nicht wirklich. *This is a man's world, but it wouldn't be nothing without a woman or a girl.*« Er sah sie an und legte sein Besteck zur Seite. »James Brown, der alte Kämpfer. Okay, ich will Ihnen die Laune nicht komplett verderben.«

Sie hielt seinem Blick stand und schwieg.

LXII.

»Kein Problem.« Mary stellte den Kragen ihrer Jacke auf. Es war in den vergangenen Tagen noch kälter geworden. Wenn das Wetter anhielt, würden ihre Gäste die Tage zwischen Weihnachten und dem Jahreswechsel wohl ausschließlich auf ihren Zimmern oder im Pub verbringen. Aber so weit wollte sie jetzt nicht denken. In den vergangenen Jahren war es am Ende nie dazu gekommen. Dafür würde auch diesmal der Golfstrom sorgen.

»Bisher haben wir nichts erreicht.« DI Chris Marks war hinaus nach Cadgwith gekommen, um wenigstens einmal einen Blick auf die *Christmas Lights* zu werfen. Simon und Mary hatten ihn bereits im vergangenen Jahr eingeladen, aber das hatte aus unterschiedlichen Gründen nicht geklappt. Diesmal hatte er es knapp geschafft. Die Straßen waren frei, und im Präsidium war es ruhig gewesen. Den Gedanken, dass es möglicherweise zu ruhig war, hatte er kurzerhand beiseitegeschoben.

Nun standen sie zusammen mit anderen oben auf dem Todden und hatten einen guten Blick auf das Treiben in der Bucht und auf die Lichter, die noch nicht eingeschaltet waren. Gleich wäre es so weit.

»Ich kann mich auch umhören. Mary kennt sicher nicht alle B&B-Betreiber. Wir Fischer mögen zwar unser Leben auf schaukelndem Grund verbringen, trotzdem wissen wir meist auch, was auf dem Land los ist. Dielen oder Schiffsplanken, da ist kein großer Unterschied. Wenn du hier wie da nicht auf dich achtgibst und deine Umgebung nicht kennst, kannst du schnell untergehen.« Luke hob sein Glas und prostete Marks zu.

»Aus dir wird noch mal ein Poet, Luke.« Mary prostete ihm lächelnd zu.

»Ich meine es ernst. Du kennst meine Connections. Ich höre mich mal um. Eine allein reisende Frau fällt einem Fischer mit Sicherheit auf.« Er sah ihren fragenden Blick. »Bei den vielen östlichen Winden sind die Jungs ja kaum draußen auf See und haben Zeit für anderes. Also, ich meine, für ein bisschen Müßiggang.«

Simon deutete auf die Bucht. »Schau, deine Tante ist natürlich auch da.«

Unwillkürlich trat Mary einen Schritt zurück. »Ich hoffe, sie hat da unten genug Publikum.«

»Ich habe schon unterschrieben. Wo ich doch dazugehöre.« Luke nippte an seinem Glas. »Die Deko steht, und das Ensemble ist so gut wie durch mit den Proben.«

»Und du machst nur das Licht? Da kommt doch sicher demnächst ein Angebot.« Mary wollte nicht aufhören, ihn auf die Schippe zu nehmen.

»Apropos Licht.« Simon nickte zur Bucht hin.

Nach dem vielstimmigen Runterzählen des Countdown erschollen laute, begeisterte Aahs und Oohs. Eine Frau konnte so gerade eben noch einen kleinen Jungen davon abhalten, vor lauter Begeisterung gefährlich nahe an die Kante der Felsnase zu treten. In diesem Augenblick war unten im Hafen der Schalter umgelegt worden, und an den Häusern und über der Bucht erstrahlten die einzelnen Bilder in buntem Licht.

»Ich finde das Seepferd immer wieder beeindruckend.« Mary deutete auf den übergroßen, mit gelben Lichtern nahezu naturalistisch abgebildeten Umriss des Meeresbewohners am Zugang zum Todden.

An der Wand des Maschinenhauses waren groß und rot die Umrisse eines Hummers und eines Fischerbootes abgebildet. Simon trat einen Schritt vor. Unter ihnen lauerte ein übergroßer Hai in Blau.

Nachdem sie eine Zeit lang die Bilder begutachtet hatten, sprach Mary Chris an. »Mir wird langsam zu kalt. Wir hatten ursprünglich vor, den Abend im Pub zu verbringen. Aber angesichts meiner nervigen Tante, die dich sicher nicht in Ruhe lassen wird, ist es besser, wenn wir zu mir gehen.«

Chris sah Simon an.

»Wie ich Mary kenne, hat sie längst ihren Plan B umgesetzt und ein paar Getränke vorbereitet.«

»Ich habe nichts dagegen.«

»Und ich weiß wirklich nicht, was ihr gegen Margaret habt.« Luke war schon auf dem Weg und bahnte sich den Weg durch die dicht gedrängt Stehenden, die fröhlich und entspannt aufeinander einsprachen.

Sie erreichten Marys B&B, ohne von ihrer Tante aufgehalten zu werden. Margaret Bishop hatte einige der Dorfbewohner um sich geschart und sprach auf sie ein. Es sah aus, als halte sie Hof. Ihr Mann David stand daneben und hielt sich an einem Pintglas fest.

Mary stieß die Tür zu ihrem Cottage auf und ließ die drei Freunde vorgehen.

»Ich mache uns erst einmal einen Glühwein.« Sie bemerkte Lukes skeptischen Blick. »Ist wirklich gut. Deutsches Rezept.«

In der Küche war es warm. Draußen vor dem Fenster fielen ein paar Schneeflocken.

»Damit habe ich nicht gerechnet. Die BBC hat davon in den Nachrichten nichts erwähnt.« Marks setzte sich so, dass er die Tür im Blick hatte, eine alte Polizeiangewohnheit.

Während Mary den Wein und die Gewürze erhitzte, ließ Simon seinen Gedanken freien Lauf. »Du solltest nicht zu viel Hoffnung auf die Ermittlungen in Polperro setzen.«

»Ich will den Fall noch vor den Feiertagen gelöst haben.« Marks klang wie ein bockiges Kind.

»Das sind nur noch sechs Tage.« Luke runzelte die Stirn. »Das ist nicht viel.«

Simon ließ eine Hand gedankenverloren über die Tischdecke gleiten. »Ihr müsst Burns noch mal befragen. Vielleicht weiß er etwas, ohne es zu wissen.«

»Was soll das sein?«

Simon zuckte mit den Schultern. »Vielleicht hat Gilbert doch etwas über ihr wahres Verhältnis zu ihrem Halbbruder gesagt.«

»Ich hatte nicht den Eindruck. Aber ich werde ihn fragen.«

Mary füllte den ersten Becher mit dem heißen Getränk und bot ihn Chris an. »Faye ist vielleicht gar nicht auf der Flucht. Kann doch sein, dass sie versucht, ein wenig Abstand zu den schrecklichen Ereignissen zu finden. Ich würde das so machen.«

»Nach allem, was wir bisher annehmen können, ist sie die Täterin«, korrigierte Luke sie.

Simon bedachte ihn mit einem Kopfschütteln. »Nicht so voreilig. Wir müssen sie erst einmal finden, und dann sehen wir weiter.«

Mary stellte auch den beiden dampfende Becher hin.

»Hätten wir sie doch nur schon, dann könnte ich mich endlich entspannen.«

»Müde?« Mary sah Chris besorgt an.

»Ausgebrannt, um ehrlich zu sein.« Erst jetzt bemerkte er, dass er noch seinen Mantel trug, und legte ihn nachlässig ab.

»Das klingt nicht gut.« Simon prostete ihm zu. »Heute Abend soll es aber einmal nicht um deine Ermittlungen gehen.«

»Du weißt, was ich meine.« Chris sah ihn aus müden Augen an.

»Vielleicht solltest du endlich mal Urlaub machen«, meinte Mary. »Wenn ich das mal überschlage, hast du keine freie Zeit gehabt, seit wir uns kennen. Da ist es doch kein Wunder, wenn du Fluchtgedanken hast.«

Marks spielte mit dem Becher, bevor er antwortete. »Ich habe schon mit Simon darüber …«

»Dachte ich es mir doch.« Margaret Bishop stand im Türrahmen. »Bekomme ich auch einen?« Sie deutete mit dem Kopf zum Herd.

»Das ist aber eine Überraschung«, entgegnete Mary und nahm widerwillig einen Becher aus dem Schrank.

»Ich habe mir gedacht, wenn ihr mich schon so einfach stehen lasst, muss ich zu euch kommen. Der Prophet und der Berg, ihr wisst schon.« Sie zog ihre Winterjacke aus und setzte sich ungefragt. »In der Bucht ist es mir zu voll. Außerdem ist David mit seinen Kumpels vom Seekartenclub zusammen.« Sie lächelte in sich hinein. »Nun liegt es bei der Gemeindeverwaltung. Aber die große Zahl der Unterschriften wird ihnen keine andere Wahl lassen, als die wichtigste Kulturveranstaltung dieses Jahres nicht abzusagen. Ich kann mich auf meine zahlreichen Unterstützer verlassen.« Sie nahm den gefüllten Becher entgegen. »Auf das Wohl des Theaterensembles. Auf *Dinner for One*. Und natürlich auf unsere großartige Schriftstellerin Daphne du Maurier. Auf dass die Aufführungen erfolgreich sind.«

Sie alle hoben wortlos ihre Becher und tranken einen Schluck.

Margaret sah in die Runde. »Ein bisschen mehr Begeisterung habe ich schon erwartet.« Sie sah ihre Nichte an. »Was ist mit dir, Mary? Das Kulturprogramm hilft auch deinem B&B. Denk ans Minack Theatre. Seit auf den Terrassen regelmäßig Aufführungen stattfinden, boomt der Tourismus.«

Ein skeptisches »Aha« ihrer Nichte ließ sie dann das Thema wechseln. »Was machen die Ermittlungen, Detective Inspector?«

»Wir arbeiten weiter an der Aufklärung.«

»Sie kommen also immer noch nicht entscheidend voran, nehme ich an.« Sie trank einen Schluck und sah zu Mary. »Ein bisschen zu viel Nelken.«

»Wir sind auf die Mithilfe der Bevölkerung angewiesen.« Marks war anzusehen, dass er keine Lust hatte, näher auf Bishop einzugehen.

»Aber ich habe Ihnen doch schon den Weg geebnet, indem ich Ihnen gesagt habe, dass die Tote am öffentlichen Klo Amelie Gibbons ist.« Sie warf erneut einen Blick zu Mary. »Wir haben übrigens immer noch keinen adäquaten Ersatz für die Schneiderin.«

»Dafür sind wir Ihnen auch dankbar, Mrs. Bishop. Aber das war nicht der Durchbruch.«

»Die arme Amelie und der arme Curtis. Ein lieber Kerl

und ein talentierter Requisiteur, aber ein vom Leben gebeuteltes Wesen, das selbst kurz vor seinem Tod keine Ruhe fand. Und der sein Erbe nicht genießen konnte. Wie schade.«

»Wie meinst du das?«, fragte Mary und setzte sich nun ebenfalls.

»Na, du weißt doch, wie Faye mit ihm umgegangen ist.«

»Nein, das weiß ich nicht. Ich habe keinen Kontakt zu ihr gehabt.«

»Was meinen Sie mit *wie sie mit ihm umgegangen ist*?«

Margaret Bischop witterte offenbar Aufmerksamkeit und wandte sich direkt dem Detective Inspector zu. »Sie haben ständig Streit gehabt.«

»Woher wissen Sie das?« Marks wurde nun aufmerksam.

»Eine meiner geschätzten Freundinnen aus der Königlichen Gartengesellschaft hat einen Lebenspartner, der sich um die Gartenanlage von Horsley Hall kümmert. Und der hat ihr davon berichtet. Immer wenn Curtis zu Besuch war, hat es irgendwann Streit gegeben, und zwar lautstark.«

»Und worum ist es dabei gegangen?«

Sie hob die Schultern. »Meine Freundin hat lediglich erzählt, dass es um das Erbe ging. Dass Faye Gilbert nichts von ihrem Erbe abzugeben bereit war, dass sie sich als Alleinerbin sah. Mehr hat sie aber nicht gehört.«

»Warum haben Sie uns nicht schon eher davon berichtet, Mrs. Bishop?«

Sie schien sich in die Enge getrieben zu fühlen und reckte das Kinn vor. »Sie haben mich nicht danach gefragt, Inspector. Außerdem habe ich das alles für eine der üblichen

Streitereien gehalten, die beim Tod von Angehörigen heutzutage zur Tagesordnung gehören.« Sie warf Mary einen Blick zu. »Das wird in unserem Fall nicht passieren, David und ich haben schon früh entsprechende Maßnahmen getroffen.«

»Wir brauchen den Namen des Gärtners.«

»Kein Problem. Augenblick.« Sie sah sich nun im Fokus der Aufmerksamkeit und zückte aus ihrer Handtasche einen Zettel, auf den sie den Namen und sogar eine Telefonnummer notierte. Sie schob Marks die Notiz zu. »Vor einer unserer Stellproben hat es auch eine unschöne Szene zwischen den beiden gegeben.«

»Faye Gilbert war bei Ihren Proben?«

»Nein, sie hat Curtis ein paar Sachen aus ihrem Elternhaus gebracht. Die beiden haben kurz auf dem Parkplatz miteinander gestritten.«

»Erinnern Sie sich an den Wortlaut?«

»Nein.« Sie runzelte die Stirn, als müsse sie angestrengt nachdenken. »Wie gesagt, es ging um Erbangelegenheiten.«

»Das wirft ein deutlicheres Licht auf Faye Gilbert.« Simon sah Marks an. »Ich will dich nicht drängen, aber das reicht für eine Fahndung. Das wird auch Sattler so sehen.«

»Fahndung?« Luke fuhr sich über den Kopf und schob seine Wollmütze ein Stück vor und zurück. »Na endlich.«

DI Marks stand auf. »Ihr entschuldigt mich.«

»Wolltest du nicht den Abend mit uns genießen?«, fragte Mary halbherzig, denn sie ahnte, dass er nun keine andere Wahl hatte.

»Ich werde erst mit Annie telefonieren«, sagte er mehr zu sich selbst, als er die Küche verließ.

LXIII.

DS Annie Bley saß mit DC Easterbrook in der Kantine bei einem Pausentee, als ein Constable an ihren Tisch trat.

»Ein Luke Stephens hat gerade angerufen und will Sie sprechen. Es geht um Faye Gilbert.«

Die beiden sahen sich fragend an und standen auf. Am Ausgang stellten sie ihre leeren Tabletts hastig in den bereitgestellten Wagen.

»Was hat das zu bedeuten?«, fragte Easterbrook.

»Keine Ahnung.«

DCI Sattler hatte nach einigem Zögern zugestimmt, dass die Krankenschwester nun doch zur Fahndung ausgeschrieben wurde. DI Marks hatte mehr als eine halbe Stunde auf ihren Vorgesetzten einreden müssen, damit er grünes Licht gab. Er sei zu sehr von der Sorge getrieben worden, eine *Unschuldige aufspüren* zu lassen, hatte Marks ihr nach der Unterredung verärgert erzählt.

Seither waren drei Tage vergangen, ohne Ergebnis. Und nun der Anruf von Luke Stephens.

»Was gibt's?« Bley hatte auf laut gestellt, damit Easterbrook mithören konnte.

»Wir haben sie.«

»Wer ist *wir*?«

»Tony Adams. Er war mal aktiver Fischer und arbeitet auf dem Fischmarkt in Looe. Er hat mir erzählt, dass er eine Frau gesehen hat, auf die die Beschreibung passt.«

»Was haben Sie damit zu tun? Die Polizei führt Fahndungen durch und nicht selbst ernannte Ermittler.« Bley wollte es nicht glauben.

Luke klang keineswegs gekränkt. »Tony ist ein alter Kumpel von mir. Und meine Wege sind manchmal kürzer als der Dienstweg. Außerdem bin ich, wie Sie wissen, als Bürger gerne der Polizei behilflich.«

Schon wieder Stephens. Immer wieder dieser Fischer, der lieber an Land Ermittler spielte, als sich mit seinen Hummerkörben zu beschäftigen. Und natürlich erinnerte sie sich an Stephens' Beteiligung an der Verhaftung von Keith Stone.

»Geschenkt, Mr. Stephens. Was hat Ihr Kumpel Tony denn genau beobachtet?« Bley zog ihren Schreibblock zu sich.

»Die Frau hat eine Ferienwohnung direkt am Hafen gemietet. Viel zu groß für eine Person und ungewöhnlich für die Jahreszeit. Dort haben sie über Weihnachten nämlich üblicherweise kaum Gäste. Wie auch immer, Tony hat sich gewundert und sie angesprochen. Tony ist da schmerzfrei. Aber die Frau hat ausweichend geantwortet und ist am Ende sogar unhöflich geworden, sodass sich Tony ihr Gesicht gemerkt hat. Die Frau ist viel in Looe unterwegs, nahezu bei jedem Wetter, sucht aber keinen Kontakt.«

Bley wartete darauf, dass Stephens weitersprach, aber es kam nichts mehr. »Das ist alles?«

»Der Rest ist nun Ihre Aufgabe, Detective Sergeant.«

Sie ärgerte sich über seinen großspurigen Ton.

»Wie ist die Adresse der Ferienwohnung?«

»Frage ich nach und melde mich wieder.« Es klang erneut wie ein großzügiges Angebot.

»Schicken Sie sie mir auf mein Smartphone.« Sie diktierte ihm ihre Telefonnummer.

»Klar. Ach, eins noch: Simon lässt Sie und Ihren Kollegen grüßen. Und er fragt …«, Bley hörte, wie das Mikrofon des Smartphones für einen Moment abgedeckt wurde,

»… er fragt, wo der DI steckt. Er kann ihn nämlich nicht erreichen.«

»Die Frage kann ich Ihnen nicht beantworten.« Sie hatte weder die Befugnis noch Lust, den Zivilisten zu erklären, dass DI Marks kurzfristig nach London beordert worden war, um mit Scotland Yard seine Erkenntnisse über Keith Stone und Bandenchef Hans Lehmann abzugleichen.

»Wenn Sie weiter keine Einzelheiten mehr für uns haben, was Faye Gilbert betrifft, bedanke ich mich für Ihre Informationen.« Sie hatte Mühe, den letzten Satz nicht sarkastisch klingen zu lassen.

Nachdem sie die Verbindung getrennt hatte, wandte sie sich an Easterbrook. »Klingt vielversprechend.«

»Verstehe.« Der Detective Constable stand bereits auf. »Ich rufe Alice an und sage ihr, dass ich wegen einer Observation heute Abend nicht nach Hause kommen werde.«

»Ich übernehme die erste Schicht. Fahr heim und besorg dir das Nötige. Es wird eine lange Nacht. Kennst du dich in Looe aus?«

Easterbrook verneinte.

»Ich auch nicht.« Sie öffnete auf ihrem PC die Website von Looe und scrollte ein wenig. Dann drehte sie den Bildschirm in Richtung ihres Kollegen. »Der Hafen. Die Wohnung muss dann ja irgendwo hier sein.«

»Schick mir Stephens' Daten weiter. Und informiere die Kollegen vor Ort, dass wir bei ihnen wildern.« Im Weggehen hob er lässig eine Hand, eine Geste, die auf Bley wie einstudiert wirkte.

Nach etwas mehr als zwei Stunden bog sie von der Polperro Road, dort, wo sie über die steinerne Brücke des Looe

River führte und später als Sandplace Road der Eisenbahnlinie folgte, in die Quay Road ein.

Looe lag in einem Tal, das sich zur Nordsee hin öffnete und an dessen steil ansteigenden Flanken sich die Häuser zwischen dem üppigen Grün breitgemacht hatten.

Die Straße machte ihrem Namen alle Ehre. Auf der einen Seite, von der Straße getrennt durch dicht an dicht parkende Fahrzeuge, der Fluss, der weiter südlich in den Ärmelkanal mündete, und auf der anderen Seite die Häuser. Im Fluss, der sich an dieser Stelle zu einem Hafen weitete, lagen eine ganze Reihe kleinerer und größerer Boote. Es war gerade Ebbe.

Die Ferienwohnung, in der Faye Gilbert angeblich untergekommen war, lag im Obergeschoss des Gebäudekomplexes, in dem auch Ellie's Haven Charity Shop und das Tasty Corner Café untergebracht waren. Gegenüber auf dem West Looe Quay fand sie einen freien Parkplatz, von dem aus sie unauffällig die Wohnung beobachten konnte.

Gilbert hatte den Ort mit Bedacht gewählt. Das Haus wirkte in seiner schlichten Bauweise unauffällig. Es passte sich an die gedrungen wirkenden Häuser an, von denen kaum eines älter als einhundertfünfzig Jahre zu sein schien. Die hell gestrichenen Fassaden glänzten im Licht der Straßenlaternen. Neben anderen kleinen Geschäften entdeckte sie eine Tierarztpraxis und einen Friseurladen.

Bley schickte Easterbrook ihren Standort und richtete sich auf ihre Schicht ein, von der Allan sie vereinbarungsgemäß um zwei Uhr in der Früh ablösen würde.

Sie suchte mit den Augen die Hausfassade ab. Hinter den Fenstern in den oberen Etage rührte sich nichts. Bley sah auf die Uhr, um diese Zeit konnte sie noch unterwegs sein. Abendessen in einem der Pubs.

Sie schloss kurz die Augen und versuchte sich zu entspannen. Sie hatte mit Marks in London telefoniert, und gemeinsam hatten sie überlegt, ob es sinnvoll war, Gilbert von den Kollegen aus Crownhill festnehmen zu lassen. Sie hatten sich am Ende dagegen entschieden, weil ihnen der bürokratische Aufwand für die Amtshilfe aus Devon zu groß erschien. Vorerst sollten Beobachtung und Überwachung genügen, um Faye Gilbert anschließend mit den Vorwürfen zu konfrontieren.

Je länger die Observation dauerte, umso müder wurde sie, zumal sich auf der dunklen Straße kaum etwas regte, was ihre Aufmerksamkeit geweckt hätte. Ganz zu schweigen davon, dass Gilbert nicht auftauchte. Bley wickelte sich in die Wolldecke, die sie sich auf dem Weg zum Parkplatz des Präsidiums vom wachhabenden Constable hatte geben lassen, und trank Schluck für Schluck den mitgebrachten Tee.

Obwohl sie sich dagegen gewehrt hatte, fiel sie schließlich in einen kurzen Schlaf, aus dem sie irgendwann aufschreckte. Hatte sie nur einen Augenblick nicht achtgegeben, oder hatte sie länger geschlafen? Der Blick auf die Uhr brachte keine Klarheit. Sie rieb sich mit den Händen intensiv übers Gesicht, um die Lebensgeister zu aktivieren. Bis zur Ablösung waren es noch gut eineinhalb Stunden. Je naher sie dem vereinbarten Zeitpunkt kam, desto ungeduldiger zählte sie die Minuten, die sich endlos zu dehnen schienen.

Endlich klopfte Easterbrook an die Seitenscheibe. Der DC trug Zivilkleidung. Im Arm hatte er zwei Decken und eine Leinentasche, aus deren Öffnung eine Kanne ragte.

»Endlich.« Bley warf die Decke von sich und packte ihre Sachen zusammen.

Der Detective Constable öffnete die Beifahrertür und verstaute von dort aus seine Sachen. »Guten Morgen. Die Fahrt hierher zieht sich ja gewaltig. Hatte ich gar nicht mehr auf dem Schirm. Gibt es besondere Vorkommnisse?« Er sah an der Hausfassade gegenüber empor.

Sie schüttelte den Kopf und stieg aus. »Wo ist dein Wagen?«

»Ich musste den Dienstwagen nehmen. Alice hat morgen einen Arzttermin in Truro. Ich habe an der Brücke geparkt, damit der Streifenwagen nicht unnötig Aufsehen erregt.«

»Wenn etwas ist, ruf mich an, Allan.«

»Klar.« Easterbrook rückte sich auf dem Fahrersitz des Zivilfahrzeugs zurecht, ließ die Seitenscheibe herunter und schmunzelte. »Hier. Vergiss die Autoschlüssel nicht.«

Sie war zu müde, um etwas zu sagen. Sie schnappte sich die Schlüssel und ging die Straße zurück bis zur Brücke.

Gegen acht Uhr früh schreckte sie auf. Schlaftrunken tastete sie nach ihrem Smartphone.

»Ja?«

»Faye Gilbert ist gerade in ihren Wagen gestiegen.«

»Dann fahr ihr nach, meine Güte.«

»Was meinst du, was ich mache?«

»Dann bleib dran und lass dich nicht erwischen.« Sie fuhr sich übers Haar. »Ruf wieder an, wenn was ist.« Ohne auf seine Antwort zu warten, legte sie auf.

Sie hatte Mühe, sich zu orientieren. Zu viel Erschöpfung der vergangenen Tage, zu viele Gedanken gleichzeitig. Die Rückfahrt nach Helston war unspektakulär verlaufen, bis auf den Moment, in dem sie beinahe auf den Seitenstreifen geraten war. Im letzten Augenblick hatte sie den Wagen in die Spur zurückbringen können. Ohne sich umzuziehen, war sie auf ihr Bett gesunken und sofort eingeschlafen.

Sie ließ den Kopf kreisen. Sie hatte schlecht geträumt, konnte sich aber nicht an Einzelheiten erinnern. Sie wusste nur, dass Marks eine Rolle gespielt hatte und auch ihre Mutter. Müde stieg sie unter die Dusche.

Mit einer Dose Energydrink in der Hand stand sie wenig später im Wohnzimmer und ließ den Blick schweifen. Der Raum war so karg wie ihr Inneres, stellte sie mit einem Anflug von Sarkasmus fest. Die wenigen Einrichtungsgegenstände wirkten wie Fremdkörper. Entschlossen trug sie die Dose zurück in die Küche. Nach den Feiertagen würde sie etwas ändern. Im Kühlschrank fand sie ein paar Eier, die sie nachlässig briet und zusammen mit zwei Scheiben trockenem Toastbrot aß.

Dann wählte sie Easterbrooks Nummer.

»Gut, dass du anrufst. Ich wollte mich gerade melden.« Er machte eine kurze Pause. »Du wirst es nicht glauben, aber wenn mich nicht alles täuscht, ist Gilbert auf dem Weg zurück nach Helston.«

»Wo bist du jetzt?«

»Kurz vor Truro.«

»Wenn du mehr weißt, ruf an.«

»Yep.« Easterbrook trennte die Verbindung.

Sie ging zurück ins Wohnzimmer und sah hinaus. Was hatte das zu bedeuten? Warum kam Faye Gilbert nach Helston zurück? Was hatte sie vor?

Sie zog sich hastig an und fuhr ins Präsidium.

Im Eingangsbereich versuchte ein geschmückter Tannenbaum gegen die funktionale Tristesse einer Polizeistation anzustrahlen.

»Wo kommt denn das hässliche Teil so plötzlich her?«, meinte sie im Vorbeigehen zum diensthabenden Constable, der ihr hinter seinem Tresen zulächelte.

»Marcy ist ein wenig spät dran dieses Jahr. Aber sie ist gerade eben fertig geworden. Ich find ihn nett, Detective Sergeant.«

Sie hob nur die Hand und verließ den Eingangsbereich Richtung Büro. Noch im Stehen schaltete sie ihren PC ein. Mit einem Blick hinaus sah sie, dass es heftig zu regnen begonnen hatte. Der Regen zog in Schleiern über den Parkplatz und schuf einige Pfützen, in denen sich die graue Wolkenwand spiegelte.

Sie setzte sich und schloss die Augen. Faye Gilbert gab ihr einmal mehr Rätsel auf. Die Frau hatte ihrem Lover gegenüber lediglich Mordfantasien geäußert – oder ihre tatsächlichen Taten angesprochen. Sie hatte ihren Vater gehasst, weil er sie und ihre Mutter mit seinen Seitensprüngen betrogen hatte. Sie hatte Horsley Hall verkaufen wollen und war dabei mit Burns an genau den Typ Mann geraten, von dem sie sich hatte befreien wollen.

Männer hatte Faye Gilbert offenbar bisher nur als gierige Kreaturen erlebt, die auf die eigene Befriedigung aus waren. Sie schien gefangen in ihrem vergeblichen Versuch, sich aus dieser Welt zu befreien und sie hinter sich zu lassen. Durch den Versuch, Horsley Hall zu verkaufen – und durch Mord?

Dem widersprach ihre Tätigkeit als Krankenschwester, deren ureigene Aufgabe Pflege und Heilung war. Bley öffnete die Augen, klickte sich durch ein paar Anwendungen und rieb sich über die Oberarme. Ein nutzloser Versuch, sich gegen die innere Kälte zu wehren. Nein, es gab genug Beispiele, die dem Hohn sprachen. Frauen und Pfleger, die Allmachtsgefühle durch Töten fütterten.

Und es gab die Erinnerungen an das eigene Leid, an die geifernden Blicke ihres Verwandten, von dem sie als Mädchen Schutz und Zuneigung hätte erwarten können und der stattdessen ein Trauma ausgelöst hatte.

Auf gewisse Weise konnte sie Faye Gilbert verstehen. Und vielleicht war ihr eigener Hass auf eine bestimmte Sorte Männer der wahre Grund, warum sie zur Polizei gegangen war.

Sie stöhnte leise auf. Sie mussten Faye Gilbert befragen und, wenn nötig, festnehmen. Bisher war Gilbert wie ein Fisch gewesen und war dem Fischer immer wieder entglitten.

Der Regen war stärker geworden. Wenig motiviert wanderte ihr Blick immer wieder zwischen Computer und dem Stück Flur, das sie einsehen konnte, hin und her. Sie hasste den Alltags- und Verwaltungskram einer Dienststelle, aber er würde ihr diesmal helfen, die innere Unruhe in Schach zu halten.

Eine gute Stunde verbrachte sie mit dem Durcharbeiten der verschiedenen Umläufe, in denen es um die Dienstregelung über die Feiertage ging.

Ihr Smartphone erlöste sie schließlich.

»Easterbrook? Endlich.«

»Du wirst es nicht glauben, Faye Gilbert ist auf dem Weg nach Horsley Hall.« Er schien tatsächlich überrascht.

»Sie hat dich nicht bemerkt?«

Er klang entrüstet. »Natürlich nicht.«

»Keine besonderen Vorkommnisse?«

»Nein. Sie hat einmal an der A 30 gehalten, hat getankt. Dabei hat sie telefoniert. Dann ist sie für längere Zeit im Gebäude verschwunden, vermutlich um zu pinkeln. Danach ist sie weitergefahren.«

»Wie hat sie auf dich gewirkt?«

»Völlig entspannt. Wie eine Urlauberin, würde ich sagen. Sie machte jedenfalls keinen gehetzten Eindruck.«

»Aha.«

»Was machen wir jetzt?«

»Wo bist du gerade?«

»B 3304, Richtung Porthleven, exakt auf Höhe des Helston-Freizeitgeländes.«

»Du hast sie also aus den Augen verloren?«

»Natürlich nicht. Sie ist jedenfalls Richtung Horsley Hall unterwegs.«

»Und wenn sie doch weitergefahren ist? Penzance, Mousehole, Land's End, St. Ives? Du bist doch noch viel zu weit weg, um sicher zu sein. Fahr zum Anwesen, aber halte dich im Hintergrund. Wenn du sicher bist, dass sie dort ist, ruf mich an.«

Sein unverständliches Brummen klang verärgert.

»Allan? Danke. Guter Job.« Sie legte auf.

Was für ein Idiot. Lässt sie einfach weiterfahren, ohne ihr zu folgen. Horsley Hall war natürlich eine Option, aber auch jeder andere Ort in der Gegend. Sogar die Scillys wären in erreichbarer Nähe. Allerdings wäre das eine Falle, sie käme weder ungesehen dorthin noch von dort wieder weg.

Eine entspannte Faye Gilbert? Was hatte das nun wieder zu bedeuten?

LXIV.

»Annie? Sind Sie auf der Flucht vor mir?«

Sie drehte sich um und sah in das lächelnde Gesicht von DI Marks.

»Schon zurück?« Sie blieb stehen. Das kalte Licht im Flur erschien ihr in diesen Tagen noch ungemütlicher als ohnehin schon.

»Der Termin beim Yard war kürzer, als ich dachte. Und ich hatte keine Lust auf Sightseeing. Dafür war es mir in London zu kalt und zu nass.« Er hob die Hände. »Das ist es hier zwar auch, aber hier treffe ich auf Menschen, die es mir erträglicher machen.«

Sie nickte lächelnd. »Was wird das Yard nun unternehmen?«

Sein Blick verdunkelte sich. »Sie suchen zwar nach Stones Mördern, aber nicht mit der Vehemenz wie sonst üblich in solchen Fällen. Gangster stirbt durch die Kugeln von Gangstern – sie schieben den Fall auf ihrer To-do-Liste ein Stück nach hinten.«

»Und Lehmann?« Sie war näher getreten und musterte ihn. Die dunklen Ringe unter den Augen schienen noch eine Spur dunkler geworden zu sein in den vergangenen Tagen.

Er zuckte mit den Schultern. »Sie lassen sich nicht in die Karten schauen. Mehr als ein *Wir bleiben dran* war ihnen nicht zu entlocken. Das wird Simon wenig freuen.«

»Verstehe.«

»Ich mache mir daher Sorgen, dass er auf eigene Faust Lehmann zur Strecke bringen will. Aber als Racheengel taugt er nicht. Nicht nur wegen seiner Behinderung.«

Sie sah auf ihre Schuhe und blickte dann auf. »Ich bin gerade auf dem Weg nach Horsley Hall. Gilbert ist wieder aufgetaucht.«

Marks ließ nicht erkennen, ob er überrascht war. »Was haben Sie vor, Annie?«

»Easterbrook ist vor Ort und hat gerade bestätigt, dass sie tatsächlich auf dem Weg zu ihrem Elternhaus ist. Ich will sie befragen – und festnehmen, wenn nötig.«

»Ist das nicht gefährlich?«

»Wie meinen Sie das?«

»Wenn sie unsere Täterin ist und bewaffnet? Nicht auszuschließen, dass ihr Vater auch Schusswaffen besessen hat, aus seiner Zeit in Afrika.«

Sie zögerte. »Wollen Sie mitkommen, wollen Sie mir das sagen?«

»Mit Vergnügen. Ich habe im Augenblick nichts Besseres vor. Meinen Christmas Pudding habe ich schon bei Tesco gekauft.«

Sie verzog das Gesicht. »Na dann.«

Auf dem öffentlichen Parkplatz am Rand von Horsley Hall trafen sie auf DC Easterbrook. Er saß hinter dem Steuer des Zivilfahrzeugs und wischte auf seinem Smartphone herum. Als er die Seitenscheibe herunterließ, hörten sie, dass die Standheizung auf vollen Touren lief. Trotzdem trug der Detective Constable seine dicke Winterjacke.

»Statt weiter nach diesen bescheuerten Bechern zu suchen, solltest du besser achtgeben, was Gilbert macht.«

Ihre Kritik perlte an Easterbrook ab wie Wasser an einer Öljacke. »Ich bin zufällig auf das Angebot gestoßen. Maggie Thatcher haben wir in dieser Form noch nicht in unserer Toby-Jug-Sammlung. Was Gilbert betrifft: Sie hat vorhin Holz ins Haus geholt. Seither hat sie es nicht verlassen.« Er deutete nach vorne. Von seinem Standort aus hatte er durch den breiten Spalt, den die Bäume und Büsche ließen, einen klaren Blick auf den Eingang des Herrenhauses.

»Dann sollten wir ihr jetzt einen Besuch abstatten.« Marks schlug mit der flachen Hand aufs Wagendach.

Zu dritt näherten sie sich dem Eingang von Horsley Hall.

»Hoffen wir mal, dass Sie unrecht haben, DI, und sie nicht bewaffnet ist.«

Easterbrook sah Annie argwöhnisch an. »Bewaffnet?« Der DC verlangsamte unwillkürlich seinen Schritt.

»Eine Vermutung, die durch nichts erhärtet wird, Allan.« Marks schritt mit entschlossenem Blick voraus.

»Sollten wir nicht besser die Spezialeinheit rufen?«

»Nun komm schon, sie rechnet nicht mit uns.« Bley fasste den Kollegen am Arm.

»Ich weiß nicht.« Dennoch folgte er den beiden.

Sie mussten mehrfach klingeln, bevor ihnen geöffnet wurde.

Argwöhnisch und mit ungläubigem Staunen im Blick sah Faye Gilbert von einem zum anderen. »Ja? Haben Sie den Täter endlich?«

»Dürfen wir hereinkommen?« Marks lächelte sie an, um ihr etwas von ihrer ablehnenden Haltung zu nehmen. Das gelang ihm nur unzureichend.

Zögernd ließ sie die Ermittler ein.

»Woher wissen Sie, dass ich hier bin?« An der Tür zur Bibliothek blieb sie stehen und verschränkte die Arme vor der Brust, was mehr nach Abwehr als nach Frieren aussah.

»Nennen Sie es Spürsinn, Mrs. Gilbert.« Marks, der ein schwaches Nicken Bleys als Zustimmung wertete, behielt die Gesprächsführung.

»Sie sind nicht in Ihrer neuen Wohnung«, bemerkte Easterbrook unnötigerweise.

Gilbert behielt die Arme vor der Brust verschränkt. »Wie Sie wissen, kann ich Horsley Hall im Augenblick nicht verkaufen. Daher habe ich mich entschlossen, vorerst zurückzukommen.« Sie zögerte. »Häuser verlieren schnell ihren Lebenswillen, wenn man sie zurücklässt.« Sie schüttelte unwillig den Kopf, als wundere sie sich über die eigenen Worte.

»Im Kamin brennt ein Feuer. Lassen Sie uns hineingehen. Dort redet es sich leichter, im Warmen.«

In dem Raum roch es nach brennendem Holz, nach Staub und nach Leere. Einer der schweren Ledersessel stand in der Nähe des Feuers, das knackte und knisterte. Der Raum wirkte verloren.

Gilbert setzte sich. Sie wirkte erschöpft. »Warum sind Sie gekommen?«

Chris Marks trat auf sie zu. Sein Unbehagen, auf Faye Gilbert hinunterblicken zu müssen, war deutlich spürbar. »Das wissen Sie doch, Mrs. Gilbert.«

Ihr »Nein« war lang gezogen und schwach, als fehlten ihr die Abwehrkräfte.

»Ich glaube schon«, beharrte Marks.

DC Easterbrook sah sich suchend um, als vermutete er eine versteckte Waffe. Er schien ernsthaft besorgt.

»Wir wissen, dass Sie in Looe waren. Was haben Sie

dort gemacht?« DS Bley wollte nicht lange um den heißen Brei herumreden.

Gilbert sah von einem zum anderen. »Ich habe eine Auszeit gebraucht, wollte Abstand haben, nachdenken, mich um nichts anderes kümmern müssen. Die vergangenen Wochen waren schwer für mich.«

»Und nun sind Sie in das leere Haus zurückgekommen. Warum?« Marks schob die Hände in die Manteltaschen. Es sah so aus, als wollte er ihr klarmachen, dass von ihm keine Gefahr für sie ausging.

»Sagte ich doch bereits. Das Haus muss das Gefühl haben, nicht allein zu sein.«

»Sie haben an einer Tankstelle an der A 30 telefoniert. Mit wem?« Allan Easterbrook war ebenfalls einen Schritt auf sie zugegangen.

Sie nickte und legte die Arme auf die Sessellehne. »Sie haben mir also tatsächlich hinterherspioniert. Um es genau zu sagen: Ich habe mit meinem Vermieter telefoniert und die Wohnung gekündigt. Ich bleibe vorerst hier wohnen.«

»Hier? Es ist kalt und ungemütlich«, stellte Bley fest.

»Wer die innere Kälte spürt, erträgt auch die äußere.«

»Was wollen Sie damit sagen, Mrs. Gilbert?«

Sie sah wiederholt von einem zum anderen, bevor sie endlich sprach. Als sie plötzlich aufstand, machte Easterbrook erschrocken einen Schritt rückwärts.

»Ich habe Sie erwartet.« Mit diesem Satz entspannte sie sich sichtlich.

»Haben Sie uns etwas mitzuteilen, Mrs. Gilbert?« Marks sprach so ruhig und langsam, als habe er Sorge, diese besondere Stimmung und diesen besonderen Augenblick durch zu lautes Reden zu zerstören.

Bley warf ihm einen kurzen Blick zu. Sie bewunderte ihn.

»Ich kann und will nicht länger damit leben.« Sie hatte Easterbrooks erschrockene Bewegung bemerkt und setzte sich mit einem Lächeln wieder.

»Ja?« Marks hauchte das Wort fast.

»Mein ganzes Leben lang habe ich Schuld gefühlt. Schuld, weil sich meine Eltern nicht verstanden haben, Schuld, weil mein Vater uns hintergangen hat, und schließlich die Schuld, meinen Halbbruder zu hassen, statt zu lieben. Ich habe über Jahre versucht, dieser Schuld zu entkommen, indem ich meine Liebe den Kranken geschenkt habe. Aber auch da ist Schuld – dass ich nicht alle habe gesund machen können. Ich renne meinem wahren Ich hinterher und erreiche es nicht. Ich habe gedacht, Philip könnte mich heilen, aber er hat mich auch nur benutzt. Und er hat einen Menschen auf dem Gewissen.« Sie wies in den Raum. »Sie haben gefragt, warum ich in diesem kalten Haus leben will. Nun wissen Sie es. Ich habe nie die Wärme gefunden, nach der ich mein Leben lang gesucht habe. Deshalb kann ich mit dieser Welt, die Ihnen kalt und herzlos erscheinen mag, leben.«

Eine atemlose Stille entstand, die DS Annie Bley schließlich durchbrach. Vieles vom dem, was sie gerade gehört hatte, war ihr nur zu gut bekannt. Doch eine Sache war noch nicht klar. »Warum Amelie Gibbons?«

Faye sah sie an und suchte lange nach den richtigen Worten. »Ich habe sie nicht töten wollen. Eine freundliche und aufrichtige Frau. So dachte ich. Aber sie hat mich gesehen an jenem Abend. Als ich aus der Kirche kam. Sie hat mich zu erpressen versucht, als klar war, was mit meinem Halbbruder passiert war.«

»Sie wollte Geld von Ihnen?« Auch DC Easterbrook wollte es nicht wahrhaben. »Deshalb haben Sie sie umgebracht? Ihnen muss doch klar gewesen sein, dass Sie früher oder später überführt werden würden.«

»Ich war wie in einem Tunnel. Ich habe an nichts anderes mehr denken können.« Sie lachte auf. »Es wäre vielleicht gut gegangen, aber dann hat Philip dummerweise seinen Konkurrenten umgebracht. Und Sie haben keine Ruhe mehr gegeben.« Sie nickte, wie um sich selbst zu bestätigen. »Ich weiß, dass ich zuerst nur eine winzige Chance hatte, aber ich habe sie nutzen wollen. Es ist mir nicht ums Geld gegangen, nicht in erster Linie. Ich habe Curtis gehasst, weil er ein Teil meines Vaters war, ein Teil meines lebenslangen Problems. Immer wenn ich ihn vor mir hatte, habe ich gesehen, dass es nur eine Lösung für meine Probleme geben konnte.«

»Warum erst jetzt, Faye? Warum haben Sie so lange gewartet?« Marks war in die Knie gegangen und hockte neben Gilbert wie neben einem kleinen Mädchen, dem er durch den Größenunterschied keine Angst machen wollte.

»Ich habe es als Fügung gesehen, Detective Inspector. Als mein Vater endlich unter der Erde war und ich bei der Durchsicht des Nachlasses die Speere gefunden habe, wusste ich mit einem Mal, was ich zu tun hatte.«

DC Allan Easterbrook hob die Hand wie ein Schüler. »Eine Frage habe ich noch. Wie kam Philip Burns an die Waffe?«

Sie lächelte dünn, dann wurde ihr Blick zornig. »Sie werden es nicht glauben, aber er wollte unbedingt ein Souvenir.«

»Ein Souvenir?«

»Hat er jedenfalls behauptet. Die Vorstellung, dass mit einer solchen Waffe Menschen getötet werden können, hat ihn erregt.«

Marks erinnerte sich an Burns' Aussage in der Zoomkonferenz. »Sie haben ja auch Ihren Teil dazu beigetragen.«

»Woher wissen Sie …« Sie winkte ab.

Easterbrook machte ein nachdenkliches Gesicht. Ihn schien noch eine andere Frage umzutreiben.

»Fragen Sie ruhig«, ermunterte Marks ihn.

»Über wie viele Speere sprechen wir eigentlich? Das haben wir während unserer Ermittlungen nicht verifizieren können. Sind es nur die drei Tatwaffen, oder hatte Ihr Vater noch weitere?«

Faye Gilbert stand unvermittelt auf. »Ich habe gesagt, was zu sagen war. Ich bin müde.«

»Bitte beantworten Sie meine …«

Marks hielt ihn zurück.

»Was ist nun?«

»Wir müssen Sie jetzt mitnehmen, Mrs. Gilbert.«

Sie sah Marks mit traurigem Blick an. »Ich habe doch nur versucht, meine Schuld loszuwerden. Aber Schuld ist wie Treibsand. Je mehr man sich dreht und wendet, um freizukommen, desto tiefer zieht sie einen hinab. Ich habe doch nur versucht, endlich meiner Schuldgefühle Herr zu werden. Aber es gibt wohl kein richtiges Leben im falschen.«

»Es ist vorbei. Kommen Sie.«

LXV.

»Boris, mein Freund. Haben Ihrer Frau die kleinen Aufmerksamkeiten gefallen?«

»Danke, ja. Sie lässt Sie übrigens herzlich grüßen.«

»Ich habe zu danken, dass Sie sich mit meinem kleinen Problem beschäftigt haben.«

Boris meinte ein zufriedenes Lächeln am anderen Ende der Leitung zu hören. Perfekt. In seiner Eitelkeit ließ er sich nur zu gerne zu dem Satz verleiten: »Nun ja, es war nicht ganz so klein, aber ja, ich habe es in Ihrem Sinn lösen können. Mir macht es große Freude, helfen zu können.«

»Sie wissen, dass ich nach dem Ausscheiden von Helen Baxter und Keith Stone im Augenblick nicht, sagen wir, sehr beweglich bin. Sie werden daher vorerst nichts von mir hören. Das heißt aber nicht, dass ich Sie vergessen habe.«

Was für ein Geschwurbel. Die subtile Drohung nahm er gar nicht zur Kenntnis. »Nun ist ja erst einmal Weihnachten, da ist natürlich auch privat vieles zu tun.«

»Die Einladung auf meine Jacht steht. Aber wie gesagt, dafür muss erst ein wenig Zeit ins Land gehen. Weihnachten ist es nicht, was mich gerade sehr beschäftigt. Es sind die vielversprechenden Geschäfte mit meinem alten Freund Leonid, die mich derzeit in Beschlag nehmen.«

Er hörte ein zufriedenes genießerisches Schlürfen. Vermutlich trank er gerade seinen Fünfuhrtee. »Leonid?« Er stellte sich ihn vor, wie er in seinem etwas zu kitschig anmutenden Barocksessel saß, die Aussicht auf das winterliche London genoss und sich von seinem Butler bedienen ließ. Ein Mann, der zu genießen wusste. Und der zu töten wusste.

»Sagen Sie jetzt bitte nicht, Sie wissen nicht mehr, wer Leonid ist.«

»Ihr Partner für die etwas heiklen Geschäfte«, beeilte er sich zu sagen. Er wollte auf keinen Fall als nachlässig gelten.

»Heikle Geschäfte nennen Sie das? Interessant. Ich sehe mich eher als Dienstleister. Gerade im Augenblick werde ich überrannt von Anfragen, besonders aus dem Osten und egal von welcher Fahnenfarbe. Man schätzt meine Zuverlässigkeit. Das hat mit *heikel* nichts zu tun. Ich werde angefragt, und ich liefere. Das ist alles.«

»Na ja, ich wäre dazu nicht in der Lage.«

»Das ist auch gut so, lieber Boris. Bleiben Sie bei Ihrem Leisten. Sonst müsste ich Sie als Konkurrenz betrachten, und das würde mir wirklich leidtun.«

Er musste dieses schwierige Terrain schleunigst verlassen. »Also, nochmals vielen Dank, dass Sie so aufmerksam waren. Meine Frau ist wirklich entzückt. Danke für Ihren Anruf.«

»Keine Ursache, mein Lieber.« Eine winzige Pause mit großer Wirkung. »Es ist vor den Feiertagen vieles zu erledigen, wie Sie sagen. Dennoch bin ich überzeugt, dass Sie mein Anliegen mit der nötigen Konsequenz verfolgen.«

Ihm wurde unvermittelt heiß, und er griff an den Knoten seiner Krawatte. »Das ist nun wirklich etwas heikel.« Er beeilte sich, hinzuzufügen: »Natürlich können Sie sich auf mich verlassen. Aber es ist so, dass DS Bley ein schwieriger Mensch ist. Sie wird sich nicht, bitte verzeihen Sie den Ausdruck, umdrehen lassen. Sie hat eine klare Vorstellung von ihrem Leben.«

»Jeder Mensch hat geheime Wünsche. Finden Sie sie heraus und erfüllen Sie sie. Oder lassen Sie mich das machen. Sie bereiten nur das Feld wie der Bauer. Die Saat kommt von mir.«

»Sie wird kaum zu überzeugen sein.« Er holte Luft, bevor er weitersprach. »Ich kann Ihnen DC Easterbrook anbieten. Er ist das perfekte Match für Ihre Pläne.«

»Sie haben ihn schon einmal vorgeschlagen, und nun preisen Sie ihn an wie Sauerbier. Ich habe mehr von Ihnen erwartet, lieber Boris. Muss ich mir Gedanken machen?«

Die Schärfe in Lehmanns Worten trieb ihm die Angst in die Kehle. Er räusperte sich. »Nein, natürlich nicht.«

»Dann ist es ja gut.« Ein weiterer Schluck aus einer Tasse. »Sie haben Ihre Gefühle nicht im Griff, Verehrtester. Ich kann selbst über das Telefon Ihre Angst hören.« Ein spöttisches Schmunzeln hing in der Leitung.

»Mit Verlaub, da irren Sie sich.«

»Das hoffe ich – in Ihrem Interesse.« Eine winzige Pause. »Da kommt Leonid auf der anderen Leitung. Ich melde mich wieder. Und: Frohe Weihnachten.«

DCI Sattler legte das Smartphone ab, als habe er Angst, sich die Finger zu verbrennen. Dieses Prepaid-Telefon war der direkte Draht in die Vorhölle. Er hatte es eines frühen Nachmittags – gut sechs Monate musste das jetzt her sein – auf dem Beifahrersitz seines Wagens gefunden, auf dem Besucherparkplatz des Marinestützpunkts. Er war mit einigen Offizieren im Club zum Mittagessen verabredet gewesen und gut gelaunt zu seinem Fahrzeug zurückgekehrt.

Er hatte auf das Telefon gestarrt und war wie elektrisiert gewesen. Es war einfach da gewesen. Bis heute hatte er keine Ahnung, wie es dorthin gekommen war. Er hatte sich umgesehen, aber er war allein auf dem Parkplatz gewesen. Er hatte an den Autotüren nach Aufbruchspuren gesucht, aber keine gefunden.

Er hatte den kaum zu zügelnden Drang verspürt, mit Vollgas aus dieser gespenstischen Situation zu flüchten. Kaum hatte er den Gurt angelegt, war das Display des Smartphones hell geworden, und eine ihm unbekannte Nummer war erschienen. Hans Lehmann hatte sich gemeldet.

Boris Sattler legte das Telefon in die Schublade seines Schreibtischs zurück. Er hatte damals den Anruf zurückverfolgen wollen, aber vergeblich.

Seither hing er an der Leitung zu Lehmann wie ein Junkie an der Nadel. Er kam nicht von Lehmann und seinen Geschenken los. Irgendwann hatte er entschieden, das Spiel mitzuspielen – bis er die Gelegenheit haben würde, Hans Lehmann dingfest zu machen. Längst hatte er das Gefühl, sich mit dieser Entscheidung selbst belogen zu haben.

Er trat ans Fenster und sah hinaus. Selten war ihm der Ausblick auf Helston so fremd erschienen wie an diesem Vormittag. Er behielt die Häuserreihen im Blick und wählte von seinem offiziellen Telefon aus seine Frau an.

»Was ist? Warum rufst du an? Ich bin beschäftigt.«

»Beschäftigt? Also, ich wollte nur mal deine Stimme hören.«

»Boris, was ist los mit dir? Du rufst doch sonst nicht an.«

»Ich …«

»Lass uns heute Abend reden, ja. Ich habe gerade Besuch von einer Freundin.«

»Ich dachte, wir könnten über die Feiertage für ein paar Tage verschwinden. In die Sonne.«

»Heute Abend, ja? Felicitas lässt dich grüßen.« Sie legte auf.

Er setzte sich wieder an seinen Schreibtisch und starrte auf die Unterlagen, die sich vorwurfsvoll auftürmten.

Er sah auf und starrte ins Leere. *DS Bley. Warum will er ausgerechnet DS Bley?*

LXVI.

»Hat sie etwas dazu gesagt?«

»Sie hat die weiteren Speere versteckt, um sie im Notfall benutzen zu können.«

»Im Notfall?« Simon sah Marks fragend an.

Der drehte sich zu Mary. »Jetzt bitte nicht erschrecken. Faye Gilbert hatte deine Tante Margaret im Visier. Sie fühlte sich von ihrer Neugier und ihrer penetranten Art bedroht.«

»Oh, mein Gott.« Mary schlug die Hand vor den Mund.

»Faye Gilbert ist krank, Mary, sehr krank. Aber nun ist es vorbei. Sie wird niemandem mehr etwas tun.«

»Simons Idee, doch noch einmal das Grundstück und das Haus zu durchsuchen, war offenbar goldrichtig.« Mary sah Simon stolz an.

Marks nickte. »Niemand von uns konnte ahnen, dass sie die Speere in der kleinen Kapelle versteckt hatte.«

»Das Häuschen liegt ja auch ein ganzes Stück von Horsley Hall entfernt, die Wiese runter, fast versteckt«, versuchte Luke eine Erklärung.

»Tante Margaret?« Mary konnte es nicht glauben. »Ich verstehe das nicht.«

»Gilbert hat nach dem Mord an Curtis Stills jede Einzelheit durchdacht. Sie wollte auch den kleinsten Fehler vermeiden, den perfekten Mord begehen. Sie ist zwar krank, aber auch sehr, sehr intelligent. Aber schließlich ist sie an ihrer eigenen Schuld gescheitert. Faye Gilbert ist ein tragischer Mensch. Sie hat für sich das Gute gewollt, in einer falschen Absicht.«

»Was passiert denn nun?« Luke sah von einem zum anderen.

»Gilbert hat umfassend ausgesagt. Sie wird vermutlich den Rest ihres Lebens im Gefängnis Seiner Majestät in Exeter verbringen.«

»Schwingt da Bedauern mit?«, fragte Simon.

»Bis zu einem gewissen Grad tut sie mir leid. Unter anderen Umständen hätte sie ein glücklicher Mensch werden können. Wir haben mit der Klinik in Truro gesprochen. Faye Gilbert hat nur die besten Bewertungen. Sie ist liebevoll mit den Menschen umgegangen, und man wollte sie in die Geschäftsführung berufen. Sie sollte ein neues Pflegekonzept erarbeiten, auf Grundlage ihrer Empathie und ihres Wissens um die notwendigen Veränderungen im Gesundheitssystem. Sie hatte eine glänzende berufliche Zukunft vor sich, wie man mir glaubhaft versicherte.«

Sie schwiegen eine Weile, um ihre Sicht der Dinge mit den Ereignissen der vergangenen Wochen abzugleichen.

Schließlich durchbrach Luke die Stille in Marys Küche.

»Die Gemeindeverwaltung hat Margarets Eingabe heute positiv beschieden. Unsere Theaterabende werden wie geplant stattfinden.« Er grinste schief.

»Das ist doch großartig.« Chris Marks hob sein Glas, in dem Rotwein samtig schimmerte. »Darauf sollten wir anstoßen.«

»Das wird ihre Eitelkeit nur noch mehr befeuern.« Mary musste dennoch schmunzeln.

»Ich werde auch in der kommenden Theatersaison dabei sein.« Luke wollte bescheiden klingen, aber so, wie er die Schultern rollte, war er stolz. »Margaret meinte, es wäre sicher eine kleine Rolle für mich drin.«

Stirnrunzelnd nahm er das Lachen seiner Freunde zur Kenntnis. »Was? Sie meint, ich habe Talent.«

Simon hatte Mühe, wieder ernst zu werden. »Meint sie das?«

»Sie hat schon mit der Regisseurin gesprochen. Nach der letzten Vorstellung von *Dinner for One* soll ich ein paar Sätze vorsprechen.«

»Aha?« Auch Marks hatte Mühe, ernst zu bleiben. »Und welche Rolle schwebt dir so vor?«

»Ich habe noch keine Ahnung.« Luke streckte sich. »Margaret schreibt gerade an ihrem ersten Theaterstück. Sie will mir eine Rolle auf den Leib schreiben, wie sie sagt.«

Mary hütete sich davor, zu lachen. »Das klingt aber sehr spannend.« Sie wandte sich an Chris. »Und du? Wie verbringst du die Feiertage?«

»Wein. Pizza. Musik. Außerdem habe ich Bereitschaft. Ich hoffe, ich werde verschont. Andererseits gibt es das Phänomen der Weihnachtsmorde. Wenn die Beziehungen dem Stress der Feiertage nicht mehr standhalten.«

»Das allerdings klingt nicht eben spannend, geschweige denn entspannend.«

»Ich habe Annie zum Essen eingeladen und zum Musikhören. Aber sie hat sich noch nicht entschieden.«

»Der Vierundzwanzigste ist ja auch erst übermorgen. Da ist noch Zeit.« Chris wirkte auf sie wie ein leeres Glas, das allein auf einer Bank am Hafen stand. »Komm doch vorbei. Du bist herzlich eingeladen.« Sie sah Simon und Luke an. »Wir freuen uns, oder?«

»Gill will am zweiten Weihnachtstag unbedingt draußen grillen. Das Bier und der Lachs reichen für uns alle.« Luke stieß Marks in die Seite. »Mit euch Bullen muss man sich gut stellen.«

»Mal sehen.« Marks' Blick wanderte über die Kücheneinrichtung. »Die vergangenen Wochen haben mich sehr viel Kraft gekostet. Ich brauche Zeit für mich. Ich muss nachdenken.«

Mary lächelte ihn aufmunternd an. »Du darfst dich nicht verkriechen, Chris.«

»Guten Abend. Das finde ich auch. Verkriechen gilt nicht.« Mit Schwung betrat Margaret Bishop die Küche und platzierte ihre Handtasche mitten auf den Tisch.

Mary warf ihr einen unfreundlichen Blick zu, den Margaret nicht kommentierte.

»Es ist schneidend kalt draußen.« Margaret Bishop warf einen Blick in die Runde. »Ich brauche jetzt etwas Warmes. Hast du noch von diesem deutschen Glühwein, Kindchen? Der wäre jetzt genau das Richtige.« Bevor Mary etwas antworten konnte, fuhr sie fort: »Ich bin sicher, dass du noch eine stille Reserve hast.«

Mary verdrehte die Augen, stand aber auf. »Gleich.«

Bishop wandte sich an den DI. »Da haben Sie ja gerade noch so die Kurve gekriegt und den Fall vor den Feiertagen gelöst, Detective Inspector. Ich war Ihnen dabei sicher eine große Hilfe.« Sie zog einen Stuhl an den Tisch. »Na ja, es stand ja auch viel auf dem Spiel.«

»Tantchen«, kam es empört von Mary, die schon einen Topf mit Glühwein aufsetzte.

»Was denn? Was wahr ist, muss auch wahr bleiben.«

Chris Marks ließ das Gewitter klaglos über sich ergehen.

»Ich bin hergekommen, um dir eine Eintrittskarte für die Vorstellung zu schenken, Mary.« Sie zog aus ihrer Tasche einen Umschlag und ein Buch hervor. »Aber jetzt kann ich die Gelegenheit nutzen, auch den anderen Tickets zu verkaufen. Es wird für alle ein unvergesslicher Abend werden, das garantiere ich. Schließlich sind die Proben hervorragend gelaufen. Luke, du musst auch bei deinen Kumpels Werbung machen. Schließlich bist du ja quasi Teil des Ensembles. Und Sie, Mr. DI Marks, Sie haben sicher die Gelegenheit, Ihren Kollegen Karten zu verkaufen.« Sie zog eine Karte aus dem Umschlag und reichte sie Simon. »Natürlich sollen Sie nicht leer ausgehen. Bitte. Sie ist im Vorverkauf günstiger.«

Mary war sprachlos. »Wir sind hier doch nicht auf dem Basar, Tante Margaret.«

»Wieso regst du dich so auf? Wir Künstler sind auf jeden Penny angewiesen.« Sie hielt das Buch hoch. »Wo wir doch jetzt alle so nett zusammensitzen, gebe ich gerne eine kleine Kostprobe meiner Arbeit. Ich rezitiere ein Stück aus meiner Rolle. Aus Daphne du Maurier, *Ein Tropfen Zeit*.«

Sie setzte die Lesebrille auf, rückte sich auf ihrem Stuhl zurecht und beschrieb mit einer dramatischen Geste einen Bogen. »Stellt euch vor: leere Bühne, nur ein Strahler auf mich im tiefen Sessel.«

Ihr Publikum sah ihr schweigend zu.

Sie räusperte sich. *»Ich dachte, alle sogenannten harten Drogen hätten diese Wirkung, sagte ich. Die Leute, die sie nehmen – Meskalin, LSD oder was auch immer –, gleiten in eine exotische Fantasiewelt und bilden sich ein, sie seien im Paradies.«*

Margaret Bishop sah über den Rand ihrer Brille erwartungsvoll ins Publikum.

Danksagung

Die Klippen in Cornwall verändern sich ständig. Stürme treiben die See mit Macht gegen die Küste. Gesteins- und Felsbrocken werden vom Grund der See mit Urgewalt wie Geschosse gegen die Klippen geschleudert. Immer wieder brechen Landmassen ab. Die Küstenpfade zu nutzen, ist dann viel zu gefährlich. Sie bleiben daher so lange gesperrt, bis es einen neuen Weg gibt. Das habe ich in der Gegend von Cadgwith bereits mehrfach erlebt.

Und nun hat es den Hafen selbst getroffen. Etwas unterhalb von Mary's Cottage ist ein beachtliches Stück Land in die See gerutscht. Das Wasser war lange erdbraun gefärbt. Es bleibt abzuwarten, wann der beliebte Weg oberhalb des Hafens Richtung Poltesco wieder durchgängig begehbar ist.

Die Menschen hier nehmen es mit englischer Gelassenheit. Außerdem leben sie seit Generationen mit der Natur und ihren Gefahren. Sei es an Land oder auf See.

Meine Arbeit an diesem vierten Cornwall-Krimi ist getan. Und ich bin wehmütig. Während meine Figuren in der Geschichte von Seite zu Seite und immerfort weiterleben können, fehlen sie mir bei meiner aktuellen Arbeit. Es ist, als säße ich in einem Boot, das sich in jedem Augenblick ein Stück weiter von ihnen und ihrer Welt entfernt.

Ich muss mich nun gedulden. Bis ich das nächste Mal nach Cadgwith und Ruan Minor fahren und meine Freunde treffen darf. Denn hinter den literarischen Figuren verbergen sich oft die wirklichen Menschen, die die Halbinsel Lizard im südwestlichsten Zipfel Cornwalls und das Leben dort so sehr prägen.

Es ist ihre Zuneigung, die die Geschichten der Cornwall-Krimis erst möglich gemacht hat. Allen voran die von Jan Morgan, Linda Wilkinson, Mary Keeley und Brian Jenkins. Aber auch von Paul McMinn sowie allen MusikerInnen, die die dienstäglichen Folk Nights im Pub so besonders machen. Ihnen gilt mein Dank. Aber vor allem auch Simon Bradley, der Modell gestanden hat für meine Hauptfigur Simon Jenkins. Und der mir immer eine wertvolle Hilfe ist, wenn es um die Arbeit der englischen Polizei geht.

Ein Autor kann sich eine Menge ausdenken. Aber das wäre alles nichts, wenn es um ihn herum niemanden gäbe, der seine Arbeit schätzt. Das ist in erster Linie meine Familie. Ohne ihr Vertrauen, ihre Geduld und Zuneigung könnte ich niemals Schriftsteller sein.

Und dann gibt es da noch Magdalena Heer. Als Lektorin verhilft sie jedem meiner literarischen Kinder mit Umsicht, Kreativität und besonders auch mit Vertrauen und Zuneigung in die Welt der Leserinnen und Leser. Ich schätze die Zusammenarbeit mit ihr sehr.

Ihr zur Seite steht mein externer Lektor Ralf Reiter. Mit Sachverstand, gepaart mit sprichwörtlicher englischer Gelassenheit, bringt er meine Manuskripte in eine lesbare Form. Seine Anmerkungen und seine Kritik sind im besten Sinn zwingend für meine Arbeit.

Sie alle helfen so bedächtig wie großzügig, dass ich die Klippen bei der Entstehung meiner Werke ohne Schaden umschiffen kann und stets auf Kurs bleibe.

Ruan Minor, im Februar 2024